U0326358

国家出版基金项目
NATIONAL PUBLICATION FOUNDATION

"十四五"时期国家重点出版物出版规划项目
国家社会科学基金重大招标项目

总主编 蒋承勇

19世纪西方文学思潮研究

第三卷 自然主义

曾繁亭 著

北京大学出版社
PEKING UNIVERSITY PRESS

图书在版编目(CIP)数据

19世纪西方文学思潮研究. 第三卷, 自然主义 / 曾繁亭著; 蒋承勇总主编. —北京: 北京大学出版社, 2022.9

ISBN 978-7-301-33269-6

Ⅰ.①1… Ⅱ.①曾… ②蒋… Ⅲ.①自然主义–文艺思潮–研究–西方国家–19世纪 Ⅳ.①I109.9

中国版本图书馆CIP数据核字(2022)第146688号

书　　　名	19世纪西方文学思潮研究（第三卷）自然主义 19SHIJI XIFANG WENXUE SICHAO YANJIU（DI-SAN JUAN）ZIRAN ZHUYI
著作责任者	曾繁亭　著　蒋承勇　总主编
责任编辑	朱房煦
标准书号	ISBN 978-7-301-33269-6
出版发行	北京大学出版社
地　　　址	北京市海淀区成府路205号　100871
网　　　址	http://www.pup.cn　新浪微博：@北京大学出版社
电子信箱	zhufangxu@pup.cn
电　　　话	邮购部 010-62752015　发行部 010-62750672　编辑部 010-62754382
印　刷　者	涿州市星河印刷有限公司
经　销　者	新华书店
	720毫米×1020毫米　16开本　30.25印张　538千字 2022年9月第1版　2022年9月第1次印刷
定　　　价	138.00元

未经许可，不得以任何方式复制或抄袭本书之部分或全部内容。
版权所有，侵权必究
举报电话：010-62752024　电子信箱：fd@pup.pku.edu.cn
图书如有印装质量问题，请与出版部联系，电话：010-62756370

总　序

与本土文学的演进相比,现代西方文学的展开明显呈现出"思潮""运动"的形态与持续"革新""革命"的特征。工业革命以降,浪漫主义、现实主义、自然主义、唯美主义、象征主义、颓废主义,一直到20世纪现代主义诸流派烟花般缤纷绽放,一系列文学思潮和运动在交叉与交替中奔腾向前,令人眼花缭乱、目不暇接。先锋作家以激进的革命姿态挑衅流行的大众趣味与过时的文学传统,以运动的形式为独创性的文学变革开辟道路,愈发成为西方现代文学展开的基本方式。在之前的文艺复兴及古典主义那里,这种情形虽曾有过最初的预演,但总体来看,在前工业革命的悠闲岁月中,文学演进的"革命""运动"形态远未以如此普遍、激烈的方式进行。

毫无疑问,文学思潮乃19世纪开始的现代西方文学展开中的一条红线;而对19世纪西方文学诸思潮的系统研究与全面阐发,不惟有助于达成对19世纪西方文学的准确理解,而且对深入把握20世纪西方现代主义与后现代主义思潮亦有重大裨益。从外国文学学科体系、学术体系和话语体系建设的角度看,研究西方文学思潮,是研究西方文学史、西方文论史乃至西方思想文化史所不可或缺的基础工程和重点工程,这也正是本项目研究的一个根本的动机和核心追求。

一、文学思潮研究与比较文学

所谓"文学思潮",是指在特定历史时期社会文化思潮影响下形成的具有某种共同思想倾向、艺术追求和广泛影响的文学潮流。一般情况下,主要可以从四个层面来对某一文学思潮进行观察和界定:其一,往往凝结为哲学世界观的特定社会文化思潮(其核心是关于人的观念),此乃该文学思潮产生、发展的深层文化逻辑(文学是人学)。其二,完整、独特的诗学系统,此乃该文学思潮的理论表达。其三,文学流派与文学社团的大量涌现,并往往以文学"运动"的形式推进文学的发展,此乃该文学思潮在作家生态层面的现象显现。其四,新的文本实验和技巧创新,乃该文学思潮推进文学创作发展的最终成果展示。

通常,文学史的研究往往会面临相互勾连的三个层面的基本问题:作品研究、作家研究和思潮研究。其中,文学思潮研究是"史"和"论"的结合,同时又与作家、作品的研究密切相关;"史"的梳理与论证以作家作品为基础和个案,"论"的展开与提炼以作家作品为依据和归宿。因此,文学思潮研究是文学史研究中带有基础性、理论性、宏观性与综合性的系统工程。"基础性"意味着文学思潮的研究为作家、作品和文学现象的研究提供基本的坐标和指向,赋予文学史的研究以系统的目标指向和整体的纲领统摄;"理论性"意味着通过文学思潮的研究有可能对作家作品和文学史现象的研究在理论概括与抽象提炼后上升到文学理论和美学理论的层面;"宏观性"意味着文学思潮的研究虽然离不开具体的作家作品,但又不拘泥于作家作品,而是从"源"与"流"的角度梳理文学史演变与发展的渊源关系和流变方式及路径、影响,使文学史研究具有宏阔的视野;"综合性"研究意味着文学思潮的研究是作家作品、文学批评、文学理论、美学史、思想史乃至整个文化史等多个领域的研究集成。"如果文学史不应满足于继续充当传记、书目、选集以及散漫杂乱感情用事的批评的平庸而又奇怪的混合物,那么,文学史就必须研究文学的整个进程。只有通过探讨各个时期的顺序、习俗和规范的产生、统治和解体的状况,才能作到这一点。"① 与个案化的作家、作品研究相比,以"基础性""理论性""宏观性"与"综合性"见长的西方文学思潮研究,在西方文学史研究中显然处于最高的阶位。作为西方文学史研究的中枢,西方文学思潮研究毋庸置疑的难度,很大程度上已然彰显了其重大学术意义。"批评家和文学史家都确信,虽然古典主义、浪漫主义和现实主义这类宽泛的描述性术语内涵丰富、含混,但它们却是有价值且不可或缺的。把作家、作品、主题或体裁描

---

① R. 韦勒克:《文学史上浪漫主义的概念》,裴小龙、杨德友译,R. 韦勒克:《文学思潮和文学运动的概念》,刘象愚选编,北京:中国社会科学出版社,1989年,第186—187页。

述为古典主义或浪漫主义或现实主义的,就是在运用一个个有效的参照标准并由此展开进一步的考察和讨论。"①正因为如此,在西方学界,文学思潮研究历来是屯集研究力量最多的文学史研究的主战场,其研究成果亦可谓车载斗量、汗牛充栋。

19世纪工业革命的推进与世界统一市场的拓展,使得西方资本主义的精神产品与物质产品同时开启了全球化的旅程;现代交通与传媒技术的革命性提升使得世界越来越成为一个相互联结的村落,各民族文化间的碰撞与融汇冲决了地理空间与权力疆域的诸多限制而蓬勃展开。纵观19世纪西方文学史不难发现,浪漫主义、现实主义等西方现代诸思潮产生后通常都会迅速蔓延至多个国家、民族和地区——新文化运动前后,国门洞开后的中国文坛上就充斥着源自西方的浪漫主义、现实主义等文学思潮的嘈杂之声;寻声迷踪还可见出,日本文坛接受西方现代思潮的时间更早、程度更深。在全球化的流播过程中,原产于西方的浪漫主义、现实主义等诸现代文学思潮自动加持了"跨语言""跨民族""跨国家""跨文化"的特征。换言之,浪漫主义、现实主义等西方现代文学思潮在传播过程中被赋予了实实在在的"世界文学"属性与特征。这意味着对西方现代文学思潮的研究,在方法论上必然与"比较文学"难脱干系——不仅要"跨学科",而且要"跨文化(语言、民族、国别)"。

事实上,很大程度上正是基于19世纪西方文学思潮"跨语言""跨民族""跨国家""跨文化"之全球性传播的历史进程,"比较文学"这种文学研究的新范式(后来发展为新学科)才应运而生。客观上来说,没有文化的差异性和他者性,就没有可比性;有了民族的与文化的差异性的存在,才有了异质文学的存在,文学研究者才可以在"世界文学"的大花园中采集不同的样本,通过跨民族、跨文化的比较研究,去追寻异质文学存在的奥秘,并深化对人类文学发展规律的研究。主观上而论,正是19世纪西方现代文学思潮国际性传播与变异这一现象的存在,才激活了文学研究者对民族文学和文化差异性审视的自觉,"比较文学"之"比较"研究的意识由此凸显,"比较文学"之"比较"研究的方法也就应运而生。

比较文学可以通过异质文化背景下的文学研究,促进异质文化之间的互相理解、对话、交流、借鉴与认同。因此,比较文学不仅以异质文化视

---

① Donald Pizer, *Realism and Naturalism in Nineteenth-Century American Literature*, Carbondale and Edwardsville: Southern Illinois University Press, 1984, p.1.

野为研究的前提,而且以异质文化的互认、互补为终极目标,它有助于异质文化间的交流,使之在互认、互鉴的基础上达成互补与共存,使人类文学与文化处于普适性与多元化的良性生存状态。比较文学的这种本质属性,决定了它与"世界文学"存在着一种天然耦合的关系:比较文学之跨文化研究的结果必然具有超越文化、超越民族的世界性意义;"世界文学"的研究必然离不开跨文化、跨民族的比较以及比较基础上的归纳和演绎,进而辨析、阐发异质文学的差异性、同一性和人类文学之可通约性。由于西方现代文学思潮与生俱来就是一种国际化和世界性的文学现象,因此,西方文学思潮的研究天然地需要比较文学与"世界文学"的方法与理念。

较早对欧洲19世纪文学思潮进行系统研究的当推丹麦文学史家、文学批评家格奥尔格·勃兰兑斯(Gerog Brandes,1842—1927)。其六卷本皇皇巨著《十九世纪文学主流》(*Main Currents in Nineteenth Century Literature*)虽然没有出现"文学思潮""文学流派"之类的概念(这种概念是后人概括出来的),但就其以文学"主流"(Main Currents)为研究主体这一事实而论,便足以说明这种研究实属"思潮研究"的范畴。同时,对19世纪流行于欧洲各国的浪漫主义思潮,勃兰兑斯在《十九世纪文学主流》中区分不同国家、民族和文化背景做了系统的"比较"辨析,既阐发各自的民族特质又探寻共同的观念基质,其研究理念与方法堪称"比较文学"的范例。但就像在全书中只字未提文学"思潮"而只有"主流"一样,勃兰兑斯在《十九世纪文学主流》中也并未提到"比较文学"这个术语。不过,该书开篇的引言中反复提到了作为方法的"比较研究"。他称,要深入理解19世纪欧洲文学中存在着的"某些主要作家集团和运动","只有对欧洲文学作一番比较研究"[①];"在进行这样的研究时,我打算同时对法国、德国和英国文学中最重要运动的发展过程加以描述。这样的比较研究有两重好处,一是把外国文学摆到我们跟前,便于我们吸收,一是把我们自己的文学摆到一定距离,使我们对它获得符合实际的认识。离眼睛太近或太远的东西都看不真切"[②]。在勃兰兑斯的"比较研究"中,既包括了本国(丹麦)之外不同国家(法国、德国和英国)文学之间的比较,也包括了它们与本国文学的比较。按照我们今天的"比较文学"概念来看,这属于典型的"跨语言""跨民族""跨国家""跨文化"的比较研究。

[①] 勃兰兑斯:《十九世纪文学主流》(第一分册),张道真译,北京:人民文学出版社,1980年,"引言"第1页。

[②] 同上。

就此而言,作为西方浪漫主义思潮研究的经典文献,《十九世纪文学主流》实可归于西方最早的比较文学著述之列,而勃兰兑斯也因此成为西方最早致力于比较文学研究实践并获得重大成功的文学史家和文学理论家。

日本文学理论家厨川白村(1880—1923)的《文艺思潮论》,是日本乃至亚洲最早系统阐发西方文学思潮的著作。在谈到该书写作的初衷时,厨川白村称该书旨在突破传统文学史研究中广泛存在的那种缺乏"系统的组织的机制"①的现象:"讲到西洋文艺研究,则其第一步,当先说明近世一切文艺所要求的历史的发展。即奔流于文艺根底的思潮,其源系来自何处,到了今日经过了怎样的变迁,现代文艺的主潮当加以怎样的历史解释。关于这一点,我想竭力的加以首尾一贯的、综合的说明:这便是本书的目的。"②正是出于这种追根溯源、系统思维的研究理念,他认为既往"许多的文学史和美术史"研究,"徒将著名的作品及作家,依着年代的顺序,罗列叙述","单说这作品有味、那作品美妙等不着边际的话"。③ 而这样的研究,在他看来就是缺乏"系统的组织的机制"。稍作比较当不难见出——厨川白村的这种理念恰好与勃兰兑斯"英雄所见略同"。作为一种文学史研究,勃兰兑斯的《十九世纪文学主流》既有个别国家、个别作家作品的局部研究,更有作家群体和多国文学现象的比较研究,因而能够从个别上升到群体与一般、从特殊性上升到普遍性,显示出研究的"系统的组织的机制"。勃兰兑斯在《十九世纪文学主流》的引言中曾有如下生动而精辟的表述:

> 一本书,如果单纯从美学的观点看,只看作是一件艺术品,那么它就是一个独自存在的完备的整体,和周围的世界没有任何联系。但是如果从历史的观点看,尽管一本书是一件完美、完整的艺术品,它却只是从无边无际的一张网上剪下来的一小块。从美学上考虑,它的内容,它创作的主导思想,本身就足以说明问题,无须把作者和创作环境当作一个组成部分来加以考察,而从历史的角度考虑,这本书却透露了作者的思想特点,就像"果"反映了"因"一样……要了解作者的思想特点,又必须对影响他发展的知识界和他周围的气氛有

---

① 厨川白村:《文艺思潮论》,樊从予译,上海:上海商务印书馆,1924年,第2页。
② 同上书,第3页。
③ 同上书,第2页。

所了解。这些互相影响、互相阐释的思想界杰出人物形成了一些自然的集团。①

在这段文字中,勃兰兑斯把文学史比作"一张网",把一部作品比作从网上剪下来的"一小块"。这"一小块"只有放到"一张网"中——特定阶段的文学史网络、文学思潮历史境遇以及互相影响的文学"集团"中——作比照研究,才可以透析出这个作家或作品之与众不同的个性特质、创新贡献和历史地位。若这种比照仅仅限于国别文学史之内,那或许只不过仅是一种比较的研究方法;而像《十九世纪文学主流》这样从某种国际的视野出发进行"跨语言""跨民族""跨国家""跨文化"的比较研究时,这就拥有了厨川白村所说的"系统的组织的机制",而进入了比较文学研究乃至"世界文学"研究的层面。在这部不可多得的鸿篇巨制中,勃兰兑斯从整体与局部相贯通的理念出发,用比较文学的方法把作家、作品和国别的文学现象,视作特定历史阶段之时代精神的局部,并把它们放在文学思潮发展的国际性网络中予以比较分析与研究,从而揭示出其间的共性与个性。比如,他把欧洲的浪漫主义文学思潮"分作六个不同的文学集团","把它们看作是构成一部大戏的六个场景","是一个带有戏剧的形式与特征的历史运动"。② 第一个场景是卢梭启发下的法国流亡文学;第二个场景是德国天主教性质的浪漫派;第三个场景是法国王政复辟后拉马丁和雨果等作家;第四个场景是英国的拜伦及其同时代的诗人们;第五个场景是七月革命前不久的法国浪漫派,主要是马奈、雨果、拉马丁、缪塞、乔治·桑等;第六个场景是青年德意志的作家海涅、波内尔,以及同时代的部分法国作家。勃兰兑斯通过对不同国家、不同团体的浪漫派作家和作品在时代的、精神的、历史的、空间的诸多方面的纵横交错的比较分析,揭示了不同文学集团(场景)的盛衰流变和个性特征。的确,仅仅凭借一部宏伟的《十九世纪文学主流》,勃兰兑斯就足以承当"比较文学领域最早和卓有成就的开拓者"之盛名。

1948年,法国著名的比较文学学者保罗·梵·第根(Paul Van Tieghem,1871—1948)之《欧洲文学中的浪漫主义》,则是从更广泛的范围来研究浪漫主义文学思潮,涉及的国家不仅有德国、英国、法国,更有西

---

① 勃兰兑斯:《十九世纪文学主流》(第一分册),张道真译,北京:人民文学出版社,1980年,"引言"第2页。
② 同上书,"引言"第3页。

班牙、葡萄牙、荷兰与匈牙利诸国;与勃兰兑斯相比,这显然构成了一种更自觉、更彻底的比较文学。另外,意大利著名比较文学学者马里奥·普拉兹(Mario Praz)之经典著作《浪漫派的痛苦》(1933),从性爱及与之相关的文学颓废等视角比较分析了欧洲不同国家的浪漫主义文学。美国比较文学巨擘亨利·雷马克(Henry H. H. Remak)在《西欧浪漫主义的定义和范围》一文中,详细地比较了西欧不同国家浪漫主义文学思潮产生和发展的特点,辨析了浪漫主义观念在欧洲主要国家的异同。"浪漫主义怎样首先在德国形成思潮,施莱格尔兄弟怎样首先提出浪漫主义是进步的、有机的、可塑的概念,以与保守的、机械的、平面的古典主义相区别,浪漫主义的概念如何传入英、法诸国,而后形成一个全欧性的运动"[①];不同国家和文化背景下的"现实主义"有着怎样的内涵与外延,诸国各自不同的现实主义又如何有着相通的美学底蕴[②]……同样是基于比较文学的理念与方法,比较文学"美国学派"的领袖人物 R. 韦勒克(René Wellek)在其系列论文中对浪漫主义、现实主义和象征主义等西方现代文学思潮的阐发给人留下了更为深刻的印象。毫无疑问,韦勒克等人这种在"比较文学"理念与方法指导下紧扣"文学思潮"所展开的文学史研究,其所达到的理论与历史高度,是通常仅限于国别的作家作品研究难以企及的。

本土学界"重写文学史"的喧嚣似乎早已归于沉寂;但"重写文学史"的实践却一直都在路上。各种集体"编撰"出来的西方文学史著作或者外国文学史教材,大都呈现为作家列传和作品介绍,对文学历史的展开,既缺乏生动真实的描述,又缺乏有说服力的深度阐释;同时,用偏于狭隘的文学史观所推演出来的观念去简单地论定作家、作品,也是这种文学史著作或教材的常见做法。此等情形长期、普遍地存在,可以用文学(史)研究中文学思潮研究这一综合性层面的缺席来解释。换言之,如何突破文学史写作中的"瓶颈",始终是摆在我们面前没有得到解决的重大课题;而实实在在、脚踏实地、切实有效的现代西方文学思潮研究当然也就成了高高矗立在当代学人面前的一个既带有总体性,又带有突破性的重大学术工程。如上所述,就西方现代文学而论,有效的文学史研究的确很难脱离对文学思潮的研究,而文学思潮的研究又必然离不开系统的理念与综合的方法;作为在综合中所展开的系统研究,文学思潮研究必然要在"跨语言"

[①] 刘象愚:"前言",R. 韦勒克:《文学思潮和文学运动的概念》,刘象愚选编,北京:中国社会科学出版社,1989年,第8页。

[②] 参见 R. 韦勒克:《文学研究中现实主义的概念》,高建为译,同上书,第214—250页。

"跨民族""跨国家""跨文化"等诸层面展开。一言以蔽之,这意味着本课题组对19世纪西方文学思潮所进行的研究,天然地属于"比较文学"与"世界文学"的范畴。由是,我们才坚持认为:本课题研究不仅有助于推进西方文学史的研究,而且也有益于"比较文学与世界文学"学科话语体系的建设;不仅对我们把握19世纪西方文学有"纲举目张"的牵引作用,同时也是西方文论史、西方美学史、西方思想史乃至西方文化史研究中不可或缺的基础工程。本课题研究作为"国家社科基金重大项目",其重大的理论价值与现实意义大抵端赖于此。

二、国内外19世纪西方文学思潮研究撮要

20世纪伊始,19世纪西方文学思潮主要经由日本和西欧两个途径被介绍引进到中国,对本土文坛产生巨大冲击。西方文学思潮在中国的传播,不仅是新文化运动得以展开的重要动力源泉之一,而且直接催生了五四新文学革命。浪漫主义、现实主义、自然主义、象征主义等西方19世纪诸思潮同时在中国文坛缤纷绽放;一时间的热闹纷繁过后,主体"选择"的问题很快便摆到了本土学界与文坛面前。由是,崇奉浪漫主义的"创造社"、信奉古典主义的"学衡派"、认同现实主义的"文学研究会"等开始混战。以"浪漫主义首领"郭沫若在1925年突然倒戈全面批判浪漫主义并皈依"写实主义"为标志,20年代中后期,"写实主义"/现实主义在中国学界与文坛的独尊地位逐渐获得确立。

1949年以后,中国在文艺政策与文学理论方面追随苏联。西方浪漫主义、自然主义、象征主义、唯美主义、颓废派等文学观念或文学倾向持续遭到严厉批判;与此同时,昔日的"写实主义",在理论形态上亦演变成为"社会主义现实主义"或与"革命浪漫主义"结合在一起的"革命现实主义"。是时,本土评论界对现实主义和自然主义做出了严格区分。

改革开放之后,"现实主义至上论"遭遇持续的论争;对浪漫主义、自然主义、象征主义、唯美主义、颓废派文学的研究与评价慢慢地开始复归学术常态。但旧的"现实主义至上论"尚未远去,新的理论泡沫又开始肆虐。20世纪90年代以来,现代主义、后现代主义等文学观念以及解构主义、"后殖民主义"等文化观念风起云涌,一时间成为新的学术风尚。这在很大程度上延宕乃至阻断了学界对19世纪西方诸文学思潮研究的深入。

为什么浪漫主义、自然主义等西方文学思潮,明明在20世纪初同时

进入中国,且当时本土学界与文坛也张开双臂在一派喧嚣声中欢迎它们的到来,可最终都没能真正在中国生根、开花、结果?这一方面与本土的文学传统干系重大,但更重要的却可能与其在中国传播的历史语境相关涉。

20世纪初,中国正处于从千年专制统治向现代社会迈进的十字路口,颠覆传统文化、传播现代观念从而改造国民性的启蒙任务十分迫切。五四一代觉醒的知识分子无法回避的这一历史使命,决定了他们在面对一股脑儿涌入的西方文化—文学思潮观念时,本能地会率先选取—接受文化层面的启蒙主义与文学层面的"写实主义"。只有写实,才能揭穿千年"瞒"与"骗"的文化黑幕,而后才有达成"启蒙"的可能。质言之,本土根深蒂固的传统实用主义文学观与急于达成"启蒙""救亡"的使命担当,在特定的社会情势下一拍即合,使得五四一代中国学人很快就在学理层面屏蔽了浪漫主义、自然主义、象征主义、唯美主义以及颓废派文学的观念与倾向。20年代中期,浪漫主义热潮开始消退。原来狂呼"个人"、高叫"自由"的激进派诗人纷纷放弃浪漫主义,"几年前,'浪漫'是一个好名字,现在它的意义却只剩下了讽刺与诅咒"①。在这之中,创造社的转变最具代表性。自1925年开始,郭沫若非但突然停止关于"个性""自我""自由"的狂热鼓噪,而且来了一个180度的大转弯——要与浪漫主义这种资产阶级的反动文艺斩断联系,"对于个人主义和自由主义要根本铲除,对于反革命的浪漫主义文艺也要采取一种彻底反抗的态度"②。在他看来,现在需要的文艺乃是社会主义和现实主义的文学,也即革命现实主义文学。所以,在《创造十年》中做总结时他才会说:"文学研究会和创造社并没有什么根本的不同,所谓人生派与艺术派都只是斗争上使用的幌子。"③借鉴苏联学者法狄耶夫的见解,瞿秋白在《革命的浪漫谛克》(1932)等文章中亦声称浪漫主义乃新兴文学(即革命现实主义文学)的障碍,必须予以铲除。④

---

① 朱自清:《那里走》,朱乔森编:《朱自清全集》(第四卷),南京:江苏教育出版社,1990年,第231页。

② 郭沫若:《革命与文学》,郭沫若著作编辑出版委员会编:《郭沫若全集》(文学编·第十六卷),北京:人民文学出版社,1989年,第43页。

③ 郭沫若:《创造十年》,郭沫若著作编辑出版委员会编:《郭沫若全集》(文学编·第十二卷),北京:人民文学出版社,1992年,第140页。

④ 瞿秋白:《革命的浪漫谛克》,《瞿秋白文集》(文学编·第一卷),北京:人民文学出版社,1985年,第459页。

"浪漫派高度推崇个人价值,个体主义乃浪漫主义的突出特征。"[①]"浪漫主义所推崇的个体理念,乃是个人之独特性、创造性与自我实现的综合。"[②]西方浪漫主义以个体为价值依托,革命浪漫主义则以集体为价值旨归;前者的最高价值是"自由",后者的根本关切为"革命"。因此,表面上对西方浪漫主义有所保留的蒋光慈说得很透彻:"革命文学应当是反个人主义的文学,它的主人翁应当是群众,而不是个人;它的倾向应当是集体主义,而不是个人主义……"[③]创造社成员何畏在1926年发表的《个人主义艺术的灭亡》[④]一文中,对浪漫主义中的个人主义价值立场亦进行了同样的申斥与批判。要而言之,基于启蒙救亡的历史使命与本民族文学—文化传统的双重制约,五四一代文人作家在面对浪漫主义、自然主义等现代西方思潮观念时,往往很难接受其内里所涵纳的时代文化精神及其所衍生出来的现代艺术神韵,而最终选取—接受的大都是外在技术层面的技巧手法。郑伯奇在谈到本土的所谓浪漫主义文学时则称,西方浪漫主义那种悠闲的、自由的、追怀古代的情致,在我们的作家中是少有的,因为我们面临的时代背景不同。"我们所有的只是民族危亡,社会崩溃的苦痛自觉和反抗争斗的精神。我们只有喊叫,只有哀愁,只有呻吟,只有冷嘲热骂。所以我们新文学运动的初期,不产生与西洋各国19世纪(相类)的浪漫主义,而是20世纪的中国特有的抒情主义。"[⑤]

纵观19世纪西方诸文学思潮在中国一百多年的传播与接受过程,我们发现:本土学界对浪漫主义等19世纪西方文学思潮在学理认知上始终存在系统的重大误判或误读;较之西方学界,我们对它的研究也严重滞后。

在西方学界,对19世纪西方文学思潮的研究始终是西方文学研究的焦点。一百多年来,这种研究总体上有如下突出特点:

第一,浪漫主义、现实主义、自然主义、象征主义等西方文学思潮均是以激烈的"反传统""先锋"姿态确立自身的历史地位的;这意味着任何一个思潮在其展开的历史过程中总是处于前有堵截、后有追兵的逻辑链条

[①] Jacques Barzun, *Classic, Romantic, and Modern*, London: Secker & Warburg, 1962, p.6.
[②] Steven Lukes, *Individualism*, Oxford: Basil Blackwell, 1973, p.17.
[③] 蒋光慈:《关于革命文学》,中国社会科学院文学研究所现代文学研究室编:《"革命文学"论争资料选编》(上),北京:人民文学出版社,1981年,第144页。
[④] 何畏:《个人主义艺术的灭亡》,饶鸿兢、陈颂声、李伟江等编:《创造社资料》(上),福州:福建人民出版社,1985年,第135—138页。
[⑤] 郑伯奇:《〈寒灰集〉批评》,《洪水》,1927年总第33卷,第47页。

上。拿浪漫主义来说,在19世纪初叶确立自身的过程中,它遭遇到了被其颠覆的古典主义的顽强抵抗(欧那尼之战堪称经典案例),稍后它又受到自然主义与象征主义几乎同时对其所发起的攻击。思潮之争的核心在于观念之争,不同思潮之间观念上的质疑、驳难、攻讦,便汇成了大量文学思潮研究中不得不注意的第一批具有特殊属性的学术文献,如自然主义文学领袖左拉在《戏剧中的自然主义》《实验小说论》等长篇论文中对浪漫主义的批判与攻击,就不仅是研究自然主义的重要文献,同时也是研究浪漫主义的重要文献。

第二,19世纪西方诸文学思潮观念上激烈的"反传统"姿态与艺术上诸多突破成规的"先锋性""实验",决定了其在较长的历史时间区段上,都要遭受与传统关系更为密切的学界人士的质疑与否定。拿左拉来说,在其诸多今天看来已是经典的自然主义小说发表很长时间之后,在其领导的法国自然主义文学运动已经蔓延到很多国家之后,人们依然可以发现正统学界的权威人士在著作或论文中对他的否定与攻击,如学院派批评家布吕纳介(Ferdinand Brunetière,1849—1906)、勒梅特尔(Jules Lemaître,1853—1914)以及文学史家朗松(Gustave Lanson,1857—1934)均对其一直持全然否定或基本否定的态度。

第三,一百多年来,除信奉马克思主义的文学批评家(从梅林、弗莱维勒一直到后来的卢卡契与苏俄的卢那察尔斯基等)延续了对浪漫主义、自然主义、象征主义(巴尔扎克式现实主义除外的几乎所有文学思潮)几乎是前后一贯的否定态度,西方学界对19世纪西方诸文学思潮的研究普遍经历了理论范式的转换及其所带来的价值评判的转变。以自然主义研究为例,19世纪末、20世纪初,学者们更多采用的是社会历史批评或文化/道德批评的立场,因而对自然主义持否定态度的较多。但20世纪中后期,随着自然主义研究的深入,越来越多的学者采用符号学、语言学、神话学、精神分析以及比较文学等新的批评理论或方法,从神话、象征和隐喻等新的角度研究左拉等自然主义作家的作品,例如罗杰·里波尔(Roger Ripoll)的《左拉作品中的现实与神话》(1981)、伊夫·谢弗勒尔(Yves Chevrel)的《论自然主义》(1982)、克洛德·塞梭(Claude Seassau)的《埃米尔·左拉:象征的现实主义》(1989)等。应该指出的是,当代这种学术含量甚高的评论,基本上都是肯定左拉等自然主义作家的艺术成就,对自然主义文学思潮及其历史地位同样予以积极、正面的评价。

第四,纵观一百多年来西方学人的19世纪西方文学思潮研究,当可发现浪漫主义研究在19世纪西方诸文学思潮研究中始终处于中心地位。这种状况与浪漫主义在西方文学史上的地位是相匹配的。作为向主导西方文学两千多年的"摹仿说"发起第一波冲击的文学运动,作为开启了西方现代文学的文学思潮,浪漫主义文学革命的历史地位堪与社会经济领域的工业革命、社会政治领域的法国大革命以及社会文化领域的康德哲学革命相媲美。相形之下,现实主义的研究则显得平淡、沉寂、落寞许多;而这种状况又与国内的研究状况构成了鲜明的对比与巨大的反差。

三、本套丛书研究的视角与路径

本套丛书从哲学、美学、神学、人类学、社会学、政治学、叙事学等角度对19世纪西方文学思潮进行跨学科的反思性研究,沿着文本现象、创作方法、诗学观念和文化逻辑的内在线路对浪漫主义、现实主义、自然主义、象征主义、唯美主义、颓废派等作全方位扫描,而且对它们之间的纵向关系(如浪漫主义与自然主义、浪漫主义与象征主义等)、横向关联(如浪漫主义与唯美主义、浪漫主义与颓废派以及自然主义、象征主义、唯美主义、颓废派四者之间)以及它们与20世纪现代主义的关系进行全面的比较辨析。在融通文学史与诗学史、批评史与思想史的基础上,本套丛书力求从整体上对19世纪西方文学思潮的基本面貌与内在逻辑做出新的系统阐释。具体的研究视角与路径大致如下:

(一)"人学逻辑"的视角与路径

文学是人学。西方文学因其潜在之"人学"传统的延续性及其与思潮流派的深度关联性,它的发展史便是一条绵延不绝的河流,而不是被时间、时代割裂的碎片,所以,从"人学"路线和思潮流派的更迭演变入手研究与阐释西方文学,深度把握西方文学发展的深层动因,就切中了西方文学的精神本质,而这恰恰是本土以往的西方文学研究所缺乏或做得不够深入的。不过,文学对人的认识与表现是一个漫长的发展历程。就19世纪西方文化对人之本质的阐发而言,个人自由在康德—费希特—谢林前后相续的诗化哲学中已被提到空前高度。康德声称作为主体的个人是自由的,个人永远是目的而不是工具,个人的创造精神能动地为自然界立法。既不是理性主义的绝对理性,也不是黑格尔的世界精神,浪漫派的最高存在是具体存在的个人;所有的范畴都出自个我的心灵,因而唯一重要的东西就是个体的自由,而精神自由无疑乃这一自由中的首要命题,主观性因此成为浪漫主义的基本特征。浪漫派尊崇自我的自由意志;而作为"不可言状的个体",自我在拥有着一份不可通约、不可度量与不可让渡的自由的同时,注定了只能是孤独的。当激进的自由意志成为浪漫主义的核心内容,"世纪病"的忧郁症候便在文学中蔓延开来。古典主义致力于传播理性主义的共同理念,乃是一种社会人的"人学"表达,浪漫主义则强调对个人情感、心理的发掘,确立了一种个体"人学"的新文学;关于自我发现和自我成长的教育小说出现,由此一种延续到当代的浪漫派文体应运而生。局外人、厌世者、怪人在古典主义那里通常会受到嘲笑,而在浪漫主义那里则得到肯定乃至赞美;人群中的孤独这一现代人的命运在浪漫派这里第一次得到正面表达,个人与社会、精英与庸众的冲突从此成了西方现代文学的重要主题。

无论是古希腊普罗米修斯与雅典娜协同造人的美妙传说,还是《圣经》中上帝造人的故事;无论是形而上学家笛卡儿对人之本质的探讨,还是启蒙学派对人所进行的那种理性的"辩证"推演,人始终被定义为一种灵肉分裂、承载着二元对立观念的存在。历史进入19世纪,从浪漫派理论家F. 施莱格尔到自然主义的重要理论奠基者泰纳以及唯意志论者叔本华、尼采,他们都开始倾向于将人之"精神"视为其肉身所开的"花朵",将人的"灵魂"看作其肉身的产物。而这在很大程度上要归功于19世纪中叶科学的长足进展逐渐对灵肉二元论——尤其是长时间一直处于主导地位的"唯灵论"——所达成的实质性突破。1860年前后,"考古学、人类古生物学和达尔文主义的转型学说在此时都结合起来,并且似乎都表达同一个信息:人和人类社会可被证明是古老的;人的史前历史很可能要重新写过;人是一种动物,因此可能与其他生物一样,受到相同转化力量的作用……对人的本质以及人类历史的意义进行重新评价的时机已经成熟"[1]。在这种历史文化语境下,借助比较解剖学所成功揭示出来的人的动物特征,生理学以及与之相关的遗传学、病理学以及实验心理学等学科纷纷破土而出。在19世纪之前,生理学与生物学实际上是同义词。19世纪中后期,随着生理学家思考的首要问题从对生命本质的定义转移到对生命现象的关注上来,在细胞学说与能量守恒学说的洞照之下,实验生理学的出现彻底改变了生理学学科设置的模糊状态,生理学长时间的沉

---

[1] 威廉·科尔曼:《19世纪的生物学和人学》,严晴燕译,上海:复旦大学出版社,2000年,第111页。

滞状态也因此得到了彻底改观。与生理学的迅速发展相呼应,西方学界对遗传问题的研究兴趣也日益高涨。在1860年至1900年期间,关于遗传的各种理论学说纷纷出笼(而由此衍生出的基因理论更是成了20世纪科学领域中的显学)。生理学对人展开研究的基本出发点就是人的动物属性。生理学上的诸多重大发现(含假说),有力地拓进了人对自身的认识,产生了广泛的社会—文化反响:血肉、神经、能量、本能等对人进行描述的生理学术语迅速成为人们耳熟能详的语汇,一种新型的现代"人学"在生理学发现的大力推动下得以迅速形成。

无论如何,大范围发生在19世纪中后期的这种关于人之灵魂与肉体关系的新见解,意味着西方思想家对人的认识发生了非同寻常的变化。在哲学上弭平唯物主义和唯心主义二元对立的思想立场的同时,实证主义者和唯意志论者分别从"现象"和"存在"的角度切近人之"生命"本身,建构了各具特色的灵肉融合的"人学"一元论。这种灵肉融合的"人学"一元论,作为现代西方文化的核心,对现代西方文学合乎逻辑地释放出了巨大的精神影响。可以毫不夸张地说,与现代西方文化中所有"革命性"变革一样,现代西方文学中的所有"革命性"变革,均直接起源于这一根本性的"人学"转折。文学是"人学",这首先意味着文学是对个体感性生命的关照和关怀;而作为现代"人学"的基础学科,实验生理学恰恰是以体现为肉体的个体感性生命为研究对象。这种内在的契合,使得总会对"人学"上的进展最先做出敏感反应的西方文学,在19世纪中后期对现代生理学所带来的"人学"发现做出了非同寻常的强烈反应,而这正是自然主义文学运动得以萌发的重要契机。对"人"的重新发现或重新解释,不仅为自然主义文学克服传统文学中严重的"唯灵论"与"理念化"弊病直接提供了强大动力,而且大大拓进了文学对"人"表现的深度和广度。如果说传统西方作家经常给读者提供一些高出于他们的非凡人物,那么,自然主义作家经常为读者描绘的却大都是一些委顿猥琐的凡人。理性模糊了,意志消退了,品格低下了,主动性力量也很少存在:在很多情况下,人只不过是本能的载体、遗传的产儿和环境的奴隶。命运的巨手将人抛入这些机体、机制、境遇的齿轮系统之中,人被摇撼、挤压、撕扯,直至粉碎。显然,与精神相关的人的完整个性不再存在;所有的人都成了碎片。"在巴尔扎克的时代允许人向上爬——踹在竞争者的肩上或跨过他们的尸体——的努力,现在只够他们过半饥半饱的贫困日子。旧式的生存斗争的性质改变了,与此同时,人的本性也改变了,变得更卑劣,更猥琐了。"①另外,与传统文学中的心理描写相比,自然主义作家不但关注人物心理活动与行为活动的关系,而且更加强调为这种或那种心理活动找出内在的生命—生理根源,并且尤其善于刻意发掘人物心灵活动的肉体根源。由此,传统作家那里普遍存在的"灵肉二元论"便被置换为"灵肉一体论",传统作家普遍重视的所谓灵与肉的冲突也就开始越发表现为灵与肉的协同或统一。这在西方文学史上,明显是一种迄今为止尚未得到公正评价的重大文学进展;而正是这一进展,使自然主义成了传统文学向"意识流小说"所代表的20世纪现代主义文学之心理叙事过渡的最宽阔、坚实的桥梁。

(二)"审美现代性"的视角与路径

正如克罗齐在《美学纲要》中所分析的那样,关于艺术的依存性和独立性,关于艺术自治或他治的争论不是别的,就是询问艺术究竟存在不存在;如果存在,那么艺术究竟是什么。艺术的独立性问题,显然是一个既关乎艺术价值论又关乎艺术本体论的重大问题。从作为伦理学附庸的地位中解脱出来,是19世纪西方现代文学发展过程中的主要任务;唯美主义之最基本的艺术立场或文学观点就是坚持艺术的独立性。今人往往将这种"独立性"所涵纳的"审美自律"与"艺术本位"称为"审美现代性"。

作为总体艺术观念形态的唯美主义,其形成过程复杂而又漫长:其基本的话语范式奠基于18世纪末德国的古典哲学——尤其是康德的美学理论,其最初的文学表达形成于19世纪初叶欧洲的浪漫主义作家,其普及性传播的高潮则在19世纪后期英国颓废派作家那里达成。唯美主义艺术观念之形成和发展在时空上的这种巨大跨度,向人们提示了其本身的复杂性。

由于种种社会—文化方面的原因,在19世纪,作家与社会的关系总体来看处于一种紧张的关系状态,作家们普遍憎恨自己所生活于其中的时代。他们以敏锐的目光看到了社会存在的问题和其中酝酿着的危机,看到了社会生活的混乱与人生的荒谬,看到了精神价值的沦丧与个性的迷失,看到了繁荣底下的腐败与庄严仪式中藏掖着的虚假……由此,他们中的一些人开始愤怒,愤怒控制了他们,愤怒使他们变得激烈而又沉痛,恣肆而又严峻,充满挑衅而又同时充满热情;他们感到自己有责任把看到

---

① 拉法格:《左拉的〈金钱〉》,朱雯等编选:《文学中的自然主义》,上海:上海文艺出版社,1992年,第341页。

的真相暴露在光天化日之下。而同时，另一些人则开始绝望，因为他们看破了黑暗中的一切秘密却唯独没有看到任何出路；在一个神学信仰日益淡出的科学与民主时代，艺术因此成了一种被他们紧紧抓在手里的宗教的替代品。"唯美主义的艺术观念源于最杰出的作家对于当时的文化与社会所产生的厌恶感，当厌恶与茫然交织在一起时，就会驱使作家更加逃避一切时代问题。"[①]在最早明确提出唯美主义"为艺术而艺术"口号的19世纪的法国，实际上存在三种唯美主义的基本文学样态，这就是浪漫主义的唯美主义（戈蒂耶为代表）、象征主义的唯美主义（波德莱尔为代表）和自然主义的唯美主义（福楼拜为代表）。而在19世纪后期英国那些被称为唯美主义者的各式人物中，既有将"为艺术而艺术"这一主张推向极端的王尔德，也有虽然反对艺术活动的功利性但却又公然坚持艺术之社会—道德价值的罗斯金——如果前两者分别代表该时期英国唯美主义的右翼和左翼，则瓦尔特·佩特的主张大致处于左翼和右翼的中间。

基于某种坚实的哲学—人学信念，浪漫主义、自然主义和象征主义都是19世纪在诗学、创作方法、实际创作诸方面有着系统建构和独特建树的文学思潮。相比之下，作为一种仅仅在诗学某个侧面有所发挥的理论形态，唯美主义自身并不具备构成一个文学思潮的诸多具体要素。质言之，唯美主义只是在特定历史语境中应时而生的一种一般意义上的文学观念形态。这种文学观念形态因为是"一般意义上的"，所以其牵涉面必然很广。就此而言，我们可以将19世纪中叶以降几乎所有反传统的"先锋"作家——不管是自然主义者，还是象征主义者，还是后来的超现实主义者、表现主义者等——都称为广义上的唯美主义者。"唯美主义"这个概念的无所不包，本身就已经意味着它实际上只是一个"中空的"概念——一个缺乏具体的作家团体、缺乏独特的技巧方法、缺乏独立的诗学系统、缺乏确定的哲学根底支撑对其实存做出明确界定的概念，是一个从纯粹美学概念演化出的具有泛泛意义的文学理论概念。所有的唯美主义者——即使那些最著名的、激进的唯美主义人物也不例外——都有其自身具体的归属，戈蒂耶是浪漫主义者，福楼拜是自然主义者，波德莱尔是象征主义者……而王尔德则是公认的颓废派的代表人物。

自然主义旗帜鲜明地反对所有形而上学、意识形态观念体系对文学

[①] 埃里希·奥尔巴赫：《摹仿论：西方文学中所描绘的现实》，吴麟绶、周新建、高艳婷译，天津：百花文艺出版社，2002年，第564页。

的统摄和控制,反对文学沦为现实政治、道德、宗教的工具。这表明,在捍卫文学作为艺术的独立性方面,与象征主义作家一样,自然主义作家与唯美主义者是站在一起的。但如果深入考察,人们将很快发现:在文学作为艺术的独立性问题上,自然主义作家所持守的立场与戈蒂耶、王尔德等人所代表的那种极端唯美主义主张又存在着重大的分歧。极端唯美主义者在一种反传统"功利论"的激进、狂躁冲动中皈依了"为艺术而艺术"(甚至是"为艺术而生活")的信仰,自然主义作家却大都在坚持艺术独立性的同时主张"为人生而艺术"。两者的区别在于,前者在一种矫枉过正的情绪中将文学作为艺术的"独立性"推向了绝对,后者却保持了应有的分寸。这就有:在文学与社会、文学与大众的关系问题上,不同于同时代极端唯美主义者的那种遗世独立,自然主义作家大都明确声称——文学不但要面向大众,而且应责无旁贷地承担起自己的社会责任和历史使命。另外,极端唯美主义主张"艺术自律",反对"教化",但却并不反对传统审美的"愉悦"效应;自然主义者却通过开启"震惊"有效克服极端唯美主义者普遍具有的那种浮泛与轻飘,使其文学反叛以更大的力度和深度体现出更为恢宏的文化视野和文化气象。就思维逻辑而言,极端唯美主义者都是一些持有二元对立思维模式的绝对主义者。

(三)"观念"聚焦与"关系"辨析

历史是断裂的碎片还是绵延的河流?对此问题的回答直接关涉"文学史观"乃至一般历史观的科学与否。毋庸讳言,国内学界在文学史乃至一般历史的撰写中,长期存在着严重的反科学倾向——一味强调"斗争"而看不到"扬弃",延续的历史常常被描述为碎裂的断片。比如,就西方文学史而言,20世纪现代主义与19世纪现实主义是断裂的,现实主义与浪漫主义是断裂的,浪漫主义与古典主义是断裂的,古典主义与文艺复兴是断裂的,文艺复兴与中世纪是断裂的,中世纪与古希腊罗马时期是断裂的等。这样的理解脱离与割裂了西方文学发展的传统,也就远离了其赖以存在与发展的土壤,其根本原因是没有把握住西方文学中人文传统与思潮流派深度关联的本原性元素。其实,正如彼得·巴里所说:"人性永恒不变,同样的情感和境遇在历史上一次次重现。因此,延续对于文学的意义远大于革新。"① 当然,这样说并非无视创新的重要性,而是强调在看到

---

① 彼得·巴里:《理论入门:文学与文化理论导论》,杨建国译,南京:南京大学出版社,2014年,第18页。

创新的同时不可忽视文学史延续性和本原性成分与因素。正是从这种意义上说,西方文学因其潜在之人文传统的延续性及其与思潮流派的深度关联性,它的发展史才是一条绵延不绝的河流,而不是被时间、时代割裂的碎片。

本套丛书研究的主要问题是19世纪西方文学思潮,具体说来,就是19世纪西方文学发展过程中相对独立地存在的各个文学思潮与文学运动——浪漫主义、现实主义、自然主义、唯美主义、象征主义和颓废派文学。我们将每一个文学思潮作为本项目的一卷来研究,在每一卷研究过程中力求准确把握历史现象之基础,达成对19世纪西方文学思潮历史演进之内在逻辑与外在动力的全方位的阐释。内在逻辑的阐释力求站在时代的哲学—美学观念进展上,而外在动力的溯源则必须落实于当时经济领域里急剧推进的工业革命大潮、政治领域里迅猛发展的民主化浪潮以及社会领域里的城市化的崛起。每个文学思潮研究的基本内容大致包括(但不限于)文本构成特征的描述、方法论层面的新主张或新特色的分析、诗学观念的阐释以及文化逻辑的追溯等。总体说来,本项目的研究大致属于"观念史"的范畴。文学思潮研究作为一种对文学观念进行梳理、辨识与阐释的宏观把握,在问题与内容的设定上显然不同于一般的作家研究、作品研究、文论研究和文化研究,但它同时又包含着以上诸"研究",理论性、宏观性和综合性乃其突出特点;而对"观念"的聚焦与思辨,无疑乃是文学思潮研究的核心与灵魂。

如前所述,文学思潮是指在特定历史时期社会—文化思潮影响下形成的具有某种共同美学倾向、艺术追求和广泛影响的文学思想潮流。根据19世纪的时间设定与文学思潮概念的内涵规定,本项目"19世纪西方文学思潮研究"共以六卷来构成总体研究框架,这六卷的研究内容分别是:"19世纪西方浪漫主义研究""19世纪西方现实主义研究""19世纪西方自然主义研究""19世纪西方唯美主义研究""19世纪西方象征主义研究"和"19世纪西方颓废主义研究"。各卷相对独立,但相互之间又有割不断的内在逻辑关系,这种逻辑关系均由19世纪西方文学思潮真实的历史存在所规定。比如,在19世纪的历史框架之内,浪漫主义与现实主义既有对立又有传承关系;自然主义或象征主义与浪漫主义的关系,均为前后相续的递进关系;而自然主义与象征主义作为同生并起的19世纪后期的文学思潮,互相之间乃是一种并列的关系;而唯美主义和颓废派文学作为同时肇始于浪漫主义又同时在自然主义、象征主义之中弥漫流播的文学观念或创作倾向,它们之间存在一种交叉关系,且互相之间在很大程度上存在着一种共生关系——正因为如此,才有了所谓"唯美颓废派"的表述(事实上,如同两个孪生子虽为孪生也的确关系密切,但两个人并非同一人——唯美主义与颓废派虽密切相关,但两者并非一回事)。这种对交叉和勾连关系的系统剖析,不惟对"历史是断裂的碎片还是绵延的河流"这一重要的文学史观问题做出了有力的回应,而且也再次彰显了本套丛书的"跨文化""跨领域""跨学科"系统阐释之"比较文学"研究的学术理念。

目 录

导　言　自然主义在中国的百年传播 ………………………………… 1

Ⅰ　自然主义文学运动

第一章　法国的风暴 ………………………………………………… 21
　第一节　起源:"福楼拜家的星期天" ……………………………… 22
　第二节　初发:"龚古尔家的顶楼" ………………………………… 28
　第三节　高潮:左拉及"梅塘集团" ………………………………… 34
　第四节　中坚:莫泊桑 ……………………………………………… 41

第二章　欧洲的蔓延 ………………………………………………… 46
　第一节　德国 ………………………………………………………… 47
　第二节　英国 ………………………………………………………… 58
　第三节　欧洲其他国家 ……………………………………………… 72

第三章　美国的崛起 ………………………………………………… 90
　第一节　19世纪末之第一代 ………………………………………… 91
　第二节　第二代掌门人德莱塞 ……………………………………… 98

第四章　影响研究：时空的演进 …………………………………… 108
　　第一节　从"第一阶段"到"第二阶段" ………………………… 108
　　第二节　从"法国中心"到"美国中心" ………………………… 116
　　第三节　扬弃与创造 ……………………………………………… 129

Ⅱ　自然主义叙事革命

第五章　典型与类型 …………………………………………………… 141
　　第一节　典型与类型 ……………………………………………… 141
　　第二节　"反英雄" ………………………………………………… 148

第六章　意旨与意象 …………………………………………………… 159
　　第一节　"主旨"的隐遁 …………………………………………… 159
　　第二节　"意象"的弥漫 …………………………………………… 170

第七章　情节与细节 …………………………………………………… 177
　　第一节　情节的瓦解 ……………………………………………… 177
　　第二节　细节的绽放 ……………………………………………… 180
　　第三节　必然性与偶然性 ………………………………………… 185

第八章　时间与空间 …………………………………………………… 189
　　第一节　"线型结构"的崩溃 ……………………………………… 189
　　第二节　时间与空间 ……………………………………………… 194
　　第三节　"有机的"与"非有机的" ………………………………… 204

Ⅲ　自然主义创作方法

第九章　"观念统摄型"与"体验主导型" …………………………… 213
　　第一节　现代转型：从"观念统摄"到"体验主导" ……………… 213
　　第二节　自然主义：西方叙事模式现代转型的发端 …………… 215

第十章 "非个人化"与"个性表现" …… 220
- 第一节 "非个人化" …… 220
- 第二节 "感觉体验"与"感觉－直觉混成体验" …… 224
- 第三节 "非个人化"与"个性表现" …… 227
- 第四节 "非个人化"叙事技巧举隅 …… 232
- 第五节 "非个人化"与现代主义 …… 235

第十一章 "叙述"与"描写" …… 240
- 第一节 卢卡契对两次"赛马"的分析 …… 240
- 第二节 自然主义与"描写" …… 243
- 第三节 现代主义与"描写" …… 249
- 第四节 "叙述"与"描写" …… 251

第十二章 文学自然主义中的"想象"问题 …… 254
- 第一节 左拉论"想象" …… 254
- 第二节 "真实感"与"想象" …… 259

Ⅳ 自然主义的诗学

第十三章 "屏"之"显现" …… 269
- 第一节 "屏"对"镜"的扬弃 …… 270
- 第二节 "屏"对"灯"的矫正 …… 275
- 第三节 "显现"："体验"的直呈 …… 279
- 第四节 "显现"："再现"与"表现"的融合 …… 284
- 第五节 "显现"：西方现代文学本体论的重构 …… 289

第十四章 从"愉悦"到"震惊" …… 296
- 第一节 "共同经验的破裂"：从"愉悦"到"震惊" …… 296
- 第二节 "冒犯"与"震惊" …… 300

第三节	"审丑"与"震惊"	305
第四节	"震惊"的审美效应	310
第五节	"震惊":西方现代文学的"否定"精神与"运动"形态	316

第十五章 自然主义与唯美主义 … 321
- 第一节 所谓"唯美主义" … 321
- 第二节 "依存"·"独立"·"绝对独立" … 327
- 第三节 "非教化"与"文学的社会功能" … 335

第十六章 自然主义文学的历史坐标 … 341
- 第一节 "自然主义":从哲学到文学 … 341
- 第二节 自然主义与浪漫主义 … 344
- 第三节 自然主义与19世纪中叶的浪漫写实主义 … 349
- 第四节 自然主义与作为"常数"的现实主义 … 354
- 第五节 自然主义与象征主义 … 358

V 文学自然主义中的科学问题

第十七章 文学自然主义与科学主义 … 365
- 第一节 科学主义与人本主义 … 365
- 第二节 19世纪中后期西方文化中的科学主义思潮 … 368
- 第三节 文学自然主义与科学主义精神 … 373

第十八章 "实验"观念与"先锋"姿态 … 381
- 第一节 "实验"的观念 … 383
- 第二节 "实验小说"与文学"科学化"的主张 … 385
- 第三节 "文学科学化":策略、目的与实施条件 … 391
- 第四节 "反传统":"实验小说"的先锋姿态 … 393
- 第五节 "实验主义":从自然主义到现代主义 … 398

第十九章　文学自然主义：从生理学到心理学 …………………… 401
　第一节　文学自然主义与生理学 ……………………………………… 401
　第二节　文学自然主义与心理学 ……………………………………… 410
　第三节　"视点"的"内转"：从自然主义到现代主义 ………………… 416

第二十章　文学自然主义中的"决定论"问题 ……………………… 419
　第一节　"生理学决定论"抑或"社会学决定论"？ …………………… 419
　第二节　"机械主义决定论"抑或"有机主义生成论"？ ……………… 422
　第三节　"决定论"抑或"宿命论"？ …………………………………… 426

主要参考文献 ……………………………………………………………… 431
主要人名、术语名、作品名中外文对照表 ……………………………… 442

导　言
自然主义在中国的百年传播

　　自然主义文学运动是一场漫延整个世界的文学革命。但世界如此之大，各国的情况如此不同，自然主义运动不可能是一场界限分明、内部统一的运动。事实上，世界上从来就没有任何完全统一的运动。自然主义在19世纪七八十年代便在法国达到了高潮；在法国的高潮几乎已经过去的时候，它才在德国和意大利出现；在英国、日本两国，真正的自然主义运动基本上始于19世纪90年代，并蹒跚地进入了20世纪初；自然主义的寿命在美国或许最长，直至两次世界大战之间，它还一直很活跃。我们大致可以认定：自然主义文学始于1857年福楼拜（Gustave Flaubert，1821—1880）的《包法利夫人》（*Madame Bovary*，1857），止于1939年斯坦贝克（John Steinbeck，1902—1968）的《愤怒的葡萄》（*The Grapes of Wrath*，1939）。绵绵延延，此起彼伏，按上述的划分方法，自然主义存在的时间不到一个世纪。

　　随着20世纪的到来，自然主义文学思潮开始进入中国。1904年，《大陆报》刊发《文学勇将阿密昭拉传》①，文章以古代史传的体式介绍了法国自然主义文学领袖左拉（Emile Zola，1840—1902），堪称西方自然主义文学思潮在本土传播的最早文献。沧海桑田的近百年间，自然主义文学在中国的传播起起伏伏，充满曲折与坎坷。其间既有中国作家借此改进中国文学的短暂热切，也有中国文人长期讨伐，更有薪火相传的中国学人对这一西方文学思潮的持续探究。相对于现实主义（Realism）、浪漫主义（Romanticism）这两种五四前后被普遍认同的西方思潮，自然主义在传

---

① 《文学勇将阿密昭拉传》，《大陆报》，1904年3月6日。

人之初便处于常被排斥的边缘地位。究其内里,除了本土文化"文以载道"之传统观念与"救亡图存"之危机意识的交互影响,源自苏俄的意识形态影响当数另一个原因:自然主义在新中国成立后受到的持续否定,与在新中国成立前左翼文人对自然主义的排斥一脉相承,两者有着类似的话语逻辑。

一、含混:基于"写实主义"的连通

与其他欧美文学思潮大致相同,自然主义在中国有密度、有力度的有效传播是伴随着新文化运动的钟声展开的。五四前后,左拉及其自然主义理论通过西欧和日本这两个途径被介绍到中国。

1915年,陈独秀在《新青年》杂志上发表了《现代欧洲文艺史谭》①。文中,他称从写实主义演变而来的自然主义是较现实主义更为先进的文学思潮,现今各种文艺皆受其影响;他还提到"自然主义中的拿破仑"左拉——左拉等自然主义者认为自然中的所有现象都有艺术价值,即便是对不德行为、猥亵心意等诸般丑陋,作家也要敢于照实写来。1916年,陈独秀在给张永言的信件中再次称赞自然主义:尽管它有淫鄙、不讳的问题,但其揭露精神比现实主义更胜一筹。② 1917年,陈独秀在《文学革命论》③中直言其尤爱法国的左拉,声言要以其文学思想革新中国文艺现状。

作为当时思想界的风云人物,陈独秀的认可与褒奖之词无疑扩大了自然主义之于本土文坛的影响力。在这之后,欧美诸多自然主义作家、作品陆续被翻译、介绍到国内。1917年,《新青年》杂志第3卷第5号刊发了龚古尔兄弟(Goncourt Brothers)的小说《基尔米里》(陈嘏译);1923年,《东方杂志》第24期发表了莫泊桑(Guy de Maupassant,1850—1893)的小说《爱》(仲云译);次年,文棳、冠生两人合编的莫泊桑传记《莫泊三传》印行(上海商务印书馆,1924年)。同时,许多国外(尤其是日本)的自然主义研究成果被翻译进来,如加藤朝鸟的《文艺上各种主义——自然主

---

① 陈独秀:《现代欧洲文艺史谭》,《新青年》,1915年第1卷第3号。
② 陈独秀:《答张永言》,转引自乔继堂选编:《陈独秀散文》,上海:上海科学技术文献出版社,2012年,第223页。
③ 陈独秀:《文学革命论》,《新青年》,1917年第2卷第6号。

义、写实主义、理想主义、象征主义》①、岛村抱月的《文艺上的自然主义》②和相马御风的《法国的自然主义文艺》③等。其中《法国的自然主义文艺》一文从道德的演进、科学的发展以及实证主义(Positivism)哲学的兴起等方面阐释了西方自然主义文学思潮兴起的缘由,并细致地阐发了自然主义艺术批评和艺术创作的主张——反浪漫主义、推崇科学与实证;文章还提到左拉是有目的、有理想地观察自然,而非简单地只是把自然看作自然,因而左拉的真实是他自己创造的真实。基于翻译过来的这些日语文献对西方自然主义文学的阐发甚是深入,是时本土学界对自然主义的认知虽浅表初步,但对其渊源、义理的把握还是颇为准确的。

早在1920年发表的《为新文学研究者进一解》一文中,茅盾虽认定自然主义之于文学的发展"颇为有益",但却并非"最高格的文学"——自然主义文学会造成颓废精神与唯我主义盛行,不利于中国青年了解新思想和发展新文学;相较之下,他认为当时应倡导的该是反自然主义的新浪漫主义(New-Romanticism)。④ 茅盾的这一立场很快招来了新派大佬胡适的批评⑤,这促成了茅盾戏剧性的陡然转身——成为大力推动自然主义文学研究与传播的主将。

在1921年刊发于《小说月报》的《最后一页》⑥中,茅盾已然改口称:自然主义尽管存在时间短,但影响很大;现代的大文学家都经受了自然主义洗礼,中国的"新文学"也应效法自然主义。1922年,针对时人对自然主义的质疑与误解,鼓吹自然主义的茅盾以其主编的《小说月报》为阵地发起了为时近一年之久的"自然主义"大讨论。在亲自撰写的诸多宣示自然主义理论与方法的文章中,茅盾称自然主义与现实主义实为一物,二者的区分仅在于描写上的客观化之多少,客观化多一点的是自然主义,较少

---

① 加藤朝鸟:《文艺上各种主义——自然主义、写实主义、理想主义、象征主义》,陈望道译,《民国日报》副刊《觉悟》,1920年10月28日。
② 岛村抱月:《文艺上的自然主义》,陈望道译,《民国日报》副刊《觉悟》,1921年12月12—15日。茅盾还在《〈文艺上的自然主义〉附志》一文中,特别提到陈望道将《文艺上的自然主义》翻译给国人,参见茅盾:《茅盾全集》(第十八卷),北京:人民文学出版社,1989年,第145页。
③ 相马御风:《法国的自然主义文艺》,汪馥泉译,《小说月报》,1924年第15卷号外。
④ 参见茅盾:《为新文学研究者进一解》,《茅盾全集》(第十八卷),北京:人民文学出版社,1989年,第39页。
⑤ 陈昶在《胡适与〈小说月报〉的转型》一文中详细讲述了胡适对茅盾的批评、教导,参见陈昶:《胡适与〈小说月报〉的转型》,《文学评论》,2017年第1期。
⑥ 茅盾:《最后一页》,《小说月报》1921年第8期。

的是现实主义。①茅盾依旧认为自然主义文学含有的机械决定论或宿命论倾向会令读者产生挫折之感,但他这时辩称:人世间本就有丑恶,人性本就有弱点,不敢接受、揭发丑陋与丑恶的文学乃一种自欺的态度;自然主义文学之所以能够取代浪漫主义文学,就是因为后者只用美化了的理想世界和英雄气概遮掩真实的世界本相。因此,他反复申明自然主义作品也是艺术品,自然主义文学的价值毋庸置疑。②

讨论获得了《少年中国》等杂志的呼应,影响遍及整个文坛。1922年的《小说月报》还刊发了多篇其他学者论述自然主义的文章,并曾连续多期刊行谢六逸的长篇论文《西洋小说发达史》(作者在1924将之编成《西洋小说发达史》由上海商务印书馆印行)——其中第5期、第6期和第7期讲的是自然主义文学。在谢六逸看来,19世纪中期之后的浪漫主义已是强弩之末,人们不再崇尚华美想象与奇异怪诞,而提倡返回现实与书写平凡生活,自然主义文学遂应时而起。自然主义是摆脱理想色彩、反对浪漫主义的文学思潮:浪漫主义重视主观,自然主义看重客观;浪漫主义写的是英雄豪杰,自然主义描的是日常人物。谢六逸还介绍了自然主义在法国、德国以及英美诸国的发展情况。是年《小说月报》第6期上还刊发了希真对德国自然主义作家霍普特曼(Gerhart Hauptmann,1862—1946)的解读文章《霍普德曼传》③。与《小说月报》同一阵营的《少年中国》杂志也在该年度刊发了一些自然主义研究文章,如李劼人的《法兰西自然主义以后的小说》④,主要探讨了法国自然主义及其后文学的演变。特别需要说明的是,李劼人不仅在推介自然主义文学思潮方面做了大量工作,且后来还在自然主义的直接影响下创作了"辛亥革命三部曲"(《死水微澜》《暴风雨前》《大波》),故有"中国的左拉"之誉。

在自然主义文学发源地法国,这项运动是举着反对浪漫主义的旗帜而占领文坛的。基于当时文坛的情势与格局,左拉等人反对浪漫主义、确立自然主义的斗争,除了从文学外部大力借助当代哲学及科学的最新成果来为自己的合理性进行论证外,还在文学内部从传统文学那里掘取资源来为自己辩护。而2000多年以来始终在西方占主导地位的文学传统,

---

① 茅盾:《自然主义的怀疑与解答——复吕芾南》,《茅盾全集》(第十八卷),北京:人民文学出版社,1989年,第211页。
② 茅盾:《自然主义的论战——复史子芬》,同上书,第197-198页。
③ 希真:《霍普德曼传》,《小说月报》,1922年第6期。
④ 李劼人:《法兰西自然主义以后的小说》,《少年中国》,1922年第10期。

便是由亚里士多德(Aristotle，前384—前322)"摹仿说"(后来又常常被人们唤为"再现说")奠基的"写实"传统，对此西方文学史家常以"摹仿现实主义"名之。① 这是左拉等自然主义作家将自然主义和现实主义两个术语"捆绑"在一起使用的基本出发点。这种混用，虽然造成了"自然主义"与"现实主义"两个概念的混乱，但在特定的历史情境中，这却并非是不可理解和不可接受的。而值得特别指出的是，国内学者从一开始便有对自然主义、现实主义、写实主义这些概念融混不分的现象。1920年，愈之发表了《近代文学上的写实主义》②。文中，他将"自然主义"(Naturalism)称为"写实主义"，不过他同时也用"写实主义"来指称"现实主义"；在他看来，"自然主义"与"现实主义"同属于"写实主义"一宗，两者仅有细微差别。谢六逸同年发表的《自然派小说》③一文，也秉持"自然主义"与"现实主义"同宗相近这一观念；茅盾等人在当时也常常用"写实主义"来指称"自然主义"。很显然，这一时期在"写实主义"的意义上认为"自然主义""现实主义"同宗相近而干脆将三个概念融混通用，这在学理上是讲得通的。

二、区隔：喧嚣尘上与静水流深

1930年3月，中国左翼作家联盟在上海成立，"马克思主义文艺理论研究会"等组织也很快相继成立。在这前后，西方马克思主义批评家对自然主义的否定态度与观点迅速在左翼文人中传播开来，使得他们对左拉和自然主义的评价发生了由基本肯定到彻底否定的急剧逆转。足以表征这种逆转的莫过于20世纪20年代中期后茅盾对西方自然主义立场的再度转折："一九二七年我写《幻灭》时，自然主义之影响，或尚存留于我脑海，但写《子夜》时确已有意识地向革命现实主义迈进，有意识地与自然主义决绝。"④《子夜》的创作主要是在1931年，这意味着30年代初茅盾便与自然主义决裂了。

20世纪20年代后期，宣称自然主义只是客观映照的左翼文人便开始用阶级分析的方法将其定性为资产阶级文学。芳孤在1928年发表的

---

① 参见利里安·R. 弗斯特、彼特·N. 斯克爱英：《自然主义》，任庆平译，北京：昆仑出版社，1989年，第5页。
② 愈之：《近代文学上的写实主义》，《东方杂志》，1920年第1期。
③ 谢六逸：《自然派小说》，《小说月报》，1920年第11期。
④ 茅盾：《茅盾给曾广灿的一封信》，《中国现代文学研究丛刊》，1981年第3期，第126页。

《革命文学与自然主义》①中称:尽管革命文学与自然主义文学都重视观察现实,但自然主义文学只是纯粹客观记录,革命文学则要为世人于黑暗中指出一条明路。"左联"的实际领导人瞿秋白在《关于左拉》一文中,对其发出了基于政治意识形态立场的严厉判词:"他的思想发展和'第三共和'时代的激进的小资产阶级以及技术的智识阶层的实际生活是密切的联系着的,他是这种小资产阶级的意识代表。"②在他看来,只知道改良、不通晓阶级斗争的左拉,其立场与资本主义紧密关联,与革命者不可能属于同一阵营。

20世纪30年代,苏联文艺界发起了针对公式主义(形式主义)与自然主义的批判运动。在对自然主义的讨伐声中,中国左翼文化圈一改之前对自然主义、现实主义、写实主义融通混用的做法,明确将自然主义与现实主义对立起来,开始了"现实主义至上"理论话语的初步建构。在《现实主义和民主主义》(1937)一文中,周扬便区分了现实主义与自然主义:前者是忠实于现实,但还存留想象与幻象,且有教育大众的目的和功用;后者则是对现实的跪拜,只会描摹、缺乏想象,不能指导民众。③ 在《关于"五四"文学革命的二三零感》(1940)一文中,周扬称自然主义"不去从事于现实的本质之深刻掘入,把人不当作社会的而当作生物的来处理,它不但不是现实主义的更进一步,而正是从现实主义的偏歪与后退"④。1940年,胡风主编的《七月》杂志刊发了吕荧翻译的《叙述与描写》⑤。在这篇1936年发表的文章中,著名马克思主义理论家卢卡契(Georg Luács,1885—1971)认为自然主义只会静态地描述人与事物,过度强调人的动物性,而没有深刻把握到社会的本质,也没能认识到人对环境的能动作用;在自然主义作品中,人是被事物支配的,这使得自然主义与现实主义迥然有别——它们是对立关系,自然主义是现实主义的一种倒退。卢卡契的才情与地位使得该文的立场与观点很快便流行开来,曹湘渠在《自然主义与现实主义——读卢卡契的〈叙述与描写〉》⑥一文中高度推崇该文的理论价值与意义,尤其认同卢卡契将现实主义与自然主义对立起来的区分:

---

① 芳孤:《革命文学与自然主义》,《泰东月刊》,1928年第10期。
② 瞿秋白:《关于左拉》,《瞿秋白文集》(文学编·第四卷),北京:人民文学出版社,1986年,第213页。
③ 周扬:《周扬文集》(第一卷),北京:人民文学出版社,1984年,第227页。
④ 同上书,第317页。
⑤ 卢卡契:《叙述与描写》,吕荧译,《七月》,1940年第1—4期。
⑥ 曹湘渠:《自然主义与现实主义——读卢卡契的〈叙述与描写〉》,《新学生》,1948年第1期。

前者是参与者,后者是旁观者;旁观者缺乏坚定的立场,只是旁观生活,参与者则积极参与生活,并鼓舞人们改变。王朝闻在《反自然主义三题》①中,也持有自然主义是现实主义之退步与歪曲的观点;作为"假现实主义"或"非现实主义",自然主义是懒惰、虚伪、反动的。至此,陈独秀等人关于自然主义乃写实主义之进一步发展的观点已被完全颠覆。

值得注意的是,正是在左翼文人基于政治意识形态讨伐自然主义文学的 20 世纪 30 年代前后,本土文坛出现了左拉(当时也被翻译为查拉)作品翻译的热潮。1937 年之前,《小酒店》(L'Assommoir,1877)就有四个译本,《娜娜》(Nana,1880)有两个译本;且不说代表性的长篇小说,甚至左拉的许多短篇以及不怎么知名的作品也在这股"左拉热"中有了中译本,如《春雨及其他》②《一夜之爱》③《侯爵夫人的肩膀》④等。与此同时,很多或长或短的左拉传记也由国外翻译进来,例如狄·诺斯(D. Ross)的《爱弥儿·左拉》在 1944 年被翻译进国内,该书在 1946 年以《左拉》之名再次出版;法国现代著名作家安德烈·纪德(Andre Gide,1869—1951)日记中有关左拉的评述《纪得的左拉观》⑤也被译成中文;另有一些简介左拉的文章,如卢卡契的《左拉和写实主义》⑥等。

众多左拉的中文译者中,毕修勺堪称代表性人物。他不但依托上海世界书局出版了《给妮侬的故事》(Contes à Ninon,1864)、《玛德兰·费拉》(Madeleine Férat,1868)、《岱蕾斯·赖根》(即《戴蕾斯·拉甘》,Thérèse Raquin,1897)、《娜薏·米枯伦》和《磨坊之役》(L'Attaque du Moulin,1880)等左拉作品的中译本,还先后翻译了左拉多篇重要理论文献。早在 1927 年,他便将左拉最重要的理论作品《实验小说论》("Le Roman Expérimentale",1880)译入国内。在译者小言里,他提到自己翻译该作品,是因为国内学人并没有真正地阅读过左拉的文学论著,只是凭借别人的批评对左拉及自然主义做出批评,这未免会出现偏颇。⑦ 20 世

---

① 王朝闻:《反自然主义三题》,《文艺劳动》,1949 年第 2 期。
② 左拉:《春雨及其他》,夏莱蒂译,《新学生》,1931 年第 4 期。
③ 查拉:《一夜之爱》,毕树棠译,《晨报副刊》,1927 年 7 月 18 日—7 月 27 日。
④ 左拉:《侯爵夫人的肩膀》,徐霞村译,《书报精华》,1947 年第 36 期。
⑤ 纪得:《纪得的左拉观》,王一苇译,《东流》,1935 年第 1 期。
⑥ G. 卢卡且:《左拉和写实主义》,孟十还译,《译文》,1935 年第 1—3 期。
⑦ 毕修勺:《译者小言》,左拉:《实验小说论》,毕修勺译,上海:美的书店,1927 年。

纪30年代,他又陆续翻译了左拉的《告文学青年》①《自然主义》②《风化在小说中》③和《文学的憎恨》④等。

在"左拉热"中,国内学者也翻译了不少国外研究自然主义文学的理论著作与批评文献。1929年出版的鲁迅译文集《壁下译丛》中,有一篇是日本学者片山孤村的《自然主义的理论及技巧》。片山孤村专门提到自然主义中的"自然"有两层意思:一层是指与文明相反的自然,另一层是指作为现实即感觉世界的自然;第一层中的自然主义是卢梭的自然主义,第二层中的自然主义则是文学自然主义的题中之义。⑤ 1929年,丰子恺亦将日本学者上田敏的著作《现代艺术十二讲》翻译进国内。书中第七讲冠名"自然派小说",作者将自然主义文学视为19世纪侧重于客观书写的那种风俗小说的发展,也即它是现实主义小说的发展;上田敏认为自然主义艺术追求如实写出自然、写出实际,其写真实的理念颇有价值,但却因为太过模仿科学和沉迷于精细描绘,忽略了情感综合和趣味,产生出许多弊病。⑥ 1930年,陈望道翻译了平林初之辅的《自然主义文学底理论的体系》⑦,该文主要讲述的是泰纳(Hippolyte Adolphe Taine,1828—1893)、左拉的文学思想,尤其提到左拉当时对自然主义的辩白:自然主义并非新起的文学运动,它早已在之前的作家与创作中存在。陆续翻译过来的国外自然主义研究文献还有巴比塞(Henri Barbusse,1873—1935)的《左拉的作品及其遗范》⑧、G. 波目的《左拉的〈萌芽〉新评》⑨、弗兰茨·梅林(Franz Mehring,1846—1919)的《自然主义与新浪漫主义》⑩、布吕穆非里德的《自然主义论》⑪、马第欧的《自然主义的意义》⑫,以及Samuel C. Chew的《英国自然主义小说论》⑬等。这些国外文献的译介,对当时国人

---

① E. 左拉:《告文学青年》,毕修勺译,《进化》,1936年第1期。
② E. 左拉:《自然主义》,毕修勺译,《进化》,1936年第2期。
③ E. 左拉:《风化在小说中》,毕修勺译,《进化》,1936年第3期。
④ E. 左拉:《文学的憎恨》,毕修勺译,《进化》,1936年第5期。
⑤ 鲁迅:《壁下译丛》,上海:北新书局,1929年,第14页。
⑥ 上田敏:《现代艺术十二讲》,丰子恺译,上海:开明书店,1929年,第120页。
⑦ 平林初之辅:《自然主义文学底理论的体系》,陈望道译,《文艺研究》,1930年第1期。
⑧ 巴比塞:《左拉的作品及其遗范》,穆木天译,《北斗》,1931年第2期。
⑨ G. 波目:《左拉的〈萌芽〉新评》,马宗融译,《译文》,1935年第4期。
⑩ Franz Mehring:《自然主义与新浪漫主义》,画室译,《朝花旬刊》,1929年第1期。
⑪ 布吕穆非里德:《自然主义论》,沈起予译,《中国文艺》,1937年第2期。
⑫ 马第欧:《自然主义的意义》,本修译,《燕燕》,1936年第1期。
⑬ Samuel C. Chew:《英国自然主义小说论》,高滔译,《新中华》,1949年第8—9期。

全面、准确地了解自然主义文学大有裨益。

必须特别指出的是,左翼阵营之外对左拉和自然主义的认同一直大有人在。因而在左翼文人基于政治意识形态讨伐自然主义的20世纪30年代前后,本土学人基于学理对这一西方文学思潮的研究也在扎扎实实地缓慢推进。这些相对于前一个时期显得成熟、沉实了许多的学术言说,与同时期左翼文人对自然主义的观点形成了鲜明对照。而左拉作品的大量翻译与广泛传播、诸多自然主义理论文献或批评著述的译介,乃是这一阶段本土学人对自然主义展开深入、系统正面阐发的基础。

在《法国文学 ABC》(下册)①中,徐仲年别开生面地阐述了自然主义文学:自然主义与现实主义易于混淆,人们也常常将它们混为一谈,因此他将自然主义文学明确界定为一门受生理学与泰纳思想影响、混合了生理与心理的实验式文学。胡行之在《文学概论》的第二章"文学上的各种主义"中论述了自然主义。他认为文艺的观念、文学中的主义皆是特定社会的映现;作为惊醒资产阶级的文艺,自然主义属于为人生的艺术。② 振芳在《法国的写实主义和自然主义概说》③中提及自然主义注重对现实生活的细致观察和实验,尤其重视生活印象的表现;而伯宫在《自然主义文学之特征》④一文中尝试对自然主义文学的特征做出概括:它尊重科学精神,没有预设价值,强调同等地看待事物,抛弃美化,打破神秘,致力于将黑暗和丑恶的事物呈现在人们眼前。

很多人以为左拉擅长写暴露性的猥亵作品,江未川在《左拉的艺术和思想》⑤一文中予以辩驳:左拉的写作将丑陋暴露出来,为的是引发人的憎恶,从而矫正错误。名家陈瘦竹的《自然主义戏剧论》是一篇深入研讨自然主义戏剧的文章,立意宏阔,见解精辟:19世纪,西方戏剧曾发生两次变革,一次是浪漫主义戏剧推翻古典主义戏剧,一次是自然主义戏剧推翻浪漫主义戏剧。相较于浪漫主义戏剧爱用离奇情节、热衷描写伟大事迹和作品中满是感伤味、抒情味,自然主义戏剧则不重视情节结构和戏剧技巧,呈现的是绝望与灰色的人生以及卑劣的生理欲望,作品的故事与对话质朴无华,戏剧动作进展缓慢。自然主义戏剧的根本精神是使剧中演

---

① 徐仲年:《法国文学 ABC》(下册),上海:世界书局,1933年,第49页。
② 胡行之:《文学概论》,上海:乐华图书公司,1933年,第121页。
③ 振芳:《法国的写实主义和自然主义概说》,《国民文学》,1935年第1期。
④ 伯宫:《自然主义文学之特征》,《疾雷月刊》,1933年第34期。
⑤ 江未川:《左拉的艺术和思想》,《黄河(西安)》,1943年第4期。

员不是在观众眼前演戏,而是在他们眼前生活。"这派戏剧运动,盛行于1880年以后,以爱弥尔·左拉为大师,其后借亨利·贝克(Henri Bencque)的剧本、翁德雷·翁图安(Andre Antoine)的剧场,而为欧洲戏剧放一异彩。"①在左拉研究方面,还应该提及的是法国文学翻译大家赵少侯之《左拉的自然主义》②。

三、消逝:"格格不入"的"反现实主义"

新中国成立之初,百废待兴的纷乱中曾有一个翻译和再版左拉作品的热潮。在很短的时间内,上海文化出版社出版了毕修勺翻译的《劳动》(*Travail*,1901)、《崩溃》(*La Débâcle*,1892)和《萌芽》(*Germinal*,1885),焦菊隐翻译的《娜娜》;国际文化出版社出版了李青崖翻译的《饕餮的巴黎》(*Le Ventre de Paris*,1873)、冬林翻译的《金钱》(*L'Argent*,1892);上海新文艺出版社出版了孟安翻译的《给妮侬的故事》;人民文学出版社再版了王了一翻译的《小酒店》等。在左拉作品翻译或再版热潮的同时,一些国外研究左拉的著作和论文也偶有被译成中文,例如让·弗雷维勒(Jean Fréville,1895—1971)的《左拉》(王道乾译,平明出版社,1955年;新文艺出版社,1956年)等。

1952年,译自苏联的《马克思列宁主义的美学反对艺术中的自然主义》一书由上海文艺出版社出版。之后,该书对自然主义的态度也就大致构成了中国主流对自然主义的基本立场:自然主义与形式主义都是歪曲、反对现实主义的,是对抗富有思想的艺术和现实描写的,是彻头彻尾的颓废主义。③ 1956年,《美术》杂志刊发译自苏联大百科全书的《自然主义》④,该文进一步明确了本土对自然主义的判词与艺术定性:自然主义乃"资产阶级艺术和文学中的反现实主义的创作方法"。自然主义之资产阶级性表现在其哲学基础乃实证主义哲学,且它基于遗传学理论,认为人的生物性决定人的行为和价值;自然主义热衷于描写暴力与畸形的病理学现象,其颓废倾向迎合了帝国主义的艺术趣味及政治意图。自然主义

---

① 陈瘦竹:《自然主义戏剧论》,赵宪章主编:《南京大学百年学术精品·中国语言文学卷》,南京:南京大学出版社,2002年,第811页。
② 赵少侯:《左拉的自然主义》,《晨报副刊》,1926年第61期。
③ 布洛夫:《马克思列宁主义的美学反对艺术中的自然主义》,金诗伯、吴富恒译,上海:上海文艺出版社,1952年,第2页。
④ 《自然主义》,克地译,《美术》,1956年第5期。

之反现实主义表现在其只会描绘表面现象和个别事物,不能深入揭示现实与事物的本质——阶级矛盾和阶级斗争;自然主义舍弃概括化和典型化,只能描摹现实图景的一部分,因而写不出艺术典型或英雄人物来表现社会的规律——先进阶级将取代落后阶级;自然主义既坚持不对事物做价值评判,又号称不干预现实政治,它非但不能正确地认知和呈现现实,反而会歪曲现实。

当时对政治敏感的文人常从反现实主义与资产阶级立场两个层面提到自然主义。1955年,在《论现实主义与自然主义的区分——批判俞平伯研究红楼梦的错换观点和方法》①中,吴富恒认为胡适、俞平伯秉持的正是自然主义观念;自然主义摄影式地描绘现实,只能停留于琐屑细节,而不能像现实主义那样深入反映现实本质,表现社会历史发展的规律和趋势。同年,王恩谊在《艺术的真实不是事实的实录——对王琦的"画家应该重视生活实践"的意见》②一文中也称,只能机械记录的自然主义没法抓住事物本质,而现实主义却能够揭示出生活本质及规律。1956年,周扬在中国作家协会第二次理事会会议(扩大)上做了名为《建设社会主义文学的任务》③的报告,认为:公式主义是简单化了生活,而自然主义则沉沦于不重要的烦琐细节,它们都违反了典型环境中典型性格的描写。在《新民歌开拓了诗歌的新道路》(1958)一文中,周扬又将自然主义视为流于"鼠目寸光的文学主张"④。很长时间流播甚广的《文学的基本原理》(1963),也将自然主义描述为"鼠目寸光",只会考察平庸小市民的污秽泥沼,烦琐地记录个别生活细节,遗忘了真正有意义的典型⑤。

大致说来,在1949年至1978年间,自然主义文学作为一个负面的文学存在频频遭受批判与申斥。解放区的文艺观念在1949年后扩展到全国,革命现实主义和革命浪漫主义先后成为文艺界的主流文学观念,被视为现实主义退化或伪现实主义的自然主义则被彻底地否定。慢慢地,自然主义不知何时已然不再是特指某个文学思潮的学术概念或术语,而是

---

① 吴富恒:《论现实主义与自然主义的区分——批判俞平伯研究红楼梦的错换观点和方法》,《文史哲》,1955年第1期。
② 王恩谊:《艺术的真实不是事实的实录——对王琦的"画家应该重视生活实践"的意见》,《美术》,1955年第10期。
③ 周扬:《建设社会主义文学的任务》,《人民日报》,1956年3月25日。
④ 周扬:《新民歌开拓了诗歌的新道路》,洪子诚:《中国当代文学史·史料选:1945—1999》(上卷),武汉:长江文艺出版社,2002年,第462-463页。
⑤ 以群:《文学的基本原理》,上海:上海文艺出版社,1963年,第260页。

泛指某种浅薄、低俗、下流的文艺形式,即在新的革命文化的话语系统中,"自然主义"俨然凝结为一个用来表示否定的简单而又绝对的贬义词。特别需要指出的是,早先的融混通用是因循左拉等人的做法,将自然主义与"摹仿现实主义"或"写实主义"联系在一起,而现在的否定申斥则是将自然主义与高尔基(Maxim Gorky,1868—1936)命名的"批判现实主义"或恩格斯所界定的那种"现实主义"(以唯物主义为哲学基础、不同于一般"摹仿现实主义"的创作方法)完全对立起来。

在《夜读偶记》中,茅盾谈到古今中外的现实主义,附带提到了自然主义:"几年前就提出来的反对形式主义同时也要反对自然主义的口号,基本上是正确的,在今天也仍然正确。"[①] 在随后而来的"文化大革命"中,文学通常只塑造高大全式的英雄人物。与之相适应,文学自然主义也就进入了完全被否定—冻结—屏蔽的状态。

四、复活:从"现实主义的组成部分"到"现代主义的起点"

与其他被彻底否定的西方"毒草"一样,文学自然主义亦先是借助改革开放的东风慢慢地重回人们的视野,而后才有了拨乱反正的重新评价与学术拓进。

20世纪70年代末,还鲜有人提及自然主义;20世纪80年代初,有人偶或提及这一西方的文学术语,基本上仍持否定态度。1982年,李贵仁在《现实主义和自然主义的分野——读拉法格文论一得》[②] 中依然认为自然主义是现实主义的一种扭曲,社会主义文学创作应摒弃这种丑化工人阶级、掩盖资产阶级罪恶的文学。在《试论现实主义和自然主义的区别》[③](1989)中,王南同样声称"自然主义是一种错误的和有害的创作方法,必须抑制它发展"。直至20世纪90年代,还是有很多人在质疑并否定自然主义。

相对于源自上一个时期强大惯性的武断否定,改革开放后越来越多的学者开始挣脱思想的牢笼,尝试正面阐发自然主义的意义与价值。1983年,《文艺理论研究》意味深长地同时发表了两篇关于自然主义的译文,一篇是苏联大百科全书对"自然主义"的定义[④]——自然主义乃与现

---

① 茅盾:《夜读偶记》,天津:百花文艺出版社,1958年,第36页。
② 李贵仁:《现实主义和自然主义的分野——读拉法格文论一得》,《社会科学》,1982年第11期。
③ 王南:《试论现实主义和自然主义的区别》,《青海社会科学》,1989年第2期。
④ 《自然主义》,梅希泉译,《文艺理论研究》,1983年第3期。

实主义相对立的资产阶级的一种艺术观念；另一篇是法国作家于斯曼（又译于思曼，J. K. Huysmans，1848—1907）的《试论自然主义的定义》①——自然主义更契合当代观众的审美需求，是现实主义的进步。同年，在《左拉的自然主义理论与创作——兼论对〈小酒店〉的批评》②一文中，金嗣峰提出不能笼统地将自然主义视为现实主义的对立面，一棍子打死，因为马克思、恩格斯在批评左拉的时候也承认了其杰出的才能。至20世纪80年代后期，法国文学的研究专家柳鸣九撰写发表了多篇为自然主义正名的文章。如《自然主义功过刍议》认为自然主义其实是现实主义的一种特殊形式，是"与传统现实主义一脉相承的、完全一致的"③；《关于左拉的评价问题（一）——对恩格斯关于现实主义与左拉论断的质疑》④通过对恩格斯关于现实主义论断的质疑来为左拉辩护，恩格斯的现实主义定义门槛过高，不能作为评判左拉作品是否是现实主义的标准，否则不只是左拉作品，许多作品都没法被看作现实主义著作。柳鸣九认为，自然主义应该属于现实主义的范畴。"自然主义思潮在西欧从发生发展到消退，已经将近一百年了，它在人类文学的发展中曾刻下了一道深深的印痕。说它消退并不完全确切，确切地说，它是汇入、隐没在现实主义发展的巨流中，它至今并未成为一个独立的流派与思潮，就是因为它本来就基本上属于现实主义的思潮，也正因为如此，它才可能整个地汇入并隐没在现实主义之中，它当时的一些理论主张与创作实践肯定有失之偏颇之处，但它的一些合理成分与贡献却汇入了巨流而成为这巨流中的有机成分。"⑤

1988年10月，全国法国文学研究会在京举办了左拉学术讨论会，会议收到的数十篇论文对左拉、自然主义文学与理论、自然主义与现实主义、自然主义与现代主义等问题都做了深入的研究和讨论，基本达成了既不该贬低左拉的历史地位也不应将现实主义与自然主义对立起来的共识。很快，本土学界开始从对自然主义功过好坏的辩论转向对诸多具体

---

① 于思曼：《试论自然主义的定义》，博先俊译，《文艺理论研究》，1983年第3期。
② 金嗣峰：《左拉的自然主义理论与创作——兼论对〈小酒店〉的批评》，《社会科学战线》，1983年第2期。
③ 柳鸣九：《自然主义功过刍议》，《读书》，1986年第8期。
④ 柳鸣九：《关于左拉的评价问题（一）——对恩格斯关于现实主义与左拉论断的质疑》，《外国文学评论》，1989年第1期。
⑤ 柳鸣九：《理史集》，石家庄：河北教育出版社，1998年，第244页。

问题之有意义的学术探究。如王秋荣和周颐的《左拉的自然主义与生理学》[①]，笔涉自然主义的文学本质论与创作特质。与此同时，一批自然主义理论文献与国外自然主义研究论文的汇编译本也纷纷面世，主要有柳鸣九编选的《法国自然主义作品选》(天津人民出版社，1987年)、主编的《自然主义》(中国社会科学出版社，1988年)，朱雯等人编选的《文学中的自然主义》(上海文艺出版社，1992年)，谭立德编选的《法国作家·批评家论左拉》(安徽文艺出版社，1994年)等。与此相契合的则是，弗斯特(Lillan R. Furst)和斯克爱英(Peter N. Skrine)合著的《自然主义》(任庆平译，昆仑出版社，1989年)、唐纳德·皮泽尔(Donald Pizer)主编的《美国现实主义和自然主义：豪威尔斯到杰克·伦敦》(张国庆译，武汉大学出版社，2009年)等一批国外自然主义的学术著作也被翻译进来。这批国外论文汇编本与研究专著的翻译出版，给自然主义研究注入了新动力，直接催发了新世纪本土学界自然主义学术研究的高潮。

21世纪伊始，蒋承勇便在《欧美自然主义文学的现代阐释》(2002)的引言中总结说：20世纪80年代以来出现了一些为左拉与自然主义翻案的文章，但"无论是贬抑者还是翻案者，他们研究的结论虽然不尽相同，但评价的尺度和研究的方法却是一致的：他们差不多都用现实主义这一价值尺度去衡量自然主义以及左拉在何种程度上投合了现实主义的艺术趣味和文化模式。这种价值尺度和研究方法本身的合理性是值得怀疑的"[②]。作者由此引入了将自然主义与现代主义进行比较的新视角，指出："意识流小说可谓是心理自然主义的代表流派。意识流作家将弗洛伊德(Sigmund Freud，1856—1939)精神分析理论和柏格森(Henri Bergson，1859—1941)直觉主义与自然主义真实表现结为一体，主张完全真实自然展示人物内在意识流程。"[③]而另一研究者高建为则称："对于自然主义诗学这一研究实体，我基本上采纳西方特别是法国研究者的普遍观点，即自然主义是一个独立的文学运动和文学潮流，将自然主义与现实主义区别开来，同时也承认自然主义与现实主义存在一些相同的诗学准则。但是我认为两个文学流派各自产生于不同的历史文化语境之中，既

---

① 王秋荣、周颐：《左拉的自然主义与生理学》，《外国文学研究》，1988年第3期。
② 蒋承勇等：《欧美自然主义文学的现代阐释》，上海：复旦大学出版社，2002年，"引言"第1—2页。
③ 同上书，第197页。

无法比较价值的高低,也不能将其混为一谈。"①这就突破了国内自然主义研究历来占主导地位的意见,即所谓"现实主义至上论"和"现实主义中心论"。曾繁亭认为,国内学界长期以来对自然主义文学存在着的系统性误读,使得人们对这场文学革命难以给出准确的评价。所以在其《文学自然主义研究》②中,他从文本建构、创作方法、诗学观念、文化逻辑等诸层面系统而又深入地回答了"何谓文学上的自然主义"的问题,充分肯定了自然主义的文学理论和创作方法在颠覆传统和不断创新方面所做出的卓越贡献。值得注意的是,在对自然主义展开理论阐发时,该书始终贯穿着一条全面分析现代主义与自然主义承续性同构关系的红线。在由《"真实感":重新解读左拉的自然主义文论》③《自然主义:从生理学到心理学——兼论自然主义与现代主义的关系》④等构成的系列论文中,曾繁亭反复重申:自然主义对生理学的重视正是为20世纪以弗洛伊德心理学为武器揭示"自我"内心世界的现代主义文学事先进行了一次开创性的探索和实验,自然主义乃现代主义的重要起点。

以"自然主义"为关键词在中国知网上搜索,20世纪80年代与90年代的相关论文每年大约有数十篇,但21世纪以来,这一数字迅速增长为数百篇——2014年高达408篇。与此同时,蒋承勇、高建为、曾繁亭等人颇有分量的学术专著相继出版,许多重要的自然主义文学理念得以重申,诸多对自然主义的错误认知得到矫正,道德审判与阶级分析之宏大话语模式日渐淡出,代之而起的则是美学、叙事学等纯粹学理层面的细致分析和逻辑研判。本土学界对西方自然主义的言说终于进入了纯粹学术研究的境界。

大致来说,经由茅盾等人的大力推介,自然主义文学在20世纪20年代初的本土文坛得以广泛传播并引发普遍关注。但相对于现实主义、浪漫主义这两种五四前后被普遍认同的西方思潮,自然主义却在传入之初便常常处于被排斥的边缘地带。

基于"文以载道"的传统观念与"救亡图存"的危机意识,人们常常指

---

① 高建为:《自然主义诗学及其在世界各国的传播和影响》,南昌:江西教育出版社,2004年,"绪论"第18页。
② 曾繁亭:《文学自然主义研究》,北京:中国社会科学出版社,2008年。
③ 曾繁亭:《"真实感":重新解读左拉的自然主义文论》,《外国文学评论》,2009年第4期。
④ 曾繁亭:《自然主义:从生理学到心理学——兼论自然主义与现代主义的关系》,《东岳论丛》,2012年第1期。

责自然主义太过客观写实,太过悲观消极,描写了那么多人间悲哀却不能给出任何解决悲伤的法子。在《欧游心影录》中,文界领袖梁启超很早就对自然主义文学提出了尖锐批评:自然派把人类丑的方面、兽性的方面和盘托出,易使读者觉得人只是被肉欲和环境支配的动物,与猛兽弱虫没有区别;所以那些受到自然派文学影响的人,总是满腔子怀疑、满腔子失望。① 芳孤在《革命文学与自然主义》(1928)中也指责,只做客观记录的自然主义文学不能像革命文学那样为世人于黑暗中指出一条明路。②

1930年"左联"成立前后,西方马克思主义批评家对自然主义的否定态度与观点迅速在左翼知识分子中传播开来,加剧了学界基于本土文化逻辑与现实因应对自然主义的天然排斥。事实上,被视为反动资产阶级文学和反现实主义创作的自然主义在新中国成立后受到的持续否定,与上一个时期左翼文人对自然主义的排斥一脉相承,两者有着类似的意识形态话语逻辑。改革开放之后,对自然主义批判与讨伐的否定之声长时间仍余音缭绕。通用多年的权威教材《欧洲文学史》对左拉与自然主义继续做出了否定的评价:"在资产阶级文学流派中,自然主义首先产生于法国……左拉和泰纳一样,用自然规律来代替社会规律,抹煞人的阶级性。同时,他把艺术创作和实验科学等同起来,实际上就取消了艺术的存在。根据自然主义原则写成的作品,总是着重对生活琐事、变态心理和反常事例本身的详细描写,缺乏具有社会意义的艺术概括,歪曲事物的真象,模糊事物的本质,把读者引向悲观消极,丧失对社会前途的信心。"③ 1992年,徐德峰在《自然主义:人与艺术的双重失落》④中称自然主义不能成为文学史中的"正面形象"。

在对"真实感"(The Sense of the Real)的追求之外,左拉明确提出了自然主义的"非个人化"主张,自然主义作家用"非个人化"策略来达成"真实感"描绘的主张与做法,直接引发了恩格斯、拉法格(Paul Lafargue,1842—1911)与卢卡契等人对其的否定;他们更喜欢将自然主义的这一核心主张视为"反典型化"的机械描写:"像摄影机和录音机那样忠实记录下

---

① 梁启超:《欧游心影录》,王德峰编选:《梁启超文选》,上海:上海远东出版社,2011年,第199—200页。
② 芳孤:《革命文学与自然主义》,《泰东月刊》,1928年第10期。
③ 杨周翰、吴达元、赵萝蕤主编:《欧洲文学史》(下卷),北京:人民文学出版社,1979年,第243页。
④ 徐德峰:《自然主义:人与艺术的双重失落》,《学术月刊》,1992年第2期。

来的自然主义的生活表面,是僵死的,没有内部运动的,停滞的。"[1]拉法格甚至将左拉客观中立的"非个人化"创作方法引申为自然主义作家反对参加社会政治斗争。拉法格等人的片面性"在于将作家的艺术家身份与其社会人身份等同,将作家的艺术观甚至叙事策略与其社会政治立场等同,其本质在于将生活与艺术、政治与艺术混为一谈"[2]。

从1904年算起,文学自然主义在中国形成讨论已超110年。时至如今,对西方自然主义诸多扭曲与误解虽已被矫正或正被矫正,然而它无疑仍是一座静待深入发掘的文学宝藏。

---

[1] 卢卡契:《现实主义辩》,卢永华译,叶廷芳校,卢卡契:《卢卡契文学论文集》(二),北京:中国社会科学出版社,1981年,第14页。

[2] 曾繁亭:《文学自然主义研究》,北京:中国社会科学出版社,2008年,第150页。

Ⅰ 自然主义文学运动

达尔文注定要彻底革命的不仅是生物学,而是整个人类思想,甚至可能最终是人类行为。

——Grant Allen,*Charles Darwin*

19世纪后半叶,斯宾塞在美国的受欢迎程度在哲学史上罕有人匹。

——Malcolm Cowley,"Naturalism in American Literature"

左拉把美学和形式问题归到一起考虑,提出了若干别开生面的创见。就后来现代主义对自然主义叙事模式的直接继承和发扬广大而言,这些见解显然是关键的中介而非障碍。

——Simon Joyce,*Modernism and Naturalism in British and Irish Fiction:1880—1930*

文学自然主义是小说发展中的一个重要运动。作为一种文学运动(而不是时期),它取代了浪漫主义的情感小说,继之也被现代主义所取代。当不再有感伤的主人公通过人心的力量解决冲突以对抗工业社会,自然主义便取代了菲尔丁或者狄更斯的感伤主义。当T. S. 艾略特、庞德、詹姆斯·乔伊斯和弗吉尼亚·吴尔夫等人拒绝了自然主义的科学基础,依赖于人的意识及主要来自柏格森的时间理论,从工业进程派生出来的人类废墟逃向艺术沙龙或审美关切,自然主义的诸多机械假设便被象征和神话所取代,自然主义文学运动也就被现代主义所取代。

——Richard Leban,"American Literary Naturalism:The French Connection"

反对自然主义的各种"案例",主要源自19世纪90年代到现在批评家所处时代的宗教、哲学和政治问题,而非对小说本身的仔细审视。

——Donald Pizer,*The Theory and Practice of American Literary Naturalism:Selected Essays and Reviews*

第一章
法国的风暴

　　总体来说，与自然主义文学在法国之形成与发展有直接关涉的文化因素，当推实证主义哲学、生物进化论以及贝尔纳（Claude Bernard，1813—1878）等人的实验医学研究。达尔文（Charles Robert Darwin，1809—1882）的《物种起源》（*The Origin of Species*）1859年发表，19世纪60年代被译成包括法语在内的各种文字，在西方社会－文化领域产生了广泛而深刻的影响。除此之外，实验医学与生理学的迅速发展，也影响了作家创作方法的改变。法国著名生理学家克洛德·贝尔纳在1851年发表了关于"肝脏的糖合成机能"方面的开创性论文，使法国医学和生理学的发展迈向了新的阶段；1865年，他出版了其科学哲学方面的经典著作《实验医学研究导论》（*Introduction à l'étude de la Médecine Expérimentale*）。贝尔纳等人的生理学研究成果与方法，不仅开辟了对人的生理机能与神经现象认识的新领域，而且使得文学家对人的审视与表现有了新的视角，为他们强调对生理的人的剖析与描写提供了契机。

　　在实证主义哲学与生物进化论的基础上，泰纳率先开始创建新的文艺观念体系，形成了从种族、时代、环境三个方面来阐发文学的社会－历史批评方法。泰纳的文艺思想影响了包括福楼拜、左拉等在内的19世纪中后期的法国作家，在文学创作领域确立了重视事实的思想与信靠科学的精神，并把文学对真实性的追求提到一个新的高度，这就为自然主义文学的创建提供了理论上的准备。作为这一运动的奠基性人物，泰纳帮助建构了自然主义的艺术哲学。在文学领域，是泰纳最早使用了"自然主义"这一术语。1858年，他在《巴尔扎克论》一文中称巴尔扎克（Honoré de Balzac，1799—1850）身上具有"自然科学家"的品格，且善于"以自然科学家的身份描写现实",而把他称为"自然主义者";泰纳虽然并没有充分论证巴尔扎克何以是一个"自然科学家"以及他究竟在何种意义上在创作中运用了自然科学的方法,但第一次在文学领域提出并使用了"自然主义"的概念并赋予它特定的内涵——文学创作理应和自然科学的观念、自然科学的方法更紧密地结合。①

福楼拜与泰纳素来交好,其文学科学化与客观化主张,很大程度是直接源于泰纳的文艺思想。"从《包法利夫人》开始,新的文学思潮在龚古尔兄弟、左拉、都德(Alphonse Daudet,1840—1897)和莫泊桑等人的作品中得到发展,并最终确立了自然主义文学流派的地位。"②

第一节 起源:"福楼拜家的星期天"

居斯塔夫·福楼拜出生于法国卢昂一个医生世家。其父是卢昂市著名的外科医生,并从1818年起任市立医院院长。福楼拜从小在医院的环境中长大,目睹尸体和解剖实验,这一经历对于他之后形成冷静克制和精雕细琢的文风有一定影响。福楼拜生性腼腆,性格孤僻,不喜社交。1845年,福楼拜完成《情感教育》(*L'Éducation Sentimentale*,1869)第一版初稿。同年,父亲去世,他与母亲和外甥女定居郊外的别墅。从此,他潜心创作,终身未娶。福楼拜是一个纯粹的作家,没有工作和职业,创作就是他的生活。除了早期创作的具有浪漫主义色彩的《狂人之忆》(1839)、《斯玛尔,古老的秘密》(1839)等习作之外,他的传世作品多讲述恶浊的社会风气下平庸人物的故事,包括《包法利夫人》《萨朗波》(*Salammbô*,1862)、《情感教育》和《圣安东的诱惑》(*La Tentation de Saint Antoine*,1874),另有短篇合集《三故事》(*Trois Contes*,1877)、一部未完成的小说《布瓦尔与佩库歇》(*Bouvard et Pécuchet*)(写两个小书记员的庸碌生涯以及他们做的考古学、遗传学、化学等方面的科学实验)等。福楼拜重视语言的锤炼和美感,力求文字简约精确,其文笔被称为法文作品里的模范。"福楼拜追求完美的节奏和声音、文字和图像的融合,在描述的过程中给读者呈现

---

① 参见柳鸣九:《理史集》,石家庄:河北教育出版社,1998年,第166页。
② Lars Ahnebrink, *The Beginnings of Naturalism in American Fiction*, Cambridge, Mass.: Harvard University Press, 1964, p. 33.

出某一场景的全部细节。"①

福楼拜自言"拒绝一切派别",尤其憎恶加诸其身的"现实主义"等一切标签;但又与许多作家交往密切,常在家中举行沙龙,左拉等自然主义大家均为家中的常客,而莫泊桑则对之执弟子礼。从1874年4月开始,福楼拜、左拉、埃德蒙·德·龚古尔(Edmond de Goncourt, 1822—1896)、屠格涅夫(Ivan Sergeevich Turgenev, 1818—1883)、都德等人常于星期天在福楼拜家中共进晚餐,当时便被叫作"福楼拜家的星期天"。左拉曾多次赞美福楼拜的作品,并称其为"自然主义文学的鼻祖";后世各国的文学史家和福楼拜的研究者也大都习惯于从自然主义或现实主义的角度谈论其创作。早在1915年,陈独秀便在《青年杂志》上著文推介自然主义作家福楼拜。此后,随着其作品被大量译介到中国,后世批评家田汉②、周作人③、茅盾④等人也多从自然主义的角度看取福楼拜。

"艺术的最高境界,亦即其最难之处,不在于让人哭笑,让人动情或发怒,而是要得自然之道,使人遐想。一切杰作,莫不具有这种性质。外表很沉静,实际深不可测。"⑤"没有高贵的主题或不神圣的主题;从纯粹艺术的观点来看,几乎可以确立一个公理,即没有一个主题或风格本身是绝对的。"⑥"我的原则是:小说家绝对不能把自己写进作品。小说艺术家应该像正在创造世界的上帝那样,隐身于作品中,但又无所不能;读者可以在作品中处处感觉到他的存在,但却看不见他。"⑦福楼拜很早就提出文学科学化与"非个人化"的主张,并身体力行,戒绝在创作中表露自己的思想立场或情感倾向。这也正是《包法利夫人》甫一发表便被告上法庭的重要原因。当时的著名批评家圣伯夫(Charles A. Sainte-Beuve, 1804—

---

① P. E. Charvet, *A Literary History of France: 1870—1940* (Volume 5), London: Ernest Benn Limited, 1967, p. 12.
② 田汉:《诗人与劳动问题》,《少年中国》,1920年第1卷第8—9期。
③ 周作人:《三个文学家的纪念》,《民国日报·觉悟》,1921年第11卷第17期。
④ 茅盾:《自然主义与中国现代小说》,《小说月报》,1922年第13卷第7期。
⑤ 福楼拜:《福楼拜文学书简》,丁世中译,北京:北京燕山出版社,2012年,第94页。
⑥ Nicole L. Brownfield, *Style as a "[M]anner of Seeing": The Poetics of Gustave Flaubert*, Virginia: Liberty University School of Communication, 2010, p. 7.
⑦ James Harry Smith, Edd Winfield Parks, eds., *The Great Critics: An Anthology of Literary Criticism*, New York: Norton, 1967, p. 887.

1869)与其交好,但依然批评其作品冰冷无情、残忍诡谲①,乃至把他和性虐作家萨德相提并论;亨利·詹姆斯(Henry James,1843—1916)的意见和圣伯夫无二,且更进一步指斥其作品题材冷血怪诞,人物平庸乏味②。

在1866年12月5日致乔治·桑(George Sand,1804—1876)的信中,福楼拜明确反对作者随意露面评论的做法:

> 我认为小说家没有权利对任何事发表自己的看法。上帝说过自己的意见吗?正因为如此,我感觉有许多东西令我窒息,想将它们一吐为快,却又咽了下去。其实,说出来又有何用处?任何一个人都比居斯达夫·福楼拜先生更值得注意。③

福楼拜用清醒的自我认知和高明的艺术技巧,完成了作者在作品中的隐身,坚持让故事中的人物自由发声、自由发展,给予艺术真实以最恰切的尊重。詹姆斯评价福楼拜叙事时认为他在故事外"保持一种超然,使作品拥有自己的生命"④。威尔逊(Edmund Wilson,1895—1972)也称:"他是那种想象力丰富的作家,直接以具体的形象创作,而不涉及任何思想。"⑤

左拉在比较福楼拜和巴尔扎克的风格时,把福楼拜的这种无动于衷与巴尔扎克的雄辩明显地区分开来:

> 作者不是一个道德家,而是一个解剖学家,他只满足于说出他在人这具尸体中找到的东西。如果读者愿意,他们可以下结论,尽力得出作品的教训。至于小说家,他站在一边,尤其出于艺术原因,让他的作品成为客观的东西,它的记录性质永远刻写在大理石上。他认为自己的激动会妨碍他的人物激动,他的判断会减低事实的严峻教训。整个新诗艺就在这里,运用这个新诗艺改变了小说的面貌。⑥

美国自然主义作家弗兰克·诺里斯(Frank Norris,1870—1902)提到

---

① Gustave Flaubert, *The Letters of Gustave Flaubert 1857—1880*, selected, edited, and trarslated by Francis Steegmuller, Cambridge, Mass.: The Belknap Press of Harvard University Press, 1982, p.45.
② Henry James, *Selected Literary Criticism*, Harmondsworth: Penguin, 1968, p.281.
③ 福楼拜:《福楼拜文学书简》,丁世中译,北京:北京燕山出版社,2012年,第168页。
④ Henry James, *Selected Literary Criticism*, Harmondsworth: Penguin, 1968, p.238.
⑤ Edmund Wilson, "The Politics of Flaubert", in *The Triple Thinkers: Twelve Essays on Literary Subjects*, London: John Lehmann, 1952, p.77.
⑥ 左拉:《法国六文豪传》,郑克鲁译,合肥:安徽文艺出版社,2011年,第165页。

小说应当具有"非介入性"时认为,像萨克雷(William Makepeace Thackeray,1811—1863)那种作者在小说里不断地出现声音、做出解释或者随意评论的做法是对写实文学整体真实性的干预和破坏。他举出画家拿着画作进行解释或剧作家在戏剧放映时不断评论的做法无疑会令观众生厌的比喻来说明这一观点。他十分赞同福楼拜在作品中抽离的做法,认为:"小说家越是将自己从故事中抽离出来,他与故事之间的距离越遥远,他创造的事物、人物就显得越真实,宛如拥有了自己的生命。"①美国小说理论家韦恩·布斯(Wayne Clayson Booth,1921—2005)在说明这一情况时,援引了作者与读者在小说中亲切对话的典型案例《十日谈》(*The Decameron*)来加以比较:

  首先,我们必须除去所有对读者的直接致辞、所有以作者本人身份做出的议论。当《十日谈》的作者以引言和结论的形式向我们直接说话时,我们可能有的正直接与菲亚美达和她的朋友们打交道的一切幻觉便都被破坏了。从福楼拜以来,数量惊人的作家和批评家都一致认为,这种直接的、无中介的议论是不行的。甚至于那些承认这种方法的作家们,像 E. M. 福斯特(Edward Morgan Forster,1879—1970),也经常禁止它出现,除了在某些有限的主题方面。②

在《包法利夫人》中,爱玛向往传奇虚幻的爱情,然而这种精神的浪漫追求却不可能在现实中得到满足,她只能用肉体的不停的通奸来替代。她按照书本上的描写去想象爱情,可是这些缥缈的想象注定无法成真,和情人的偷情并不像想象中那样快乐。她只能闭上眼睛,努力欺骗自己,假装体验着美妙无比的伟大爱情。福楼拜用医生对待病例的态度详细剖析了爱情病患者爱玛的人格分裂:她在真实自我与理想化自我之间痛苦挣扎,在精神追求与肉体追求中间徘徊不定。她一方面认为自己像理想中那样生活,一方面又意识到这不是真实的状态,而后者则引发她更加歇斯底里地朝着理想努力。有时候,她也会对抗这种强迫,拒绝承担内心强加的任务,于是便越发迷茫、痛苦、空虚。爱玛就是在这种灵肉分裂的痛苦中走向了一条疯狂的不归之路,最后服毒自杀。

---

  ① Donald Pizer, ed., *The Literary Criticism of Frank Norris*, New York: Russell & Russell, 1976, p.55.
  ② 韦恩·布斯:《小说修辞学》,华明、胡晓苏、周宪译,北京:北京联合出版公司,2017年,第15页。

《包法利夫人》没有什么重大事件的发生,一切都在庸常化的日常氛围中展开叙述,乡下的婚礼、为瘸子接腿的失败、无聊的农业展览会、小镇上的偷情、形形色色的市侩人物……爱玛在几个平庸透顶的男人中转圈,读者对她美貌的兴趣也在她如发情的母猴一样不厌其烦地通奸的单调乏味中抹消掉了。全书既不包含《卡门》(Carmen,1845)式的跌宕起伏、曲折离奇的戏剧张力,也没有《罗密欧与朱丽叶》(Romeo and Juliet,1595)里风花雪月、美妙动人的爱情故事,甚至可以说,这本书是反浪漫的,自始至终都在用平庸丑陋的现实鞭笞爱玛不切实际的浪漫幻想。福楼拜用诸多零散的细节事件,叙述了爱玛用歇斯底里的方式抵御现实的失败。福楼拜用反堂吉诃德式的叙述方式,写出了具有堂吉诃德性质的爱玛像飞蛾扑火一样在现实的大火中焚身的故事。波德莱尔(Charles Pierre Baudelaire,1821—1867)与福楼拜有着文人间的惺惺相惜,在《包法利夫人》因有伤风化而遭到起诉的时候,波德莱尔旋即在《艺术家》杂志发表长文,为这部由通奸这等"平庸题材"所打造出的"艺术精品"仗义执言:"真正的艺术品不需要指控。作品的逻辑足以表达道德的要求,得出结论是读者的事。"[1]布吕奈尔(Pierre Brunel)这样评价《包法利夫人》一书中的平庸主题:"如果说《包法利夫人》是一部反映失败的小说,那是因为不可能有其他结局:在被平庸所主宰的世界里,不存在任何拯救的出路。"[2]而左拉则称:"他的每一本书达到的结论是人的失败。"[3]

《情感教育》中的主人公福赖代芮克追求爱情,探寻生命的意义,最终得到的却只是虚无。他身上依稀透着福楼拜本人的身影——这个人物形象的很大一部分素材来自作者早年爱慕一位夫人的经历。因此,对福楼拜来说,客观、无动于衷的创作原则变得更难把握:

> 这部作品耗费了他最大的精力,因为他从来没有这样深入研究人的丑恶,他身上的抒情因素从来没有这样需要更加悲切地哀叹和哭泣。在这部他所写的小说中篇幅最长的作品里,没有一页是放松写的。他坚定地走自己的路,不管这项任务多么繁重。他不像巴尔扎克那样,以大块议论分析开始,作者总是通过戏剧性的、总在演绎

---

[1] 波德莱尔:《论〈包法利夫人〉》,《波德莱尔美学论文选》,郭宏安译,北京:人民文学出版社,1987年,第57页。

[2] 皮埃尔·布吕奈尔等:《19世纪法国文学史》,郑克鲁等译,上海:上海人民出版社,1997年,第212页。

[3] 左拉:《法国六文豪传》,郑克鲁译,合肥:安徽文艺出版社,2011年,第169页。

的叙述,得到放松。无疑,他对自己同对他描绘的愚蠢世界一样无情。①

福楼拜对福赖代芮克的好高骛远、急功近利、眼高手低进行了冷酷无情的剖析。"很难设想,如果作家不持客观的态度,能对自己的影子人物作如此冷峻的描绘。"②福楼拜在不断创作的经验中懂得,就像他作品中的人物难以控制激情一样,他自身的艺术激情也常常难以被抑制,但是他始终坚持同笔尖的冲动作斗争:

> 激情不能变成诗句。越有个性就越虚弱。我呀,就常常在这里失败,皆因做事太投入。比如,不是写圣安东,而是写了我自己。被诱惑的是我自己,而不是读者。你感受得越不深,反而越能如实表达,但要有感受的能力。这种能力,便是天分,要善于观察——仔细看看站在你面前的模特儿。③

相比于《包法利夫人》描写画面的局限和单一,《情感教育》则以较大的时空跨度写尽了人世的无趣、空虚与徒劳。整个故事并没有"骑士拯救公主"的惊险历程,也没有激情私奔的百转回肠,亨利·詹姆斯这样形容《情感教育》的这种设定:"在小说展开过程中,某种无以名状的收缩突然间侵袭了它。"④主人公福赖代芮克只是一个唯唯诺诺、空有一腔热情却不敢付诸行动的软弱者,他无数次在心里想对阿尔鲁夫人表白,却因为怯懦而未曾说出口——他对女神的向往仅限于无穷无尽的想入非非。他和爱玛一样拥有在空想中弥补无法实现的浪漫幻景的能力,人们甚至能从他身上看到了死去的包法利夫人的侧影。小说每一页对他无力、无助、无聊、无所作为的描写都瓦解了观众所期待的浪漫,打破了读者对于"英雄抱得美人归"的想象。"他所有的人物都在空忙,像风标一样旋转,一无所获,每一次新的冒险之后便缩小一点,向虚无前进:说到底是一针见血的讽刺,对一个惶惶然的、走上邪路的、一天天活动着的社会可怕的描绘。"⑤威尔逊等批评家都曾指出:"福楼拜最具艺术价值的小说《情感教

---

① 左拉:《法国六文豪传》,郑克鲁译,合肥:安徽文艺出版社,2011年,第175页。
② 冯汉津:《福楼拜是现代小说的接生婆》,《社会科学战线》,1985年第2期。
③ 福楼拜:《福楼拜文学书简》,丁世中译,北京:北京燕山出版社,2012年,第195页。
④ Henry James, *The Future of the Novel*: *Essays on the Art of Fiction*, New York: Random House/Vintage Books, 2006, p.147.
⑤ 左拉:《法国六文豪传》,郑克鲁译,合肥:安徽文艺出版社,2011年,第174页。

育》被低估了。"①"尽管《情感教育》表面看来没有《包法利夫人》那么引人入胜,作为一个故事也没有《包法利夫人》那么令人唏嘘感叹,但它绝对是福楼拜最野心勃勃的创造,也是他投入心力最多的著作。一旦找到线索,人们就会看到在那超然而又单调的画面背后展开的广大而又复杂的人类戏剧。"②

第二节 初发:"龚古尔家的顶楼"

在东道主福楼拜去世后,都德和左拉皆建议聚会继续举行从1874年开始的作家聚会"福楼拜家的星期天",且由埃德蒙·龚古尔来主持召集。这恰好与埃德蒙打算成立龚古尔学院的想法不谋而合,于是他便欣然接受了这个提议。1885年以后,聚会便改在龚古尔家举行,时间依旧定在星期天;因一二楼陈列的文物古董太多,故他们在顶楼聚会,所以史称"龚古尔家的顶楼"。

埃德蒙·德·龚古尔和茹尔·德·龚古尔(Jules de Goncourt, 1830—1870)出生于一个贵族－资产阶级家庭。他们的父亲曾任拿破仑军队的骑兵队长,26岁时获荣誉团勋章,年仅47岁即与世长辞。父亲早逝,两兄弟由母亲一手带大。他们的母亲温柔细腻,多愁善感。埃德蒙曾回忆母亲每周二在家里专门招待他的那些小朋友的情形,这一回忆中的情形曾在《费洛曼娜修女》(*Sœur Philomène*,1861)和《谢丽》(*Chérie*,1884)等小说中多次出现。

1822年5月26日,埃德蒙生于南锡。他天性沉静内敛,中学时学业不算出色,但对绘画颇有兴趣。因母亲寄望于他以后能当律师,埃德蒙于1841年开始学习法律。为熟悉诉讼程序,他曾进入公证人事务所当见习生。在这段见习经历中,他发现公证人事务所简直就是个充满卑劣欲望的泥潭;之后,埃德蒙转行到财政部担任出纳。日复一日为杂事所役的生活令他善感的心灵痛苦不堪。1830年12月17日,比埃德蒙小八岁的弟弟茹尔在巴黎出生了。与个头高大的哥哥相比,他显得有些纤弱瘦小;但与忧郁的哥哥相比,他生性活泼好动。1848年,两兄弟的母亲去世。临

---

① Edmund Wilson, "The Politics of Flaubert", in *The Triple Thinkers: Twelve Essays on Literary Subjects*, London: John Lehmann, 1952, p.79.

② Ibid., p.85.

终前,母亲将弟弟托付给哥哥,两兄弟从此相依为命。

母亲给他们留下了一份可观的遗产,使他们能不为生计所累,按自己的心意生活。起初,兄弟俩计划从事绘画。1849 年 7 月始,两人边游历边写生,并备有一本旅行记事本——开始只是记录"菜单和当天的里程",后来加入了旅途印象,再后来不知不觉变成了真正的文学游记。旅行日记日积月累,逐渐形成了卷帙浩繁的《龚古尔日记》。埃德蒙日后回忆说——正是这些旅行记事本才使得他们兄弟俩离开绘画,开始了作家的生涯。

1849 年 12 月 17 日,龚古尔兄弟俩旅行结束返回巴黎,此后长达 18 年的时间都定居在圣乔治街 43 号。1851 年,他们合作撰写并自费印刷了一本小说,但该作仅卖出 60 多本。1852 年 12 月 15 日,他们在《巴黎》晚报上发表的《从乔治路 43 号到拉菲脱路 1 号巡礼》一文引用了 16 世纪时的一首情诗,受到了"有伤风化"指控,后于 1853 年 2 月 19 日以并非故意为由被宣告无罪。

最初的文学尝试失败后,他们把文字生涯转向历史,先后写出《大革命时期的法国社会史》(*Histoire de la société française pendant la Révolution*,1854)等史学著作。他们雄心勃勃地想另辟蹊径写一部全新的法国的社会史,以发掘历史的"真实"。为了要在《大革命时期的法国社会史》中重现当时的社会生活,他们查证了一万多份当时的报刊、书籍资料,书中提到的每件小事、每句无关紧要的话都有所凭依。1857 年至 1862 年,兄弟俩的史学生涯又改弦更张,另辟新路——主要致力于为历史人物和画坛巨匠撰写评传。《18 世纪人物内心写照》(*Portraits Intimes du 18ᵉ Siècle*,1857)、《玛丽·安托瓦内特传》(*Histoire de Marie-Antoinette*,1858)、《18 世纪的艺术》(*L'Art du 18ᵉ Siècle*,1859—1875)、《路易十五的情妇》(*Les Maîtresses de Louis XV*,1860)等均是这一时期的重要作品。在《18 世纪人物内心写照》前言里,他们申说了一种独特的历史观:历史上的大人物,令人感兴趣的不光是他们堂而皇之的社会生活,还得从他们不为人知的"私生活史"这个角度去发掘人性的真相。

这段治史的经历,深深影响了龚古尔兄弟的文学观念与文学生涯——他们实际上是由这种历史人物评传的写作自发转入小说创作轨道的。19 世纪 60 年代初,他们在文学沙龙中陆续结识了波德莱尔、戈蒂耶(Théophile Gautier,1811—1873)、福楼拜等文学家和艺术家。正是从这个时候开始,兄弟俩越来越专注于小说创作,并迅速在法兰西文坛确定了自身的历史地位。除1851年出版的那部不成功的试笔之作外,两人合写的7部小说均发表于这一时期。

1860年出版的《夏尔·特马懿》(*Charles Demailly*,1860)是他们第一本真正的小说,初版题名为《文学家》,1868年再版时才以主人公的姓名重新命名。在这部颇有自传性质的作品中,他们的厌女症以及艺术家应过独身生活的主张,在行文里已然见出端倪。在这之后,《费洛曼娜修女》《勒内·莫普兰》(*Renée Mauperin*,1864)先后出版。前者的写作源于他们在福楼拜家做客时听到的一个在医院发生的真实故事。他们并不熟悉医院的情况,写作过程中曾专门拜托出身于医生世家的福楼拜介绍他们去医院观察、收集第一手资料。

1865年,龚古尔兄弟的代表作《杰米妮·拉赛朵》(*Germinie Lacerteux*,1865)面世,这部小说历来被视为自然主义文学运动的开山之作。小说写一个女佣悲惨的一生:童年苦难,刚成年便爱上了一个好吃懒做的男人,从此告贷、偷盗、卖淫、酗酒,步步堕落,直至潦倒不堪,贫病而死。主人公杰米妮的遭遇,取材于在龚古尔家做佣工25年的一位女仆的身世故事。为了如实描写下层阶级生活,他们多次特地在穷人居住区和游乐场做细致的材料搜集。他们坚持认为,只有痛切感受、体验过的东西才能写得生动和准确。"我们的小说有一个显著的特点,那就是它们是那个时代历史上最真实的小说,为那个时代的道德史提供了大量的事实和真理。"①

在这部小说中,龚古尔兄弟将杰米妮的痴情当作一种"病例"来"研究",侧重于病理分析。闲时烦闷,她常去路口乳品店聊天,看上了老板娘的儿子。而他似乎另有所爱,杰米妮于是变得又狂热又嫉妒。嫉妒是她的天性,凡是她爱的人她就要全部占有,不许他分一点感情给别人。"这种快慰而不得满足的爱",在杰米妮身上产生了一种奇异的反应,以至于她从此性情大变。虽然是个无赖,但他毕竟是杰米妮爱的第一个男人,她宁愿为这个男人卖命,为他付出一切。龚古尔兄弟把杰米妮在情感生活中的极端情状归于生理原因:"她的生理和道德状态,还有她的每一个行为,都是出于生理本能。她的人生里,腺体分泌物才是起决定作用的因

---

① Winfried Engler, *The French Novel: From 1800 to the Present*, tran., Alexander Gode, New York: Frederick Ungar Publishing Co., 1970, p.77.

素。"①苦乐失调,神经紊乱,以致情绪和行为失去比例与平衡,趋于极端。作者根据医学文献对这种歇斯底里症的描述在小说中占了相当大的篇幅。在小说的序言中,龚古尔兄弟反复强调了作品的真实性。他们坚持认为,这不是文学上的发明,而是生活中的发现。②

自认为写得真实,合乎科学,龚古尔兄弟宣称《杰米妮·拉赛朵》里没有谎言,敢于揭示生活中最丑恶、丑陋的一面。"衰弱在实证主义的精神下被重新定义为神经问题。……对病态人物的兴趣使龚古尔兄弟与更感性的南方人左拉有所不同。"③小说出版不久,当时还在书店做雇员的左拉致函作者,称赞这部作品是一部伟大的作品,其后来的《戴蕾斯·拉甘》《小酒店》等小说均深受此书的启发。就此而言,这部小说无疑奠定了龚古尔兄弟自然主义经典作家的历史地位。后来埃德蒙也常常颇为自负地自称:《杰米妮·拉赛朵》赋予自然主义小说以完整的程式,后出的书俱是以此书所示的方法而创作的。

1867年出版以画家生活为题材的《马奈特·莎洛蒙》,与前面那本写作家生活的《夏尔·特马懿》相呼应。在《谢凡赛夫人》(*Madame Gervaisais*,1869)中,龚古尔兄弟着眼的社会阶梯又上升了一两级,这部小说讲述了一位虔诚的妇女前往罗马朝圣的故事,是兄弟俩合写的最后一本小说。谢凡赛夫人是个神经兮兮又带神秘倾向的女人,故事除了一两处略有变易之外,完全以他们一位死于意大利的姑妈为蓝本。为了"忠实于文学",他们还特地去罗马踏勘,感受宗教气氛。乔治·桑认为这不是一本出色的书,据说这本书当时连100本也未售出。一位天主教作家评论说,龚古尔兄弟对天主教只懂点皮毛。

1870年,茹尔的健康情况每况愈下,已无法投入工作,于当年6月20日辞世。埃德蒙在对左拉吊唁信的回复中说:弟弟茹尔是死于过度劳作,他尤其殚精竭虑于表现形式,推敲字句,修饰文辞……写作时,往往三四天闭门不出,不见一人。弟弟死后,惘然若失的埃德蒙认为他们的文学事业已经终止,长时间沉溺于痛苦之中,淡于世事,颇为消沉。茹尔周年祭之后,他才逐渐开始恢复过来。1872年11月21日,他第一次参加斯巴

---

① P. E. Charvet, *A Literary History of France*:1870—1940(Volume 5), London:Ernest Benn Limited, 1967, p.11.

② See Winfried Engler, *The French Novel*:From 1800 to the Present, tran., Alexander Gode, New York:Frederick Ungar Publishing Co., 1970, p.75.

③ Ibid., p.74.

达晚宴会,生活又逐渐恢复正轨。

兄弟俩的密切合作曾持续了近20年,在茹尔死后,创作中断了7年,埃德蒙才终于重新返回了文坛。1877—1884年间,埃德蒙接连发表4部小说:《少女爱丽莎》(*La Fille Elisa*,1877)、《尚戛诺兄弟》(*Les Frères Zemganno*,1879)、《拉·福丝丹》(*La Faustin*,1882)和《谢丽》。

"性是龚古尔小说的基本元素。性在同样程度上影响着身体、心灵和精神——是人类行为的主要动力。性、怀孕和偏执狂往往密切相关。"①《少女爱丽莎》写爱丽莎从贫苦的姑娘沦为下层妓女,逐渐对男人产生一种生理厌恶,在控制不住自己的情况下杀死了一个士兵,被判死刑。后由神父替她申辩,减刑为无期徒刑,长期关在妇女监狱接受强制劳动,在沉默中进行道德赎罪。因久不与人交往,她逐渐变得痴痴呆呆,混混沌沌,最终竟致丧失劳动能力,从人沦为动物。《少女爱丽莎》是埃德蒙独自完成的第一部小说,也是法国最早出版的具有艺术价值的妓女小说②,故事从爱丽莎被判谋杀罪开始写起。被判刑时,她想起了自己的童年,想起了她作为一个单纯的农家姑娘是怎样沦落到妓院里,又怎么在那儿和一个士兵成了命中注定的朋友。这进一步引出了对发现士兵被谋杀的描述。此时小说又回到了现在。爱丽莎的判决被减为有期徒刑。她开始服刑,直到现在她才记起她所犯下的谋杀的细节,那是她作为妓女对男人深恶痛绝的结果。最后,她死在监狱里,精神上处于无能状态。埃德蒙在序言中辩称,作者有权研究一切,包括公开与非公开的卖淫活动;但事实上,在这本小说中,卖淫与妓女只是其所描写的一个侧面,监狱与女囚或许是其更感兴趣的另一个侧面。小说出版后几天内即售出一万册,埃德蒙欣喜不已,感到自己的才能在痛苦和忧患中获得了增长,其所倡导的文学运动跟浪漫主义一样伟大,将冲决一切。同年,左拉发表了卢贡—马卡尔家族史系列小说中第一部具有重大意义的作品《小酒店》。一些支持他们的人开始将他们称为"自然主义派",反对他们的人则贬斥埃德蒙和左拉一起滚到污泥堆里去了。

《尚戛诺兄弟》所描述的马戏团的生活也与他们早期的写作习惯有关,但这本书中的关注重点在描述两个小丑在精神和心理上的默契——这影响到他们表演的"旋转"动作。该书明显系怀念兄弟之作。写作过程

---

① Winfried Engler,*The French Novel*:*From 1800 to the Present*,tran., Alexander Gode,New York:Frederick Ungar Publishing Co.,1970,p.76.

② Ibid.

中，埃德蒙时常把茹尔的画像放在面前，揉进了许多回忆的成分。文中许多细节就取诸他们往昔生活的片段。另外，在这部小说中，埃德蒙的厌女症情结得到了清晰的展现，他笔下的那个马戏女骑士是"一个给人带来不幸的女人"。在这部小说的序言里，埃德蒙对左拉蒸蒸日上的文学声誉似乎有点不服气，他劝年轻作家应面向上等社会，而不要到下等人里寻找现实主义——现实主义并不是专写等而下之、令人作呕、臭气熏天的东西。左拉写信给埃德蒙，对其小说表示赞扬，而对小说序言的某些看法表示不能苟同。埃德蒙的序与左拉后来写的答辩，表明两人的友谊第一次出现裂痕。

为了表示与专写下层的自然主义不同，埃德蒙又先后写出《拉·福丝丹》和《谢丽》两部小说。《拉·福丝丹》基本取材于法国著名悲剧演员拉雪儿(1821—1858)的生平事迹。跟拉雪儿一样，拉·福丝丹也是著名悲剧演员。她在演出拉辛悲剧《费德拉》之后，息影剧坛，跟情人隐返瑞士山区；她为爱情作出牺牲，离开舞台而不胜痛苦，换来的却是情人临终时的抱怨，怪她是个不懂爱情的艺人。有的评论家根据这本作品，说埃德蒙不是真正的自然主义作家，或许代表了与自然主义相反的东西。《谢丽》一书没有什么故事情节，作者着重从心理和生理的角度，细致入微地描写女主人公谢丽的成长过程。在埃德蒙的最后两本小说中，他明显已远离了自然主义[①]，好像已经被左拉及其梅塘集团(Médan Group)远远超越。年事已高的埃德蒙拒绝再在这场文学长跑中继续竞争了。

1887—1896 年，埃德蒙节选 1851—1895 年间的日记，分 9 卷出版，余下部分于埃德蒙去世 50 年后的 1956—1958 年分 22 卷面世。《龚古尔日记》记有各类拜访、会见、谈话、异闻、轶事、俏皮话、流行语，以及道听途说的传闻等，生动地反映出法兰西第二帝国时期的生活状况和人物风貌。龚古尔兄弟卷帙浩繁的日记也为其文学创作积累了生动的资料，在他们的文学创作中屡次被采用。在《龚古尔日记》的书名上，附有"文学生活日记"这一副题，以示其非纯粹的私人生活日记的性质。

1896 年 7 月 16 日，埃德蒙离世，时年 74 岁。作为他的弟子、故旧和对手的左拉，在其墓前献辞致敬。龚古尔兄弟禀有多种天赋，其中细致入微的洞察力尤为常人所难及；但或许正是由于这种才能的多样性，使得他

---

① P. E. Charvet, *A Literary History of France*：*1870—1940* (Volume 5), London：Ernest Benn Limited, 1967, p.14.

们缺乏朝任何一个方向一直坚定走下去的决心。他们的小说无论在社会学家还是文学史家看来都是有趣的,但是除了《杰米妮·拉赛朵》,别的似乎并没有很多看点。"他们过于理智了,热情与想象之火在他们心中并不存在。"①

第三节　高潮:左拉及"梅塘集团"

埃米尔·左拉是法国自然主义小说的代表作家,西方自然主义理论大厦的建构者,其文学观念与文学创作对后世产生了重大影响。

埃米尔·左拉1840年4月生于巴黎,是意大利人弗朗切斯科·左拉(Francesco Zola)的独子。他的父亲来自一个牧师家庭,17岁时便在意大利炮兵部队服役,并在尤金(Eugene)亲王的指挥下为拿破仑作战。拿破仑倒台后,因无法忍受统治意大利的奥地利专制政权,他干脆移民到了法国,并成为一名工程师。1839年,弗朗切斯科与一位希腊裔姑娘结婚。1842年,他带着妻子和孩子搬到了法国南部小城艾克斯,从事运河的建设工作。五年后,他因胸膜炎去世。

父亲几乎没有留下什么钱,他去世后的前几年对这个家庭而言是一段非常艰难的时期。1857年,左拉的母亲搬回了巴黎,埃米尔·左拉在巴黎的圣路易中学完成了中学学业。中学生左拉钟情于文学,当时他最喜欢的作家是拉马丁、雨果和缪塞。中学会考未能顺利通过,他迫于生计四处求职,初尝谋生的艰辛。没有固定工作的年轻人饥寒交迫,通常只能用面包蘸植物油充饥,有时甚至在租住的阁楼上捉麻雀烤了吃。毫无疑问,他体验到了贫穷的滋味,对巴黎底层贫民的生活有切身的了解。

1862年,左拉受雇于阿歇特(Hachette)出版公司,间或从事新闻记者工作。他利用闲暇时间开始写作,四处投稿。1864年,左拉出版了他的第一个短篇小说集《给妮侬的故事》,作品充满幻想和抒情意味。翌年发表的第一部长篇小说《克洛德的忏悔》(*La Confession de Claude*,1865),写一个女子的堕落与悔悟,被认为"有伤风化",警方搜查了他的办公室。1866年初,左拉为不连累出版社而辞职,从此步入职业作家生涯。

---

① P. E. Charvet, *A Literary History of France*:1870—1940 (Volume 5), London:Ernest Benn Limited,1967,p.15.

《克洛德的忏悔》仍具浪漫色彩,但已现出写实端倪。

在涉足文坛之初,左拉就敏锐地感受到了时代文化的潮流——风是朝着科学的方向吹的,人们身不由己地被推向对事实和事物的精确研究中去。1865年1月,龚古尔兄弟发表了《杰米妮·拉赛朵》的前言,虽没有使用"自然主义"这个词,但制定了一些对当时的小说创作至关重要的原则:小说不仅必须写"真实的生活",必须是"科学的",还要把"社会调查"与"当代道德历史"结合起来。《杰米妮·拉赛朵》给左拉留下了深刻的印象,他很快便写了一篇很长的热情评论,并进一步阐发了龚古尔兄弟在序言中所表述的原则。关于科学与道德的关系,左拉后来称:真实并不是艺术的终点,自然主义试图更精确地描述日常现实,那是因为在他们看来这似乎是实现道德目标的最佳方式。① 在推动自然主义文学运动展开的过程中,作为始终站在风口浪尖的领军人物,左拉高举科学主义的大旗,指斥此前法国文坛流行的浪漫主义感伤情调。"正是众多天赋中那种'聒噪的自我标榜'的天分,使得埃米尔·左拉在30年的时间里一直吹着号角,扛着主宰这场运动的旗帜。"② 也正是经由左拉的推动与大力阐发,科学主义才不但成了自然主义文学的重要立足点和出发点,而且成了自然主义作家将自己与传统作家相区别的标牌。主动地从当代科学主义风潮中汲取精神营养,从理论到创作,自然主义文学都表现出了鲜明的科学主义倾向。

19世纪60年代末,左拉连续推出《戴蕾斯·拉甘》和《玛德兰·费拉》。这两部小说(尤其是第一部)在文坛及社会上引发剧烈反应,标志着自然主义文学运动在法国正式拉开了序幕。在这两部作品中,左拉开始尝试从生理学角度去观照人的感情和行为。《戴蕾斯·拉甘》在题材的选择上同以前的小说相比实在说不上有多少新意——戴蕾斯和洛朗私通后谋害了其夫卡米尔,并且制造了他溺水而意外死亡的假象,但他俩最后却也终因难以摆脱的悔恨和恐惧而双双自杀。作品的新颖之处在于这样一个一般题材的独特处理——左拉从生理学中获得了全新的艺术视角和艺术方法。在很大程度上,左拉笔下的戴蕾斯和洛朗,与其说是有思想、感情和意志的人,倒不如说更像只是由血肉、神经、欲望组成的生物体。在这里,没有诗情画意的爱情,没有英武豪迈的举动,只有本能。本能使他

---

① Martin Turnell, *The Art of French Fiction*, London: Hamish Hamilton, 1959, p.95.

② "Introduction: Modern Realism as Literary Movement", in *Documents of Modern Literary Realism*, ed., George J. Becker, Princeton, New Jersey: Princeton University Press, 1963, p.5.

们不顾一切地结合在一起，又使他们在黑黝黝的罪恶感中分道扬镳并一同走向毁灭。在这本书的再版序言中，作者说，"戴蕾斯和洛朗是两个没有理性的人"，"生活中的每个行动都是他们肉体要求不可避免的结果"。"我这两个主人公的爱情是为了满足一种需要；他们所犯的谋杀罪是他们通奸的结果。这种结果之于他们与狼残害羊并没有什么两样"；"他们的内疚——姑且这样称吧，纯粹是一种机能的混乱，是紧张得爆裂的神经系统的一种反抗。灵魂是根本没有的。……总而言之，我只有一个愿望，通过一个身体强壮的男人和一个没有得到满足的女人，研究他们的兽性，甚至仅仅研究他们的兽性。……我仅在两个活人身上，做了外科医生在死尸身上所做的分析工作。"这篇"序言"（1868）乃左拉最早的自然主义理论宣言。

不管从哪个角度来看，左拉都是自然主义文学运动中具有决定性的人物。就创作实绩而言，其1871年至1893年写下的、由20部长篇所构成的系列小说《卢贡－马卡尔家族》（*Les Rougon-Macquart*，1871—1893），无论是从宏大的规模还是就自然主义艺术特质的体现，均无人堪出其右。就理论建树来说，影响整个世界文坛的自然主义文学的艺术观念和创作规范，也基本上都是由他提出和表达的。在自然主义文学运动的推进方面，19世纪70年代末至90年代以莫泊桑、于斯曼、亨利·塞阿尔（Henri Céard，1851—1924）、莱昂·埃尼克（Léon Hennique，1850—1935）、保尔·阿莱克西（Paul Alexis，1847—1901）等为核心成员的法国自然主义文学组织"梅塘集团"，得名于他们定期聚会的场所——左拉在巴黎郊区"梅塘"的别墅。在"梅塘集团"核心成员以普法战争为题材创作的作品集《梅塘之夜》（*Les Soirées de Médan*，1880）发表后，莫泊桑因其中的《羊脂球》（*Boule de Suif*，1880）受到好评而扬名文坛。

左拉独辟蹊径的两部新作引起文坛震动，同时也招致攻击。他不为所动，继续沿着新辟的道路进发。19世纪60年代末70年代初，左拉开始构思像巴尔扎克那样写一套既有连续性又各自独立的大型作品，这就是《卢贡－马卡尔家族》。从1868年着手写家族史小说的第一部《卢贡家的发迹》（*La Fortune des Rougon*，1871），到1880年，左拉共完成9部小说的创作，其中第七部《小酒店》获得了空前的成功。该书是法国第一部描写真实的工人阶级生活的小说——这个主题在左拉之前没有被涉及过——这也许解释了小说最初发表时受到如此多关注的原因。小说与《贪欲的角逐》（*La Curée*，1871）、《土地》（*La Terre*，1887）等一样围绕着金钱展开,而且金钱的匮乏在左拉的笔下加之于底层工人时显得尤为残酷。绮尔维丝仔细想过多少钱能让自己得到自由,为此她含辛茹苦创办了自己的洗衣店。当她接近想象中安全的阈值时,丈夫古波从屋顶上坠落并摔断腿,她的一切开始崩溃。在小说的绝大部分篇幅,左拉赞扬了绮尔维丝的活力与勤勉。但其活力与勤勉似乎难以持续,绮尔维丝在不断的失望中变得越来越消极,最后酗酒,自暴自弃。即便绮尔维丝最后堕落到出卖自己的肉体,作者也并未在道德上对其做丝毫的谴责,他只是不动声色地展现生活越来越沉重地压到她身上直到轰然倒塌的过程。

《小酒店》的空前成功不仅使左拉一举摆脱了长期的经济窘困,买下了巴黎远郊的梅塘别墅,而且也使得自然主义声威大震;很快,第九部《娜娜》再次轰动一时,进一步确立了自然主义在法国文坛的主动地位。1882年起,《卢贡-马卡尔家族》的写作以几近每年一部的速度进行,至1893年《帕斯卡医生》(*Le Docteur Pascal*,1893)脱稿,这套历时25载、由20部长篇小说构成的皇皇巨著终告完成。

《卢贡-马卡尔家族》的副标题是"第二帝国时期一个家族的自然史和社会史"。所谓"自然史",即谓作品乃是"对一个家族血缘遗传与命定性的科学研究"①。这样的立意,对文本的效应有二:首先,作为结构枢纽,以一个家族的血缘延续使整套作品保持连续性;其次,提供生理遗传之历时性研究的对象。左拉认为,小说家是人的情欲的知识的法官,情欲有其内在决定因素。卢贡-马卡尔家族许多成员特异的情欲,源于家族的病理遗传。小说写了家族五代人(重点是第三、四代)的命运。第一代阿黛拉薏德·福格患有癫狂症和痉挛症,先是嫁与精神正常的园丁卢贡为妻,生一子;丧夫后与精神不健全、酗酒成性的私货贩子马卡尔姘居,生一子一女。卢贡一支,后代多数健康正常,不少人挤进了社会上层;马卡尔一支,后代大多有程度不同的精神疾病或酗酒倾向,多数人沦入社会底层。左拉的科学主义认识论决定了他把生物性当作观照人与社会的基本角度,也就是说,生物性是他描写人与社会的前提。《娜娜》和《家常事》(*Pot-Bouille*,1882)从性本能的角度展示贵族与资产者的道德沦丧;《小酒店》把劳动者的堕落归因为酒精中毒;《人兽》(*La Bête Humaine*,1890)主人公因家族遗传而成为嗜杀狂;《萌芽》(1885)的反抗斗争源于阶

---

① 左拉:《关于作品总体构思的札记》,柳鸣九译,柳鸣九主编:《自然主义》,北京:中国社会科学出版社,1988年,第515页。

级的生存竞争;《崩溃》中的战争带有生物界那种盲目地互相残杀的意味。总之,左拉在这套小说中"要展示的就是生物意义上的人怎样互相联系、互相争斗,并形成一个具有生物性联系的社会,这个社会又怎样制约这些人"①。显然,"自然史"的研究是"社会史"研究的起点和贯穿始终的主线。

所谓"社会史",是说整个小说系列乃是对整个第二帝国时代法国社会生活的研究。"左拉,描绘了一个处于极度痛苦状态的社会,而龚古尔兄弟则关注于追踪个别案件中的异常情况。"②从1851年"政变"起(《卢贡家的发迹》),至1871年普法战争结束止(《崩溃》),《卢贡－马卡尔家族》反映了拿破仑三世统治时期一系列重大历史事件;通过分散到各阶层的家族成员活动的描写,作品几乎描绘了法国社会生活的所有方面,刻画出1200多个人物,提供了"一个充满了疯狂与耻辱的时代"③的极为生动形象的风俗长卷。在这幅巨型画卷中,人们首先可以从政治生活和道德风貌方面,看到第二帝国的腐朽本质。《卢贡大人》(*Son Excellence Eugène Rougon*,1876)、《贪欲的角逐》等作品,勾画了大小官僚结党营私、玩弄权术、既倾轧又勾结的丑恶嘴脸;《金钱》中,权贵们私生活的糜烂供出了灵魂的卑鄙,拿破仑三世一夜风流一掷十万,高等检察官与金融家为一个女人而像狗一样狂吠;《娜娜》更展示了精神、道德的普遍堕落,妻子公然与情人来往,兄弟轮番邀宠于娜娜,翁婿在同一妓女床上鬼混。其次,垄断组织这个标志着第二帝国向帝国主义过渡的突出现象也得到表现,如《妇女乐园》(*Au Bonheur des Dames*,1883)和《饕餮的巴黎》,就形象地描绘了大百货公司、大菜市场的发展壮大与垄断形成的过程,展示了它们雄厚的物质力量与新的经营方式,同时也表现了旧式小经营者在强大压力下破产的命运。再次,伴随着垄断企业的出现,一种新的经济形态即股份公司、股票交易所也在法国涌现,《金钱》就反映了这种新的社会特征。主人公萨加尔通过组建"世界银行",垄断金融,操纵股票市场,但最后在竞争中败北,使得千千万万储户被拖入绝境。最后,在描写政治和经济活动的同时,左拉也把目光投向社会底层。《小酒店》中洗衣女工绮尔维

---

① 蒋承勇:《西方文学"人"的母题研究》,北京:人民出版社,2005年,第390页。
② Winfried Engler, *The French Novel: From 1800 to the Present*, tran., Alexander Gode, New York: Frederick Ungar Publishing Co.,1970, p.76.
③ 左拉:《〈卢贡·马加尔家族〉序》,柳鸣九译,柳鸣九主编:《自然主义》,北京:中国社会科学出版社,1988年,第518页。

丝一家悲惨的生存境况,让人触目惊心;《萌芽》不仅写了矿工艰苦的劳动和贫困的生活,更表现了他们的反抗斗争,是家族史小说的代表作之一。

对暴力、巨大和鲜艳色彩的坚持是左拉自然主义的一个特质。自然主义不仅是对体验广度的探索,还是对体验强度的实验——对那种超越一切的难以言喻的体验进行探索。卢贡人冷酷无情,他们的成功总是以牺牲他人为代价。欧仁瞒骗了他的政敌;萨加尔以牺牲小投资者为代价换取了短暂的成功;莫瑞的成功也以牺牲小商人为代价;而艾蒂安·朗蒂耶成为领导人的代价,是其那些被皇帝士兵射杀的朋友们的生命。"左拉或许是第一个清楚地揭示了攻击性和性欲之间的联系的拥有丰富想象力的作家。成功的卢贡人不单只有具有高度侵略性的类型,他们还都是有着异常强烈的性欲的人。"①尤为值得注意的是,他们表达性欲的方式往往是强奸。《金钱》中的萨加尔尽管醉心于金钱,以至于无法在其旺盛的性欲上投入足够的时间和精力,但他还是让卡罗琳夫人在其办公室里为他"工作"。是的,他们因强烈的欲望而成功,但也终将被自己的"欲望"所吞噬。骗子进了监狱;政治家与帝国同归于尽;失败的画家自杀了;杀人狂落得惨烈的下场;身价昂贵的妓女可怕地死去……萨加尔说出了秘密:"这是导致我堕落的唯一原因。也正因如此,我总是搞坏我的身子骨。"②《卢贡—马卡尔家族》设定的中心地点是巴黎。左拉将它描述为病变的中心,一个疾病重重的心脏是无法支配四肢的。治理的重中之重必定是巴黎,《崩溃》的最后一幕是巴黎的燃烧——"烧得像一团巨大的牺牲的火焰"。左拉在作品中描绘了这个注定灭亡的世界在火焰、烟雾和灰烬中走向毁灭的景象,极具幻想色彩,让人印象深刻。③

19 世纪 80 年代初,左拉发表了《实验小说论》《自然主义小说家》(1881)、《戏剧中的自然主义》("Le Naturalisme au théâtre", 1881)等一系列文论,完成了自然主义理论体系的构建。在左拉看来,现代作家最重要的品质便是"真实感"。对"真实感"的追求,使自然主义文学叙事的基本立足点定位于"感觉体验"。这首先意味着——在挣脱了形而上学之绝对观念的统辖主导之后,自然主义作家文学叙事的起点是"作家的感觉体验"。即左拉所谓"分析以感觉为先导,感知来自观察,描绘始于感动"。感觉,正是所谓"主体"与所谓"客体"交汇融合之处;感觉印象的叠加,在

---

① Martin Turnell, *The Art of French Fiction*, London: Hamish Hamilton, 1959, p. 121.
② Ibid., pp. 121—122.
③ Ibid., p. 94.

主体内部积淀为独特的生命体验,而这是发起并主导自然主义叙事的核心元素。显然,左拉的所谓"真实感"是在个体之人与世界的融合中达成的,并由此获得了它自身特有的一种"真实"品质——它并非纯粹客观的现实真实,而只是感觉中的现实真实。

为了达成这种"真实感",左拉明确提出了作家创作"非个人化"主张,要求作家叙事时应该像科学家进行实验分析那样保持客观冷静的态度和超然中立的立场。左拉的"非个人化"主张与现代主义作家的"非个人化"主张在理论旨趣上是相通的。将叙事主体"隐匿"起来的企图为自然主义叙事技巧的革新提供了动力,他们所创造的"转换叙事角度""使用自由间接引语"等叙事手法均被现代主义作家所发扬光大。

家族史小说刚完成,左拉又着手第二个小说系列的创作。在不长时间里,《卢尔德》(Lourdes,1894)、《罗马》(Rome,1896)和《巴黎》(Paris,1897)相继问世。这套称为《三名城》(Les Trois Villes)的三部曲,以批判宗教、提倡科学表达了作家追求进步事业的思想。

1894年,法国发生了犹太青年军官德雷福斯被诬向德国出卖情报而遭迫害的冤案。在仔细研究了有关材料后,左拉投入了声援德雷福斯(Dreyfus)的斗争,连续发表致总统的公开信《我控诉》("J'accuse",1898)等一系列文章,揭露军界和政府的欺骗。左拉因此被判入狱和罚款,被迫出逃伦敦并侨居英国一年之久。在这场捍卫正义的斗争中,作家所表现出的正义感和社会责任良知,使其以人权斗士的形象留芳青史。

侨居伦敦期间,左拉开始写作最后的小说四部曲《四福音书》(Les Quatre Évangilles):《繁殖》(Fécondité,1899)、《劳动》《真理》(Vérité,1903)、《正义》(Justice,未完成)。与其以往不避现实丑恶秉笔直书的小说有所不同,在这个作品系列中,左拉重在宣示人类正义、和谐、团结的理想。左拉在谈到这套作品时说,他已经解剖了四十年,晚年该做一点梦了。显然,晚年的左拉文风陡转,叛离了其自然主义的文学理念。

1902年9月28日,左拉在巴黎寓所煤气中毒,不幸逝世。葬礼上,法国大作家法朗士(Anatole France,1844—1924)盛赞左拉用丰富的作品和高尚的行为给祖国和世界带来了荣誉。1906年,法国民众在先贤祠为左拉再次举行了国葬。

第四节　中坚：莫泊桑

1880年，在"梅塘集团"核心成员以普法战争为题材创作的作品集《梅塘之夜》发表后，莫泊桑因《羊脂球》受到好评而驰名文坛。在此后短短的10年间，他创作了300多篇中短篇小说、6部长篇小说。

1850年8月5日，居伊·德·莫泊桑出生在迪耶普附近的米洛美尼尔城堡。他的母亲是福楼拜的朋友阿尔弗雷德·勒·普瓦特温的妹妹，是那种在今天差不多会被人用"进步"来形容的女性。她和她那靠不住的丈夫并不般配，在居伊11岁时就分手了。居伊坚定地站在母亲一边，直到晚年，他仍然是"母亲的儿子"。父母这段失败的婚姻，对作家莫泊桑的生活与创作都有极为深刻的影响。他始终恐惧婚姻，故事中总是反复出现荒唐的丈夫和孤独、丧父的孩子的形象。

普法战争爆发时，他自愿参军，在战场上是二等兵。后来他转到军需部队，并于1871年7月退伍。他的父亲为其在海军部谋得一个职位，他的工作颇有成绩并多次被提拔。与福楼拜一直保持着友好关系的母亲，敦请这位大作家关照她的儿子——这是莫泊桑长达7年文学学徒生涯的开始，也是他作为小说家创作生涯的开始。在巴黎的时候，福楼拜常在周日邀请莫泊桑共进午餐，手把手教授他写作的技巧，并不厌其烦地修改纠正其稚嫩的习作。

莫泊桑的性生活是个谜，因为即使在法国，他相当数量的信件也被认为是不宜刊印的。他16岁就有了第一个情妇，这是其长期疯狂滥交的开始。43岁时，他在一家疯人院里死于梅毒所带来的大脑伤害。

莫泊桑的第一部长篇小说《一生》(*Une Vie*，1883)是以《包法利夫人》为蓝本的，但模本在蓝本的对比之下永远显得苍白暗淡。女主人公让娜的婚姻只是一系列灾难和令人痛心的发现中的第一个事件。她的丈夫是一个粗鲁、吝啬、不忠的男人。让娜发现他与女仆偷情，更可怕的是他在其来家里做事的第一天就与她勾搭在一起了。最终，他死于一个被他诱奸的女人的丈夫之手。这可怕的事情吓得让娜流了产。丈夫死后不久，母亲也去世了。让娜在母亲的遗物中发现她曾对父亲不忠的事实，极度震惊。不久，让娜的父亲也逝世了。围绕女主人公展开的这一系列事件，是对"福楼拜式幻灭"的拙劣模仿。

《漂亮朋友》(*Bel-Ami*,1885)被认为是一部成功的小说。在这里,向下的堕落变成了向上的逆袭。乔治·杜洛瓦是19世纪80年代的一个暴发户,除了出色的外表与过人的智力一无是处。他的快速晋升是对政治、经济欺诈时代的一种深刻揭示。报馆老板发行报纸只是为了获得更多股票交易利益,只要能扩大自己的资产,不要说牺牲一个部长,就是牺牲整个国家也在所不惜。小说开篇便直奔主题:

> 接过五法郎的找零,乔治·杜洛瓦走出了餐馆。
>
> 他天生英俊,又当过几年兵,自然气质不凡,他不由地挺了挺胸,以军人的熟练动作抚了抚嘴角的那两撇胡髭,向那些仍滞留于餐桌用餐的客人迅速地扫了一眼——像鹰一样的一个英俊年轻人的眼神。[①]

杜洛瓦,像鹰一样凶猛,终会以自己的方式击败政治、经济、新闻圈子里所有挡路的人。"整部小说就是一场漫长的关于金钱、性以及权力的战争。"[②]对女性怀有恶意的莫泊桑,在这部小说中将性战争作为一大主题,并且确信——杜洛瓦的胜利是男人终将胜利的体现。杜洛瓦是这场战争的主角,他利用女性获得胜利;杜洛瓦与玛德琳的关系被外在的性战争毁掉了,经由现场捉奸(妻子与一个即将退休的内阁大臣),他谋得了妻子一半财产,然后与她离婚;此后他全然不顾那对上流社会夫妇的愤怒,志得意满地迎娶了他情人的女儿。

镜子的意象像是歌曲的副歌部分,总是在故事的关键部分出现。镜子记录了这个新贵的"发家历程";镜中的形象是可信的,它们清晰地反映了杜洛瓦所在的这个世界。社会赠与冒险家荣誉与奖励。女人扑向他,国家授予他荣誉勋章,教堂主教都祝福他与苏珊·瓦尔特的结合。这一切全是因为杜洛瓦反过来成了社会的一面镜子:他就是社会野心、成功崇拜以及卑劣人性的反映与投影。对德玛莱尔夫人的眷恋反映了杜洛瓦唯一的人情味。他无耻地欺骗她,他们不断地争吵、分手、和解、新一轮的争吵,如此循环往复。当她知道他与瓦尔特家的女儿订婚的时候,她痛不欲生;但当他走出教堂的那一刻,她又若无其事地与他打招呼。这是对新郎一个无声的承诺。客厅的镜子显示着她爱上了这个男人;杜洛瓦也在迈入教堂的时候想到了她——在另一面镜子里,德玛莱尔夫人正在拾掇她的卷发。他们之间的关系是牢不可破的,这种牢不可破的关系植根于"对

[①] 莫泊桑:《漂亮朋友》(英文版),贺拉斯·塞缪尔译,沈阳:辽宁人民出版社,2018年,第1页。
[②] Martin Turnell, *The Art of French Fiction*, London: Hamish Hamilton, 1959, p.214.

黑暗面的共同看法"、共同的冒险精神以及无产者的出身。

在对莫泊桑始终评价不高的亨利·詹姆斯看来,《漂亮朋友》"太特别,太不可避免,太让人无法释怀——在它的世界里,所有男人都是无赖,所有女人都是婊子";然而,它同样展示了"生活的混乱与残忍……活力与生命力"①。的确,《漂亮朋友》是一部成功的作品,一部不太寻常的成功作品。莫泊桑所选的主题使他特有的劣势变成了可以被称为优点的地方,这也正是《漂亮朋友》成功的一大原因。它是一部充满活力、发展迅速、充斥情色却让人耳目一新的作品。

莫泊桑过于敏感的知觉在其作品和生活中都留下了鲜明的印记。而其对女性肉体之视觉、触觉和嗅觉的强调或迷恋,既构成了其创作的特点,也是其最严重的局限之一。在帷幕后他只看到肉欲,看到床伴的占有、享受和抛弃,这导致了体验的简单化;亨利·詹姆斯因此称莫泊桑"简单地跳过了他笔下男人和女人的整个思考部分"②。莫泊桑对女人的描写往往带有病态的色彩。"一个 36 岁左右的女人,体态丰盈,发育良好,令人赏心悦目……""她个子很大,稍微有点壮,有点太胖、太成熟了,但是她非常漂亮,有一种粗壮的、温暖的、强有力的美。"诸如此类的描写所勾勒出来的奇特、丰饶景象,意味着具有成熟风韵的母亲般的女人对莫泊桑有着特殊的吸引力。他对肉体的痴迷有时近乎性狂热,但女人在他的故事中有着双重目的。她们是他用来毁灭小说中的父亲和丈夫的工具——他用这些小说来为自己的母亲报仇;同时他也在小说中不断提到对女性的堕落和用童贞换取"卖淫之路"的幸灾乐祸,这象征着他对自己疾病的性报复。性的快乐与毁灭在莫泊桑的心灵中始终紧密相连。"作家是幸运的,当其理论与其缺陷如此一致的时候。"③对于莫泊桑的生活与创作,亨利·詹姆斯如是说。正是莫泊桑经验的匮乏使其专注于短篇艺术形式的创作,并最终使其在这个领域成了杰出的"大师"。莫泊桑远不是一流作家,他缺少一流作家必备的道德与智力水准;但他掌握了所有技巧,这使其成为著名的短篇圣手。

尽管莫泊桑在 19 世纪 70 年代写过一些作品,但直到 1880 年他的老师去世前几个月,其学徒期才结出真正的果实——非凡的作品《羊脂球》

---

① Quoted in Martin Turnell, *The Art of French Fiction*, London: Hamish Hamilton, 1959, p. 218.

② Ibid., p. 199.

③ Ibid., p. 220.

面世了。小说集中围绕着沦落风尘者的爱国主义这一主题展开。这是一个善良的小妓女的故事,她首先出于纯粹的爱国动机拒绝了敌人,然后又基于爱国动机而屈服;故事"不仅代表个人或一群人的动机,更代表着一个国家政治和道德的混乱"①。

《包法利夫人》尽管分为三个部分,但有五段不同的变化:作为背景或"引子"的查理·包法利的早年生活、不幸的婚姻、两次灾难性的爱情事件以及作为创伤后果的"结语"。人们在《羊脂球》中也发现了同样的结构:开篇是一段"引子",简要叙述了战败和被占领,然后有到迪耶普的远征、在托特镇的耽搁、羊脂球的陷落和马车消失在黑暗中的尾声。"无论是长篇小说还是短篇小说,人们都发现了同样的对称性、同样的事件交错、同样的道德态度转变,以及在将事件融为一体的过程中'旅行'所起的重要作用。"②与欧·亨利(O. Henry,1862—1910)戛然而止、余音绕梁的结尾相媲美,莫泊桑的开场是其作为短篇圣手最辉煌的成就之一。它和剩下四个部分是有机的整体,没有一点突兀的成分;每句话、每一个词都恰如其分地出现在正确的位置上,并且上下文相呼应。在《羊脂球》的前两页中,他描绘了一个被占领的战败国的景象:

> 一连好几天,零零星星溃败的军队不断从城里穿过。这哪里是什么军队,只能算是七零八落的乌合之众。他们的胡子又脏又长,制服破烂不堪,既没有军旗,也没有团帜,走路的样子有气无力;所有的人似乎都垂头丧气,疲惫不堪,脑子已经失去作用,既没有思想,也没有决心;他们行走只是出于惯性,只要一停住马上就要累得倒下来。③

短短三句话就把一支溃败、士气低落的军队展现在我们面前。他对图形细节有着准确无误的眼光;没有任何一个词是多余的,每一个词语都为场景增添了什么,如"蹒跚而行,没有旗帜,也没有编制"就完美地表现了零散队伍疲惫而蹒跚的步态。叙事如摄相机在平原上"摇摄"一般俯拍疲惫不堪、四处游荡的士兵,时不时地停下来拍摄一些个别人在城市的黑暗角落里进进出出的特写镜头。

在这样的背景上,叙事焦点迅速向那辆逃难的马车聚拢。那些架子

---

① Quoted in Martin Turnell, *The Art of French Fiction*, London: Hamish Hamilton, 1959, p.201.
② Ibid.
③ 莫泊桑:《羊脂球》,汪阳译,南京:译林出版社,1998年,第1页。

十足的中产阶级旅客们斜眼看着那个妓女,但当她把满满一篮子的食物与他们分享时,气氛却缓和了许多——他们太匆忙了没想到要携带食物。当人们知道她拒绝了普鲁士军官时,她几乎变得很受欢迎。然而,当他们发现普鲁士人决定把他们都留在那里,直到羊脂球屈服时,他们的感情立刻发生了变化。她受到了来自同伴的各种压力。有人向她指出,为了挽救同胞的财产可能还包括他们的性命而牺牲自己,绝非不爱国,而是一种高度爱国的行为。没有得到修女或哪位社会中坚人士的保护,她的心理很快便崩溃了。一旦可以自由离开,那些中产阶级精英就立刻背弃了她;当他们发现她与普鲁士人的遭遇让她没有时间携带任何自己的食物时,他们连篮子里的一点面包屑都不肯分给她。

《羊脂球》之所以是莫泊桑最成功的作品,乃是因为他将小人物变成了时代大戏的主角。他对一段奇特旅程的叙事为读者掀开了社会的一角:贵族和商人都受到了严厉的谴责,没有人能逃过莫泊桑的讽刺。逃亡的旅程某种意义上重复了战败的军队,士兵和平民都被分成各种各样的群落:勇者和懦夫、爱国者和那些"野心勃勃"的人、抵抗者和观望者。"爱国主义和卖淫相互抵消。马车载着声名狼藉的人,像正在瓦解的军队一样,随着《马赛曲》的节奏消失在虚空中。这个故事具有方程式一般的简洁——无论它的关系是什么,无论你是加、减、乘还是除,莫泊桑的答案总是为零。"[1]

---

[1] Martin Turnell, *The Art of French Fiction*, London: Hamish Hamilton, 1959, p.206.

第二章
欧洲的蔓延

自然主义在19世纪七八十年代便在法国达到了高潮；在法国的高潮几乎已经过去的时候，它才在德国和意大利出现；在英国与西班牙等欧洲国家，真正的自然主义运动基本上始于19世纪80年代后期并蹒跚地进入了20世纪初。

在挪威，戏剧家易卜生（Henrik Ibsen，1828—1906）在19世纪80年代初一反前期创作中的浪漫倾向，写出了引起强烈反应的《群鬼》（*Ghosts*，1881）等剧本。《群鬼》至今仍被西方批评家视为最重要的自然主义戏剧作品，他在有些令人不快的临床诊断的形式中对遗传的作用、梅毒传染进行了大胆的分析。西方很多评论家一直把《群鬼》在自然主义戏剧中的地位和影响与左拉的《戴蕾斯·拉甘》之于自然主义小说相提并论。

在瑞典，斯特林堡（August Strindberg，1849—1912）也于19世纪80年代开创了瑞典文学的一个新阶段。他的小说《红房间》（*The Red Room*，1879）和剧本《父亲》（*The Father*，1887）、《朱莉小姐》（*Miss Julie*，1888）等都是自然主义的经典作品。他在开始创作的时候，受到了易卜生的很大影响。其《父亲》便在很大程度上借鉴了《群鬼》的写作技巧。

在俄国，由于文学与国家政治革命的密切联系从19世纪初便成为一个强大的传统，自然主义的影响相对小些。但1886年，一代文学宗师托尔斯泰（Lev Nikolayevich Tolstoy，1828—1910）还是发表了可以被称为自然主义戏剧典范的剧本《黑暗的势力》。由于托翁淋漓尽致地描写了农民的贪婪及其通奸、杀婴等行为，此剧在俄国很长一段时间都遭到禁演。

由于左拉的活动,它才被拿到巴黎上演,并获得极大成功。高尔基1902年发表的剧本《底层》,无情地暴露了下层社会的贫穷和惨状,完全是托翁《黑暗的势力》的翻版。在小说创作中,屠格涅夫和契诃夫(Anton Pavlovich Chekhov,1860—1904),无论是创作思想还是创作实际,也都深受自然主义的影响。前者在旅法期间曾是福楼拜和左拉文学圈子的重要成员;但与他相比,后者身上的自然主义色彩更为浓重。

第一节　德国

一、概况

民族的统一极大地促进了经济发展。1871到1918年是德国工业化和现代化突飞猛进的黄金时代,同时也是工人运动蓬勃发展的时代。德国的工业化进程虽迟于英、法等国,但也经历了大致相同的资本主义发展过程:新兴工业出现,农村自然经济解体,资本集中,农民离开土地,加入无产者队伍。"后发优势"使得德国工业在短短二三十年间的发展大大高于英、法两国,而德国人的严谨与勤奋更使得化工、电气等一些新兴工业甫一出现便居于领先地位。新矿山投产,新工厂兴建,新项目上马……因迟来更见迅猛的工业革命之蓬勃展开,奇迹般地改变了德国的面貌。公路与铁道连结了过去四分五裂的小邦,电报与电话以及更多无线电技术的运用使信息传播的速度令人讶异。伴随着工业化而来的是大城市的出现和中产阶级的壮大——1860到1914年的50多年间,乡村人口中每两人就有一人流入城市;1871年整个德国10万人以上的城市只有4个,而到了1910年则剧增为48个,而且柏林、慕尼黑等大城市迅速崛起成了欧洲政治、经济、文化交流中心。迅速的工业化使蓝领工人队伍急速膨胀壮大,德国产业工人在短短几十年间就由199万人陡增至613万人。德国的自然主义运动就是在这样的社会历史背景下展开的。

1848年革命失败之后,德国文学一度陷入低潮。当时德国文坛上流行一时的的"摹仿文学"一味摹仿古典文学作品,惯用谎言粉饰太平。史托姆(Hans Theodor Woldsen Storm,1817—1888)和凯勒(Gottfried Keller,1819—1890)等知名作家纷纷选择蛰居乡间,远离现实斗争,已很难写出反映社会巨变、回应生活要求的有分量的作品。医生兼作家马克斯·诺尔道(Max Nordau,1849—1923)在《文明人类的客套谎言》(1883)一文中曾这样描绘当时的思想状况：

> 包围着我们周围的一切都是谎言和欺骗；我们在上演一出极不道德的喜剧。每当我们走进教堂、皇宫、议会大厅和户籍登记处办公室，我们的理智、思想、对真理和正义的感情中就升起对于一切国家和经济机构，对社会和家庭生活现存形式的愤怒和反抗之情。①

沉滞的文坛状况引起了一代年轻作家的强烈不满，他们开始把眼光转向国外，从异国吸收新鲜的空气和营养；异国的文学新潮蔓延过来，强化了他们革新文学的迫切要求——新的文学应摒弃一切虚文伪饰，避免在意识形态上被滥用；新的文学应反映生活的真相，包括生活中的丑恶和阴暗面。由此，法国自然主义作家左拉与都德首先成为不少德国新晋作家崇拜的偶像。早在19世纪70年代后期，德语文学界少数先锋杂志上便陆续出现了介绍左拉及其作品的文章；1880年德国有了第一部法国自然主义小说《小酒店》的译本。此后十多年间，左拉的作品在德国持续走红，译本的印行数量在法国作家中位居第三，仅稍逊于大仲马(Alexandre Dumas père,1802—1870)与巴尔扎克。法国的影响之外，因德国当时的社会发展阶段和社会矛盾状况与北欧国家有不少相似之处，易卜生、斯特林堡等北欧作家的创作对德国的自然主义文学运动也产生过较大影响。1880年，《玩偶之家》(*A Doll's House*,1879)在德国上演，产生了巨大反响；1889年，德国自然主义作家建立"自由舞台"剧院(Freie Bühne)，首演的剧目便是欧洲很多地方一度查禁的易卜生之自然主义戏剧经典《群鬼》。毋庸置疑，德国自然主义兴起的强大推力来自国外，国外自然主义文学的理论与实践对德国自然主义文学运动的发端与发展均有举足轻重的引领作用。

出生于19世纪五六十年代的德国自然主义作家，大都出生于中产阶级家庭，童年和青年时代多在小城镇度过，后来才渐渐聚集到慕尼黑和柏林这样的大城市来。普法战争时，他们年纪尚幼；但对战后德国经济迅速起飞所催生的贫富分化、两极对立等尖锐社会矛盾，他们却都有着切身的体会。他们大多居住在大城市里的小市民和无产者聚居区，目睹拥挤的陋室里与脏乱的街区上每时每刻都在发生的暴力、酗酒、盗窃、行乞、卖

---

① 转引自宁瑛：《德国自然主义文学述评》，柳鸣九主编：《自然主义》，北京：中国社会科学出版社，1988年，第204—205页。

淫……这些作家最为熟悉的便是汇聚在路边小摊、酒馆与妓院里的穷人。底层生活的种种乱象乃他们人生的第一课；真切的生活体验为其文学创作积累了生动的素材，使他们对文学中常见的那些毫无生气的模仿以及对现实生活的廉价美化倍感愤怒。他们因志同道合而聚首，发出了要在内容和形式上进行一场自然主义文学革命的呐喊。

在德国自然主义作家中，唯一与左拉见过面的人是康拉德（Michael Georg Conrad，1846—1927）。1878年至1882年间，旅居法国巴黎的康拉德经常去拜访被其称为"伟大的自然主义大师"的左拉。康拉德认为，德国文坛的沉寂乃至堕落，乃作家轻视社会问题和社会压制有才能的作家所致。为了扩大法国自然主义文学的影响，他1885年在慕尼黑创办了自然主义文学周刊《社会》（*Die Gessellschaft*）。《社会》并不是唯一一份在德国鼓吹自然主义的同人期刊，稍后出现的诗选刊《现代诗人性格》（*Moderne Dichter-Charaktere*），不仅通过抒情诗来表达青年一代的情绪与要求，并且自1886年起还围绕该选刊在柏林成立了定期活动的文学社团"突破协会"（Durch）。此外，1889年在柏林创办的"自由舞台"剧院与次年发行的《自由戏剧》（*Freie Bühne*）期刊，也是德国当时重要的自然主义文学阵地。大致来说，19世纪80年代末到19世纪90年代上半期乃德国自然主义最兴盛的时期：一时间自然主义文学社团风起，自然主义同人杂志林立，各种自然主义的实验与理论探究异彩纷呈。自然主义文学运动在德国持续的时间虽然不长，但就其文学史意义而言，它完全称得上是一次足以与18世纪70年代那次狂热的"狂飙突进"运动相媲美的文学革命。无论是从规模上还是从强度上看，德国自然主义文学运动甚至都大大超过了自然主义的发源地——法国。

自然主义文学运动在德国有两个中心。一个在慕尼黑，另一个在柏林。慕尼黑的自然主义运动以康拉德为核心；围绕着德国第一份自然主义文学杂志《社会》，他团结了一批观点相同的作家。他们的宗旨是争取文学艺术的解放——打倒"尊贵的"、被阉割了的政治意识形态，将自由的、人道的、真理的声音还给文学。除康拉德之外，这个圈子里的作家还有K.阿尔拜尔提、卡尔·布莱门特劳伊、赫尔曼·康拉迪和马科斯·哈尔伯等。在相当长的一段时间里，《社会》在自然主义文学运动中都居于领导地位。

稍后，运动向其它地方传播开去，经过书店集中的莱比锡，运动的中心很快便由南部的文化名城慕尼黑移向作为政治、经济中心的柏林。显然,柏林的工业无产阶级及民主力量的强大为自然主义运动的发展提供了更有利的条件。柏林最重要的自然主义文学团体是1886年建立的"突破协会"。阿尔诺·霍尔茨(Arno Holz,1863—1929)、奥托·布拉姆(Otto Brahm,1856—1912)、约翰尼斯·施拉夫(Johannes Schlaf,1862—1941)、海因里希·哈特(Heinrich Hart,1855—1906)、尤里乌斯·哈特(Julius Hart,1859—1930)、盖哈特·霍普特曼、威廉·伯尔申等是协会的主要成员。他们坚信德国文学正处于历史的转折关头,明确要求文学的现代化。作为"自由文学团体","突破协会"主要是"青年诗人和作家的集合地";协会于1890年解散,此后各自向着不同的方向发展:霍尔茨和施拉夫在他们共同主张的的"彻底的自然主义"理论指导下不断进行新的文学实验;奥托·布拉姆和保尔·施仑特尔等人则围绕着"自由舞台"剧院组建了戏剧协会——后来由于内部意见分歧又产生了"自由人民剧场"和"新自由人民剧场"两个组织。"自由舞台"剧院主要上演易卜生、比昂逊(Bjornstjerne Martinus Bjornson,1832—1910)、左拉、霍普特曼等人的戏剧。

  德国自然主义者并非都持守相同的文学立场,这在他们对待自然主义文学领袖与理论家左拉的态度上体现得一目了然。哈特兄弟(Hart Brothers)就几乎从未认同过康拉德对于左拉一味大唱赞歌的做法。在1886年出版的《当代》(*Die Gegenwart*)中,尤里乌斯·哈特就曾抨击左拉对德国文坛所造成的危害:这种类型的文学因片面强调反映现实而扼杀了诗人艺术家的创造性,因而左拉的美学观念代表着诗歌的死亡。无独有偶,1887年,小说家弗里茨·毛特纳(Fritz Mauthner)发表《从凯勒到左拉》("Von Keller zu Zola"),批评左拉的作品中只有泥沼没有鲜花,大大损害了现实主义的艺术原则。事实上,早在1884年,批评家格哈德·冯·阿明托(Gerhard von Amyntor)便在莱比锡的《国内外文学杂志》(*Magazin für die Literatur des In-und Auslandes*)撰文警告"左拉主义"(Zolaismus)的危险。"左拉主义"这个新词被其创造出来,就是为了区分正常的可被接受的自然主义和左拉那种夸大的应予排斥的自然主义——这样就将他眼中的都德、易卜生、陀思妥耶夫斯基(Fyodor Mikhailovich Dostoevsky,1821—1881)等外国自然主义作家与左拉区别了开来。① 也

---

  ① See Joseph Jurt, "The Reception of Naturalism in Germany", in *Naturalism in the European Novel*, ed., Brian Nelson, New York: Berg Publishers, 1992, pp.108-109.

许，德国文坛对待左拉的这种矛盾态度在马克斯·诺尔道身上体现得最为充分：这位19世纪80年代初在法国实习的医生早在1882年便曾撰文夸赞尚在写作中的《卢贡－马卡尔家族》系列小说乃一种能够揭示出真理的艺术形式，但90年代初他却开始将左拉归为描绘城市黑暗的腐化作家之列，大加挞伐。在其影响甚大的《退化》(Entartung，1892)一书中，他认为左拉、易卜生等自然主义作家笔下的情爱、嫉妒、暴力以及夸张的个人主义表达，同样可以在尼采(Friedrich Nietzsche，1844－1900)那儿发现。①

德国的自然主义者大都拒绝接受左拉将艺术和文学视为一种科学的激进表述，其代表人物康拉德与霍尔茨，都对"自然主义"概念做了合乎德国文化逻辑的重新阐释。② 1887年去法国旅行时，霍尔茨发现了左拉、福楼拜以及龚古尔兄弟等法国自然主义作家作品的新奇与魅力。自1890年开始，他开始负责同人杂志《自由戏剧》的编辑；同年"自由舞台"剧院上演了他和施拉夫一起撰写的戏剧《塞利克一家》(Die Familie Selicke，1890)。在德国，自然主义的内涵与左拉在《实验小说论》等文献中所阐发的科学品性相去甚远，这在霍尔茨《作为理论家的左拉》("Zola als Theoretiker"，1887)一文中体现得最为清楚。该文虽然将左拉视为一个用自己的创作投入时代斗争的典范，但对其将文学与科学等同视之的表述却不以为然。1891年，霍尔茨发表论著《艺术的本质和规律》(Die Kunst ihr Wesen und ihre Gesetze，1891)，坦言自己的理论来源于实证主义科学家的影响，目的是建立一门"艺术社会学"，就如同由马克思为经济活动建立的社会学一样。霍尔茨阐发了其所发现的艺术规律：作为"第二自然"，艺术有一种重新成为自然的倾向——艺术将基于它们各自摹仿的条件并在这种条件的运用中重新成为自然。后来，他将这个规律简化成一个数学公式："艺术＝自然－X"。这一公式是其对左拉的实验小说理论做了分析研究并主动与之加以区别的结果。他接受了左拉理论中注重经验分析的因素，但不同意其理论中关于艺术活动的主观性成分，要求尽量缩小主观因素。霍尔茨艺术理论中另一个重要的思想是对于形式的重视。他认为，每一种艺术都有其独特的表现手段；而且表现手段永远在变化，新艺术技巧的出现将产生全新的艺术。因此"一种艺术的发展

---

① See Joseph Jurt,"The Reception of Naturalism in Germany", in *Naturalism in the European Novel*,ed., Brian Nelson, New York: Berg Publishers, 1992, p.116.

② Ibid., p.111.

就是它的形式,它的技巧的发展"。"最高的艺术是语言艺术。"①为贯彻这一理论,霍尔茨在诗歌、小说和戏剧创作中曾一再致力于形式的革新,创造了以"分秒不漏的描写""照相录音手法"为特征的"彻底的自然主义"。②

在德国自然主义小说创作中,首先应该提及的是被誉为"德国的左拉"的马克斯·克雷策尔(Max Kretzer, 1854—1941)。他的作品始终以社会现实矛盾为题材,但矛盾的解决却是非革命性的社会改良。处女作《两个同志》(*Die Beiden Genossen*, 1878)揭露一个社会民主党干部的道德腐败和伪善。另一部小说《在社会主义风暴中》(*Im Sturmwind des Sozialismus*, 1884)展现出作者企图以宗教改良来解决社会弊端的小资产阶级的观念立场。克雷策尔写得最成功的一部小说是1888年发表的《梯姆坡师傅》(*Meister Timpe*, 1888)。在诗歌创作方面,作为自然主义诗歌的萌芽,1885年出版的当代诗人诗歌选《现代诗人性格》收录了许多活跃、激进的青年诗人的诗作。在诗歌领域影响最大的是霍尔茨——除了被收入《现代诗人性格》诗集中的诗歌以外,他尚有许多诗作散见于当时的各种诗选或诗歌杂志。值得指出的是,尽管没能成功,但德国是唯一一个尝试创作了自然主义诗歌的国度。

德国自然主义运动中戏剧创作的成就最高。在德国自然主义作家看来,戏剧是最适于实践自然主义文学运动目标的体裁。霍尔茨阐述他的戏剧理论时说:戏剧使得人们对环境的回忆和复述从根本上变得容易了;通过对话、动作和表情的表演也更有实效。自然主义文学要求极其精确细致地再现现实中的一个片断,一个横断面,而且特别强调听觉、视觉、触觉等官能的体验和感受。戏剧能直接把场面、状态展示在观众面前,"看"戏剧当然要比"读"小说更直观,也就会感到更真实可信,仿佛眼前的一切都活起来了。在叙事文学中,由于描绘总是必须服从于观察,因此霍尔茨提出的"分秒不漏的描写"总归不能完全实现,因为它是在回忆、复映作者观察时的感受,保证不了同步性的实现。但在舞台上,一场之内环境的一致,标示地区特色的布景的典型性以及表演时间和事实发生时间的一致,创造出一个集中的气氛,能够最大限度地再现所要表现的现实。因此,戏

---

① 转引自宁瑛:《德国自然主义文学述评》,柳鸣九主编:《自然主义》,北京:中国社会科学出版社,1988年,第207页。

② See Joseph Jurt, "The Reception of Naturalism in Germany", in *Naturalism in the European Novel*, ed., Brian Nelson, New York: Berg Publishers, 1992, p.114.

剧成为德国自然主义作家最喜爱的一种文学形式。

与传统戏剧不同,自然主义戏剧中不再有英雄人物出现。它所展现的主要是由环境、遗传等因素所导致的个性危机。剧中人物往往是缺乏独立个性而完全受制于环境、自然条件的一种类型化的形象。日常生活中人与人之间的生存斗争、环境或遗传因素所造成的人的变态与扭曲,乃是德国自然主义戏剧的常见主题。剧中人物没有性格的发展变化,问题的解决借助于外来的力量,而这个力量不过是充当了化学试验中指示剂的作用,它的到来使人物身上固有的自然主义因素显示出来,却丝毫没有改变现实。剧中方言、口语和无话的沉默哑场占很大比重,断断续续不完整的句子、独白式的短语、说话人的咳嗽乃至吐痰等过去不为人注意的细节都在舞台上被精确地表现出来。

在自然主义戏剧运动中涌现出来的杰出剧作家有霍尔茨、施拉夫、霍普特曼等,其中成就和影响最大的当推霍普特曼。但最典型的自然主义戏剧,也许是霍尔茨和施拉夫合写的《塞利克一家》。此剧只演出了很少几场,因为它采用的是纯自然主义的手法,舞台演出效果不佳。全剧共三场,力求体现表演时间与被表现时间重合的原则,写了从圣诞之夜到天明这一段时间内发生的事情;戏剧谈不上有什么情节,更没有传统的戏剧冲突,作者的意图则是展现社会环境和人的生存本能之间的对立,强调环境对于人的行为所起的决定性作用。值得一提的是,《塞利克一家》即便在当时知名的自然主义批评家那里也没有得到多少肯定的评价,原因是它过分冗长,戏剧性不强。在此之后霍尔茨又构思了一组总共25部的系列剧——他为这组戏剧取名为《柏林,戏剧中的时代转向》。他企图通过这一庞大的系列剧表现一切阶层和阶级,描绘出时代的一幅广阔图像。可他的计划没能实现,直到1913年才写出了其中的三部。

1890年,《自由戏剧》杂志上发表的《新唯心主义》一文明确指出:"实证主义哲学不能长久统治我们的思想。我们生活在一个催眠术和唯灵论的时代。人们对那种表面的事实和按规律的顺序排列已经厌倦了。"大致来说,90年代中期以后,德国的自然主义戏剧逐渐被一些新的潮流所替代,但自然主义对西方戏剧发展的有力推动却至今仍生动可见——不管是题材、细节的处理还是舞台提示或动作说明,莫不如是。在论述德国自然主义戏剧的一部论文集中,有批评家总结说:"很少有一个文学运动的成果像被曲解的自然主义的成果那样被后代如此积极地利用。它的影响一直是隐蔽的,从未被毫无保留地承认过。——但是没有自然主义,一直到今天戏剧的根本发展都是不能想象的。几乎没有一种文学的××主义像自然主义那么不受欢迎,那么默默无闻地被人忽视了。"①

1891年,从法国回到德国的赫尔曼·巴尔(Hermann Bahr,1863—1934)也感到自然主义的势头已然是强弩之末,"它的作用已经完结,它的魔法已经失灵"②。在其同年出版的《克服自然主义》(*Die Überwindung des Naturalismus*,1891)一书中,他揭示了自然主义从生理学向心理学的转换,并具体阐发了此种走向在于斯曼小说《逆流》中的初步显现。

二、霍普特曼

作为德国现代文学中最具影响力的作家之一,盖哈特·霍普特曼在近60年的创作生涯中,共发表了40多个剧本,另有小说、史诗和抒情诗等作品若干。

因父亲生意败落,霍普特曼很早就辍学被送往西里西亚农村的一个农场当学徒;在哥哥卡尔的指导与帮助下,他后来前往耶拿大学学习哲学和历史。霍普特曼最初艺术创作的兴趣并非文学而是雕塑;但一次穿越地中海的旅行,激发了其拜伦式文学创作的激情——篇幅巨大的史诗习作《普罗梅斯登洛斯》(*Promethidenlos*)就在那时一气呵成。从此,霍普特曼对文学创作的渴望便胜过了当一名雕塑家的雄心。23岁时,他结了婚,定居在柏林郊区。4年后,他在那里写出了其成名作《日出之前》(*Vor Sonnenaufgang*,1889)。1889年10月20日,该剧首次在柏林"自由舞台"剧院公演,获得巨大成功。紧随其后的若干部戏剧,如《和平节》(*Das Friedensfest*,1890)、《孤独的人》(*Einsame Menschen*,1891)、《织工》(*Die Weber*,1892)等,在19世纪90年代迅速奠定了霍普特曼作为德国现代戏剧领袖的文学史地位。

与很多艺术家的经历相似:事业成功之后,霍普特曼很快便遭遇了其人生中的滑铁卢。历经一场漫长而痛苦的危机,他的第一次婚姻最终以离婚收场。后来,他又娶了年轻的小提琴家玛格丽特·马尔沙克(Margarete Marschalk),两人相伴终老。1913年,当第一次世界大战的战火日益迫近时,霍普特曼迁居德雷斯顿;1945年2月,他目睹了这座对他而言尤为重要的城市在第二次世界大战中的毁灭。1946年6月6日,

---

① 转引自宁瑛:《德国自然主义文学述评》,柳鸣九主编:《自然主义》,北京:中国社会科学出版社,1988年,第226页。

② 同上书,第224页。

84岁的霍普特曼因支气管炎在西里西亚与世长辞。

在堪称自然主义戏剧范本的《日出之前》中，主人公洛特是一个社会主义的改革家，也是一位意志坚定的教条主义者。他去拜访西里西亚一个因偶然发现煤矿而一夜暴富的农民家庭，结果发现从天而降的财富非但没有给这家人带来好运，反而让他们沉溺于酒色、通奸、乱伦等一切难以想象的恶行之中。但在这道德被彻底败坏了的人堆里，女儿海伦却是一个出污泥而不染的例外，她也自然而然地爱上了这个与众不同的外来者，并且坚信这个新来的年轻人能够使她获得救赎。洛特不愿与她的家庭发生血缘上的关联，最终决定离开出身富足但家族腐败的海伦。他的离开扼杀了海伦所有生活的希望，于是她选择了自杀。

从性格上来看，富于理想满腔热血的主人公洛特，似乎很像易卜生"社会问题剧"中的人物。事实上，这位意志坚定的教条主义者是霍普特曼笔下所有主人公中唯一一个被理论和原则约束了行为的人；相比之下，坚持自然天性并为之抗争但最终却被环境力量所击垮的海伦才是典型的"霍普特曼式性格"的模板。《和平节》与《孤独的人》更明显地体现出易卜生戏剧对霍普特曼创作的影响。这两部作品均是围绕着婚姻主题展开的悲剧，且都严格遵循了经典戏剧中所要求的时间和地点的统一。在《孤独的人》中，年轻的生物学家约翰内斯·福克哈特（Johannes Vockerat）与一个学历、见识都不如自己的女孩结了婚，很快便对这段婚姻丧失了激情。不久，他与一个兴味相投的俄罗斯女生有了婚外恋情，但这却使他陷入了深重的内心纠结与挣扎。最终，他因不堪心理重负溺水而亡。这位在两个女人之间摇摆不定、试图找到两全其美解决方案的男人，乍一看颇像那种令人憎恶和反感的人物，但设若不以社会伦理道德作为评判标准，则不难发现其悲剧行为的根源不过在于他那种因偏执于完美而时刻紧绷的个性。在对人物性格与命运关系的处理上，这出戏严格遵循了自然主义的规则，但一种复杂莫名的诗意却从人物情感的碰撞中迸发出来。

表面上看，《织工》似乎是一部关乎政治革命的戏剧。故事围绕19世纪40年代饥饿的西里西亚织工的暴动展开。该剧没有任何中心人物，真正的英雄是那些织工。他们人多势众，最终却像波浪一般消失了。在剧中，织工的绝望情绪逐渐蔓延，反抗的动力随之逐渐增强。辅之以激动人心的《织工之歌》，呼号声响起，他们袭击了工厂主的房子。织工们的暴动貌似以胜利的音符作为结尾，但实际上戏剧叙事的底层却弥漫着一种必败的宿命感：因为这种胜利只是暂时的，织工们最终注定要走向失败。该剧结尾部分极富象征意义的细节是——那个从来没有将织布机当作武器，而是把希望都寄托在上帝身上的老年织工被一颗流弹击穿了脑袋。在细致乃至琐碎的细节呈现内里，该剧自始至终贯穿着一种古希腊命运悲剧般厚重宏大的氛围基调。表面上看，织工们所谈论的话题以及他们的想法都是围绕着物质需求，他们抗争的最初动机也仅仅是由于纯粹的饥饿，但他们那无法用确切言语表达的喧嚷中却又分明隐含了某种混沌、深刻的内在冲动。

在《弗洛里安·盖尔》(Florian Geyer，1896)中，霍普特曼第一次也是唯一一次将自然主义手法运用到"历史戏剧"中。广大农民奋起反抗压迫者，最终却被残酷镇压。这部历史剧的背景像一幅抒写时代气息的壮阔油画，清晰地画满了大量的人物，生动地再现了当时社会变迁的过程。《弗洛里安·盖尔》并不强调反抗过程中的肢体冲突，而是更侧重于展现反抗事件对农民产生的心理影响——那些农民在无休无止的会谈和争论中相互纠缠、算计。在剧中，霍普特曼只突出了反抗事件的最后阶段——它的衰落和最后定格在血泊当中的失败。此种叙事结构几乎从一开始就给这部戏剧奠定了一种彻底绝望的情感基调。

霍普特曼戏剧中的根本冲突，是个人与社会之间的尖锐冲突。有趣的是，由于人物自身的道德缺陷或天赋缺失(或两者有其一或两者兼而有之)，这就使得其所有戏剧的基本主题均呈现为一种"无能"。悲剧《米夏埃尔·克拉默》(Michael Kramer，1900)堪称体现这一主题的范本。该剧的冲突主要集中在两个性格恰好相反的艺术家身上。父亲克拉默有高尚的人格和善良的性格，对自己职业的神圣性有充分的体认，但他也深知自己缺乏天才的灵感；儿子阿诺德补足了父亲天禀的缺憾，但在道义层面却因软弱彷徨而呈现出先天不足，且其丑陋的外表之下还藏着满怀的恶意与冷漠的天性。父亲力图改变儿子，给他灌输责任感，但为此所做的一切均告徒劳：阿诺德在深陷失恋的苦痛中自杀了。最后一幕，儿子的身体躺在父亲的房间里，米夏埃尔·克拉默对着死去的儿子和点燃的蜡烛陷入了沉思。

对德国战前社会的批判性描述，最终促成了霍普特曼1911年的悲喜剧《群鼠》(Die Ratten，1911)。该剧写于柏林，故事发生的地点是这座城市东端的一个大公寓；全剧实际上有两个情节线索同步向前推进。剧中的女主人公约翰夫人是一位泥瓦匠的妻子。在自己的孩子早夭而渴望找到某种情感替代的时候，她收养了一位女佣的私生子。所有人甚至连她丈夫都没有怀疑婴儿乃非亲生子;孩子生母回来认领孩子,约翰夫人用一种近乎原始冲动的动物本能把孩子藏匿了起来,然后诱导已经堕落不堪的弟弟去杀死孩子的生母。当警察把孩子从其身边带走时,她觉得自己就像一只身陷囹圄的待宰动物那般绝望。这出悲剧发生在一座破旧肮脏的公寓楼里,该楼一个被废弃的储藏室中时不时还有一位退休演员在聚徒讲授艺术课程。在很大程度上,公寓楼里的人与事乃是一战爆发前夕德国社会的一个横切面。这位老演员,一位坚定的保守派和民族主义者,向那些正在破坏新兴德意志帝国、啃噬理想主义根基的"老鼠派"表示了反对。经由该剧,作者对现存社会结构即将到来的瓦解做了预警,显示了深刻过人的心理洞察力。

总体观之,这位早年曾写下浪漫主义抒情诗的少年,最终成长为一个集准确的观察、清晰的表达和深刻的洞察力于一身的成熟男人。虽然霍普特曼50岁也就是1912年时,其创作倾向发生了明显转变,但自然主义的方法在其整个创作历程中无疑占据着主导地位。霍普特曼之皈依自然主义,并不是浅薄地搬弄理论或生硬地自我暗示的结果,而仅仅是基于其艺术家的天赋和直觉。尽管霍普特曼创作过各种体裁的文学作品——尤其在其创作的后期,但他始终是以一位剧作家的身份为人所知。霍普特曼是从人类生存的角度看待戏剧的;对他而言,生活的本质就是连续不断的戏剧冲突,而这个冲突是从人类意识出现的那一刻起就存在着的。霍普特曼本质上是一位悲剧作家——即使在其喜剧作品中,悲剧的气氛也常常近在咫尺。在这位才华超群的悲剧作家的笔下,每个角色都拥有自己独特的灵魂与个性,但人们似乎并不能从其作品中抽取出一种明确而完整的创作理论或哲学世界观。他坚持通过事物内在的逻辑来推动情节发展,反对作者在文本中指手画脚,善于以复杂多样的形式反映自然。在很大程度上,他凭借其直觉进行无意识创作,从不关心主题思想,而更在意人物角色。他要传达的信息不是由其笔下的人物明确陈述的,而是隐含在他们的行动和他们的痛苦之中。

在霍普特曼看来,故事情节越复杂,人物形象便越单一;而故事情节越简单,人物形象却会越发丰富。他笔下的人物往往是被动的:他们什么都没做,悲剧就降临在了他们身上。人物的悲剧不仅来源于过度的激情与抗争,更来源于应对紧张生活时的不知所措。霍普特曼从不关心社会变革和流行的道德风尚。他笔下的人物没有一个是被彻底束缚在特定时代中的;相反,每个个体都禀有他们各自独立而鲜明的人格——有的身处社会体系之内，有的游离于社会体系之外。实际上，每个人物丰沛的情绪表达，他们那不可捉摸的性格与外部社会之间发生的种种冲突，才是霍普特曼戏剧创作最为关注的核心内容。霍普特曼作品的基本主题是苦难，他试图以千变万化的形式来彰显"通过痛苦得到救赎"的思想。剧作家发现自己总是不可抗拒地被那些受难者所吸引。他笔下的人物的命运往往不是由外在事物所决定的，而是与人物自身的性格、心理密切相关；其作品内里往往涵纳着某种深切的同情，这种同情并不是多愁善感式的无病呻吟，也不是居高临下式的悲天悯人，而是对身陷逆境中的人所遭受的苦难的深切同情，是对所有人类弱点的真正理解。在其所有作品中，几乎都难以找到一个彻底的反面人物，有的只是被软弱所误导、被盲目的本能所挫败或被社会环境所腐化的角色。与易卜生相比，霍普特曼笔下的人生似乎更为宏大自然。在他看来，一切都只是顺其自然地发生的，人们要做的只是淡然处之；苦难绝非是在一片片离散的生活碎片中人们所看到的悲剧，在历经了一段真正充实和完整的人生再回首时，这苦难往往就会透出别样的光芒。

第二节　英国

一、概况

同浪漫主义运动的情况极为相似，英国自然主义文学的状况和法国形成了鲜明的对比。在英国，自然主义文学从没有形成像法国那样轰轰烈烈的运动。大致而言，英国的自然主义文学分为三个阶段。

19世纪80年代中期以前属于自发阶段。在英国，自然主义甚至算不上是外来的。在左拉等人的自然主义作品1884年被译介到英国，产生很大影响之前，英国的文坛上就已经有浓重的自然主义倾向。这一点，我们可以从英国这个时期最有代表性的作家托马斯·哈代（Thomas Hardy,1840—1928）身上得到印证。哈代和左拉同年出生，同之前的英国作家相比，哈代在创作中表现出了独特鲜明的艺术追求。哈代在青年时期就是达尔文进化学说的热情支持者，他身上有一种新的不同于其前辈作家的质素，这种质素便是自然主义。

托马斯·哈代生于英国南部多塞特郡。1861年，哈代去伦敦学习建筑。在伦敦的 6 年间,除从事建筑行业的学习与工作外,他还广泛涉猎文学、哲学和神学等方面的知识,并开始尝试写作。从伦敦返回家乡后,哈代很快就放弃了建筑的行当,全心致力于文学创作。他一生共发表了 14 部长篇小说。他的代表作主要有《德伯家的苔丝》(Tess of the d'Urbervilles,1891)、《无名的裘德》(Jude the Obscure,1896)、《还乡》(The Return of the Native,1878)和《卡斯特桥市长》(The Mayor of Casterbridge,1886)等。一生很少离开家乡的哈代,将其小说中的故事背景都设置在英国南部农村——一个古代被称为威塞克斯的地区,因而其小说又被称作"威塞克斯小说"。

哈代一再强调艺术关切的只是现象:"艺术就是通过描写生活中的寻常事来体现具有作者个人气质的思想方式。"[①]在《德伯家的苔丝》序言中,他写道:"一部小说只是一种印象,不是一篇辩论。"[②]19 世纪 70 年代初一踏上文坛,他就以凝重的铁笔沉吟出一种阴郁悲怆的调子。在他看来,人在命运面前是无能为力的,因为命运是一种"弥漫宇宙的意志"。田园生活的诗意和浪漫幻想在哈代早期作品《绿荫下》(Under the Greenwood Tree,1872)中有所展现;但从第二部小说《远离尘嚣》(Far from the Madding Crowd,1874)开始,面向现实时的冷峻和犀利代替了田园牧歌的诗意和浪漫,哈代由此开始集中关注和描写那些深陷命运漩涡之中的人的生活遭际。凄惨沉闷的故事中,软弱的人们无力掌握自己的命运,而默默地注视着变幻无常的人生的大自然却是那么严酷,这成为哈代小说中常见的主题。很多时候,他将人物的悲惨命运归结为一种凌驾于现实世界之上的神秘莫测的力量敌视人类的结果,哈代作品中因此具有沉郁的宿命论悲观色彩。

哈代笔下的人物对强烈且不可抗拒的激情充满向往——亚历克遇到了苔丝,艾拉贝拉找到了裘德,而后都导出了情感上的大灾难。更讽刺的是,男性和女性对性都是不确定的,他们常常服从于自然意志而选择和伴侣在一起。个人与无情命运之间的矛盾生发了苦难或死亡。苔丝等一系列悲剧女主人公的毁灭似乎是其作为一般女性的天性演绎出来的错误,而环境作为严酷无情的力量助推了她们的命运。在《德伯家的苔丝》等经典文本中,哈代以自然主义的冷峻眼光击碎了华兹华斯(William

---

① 转引自诺曼·佩吉:《艺术与美学思想》,张海霞译,聂珍钊、马弦编选:《哈代研究文集》,南京:译林出版社,2014 年,第 121 页。
② 转引自王太丰:《走近名著》,石家庄:河北教育出版社,2002 年,第 461 页。

Wordsworth,1770—1850)的"浪漫"。对于苔丝等悲剧主人公,哈代更多的是同情而非谴责。在对人类生命"断断续续的梦"的展示中,哈代在悲剧中混入了怜悯。哈代19世纪末叶的小说创作,或许代表着英国自然主义文学的最高成就。这位一再声称"艺术只关乎现象"的大作家常常因其所关涉到的"遗传""灾变""命运"等重要的自然主义叙事元素在西方评论家那里得到自然主义向度的阐说。利昂·沃尔多夫(Leon Waldoff)就曾经指出,在《德伯家的苔丝》中,作者是运用了三种决定论的形式决定了美丽、纯洁、高尚的苔丝必然得遭受的一种不可避免的毁灭。一种是他的遗传性——德伯家的血统、容易动情的天性、易于服从的性格;一种是自然法则——不幸的环境、无法预料的灾祸;最后一种则是冥冥难解的预兆。①

自然主义文学在英国甚至不能完全说是外来的。从社会—政治方面来看,英、法两国在19世纪下半期是欧洲两个最先进的资本主义国家;就文化情形而言,构成自然主义文学重要渊源的两样东西英国一样都不缺:进化论,法国有拉马克(Jean-Baptiste Lamarck,1744—1829),英国有声威更著的达尔文;实证论,法国有孔德(Auguste Comte,1798—1857),英国有斯宾塞(Herbert Spencer,1820—1903),后者在英语国家文化领域的影响力(如美国)要远胜过前者。但总体来看:

> "自然主义"这个词是一个世界各地都在使用的术语——法国、德国、美国、爱尔兰——除了英国,因为那里的文学论争要么用"伦敦东区故事"或"贫民窟小说"这样一些缩微其内涵的说法替代它,要么交替使用"自然主义"和"现实主义";我们还会遇到诸如"新现实主义""新写实主义"乃至"纪实文献"等其他替代语汇。②

但英国自然主义毕竟没有像法国那样构成火爆的运动。究其原因,英国有不少不同于法国的地方。同法国人的冲动和激烈不同,英国人以理性见强,不善走极端。同是资产阶级革命,在英国很早就以一种基本和平的方式进行;而在法国则是充满了暴力和鲜血。整个19世纪,英国的

---

① Leon Waldoff,"Phychological Determinism in Tess of the Derbervilles",in *Critical Approaches to the Fiction of Thomas Hardy*,ed.,Dale Kramer,London:Palgrave Macmillan,1979,pp.143—144.

② Simon Joyce,*Modernism and Naturalism in British and Irish Fiction:1880—1930*,Cambridge:Cambridge University Press,2015,p.4.

社会一直是比较平稳地向前演进的,政治环境也较为平静。在文学领域,写实主义在英国的传统比法国更为根深蒂固,它很早即以"所有艺术的基础"被广泛接受,乃严肃文学的一部分。而在法国,写实主义很长时间则只能在"通俗"样式的作品中得以生存。在这样一种精神氛围中,英国写实主义进取的动机就没有在法国那样强烈。如果说写实主义潮流在法国起了推动自然主义掀起狂波巨澜的作用,那么,在英国,我们或许可以说,正是它限制了自然主义的强度和规模。

1884年,玛丽·沃德(Mary Ward)对当时英国小说写作中的"空洞"和"空虚"进行反思。她注意到19世纪80年代法国文学的最新发展,指出英国小说的未来应建立在对当下文学成规反叛的基础之上。大约半个世纪后,克拉伦斯·戴克(Clarence Decker)和威廉·弗瑞森(William Frierson)通过追溯被自然主义者同化了的英国的理论和实践,证实了沃德的推测。大致来说,1884年至1900年间,法国的自然主义作家——尤其是左拉——的作品被翻译介绍到英国之后引起了普遍的关注。自然主义在英国的拥护者主张扩展小说创作的题材范畴和表现领域。埃德蒙·戈斯(Edmund Gosse)追随左拉,主张把生活作为一个整体对待,全面地再现生活。乔治·摩尔(George Moore,1852—1933)宣告他想要一个更加包罗万象的小说表现形式来表现19世纪"紧张、热情的生活"。在法国自然主义思潮的推动下,英国的自然主义创作在19世纪90年代也陡然多了起来。这十几年可以说是英国自然主义文学的繁荣阶段,其代表性作家有乔治·摩尔与乔治·吉辛(George Gissing,1857—1903)。

自然主义在文化立场历来保守的英国获得确立,乃是一个伴随着激烈的观念交锋与舆论攻防的艰难过程。自然主义的反对阵营声称,左拉式恶劣的自然主义文学作品的腐蚀力量威胁到了"英国民族的道德品性",这种削弱已经逐渐使英国人丧失了活力。在他们看来,自然主义文学对普通大众的想法施加了不良的影响,对社会稳定性造成重大威胁。1885年开始,维泽利特出版社开始出版发行左拉和福楼拜作品的英译本。1888年全国警醒协会对维泽利特发起诉讼;1889年,全国警醒协会的宣传册以强烈的民族主义言辞称自然主义文学为"邪恶的发展","对我们的宗教、社会和民族生活构成了威胁"。1888年5月,议会公开谴责了这一"令人沮丧的文学"的"迅速蔓延",议员们普遍担心这些廉价译本对年轻人以及那些底层民众的影响。《泰晤士报》(The Times)认为,"左拉低劣小说的廉价译本"构成了主要的错误来源;《利物浦水星报》(Liverpool Mercury)也呼吁禁止廉价的法国小说的英文翻译。媒体一片喧嚣,声称自然主义窥视女仆房间,分析妊娠过程,入侵家庭空间,将所有个人生活暴露在公众的注视之下,并且以一种乱交的激情扰乱婚姻。受法国自然主义影响的本土作家摩尔等人的小说也遭受了公众的道德谴责和政府当局的查禁。这在19世纪90年代关于新小说、性爱小说和易卜生自然主义戏剧的讨论中表现得尤为突出。"极致的阴暗""精微的肮脏""对丑恶的崇拜"以及"病态悲观主义"等之前用于抨击法国自然主义的用语,在90年代又全被拿出来反对新的小说写作实验。

与浪漫主义文学革命乃至政治上的资产阶级革命的情形有些相似,在素以理性著称的英国,自然主义文学运动并没有像在法国和德国那样以火爆的形式出现,而是体现为相对平和的样态。静水流深,可能正是因为这份平和,自然主义在英国的展开没有法、德那般轰轰烈烈,但同时也少了些它们那里的大起大落:在20世纪初叶毛姆(William Somerset Maugham, 1874—1965)、贝内特(Arnold Bennett, 1867—1931)等人的小说创作中,人们依然可以见出英国自然主义文学的绵延不绝。潮头过后,自然主义创作方法如一股涓涓细流汇入了英国文学的潮水,一直流向了20世纪,这就构成了英国自然主义文学的第三个阶段。

早年曾做过医生的毛姆受法国自然主义文学大师们,特别是莫泊桑的影响很大。在伦敦一贫民区的医学生涯使他了解到了人们的贫病、痛苦和愚昧,他逐渐意识到基督教教义纯粹是无稽之谈,环境之于人生完全是冷酷无情的;同时,他学会了用一种客观、冷静、超然于外的临床态度审视生活、剖析人生,而这恰恰是自然主义者观察世界的方法。他1897年的成名之作《兰贝斯的丽莎》(Liza of Lambeth, 1897),被西方文学史家认为是"像乔治·摩尔的几部早期作品一样,是英语中自然主义小说最完全的样本"[①]。小说中的年轻女工丽莎早年丧父,母亲嗜酒,从未感受过父女之爱。她朦胧地希望改变自己的处境,然而她的不满只有在肉体的暂时快乐中才能得到解脱。她与一个有妇之夫陷入纠葛而不能自拔,备受社会的压力,死于流产。围绕着丽莎的悲哀人生,作者还展示了一幅19世纪末伦敦贫民窟的生活图景。对于下层社会中的贫民来说,唯一的乐趣是在街头唱歌跳舞,追逐嬉闹;饮酒使他们暂时忘掉痛苦,肉欲使他们暂时逃避现实。为了这片刻之间捉摸不定的欢乐,他们一生都要从事永无休止的苦役;只有

---

① 转引自侯维瑞:《现代英国小说史》,上海:上海外语教育社,1985年,第380页。

他们苦中作乐的幽默感才给灰暗、沉闷、浑浑噩噩的生活带来几声空洞的欢笑。在毛姆看来,芸芸众生活着只是活着而已,他们完全无法掌握自己的生活。这样的感触和观点在其后来的创作中一直非常明显。他最重要与流传最广的小说《人性的枷锁》(*Of Human Bondage*,1915),在很大程度上是他自己早年经历和思想的真实记录。主人公菲力普在追求自由发展的过程中总是面对着摆脱不尽的压抑人性的枷锁。他发现世界上似乎总有着一种不可思议:难于抗拒的东西在左右着他的生活,使他对真、善、美的追求化为泡影,而自己也终于陷入了庸俗习气的泥淖。他苦苦地探索生活的意义,最后找到的却是这样一个答案:"人生虚无……生活并无意义,人生也没有什么目的。无论他出生与否都是无关紧要的,无论他生存与否也都是微不足道的。生命似轻尘,死去也徒然。"①人生无常,一生只是对生存环境的一连串本能的反应,这是自然主义对生活的基本观点。正是从这个意义上,我们说《人性的枷锁》是一部自然主义作品。

通过平淡无奇的日常生活细节来表现毫无英雄气概的平庸的中产阶级人物而获得成功的贝内特,是与劳伦斯(David Herbert Lawrence,1885—1930)、吴尔夫(Virginia Woolf,1882—1941)、康拉德(Joseph Conrad,1857—1924)、乔伊斯(James Joyce,1882—1941)等齐名的英国20世纪前半期最重要的小说家之一。贝内特善于描写英国市民生活——尤其是其家乡斯塔福德郡五个盛产陶瓷的小城镇中产阶级的日常生活,因而被誉为"五镇小说家"。他早期对在读者中影响很大的英国文学大家狄更斯(Charles Dickens,1812—1870)和萨克雷不感兴趣,而是倾心于福楼拜、左拉、莫泊桑等自然主义作家。他的第一部小说《北方来的人》(*A Man from the North*,1898)于1898年出版。在《一个作家的自白》(*Confession of a Writer*,1903)中,他曾回忆自己初学创作时,这些法国作家对他所产生的影响:"我是在龚古尔弟兄、屠格涅夫、福楼拜、莫泊桑的影响下开始写我的第一部小说的。……我的小说是自然主义的。""我这时期一直在读法国小说,……我接受了他们的教规。他们使我对英国小说从总体上讲持轻视态度,直到现在也没有完全消失。"②而他1902年出版的第一部"五镇小说"《五镇的安娜》(*Anna of the Five Towns*,1902),据他自己说是从乔治·摩尔《丑角的妻子》(*A Mummer's Wife*,1885)那

---

① 转引自郑克鲁主编:《20世纪外国文学史》(上卷),上海:复旦大学出版社,2007年,第55页。
② 转引自文美惠:《阿诺德·班奈特和他的"五镇小说"》,柳鸣九主编:《自然主义》,北京:中国社会科学出版社,1988年,第380页。

里获得灵感的。1920年,贝内特曾写信给摩尔向他表达自己的谢意:"你确实是我的全部五镇小说的父亲。……我想告诉你,你的《丑角的妻子》开头几章使我睁开了眼睛……"①贝内特的其他重要作品还有《老妇人的故事》(*The Old Wives' Tale*,1908)、《克莱汉格》三部曲[包括《克莱汉格》(*Clayhanger*,1910)、《希尔达·莱斯韦斯》(*Hilda Lessways*,1911)、《老两口》(*These Twain*,1915)]等。

二、乔治·摩尔

乔治·摩尔,19世纪末期英国自然主义代表作家。作为第一批打开大门将法国自然主义迎入英国文坛的作家,他为爱尔兰的文艺复兴做出了重要贡献,也为英国现代主义文学的发生做了重要的铺垫。

> 乔治·摩尔在维多利亚文学向现代文学转变期的英国文坛占据要津。他向其时代关于小说主题和方法的许多傲慢规则发起挑战,成功为作家赢得了新的自由;由于其对叙述方法的引入和革新,他成了诸如詹姆斯·乔伊斯、D.H.劳伦斯和弗吉尼亚·吴尔夫等后来作家的重要先驱。②

摩尔一生创作了大量作品,包括诗歌、小说、戏剧和自传,代表作有小说《丑角的妻子》《伊丝特·沃特斯》(*Ester Waters*,1894,又译《以斯帖·窝特斯》)、《特丽萨妹妹》(*Sister Theresa*,1901)、《未开垦的土地》(*The Untilled Field*,1903)、随笔集《一个青年的自白》(*Confessions of a Young Man*,1888)、《我的旧日时光》(*Memories of my Dead Life*,1906)等。

乔治·摩尔1852年出生于爱尔兰的一个天主教家庭,父亲是议员。他从小在英格兰的一个罗马天主教学校接受教育,在学校读书时并不是一个常规意义上的好学生——他只在那些与课本无关或他想学的东西上表现出了极高的天分和智慧,例如诗歌。摩尔一度对雪莱表现出强烈的兴趣,这也为其后来的文学生涯埋下了伏笔。1869年,乔治·摩尔移居

---

① 转引自文美惠:《阿诺德·班奈特和他的"五镇小说"》,柳鸣九主编:《自然主义》,北京:中国社会科学出版社,1988年,第381页。

② Susan Dick, "George Moore", in *Dictionary of Literary Biography: Victorian Novelists after 1885*, eds., Ira B. Nadeland, William E. Fredeman, Detroit Michigan: Gale Research Company, 1983, pp.191-203.

伦敦并开始尝试绘画。1872年他专门到巴黎去学习绘画,结交了众多杰出的印象派画家和文人墨客,包括爱德华·马奈(Édouard Manet,1832—1883)、克劳德·莫奈(Claude Monet,1840—1926)、埃德加·德加(Edgar Degas,1834—1917)、卡米耶·毕沙罗(Camille Pissarro,1830—1903)、皮埃尔·奥古斯特·雷诺阿(Pierre-Auguste Renoir,1841—1919)、埃米尔·左拉、斯特凡·马拉美(Stéphane Mallarmé,1842—1898)等。乔治·摩尔在绘画上一直没有什么建树,在认识到自己无法凭借绘画生存之后,他把注意力转向了文学创作。1878年,乔治·摩尔出版了第一本抒情诗集《情欲之花》(*Flowers of Passion*,1878),三年后第二本诗集《异教徒诗集》(*Pagan Poems*,1881)也问世了。其在巴黎学画的十年,正是法国唯美主义、颓废主义等艺术思潮和以左拉、福楼拜为代表的自然主义文学日盛之时,因此除了印象派绘画之外,这些艺术思潮和文学观念也都对摩尔之后的艺术观和文学创作产生了巨大影响。其诗作大都带有颓废主义色彩,他也因此被视为19世纪90年代颓废派诗歌的先驱。

1872年至1882年在法国学画期间,摩尔迷上了左拉、龚古尔兄弟等法国自然主义作家的作品。在众多法国作家中,摩尔最欣赏左拉,尤其是他的《小酒店》。摩尔认为:"就灵魂的境界来看,绮尔维丝是左拉写得最美的人物……在写这部小说的时候,左拉比任何时候都显现出他是福楼拜的门徒,这本书是完全按照福楼拜的方式写的。"① 摩尔的第一部小说《现代恋人》(*A Modern Lover*,1883)和第二部小说《丑角的妻子》都是对左拉自然主义小说的模仿之作。《现代恋人》描写了一位才艺不高的艺术家依靠与女人的关系而走红的故事,与左拉的《娜娜》有些相似。《丑角的妻子》讲述了女工凯特·伊德抛弃生病的丈夫与哑剧演员狄克·乐诺克斯相爱,后终日酗酒最后悲惨死去的故事,与左拉的《戴蕾斯·拉甘》有许多相似之处。《麦思林戏剧》(*A Drama in Muslin*,1886)、《春日》(*Spring Days*,1888)等小说中,摩尔还"分别以不同的方式修正了左拉的方法"②。自然主义所提倡的以不动声色的平实笔触展露生活脓疮和悲哀的写法,尤其吸引摩尔。他的很多作品,如《纯粹偶然》(*A Mere Accident*,1887)、《迈克·弗莱契》(*Mike Fletcher*,1889)、《空喜一场》(*Vain Fortune*,1891)

---

① Lilian R. Furst and Peter N. Skrine, *Naturalism*, London: Methuen&Co. Ltd., 1978, p.229.
② Wolfgang Bernard Fleischmann, ed., *Encyclopedia of World Literature in the 20th Century*, New York: Fredrick Ungar Publishing Co. Ltd., 1977, p.421.

等,都明显带有左拉的痕迹。摩尔用艺术家的高傲捍卫自然主义,即便在保守的维多利亚时期,也敢于公然表达对左拉的赞美与推崇。谈到自己阅读左拉的《实验小说论》时的感受,他说:"我体验到了突如其来的内心光明所带来的痛苦和欢乐——自然主义,抵达真实的新艺术! 是的,'新艺术',直让人醍醐灌顶。"①在回忆录《我的旧日时光》中,他声称自己是"最年轻的自然主义者"。

《丑角的妻子》将法国自然主义文学方法引入英国文坛,对英国自然主义文学的发展产生了重要影响;但该作因直率、大胆地描述了性爱,在当时被视为是不道德的作品。故事的主人公是一位名为凯特·伊德的家庭妇女,她结识了一位巡回演员并与其私奔,为此抛弃了笃信宗教的家庭和脾气古怪又患有哮喘的丈夫。同时,她自己在舞台上也获得了相当的成功,但后来却染上了酗酒的恶习,在大量酒精的作用下最终走向了死亡。为了更好地完成这部作品,摩尔曾亲自待在一个巡回剧团,体验巡回演员的生活,用亲身经历的酸甜苦辣为小说增添了一分真实感。除此之外,左拉的作品也对这部小说的创作有着很大的影响,作品中对演员这一职业的详细描绘,以及对凯特酗酒堕落等经历的描写,都能看到左拉的影子。1886年,摩尔出版了其第一本自传《一个青年的自白》,描述了他在巴黎和伦敦的艺术生涯,展现了19世纪巴黎广阔绚烂的生活图景。1893年出版的《现代绘画》(*Modern Painting*,1893),记载了乔治·摩尔对19世纪绘画艺术,特别是印象派绘画艺术的艺术总结。他根据自己在巴黎学画的经历,以艺术的笔触分析了当时一些重要画家的艺术创作、美学风格和艺术旨趣。1894年,讲述女仆奋斗故事的自然主义小说《伊丝特·沃特斯》出版后被公认为其代表作,也是英国最优秀的小说之一。

1899年,布尔战争爆发。为表抗议,他旋即离开英国返回爱尔兰。乔治·摩尔在戏剧方面也颇有建树,他是伦敦独立戏剧协会的创始人之一,也是爱尔兰戏剧的重要代表人物。在爱尔兰文艺复兴运动中,他主持筹建了爱尔兰国家剧院,并和诗人叶芝(William Butler Yeats,1865—1939)、戏剧家格雷戈里夫人(Lady Gregory,1852—1932)等共同成为这一运动的中坚。两个世纪之交,他出版了两部小说集《独身者》(*Celibates*,1895)与《未开垦的土地》,小说《伊芙琳·伊尼丝》(*Evelyn*

---

① Lilian R. Furst and Peter N. Skrine, *Naturalism*, London: Methuen&Co. Ltd., 1978, pp.228-229.

Innes,1898）及其续篇《特丽萨妹妹》，回忆随笔《回忆印象派画家》（*Reriniscences of the Impressionist Painters*，1906）。1911 到 1914 年，摩尔又发表了自己的自传体回忆录《致敬与告别》（*Hail and Farewell*，1911—1914，共三部），不仅详述了他诀别英国的经过和在爱尔兰的活动，也是对其既往生活中内心自我的真诚告白。他后期的重要作品还有短篇小说集《一个故事讲述者的假期》（*A Story-Teller's Holiday*，1918）、随笔集《埃伯利街谈话录》（*Conversations in Ebury Street*，1924）、长篇小说《爱洛伊丝和阿贝拉》（*Heloise and Abelard*，1921）、剧本《创造不朽者》（*The Making of an Immortal*，1927）等。

短篇小说《未开垦的土地》是摩尔的第二部短篇小说集，1902 年首次以爱尔兰语出版，第二年出版了英文版。这部小说集以爱尔兰农村为背景，收录了摩尔年轻时听到过的爱尔兰民间故事以及他根据朋友口述的民间传说创作而成的故事。作品展示了信仰爱尔兰天主教的人物群像，包括乡村牧师和天主教农民，提出了乡村环境和移民问题，揭示了 19 世纪末爱尔兰乡村的现实境况以及宗教对爱尔兰农民日常生活的干预和压制，表现了追求个人解放的强烈愿望。

《伊丝特·沃特斯》是摩尔公认的代表作。伊丝特出身于一个贫困的家庭，从小为了帮助母亲照料家务而放弃上学，因而目不识丁。17 岁时外出帮佣，到伍德维庄园当了厨娘。伍德维庄园附近有个赛马场，庄园里的男性几乎都寄情于赛马这一赌博行径。伊丝特是普利茅斯教友会的女信徒，虔诚地信仰《圣经》，而这一家的庄园主夫人也是普利茅斯教友。由于相同的信仰，巴菲尔德夫人很关照伊丝特，也时常帮助她。伊丝特在庄园里遇到了同为仆人的威廉·拉奇，并于一次酒后失身于他，强烈的宗教罪孽感以及希望能够重新得到尊重的心态让伊丝特坚持不理威廉。但威廉不了解伊丝特内心的挣扎，在遇到有钱的小姐佩吉之后，始乱终弃，一走了之。而伊丝特则因为怀上了身孕不得不离职回家，当手中的金钱不再能够满足继父的口腹之欲后，她再度被继父赶出家门，从此备尝艰苦，颠沛流离。她只身住进产科医院，生下孩子。为了抚养这个孩子，她当乳母、佣妇，一次次进入贫民救济院；但无论环境多么艰苦，她都不甘堕落，始终坚持用自己的辛勤劳作来养育自己的孩子。文具店领班弗雷德是个虔诚的教徒，他爱上了伊丝特并向她求婚。伊丝特也曾一度钟情于他，却在威廉再度出现之后放弃了弗雷德。这时的威廉·拉奇经营着一家"皇冠"酒吧，虽然小有积蓄但仍然嗜赌赛马，并以自己的酒吧为据点聚众赌博。他在离开佩吉之后和伊丝特正式结婚,并让伊丝特过上了几年幸福的生活。但好景不长,他聚众赌马的事情败露了,酒店被查封,积蓄耗完之后全家陷入了贫苦之中。因为常年外出赌马受寒而患上了结核病,威廉最终在病痛的折磨下死去。失去丈夫的伊丝特带着儿子走投无路,抱着试一试的心态去信给巴菲尔德夫人,没想到真的收到了回信;于是她又回到了伍德维庄园,和家道中落的巴菲尔德夫人生活在了一起。数年后,她的儿子长成了一个军人,而她也和巴菲尔德夫人一起过上了安定满足的晚年生活。《伊丝特·沃特斯》是英国较为典型的一部自然主义小说;许多学者认为《伊丝特·沃特斯》是摩尔最具代表性的自然主义作品。摩尔选取生活于社会下层的仆人为描写对象,采用不偏不倚的客观的叙述话语,以仆人的视点去写底层民众的生活,给读者以强烈的真实感与冲击力。这部作品所体现出的印象派绘画技巧、意识流的心理描写手法以及给人以轮回感的圆形结构,都显示了其不容置疑的艺术价值。

《埃伯利街谈话录》出版于 1924 年,是乔治·摩尔晚年创作的随笔集,也是其晚年最重要的著作。该作基于对巴尔扎克、魏尔伦(Paul Verlaine,1844—1896)、波德莱尔等经典作家的分析评论,对 19 世纪后期的各种文学艺术思潮与流派做了系统的阐发评价,同时也表达了自己对艺术与人生、艺术与灵感、艺术与情感之间关系的看法。《埃伯利街谈话录》不仅展现了 19 世纪前后的社会风貌和文学艺术,也表达了作者独特的人生观和艺术观,内容丰富,语言风趣幽默又富有哲理,具有极高的文学价值。早在 19 世纪 80 年代,摩尔的创作就体现出了强烈的意识流风格。在《迈克·弗莱契》中,主人公的内心独白贯穿全书,其中只偶尔穿插了几段间接叙述。很多西方学者都认其对普鲁斯特、詹姆斯·乔伊斯和弗吉尼亚·吴尔夫等著名意识流作家的小说创作产生了重要影响,他也因此被视为英美意识流小说的重要开拓者。

三、乔治·吉辛

乔治·吉辛,英国小说家、散文家,也是维多利亚时代后期自然主义的代表作家,一生创作了 20 多部长篇小说、100 多篇短篇小说以及随笔、文论文字若干。其代表作品有小说《新寒士街》(*New Grub Street*,1891,又译《新格拉布街》)、散文集《亨利·赖克劳夫特的札记》(*The Private Papers of Henry Ryecroft*,1903,又译《四季随笔》)、文学评论《狄更斯研究》(*Charls Dickens:A Critical Study*,1898)等。

乔治·吉辛 1857 年 11 月出生于英国约克郡威克非尔德镇,家里有五个孩子,吉辛排行老大。父亲托马斯·吉辛是一名药剂师,博学多才,十分注重对吉辛的教育。吉辛度过了一个愉快充实的童年,也养成了喜欢阅读的好习惯。在很小的时候,他就阅读了很多笛福(Daniel Defoe,1660—1731)、司各特(Walter Scott,1771—1832)、华兹华斯、狄更斯等著名作家的作品,之后又学习了拉丁语,涉猎过一些古希腊、古罗马的文学作品。然而,吉辛 13 岁时父亲不幸离世,家境也就变得贫困起来。吉辛克服重重困难,以优异的成绩进入曼彻斯特的欧文斯大学就读。在此期间,吉辛在文学创作方面开始显露出超凡的天赋。18 岁那年,吉辛结识了一位名叫玛丽安·海伦·哈里森的妓女并与之相恋。玛丽安是个生活窘迫的孤儿,常到学校附近的酒吧酗酒作乐,还染上了很重的酒瘾。吉辛十分同情她的遭遇,希望能改变她境况,为此他动起了偷窃同学钱财的念头,并在实施行动的时候被当场抓获。吉辛因此被学校开除,并服了一个月苦役,之后他的人生就一落千丈。

1877 年他搭船前往美国。为了生存,他先是在美国的一个中学找了一份教师的工作,并向芝加哥的几家报纸投稿。这段时间吉辛的生活十分艰辛,常常食不果腹,还一度有过自杀的念头。之后他回到英国,住进了伦敦贫民区,做起了每小时只有五便士的临时家庭教师。颠沛流离的生活经历虽然导致了他身体的衰弱,但却为他之后创作贫民文学提供了丰富的素材。1879 年,他和玛丽安重逢,两人旧情复燃并很快步入了婚姻;但玛丽安积习难改,不仅愚昧任性而且嗜酒如命,难以忍受的吉辛最终决定和她分居。此后,吉辛专心致力于文学创作,虽经济状况并未有很大改善,但还是持续对玛丽安予以接济,一直到 1888 年她因酒精中毒去世为止。

1891 年,乔治·吉辛发表了他最受赞誉的小说《新寒士街》。这本书的出版使其文学生涯出现了转机,也让他在英国文坛占有了一席之地。之后,他再次步入婚姻,第二任妻子是他在公园遇到的一个名叫伊迪斯·恩德伍德的女仆。虽然伊迪斯为吉辛生下了两个儿子,但这段缺乏感情基础的仓促婚姻却并未带给吉辛幸福。没什么文化的伊迪斯生性粗鲁、脾气暴躁,因而两人常常会为一些小事吵得不可开交;两个孩子出生之后,捉襟见肘的经济困窘更是让这段勉强的婚姻雪上加霜。1897 年,不堪忍受的吉辛选择抛下妻子和孩子,独自离开。1898 年,他结识了加布利埃尔·弗勒里。这位法国女士来信请求翻译《新寒士街》,一段时间的通信交流后两人渐生情愫,并生活在了一起。由于他无法和前妻离婚,两人最终也没有正式结为夫妻,但这却是吉辛人生中最幸福的一段日子。长期的穷困使其积劳成疾,年仅46岁的吉辛因为胸膜炎于1903年12月在法国逝世。

命运坎坷的吉辛在文学创作方面属于大器晚成。他虽一生创作了很多作品,但一直到晚年乃至死后才算声名鹊起。工业革命给19世纪的英国社会带来了巨大的变化,科学技术的大发展和各个领域的新发现撼动了英国传统的神学信仰,而来自法国的自然主义之风也缓缓吹进了19世纪末叶的英国文坛。"我真正追求的是一种表现低贱生活的、绝对的现实主义。在我看来,这是一个全新的领域;我知道还没有任何一个作家曾严肃地处理过这种平常而卑微的生活。"[1]贫穷对于人的腐蚀作用是吉辛所有小说的主题。他既不相信有产者的慈悲,也不相信无产者的反抗,从而陷入悲观绝望之中。吉辛一度崇拜前辈文豪狄更斯,甚至专门撰写过一本《狄更斯研究》;但他与狄更斯并不相同:在揭露与批判现实时,他对改良社会不抱任何幻想。吉辛的小说大都采用暗黑冷酷的素材,这意味着真正对其小说创作有影响的作家还是左拉、莫泊桑等法国自然主义作家。在《新寒士街》中,他表达了自己关于自然主义小说的创作理念:"我想出了一个表达它的新方法,我的真正用意是在那些出身低贱的人的范围里发现一种绝对的现实主义。……我要论述那些本质上不算英雄的平民,论述那些受粗俗环境支配的大多数人的日常生活。……我将逐字逐句把它再现出来,除了忠实的进行报道外,不作丝毫掺杂个人观点的离题描写。"[2]

《新寒士街》被很多学者视为当时英国穷苦文人的真实写照,也是19世纪末叶英国描写贫民生活最杰出的作品之一。小说主要以青年作家埃德温·里尔登和文学批评家贾斯帕·米尔维恩二人截然不同的社会经历和文学观念为线索展开。作家埃德温·里尔登是一个有才华、有追求的青年,因早年创作了几部优秀的小说而在伦敦文学界崭露头角。他鄙夷那些为了赚取金钱、迎合大众而创造出来的文字,但他这种认真的创作态度也导致他无法成为一位高产的作家。随着收入的逐渐减少,家里的经济状况也日渐拮据。艾米·尤尔嫁给里尔登,既是看重他的文学才华,同

---

[1] 刘文荣:《19世纪英国小说史》,北京:中国社会科学出版社,2002年,第390页。
[2] 乔治·吉辛:《新寒士街》,文心译,杭州:浙江文艺出版社,1986年,第162—163页。

时也是为了嫁给一个有名气的作家而让自己过上舒适体面的生活；但残酷的现实打碎了她的美梦，她没有办法像其他人一样身着华服，出入各种聚会，甚至还得为了维持生活向娘家伸手借钱。慢慢地，她越来越无法理解里尔登对文学的坚持，也无法对其艰难的创作表现出体谅和宽慰。灵感枯竭的痛苦和妻子明里暗里的指责压得里尔登喘不过气来，他的脾气越来越坏，虽真心爱着妻子却常会与其爆发争吵。妻子提出分居后，为了留住妻子和孩子，他强迫自己遵循市场规则创作自己都不愿再看第二眼的作品，然而依然于事无补。无法改变贫困境况的里尔登，最终只好与妻子分居，身体也每况愈下，最后在贫穷和疾病中郁郁而终。贾斯帕·米尔维恩则与里尔登完全不同，他是个看起来彬彬有礼的体面青年，家境并不富裕，收入也很一般，有时甚至还要问家里伸手拿钱，但他为人聪慧圆滑，擅社交，讲实际。虽然初入文坛时也经历了一些挫折，但他很快便改弦更张，接受了文学的市场导向和金钱规则。贾斯帕平日为各大报纸杂志撰写评论文章，出入各个文学圈子，在伦敦文学界呼风唤雨如鱼得水。回乡之时，他遇到了文人之女玛丽安·尤尔并对其心生爱慕，但却一直因女方的家境而犹豫着，不愿意确定恋人关系；在知道玛丽安有 5000 镑遗产可以继承后，他才表达了爱意并向其求婚。后来一发现这笔遗产已经被消耗殆尽，他便立刻终止婚约，将目标转移到了玛丽安的表姐艾米身上。那时里尔登已经离世，成为寡妇的艾米在大伯父约翰·尤尔死去之后，继承了一万磅遗产，摇身一变成了一个有钱人。在贾斯帕向她求婚之后，她欣然步入了新的婚姻，这一对与商品社会同化的新夫妻在金钱的支持下，过上了体面快活的生活。

除了里尔登和贾斯帕之外，艾尔弗雷德·尤尔和哈洛德·比芬也是穷苦文人的典型。艾尔弗雷德·尤尔是玛丽安的父亲，一个始终不得志的老文人。与贾斯帕一样，他也希望成功成名，甚至曾为此企图挪用赠予女儿的遗产创办报纸，但不同的是他还保持着一个文人基本的道德底线。因此，他在跟阴险狡猾的对手费德奇的交锋过程中屡屡败北，最后落得个贫病交加、愤懑而死的下场。哈洛德·比芬较之里尔登更加穷困潦倒。他为人善良忠厚，以给人作考试补习谋生，业余时间全力从事小说创作；然而终于出版的小说却未能获得大众的赞赏。比芬常常会到里尔登家与其谈论文学和文学界的新闻，并寻求一些饭食充饥。渐渐地他对里尔登的妻子艾米产生了爱慕之情，但这段无望的暗恋注定是失败的，最终他在寂寞绝望之中自杀身亡。

小说之外，乔治·吉辛的散文也以其文笔灵动而在英国文学史上占有一席之地。1903年，他出版了自己的自传性随笔集《亨利·赖克劳夫特的札记》。主人公亨利·赖克劳夫特是一位40多岁的穷文人，独自一人过着贫困落魄的生活，他鬻文为生，凭着微薄的收入过活，平常还要自己劈柴、煮水、劳作。50岁的时候，他突然得到了一笔意外的遗产，一位相识的熟人在死后遗赠给他一笔终生养老金。靠着这笔钱他在乡下买下了一间小小的农舍，并雇佣了一个管家来料理自己的生活起居，过上了平淡舒适的归隐生活。

吉辛借赖克劳夫特这个落魄文人之口抒发了自己心中的块垒，以恬淡自洽的口吻表达了对大自然、对文学艺术、对昔日美好时光的向往和爱恋，并在对大自然的描写和情感的抒发中将自己的思考和见解娓娓道来，文风朴实淡然，语句优美动人，文字精炼简洁，一打开就让人不忍释卷。这部作品可以视为一位智者对自己人生的总结和反思，渗透全书的除了"平和且稳重的满足感"，还有"吉辛所企望却未能实现的心境"[1]。"与其说它是一本回忆录，不如说是一种期望。"[2]

乔治·吉辛1886年出版的小说《民众》(*Demos*, 1886)反映出其对自然生态的关注，作品通过对万利山谷不同时期的景色描写以及矿场工人的遭遇，发出了希望人类回归大自然的强烈呼唤。除了小说、随笔之外，吉辛还写过一些文学评论，其中最具代表性的是他的《狄更斯研究》。1956年，英国《泰晤士报文学增刊》(*Times Literary Supplement*)刊文称其"是迄今为止最好的一部狄更斯评著"[3]。

第三节　欧洲其他国家

一、意大利

19世纪末，在意大利的托斯卡那以南的广大地区出现了大量以纪实

---

[1] Jacob Korg, *George Gissing: A Critical Biography*, Seattle: University of Washington Press, 1963, p.240.

[2] George Gissing, *The Collected Letters of George Gissing*, Vol.9, eds., Paul F. Mattheisen et al, Athens: Ohio University Press, 1997, p.58.

[3] John Halperin, *Gissing, A Life in Books*, Oxford: Oxford University Press, 1982, p.1.

性手法描写普通劳动者日常生活的小说,反映出当时社会的真实面貌,这就是真实主义(Verismo)文学。真实主义文学以其崭新的内容和形式在意大利的现实主义潮流中成为一股强劲的主流。作为意大利的一个文学流派,真实主义的核心代表人物是乔万尼·维尔加(Giovanni Verga,1840—1922)和路易吉·卡普安纳(Luigi Capuana,1839—1915)。维尔加著有长篇小说《马拉沃利亚一家》(*I Malavoglia*,1881)、《堂·杰苏阿尔多师傅》(*Mastro-don Gesualdo*,1883)、短篇小说集《田野生活》(*Vita dei Campi*,1880)等。卡普安纳著有《姬雅琴塔》(*Giacinta*,1879)、《洛卡维迪纳庄园的侯爵》(*Il marchese di Roccaverdina*,1901)等长篇小说。意大利真实主义的其他重要作家还有:费德里科·德·罗伯特(Federico de Roberto)、马蒂尔德·塞拉欧、尼科拉·米沙西、格拉齐亚·黛莱达(Grazia Deledda,1871—1936)等,其中黛莱达曾获1926年度的诺贝尔文学奖。米兰作家埃米利奥·德·马尔基(Emilio de Marchi)的小说《德梅特里奥·皮亚涅利》(*Demetrio Pianelli*,1890)亦深受福楼拜小说《包法利夫人》和左拉小说中的家族循环模型的影响。

  与卡普安纳在意大利真实主义小说创作上的成就相比,其所扮演的文艺理论家的角色似乎更加引人瞩目。从19世纪60年代开始,实证主义的理论著作陆续被翻译介绍到意大利。泰纳运用科学方法研究文艺问题的方式以及他提出的关于种族、时代和环境对人有重大影响的决定论与左拉的自然主义理论和创作共同构成了意大利真实主义文学流派产生的契机。作为意大利真实主义的理论家,卡普安纳的主要理论著作有专事讨论福楼拜、左拉以及维尔加的论文集《现代文学研究》(*Studi sulla letteratura Contemporanea*,1880)、《现代的各种"主义"》(*Gli "ismi" Contemporanei*,1898)等多部。卡普安纳十分推崇左拉。他赞美左拉:"崇高的感情……透过完美无瑕的、真实的、本色的描述和详尽的、无情的、几乎是科学般准确的分析,散发在字里行间……"[①]从1870年开始,卡普安纳在报刊上发表一系列介绍法国自然主义的文章,也就是在这个过程中,他提出了"真实主义"的文艺主张。他认为,作家应当从当代生活中选取题材,像新闻报道那样描述真正发生过的事件;作品应当成为"人的文献",不仅在艺术上有美学价值,而且要成为科学的历史资料;为使文

[①]　转引自吴正仪:《意大利真实主义简论》,柳鸣九主编:《自然主义》,北京:中国社会科学出版社,1988年,第323页。

学作品具有科学性,作家必须依据已经发生的或者自己观察到的自然和社会发展的客观规律艺术地再现生活,并且尽力避免在作品中表现作家本人的任何主观意图,作品应当成为一种"无个人色彩"的纯客观描述;作家在修辞上不必十分考究,应当灵活运用语言,使之适合所表现的特殊环境。他还从强调人的自然属性出发,主张描写落后闭塞地区的人和事。显而易见,卡普安纳的真实主义文学纲领实际上照搬了自然主义"人的文献""以科学方法描写生活"等观点。但其对法国的自然主义观点亦有自己的保留与创新:他认为应当用"创造的方法"赋予人物以血肉之躯和不朽生命,而这种"创造的方法"是由"科学与想象的适当比例"构成的。他对左拉提出的小说写作的"实验方法"也持保留意见,转而提倡写典型——当艺术中的人物能够成为活生生的人时,他们由于自己特有的内在品质就把自己变成了典型。卡普安纳的文艺思想还受到本土文艺理论家弗朗切斯科·德·桑克蒂斯(*Francesco de Sanctis*,1817—1883)的影响。桑克蒂斯认为,在艺术中必须给人的先天性的和动物性的力量以更多的位置,驱除幻想;要充分利用生物学、医学、人类学等自然科学方面的研究新成果来分析人和表现人,使对人的认识比之以前更完善一些。受桑克蒂斯相关理论的启发,卡普安纳用生理学原理分析人物的心理活动,用病理学和遗传学来解释人物的行为表现。在短篇小说集《妇女们的侧影》(*Profili di Donne*,1877)中,他通过对女性心理的分析来研究人的行为产生的过程。在长篇小说《姬雅琴塔》中,他特意安排了一个作为次要人物的医生对女主人公的行为和感受做出生理学和临床病理学的解释。作品着重强调了人的非正常心理对人物命运的决定性作用,仿佛在说明促成主人公悲剧结局的主要原因是受损害的心灵所具有的那种抑制不住的反抗本能。生物学的决定论超过了社会环境决定论。用生理学原理分析人物的心理活动,用病理学和遗传学来解释人物的行为是卡普安纳"真实主义"文学实践的基本特点。这部作品描写一个女人幼时被人奸污并因此葬送了终生幸福的悲剧故事,明显受到了左拉早期自然主义小说《玛德兰·费拉》的影响。其另一部长篇小说《洛卡维迪纳庄园的侯爵》描写的是西西里岛一位贵族的心理悲剧。侯爵将自己染指过的女仆名义上嫁给了一位男仆,规定他们只能以兄妹相处。后来,他疑心他们违反约定而将男仆暗杀,并将罪名栽到了一位农民头上。事后,他无法承受恐惧感与负罪感的重压而精神错乱。无论从整体构思还是在具体描写上,我们都可以从这部作品中看到左拉《戴蕾斯·拉甘》的影子。

维尔加是意大利真实主义文学的代表作家。像他的两个最亲密的盟友卡普安纳和费德里科·德·罗伯特一样,维尔加出生在西西里岛,但在米兰住了很长一段时间。他被公认为当时最有创造力因而也是最重要的意大利小说家,并因此被誉为"意大利现代小说之父"①。

维尔加根据实证主义哲学把一切归之于自然法则的基本思想,用达尔文的生物进化论观察人类生活。他的小说主要描写人们的物质生活,从人们的经济状况和人们相互之间的经济关系来理解和分析人的思想、感情和行为,较少描写人的生物本能,社会环境决定论占据优势。他对现实的反映不是表象的记录,而是触及了现象之下的本质,体现出历史的真实性。维尔加选择的题材是他那个时代的劳动群众的生活,他以冷静的观察家眼光去观察,凭借实事求是的观察和科学的分析对其进行把握。这一点无疑是意大利真实主义从自然主义那里学习到的重要经验。维尔加非常自觉地接受了它,并且运用得相当成功。他在再现现实时,不是进行机械的摹写,也不是做现象的罗列,而是尽可能按照事物发展的内在逻辑描述事件发生的始末。因此,客观、准确的描述成为维尔加作品的显著特征。"如果小说中的细节描写和各部分之间的联系是那样完整,以致使整个作品奇妙地符合人的感情的自然演变;小说形式上的和谐是那样完美,内容的真实可靠性是那样明显,它所描写的生活方式和生活道理是那样必然;艺术家的手绝对地看不见了,艺术作品仿佛是自己形成的,像一种自然现象那样自动产生并发展成熟,与它的作者毫无关系;不保留任何与作者的接触痕迹或是任何原罪的污点。"②维尔加的这一段话既提出了真实主义小说的理想标准,也是对其艺术实践的总结,概括了他本人的创作特点。

维尔加的短篇小说集《田野生活》中的《格拉米格纳的情人》("L'amante di Gramigna",1880)是非常值得关注的一篇。作品的构思设计颇具新意。维尔加直接以回复塞尔瓦托·法里娜(Salvatore Farina)的杂志投稿邀请的形式,创作了这篇最初以"L'amante di Raja"命名的奇特作品。作品如此开篇:

---

① Jonathan Smith, "The Naturalism and Anti-Naturalism in Italy", in *Naturalism in the European Novel*, ed., Brian Nelson, New York: Berg Publishers, 1992, p.166.

② "Introduction: Modern Realism as Literary Movement", in *Documents of Modern Literary Realism*, ed., George J. Becker, Princeton, New Jersey: Princeton University Press, 1963. p. 14.

亲爱的法里娜①,我现在寄给你的并不是一篇完整的小说,而是一篇小说的梗概。因此,它至少具有简洁、真实的优点——按现时的说法,它是一篇人类的记录。也许,这会引起你,以及那些想研究人心这部巨著的人的兴趣。②

这篇作品发表后不久,维尔加又出了一则修订版,更名为《格拉米格纳的情人》。整篇作品依旧包含了叙事和论文研究两个部分。叙事部分以一则说明开篇,主要写的是西西里岛的城市卡塔尼亚里强大的意大利国家军队和警察对一个强盗格拉米格纳展开追杀的事件。在强盗格拉米格纳的威吓下,地主们在丰收时节也十分害怕,不敢下地收割粮食。作者介绍了主人公佩帕和她那位拥有一小块土地和一头骡子的未婚夫。两人生活中唯一的威胁就是格拉米格纳会对即将收获的庄稼放火。然而,有关格拉米格纳的传闻却让佩帕倾心于他,促使她鬼使神差地离家出走,奔赴格拉米格纳所藏身的仙人掌丛寻找他。为了一个弱小、苍白、丑陋的格拉米格纳而抛弃了生活条件优越的未婚夫,佩帕的这种行为令村子里的人惊讶不已。这似乎非常不合逻辑。人们对佩帕情感发展的内在逻辑产生困惑。这个故事留给我们一个谜——佩帕为什么会爱上格拉米格纳?作者在最初的版本中并未给出解释,而在修订版中却给出了。在修订版中,格拉米格纳被抓获,佩帕旋即追随至他所在的监狱,而后被告知他事实上已经被流放到了意大利大陆。此时她才发现自己和孩子陷入了孤苦无依的境地,没有资源也没有希望。于是,她艰难地赢取了为士兵、狱卒和宪兵服务的机会,在此期间却又对那些制服了自己情人的骑兵产生了尊敬、钦佩和体贴的心情。这是一种对充满蛮力的兽性的崇拜。这个故事由此可以概括为:描述一个非理性的女性性欲的倾向,其在每一个阶段所对应的是对最具优势的男性力量的崇拜。修订版《格拉米格纳的情人》中所保留的叙事部分,被认为具有先锋的意味。它所代表的艺术实验的目的是建立科学的秩序和科学的真理。佩帕不羁的性欲本身就是一个颇为奇异的主题——希望借助一系列实际或潜在的性伙伴完成自己社会地位上升的愿望;格拉米格纳的整个职业生涯,也是优胜劣汰原则的表率和示范。这个故事由此告诉人们,"自然选择"是人类历史发展的原动力。

---

① 维尔加这封信的收信人。这篇小说就是以这种形式来叙述的。
② 乔万尼·维尔加:《格拉米格纳的情人》,姚梅琪译,克林斯·布鲁克斯、罗伯特·潘·华伦编:《小说鉴赏》(上册),主万等译,北京:中国青年出版社,1986年,第17页。

这里所包含的社会达尔文主义的观点,在维尔加的另一部小说《马拉沃利亚一家》中也有类似的体现。

二、西班牙

自 16 世纪中叶起,西班牙实行闭关锁国的文化政策。整整 300 年间,西班牙同欧洲其他国家基本处于文化隔绝的状态。19 世纪中叶,此种状况在现代工业大机器的轰鸣声中,在自由活跃的欧洲现代思想的震撼与冲击中,终于被打破。一时间,自由主义、实证主义、进化论等政治、哲学及自然科学的新思想纷至沓来,在西班牙国内迅猛地传播。19 世纪末,浪漫主义在西班牙大势已去。当时,文坛上充斥着对外国作品的拙劣模仿,到处都是夸张虚构的描写、无端的惆怅眼泪以及风花雪月、才子佳人的拙劣文本。这种无病呻吟、扭捏作态的文学,虚假而平庸。这些作品不符合任何历史和社会的逻辑,缺乏自己真正的艺术气质,除了取悦百无聊赖的贵族和上层资产者而外,还起着消蚀人民政治热情的作用,与处于大变革中的社会极不和谐。正是在这个时候,以贝尼托·佩雷斯·加尔多斯(Benito Pérez Galdós,1842—1920)为代表的少数西班牙作家把目光转向了国外的新文学。

法国自然主义就是在这股时代解放的"飓风"中被刮进了西班牙。可以想见,自然主义在当时保守落后的西班牙文坛的"旅途"并不会一帆风顺。因为自然主义否定自由意志,否定实证经验之外的一切虚构想象,崇尚自然规律,这一点对当时在西班牙占统治地位的天主教神学和传统观念无疑造成了猛烈的冲击。由此,西班牙国内保守势力对自然主义展开了规模空前的围剿,把它定性为"丑的宗教""亵渎神明的异端",称思想的混乱总伴随着情感的堕落,继科学上有了庸俗的、扼杀人的心灵的实证主义之后,艺术领域也出现了粗鄙的、败坏风习的自然主义。尽管自然主义受到了不少抵制和排斥,但西班牙文坛中一些秉有先锋意识的作家,为其在西班牙"生根发芽"提供了重要的助力。最早把自然主义介绍到西班牙的理论家往往将自然主义称为"生理学派"——试图通过气质、血缘、神经、生理器官的运动来解释迄今人们只用心灵和感情加以说明的一切。

1863 年,19 岁的加尔多斯从故乡大卡那利亚岛来到首都马德里攻读法律。他性情内敛,沉默寡言,但思维敏锐,对社会和人生怀有强烈的好奇心与探索欲。厌恶中规中矩的课堂学习的他常常逃学到城里闲荡。他走遍大街小巷,出入教堂、博物馆、戏院,细心地观察市容建筑、社会各阶层的生活习俗和人情世态。有时他光顾自由党人聚会的酒吧、咖啡馆,在那里默默地倾听激昂的演说和滔滔不绝的辩论。加尔多斯属于那种对自己的人生使命有清醒认知的人。他很早就以"历史书记员"的身份接触和洞察生活。他从左拉对浪漫主义的批判中受到启发,把自然主义视为西班牙文学摆脱浪漫主义的外来助力。他在被理想主义信徒指责为淫秽粗俗的地方发现了真实。加尔多斯认为,自然主义并不像那些理想主义信徒所说的一样,毁灭了艺术的真谛,恰恰相反,它复兴了艺术的真谛。他将西班牙文坛围绕自然主义所展开的论战视为贯穿整个70年代的现实主义与浪漫主义论争的一种延续,认为其结果必然是自然主义的勃兴。对加尔多斯而言,自然主义的意义远不只是重申了写实的原则,更重要的是向他展示了认识和艺术地反映现实的"新路"。自然主义的理论是一个难以分割的整体。它的写实原则中蕴含着实证主义的唯科学精神、以生理遗传规律为核心的社会学观点以及实验的方法。在当时拥护左拉自然主义的西班牙作家中,大部分人都宣称自然主义是哲学和自然科学领域的革命在文学上的表现,对其持全盘接受的态度,只有少数人在推崇自然主义的同时保持了自己独立的反思。80年代初的加尔多斯曾通读过当时左拉已发表的全部作品,他是西班牙文坛中少数真正对自然主义进行过深入研究和思考的一位作家。正如评论家克拉林所洞察到的那样,加尔多斯有着自己独特的艺术追求。即便是在醉心于左拉之时,他也始终审慎地同自然主义保持着一定的距离。

1870年,加尔多斯发表了《西班牙当代小说管窥》("Observations on the Contemporary Novel in Spain",1870)一文,评述了西班牙小说的现状,较系统地阐明自己的文学主张。他指出,当前西班牙小说家最大的通病是屈从时尚,一味猎奇,重复俗套,完全无视当今社会向他们提供的无限丰富的素材。他认为,小说是多层次相互叠合的一种复杂的文学形式,需要广阔的天地,而不是局限在一个已失去特色的上流阶层所形成的小圈子里,把小说圈在香气袭人的沙龙里会使它窒息。小说,需要整个社会机体都在其中呼吸和活动的最为宽广的空间:"中产阶级是当今社会秩序的基础。由于中产阶级的主动性和智慧,他们开始在各国行使政治权力,并体现着19世纪人的美德与邪恶、崇高而无法满足的抱负、对改革的渴求以及其他令人惊诧的心思与活动。现代小说将会表现出这一切,……

在我们的时代,文学艺术的最大愿望就是把这一切都赋予恰切的形式。"①加尔多斯欣赏那种只作叙述和表达而不去论证和说教的方法。自然主义以最激进的态度回答了文学要不要反映现实,以及怎样认识和反映现实这两个问题,给了他许多启示。他首先看到这个流派同浪漫主义不可调和的一面,肯定了其写实的基本原则。他曾这样回忆自然主义初到西班牙时的情景——收敛了旧时那种靡丽的文辞,废弃了骑士的盛装,而以日常的穿着为荣,随着自然主义的迎神队伍走向艺术的神庙。……那时人们提起这种文学方法就仿佛说到了某种新奇的怪物,某种对艺术的威胁。这成为时髦风气,使许多轻信浅薄之辈惊恐万状。但自然主义的精髓自家古已有之:古往今来早已有人懂得按照造物主赋予的本来面目表现物和人、个性和环境,使艺术符合自然与心灵的真实这样一条最高法则。加尔多斯追溯文学写实的传统,认为西班牙是自然主义的真正故乡,理由是写实小说由16世纪的流浪汉小说家塞万提斯首创,风行英法诸国后反而在西班牙本土逐渐失传。所以法国自然主义传入西班牙等于是游子还家,理应受到欢迎。

加尔多斯最早的两部长篇小说《金泉》(*La Fontana de Oro*,1870)和《勇士》(*El Audaz*,1871)分别叙述了两位激进的自由党人在1804年和1820—1823年间的遭遇。他们是法国革命的精神儿女,为在祖国实现自由的理想奔走呼号。面对着旧制度的庞大力量和盘根错节的黑暗势力,这些真诚热烈而又野心勃勃的青年,骁勇有余而谋略不足,往往被人利用和出卖。结果,有的颓唐失望,隐居乡里,有的锒铛入狱,竟至发狂。加尔多斯谈到《金泉》时承认那是怀着激情写下的一部具有革命倾向的小说。随后,加尔多斯又接连创作了《悲翡达夫人》(*Doña Perfecta*,1876)、《格洛利娅》(1876—1877)、《列昂·洛契的家庭》(1878)。

19世纪80年代初,加尔多斯对国内一系列重大社会历史事件的反思促使他对文学创作的方法展开了反思。受法国自然主义的影响,1881—1886年间,他创作中的自然主义倾向逐渐成为主导。1881年,加尔多斯出版的长篇小说《被剥夺遗产的女人》(*La desheredada*,1881)是一部以事实和分析写成的书。加尔多斯将这部作品看作自己艺术走向成熟的开端,公开宣称:"我试图走一条新路,或者按照人们评述画家的说

---

① Eamonn Rodgers,"The Reception of Naturalism in Spain",in *Naturalism in the European Novel*,ed.,Brian Nelson,New York:Berg Publishers,1992,p.129.

法,开始我的第二或第三种画风。"①评论家们大都认定加尔多斯的这条新路通向自然主义,并将其《被剥夺遗产的女人》称为西班牙第一个有节制的自然主义文学范本。从那时起,在整个80年代,加尔多斯被一大批以自然主义者自诩的文学青年衷心地拥戴为领袖。此后,他先后完成了一系列自然主义风格的小说,比如《曼索朋友》(El Amigo Manso,1882)、《森特诺博士》(El Doctor Centeno,1883)、《痛苦》(Tormento,1884)、《布林加斯的女人》(La de Bringas,1884)、《禁脔》(Lo Prohibido,1885)等。另外,值得一提的是,1883年,加尔多斯借旧作重版的机会修订了《金泉》这部早年"怀着激情写下的"作品。此时的加尔多斯主张要做"历史真实的奴隶",删去了"凭主观意愿和根据自认最合乎逻辑和艺术的方式虚构的"情节。这一事件也可以视为作家创作观念转型的意味深长的标识。

总体来看,在加尔多斯的自然主义创作中,早期作品中对那些史诗性、戏剧性的历史重大事件和意识形态冲突的描摹让位给了平庸混沌的平民生活。宏大叙事退到幕后,平凡生活中一个个活生生的人跳到台前。由此,他将审视的眼光转向了对"单个人"身上的"人性"的深度挖掘,在对个人行为和心理的解剖中思考民族和社会的特点。加尔多斯尝试用左拉的环境决定论乃至遗传学的观点去分析一个个具体的平凡人物。比如,《禁脔》一书讲述了布埃诺·德古斯曼家族的病史,指明主人公何塞·马利亚身上的遗传素质。书中主人公何塞曾有这样一段著名的独白:"我不是英雄,我是自己时代和种族的产儿,与我生活于其中的环境不可避免地和谐一致。我身上有源自出身和环境的各种素质,带着我的家族以及我所呼吸的空气的全部特征。我从母亲那里继承了正直的品格和法的观念,从父亲那里继承了薄弱的意志以及我叔父塞拉芬称为'衩裙迷'的习性。其它的素质则是由个人经历造就的:早年侨居英国,而后长年学习经商,最后来到马德里这个世上最恶浊的大海行舟……我是一个被动的角色。生活的浪头撞击我不会化作飞沫,而是摇撼我,将我连根拔起。我不是岩石。我随波逐流,是一块漂浮于事件海洋上的落水之木。情欲比我更有力量。"②另外,自然主义所强调的科学般地刻画生活的真实面貌的特点在加尔多斯的作品中也有清晰的展现。比如,在《布林加斯的女人》和《禁脔》中,加尔多斯描绘了社会生活的各个侧面,不仅写了马德里的贫

---

① 转引自许铎:《佩雷斯·加尔多斯的自然主义倾向》,柳鸣九主编:《自然主义》,北京:中国社会科学出版社,1988年,第352页。
② 同上书,第371页。

民窟、手工作坊、商店、市民住宅、大街广场，也写了交易所、剧院、贵族府邸；不仅写了乞丐、妓女、工人、小店主、医生，也写了高利贷者、投机商、政府要员、贵族。作家特别精细地描写了贵族和资产者的经济状况和利害冲突，用准确的数字证明他们的收入和惊人的挥霍与浪费。真实可靠的细节刻画使读者俨然回到了当时的社会场景之中。

加尔多斯在整整50年的时间里勤奋书写笔耕不辍，创作出百部作品（小说78部、戏剧22种），使文艺复兴之后一蹶不振的西班牙文坛重新获得了新的生机与活力。为此，一些文学史家将开拓西班牙近代小说、复兴西班牙文学的殊勋归于加尔多斯，甚至还有人将他同塞万提斯相提并论，称他们乃西班牙文学史上一对并峙的山峰。

三、瑞典

作为19世纪末北欧最重要的作家之一，斯特林堡（August Strindberg，1849—1912）的文学史地位早已由历史定格：瑞典现代文学的奠基人、北欧自然主义文学的杰出代表、西方现代主义的卓越先驱、世界现代戏剧之父。

斯特林堡80年代前后的前期创作具有明显的自然主义性质。其小说《红房间》在1879年出版后，被当时的瑞典评论家评价为左拉式的自然主义经典。在1886—1892年期间的戏剧创作中，他试图实践左拉的所谓自然主义戏剧理论，写下了《父亲》《朱莉小姐》《债主》（*Creditors*，1889）等轰动一时的剧本；从19世纪90年代中期开始，其忧郁症迅速向偏执狂演进，精神状况明显恶化之后的斯特林堡开始尝试科学与炼金术的相关实验，写作风格也随之发生巨变，由早先的自然主义慢慢趋近于象征主义（Symbolism）与表现主义（Expressionism）。后期的主要作品有《到大马士革去》（*To Damascus*，1898—1904）、《鬼魂奏鸣曲》（*The Ghost Sonata*，1907）与《梦之戏剧》（*A Dream Play*，1902）等。除此之外，他还创作了自传体长篇小说《女仆的儿子》（*The Son of a Servant*，1886—1909）。

与法国文化生活的密切关联，是斯特林堡精神生活展中值得关注的要素之一。1876年，他首次到访法国，并在这次短期游历中前往奥德翁剧院（Odéon Théâtre）观看了《茶花女》（*Les Danicheff*）的表演。随后，他分别于1883年至1885年、1894年至1896年和1897年至1898年在法国和瑞士法语区居住或作短期游历。除了对法国心理学家和精神病学家的关注外，斯特林堡还广泛阅读了法国自然主义小说和戏剧，并对左拉、龚古尔兄弟、都德、莫泊桑、于斯曼等自然主义代表作家非常熟悉。

1887年8月29日,斯特林堡给左拉写了一封信,在信的末尾,他请求对方评价一下他刚完成的剧本《父亲》,三个多月后的1887年12月14日他收到了左拉的回复。在篇幅不长的回信中,左拉对《父亲》不失礼貌而又笼统含糊地赞扬剧作是"有趣而富有想象力的作品",但同时左拉也含蓄地流露出对该作的批评意见:人物与环境的关系有些脱节,人物没有得到充分的诠释,变得抽象:"而你的船长,他甚至没有名字,你的其他角色,几乎是理性的,并没有给我我所要求的生活的全部感觉。"①

《朱莉小姐》1893年1月在自由剧院上演,当时它被许多批评家描述为一部大胆的自然主义戏剧。

剧本写成后,斯特林堡在1888年8月10日写给卡尔·奥托·邦尼尔(Karl Otto Bonnier)的信中就已经表明了《朱莉小姐》的自然主义特质:

> 我特此冒昧地将瑞典戏剧的第一部自然主义悲剧推荐给您,我请求您不要草率地拒绝它,否则日后您可能会对此感到后悔,因为这部戏剧将会被载入史册。②

《朱莉小姐》对自然主义的贡献,一部分来自于他对这一时期科学心理学著作的研究,一部分源于他对19世纪七八十年代法国自然主义主要作家作品的广泛阅读。同《父亲》一样,《朱莉小姐》的主题也是权力之争结合两性之争。《朱莉小姐》的结局大概反映了斯特林堡对另一位杰出的法国精神病学家黎博(T. Ribot)的解读。黎博的《意志的疾病》(*Les Maladies de la volonté*,1883)和《人格的疾病》(*Les Maladies de la personnalité*,1885)两部著作使斯特林堡对精神病理现象的兴趣大增。在《意志的疾病》第一章中,黎博分析了意志缺失或意志损害的病理现象,同时列出了许多智力并未受到损害的个体案例,这些人虽然非常渴望行动,但却无法行动。而在《朱莉小姐》的结尾中,朱莉的情况恰恰与黎博所列出的例子非常相似。如果留她自己一人,她就会缺乏自杀的意志力;但是现在她被让更强烈的意志催眠了,这样的意志迫使她自杀。在1888年12月4日斯特林堡写给格奥尔格·勃兰兑斯(Georg Brandes,1842—

---

① Quoted in Borge Gedso Madsen, *Strindberg's Naturalistic Theatre*:*It's Relation to French Naturalism*, Copenhagen:Muksgaard, 1962, p.57.

② Ibid., p.70.

1927)的信中,斯特林堡再次为这部戏的结局辩白:

> 朱莉的自杀有着明确的动机:生存欲望的缺乏,对于家族毁在有缺陷的末裔手里的热望,身为贵族却与下等男仆有不正当交往而产生的羞耻感;更直接的是,那只死去的小鸟的鲜血的暗示,那把剃刀的存在,对偷窃一事败露的恐惧,以及对强者命令的惧怕(主要是仆人的命令,其次是伯爵的命令)。请注意,如果朱莉小姐是独自一人,那么她就会缺乏这种意志力,但是现在她受到了多重动机的驱使。①

黎博的另一部作品《人格的疾病》对斯特林堡的影响也许更大。《人格的疾病》中的一段话显示了黎博特殊的自我观念——所谓自我不过是一种"本能的集合":

> 同样,在这里,粗俗的观察告诉我们,正常的自我是多么的缺乏凝聚力和统一性。除了一个整体的特征(严格地说,它不是),我们每个人都有各种各样的趋势,所有可能的对立面,在这些对立面之间,所有中间的细微差别,以及在这些趋势之间的所有组合。因为自我不仅仅是一种记忆,一种与现在相关的记忆的储存,而是一种本能、倾向和欲望的集合,这些只是它与生俱来的、后天形成的、起作用的构成。②

在《女仆的儿子》第一部分的结尾中,他直接呼应了黎博的命题,称自己笔下的主人公就像《朱莉小姐》中的角色一样"毫无个性",缺乏始终如一、可定义的性格:"自我不是一种单一的个体定义,而是一种多样性的映射、一种冲动与欲望的复合体,现在其中一些被压制着,而另一些得以释放!"③

斯特林堡认为人的性格直接来自于父母的家族遗传,而他显现出来的"性格复合体"则是由其所处的圈子、接触的师友、阅读的书籍等环境因素共同塑造出来的。这一观念在《朱莉小姐》的正文和序言中反复出现。在那篇著名的序言中,斯特林堡首先批评了那些简单的、平面化的人物形象,这些形象往往配有畸形足、木质腿、红鼻子,亦或是经常重复一些诸如

---

① Quoted in Borge Gedso Madsen, *Strindberg's Naturalistic Theatre*: *It's Relation to French Naturalism*, Copenhagen: Muksgaard, 1962, p.72.
② Ibid.
③ Ibid., p.73.

"真是妙极了"之类的口头禅。他认为,那些深知个体心性复杂的自然主义者应该摒弃这种幼稚的刻画;他表示:"我的灵魂(性格)是新旧两个文化阶段融合的产物,是书本和报纸的碎屑,是人类的碎片,是那些早已破烂不堪的节日盛装上扯下的补丁。确切的说,人的灵魂就像是一盘拼凑的大杂烩。"① 而在这部戏剧的结尾,朱莉表达了相同的看法:她没有真正的、始终如一的自我;她的性格处于不断变化的状态;她完全受遗传的激情和身边环境影响的支配。在《朱莉小姐》的序言中,斯特林堡还称,他的戏剧主要集中于人物的心理描写:"对于现代人来说,我们最感兴趣的就是人物的心理发展,而我们的好奇心不会满足于只看到事情表象却不知其背后的原理!我们想了解电线本身,探索机械装置,搜查装有暗层的箱子,抓住魔戒找到接缝,检查卡片以了解它们是如何作标记的。"②

《父亲》和《朱莉小姐》中都深刻地体现了现代戏剧的新形式。然而,《朱莉小姐》是一部相比于《父亲》更具自然主义特色的戏剧,因为在《朱莉小姐》中,斯特林堡更加努力地遵循了自然主义戏剧的要求。显然,左拉对《父亲》的批评给斯特林堡留下了深刻印象,他在《朱莉小姐》中对自然主义教条做了不少让步。他用心地将人物角色完全个性化了,他在朱莉与让的长篇独白中解释遗传和环境对他们性格的影响。与左拉的自然主义观念高度一致,斯特林堡甚至在这部剧中自始至终只使用一个环境,从而使其笔下的人物与环境呈现出更为契合的关系。在前言中,他重申了左拉对自然主义表演和环境逼真性的坚持。总体观之,凭借其残酷的逼真性和"令人震惊的"对话,《朱莉小姐》理所应当地应归属于自然主义传统。

左拉在《戏剧中的自然主义》中主张自然主义剧作家要采用生理与心理相结合的人物塑造方法。而斯特林堡在该剧中则更倾向于强调以心理学方法来分析、表现人物,他的这种追求在另一个法国自然主义领袖埃德蒙·德·龚古尔那里得到了强有力的支持。

龚古尔兄弟在 19 世纪中叶便指出,小说要真正地为现代文学做出贡献,唯一的方法就是进行专门的心理分析。从龚古尔兄弟早期的《杰米妮·拉赛朵》到埃德蒙·德·龚古尔的最后一部长篇小说《谢丽》,人们可以清楚地看出他们的创作一直在向着这个方向努力。在《杰米妮·拉赛

---

① Quoted in Borge Gedso Madsen, *Strindberg's Naturalistic Theatre: It's Relation to French Naturalism*, Copenhagen: Muksgaard, 1962, p. 73.

② Ibid.

朵》中，人物塑造的生理和心理两方面几乎同等重要，而在《谢丽》中，虽然还有大量生理细节的描写，但叙事重点却已经明显转向人物心理因素的剖析。事实上，尽管在《杰米妮·拉赛朵》中存在大量的生理学文献，但在这本书的序言中，龚古尔兄弟已经看出法国小说正更多地朝着心理学的方法迈进："今天，随着小说的发展和壮大，它开始成为文学研究和社会调查的一种严肃、充满激情、活生生的形式，通过分析和心理研究，它成了当代的伦理学；今天，小说已经把科学的研究和责任强加于作家，它因此获得了更大的自由。"① 在《谢丽》的序言中，埃德蒙·德·龚古尔进一步强调："为达成完全现代的记录，小说的最新趋势就是成为纯粹分析的书。"②

埃德蒙·德·龚古尔对斯特林堡的创作产生了直接的影响。在龚古尔兄弟的诸多小说中，《谢丽》与《朱莉小姐》最为相像。颓废的谢丽也是个"怪人"，但并不像朱莉那样是"半个女人"。她母亲的疯狂以及其对男人的憎恨，是丈夫去世的痛苦经历造成的，这件事也因此导致谢丽赶走了其潜在的追求者。当斯特林堡在《朱莉小姐》的序言中谈及"或由于现实的冲突，或由于压抑的欲望控制不住的爆发，亦或是由于结婚希望的破灭"而对现实屈从的女人时，他很可能一直想着谢丽。因此，《谢丽》与《朱莉小姐》两部作品都重视这样一种假设——母亲的性格在某种程度上决定了女儿的性格。斯特林堡在该剧序言中列出的造成朱莉悲惨命运的诸多原因中，其中之一就是"母亲的本能"：

> 朱莉小姐的悲惨命运是由多重情况造成的：母亲的本能；父亲对她的不正当教养；她自己的天性；她未婚夫懦弱、颓废的迹象；更深层、更直接的是：仲夏夜的节日气氛；她父亲的缺席；她的生理期；她对小动物的爱护；舞会的激情感染；夜的昏暗；鲜花的强烈催情作用；以及最后迫使两人共处一室的机会，加之性兴奋的男人所具有的侵略性。③

斯特林堡所列举的这些决定性因素，其实大部分都可以在《谢丽》的情节与场景中找到。当然，不能就此简单断言，斯特林堡在《朱莉小姐》中

---

① Quoted in Borge Gedso Madsen, *Strindberg's Naturalistic Theatre: It's Relation to French Naturalism*, Copenhagen: Muksgaard, 1962, p.75.
② Ibid.
③ Ibid., p.77.

克隆了《谢丽》人物塑造中所体现出来的"动机多样性"的概念及方法。埃德蒙·德·龚古尔和斯特林堡两人都强调生理因素以及两性关系的重要性。19世纪80年代,斯特林堡大胆地谈及朱莉的生理周期影响了她的行为。两位作家都强调花香的催情作用以及舞会的激情感染;龚古尔甚至谈及了音乐的调情作用。斯特林堡在《朱莉小姐》中设置了多重动机并引以为豪,同时宣称他认为它具有"现代性"。有趣的是,他接着补充道:"如果有人在我之前就已经提出了这一看法,那么我也会自豪于我提出的悖论并不是只有我一人认同,因为所有的发现都是如此。"①

埃德蒙·德·龚古尔的另一部小说《拉·福丝丹》可能也给斯特林堡留下了深刻的印象,影响了他对朱莉性格的刻画。朱莉小姐歇斯底里的爆发以及情绪的反复无常都很像龚古尔笔下那个情绪不稳定的女主人公——女演员拉·福丝丹。拉·福丝丹偶尔会深受某一特定环境中的暗示性肉欲的折磨;每当这种情况发生时,龚古尔就会用残酷的自然主义术语去描述她的情绪状态,其中包括许多生理细节。在小说一段引人注目的情节中,与一名陌生男子在击剑馆中独处的拉·福丝丹,突然感觉到自己的身体被其极具诱惑力的性感所征服。这是一段极其典型的自然主义性质的人物描绘,至少在斯特林堡撰写《朱莉小姐》的开场白时,他的脑海中可能出现过这样的情景。如同一个挑战自然主义的喇叭吹出愤世嫉俗的声音,让漫不经心地抛出了这部戏的第一句话:"今天晚上朱莉小姐又发情了,她彻底疯了。"像个动物一样正处于发情期又与让发生争吵之后,朱莉再一次感觉自己被让深深吸引,并邀请他一起去她的房间,然而让却回答说:"去您的房间?——您现在又疯了!"拉·福丝丹被描述为"一头疯狂的小野兽",而朱莉则是"彻底疯了";两者的相似之处非常惊人,不难见出龚古尔《拉·福丝丹》中的这一情景描写对《朱莉小姐》的直接影响。此外,人们也可以指出这两部作品之间的其他相似之处。作者告诉我们,拉·福丝丹这个角色在"公爵夫人和轻佻女子两种形象之间交替着";而让说起朱莉:"朱莉小姐在一些情况下确实很骄傲,但在其他时候却又很少这样。"这两个女人的行为和品味,都在贵族式的高雅和吸引人们的低级原始趣味中摇摆不定。注重生理因素的人物刻画方法本身就是自然主义的根本特征,而斯特林堡本可以受到许多其他法国自然主义者的启发,

---

① Quoted in Borge Gedso Madsen, *Strindberg's Naturalistic Theatre: It's Relation to French Naturalism*, Copenhagen: Muksgaard, 1962, p.78.

比如左拉，在他的小说中，人物常常被塑造得像动物一样。

在强调构成朱莉命运的"多重动因"的同时，斯特林堡称：既没有片面地强调生理因素，也没有单方面地追求心理因素，他只是运用了龚古尔兄弟的分析方法，将生理学和心理学巧妙地结合了起来。斯特林堡在塑造《朱莉小姐》中的人物时，对左拉提出的"人物由遗传及环境决定"的要求做了一些让步。当然，《朱莉小姐》中的所有角色都不能称为"抽象概念"，尽管厨师克里斯汀其实可以称得上是这种类型。让和朱莉显然都不完全是平民老百姓，他们都极富个性，给我们一种"完整的生活感觉"，这正是左拉所强调的。此外，斯特林堡还特地赋予朱莉遗传和环境的双重要素，以此竭力使自己与自然主义教规保持一致。让骨子里的奴性，他对主人伯爵的惧怕，都从其自身的教养中体现出来；他厌恶自己对上层的依赖，但又无法摆脱。至于朱莉，她患有"人格分裂"，这在某种程度上是由她母亲的"本能"（也就是对男人的憎恨）以及她父母之间的仇恨决定的。在一段很长的独白中，她向让解释道：她是意外来到这个世上的，她的降生并不受人欢迎，她母亲只是把她当作报复她父亲的手段；在农场里，她被要求穿男孩儿的衣服、照料马匹、学习农业等，一切都是为了向她父亲证明女人可以与男人匹敌；在母亲死后，她父亲为了"报复"其死去的妻子，把朱莉抚养成了性别界限模糊的人——她开始变得"不男不女"。斯特林堡热衷于通过"多种情况"来设定朱莉的行为，他试图塑造一个真正的自然主义人物。此外，相比于斯特林堡笔下的大部分女性人物，朱莉的描写更为客观，其他的女性人物几乎都是作者基于报复性厌女症而塑造的概念性形象。或许，更确切地说，朱莉描绘得也没有那么客观——她是斯特林堡带着厌恶和同情两种情绪所描绘出来的。在剧本正文以及序言中斯特林堡都强调过，朱莉饱受遗传和环境的折磨，她是一个试图与自己本性抗争的悲剧性人物。

事实上，在《朱莉小姐》中，斯特林堡对朱莉和让都产生了同情。某种程度上来说，让，这个一门心思往上爬的人，简直是斯特林堡性格中某一面的翻版，也就是"仆人的儿子"这一面。他是一个依靠自己的力量努力攀升、坚定而简单的男人，因此斯特林堡对他有几分赞赏。而对于朱莉，斯特林堡的态度更为复杂。他在序言中说道，有朝一日，我们会变得和第一批法国革命者一样强大，在那时，如果我们看到软弱颓废的人消失，应该会对此感到高兴，这种感觉就像是我们看到病入膏肓的人离去时而产生的愉悦感。但随后，斯特林堡又在序言中解释道，朱莉是一个悲剧人物,这表现在她与本性的拼命抗争,他继续说道,所有的雅利安人都有一点儿贵族或堂吉诃德的气质,因而他们都赞赏这种堕落的伟大。关于法国革命者和堂吉诃德的这两段叙述互相矛盾,这也揭示了斯特林堡对朱莉的矛盾态度。一方面,斯特林堡身为自然主义者和达尔文主义者试图说服自己,看到软弱颓废的朱莉殒落他应该感到高兴;但另一方面,正如马丁·拉姆所指出的那样——斯特林堡如今已经接触到了弗里德里希·尼采的哲学(他用"雅利安"一词就表明了这一点),同时也已经学会了欣赏"超人"中的贵族自豪感。从这个角度来看,当我们看到浑身带着骄傲的、充满贵族气息的朱莉被一个没有任何缺陷的底层人打败时,又会感到非常痛苦。细腻而优雅的事物被庸俗与粗劣湮灭了;或者换句话说,雅利安人被一群贱民摧毁了。

斯特林堡在《朱莉小姐》的序言中说道,厨师克里斯汀是一个次要人物,因此,他有意运用他在《父亲》中勾勒医生和牧师这两个次要人物的方式去刻画她。事实上,尽管克里斯汀比较单纯,但她实际上在剧中担任说教者的角色。她冷淡地评点着让和朱莉的幻想与期望,再猛地迫使他们面对现实。在一定程度上,克里斯汀是一种典型人物,但这里并没有赋予她抽象化的意义。斯特林堡细致且客观地叙述着她一贯的虔诚、她所缺乏的想象力和阶级差别意识,这些都(或者说应该)深深地植根于瑞典农民的禀性。

"《朱莉小姐》与《父亲》的主题一致,都是权力之争结合两性之争,同时,主题的自然主义特质再一次被以此为基础的达尔文主义哲学所强调。"[1]斯特林堡在《朱莉小姐》的序言中举出让和朱莉之间较量的例证,以此来说明达尔文主义对生存斗争的启示,而斯特林堡在1888年8月21日写给卡尔·奥托·邦尼尔的信中更加有力地强调了戏剧的这一方面。在论及了安托万对巴黎自由剧院上演的《父亲》感兴趣之后,斯特林堡继续谈起了《朱莉小姐》:"现在请少说两句吧,因为如今自然主义正被纳入'荣誉军团'和'学会'(不是瑞典的);除非达尔文主义的逻辑序列被遗弃,否则它永远也不会被取代。"[2]斯特林堡在剧本的序言中将朱莉看作悲剧人物之后,他又意识到这种表述不太符合进化伦理学体系,因此他急忙补充道,她只在"情爱遗传"这方面是可悲的,然而这份遗传正被只有坚强健全的物种才能得到幸福的逻辑所淘汰。

---

[1] Borge Gedso Madsen, *Strindberg's Naturalistic Theatre: It's Relation to French Naturalism*, Copenhagen: Muksgaard, 1962, p. 85.

[2] Ibid., p. 86.

依照进化论,坚强健全的让在逻辑上足以战胜软弱颓废的朱莉。然而他和朱莉之间的斗争不仅仅是一场两性之战或生物之战;尤其是在让和朱莉各自的梦中,它已经扩大到了社会层面。朱莉始终有一个反复出现的梦,梦里她坐在一根高高的柱子上,她很想下来,但又害怕自己跌落。而另一面,让梦到他正在爬一颗高高的树,在树顶他发现了一个装有金蛋的鸟巢。朱莉的梦象征着孤独贵族对获得人们同情的渴望;而让的梦显然表达了攀高枝者志在必得的野心。斯特林堡在《朱莉小姐》的序言中说道:"这部剧的主题结合了达尔文主义和社会层面,脱离了当时琐碎的政治争论,因而获得了持久的吸引力。"[①]

[①] Quoted in Borge Gedso Madsen, *Strindberg's Naturalistic Theatre: It's Relation to French Naturalism*, Copenhagen: Muksgaard, 1962, p.86.

第三章
美国的崛起

  自然主义在美国的情势和英国有些相像：没有大吵大嚷的社团，但作为潜在的影响却既绵长又深刻。从19世纪80年代末开始，一直到20世纪二三十年代才落下帷幕，自然主义在美国的活跃期远比欧洲的那些国家要长。

  顺便提及的是，拉美诸国的很多青年作家和评论家在19世纪80年代也把左拉的地位推到极致，在浪漫主义尚未寿终正寝的情况下，直接开始了自然主义文学的尝试，并取得了辉煌成就。最早将左拉和自然主义介绍到拉丁美洲的是阿根廷的胡安·安东尼奥·阿尔赫里奇(Juan Antonio Alherich)和巴西的席尔维奥·罗梅洛(Silvio Romero)。自然主义理论被介绍到拉美之后，一大批作家很快便接受这种创作方法，创作出了他们的自然主义作品。其最有代表性的作品有：阿根廷作家波德斯塔(M. Podesta)的《放纵》(*Indulgence*，1889)、阿根廷作家洛佩斯(Lucio Vicente López)的《大村庄》(*El Pueblo Grande*，1884)、智利作家爱德华多·巴里奥斯(Eduardo Barrios)的《相思男孩的疯狂》(*The Madness of Lovesick Boy*，1915)、墨西哥作家费德里科·甘博亚(Federico Gamboa)的《圣女》(*Saintess*，1903)等。自然主义在拉美的影响是深远的。从1982年获诺贝尔文学奖的哥伦比亚作家加西亚·马尔克斯(García Márquez)的很多作品中，我们仍可以清楚地看到这一点。

第一节　19 世纪末之第一代

19 世纪 80 年代末 90 年代初，一些美国作家开始尝试自然主义的创作方法与技巧。

80 年代，左拉及其他欧洲自然主义的作品越来越多地传入美国，这无疑为美国自然主义的发展铺平了道路。是时，美国的形势颇利于自然主义这种文学新潮流的展开：工业的发展使美国社会发生了巨大的变化，国力空前增长，美国边疆的大门一一关闭，城市在迅速崛起，物质主义在人们心头弥漫……上述诸多事件造成的心理影响，对稍早流行于这片北美大陆的乐观主义构成了严峻挑战。其间，进化论学说对传统宇宙观与生命观的消解、斯宾塞社会达尔文主义的传播等，均对这股文学新势力的异军突起起了推动作用。

第一代明显受到自然主义影响的美国作家是年轻的"激进派"：加兰（Hamlin Hannibal Garland，1860—1940）、克莱恩（Stephen Crane，1871—1900）和诺里斯。尽管三人在气质性情、家庭背景等方面有所不同，但在关于人与社会的问题上，他们秉承着许多共同的理念。的确，至今仍无证据表明他们是因发展共同目标的意志而团结在一起的，但他们都知晓彼此的作品，彼此之间有过来往，这也是毋庸讳言的。克莱恩与诺里斯平生仅有一面之缘，但加兰与克莱恩、诺里斯两人均相熟；在为人和文学创作方面，作为美国自然主义最早的实验者与倡导者，加兰对克莱恩和诺里斯都曾产生过或大或小、或直接或间接的影响。尽管他们的观点并不完全一致，但将加兰看成是后两者的先驱，应该是没有问题的。

加兰之于美国自然主义文学的重要角色，更重要的因由乃其显现出自然主义倾向的某些作品先于克莱恩和诺里斯发表。想要简单地判明美国第一部自然主义文学著作发表的确切时间，无疑是非常困难的。虽然自然主义的痕迹曾在其最早的短篇小说集《大路》（*Main-Travelled Roads*，1891）中有所显现，但 1892 年，加兰发表的《詹森·爱德华兹》（*Jason Edwards*，1892）也许才是美国第一篇明显受到法国自然主义文学影响的重要小说。

对达尔文、斯宾塞著述以及欧洲自然主义作品的阅读，激发了加兰对新文学运动的兴趣。若没有欧洲自然主义思想的传入，那么诸如《大路》

《詹森·爱德华兹》《草原上的人》(*Prairie Folks*，1892)、《德切尔家库利的玫瑰》(*Rose of Dutcher's Coolly*，1895)等作品可能就不会被创作出来。某种程度上，加兰在美国中西部及波士顿的经历——他对此深感艰辛与痛苦——也使其倡导一种比豪威尔斯(William Dean Howells，1837—1920)之"优雅现实主义"写作更为残酷逼真的文学风格。同时，底层生活的经历也使其对社会问题饶有兴趣——尤其是妇女在家庭、社会中地位问题。加兰的创作揭示了美国中西部农场生活的凄凉、肮脏与悲惨。

可以断言，加兰的某些灵感来自左拉及其他欧洲作家，他因此将他们视为自己的榜样与向导。然而，在理论上他并不推崇左拉为代表的法国式自然主义。相比于左拉，其创作也许更多受到了易卜生与屠格涅夫的影响。因此，他拒绝被贴上现实主义者或自然主义者的标签，而更愿意被称为"写真主义者"(Veritist)。"我用写真主义者这个词是因为'现实主义者'这个术语不再能够满足需要了。写真主义者为他的主题选择有可能性的、常态的东西"；"风沙天、雨天、辛劳和欢乐以适当比例交织"①。加兰还称，写真主义者对历史演义不感兴趣，而更乐意描写当下都市男女的日常生活；对肤浅的爱情故事或淫秽的色情故事均不感兴趣，而更关注男女之间健康纯洁的爱。写真主义者并不回避对生活中的肮脏成分做适当比例的描写，但坚决反对把人写成畜生。尽管他阅读并欣赏达尔文、斯宾塞的学说，但他并不欣赏左拉的自然主义："左拉不是写真主义者，我不相信法国的'现实主义者'，他们太关注邪恶和犯罪，并且诽谤人类。"②在《崩溃的偶像》(*Crumbling Idols*，1894)中，他反复强调其写真主义"不会处理犯罪和异常，也不会处理生病的人"③，因此绝不能把写真主义与自然主义混为一谈。显然，对他而言，自然主义意味着对性、恶行和犯罪的极度关注。

自然主义可能通过多种渠道潜移默化地影响了克莱恩。有证据表明，他曾读过左拉的一些作品，这种阅读是他获得自然主义观点的一种方式。在《街头女郎玛吉》(*Maggie*，1893)、《乔治的母亲》(*George's Mother*，1896)等关于贫民窟的故事中，左拉对克莱恩的影响极其显著。

---

① Quoted in Lars Ahnebrink, *The Beginnings of Naturalism in American Fiction*, Cambridge, Mass.: Harvard University Press, 1964, p.141.
② Ibid., p.142.
③ Ibid., p.143.

像加兰一样,克莱恩在对人与宇宙的阐释、写作主题的选取、题材的处理等方面,都表现出了自然主义倾向。他始终认为操纵人类的力量主要源自社会与命运;但其作品的独特风格与其说源自这种绝望的态度,不如说源自他的写作方法。作为一位像光芒四射、熠熠生辉的印象派画家一样的自然主义作家,他的拼接式散文由色彩鲜明、摄人心弦的意象与振聋发聩的章句组成。与加兰不同,克莱恩并非一位道德高尚的思想家,相较于改革,他更钟情于艺术本身。克莱恩的小说披露了城市贫民的孤苦无靠及其居住环境的破落凄凉,基调阴沉、忧郁,饱含痛苦。

诺里斯熟悉自然主义的主要原因之一,是他阅读了左拉的著作。诺里斯不可能不知道左拉,1887—1889 年他在法国留学时,左拉在法国乃至整个欧洲文坛的声威正如日中天。诺里斯公开承认对自然主义大师左拉的借鉴,在《麦克提格》(*McTeague*, 1899)——该时期最为首尾一贯的自然主义著作、《凡陀弗与兽性》(*Vandover and the Brute*, 1914)、《章鱼》(*The Octopus*, 1901)等作品中,左拉对早期诺里斯的影响显而易见,几乎无处不在。在《一个男人的女人》(*A Man's Woman*, 1900)与《深渊》(*The Pit*, 1903)中,诺里斯对左拉自然主义的忠诚度则有所降低。他的作品,尤其是融合了自然主义、浪漫主义的《章鱼》,是对其个人思想的反映。在一定程度上,因受左拉与某些当代英国作家的启发,这种(自然主义与浪漫主义兼容的)二元性几乎贯穿了诺里斯的全部创作。就此而言,若探讨浪漫主义与自然主义的联系,诺里斯的创作应该是一个颇为值得探讨的典型案例。原始主义、人生之乐与对力量的崇拜,是读者在其著作中时常邂逅的元素。然而,对社会问题颇感兴趣的诺里斯,却并非改革者。在这方面,比起天生的改革家加兰,他更像克莱恩。

就社会—艺术态度而言,诺里斯介于加兰与克莱恩之间。严格来说,加兰、克莱恩与诺里斯都不应被冠以纯粹的自然主义者之名,也许自然主义的实验者一词更宜于描述他们的创作意旨与方法。这三位作家并不是自然主义文学的典型代表,但他们以自己独特的创作方式做了美国自然主义的奠基者;他们的作品,在以豪威尔斯为代表的现实主义与以德莱塞(Theodore Dreiser, 1871—1945)为代表的自然主义之间,架起了一座前后相续的桥梁。

尽管在一定程度上,作家们依赖于左拉的小说进行创作(这种情况证实了从某种角度来看 90 年代的美国自然主义是法国自然主义分支的假说),但那些美国自然主义作家不仅仅是模仿者。恰恰相反,他们是受前辈启发的原创作家。他们凭借自己的素材描绘饮食男女、人生百态,并加以艺术升华。他们成功地将作家个人气质的印记赋予其作品,而且,尽管受到国外某些作家的影响,他们无疑仍在创作美国本土的文艺作品。的确,19世纪90年代的年轻作家在理解"力量"方面得到了埃米尔·左拉和其他19世纪晚期自然主义者的帮助。无论是像诺里斯一样用法语直接解读他,还是像克莱恩和德莱塞那样间接地追随他的想法和兴趣,第一代美国自然主义者的小说,充分揭示了左拉式自然主义在美国传播过程中被吸收和保留的情形。在左拉的启发下,诺里斯等美国自然主义作家,摆脱了对理想和超自然观念的肤浅理解,发现了人类自身内部本能和非理性对人的控制,以及来自社会环境的压迫性限制。但除了这些与左拉以及他们彼此之间的主要相似之处,每个作家也都禀有自己的风格特点。这意味着他们每个人的写作都是基于自己对世界的体验与想象,而不是按照左拉建立的模式和哲学来表现美国的生活现实。他们普遍认同小说是一种特别有效的外在社会现实与内在精神生活之间互动的文学形式;而且认定,左拉当然不是体现这种精神活动的标准,而只是体现了这一新的文学运动方向的旗号或界标。因此,美国自然主义的本质特征就在于美国作家接受了那位来自欧洲的文学先知的说法,但在具体实践过程中却始终坚持着自身宽松的发挥空间与自由的开放姿态。"正是左拉对真实地描绘生活各个方面的吁请,而不是他独特的哲学观念或文学方法,才是这场运动在美国禀有力量和持久性的根由。"[1]

美国社会结构和思想潮流的重大变化,特别是从以农村为主的农业文明向城市工业文明的迅速转变,传统宗教信仰、道德信仰向怀疑论、不确定性的转变,构成了19世纪90年代与20世纪初叶的时代特征。"自然主义作为一种重要而流行的文学运动在美国得以留存下来,因为它回应了现代美国生活中某些特定时刻的重要思想,并为之找到了适当的形式。"[2]自然主义持续繁荣,构成了美国自然主义又一个明显的特点。很多评论家的阐发强化了对20世纪美国自然主义的论述,强化了美国自然主义不断延续的命题。早在20世纪60年代,批评家威拉德·索普(Willard Thorp)便曾经指出,自然主义以某种方式拒绝在美国的消亡。索普在某种程度上为这种发现感到困惑,因为美国自然主义能拥有漫长

---

[1] Donald Pizer, *The Theory and Practice of American Literary Naturalism: Selected Essays and Reviews*, Carbondale and Edwardsville: Southern Illinois University Press, 1993, p.19.

[2] Ibid., p.16.

而看似坚不可摧的生命,几乎不是因为批判的理解或支持。然而,似乎只要美国作家对民族经验中理想与现实之间的差距做出深刻回应,自然主义就仍然是记录这一进取性体验的主要手段之一。

加兰在《崩溃的偶像》一文中提出了一个理论——文学应该是本土的:美国文学不但要描绘美国人的生活,而且不宜一味照搬或模仿外国的模式,尤其是英国与法国的模式。他坚持认为,美国艺术作品的价值,关键取决于要有自己的原创性与特色;而广阔无垠的美洲大陆,尤其是中西部以其壮丽的景观和优美的景色为无数故事提供了无尽的素材,"那是一种地球上从未见过的生活场景","它有庞大的、多样的、流动的、勇敢的族群,一片充满了未被记录的和无限的戏剧的土地"①。与加兰强调地方色彩略有不同,力倡文学时代特色的诺里斯,提出了小说乃时代之史诗的命题:"每一个时代都在用它独特的嗓音在倾述着什么";"当今正是小说的天下,再没有别的载体能使当代的生活得到如此充分的表达"②。与加兰异曲同工,诺里斯真正想说的话最终也是归诸到了美国作家应该写美国自己的小说。他批评库柏(James Fenimore Cooper,1789—1851)的浪漫故事没能给出西部地区的真实图景,而他自己的志愿则是要写一部真实反映西部生活与民族精神的"美国史诗"。正是加兰等人对美国本土风格与本土特色的自觉追求,使得美国的自然主义与法国自然主义相比有很大的区别。

在考虑第一代三位美国作家著作中所体现出的自然主义特征时,人们必须牢记——包含诸多浪漫主义元素的、左拉的自然主义著作,很可能对他们影响最大。某种程度上,这可以解释他们很多小说中存在的浪漫主义艺术夸张手法。如:在《街头女郎玛吉》中,有些失真的暴力与肮脏细节的累积,大多可以视为克莱恩对左拉作品有所借鉴的例证。同样的,《麦克提格》中荒诞的部分可以视为作者从受巴尔扎克启发的左拉著作中借鉴而来。三位小说家的著作与左拉的作品仍有其他明显的相似之处,譬如,遗传与环境对个人的决定性作用。他们将笔下很多人物的出身背景安排在波士顿、纽约或旧金山的贫民窟,并赋予他们相应的性格特质——通常是软弱与被动的,然后再让环境与遗传的趋向对他们施加作用,最终迎来的便是绝望或横死的结局。的确,最吸引这些作家的也许是

---

① Quoted in Lars Ahnebrink, *The Beginnings of Naturalism in American Fiction*, Cambridge, Mass.: Harvard University Press, 1964, p. 144.

② Ibid., p. 160.

左拉对环境的描写,当然他们与左拉仍有很大的不同。不同于左拉的写法,加兰笔下的大多数角色都是能根据道德标准做出判断和决策的正人君子,克莱恩的作品则缺乏左拉史诗般宽广的深度;左拉常会沉浸于事无巨细的描写之中,而他们更习惯于给出隐喻或暗示。在思想观念和艺术技巧诸方面与左拉最相似的首推诺里斯,但他却明显缺乏左拉的改革热情;而且,与法国自然主义作家多描写一个逐日衰败的社会相反,诺里斯强调了美国的强大、富饶与蓬勃的生命力。

三位作家的小说,包括那些表现自然主义元素的作品在内,之所以具有如此多变的性质,其中一个可能的原因是:作家们同样受到了那些写作方式与法国自然主义有所不同的作家的启发。屠格涅夫促进了加兰、诺里斯笔下"失败者"形象的塑造,克莱恩笔下"多余人"的形象或许与屠格涅夫作品中的人物有关。此外,在某种程度上,人们对美国作家笔下出现的决定论与宿命论相结合的写法可作如下解释:这种写法一方面源于作家们对左拉的借鉴,另一方面也源于对屠格涅夫的借鉴,甚至还可能有托尔斯泰的影子。尤其是克莱恩,他明显受到了托尔斯泰笔下战争叙事的影响。这些美国作家已然意识到:在法国自然主义作家揭露现实但人物描摹相对粗浅的作品中,失却了俄国作家那种深刻的心理洞察力与人道主义同情。在美国自然主义发展的初期阶段,另一个赋予其独特风格的灵感,很大可能来自于易卜生的戏剧。易卜生提供了促成加兰某些思想与作品成形的要诀,也可能为克莱恩与诺里斯的某些观点提供了依据。在美国第一代三位代表性作家的作品中,人们见出的道德主义观点以及对社会问题、伦理价值的思考,都会令人想起那位来自挪威的剧作家。

这些不同的影响,可能是由作家秉性、创作素材、灵感来源及该时期普遍的精神氛围等方面的相似所造成。显然,这大大有助于赋予90年代美国自然主义以独特的异质性特征。与法国自然主义相比,它是多变而充满矛盾的;原本坚强、道德的人物性格与因受自己无法操控的力量支配而形成的软弱、消极的人物形象形成鲜明的对比;在这些作品中,决定论与宿命论、悲观主义与乐观主义、现实主义与浪漫主义、主观主义与客观主义相互融合,难以辨析。

诺里斯将真实地反映生活褒扬为小说家的最高职责。在《小说家的责任》(*The Responsibilities of the Novelist*,1903)一书中,他写道:"人民有权要求真实,正像有权生活、有权得到自由、有权为自己的幸福斗争一样。用虚假的生活概念、虚假的人物、虚假的感情、虚假的道德观念、虚假的历史、虚假的哲学、虚假的感受、虚假的英雄事迹、虚假的自我牺牲理想,用信仰、义务、行为准则和风度标准的虚假观念去欺骗和愚弄人们,这不应该认为是合理。"①自然主义对"真实感"的高标,使得自然主义文学在社会层面将焦点指向人之生存的现实状况,而忽略传统价值观念所期许的那些应然的观念现实,这就带来了对这份观念的大众持有者的挑衅;换言之,自然主义作家直扑人的生存现实而去,而丝毫不想迎合或抚慰大众读者的观念立场。因为许多自然主义作品在题材上是肮脏和刺激大众的,所以它往往被道德家、宗教家以及一般大众读者唾弃。早期的自然主义者在这方面特别容易受到伤害。一种更有意义的对立也许来自于许多自然主义小说家主动对读者的搅扰,大众对人性和经验的若干基本设定正在受到艺术家大胆的挑战。

显然,自然主义小说带给人们的审美体验与前自然主义文学就迥然不同。无论早期小说的主题与阅读效应如何,人们的精神或多或少都因为在其中经历了他们想象的世界而有所提升。这种对小说人物了如指掌的深刻满足感,使人们在书的结尾不愿与小说人物分离,这正是传统小说魅力的重要表现之一。但"自然主义小说开始释放出一种不确定性、怀疑和困惑的效果"②。"自然主义小说因其纪实特性而具有具体性和偶然性,这特别符合美国人的口味。"③但因常常把人描绘成一个面目全非、受"力量"支配的生物,美国的自然主义也长时间名声不佳,几乎在所有方面都受到了各种持续不断的攻击。与欧洲的运动相比较,自然主义在美国似乎显现出了更为坚韧绵长的生命力。尽管这场运动从 19 世纪 90 年代开始就受到新闻记者和学术评论家的攻击,但它一直是美国小说中最持久和最有生机的张力,这是美国自然主义文学史上的一个重要的矛盾特征。正如威拉德·索普在 1960 年指出的那样:"尽管它通常会激起强烈的对立情绪,但自然主义在美国却'拒绝死亡'——20 世纪的主要小说家中很少有人能摆脱其'污点'的影响。它也许是美国唯一的一种既受欢迎又有意义的现代文学形式。"④"如果像理查德·蔡斯(Richard Chase)和其他人所说的那样——霍桑(Nathaniel Hawthorne,1804—1864)和梅

---

① 《美国作家论文学》,刘保端等译,北京:生活·读书·新知三联书店,1984 年,第 151 页。
② Donald Pizer, *The Theory and Practice of American Literary Naturalism*:*Selected Essays and Reviews*, Carbondale and Edwardsville: Southern Illinois University Press,1993, p.23.
③ Ibid., p.15.
④ Ibid., p.13.

尔维尔（Herman Melville，1819—1891）小说中的'罗曼史'是独特的美国经历中最原始的形式，那么自然主义就是一种继续满足美国生活需要的形式。"①质言之，自然主义受到否定性批判的原因大多与小说本身无关。"反对自然主义的各种'案例'，主要源自 19 世纪 90 年代到现在批评家所处时代的宗教、哲学和政治问题，而非对小说本身的仔细审视。"②否定是从文化观念层面展开的；而这种简单的来自外在文化立场的否定，却在很大程度上延滞了对自然主义文本的艺术研究。

第二节　第二代掌门人德莱塞

1899 年，双日出版集团（Doubleday）出版了弗兰克·诺里斯常被视为美国第一部自然主义经典之作的《麦克提格》。1900 年夏天，作为双日出版集团审稿人的诺里斯慧眼识珠，向出版商力荐了一部题名《嘉莉妹妹》（*Sister Carrie*）的手稿；机缘巧合，几个星期前，这部手稿寂寂无名的作者西奥多·德莱塞刚一口气读完了让其血脉贲张的《麦克提格》，该书不做任何伪饰直呈生活本相的写法尤其让他兴奋不已。

在双日出版集团的办公室会面后，德莱塞发现自己心仪的作家——现在是自己书稿的审稿人——仅比他年长一岁，且两人有着共同的文学信念。当然，他们之间也有诸多不同：诺里斯是经由观念的受纳成了左拉的信徒，而德莱塞写第一部小说时甚至还不知道左拉的名字。不像在欧美名校受过训练的诺里斯能够在不同的理论或风格间自由切换，来自草根阶层的德莱塞只有"就这样写"或者保持沉默。换言之，德莱塞几乎是完全按自己的本性成为一个自然主义者。也许正是这个原因，才使"他的作品比任何人的作品都更能表征美国自然主义的特性"③。

德莱塞的父亲约翰（John Paul Dreiser），早年从德国摩泽尔河畔（Mosel）的迈恩（Mayen）移民到美国。约翰曾在美国各地不断迁徙，换过一个又一个工作。他的纺织业贸易一度做得颇为成功，但一场突如其来的大火摧毁了其在印第安纳州沙利文（Sullivan）的毛纺厂，且厂房重建时

---

① Donald Pizer, *The Theory and Practice of American Literary Naturalism: Selected Essays and Reviews*, Carbondale and Edwardsville: Southern Illinois University Press, 1993, p.15.
② Ibid., p.6.
③ Ibid., p.6.

他又被下坠的横梁砸伤。在那以后,约翰再也没有了好日子,他的余生都在还债,并执迷地心系天主教。一家之主一蹶不振,一个大家庭的负担几乎全都落在了萨拉·玛莉亚·沙纳布·德莱塞(Sara Maria Schanab Dreiser)的身上。她是约翰去往西部的路上娶到的那个摩拉维亚(Moravian)农家女孩。他们婚后生了许多孩子,长子保罗(Paul)后来成了歌手和舞蹈家。在西奥多作为作家成名之前,他无疑是这个家庭中最有出息的孩子。其他男孩子大都是酒鬼,而女孩子则大都存在滥交或滥交的嫌疑——她们中的一个名唤玛姆(Mame)的后来还创办了一家规模不大的妓院。

德莱塞是1871年秋天在特雷霍特(Terre Haute)出生的。在其第一本自传《黎明》(*Dawn*,1931)中,他描绘了一位信心不足、郁郁寡欢的小男孩如何成长为一个敏感、笨拙、欲火焚身、毫无快乐可言的青年。姐姐们的行迹为这个家庭博得的"好名声",意味着他们被排除在正常的乡村生活或社区生活之外。因而,即使有钱的时候,他们家也从没在一个地方待过足够长的时间来建构起稳定的家庭环境与温馨的家庭氛围。幼时不断搬家与流浪的经历,使得作家的童年严重匮乏安全感;而教会学校的教育则让他对修女和牧师产生了终生的厌恶。后来,一位公立学校的老师为他支付了一年印第安纳大学的学费,他在那里依旧没有什么朋友,也没有什么交友的途径。"形单影只"或"独自前行",这都是后来人们常常拿来描绘青年德莱塞的语汇。很多年后,辛克莱·刘易斯(Sinclair Lewis, 1885—1951)在其诺贝尔文学奖的受奖演说中称德莱塞"比任何人都更孤独,且少受赏识,常被记恨"[1]。

德莱塞独自去了芝加哥。在这里,其第一份工作是在一家餐厅洗碗,但他及时改弦更张去《每日环球报》(*Daily Globe*)找到了一份与文字有关的工作。稍后,他从芝加哥搬到了圣路易斯(St. Louis),先后在《共和报》(*Republic*)和《环球民主报》(*Globe-Democrat*)任职。然后他慢慢地向东移动,途经托莱多(Toledo)、克利夫兰(Cleveland)、布法罗(Buffalo),最终在匹兹堡(Pittsburgh)停下脚步——他在那里的《快讯报》(*Dispatch*)找到了一份工作。在匹兹堡公共图书馆,他遭遇了巴尔扎克的小说,后者按科学逻辑来塑造人物的做法给了他一个小说写作的模板。

---

[1] Malcolm Cowley, "Sister Carrie: Her Fall and Rise", in *The Stature of Theodore Dreiser*, eds., Alfred Kazin, Charles Shapiro, Bloomington: Indiana University Press, 1969, pp.173—174.

很多年后，像约瑟夫·沃伦·比奇(Joseph Warren Beach)这样的评论家依然会心生疑窦：与左拉或者其他法国自然主义小说家相比，也许巴尔扎克才是德莱塞真正的师傅？

德莱塞在1894年前往纽约投靠哥哥保罗。文字工作难做却又不得不做，所以他照旧不断地更换雇主：先是当了《世界报》(The World)的特约记者，后又在《月报》(Every Month)做了一名职员，旋即又成了《成功》(Success)期刊的自由撰稿人……因为对物质成功的渴望永远吸引着他，德莱塞对做企业大亨们的访谈颇有自己的心得与套路。报业生涯锤炼了他的洞察力，当其后来写以大亨弗兰克·阿尔杰农·柯帕乌(Frank Algernon Cowperwood)为主角的小说时，这期间他所学到的东西悉数都派上了大用场。

1898年，他结婚了。这份婚姻，让他终身懊恼。萨拉·怀特(Sara White)是一个非常有魅力的女人，她比德莱塞年长，和他一样也是来自中西部，但不像他那样循规蹈矩。几年后，他们分居了；但即使是在永久分居之后，萨拉·怀特也坚决不同意离婚，这段名存实亡的婚姻一直维持到她去世为止。在德莱塞的小说中，尤金·威特拉(Eugene Witla)、柯帕乌、克莱德·格里菲斯(Clyde Griffiths)等男主人公都把他们自己奉献给了女人，并在之后悔恨绵绵。

1900年初，他完成了《嘉莉妹妹》。出版商因审稿编辑弗兰克·诺里斯热情洋溢的推荐而接受了这份手稿，但旋即便意识到这是一本会令读者震惊而给自己带来麻烦的书。几经周折，这本书还是出版了。1901至1902年该书仅售出大约900册，对出版商而言这是一笔赔本的生意。

失败萦绕着他，婚姻持续着糟糕的状况，德莱塞焦躁不安、沮丧压抑，健康状况堪忧。1902年，大哥保罗将他送入了一所休养营。严格的训练和休养地的新鲜空气，很快便使德莱塞满血回归。找工作很难，他只好先做了一份与铁路相关的体力活；1903年底，他才重操旧业做起了自己所熟悉的编辑工作。德莱塞陆续在《每日新闻》(Daily News)、《史密斯杂志》(Smith's Magazine)和《百老汇杂志》(Broadway Magazine)工作过。1907年，他跳槽到了《轮廓》(Delineator)杂志社，算是安顿了下来。在那里，他干得很顺手，得到了丰厚的报酬，而且觉得工作和环境都很惬意。但好景不长，1910年，塞尔玛·卡迪普(Thelma Cudlipp)小姐的母亲强烈反对德莱塞对女儿的殷勤，将女儿送去了欧洲，同时也将他从《轮廓》开除。同年，德莱塞和萨拉·怀特正式分居。消沉，徘徊，甚至曾几度鼓起勇气要去自杀……但德莱塞都坚持着走过来了。时来运转,作为一位成功的编辑,他很快被擢升为年薪高达 25000 美元的巴特里克出版社(The Butterick Publications)高级运营主管。与此同时,美国公众的审美趣味与标准也在不知不觉间发生了变化——德莱塞的第二部小说《珍妮姑娘》(*Jennie Gerhardt*,1911)于 1911 年面世,并获得了成功。幸运的大门终于对德莱塞敞开,他的创作迅速步入了巅峰期。

文学史家倾向于认为德莱塞最好的长篇是《嘉莉妹妹》和《美国的悲剧》(*An American Tragedy*,1925);价值稍逊的该是《珍妮姑娘》与《欲望三部曲》(*Trilogy of Desire*)中的前两部《金融家》(*The Financier*,1912)和《巨人》(*The Titan*,1914)。德莱塞长篇小说中较少被提到的是《壁垒》(*The Bulwark*,1946)与三部曲中的第三部《斯多葛》(*The Stoic*,1947);至于《天才》(*The Genius*,1915),则历来是否定的声音高过肯定的声音。除了 8 部长篇小说,德莱塞的主要作品还包括 4 个短篇集、4 本游记、4 种混合了政治、科学、社会问题论辩的杂集。此外,他还有若干诗歌、戏剧和文学批评著述以及两部文学自传。

"工业社会所提供的生活条件和城市文明,辅之以人类动物起源的新理念,使得两个世纪之交美国作家的时代意识与传统宗教、哲学和政治信仰中固有的人类尊严和自由的概念不再兼容。但经由题材、主题和形式的选择,每位作家都以独特的方式对时代洪流做出了自己的回应。"[①]人生应被良心所引领,但是德莱塞所观察到的生活,包括他自己的生活,充斥着用以蒙蔽人的言行与不可理解的所谓自然生存法则与强力。每个人都认同成功来源于优异的天赋、勤奋的进取、诚实的品格与严谨的操守,但在德莱塞自己的经验中,成功的人是既能够进行残酷的投机交易又能够与幸运打交道的人。幸福可以被视作对深爱与奉献的回报,但他自己却洞悉了其男主人公们一再证实的事情——今天所深爱的女人或许就是明天的沉重负担。无私的奉献与善良的品质被推荐给全体女性奉行,但却很难看到这曾真的减轻母亲们的负担,甚至它所带来的只不过是珍妮姑娘那样的不幸;反之,保持清醒与现实的嘉莉妹妹却还过得不错,因为她总与别人的丈夫鬼混。所有这些在犹疑与质疑中对生活本相的发掘无疑会让读者震惊,但当时却鲜少有人用如许锐利的眼光和尖锐的笔触来

[①] Donald Pizer, *The Theory and Practice of American Literary Naturalism*: *Selected Essays and Reviews*, Carbondale and Edwardsville: Southern Illinois University Press, 1993, p. 7.

触碰这份严峻,而这正是德莱塞小说之艺术价值得以绽放的历史—文化语境。

不难理解,在一个以乡村道德法则为基础底线的地方,《嘉莉妹妹》的发行量一定是令人失望的。但嘉莉的故事是取材于真实的生活:德莱塞的姐姐艾玛从乡下来到芝加哥,和一个名叫 L. A. 霍普金斯(L. A. Hopkins)的人建立了非同寻常的关系,后者像书中的赫斯渥一样偷了钱带着情人逃到了纽约;唯一不同的是艾玛没有嘉莉那么幸运,也并没有嘉莉后来的那份成功。就像书中描绘的嘉莉不惜一切代价也要让自己逃离穷困潦倒一样,城市底层的贫困生活是德莱塞所熟知的——他曾在芝加哥失业,也知道很多贫民窟的存在。《嘉莉妹妹》中的一些章节几乎是逐字逐句地从德莱塞早年在报纸上所描绘的的悲惨生活中实录下来的。苛刻的道德家可以谴责嘉莉和赫斯渥,甚至可以谴责德莱塞在书中对嘉莉和赫斯渥没有批判,但他不能否认他们的故事在社会中是真实存在的。是的,很少有小说家会把自己的经历以如此少的改动塞进小说中,也很少有小说家能够写得如此粗犷有力。他随心所欲的姐妹们是《嘉莉妹妹》和《珍妮姑娘》的原型;父亲的软弱、颓靡,母亲的勇敢、操劳,这一切都在《珍妮姑娘》与《美国的悲剧》中有所复现。在《美国的悲剧》中,主人公克莱德·格里菲斯身上所呈现出的不安、不快与对失败的恐惧,显然直接来自作者早年在美国中西部农村生活的记忆。在德莱塞笔下,美国的生活既充满着诱惑和吸引力,更充斥着艰难困苦和阴郁黑暗。设若承认小说的功能就是突破外在的表象显出隐藏的真相,那么人们就没有理由否定他的作品。

毋庸置疑,《嘉莉妹妹》在当时是一部挑衅了大众道德底线的文学作品。女主人公嘉莉·米贝发现在芝加哥的生活和在故乡威斯康星一样辛苦,不管在哪里金钱和物质才是最重要的,而遇到的男人则让她进一步明白:性感是女人极具价值的商品,且这价值非常容易兑现。于是,她本能地发挥自己所具有的"性感"优势,在她身上没有多少强烈的道德冲突,更谈不上什么正直或愤世嫉俗。嘉莉接受了在火车上遇到的销售员查尔斯·托罗奥的包养,但很快便为了更有钱的酒店经理赫斯渥而背叛了托罗奥。赫斯渥偷了雇主的钱,抛弃了妻子与家庭,与嘉莉一起私奔到了纽约;他的财富迅速被耗尽,嘉莉需要外出挣钱养家。她充分利用自己的天赋和美貌,在舞台上拥有了一席之地,并很快离开了赫斯渥。赫斯渥在人生下坡路上挣扎,最后自杀;而嘉莉,当他们最后一次相见时,正走在名利双收的康庄大道上。

设若嘉莉被设定为一个工于心计的坏女孩——一旦无利可图就离开，小说的艺术价值势必就会大打折扣。在德莱塞的笔下，嘉莉性感但并非淫乱，其走向安逸生活的所有举动也都并非是她自己精心计划好的：她与托罗奥住在一起是因为她不想重回威斯康辛的老家，而离开则是因为她敏感地意识到他永远不会如其承诺的那样在完成那笔"小交易"后就娶她，而赫斯渥却恰好有更多实质性的东西可以给她。后来，当看到别的女人享受着奢侈品时，那种失却了平衡的复杂心理感受又使她抛弃了难以使其满足的赫斯渥。良心有时也会在内心深处使她感到困扰，但其谴责的声响却一直不够响亮。在书中的很多地方，这个性感慵懒的女人甚至都明显让人感觉到，她其实远非特别精明。

事实上，那些男人跟她一样被动。托罗奥在火车上搭讪嘉莉只是因为他习惯于搭讪漂亮的女孩。有一个漂亮的情妇，且被人们知道有这样一个年轻女孩作为情妇，大大满足了其虚荣心；但他绝不会轻易使自己卷入一段永久的关系之中。正是第一次邂逅时他对她产生好感的那种本能，一直在提醒他要拿捏好分寸，免得纠缠不休。赫斯渥也是环境的产物：他的婚姻亮起了红灯，但掌握主导权的妻子将他紧紧套牢，并不时对他河东狮吼。而且，凡是能使男人重新青春焕发的女孩，只要能得到，又有谁能够不为之沉迷？然而，面对着彻底沦陷情网的巨大代价，赫斯渥也不是没有犹豫，是命运的捉弄使其做出了最重要的决定。他始终委决不下是否要与嘉莉私奔，直到有一天晚上为关店做例行的安全检查时，赫斯渥似乎被没有锁好的保险柜中的大量现金弄晕了。他情不自禁地将几捆钱从保险柜中拿出，这些钱能解他的燃眉之急，也能支撑他做新的选择。尽管当保险柜的门"啪"的一声关上之时，他内心的声音仍在告诉他应该将钱放回去，但已经没有机会了。诸如此类的机缘巧合，后来在《美国的悲剧》中也起了至关重要的作用：男主角想要计划实施的意外发生了，但这并非是他造成的，而是真正的意外。在这样的描写中，小说主人公的责任都是不完全的。在德莱塞看来，正是一种所谓的"自然力"，将他们推向了脆弱的深渊；而运气与自然力的结合，则最终决定了他们的命运。

19世纪末20世纪初，斯宾塞的社会达尔文主义在美国流播一时。这样的文化语境使德莱塞相信存在着某种"法则"——掌控人类生活的"自然力"正是沿循此等"法则"发挥作用，即在人类事务中，有一个基础的决定论。但与此同时，他又认为人必须拥有某种程度的自由意志，否则生活将丧失所有意义。这显然是一个二律背反的悖论;对人类的此种困境,德莱塞思考了四十余年,但始终没能在调和或平衡中找到最终的结论。就此而言,德莱塞的自然主义与左拉的自然主义之间存在着明显的不同。左拉觉得自己正在证明早已确立的科学法则的适用性,正如他从泰纳那里学到的一样——遗传、环境和时代决定着人类的行为,因此他才自信满满地写出了第二帝国时代一个家族的"自然史"。对左拉来说,当他开始写作的时候,那些公式就已经存在,其读者也完全熟悉这些公式。所以,无论在接受现有公式时有着怎样的舛误错讹,他都有一个优势——无需在小说中去解释它。而德莱塞则完全不同——他从未在证明什么。从《嘉莉妹妹》到《斯多葛》,他在描述生活时总是带着忠诚,但却四处摸索着寻求解释。这些解释往往是不充分的,以至于像他的"化学机制"这样的概念——一种可以决定人物性格或是两人情愫互通的机制,便只能被视为隐喻。

如果一个把人类视为大自然产物的作家是自然主义者——在其眼中,大自然是塑造生命的力量中心,且"自然"所包含着的意味远比"艺术"要来得更多,那么德莱塞便确实是一个自然主义者。泰纳曾称"邪恶和美德,犹如硫酸和糖一样乃化学产品",德莱塞在《黎明》中也曾说"在他兄弟保罗体内的化学物质的混合,只要稍有改变,他就会成为一个大人物"。"德莱塞开创了一个伟大的真理:人类本质上是一种被气质、本能、物理、化学所驱使的动物——任何你所期望的东西都是非理性的,无法控制的。"[①]《嘉莉妹妹》的读者一旦明了人物的处境,自会立刻明白接下来将要发生什么。甚至在决定赫斯渥命运的保险柜门"啪"的一声关上之前,读者就已经确信他会偷走那些钱;从那时起,读者势必也将跟随作者的目光见出两条迥然不同的命运轨迹:一条攀援上升,另一条则直通深渊;嘉莉仍然做着嘉莉自己,而赫斯渥则已经把自己毁了。

《嘉莉妹妹》很容易被归为客观的写实主义,但人们也有理由指认故事的主观性。在赫斯渥身上,倘若没有保险柜门关上那样的偶然瞬间,他的命运究竟会怎样演变其实是很难确定的。德莱塞从未消除关于他那不幸、无能的父亲的记忆,而在赫斯渥对女人无止境的追求中也不难发现作者本人内心安全感的匮乏。嘉莉妹妹的成功必须用赫斯渥的衰败来补

---

① Stuart P. Sherman,"The Barbaric Naturalism of Mr. Dreiser", in *The Stature of Theodore Dreiser*, eds., Alfred Kazin, Charles Shapiro, Bloomington: Indiana University Press, 1969, p. 75.

偿；他必须亏掉其在纽约买进那家酒店的投资，然后试着无力地寻找其他收入；他必须堕落到靠嘉莉在合唱队每星期挣到的12美元生活，然后变得日益寒酸吝啬；他的工作必须从低劣走向更低劣，然后眼看着一天天可怜地老去，并最终走向疾病和死亡。人们记得，当时德莱塞自己也正在走向精神的崩溃。"与《麦克提格》是从对外部世界的观察中得到的全然不同，《嘉莉妹妹》奠基于内在的梦想而不是外在的记录。《麦克提格》是在远处进行的有向导的旅行，而《嘉莉妹妹》则是来自内心深渊的哭喊。"[1]因此，德莱塞对赫斯渥的同情或许可以被解释为一种间接的自怜。这意味着他又一次将自己与法国那些冷静超然的自然主义者区分开来。在《嘉莉妹妹》中，作者的怜悯之心是克制、无声的；多年后，德莱塞在观看《美国的悲剧》所拍成的电影时却当众潸然泪下。

无论是对《嘉莉妹妹》还是其他后期的小说，长期以来绝大部分对德莱塞作品的否定之声都关乎小说的叙事技巧。其在小说中习惯采用的全知视角，允许他直接告诉读者主人公是怎样的人，而不是让读者通过角色的行为来慢慢地感受到他们的性格。他常常通过描绘外在事物去塑造角色，这就好像一个人仅凭衣着来断定另外一个人的一切。有时候，这样的写法的确会对作品的可信度构成严峻的挑战。如，嘉莉怎么会那么笨，在明知赫斯渥有婚姻的情况下还设想他会娶她？另外，德莱塞陈述事件，事无巨细地描绘在这期间发生了什么，这使得书中人物的言语很少透露读者所不知道的信息，即其小说中的对话全然不像海明威（Ernest Miller Hemingway，1899—1961）作品中的对话那样能够起到推动情节发展的作用。

当然，"最重要的是，读者厌恶嘉莉。他们被教导说，女人的美德是她唯一的珍宝，罪恶的代价是死亡；而嘉莉却让自己没怎么挣扎就被诱惑——先是从了一个旅行中的推销员，很快又委身于赫斯渥，她非但没有在穷困中死去，反而成了一位功成名就的演员。承载着背离人伦故事的《麦克提格》是尊重道德的——书中的每一件恶行最后都受到了惩罚；可《嘉莉妹妹》却是对体面的美国人一直声称的那种生活规范的一次悍然的

---

[1] Malcolm Cowley, "Sister Carrie: Her Fall and Rise", in *The Stature of Theodore Dreiser*, eds., Alfred Kazin, Charles Shapiro, Bloomington: Indiana University Press, 1969, p.176.

冒犯与挑衅"①。因此,幽默周刊《生活》(*Life*)这次也板起面孔严肃地对待嘉莉,并直言警示那些想要追随其脚步的女孩将会"在放逐或者贫民窟里结束她们的生命";《芝加哥论坛报》(*Chicago Tribune*)则称《嘉莉妹妹》"把美国小说的文学道德几乎扭曲到了左拉的地步"②,该报的一位编辑甚至当面斥责德莱塞是美国的耻辱;《大西洋月刊》(*The Atlantic Monthly*)拒绝接受他的投稿,并在回信中直怼其"道德破产"。《嘉莉妹妹》面世后不久,德莱塞在哈珀杂志社的办公室邂逅了其先前曾做过访谈的威廉·迪恩·豪威尔斯,这位对他一直都很友好的文坛名宿这一次神情冷淡,边走边说,真的不喜欢他那糟糕的故事。相形之下,诺里斯对德莱塞的认同就愈发令人印象深刻:除极力促成《嘉莉妹妹》在美国的出版,他还一直在英国相关杂志著文大力推介该书。

《嘉莉妹妹》初版的失败,是19世纪90年代发端的美国自然主义文学运动遭遇挫败的象征。一个接一个,随着第一代自然主义代表人物或英年早逝,或屈服于主流社会的保守主义,美国的自然主义在两个世纪之交遭遇重大挫折。第一个离开的是小说家博伊森(Hjalmar Hjorth Boyesen),一个直面社会问题的青年作家,他于1895年去世;下一个是在1898年离世的哈罗德·弗里德里克(Harold Frederic),来自纽约北部的激烈的反叛者,曾写下第一部质疑新教道德的小说《塞隆的诅咒》(*The Damnation of Theron Ware*);紧接着,斯蒂芬·克莱恩,第一代美国自然主义作家中最具天才的人物,积劳成疾,死于1900年,是年仅29岁;后来便是剧作家杰姆斯·A.赫恩(James A. Herne),他一直在努力成为美国的易卜生,1901年出师未捷身先死;之后,诺里斯在1902年的秋天去世……而哈姆林·加兰,这位一度激烈抨击艺术和政治保守主义的文坛先锋,竟突然转身向其先前抨击的对象举起了白旗。所有人,不是死了就是保持沉默或者妥协,连19世纪90年代那些曾活跃于纽约、芝加哥等大城市的小杂志也不知何时便踪影全无。

双日出版集团的库房记录显示,《嘉莉妹妹》初印了1008本,其中129本被送去复查,卖出的只有465本。5年后,另外414本与该书的印刷样版被转交给一家专门负责冗余出版物的企业。这是德莱塞那个故事

---

① Malcolm Cowley, "Sister Carrie: Her Fall and Rise", in *The Stature of Theodore Dreiser*, eds., Alfred Kazin and Charles Shapiro, Bloomington: Indiana University Press, 1969, pp. 176-177.

② Ibid., p.178.

在双日出版集团的最后结局,但远不是德莱塞的结局。一凑齐500美元,他便立刻去买回了《嘉莉妹妹》的印刷样版;1907年,小说被道奇出版公司(B. W. Dodge Company)再版;1908年,格罗塞特-邓普拉出版公司(Grosset and Dunlap)也重印了它;再后来,它被其他三家出版公司成功地再版:1911年被最初拒绝它的哈珀兄弟公司出版,1917年被波尼－利维出版公司(Boni and Liveright)出版,1932年被现代图书馆(Modern Library)出版。与此同时,它还被翻译为多种语言行销欧洲大陆。《嘉莉妹妹》一书的命运可谓跌宕起伏;在对抗主流社会强力阻击的斗争中,倔强的自然主义作家德莱塞终以胜利告终。《嘉丽妹妹》始遭查禁然却终获成功,标志着美国自然主义出离初始阶段,步入成熟;历史也由此在克莱恩与诺里斯早逝后选择了德莱塞作为第二代美国自然主义文学的领袖。他的书被越来越多的人阅读,他的作品迫使公众去正视冷酷的现实,德莱塞由是慢慢地成为一个引人注目的公众人物;而在年轻的作家中,他也有了越来越多的新盟友与追随者,这就有了美国自然主义文学运动的第二波高潮。是时,以德莱塞、杰克·伦敦(Jack London,1876—1916)、刘易斯·斯坦贝克、辛克莱(Upton Sinclair,1878—1968)、安德森(Sherwood Anderson,1876—1941)、多斯·帕索斯(John Dos Passos,1896—1970)、詹姆斯·法雷尔(James T. Farrell,1904—1979)等为代表的一代文坛巨擘构成了美国第二代自然主义文学的强大阵营,美国的自然主义文学终于彻底冲决了所谓"高雅传统"的束缚,迅速壮大成为不可阻挡的洪流。

随着其文坛主导地位的确立,美国自然主义本身也在迅速地转变为传统或传统的一部分,并因此逐渐丧失其激进的反叛姿态与力量。大约在20世纪30年代后期,自然主义这一美国文学史上的精彩华章终于慢慢落幕。

第四章
影响研究：时空的演进

作为波及整个世界文坛的文学思潮，自然主义文学运动大致可以分为两个阶段。从19世纪50年代后期到90年代末是第一个阶段，自然主义文学思潮在法国发端，并迅速席卷欧洲各主要国家；19世纪90年代至20世纪初叶为第二个阶段，自然主义文学运动从欧洲向整个世界文坛蔓延，并直接促成美国文学的崛起[①]。

毋庸置疑，如果说自然主义第一阶段的中心在法国，那么自然主义第二阶段的中心便是美国。

第一节　从"第一阶段"到"第二阶段"

19世纪中后期，以物理学、化学、生物学等诸学科领域所取得的重大科学发现与技术发明为标志，自然科学的发展获得了引人注目的重大突破，人类对自然的控制能力迅速增长，科学也因此逐渐在公众中形成一种压倒一切的影响。这不但带来人类生活方式的巨大变迁，而且同时也使西方社会结构与文化结构发生了划时代的变革，而科学则在这种变革中迅速提升了其自身在社会一文化系统中的地位。科学这种令人耳目一新的变化，人们可以在这一时期雨后春笋般大量涌现的各种专业期刊、专业学会组织以及科学会议中得到直观的说明；而科学对社会一文化结构的

---

① 同时崛起的还有亚洲的日本。19世纪末20世纪初，日本文坛被来自欧陆的自然主义染为一色；自然主义对日本传统文学的革命性改造，使得日本文学在20世纪初叶进入现代阶段，并迅速跻身世界文学前列。

深层影响，人们只消从大学在这个时期所发生的"从牧师到学监"的革命中便可领略一斑。这一首先发生在牛津大学和剑桥大学的大学教育世俗化与科学化同步展开的革命，绝不仅是大学运转方式或管理模式的变化，更意味着从教学内容、教学模式到教育目的、教育原理的全面革命，真正现代意义上的大学教育正是由此诞生。此前，科学在大学中几乎没有什么地位，大学的主要目的是为英国国教培养教士；现在，大学的目的主要是为世俗事业提供人才，课程设置因此大大拓宽了，越来越多的科学科目进入了课堂，并由此开始迅速成为大学教育的中心内容。类似的情况在欧洲其他大学也几乎同时出现，1866 年巴黎大学在激进的变革中甚至一度解散了神学院。

现代科学的高速发展，尤其是其向传统人文文化领域卓有成效的渗透式拓进，乃是 19 世纪中后期西方文化展开过程中一个引人注目的现象。在地质学方面，查尔斯·莱尔（Charles Lyell，1797—1875）等人证明了地球经历过亿万年演变的事实，驳斥了基督教地球只有几千年历史的观点；在考古学领域，欧洲学者于 1858 年发现了古代文明留下的工具，将 300 年来的零星考古发现以及人们对人类远古历史所做的思考推向了高潮；在生物学领域，在拉马克等人大量工作的基础上，查尔斯·罗伯特·达尔文的《物种起源》和《人类的由来》（*The Descent of Man*，1871）等著作所提出的进化论思想更是直接向《圣经》中上帝造人的观念直接发起了挑战；爱德华·泰勒（Edward Tylor，1832—1917）的《人类早期历史之研究》（*Researches into the Early History of Mankind and the Development of Civilization*，1867）、《原始文化》（*Primitive Culture*，1871）等早期人类学经典著作的发表标志着人类学这一新兴学科的迅速成熟；而经由从奥古斯特·孔德到赫伯特·斯宾塞的努力，社会学理论的影响则以更快的速度扩展开来……19 世纪中后期，几条不同的科学探寻和思索的路线，正逐步交汇于一点，这一相交点大大改变了人对自己的态度，同时也改变了人对自己在自然中所处地位的看法。种种事实表明，基督教世界观在 19 世纪中后期面临着来自科学的越来越严峻的冲击，这种冲击无论从理论层面还是从实践层面来看，都要比前两个世纪启蒙思想家的纯哲学挑战来得更火力十足，更难以招架。西方社会－文化的现代转型正是在传统基督教文化体系遭遇科学挑战的历史语境中发生的，由此，也就不难理解为什么科学主义的文化取向成了现代西方文化的核心。

在 19 世纪西方思想史上，是孔德最早明确地将"科学阶段"即"实证阶段"置于人类理论认识和人类文化的最高阶段,认为"除了以观察到的事实为依据的知识以外,没有任何真实的知识"。实证主义自它诞生的那天起就以寻求科学、捍卫科学的面孔流行于世;它不仅在理论上对"什么是科学"做了系统的论述,而且在科学方法论层面也提出了诸多具体的规范性要求。孔德的思想虽然在发表之初受到尚在高峰平台运行的浪漫主义文化精神的抑制,其对西方社会-文化生活之主导性的影响力在60年代之后才真正广泛扩散开来,但其实证主义哲学的出笼仍然因其代表着17世纪以来形形色色崇尚科学世界观和方法论的哲学思想中所包含着的那种科学主义倾向开始进入高潮,而成为现代西方文化的发端。正是在这一意义上,实证主义哲学成了西方社会-文化生活进入现代阶段的鲜明标志。

从某种意义上来说,实证主义所开启的19世纪中后期西方文化中空前高涨的科学主义精神取向,直接在自然科学与文学之间架起了一道铁桥。既然一切都必须经过科学的推敲与检验方能站得住脚,文学艺术受到自然科学影响也就合乎逻辑地成为一种不可规避的必然结果。最先做出反应的是文化思想家和美学家泰纳,他第一个站出来系统而全面地把科学主义观念运用于文学理论。其著名的"种族、环境、时代""三要素说"便是在孔德实证主义和达尔文进化论的影响下,用自然界的规律解释文艺现象的产物。事实上,文学受一定的时代、环境、民族等外部因素影响的认识在西方文学理论中并不新鲜,浪漫主义时代的斯达尔夫人乃至更早的启蒙思想家们早就对此做出过很多论述。泰纳的独到之处在于避开了零散的、印象式的或就事论事的论述,跳出狭窄的文学艺术的范畴,从科学的立场重新观照、把握事理材料,形成了逻辑清晰、条理严谨的思想体系。作为一颗由艺术与科学嫁接生长出的理论果实,"种族、环境、时代""三要素说"堪称科学主义在西方美学与文论中所取得的第一次胜利;而这一胜利则预示着一种新型文学的诞生。即与哲学、社会、文化领域科学主义思潮的空前高涨相适应,就有了在科学主义道路上走得最远的自然主义文学思潮。

工业革命持续推进,大城市迅速崛起;工业-城市文明取代了农业-乡村文明,技术所带来的人的物质状况的迅速改善,伴随着社会对人的控制越来越细密,越来越严密。毫无疑问,面对着自然,技术的确给人类带来了更大的自由;但面对着社会,个体的人的自由度反而在高技术社会控制之中缩小了。自然主义作家笔下人之被决定的无奈、茫然与迷惑,所揭示的正是个体的人之生存状况。"达尔文主义及其变体斯宾塞主义为人的这种时代体验提供了有效的隐喻符号,与之比翼齐飞的另一个主题话语则是粗糙的机器类比——环境或世界是一个巨大的机器,生命不过是这部巨大机器上的小小齿轮。"① 作为文学运动,自然主义不仅仅是基于遗传和环境共同作用的假设,它是西方文学现代历史进程不可或缺的重要一环:它使文学从乡野走向城市,从农业社会进入工业文明,从庄园主过渡到别墅里的金融投机者,从贵族统治演绎为资产阶级当权。

自然主义文学的发源地是法国。在左拉主导的自然主义文学以火爆的"运动"形式震撼法兰西文坛之前,福楼拜即在1857年写出了自然主义文学的奠基作《包法利夫人》,而其以"一个青年的故事"为副题的《情感教育》则历来被西方评论家视之为"自然主义文学的圣经"。另外,龚古尔兄弟1865年出版的《杰米妮·拉赛朵》也是公认的经典的自然主义开山之作。关于《包法利夫人》,青年左拉曾以过人的洞察力迅速做出敏锐的反应:"散见在巴尔扎克全部浩瀚著作中的现代小说的公式,在这本四百页的书里被明白地定出来了。随之,近代小说的法则,现在也被写定了。"②

19世纪60年代末,左拉连续推出《戴蕾斯·拉甘》和《玛德兰·费拉》。这两部小说(尤其是第一部)在文坛及社会上引发的剧烈反应,标志着自然主义文学运动在法国正式拉开了序幕。不管从哪个角度来看,左拉都是自然主义文学运动中具有决定性的人物。就创作实绩而言,《卢贡-马卡尔家族》无论是从宏大的规模还是就自然主义艺术特质的体现,均无人堪出其右。就理论建树来说,自然主义文学的艺术观念和创作规范基本上都是由他提出和表达的。在自然主义文学运动的推进方面,19世纪70年代末至90年代初以莫泊桑、于斯曼等为核心成员的法国自然主义文学组织"梅塘集团",得名于他们定期聚会的场所——左拉在巴黎郊区"梅塘"的别墅。这就难怪在其他国家的很多自然主义者看来,左拉和自然主义几乎是同义词。我之所以提出将世界范围内的自然主义文学运动以19世纪90年代初为界区分成两个阶段,原因多多不做赘述,但有一点是很清楚的,构成自然主义第一阶段结束于90年代初的两个标志性事件均与该运动的领袖左拉有关:其一是,创作时间持续20多年的《卢

---

① See Donald Pizer, *The Theory and Practice of American Literary Naturalism: Selected Essays and Reviews*, Carbondale and Edwardsville: Southern Illinois University Press, 1993, p.18.
② 转引自卢卡契:《左拉诞生百年纪念》,朱雯等编选:《文学中的自然主义》,上海:上海文艺出版社,1992年,第469—470页。

贡－马卡尔家族》在1893年完成之后，左拉的创作发生了新的转型；其二，左拉为首领的、曾宣称"源于同一理想，共信一种哲学"的法国自然主义文学社团"梅塘集团"在90年代初不复存在。

德国自然主义文学运动的展开，表现得最复杂、最分散，同时也最火爆——火爆的程度甚至超过了激进冲动的法国。在19世纪80年代前后自然主义文学运动的高潮期，德国文坛自然主义文学社团蜂起，自然主义文学期刊如林，自然主义文学理论专著迭出。自然主义文学运动在德国甚至形成了两个中心：以康拉德等人为代表的慕尼黑中心和以霍尔茨、霍普特曼等人为代表的柏林中心。其中霍普特曼乃是德国自然主义文学创作成就最高的作家，其《日出之前》等自然主义剧作，决定了自然主义的主要叙事形式在法国是小说，而在德国则是戏剧。另外值得一提的是，在整个世界性的自然主义文学运动中，德国是唯一一个在自然主义旗帜下尝试创作抒情诗的国度。

英国重要的自然主义作家有摩尔、吉辛等。但哈代19世纪中后期的小说创作，或许更能代表英国自然主义文学的最高成就。这位一再声称"艺术只关乎现象"的作家之最负盛名的小说《德伯家的苔丝》，常常因其所关涉到的"遗传""灾变""命运"等重要的自然主义叙事元素在西方评论家那里得到自然主义向度的阐说。在英国，自然主义文学运动并没有像在法国和德国那样以火爆的形式出现，而是体现为相对平和的样态。在20世纪初叶毛姆、贝内特等人的小说创作中，人们依然可以见出英国自然主义文学的涓涓细流绵延不绝。尽管左拉的思想与创作被译介到在英国，对英国自然主义文学的推进不无作用，但自然主义文学在英国甚至不能完全说是外来的。从社会—政治方面来看，英、法两国在19世纪下半期是欧洲两个最先进的资本主义国家；就文化情形而言，构成自然主义文学重要渊源的两样东西英国一样都不缺：进化论，法国有拉马克，英国有声威更著的达尔文；实证论，法国有孔德，英国有斯宾塞，后者在英语国家文化领域的影响力（例如美国）要远胜过前者。

在19世纪70年代至90年代的意大利，由卡普安纳、维尔加等人所主导的"真实主义"文学运动，完全是法国自然主义的变种或翻版。另外，还有写出了《父亲》与《朱莉小姐》等自然主义剧作经典的瑞典大作家斯特林堡、创作出自然主义剧作范本《群鬼》的挪威大作家易卜生、在80年代初文风陡转公开宣称皈依自然主义的西班牙大作家加尔多斯……著名作家和经典文本的广泛存在，意味着自然主义至少在叙事领域实乃19世纪七八十年代欧洲文坛的主流。

19世纪末,以保罗·布尔热(Paul Bourget,1852—1935)《当代心理学论文集》(*Essais de Psychologie Contemporaine*,1883—1885)和威廉·詹姆斯(William James,1842—1910)《心理学原理》(*The Principles of Psychology*,1890)为标志的现代心理学新成果,开始对文坛释放出强大的影响力;而同时,经由勃兰兑斯和斯特林堡等人的阐发正迅速风靡整个西方世界的尼采学说,对当时的文学创作也产生了巨大冲击。霍尔布鲁克·杰克逊(Holbrook Jackson)在《19世纪90年代》(*The Eighteen Nineties: A Review of Art and Ideas at the Close of the Nineteenth Century*,1913)一书中曾这样描写世纪之交欧洲的社会—文化状况:

> 实验生活在纷乱的吵嚷和论证中继续着。各种观点都在流传。事物已不是从前看上去的那样了,人们充满幻想。19世纪90年代是出现千百个"运动"的10年。人们说这是"过渡时期",他们相信自己不仅是在由一个社会制度向另一种社会制度转变,也是在由一种道德观念向另一种道德观念、一种文化向另一种文化转变……①

这种文化情景直接造成了以法国为中心的欧洲自然主义文学运动的衰微或蜕变。由此,世界范围内的自然主义文学运动在两个世纪之交进入了它的第二阶段。

自然主义文学运动的第二阶段大致从19世纪90年代开始,一直持续到20世纪初叶。② 出生在19世纪三四十年代的豪威尔斯一代以及稍晚些的马克·吐温(Mark Twain,1835—1910)与亨利·詹姆斯一代,在不同程度上保持了他们年轻时的前工业时代、前达尔文主义的美国伦理理想:尽管生活在一个充满黑暗的世界里,但仍然坚信光明的必然到来。但是斯蒂芬·克莱恩、弗兰克·诺里斯和西奥多·德莱塞等出生于19世纪70年代早期的这一代人却发现,这种执信或希望与其说是无效的,不如说是无谓的:新时代社会生活的特点是物质生存而非道德品行。自私的政党政治、巨大的工业体系和神奇的金融体系相勾连,控制着整个国家

---

① 霍尔布鲁克·杰克逊:《19世纪90年代》,转引自马尔科姆·布雷德伯里:《伦敦(1890—1920)》,马·布雷德伯里、詹·麦克法兰编:《现代主义》,胡家峦等译,上海:上海外语教育出版社,1992年,第160页。

② 在西方,有评论家将自然主义文学运动的下限确定为1939年斯坦贝克《愤怒的葡萄》的发表。

的命运；而普通人受其自身和社会背景影响的命运同样无法由个人控制。的确，人是有限的，其命运很大程度上是被规定的。1893年，在谈到自己的新作《街头女郎玛吉》时，克莱恩称他是把贫民窟作为一个动物丛林来描写；稍后，谈到《红色的英勇勋章》(*The Red Badge of Courage*，1895)时，他提到了将人困在传统和现实铁律中的"移动囚笼"。德莱塞在《嘉莉妹妹》中写道：在穿云入海的各种力量中，"未开化的人不过是风中的一小缕"。

在这个阶段，自然主义文学运动具有如下特点：一、从地域上看，自然主义从欧洲开始向亚洲、美洲广泛传播，美国作为新的自然主义文学运动的中心取代了法国在第一个时期所占据的中心地位。自然主义在欧洲进入其衰落期之后，在世纪初叶的美洲和亚洲却进入了其巅峰期。在美洲大陆，自然主义对美国文学的改造，使得此前一直难以形成自身特点、在创作和理论上均乏善可陈的美国文学获得了突破性进展。克莱恩、诺里斯、德莱塞、杰克·伦敦等一大批自然主义作家的出现，表征着美国文学在20世纪世界文坛的崛起。而1930年，自然主义倾向浓重的辛克莱·刘易斯为美国文学赢得了首个诺贝尔文学奖，或许是美国文学已经站到世界文学最前列的标志。自然主义文学在亚洲大陆的显赫成就，则主要体现在迅速崛起的日本文学之中。自然主义对日本文坛的改造，使原先很长时间一直停滞不前的日本文学在20世纪初迅速进入现代阶段。二、从体裁上看，继续承接上一时期末段（19世纪80年代）从小说领域向戏剧领域拓进的声威，巴黎的"自由剧院"、柏林的"自由舞台"、伦敦的"独立剧院"等专门上演自然主义戏剧的实验剧院纷纷建立，"90年代新剧院运动的成功是自然主义的成功"[①]；实验戏剧的"小剧场运动"更是方兴未艾，自然主义在推动西方戏剧革新与发展方面获得引人注目的成就。三、从内涵上看，自然主义自觉汲取这一时期心理学领域最新成果的影响，由原先主要强调生理学视角转向生理学、心理学视角并重，并由此大力借鉴象征主义的文学观念和方法；由原先主要以实证主义为理论依托转向实证主义和尼采哲学并重，并在美国形成了杰克·伦敦为代表的"意志型"(Voluntaristic Type)自然主义的新范式。总体来看，这一时期的自然主义文学创作带有更加强烈的印象主义风格，而且在各种新的文化元素和

[①] 约翰·弗莱彻、詹姆斯·麦克法兰：《现代主义戏剧：起源和模式》，马·布雷德伯里、詹·麦克法兰编：《现代主义》，胡家峦等译，上海：上海外语教育出版社，1992年，第466页。

文学元素糅合加入之后,自然主义文学的内涵和外延都在"变异"中有所放大:

> 到最后,人人都是自然主义者了。那些不辞辛苦,细心模仿外部世界的全部细节,严格保存它的一切偶尔巧合或无关宏旨或不相连贯的零乱面目的人,是自然主义者。那些沉浸于内心世界,如饥似渴地辨寻心灵活动的每一细微踪迹的人,也是自然主义者。终至每个浪漫主义者都成了自然主义者。每个优秀的诗人都成了自然主义诗人,不论他们的姿态是理想主义的,浪漫主义的,还是象征主义的。①

那种"沉浸于内心世界""如饥似渴地辨寻心灵活动的每一细微踪迹"的"自然主义",很快被称之为是"心理自然主义";而这种"心理自然主义"则正是现代主义中"意识流小说"的由来。西方评论家之所以将乔伊斯等很多意识流小说家称之为是"自然主义者",个中的奥秘就在这里。当然,"人人都是自然主义者",这一方面意味着自然主义的文学精神已经被广泛接受和吸纳,另一方面也意味着自然主义作为一个文学思潮的历史使命正在迅速走向终结。而于斯曼、斯特林堡、霍普特曼等自然主义代表作家的急剧转型也从另一个侧面揭示出:在新的时代条件下,自然主义与象征主义的界限正迅速变得模糊不清。

历史在"19世纪90年代把象征主义和自然主义、唯美主义和社会道德、颓废绝望和尼采或易卜生式的希望融为一炉"②。在新的时代文化氛围的影响下,自然主义与象征主义这种相互渗透融合中的模糊不清,直接诱发、孕育、催生了西方文学在更为内在的层面出现更为细致的分化,这就是达达主义(Dadaism)、未来主义(Futurism)、立体主义、后期象征主义、印象主义(Impressionism)、意象主义(Imagism)、漩涡派(Vorticism)、超现实主义(Surrealism)、表现主义、意识流小说等现代主义诸流派的缤纷绽放。至此,自然主义在某些国家、某些作家的创作中虽尚依然以甚为清晰的面目存在着,但毫无疑问,对新近衍生出来的、越来越在文坛上确立起自己主导地位的新的文学观念、文学精神和文学品质,人们需要有一个新的称谓来对之进行界定,这就是"现代主义"。

---

① 弗里德里克·迈克尔·费尔斯:《现代主义》,转引自马尔科姆·布雷德伯里、詹姆斯·麦克法兰:《运动、期刊和宣言:对自然主义的继承》,马·布雷德伯里、詹·麦克法兰编:《现代主义》,胡家峦等译,上海:上海外语教育出版社,1992年,第174页。

② 马尔科姆·布雷德伯里:《伦敦(1890—1920)》,同上书,第162页。

当不再有感伤的主人公通过人心的力量解决小说中的冲突以对抗工业社会,自然主义便取代了狄更斯的感伤主义。而"当 T. S. 艾略特(Thomas Stearns Eliot,1889—1965)、庞德(Ezra Pound,1885—1972)、詹姆斯·乔伊斯和弗吉尼亚·吴尔夫等人拒绝了自然主义的科学基础……从工业进程派生出来的人类废墟逃向艺术沙龙或审美关切,自然主义的诸多机械假设便被象征和神话所取代,自然主义文学运动也就被现代主义所取代。"① 尤其在《尤利西斯》(*Ulysses*,1922)、《荒原》(*The Waste Land*,1922)、《城堡》(*Das Schloss*,1922)三部新时代的文学经典在 1922 年同时面世所标志着的现代主义的第一个巅峰期到来之后,随着对当下文学思潮、文学流派或文学运动现实"指称"能力的丧失,"自然主义"一词在欧洲显然迅速成为一个向文学档案室或博物馆的方向疾奔、只有文学史家才感兴趣的史学"术语"。现代主义由来的这一内在的文学脉络,注定了它一方面是一种各种文化元素与文学元素的空前融合,另一方面又是各种新的、实验性的文学观念、文学方法的空前释放。

对现代主义的文学渊源,很多有见地的西方文学史家和评论家持有大致相同的看法。美国著名批评家埃德蒙·威尔逊在《阿克瑟尔的城堡》(*Axel's Castle*,1931)中明确指出:现代文学的基础在于"象征主义及其与自然主义的融合或冲突"②。而卡罗琳·戈登(Caroline Gordon,1895—1981)的表述也许更为精准:"在现在这个时代,文学上有两种倾向:自然主义和象征主义,或以自然主义为基础的象征主义。"③

第二节　从"法国中心"到"美国中心"

1893 年,左拉完成了其 20 卷系列小说所构成的巨著《卢贡-马卡尔家族》。在加兰出版其第一部作品之前,《卢贡-马卡尔家族》书系中包括《小酒店》和《土地》在内的大部分作品已经出版。该系列的最后一部作品

---

① Richard Leban,"American Literary Naturalism: The French Connection", in *American Naturalism*, ed., Harold Bloom, New York: Chelsea House Publishers, 2004, p.199.

② 转引自马尔科姆·布雷德伯里、詹姆斯·麦克法兰:《运动、期刊和宣言:对自然主义的继承》,马·布雷德伯里、詹·麦克法兰编:《现代主义》,胡家峦等译,上海:上海外语教育出版社,1992 年,第 181 页。

③ 戈登:《关于海明威和卡夫卡的札记》,叶庭芳编:《论卡夫卡》,北京:中国社会科学出版社,1988 年,第 205 页。

《帕斯卡医生》则与《街头女郎玛吉》同年问世。而当《"莱蒂夫人号"上的莫兰》(*Moran of the Lady Letty*, 1898)出版时,左拉仍在撰写他尚未完成的作品《四福音书》。毫无疑问,左拉是19世纪80年代至90年代在美国广受热议的法国作家,也是对美国文学自然主义实验风潮影响最大的作家。尤其是美国第一代自然主义作家加兰、克莱恩和诺里斯,他们的作品在哲学观点、主题意旨以及创作技法等方面,都与左拉的创作有不同程度的关联。

一、左拉与加兰

早在1890年之前,加兰似乎就已经对左拉的一些作品有所了解。除去早年发表的几句对法国作家的赞扬之外,加兰对左拉乃至所有法国作家所表露出来的公开态度则甚为敌对。不过,这并不影响加兰在其创作中模仿左拉。在《大路》(又译《大路条条》)的创作过程中,左拉描写农村生活的《土地》正广受好评。美国早期乡村生活题材的创作多以华丽虚假而又多愁善感为主要特点;尽管不乏敌意,但从左拉那里接受了启迪的加兰,转而致力于撕开这层虚伪的面纱,透过所谓乡村生活的魅力,把农民描绘为他实际看到的样子——艰苦、贫穷、冷酷、吝啬,一如左拉在《土地》中直率的描写一样。先看左拉对一个饱受家务和家庭环境压迫的农妇的描述:

> 母亲摇一摇他颤抖的老头。啊!是的,这还有什么说的!她也工作,当然比一个男子还要劳苦得多!比别人早起,做菜汤、扫地、整理房间,腰部被千种琐碎的事务,如母牛、猪、揉面包粉团等累断,而且总是最后一个去睡觉!为了不做死,她的身体必须是结实的。居然能生活下来,这可说是她得到的唯一报答:她只赚来脸上的皱纹,她拼命节俭,不点灯去睡觉,只以吃干面包和喝清水为满足,这样度过吝啬的一生,她还能保留少许东西,使自己到了衰老的年纪,不致饿死,她还觉得是很幸福的。[①]

加兰笔下辛劳的农妇则是这样的:

> 茉莉亚·皮特森此刻正握着一把双铧犁在玉米行之间来回艰难地劳作,累得几乎晕过去了,她的小弟弟奥托则骑在直冒热气的马背

[①] 左拉:《土地》,毕修勺译,济南:山东文艺出版社,1993年,第74页。

上。她的心里充满了痛苦,她的脸热得发红,她的肌肉累得酸痛。天变得酷热难当。玉米长得与她齐肩高,没有一丝风吹到她身上,而快接近中午的太阳无情地晒在她那被一层薄薄的印花布挡着的肩头上。她脚下的尘土飞扬起来落在被汗水打湿的身上,弄脏了她,出于女人爱干净的本能,她试图将尘土抖落。她威胁似的甩着头。极乐鸟欢乐地从枫树上俯冲下来捕捉一只在地上悠闲漫步的绿头苍蝇,知更鸟给它的幼鸟喂食,一只食米鸟在歌唱,所有这一切跟她有什么相干呢?这一切就算她看见了,她也只会更加明显地感觉到,自己被这又苦又累的农活儿所束缚。[①]

除了在关于乡村生活的创作理念上有普遍的相似之外,加兰似乎还使用了一种近似左拉的描写手法。他所刻画的乡村男性肮脏难闻,女性郁郁寡欢,这都与左拉的刻画如出一辙。在《詹森·爱德华兹》中,他开始使用左拉在《小酒店》中的创作方法——尤其是他以波士顿贫民窟和身份低微的人作为故事背景。而小说中第二部分有关"冰雹"的片段似乎是模仿了《土地》中一个相似的段落。

二、左拉与克莱恩

人们注意到,克莱恩至少特别熟悉左拉的三部作品——《小酒店》《娜娜》和《崩溃》。其《街头女郎玛吉》整个场景都让人联想到《小酒店》,在克莱恩的这个贫民窟故事中,人们明显可感受到左拉和克莱恩之间的传承关系。在很大程度上,左拉的小说乃是克莱恩的灵感来源和文学模板。《小酒店》不仅影响了克莱恩《街头女郎玛吉》对鲍厄里大街的描写,还影响了其中的情节设计和人物塑造。《崩溃》在某些方面也是《红色的英勇勋章》的典范。在叙事风格和故事情节上,克莱恩的小说与左拉的小说也有着联系。比如《街头女郎玛吉》和《乔治的母亲》,不仅在自然主义的人物塑造方面甚为一致,而且在描写街头环境、沙龙氛围、酒精作用等诸方面都有所借鉴。较之于加兰,克莱恩对左拉的借鉴更为深入,也更加广泛。

就像《小酒店》一样,《街头女郎玛吉》讲述了一个女人被生活日渐磨损终至死亡的故事,两者在主旨和方法等方面都颇为接近。两位作家都描绘了一个好女人如何落得自我毁灭的下场,他们坦率而客观的叙事中

[①] 哈姆林·加兰:《大路条条》,邹文华译,武汉:长江文艺出版社,2009年,第105页。

均夹杂着对女主人公一定程度的同情心；贫民区糟糕的环境与主人公喜怒无常的个性是造成她们人生悲剧的原因,而且这两本小说都表明酒精是一个魔咒。就像左拉在《小酒店》中所做的那样,克莱恩也通过描述一片街景来揭开他的故事。通过描绘朗姆巷和魔鬼街那些衣衫褴褛的顽童之间的斗争,克莱恩展现出贫民区的氛围。此外,他还刻画了靠近港口的肮脏区域——工人从停靠在河边码头的驳船上卸着货,"一群罪犯"绕着整座岛在蠕动。然后他继续更详细地描述了玛吉所居住的廉价公寓。值得注意的是,克莱恩与左拉一样,通过让他的两个角色进入建筑物来描绘出整座公寓:"最终,他们(吉姆和他的父亲)进入了一块位于建筑内的黑暗区域,有那么十几个门口外有着大量被遗弃的婴儿,一直到街道和阴沟,看上去令人毛骨悚然……"与左拉在"金滴路"上对廉价公寓的描述相比较,人们注意到两者同样强调黯淡、腐烂和苦难的氛围。

克莱恩在塑造玛吉时,虽会想到娜娜,但更可能会想到绮尔维丝。玛吉与绮尔维丝属于同一气质类型:心性善良,但很软弱,很容易被人诱导。都有着天真浪漫的情人梦,正是这一点恰好助长了她们为人所诱的可能性。绮尔维丝根本不是一个足够明智的恋爱者,她只是觉得朗蒂耶很不错,便想与他永远在一起,除此之外头脑简单的她便啥都不想了。无独有偶,在玛吉看来,男友皮特也是"完美无缺的人",是"真正的骑士"。而在现实生活中,朗蒂耶和皮特均堪称人渣中的人渣——一个是花花公子,一个是暴力狂,且后来都不约而同地抛弃了被他们所引诱的女子。

小说中有一节特别将绮尔维丝与玛吉直接联系了起来。在《小酒店》临近末尾的部分,有一个场景描绘了饥寒交迫的绮尔维丝如何在街道上以底层娼妓的行事方式勾引男人:这是一个大雪纷飞的傍晚,在街道上踱来踱去的绮尔维丝孤独而绝望——

> 热尔韦斯(即绮尔维丝——引者注)又慢慢往前走,昏暗的夜色已降临了,煤气路灯也开始点燃起来；这些长长的街道渐渐沉浸在夜色中,变得黑暗了,路灯一点,又明亮起来,向前延伸着,切断了黑夜,一直消失在天际的黑暗中。一阵风吹过,这一扩大的城区带着万家灯火陷入了没有月亮的广漠天空之中。这时,从大街的这头到那头,酒店、低级舞场、咖啡馆都是最红火的时候,灯火通明,顾客盈门。恰逢发半月工钱的时候,人行道上挤满了人,爱闲混的人都溜出来取乐。空气中弥漫着欢乐的气氛,一种可恶的玩乐,但尚保持着文雅,这仅是刚刚开始,再没有别的。一些人在低级的小饭店吃喝,从每个

明亮的窗口，都能看见人们在吃，口里塞得满满的，甚至没将东西吞下去，就笑开了。在酒馆里，酒徒们已安顿下来，谈天说地，指手画脚。尖叫声、笑声和人行道上持续不断的脚步声响成一片……酒店的门和舞场的门，时开时关，砰砰响个不停，放出一股股酒气和一阵阵短号声。在科隆布老爹的酒店前排起了长队，店里像做大弥撒的教堂一样明亮。他妈的！倒真像举行真正的仪式，因为里面那些家伙唱歌时很像唱诗班的成员，鼓着腮，挺着肥大的肚子。大家都在庆祝发工钱的日子，怎么！一个很可爱的圣女，掌管着天国的现金出入。可是，只需看看开头这个架势，那些有小笔定金收入、带着妻子散步的人，就会摇着头一再重复说，这天晚上巴黎又会有很多人喝成醉鬼。这天的夜晚很阴暗，死气沉沉，而且异常寒冷，在这低级酒吧间的上空，只有大马路上的成排灯火将天空打开一个破洞。①

克莱恩在小说的最后一章中也有类似的场面。玛吉一无所获时，也像绮尔维丝一样被迫走上街头。另一方面，女主人公的忧郁情绪和对食物的迫切需求，与从街头娱乐场所散发出的愉悦和财富氛围之间存在着同样的反差。左拉和克莱恩用来展开情节的手法几乎完全相同：

　　人行道上，雨伞像潮水一般，奔流不息。有人上前招呼马车，扬手的姿势五花八门，有的彬彬有礼，有的强行命令。一长列队伍源源不断地涌向高架火车站。这伙人中，可能因为穿了一两件讲究衣服，忘乎所以地在剧院消遣了两个小时，所以洋溢着兴奋和幸运的气氛。

　　在附近一家公园里，灯光若明若暗，几个浑身洗得透湿的流浪汉，带着永恒的沮丧，在长凳之间辗转踌躇。

　　一个娼妓打扮的女郎正沿大街走着。她拿眼扫视着过路的男人，表情因人而异：见到乡下人、大老粗，便笑嘻嘻地引诱着，对大城市派头的男子，却总是装作视而不见。她穿过灯光耀眼的大街，来到刚刚迈出娱乐场所的人群中间。她顺着人流，匆忙往前走着，好像在赶远路回家似的。她裹着漂亮斗篷的身子向前倾着，脚上穿着一双考究的鞋子，在泥泞的人行道上跳来跳去，专拣干净地方下脚。②

绮尔维丝和玛吉都和很多人有过交谈，但当她们从灯火通明的大街

---

① 左拉：《小酒店》，张成柱译，广州：花城出版社，1998年，第406—407页。
② 斯蒂芬·克莱恩：《街头女郎玛吉》，孙致礼译，沈阳：辽宁教育出版社，2000年，第56—57页。

上走向那些黑暗的小巷时,却没有哪怕一个搭理她们的人。对她们来说一切似乎都是那样令人绝望,她们觉得自己在这人世间很是多余——因为没有一个人关心她们,也没有人愿意听上几句她们的恳求。当绮尔维丝被迫走上街头时,她脑海中浮现出以下的消极念头,这也可能是玛吉说的:"现在,一切都已经过去了。不仅是生活中的琐事,还有属于我的希望。啊,这是个多么美妙的夜晚啊,那些肮脏的夜晚却独属于我!"然而,绮尔维丝到底还未走上末路,因为她碰巧在街上遇到了她的朋友顾奢,他将她暂时从饥饿中拯救了出来。而玛吉,她是没有朋友的,关心她的人自然也就无从谈起。她孤身独处在一个无视她的世界里,因此她的脚步便自然而然走向了河边。

绮尔维丝和玛吉的悲剧是,尽管她们在道德层面都有一定的缺陷与不足,但就自然天性而言她们都是善良又贤惠的女人;她们之所以最终走向自我毁灭,原因应归结于周围环境对她们敏感心灵的残忍伤害。

克莱恩的战争小说《红色的英勇勋章》也从左拉的《崩溃》中受益良多。在创作这部作品时,他并没有第一手的战争经验——说他至少部分地求助于相关文本的阅读经验应当是合乎情理的。这两本书都有关于战争残酷场面的大段描写;总体而言,它们的效果是相似的:血流成河、无比混乱的战争残忍而又荒诞。而且,两部小说均是从一群士兵的视角来看待战争,刻画他们的情绪和反应。两本书的开头都对驻扎在宿营地的军队展开了描写。还没有遇到敌军的时候,兵营里充斥着各种关于战争会在何时何地打响的谣言。士兵们急切地想要与那支神秘的敌军进行战斗,但是迄今为止他们始终没有这种机会。两支军队都笼罩着一种相同的挫败感,士兵们认为将军很无能,他们早已经厌倦了这徒劳无功的行军和当前混乱不堪的局面。最后,这两部小说,尽管都描写了战争的残酷,但都以乐观的基调收尾,且均用了大致相同的具有象征意义的描写:太阳冲破云层,给人们带来了一线希望。《崩溃》中是这样写的:

> 约翰的心头充满忧伤,转身望着巴黎。这明朗美丽星期日的傍晚,低斜的太阳停在地平线的边缘上,使巨大的城市披上了一层强烈的红光。可以说这是无边无际的海洋上的血红的太阳……[1]

而《红色的英勇勋章》中则是这样写的:

---

[1] 左拉:《崩溃》,华素译,北京:人民文学出版社,1959年,第575页。

下雨了。疲惫的战士队伍成为湿漉漉的行列。战士们拖着沉重的脚步,情绪消沉,喃喃自语,强作精神,在黑压压的阴霾的天空下,行进在狭长的、黄褐色的泥泞的道路上。然而,小伙子微笑了,因为他看到世界是属于他的。虽然许多人发现这个世界是由咒骂和拐杖组成的……

在河流对面,一道金色的阳光,从一团团铅灰色的雨云的云层中迸射四方。①

三、左拉与诺里斯

诺里斯对左拉的很多小说都很熟悉,并且他始终将法国作家看作美国作家写作的标杆。他对左拉的借鉴在其所有的小说中都可以找到痕迹,尤其是他的四部主要作品:《麦克提格》《凡陀弗与兽性》《章鱼》和《陷阱》。这些小说有一个共同点:全都描写了人走向自我毁灭的缓慢但却不可避免的过程——这是自然主义普遍的模式。多种不同的因素导致了人的分解与衰变,但在左拉的作品中通常的因素则是环境和遗传,尤其环境是促使人物走向毁灭的最重要的因素。诺里斯通过阅读左拉的小说可能已经学习到了这一点,他广泛使用的一些原始材料都源于左拉的小说,但他始终保持了谨慎和适度的原则。

左拉的两部小说,《戴蕾斯·拉甘》和《小酒店》,为诺里斯的小说《麦克提格》提供了主要的文学模板。如同左拉一样,诺里斯在小说《麦克提格》中不想去描写人物的性格,而是研究人物的气质。戴蕾斯和洛朗所扮演的角色在很多方面与特瑞娜(Trina)和麦克提格很相似,但十分重要且具有不同意义的是,左拉描写了一个通奸案和一次十分不幸的婚姻,而诺里斯只描述了一个不快乐的婚姻。戴蕾斯和特瑞娜的外部形象呈现出许多的相似之处:她们都有着迷人的、轻盈的身材,一双大大的传神的眼睛,一张在大团黑发映衬之下异常白净的脸。她们在精神层面也非常相似:性情时而焦虑不安,时而歇斯底里,呈现出不稳定和反常的特点。戴蕾斯在安静的外表之下隐藏着极端的热情,强烈的性欲是她主要的特征;而特瑞娜最主要的性格是贪婪,尽管她也会一时情感冲动。这两个女人的情绪,由于她们的神经质,从一个极端摇摆到另一个极端,时而平静似水,时

---

① 斯蒂芬·克莱恩:《红色的英勇勋章》,徐齐平、薛琛译,北京:中国青年出版社,1995年,第172—173页。

而激情迸发。而女人的激情和神经兮兮常常令男人愕然。以下是左拉的描写——

> 她的一切本能都以前所未有的猛烈程度一齐爆发出来。她的母亲的血,这种灼烧着她血管的非洲血液开始奔腾了,在她那苗条、几乎还是处女的身体里汹涌着。她恬不知耻地、主动地把自己袒露出来,并奉献给他。她心荡神迷,从头到脚长时间地颤动着。
>
> 洛朗这辈子也没有结交过这样的女人。他感到很突然,有些不自在。以往,他的一些情妇从来没有如此冲动地接待过他,他对冷冷的、可有可无的接吻,倦怠的、玩腻了的爱情已习惯了。泰蕾兹(即戴蕾斯——引者注)的呜咽与发作几乎使他害怕,同时,又使他感到新鲜,更挑逗起了他的情欲。①

以下是麦克提格对特瑞娜的反应——

> 在他们婚后的头几个月里,她时而神经紧张,时而感情冲动,她唯一的担心是丈夫对她的爱与自己付出的爱不对等。她会毫无预兆地搂住他的脖子,亲昵地用自己的脸颊蹭他的脸颊……他的小妇人对他情感的突然爆发随着他们在一起生活时间的拉长只会愈演愈烈,这种情感并没有使麦克提格感到高兴,而是迷惑不解。②

为了应对这些矮小、紧张、容易激动的女人,两位作家都设置了懒惰而又高大的男人形象:左拉创造了乐观但有些懒惰的洛朗,诺里斯设计了冷漠的麦克提格。洛朗和麦克提格都有一种前现代的原始人气质:在他们身上,低级的动物本能占据了主导地位;他们两个都很年轻强健,看起来瘦骨嶙峋,却有一双粗壮的手,发达的肌肉,像公牛一般粗的脖子;两个人都很强壮,但是行为举止和心智却都有些迟钝。诺里斯在描写麦克提格时用了与左拉相似的语言。为了说明他们小说中人物的力量,左拉说洛朗可以用拳头打死一头公牛,而诺里斯则断言麦克提格曾经"在一眨眼的功夫间用拳头打倒了一头半成年的小母牛"。并且,洛朗喜欢坐在温暖的房间里,抽着烟,喝着低等酒水,慢慢地消化食物。"他希望吃得好,睡得好,充分满足他的激情……"而麦克提格唯一的乐趣也是"吃饭、接吻、

---

① 左拉:《泰蕾兹·拉甘》,韩沪麟译,南昌:百花洲文艺出版社,2004 年,第 31 页。
② Quoted in Lars Ahnebrink, *The Beginnings of Naturalism in American Fiction*, Cambridge, Mass.: Harvard University Press, 1964, p.279.

睡觉以及弹奏他的手风琴"。他喜欢坐在他的"牙科诊所里,一边喝着啤酒,一边抽着巨大的陶瓷烟斗,顺便消化食物"。洛朗被描绘成一个对女人有着强烈欲望的懒汉,而麦克提格则被描绘成一个只知道工作的顽固而愚蠢的牙医形象,他似乎毫无情欲可言。

生存的环境决定了这些身体健壮却性情温吞的男人,是受了那些神经质女人的影响。洛朗被戴蕾斯所深深吸引,正如麦克提格被特瑞娜所吸引一般命中注定。开始时,俩女人都因了她们的神经质的性格,成功地将她们的丈夫从慵懒的状态中唤醒。随着时间的推移,来自女人的影响越来越变得具有破坏性,所有的男人从蠢钝的人——但公平来讲善良无害——变成了残酷的杀手。戴蕾斯对洛朗热烈的情感,驱使他杀掉了她的丈夫卡米尔(Camille)。与此相似的是,特瑞娜的贪婪正是使麦克提格杀了她的罪魁祸首。当然,人物角色之间的影响是相互的。每一对夫妻的婚后生活,都沿循着不可抑制的激情——餍足——憎恨——暴力——死亡的完全同样的线路展开。他们彼此摧毁对方的生活:洛朗应为戴蕾斯的悲剧负一部分责任,同样的,麦克提格也在一定程度上导致了特瑞娜的毁灭。在两对夫妻暴力死亡之前,两位丈夫都已在家暴妻子时展现了同样的暴力和残忍,而两位妻子却在痛苦加身时均产生了相似的欢愉。

在《麦克提格》中,左拉的影响是显著的,同时诺里斯也在有意识地对其自然主义模式进行再创造。诺里斯在哈佛时期创作了《凡陀弗与兽性》与《麦克提格》,两部作品似乎有着相似的灵感来源。诺里斯在谈到《凡陀弗与兽性》时说:"埃米尔·左拉的影响贯穿全文,这是显而易见的。"[1] 的确,在艺术技巧与人物塑造方面,诺里斯的《凡陀弗与兽性》与左拉的作品存在颇高程度的相似。正如《小酒店》和《麦克提格》两部小说,都讲述了个人虽然缓慢但不可避免的堕落和腐朽。

不仅《凡陀弗与兽性》的称谓让我们想到了《人兽》,而且书的主题也让我们联想到左拉的书:人内心的正邪自我激烈斗争,到最后,残酷的邪性占了上风。总的来说,残忍的凡陀弗没有变得像《人兽》中的人物那样暴力,那样给他人带来生命的威胁。但是两部小说都主要呈现了人心中激荡着邪恶兽性的主题。在凡陀弗打扫肮脏廉租公寓的人生阶段之前,他经历了许多苦难。有暴力倾向的恐惧症断断续续地发作,发作起来近

---

[1] Quoted in Lars Ahnebrink, *The Beginnings of Naturalism in American Fiction*, Cambridge, Mass.: Harvard University Press, 1964, p.290.

乎歇斯底里，他开始担心自己会变疯。这种恐惧症给他带来的影响被诺里斯精巧的描绘出来。在许多方面，这样的描写让人们想起了戴蕾斯和洛朗在谋杀了卡米尔后各种恐惧症歇斯底里发作的场景。此外，还有一些凡陀弗和洛朗细微的相似。和洛朗一样，诺里斯的男主角也有好逸恶劳的性格——"他好吃美食佳肴，享受衣裘保暖，贪睡恶动。"此外，他们都是画家，但因为种种原因失去了各自的绘画才能。当洛朗想要画肖像时，结局总是画成被淹死的卡米尔的头像。与此相似的是，凡陀弗只能画出他内心那个丑恶残暴的形象。

纵欲的影响使凡陀弗变得精神失常，正如酗酒使得古波变得精神错乱一样。凡陀弗患的狼人妄想症使人联想到古波最后阶段酒精中毒所带来的痉挛。"凡陀弗开始着手努力控制自己，尖叫着挥舞双手，从房间这头冲向另一头。"凡陀弗像狗一样的行为也许是受到了左拉对古波在精神病院类似描写的影响。但相比并非因暴力而是因震颤性谵妄发作致死的古波，凡陀弗的结局显然没有那么悲惨。从某种程度上说，诺里斯在写《凡陀弗与兽性》最后一章的时候，应该是从《小酒店》的绮尔维丝身上获得了灵感。在绮尔维丝惨死前，她成为一位清洁女工，最让她感到耻辱的是，她要去打扫那曾经属于她、现在被情敌维吉妮（Virginie）和情人朗蒂耶共同接管的房间和洗衣房。与此相似的是，需要凡陀弗打扫的肮脏的廉租公寓，正是建在从其父亲那里传到他手中、现在却已然失去了的土地上。在《小酒店》中，维吉妮和朗蒂耶指出了绮尔维丝漏扫的污迹；相似的情节也发生在《凡陀弗与兽性》之中，吉尔利（Geary）（凡陀弗的旧友）与新来的租客一起监督凡陀弗务必一丝不苟地完成工作。凡陀弗的毁灭只要是因为其个性的软弱，以及容易被强加的外力影响。总体来看，凡陀弗与《小酒店》中的绮尔维丝一样，有着容易被摆布的天性；而且，环境加诸绮尔维丝的坏运气也适用于命途多舛的凡陀弗。最终，他们都因软弱的性格走向了毁灭。

左拉的《萌芽》和《小酒店》，尤其明显地影响了《章鱼》的写作。

《章鱼》和《萌芽》都是反映资本家和劳工之间的斗争。左拉的小说描写了矿工和矿场公司的冲突，并以前者的灭亡告终；到了诺里斯的笔下，在与铁路公司冲突中被毁灭的是农民。矿工和农民反对以资本为背景的公司皆是一片徒劳，因为资本就意味着绝对权力。两部作品的男主角艾蒂安（Étienne）和普雷斯利（Presley）也颇为相似。如，在一个沙龙上，艾蒂安被带去联系苏瓦林（Souvarine），一个颇有原则的无政府主义者。普雷斯利也开始对一个叫卡拉埃尔（Caraher）的无政府主义者产生兴趣，他是一间沙龙的老板，其思想令普雷斯利印象深刻，并使他成为了一个暴力分子。艾蒂安和普雷斯利都发表了革命性演说，吸引了大批观众；但最后他们都失败了，因为他们处于革命中心区外。普雷斯利此时已完全抛弃了其社会主义思想，而艾蒂安则动身去巴黎参加正在崛起的共产主义运动。

此外，诺里斯《章鱼》最后一章对"奢侈晚餐"的描写，堪与《萌芽》中的情节相提并论。埃纳博（Hennebeau）先生，蒙苏矿业公司的总经理，和他的妻子一起为格雷戈里先生（Grégoires）、女儿塞西尔（Cécile）和保罗·内格尔（Paul Négrel）准备了晚餐。埃纳博夫人用昂贵的挂毯和富丽堂皇的家具来装饰屋子，"全都是艺术品"：这里有亨利二世的扶手椅，路易十五世的椅子，一间 17 世纪意大利风格的艺术品陈列馆……这些来自东方的地毯，使这些矿工感觉自己的脚踩在羊毛上。温暖的房间是令人愉悦的，空气中弥漫着菠萝的香气。在屋外，十一月的寒风刺骨。与此同时，由于矿井内难以忍受的条件，一场罢工已于清晨开始。矿工们自己甚至没有面包吃，更别提他们的孩子了。更令人悲伤的是，在一场煤矿事故中，马赫（Maheu）失去了生命，他的儿子安林（Jeanlin）腿也受伤了。所以他们一家在饥饿边缘苦苦挣扎。当客人们尝到开胃菜时，他们听见了饱受饥饿痛苦的矿工的哭喊，并因此担心午餐时光会被外面罢工的矿工搅乱。红肠片被奉上餐桌，接下来是松露炒鸡蛋，然后是河里的鳟鱼。仆人端上烤竹鸡，斟满香伯丁葡萄酒。整个用餐期间玩笑不断，笑声不断，工业危机也被拿来说笑。当餐后甜点上桌时，他们已经将罢工抛在脑后了。夫人们开始探讨一个食谱。通过这个片段，可以看到在两种生活之间，存在着鲜明的对比。一种是蒙苏矿业总经理奢侈的生活，一种是穷困潦倒的矿工生活。午餐开始，主菜一个接一个地上桌；屋外，罢工的人们正嚷嚷着要求食物和正义。

《章鱼》中用相同的对比手法写了普雷斯利陪西达奎斯（Cedarquists）和杰勒德（Gerard）一家用餐的场景。场景描写的中心思想在两位作家那里是高度一致的：极度奢华对比极度贫困。由于资本家的贪婪，这些穷人被迫过着悲惨的生活。在《萌芽》中，出席午餐的一位宾客提到"印度发生了饥荒"；《章鱼》中的西达奎斯也提到他们已经"开始了行动，将载满船舱的小麦运送给印度正处于饥荒中的人们"。在诺里斯笔下，晚餐有着优雅的法式气息，晚餐上的谈话也夹杂着法语单词。在豪华的餐厅的四周，

《章鱼》展现了一副宏大的画面。晚餐棒极了，从开胃菜到1815年的佳酿，作家颇有分寸地列举着桌上法国菜的名字。豪华晚餐的艺术作用在与两位铁路工人不幸命运的对比中得到了加强，她们是霍温太太及其小女儿希尔达(Hilda)。首先，我们看到其他夫人们神色愉悦，正在精致的小隔间里吃着来自伦敦德里市的野鸡肉，在闪烁的灯泡下小口抿着拉度酒庄的红酒。下一秒，便可以看到霍温夫人和她的小女儿，衣衫褴褛，几近饿死，忍着疼痛和痉挛，拖着沉重的步子走在街上。夜晚是寒冷的，从海上吹来的信风把街灯吹得摇曳起舞。场景再一次切换：兰伯特先生(Lampert)，一个颇为讲究的人，一边吃着塞满馅的洋蓟，一边和杰勒德先生讨论着芦笋——"谁也想不到普通市场的芦笋被多少只手触摸过"；在大街上，霍温夫人摔倒了，小希尔达摇晃着妈妈的肩膀，听到妈妈嘴里传出微弱的声音："我很虚弱。去睡觉……我快死了……找诺丁先生(Noddings)去要吃的。"作家在两种场景中不断切换，描绘了晚餐快结束时的情形，现在又描述了霍温太太生命中最后的挣扎，直到最后谢幕的时候，写下"向愉快的晚餐致以赞美"，与"一切都是虚无……她已经死了好几天了，由于饿得筋疲力尽"。在诺里斯笔下，此处形成的对比较之《萌芽》中的描写效果更为尖锐鲜明。

左拉的《金钱》在很大程度上成了《陷阱》中诺里斯描写金融投机的模板。《金钱》的主人公萨加尔(Saccard)，一个英雄，不可抗拒地将自己的命运与证券交易所连在了一起。他创办了世界银行，开始时大获成功。作为一个买空者，他通过广告成功地把银行的股票哄抬到一个极高的价格。然而，证券市场中卖空的人开始攻击银行，股价跌破了底线，银行崩溃了，萨加尔也破产了。《陷阱》中的贾德温(Jadwin)也同样难以避免地被卷入交易的浑水中，变成了一个买空者，凭借勇气和运气建立了自己的垄断交易。但由于最后小麦的产量过多，他最终也被打败和毁灭了。除了这些情节上的相似之处，两部小说对股市交易所沸腾生活场景的描写高度相似。

  他在人行道边上全身颤抖站了一会儿。这个时刻，这个处于蒙马特大街和黎塞留大街之间的中央广场，似乎成了巴黎的中心，全巴黎都涌向这里。两条大街被人群挤得水泄不通。从四个十字路口上驶进广场的车辆川流不息。车辆沿着马路开进了熙熙攘攘的人群之中。车站上，沿着栅栏，两条车流时断时续。在维维安娜街上，经纪人的维多利亚式的马车一辆接一辆地排得紧紧的，车夫们手里拿着交通图,随时准备一声令下立刻扬鞭上路。交易所大楼的台阶和柱廊上也挤满了蚂蚁般的人群,大钟下的场外交易已开始,传来了买进卖出股票的陷喝声,这阵阵胜利的声浪犹如这城市上空的雷鸣。①

在《陷阱》中,诺里斯用同样的方式来写贸易局大楼的盛况:

> 那是早上九点钟。大厅街挤满了人,在数不清的经纪人和委托人办公室门口涌动。往右看,在伊利诺伊州信托大厦的柱子下,有成群的书记员、通信员、经纪人、顾客、还有储户,不断地聚集和散开。往左看,贸易局的门面挡住了街道,进进出出的人流不断地从旋转门中涌出。整个地区的生活似乎都集中在这里——贸易局的入口。两股人流迅速由大厅街和杰克逊街涌入,其他人流穿过第五大道,穿过克拉克和迪尔伯恩街,在此处汇聚,进进出出。距离越近,人流的速度越快。人们……当他们靠近的时候,似乎加快了步伐……年轻人和小男孩……在交易所的入口喘着粗气,随即被现场的混乱所吞没,然后他们和一个突然出现的关键人物一起消失在阴暗的房间内部。②

显然,人们可以在如上两段描写中感觉到相同的节奏与同样的喧嚣,两位作家都用了相似的措辞和隐喻。而且,两部小说的结局也有许多相似点。在破产后,萨加尔来到了荷兰,再次使自己陷入"一项艰巨的事务,像是荒凉的、无边的沼泽"。同样的,《陷阱》的结局也是如此——贾德温的身体已经恢复,旅行的前期准备也已完成,他即将去西部重振旗鼓。

总体观之,美国第一代自然主义作家的三位代表人物对左拉的作品均有不同程度的借鉴。对他们来说,豪威尔斯的现实主义此时已不足为训;在新的写作方法的探索过程中,他们从左拉的小说中获得了极为重要的推动与启迪。他们的目光都转向法国——19世纪90年代在美国风靡一时的左拉,因帮助他们拓开了新路而被视作导师。在左拉的小说中,他们认识到,遗传和环境往往能从根本上改变人的生活与命运。他们直接借鉴了左拉作品的某些写法,比如《小酒店》开篇的街景。

---

① 左拉:《金钱》,朱静译,广州:花城出版社,1998年,第12页。
② Quoted in Lars Ahnebrink, *The Beginnings of Naturalism in American Fiction*, Cambridge, Mass. : Harvard University Press, 1964, p. 302.

诺里斯，无疑是最熟悉左拉作品的人，其创作显示着左拉风格最深刻的影响，因而他也最接近法国大师的手笔。左拉作品中出现的熟悉的标志，在诺里斯的所有小说中几乎都能找到，但最显著的体现在《麦克提格》《凡陀弗与兽性》《章鱼》和《陷阱》中。而左拉特别吸引诺里斯的则有如下小说：《戴蕾斯·拉甘》《小酒店》《娜娜》《萌芽》《土地》《人兽》和《金钱》。诺里斯在《麦克提格》中的目标，与左拉在《戴蕾斯·拉甘》中的目标是相似的：着眼于两种不同的气质冲突，并记录彼此之间的影响；小说在主要情节上显然受到了《小酒店》的影响，而次要情节似乎是模仿了《人兽》中的片段。《凡陀弗与兽性》在创作方法和人物性格塑造上，也显示出与《戴蕾斯·拉甘》《人兽》以及《小酒店》的诸多相似之处。《章鱼》中的某些构思、部分情节和人物塑造，受到了《萌芽》的影响；在对乡村生活的处理上，受到了《人兽》和《土地》的影响。最后，《陷阱》在情节线索、描写技巧和一些重要片段均受到了《金钱》的启发，其中也有对《娜娜》和《小酒店》的追忆。但必须指出的是，诺里斯小说中的主题比任何试图用传统自然主义术语解释它的想法都更为正面，而他呈现主题的方法也比一般的自然主义作家要复杂得多。[①] 这似乎在提示人们：无论三位作家从左拉那里"拿来"了什么，不论是灵感、性格，还是某些模式或技巧，他们都是适度、克制地借鉴的。因此，左拉的自然主义，是与这些美国作家各自的性格气质、写作目的和艺术风格相协调的。

第三节 扬弃与创造

一、环境："幽闭"与"开敞"

强调环境，并使对其所进行的描写尽可能详尽和彻底，这是法国自然主义文学的重要标识。按照环境塑造个人的信念，法国自然主义作家认为自己能够用一种比以前更好、更准确的方式来解释人类及其行为。例如，左拉以极大的耐心和细心来描述街道、房屋、房间、家具等，而对话和行动则被给予了相对较少的描写。这些描述有时退化为令人厌烦的对植

---

① Donald Pizer, *The Theory and Practice of American Literary Naturalism*: *Selected Essays and Reviews*, Carbondale and Edwardsville: Southern Illinois University Press, 1993, p.5.

物、气味的列举——他那详尽而丰富的描写给人的总体印象是一幅广阔的画布,上面戳满了纷乱、动荡的油彩。

在《卢贡—马卡尔家族》中,出身背景比人更重要,而环境似乎也总让个人意志相形见绌。人物被赋予特定的遗传特征,他们最终所达成的建构或破坏取决于环境对这些特征的感召或挤压,这是左拉式自然主义的一般范式。强势的卢贡人试图把自己强加于环境中,把社会的弱点看作是为自己谋利益的机会,并取得了一定的成功;而马卡尔人的情况则相反,环境助长了他们与生俱来的弱点,并在很大程度上导致了他们的毁灭。更多的时候,"左拉把环境看作是一种压力,这种压力一部分指向身体,一部分指向心理"①。作为一种挤压力,环境包含着孤立与监禁的双重意涵。在《萌芽》和《土地》中,人们常常可以看到"巨大的平原"(La Plaine Immense)切断了矿工和农场工人与世界其他地区的联系。当他们站在后面看它的时候,当他们想到外面的世界的时候,他们会被一种孤独感乃至眩晕感所征服,然后转向他们所属的团体寻求庇护。这就产生了一个封闭的团体,里面的成员不能也不敢从矿山或土地逃离,而这环境终会将他们摧毁。这种双重感觉给予小说极佳的戏剧张力:在你面前有一道障碍,它可能是生理上的,也可能是心理上的,总之它阻止你逃跑;在你身后是一座监狱,这监狱可能是一座矿井,也可能是一座廉价的房子,总之它正等着把你吞没。

左拉还特别善于利用建筑物营造幽闭恐怖效果。《家常事》里所描写的公寓大楼充斥着欲望和仇恨,感染着每一个住在那里的人。《小酒店》里的房屋到处都是邪恶的居民、无尽的楼梯和黑暗蜿蜒的走廊,还有大型酒吧。蒸馏机创造了一个新的酗酒者社区,在那里,绮尔维丝遗传下来的恶习得到了滋养和发展,并且最终导致了她的堕落。人们也不能忽视迷宫般的街道,它在城市小说中与在《土地》中所扮演的角色是一样的。"街道像是一个中立的区域,它给人一种从恐怖的建筑内部脱身的错觉。但在街上,你会面临各种各样的心理压力,比如被邻居从窗帘后面窥视的感觉,或者是那些你欠他们钱的商人脸上愤怒的表情……"②

左拉和其他法国自然主义作家经常使用大城市,或者更确切地说是城市贫民窟作为故事的背景。同样的,美国作家也把城市作为其作品的

---

① Martin Turnell, *The Art of French Fiction*, London: Hamish Hamilton, 1959, p.124.
② Ibid., p.125.

背景,并且也描述了贫民区。纽约,是克莱恩笔下故事的背景;诺里斯把《麦克提格》的故事安排在旧金山,这里也是《布利克斯》(*Blix*, 1899)的背景,一定程度上也是《凡陀弗与兽性》的背景。在描写城市故事时,美国自然主义作家也没有回避肮脏的细节。在《德切尔家库利的玫瑰》中,加兰虽然没有特别描绘芝加哥的贫民窟部分,但他还是写了很多肮脏的细节:糟糕的噪音、烟尘弥漫的空气和满地的污秽……而且这座城市还有一种奇怪的味道,一种"腐烂的、像松树一样的、松节油的气味"。克莱恩也许更倾向于描述城市生活的阴暗面。他笔下的包厘街(Bowery)显示了纽约最糟糕地段的人们的痛苦和沉沦;纽约很大程度上是一个令人恐惧的地方,在高耸的建筑物和狭窄的街道上,人们无休无止的斗争就像在深渊里的挣扎。诺里斯在他的一些作品中也使用了城市住宅区作为背景,并且也经常以左拉的方式诉诸残酷的细节描写。总的来说,对美国的自然主义作家来说,城市很大程度上是罪行和邪恶的温床,像玛吉和嘉莉那样的年轻女孩就是在这里变坏的……他们也会把贫民窟作为他们作品的背景,并突出一些肮脏和残酷的细节。可以认为,这一切都可归诸法国自然主义影响。

但在对城市进行这种或多或少法国式自然主义描述的同时,美国的自然主义作家有一种明显的将其浪漫化的倾向——加兰和诺里斯尤其如此。在揭露大城市罪恶的同时,美国自然主义作家的笔下不时涌现出热烈的理想情怀和强烈的抒情气息。在加兰那里,城市甚至常常是一个摆脱乡村之孤独和精神贫瘠的所在,是一个理想化的知识和文化中心。因此,芝加哥夜晚的抒情画面与其描写的肮脏景象便形成了鲜明的对比。无独有偶,诺里斯也经常把芝加哥浪漫化。对他来说,芝加哥是美国的象征。在这座城市里,美国的精神主要体现在它的力量、活力和动荡的生活中:

> 这座灰色的大城市没有竞争对手,它把自己的统治范围扩大到比许多旧世界的王国还大的地方。它的影响力远远超出了它的范围。在威斯康星州北部森林的积雪和阴影中,斧头和锯子在这座城市的能量的刺激下,啃咬着百年老树的树皮……她的力量使一千英里外的衣阿华州和堪萨斯州的收割机和播种机的轮子转动起来,使湖面上无数个中队的汽船的螺旋桨旋转起来。为了她,也因为她,整个中央车站、西北各地的交通和工业都在咆哮;锯木厂在尖叫,工厂排出的烟雾熏黑了天空,浓烟滚滚,熊熊燃烧;车轮转动,活塞在气缸

里跳动;齿轮紧扣住齿轮,传送带扣住庞大轮子上的滚筒;锻造车间的炼钢炉在阴云密布的空气中喷出暴风雨般的钢水气息。①

加州繁荣、富饶、动荡的生活和充满活力的人们吸引着诺里斯,他在描绘加州的画面中经常强调美国的强健、活力和宏伟。对他来说,遥远的西部是世界浪漫主义的前沿,那里居住着一个新的种族,一个吃苦耐劳的、勇敢的、热情的、建立新的帝国的民族,他们原始、野蛮、无所畏惧,就像西部本身那样。在《麦克提格》中,他描绘了死亡谷和群山的非凡景象;在《章鱼》中,他则用细腻的的笔触描绘了加州山谷、平原、山脉、牧场和山脊的富饶和广阔,呈现出一幅史诗般的画卷。

美国自然主义小说在形式上也揭示了其相对于法国自然主义的独立姿态。大量文献细节和耸人听闻的情节相结合的左拉模式,在美国也存在一个本土化的过程。"在19世纪90年代的美国,最重要的是需要一种方法能够完全记录美国新的体验变化。简言之,需要的是象征和寓言作为主要的表达形式。"这并不是说法国的自然主义文本中缺少这些,"左拉小说中重复的具体细节和耸人听闻的情节都促成了他小说中象征性表达的倾向,但在美国自然主义中,这种倾向发展成为一种强大的、无所不在的工具,经常把美国自然主义小说推向寓言"②。从《章鱼》到《美国的悲剧》,从《愤怒的葡萄》到《裸者与死者》(*The Naked and the Dead*, 1948),再到《奥吉·马奇历险记》(*The Adventure of Augie March*, 1953),美国自然主义者一直试图用宏大的画卷和丰富的意义来描绘美国的生活,这使得现代美国自然主义小说成为人们常说的史诗文学。

二、人物:被决定的"衰败"与不确定的"上升"

在描述富饶的圣华金时,诺里斯成功地捕捉到了美国的本质,它的活力和新鲜、浪漫和悲剧。哈兰·哈彻(Harlan Hatcher, 1898—1998)在谈到这部小说时说:"弗兰克·诺里斯在这本书中不仅描写了强盗枭雄的精神、坚韧不拔的拓荒者、无法无天的漂泊者和财富猎手、来自东部大学的受过教育的人以及财富的剧烈嬗变,而且还有帝国气象、西部平原上的火

---

① Quoted in Lars Ahnebrink, *The Beginnings of Naturalism in American Fiction*, Cambridge, Mass.: Harvard University Press, 1964, p.179.
② Donald Pizer, *The Theory and Practice of American Literary Naturalism: Selected Essays and Reviews*, Carbondale and Edwardsville: Southern Illinois University Press, 1993, p.22.

车、金色的草原、美丽的浪漫传奇以及年轻刺激的爱情。"①"衰败"与"上升",两种截然不同的旋律音调再次奏响,显现了美国自然主义文学与法国自然主义文学的又一区别。

"包括龚古尔兄弟在内,与福楼拜同时代(主要指第二帝国时期)的诸多作家在社会中都有一种深广的失败感:经济的失败、社会身份的失败、情感和性的失败、艺术作品本身的失败等。"②这种失败或衰败的生命体验在创作中直接投射到了人物形象的塑造之中。法国自然主义作品中最常见的女性类型——如包法利夫人、绮尔维丝、娜娜——通常呈现出软弱、被动、神经质和歇斯底里的形象,她们受遗传与环境的影响,被激情和本能所支配,失去了自制力与头脑。"自然主义将被证明是一种娴熟的形式,用于叙述导致妇女卖淫的原因,在某种程度上,它将会排演女性'堕落'的轨迹,一遍又一遍,跨越国界。"③与此构成鲜明对比的是美国自然主义作家笔下的那些新型现代女性,也就是所谓的女性主义者——她们拥有着甚为发达的自我意志,在男女关系上常常占据主导地位而不愿被男人所控制。

加兰和诺里斯在他们的作品中都采用了这种坚强自立的新女性形象,并描绘了她们的职业生涯。他们选择这样的人物形象作为主人公,很可能是受到了19世纪80年代末及90年代女权主义辩论的影响;但美国女性,尤其是那些西部拓荒时代的妇女,其所具有的坚强、独立、自主的品质,则有可能是更为内在的原因——这两位在小说中描写这类坚强女性形象的自然主义作家都出生在西部。众所周知,在《大路》中,加兰把农夫的妻子描绘成一个痛苦而疲惫的女人,而且几乎没有改善的希望。但在《詹森·爱德华兹》中,他却把女主人公爱丽丝描绘成一个解放了的、坚强的、意志坚定的年轻女性,她不愿意因为结婚而放弃自己的事业。一个得到解放的年轻女性也在《滥用职权》(*A Spoil of Office*)中扮演了一个重要角色。女主人公艾达·威尔伯(Ida Wilbur)不仅是一位社会改革家,也是一位激进的演说家,她发表了关于"真正的女性问题"的演讲,并围绕现代文学、易卜生和豪威尔斯等话题进行了讨论。事实上,她就是加兰本

---

① Quoted in Lars Ahnebrink, *The Beginnings of Naturalism in American Fiction*, Cambridge, Mass.: Harvard University Press, 1964, p.176.
② 辛苒:《龚古尔兄弟小说研究:1851—1870》,北京:中国社会科学出版社,2016年,第22页。
③ Simon Joyce, *Modernism and Naturalism in British and Irish Fiction: 1880—1930*, Cambridge: Cambridge University Press, 2015, p.130.

人社会改革的的代言人,她要求解放妇女,并起草了她的独立宣言:

> 我首先要求成为一个独立的人,然后才是成为一个女人。为什么性别的偶然性要使我受到传统和武断的限制?我也和男性一样有权利去发现自己能做什么,不能做什么。到底由谁来决定我的权力范围——是男性与男权社会的法则,还是我自己的本性?这些都是至关重要的问题。我拒绝任何人为我规划出我应该走的路。我要求享有和男性同等的生存权、自由权和追求幸福的权利。①

在另一部小说里,加兰展现了一个更富有人情味、且从文学的角度来讲也更有艺术价值的人物——罗斯。作为《德切尔家库利的玫瑰》的女主人公,罗斯与加兰笔下的艾达等其他新女性不同——艾达和易卜生笔下的娜拉一样表现得理智而冷淡,但罗斯却是一个充满活力和激情的女人。小说描绘了罗斯为了接受教育、获得更大的行动与个人自由所做的斗争,并描写了她的性冲动。在她能以独立作家的身份在芝加哥定居之前,她就已经对大草原上沉闷的生活和她的父亲产生了反感;面对事业与婚姻之间的矛盾冲突,她并不想因为结婚而变成一个依赖他人的附属品,相反,她希望把精力集中在自己的事业上。作为一个骄傲、坚强、独立的女人,她希望得到未来丈夫的尊重和理解,而不仅仅是经济上的支持。

尽管公开宣称自己是左拉的信徒,但弗兰克·诺里斯的《"莱蒂夫人号"上的莫兰》《布利克斯》和《一个男人的女人》中的女主人公都属新女性形象。诺里斯强调男性和女性之间的生理差异和心理差异,并指出女人在体质上是弱者;但与易卜生和屠格涅夫一样,他坚持认为:尽管女性体质较弱,但她在精神上和道德上都更为强大。莫兰(Moran)是一个强壮、坚定、粗野的女人,具有强悍的身体素质和极大的勇气,就像古老的北欧传说中那些勇敢无畏的女人一样。她轻而易举地控制了那些认识她的男人;她有着绝对的独立性,她是与众不同的。她那夸张的像麦克提格一样的身材,她那魁梧的身躯,她那结实的肌肉,她那粗糙的皮肤,她那航海和作战的技巧,以及她那长长的、迷人的金发,使人想起了瓦尔基里(Valkyrie)。但是,尽管她具有原始性,她也可以被称为现代女性的代表,因为她在父亲的船上工作,且以自己的职业为荣,并勇敢地准备迎接任何危险。莫兰不必为独立而斗争,因为她从小就享有人身自由和独立。

---

① Quoted in Lars Ahnebrink, *The Beginnings of Naturalism in American Fiction*, Cambridge, Mass.: Harvard University Press, 1964, p.222.

她和父亲一起在七大洋上航行,穿着男装,做着和男人一样的工作,她甚至养成了用刀子吃饭和偶尔喝上几杯威士忌的习惯。总之,她与自然主义的女性以及传统维多利亚时代的客厅里的女性形成了鲜明的对比。在生活方式上,她比艾达和罗斯要自由得多。作为一名原始的女水手,她完全摆脱了习俗和文明的束缚。加兰笔下的罗斯在年轻时被看作是一个原始的自然之子,但莫兰却是一直保持着这种状态。

三、主题:"单向"与"多元"

法国自然主义作品的主人公大都燃烧着欲望向"成功"飞奔:在对卢贡-马卡尔家族的描写中,"左拉赋予成功的三个主要特征要素是——无限的欲望;贯彻到底的冷酷无情;和习惯性的(情绪)不稳定。无论他们的家族成员是从政、从商还是从事财政,对于'欲望'的表现都是完全相同的"①。然而,正如左拉谈论福楼拜时所说的一样,最终这些向着成功飞奔的人得到的却只有虚无。"居斯塔夫·福楼拜只有一种仇恨,就是仇恨愚蠢,但这是一种坚实的仇恨。他写小说肯定是为了满足这种仇恨。对他来说蠢人是他力图挫败的私敌。他的每一本书达到的结论都是人的失败。"②

与此迥然不同的是美国自然主义作家对生命主题表现出来的丰富性和复杂性。无论是19世纪90年代的自然主义者还是后来的第二代自然主义作家,美国自然主义研究专家唐纳德·皮泽尔指出:"在他们的小说实例中,发现了作者为对抗他那个时代的旧价值观和新经验之间的冲突所进行的斗争,这种斗争通常导致至关重要的主题矛盾。我的结论是,正是这种非常矛盾的态度,而不是一味信从决定论的确定性,成为这一时期自然主义小说虚构力量的来源。"③

在美国自然主义作家笔下,首要的一个主题是个人潜能的浪费。"认为浪费是一种悲剧状态的观念与亚里士多德关于悲剧包括一个高尚的人的堕落的信念有着明显的不同。"④亚里士多德式的悲剧英雄已经达到了最高的声望;他们的堕落使我们感动,因为他们是一个有价值的人,然而

---

① Martin Turnell, *The Art of French Fiction*, London: Hamish Hamilton, 1959, p. 120.
② 左拉:《法国六文豪传》,郑克鲁译,合肥:安徽文艺出版社,2011年,第169页。
③ Donald Pizer, *The Theory and Practice of American Literary Naturalism: Selected Essays and Reviews*, Carbondale and Edwardsville: Southern Illinois University Press, 1993, p. 6.
④ Ibid., p. 20.

却被贬低了。"自然主义悲剧英雄是一个成长潜力显而易见,但由于生活境遇而未能得到发展的人物。"①斯蒂芬·克莱恩在19世纪90年代便开始在《街头女郎玛吉》中探讨这一主题,并且这一主题后来在探讨普通人悲剧命运的《美国的悲剧》等作品中反复得到确认。

命运由外力控制,作为被决定者的迷茫、无力与无奈,堪称美国自然主义文学的第二个基本主题。甚少与个人奋斗的"成功"相关涉,仅仅是小人物未能在一个不断变化、充满偶然性的世界中维系住他们的基本生存。这里的悲剧效果更非亚里士多德式的;像麦克提格、赫斯渥和乔德这样的人物不存在会从高处坠落的问题。相反,他们被自己的欲望或其他不可控制的环境所扭曲,从精神状态到社会地位,他们均非从高处跌落,而只是在原地打转、挣扎或中途夭灭。

第三个美国自然主义的悲剧主题关乎自我认知。亚里士多德式的悲剧英雄在他的下滑过程中可能无法明了自己的处境,但他最终会发现自己是谁以及是什么导致了他的堕落。19世纪90年代,超自然信仰的削弱以及对其他超验真理信仰的衰落,使人们怀疑在一个复杂而不断变化的世界里人是否有能力对自己有一个清晰的认识。《红色的英勇勋章》的讽喻背景为这种情况提供了一个强有力的象征。在一个未知的斗争世界里,人是孤独的,心是犹疑的;但他仍然希冀在自己的内心和经验中寻找那些在风中飘散了的传统价值——这似乎是他们存在的唯一确证。世界是难以解释的,知识在变化中露出相对论的面相,除了唯我论的"必然性"之外真理也许甚至就是不存在的,人类在悲惨命运的泥泞中仍然在渴望着寻求它,就像格罗夫特中士(Sergeant Groft)或奥吉·马奇(Augie March),甚至那个在摇椅上摇来摇去的嘉莉。

尽管可能没有意义,但人仍继续在经验中寻找意义。这种品质在德莱塞对嘉莉的刻画中最为明显,正如贝娄后来对奥吉的刻画一样。嘉莉,不管是其先前微不足道的追求,又或者是其最终愚蠢的幻想,她仍然持续地寻找着人生幸福的答案。它以一种更为脆弱的形式存在,事实上,亨利在他的第一次战斗中幸存了下来,也就是说,他第一次遇到生活中所有令人敬畏的复杂性,并且没有被这种经历所迷惑。它也隐约地存在于人们带给麦克提格的命运的回忆中。"因此,摇晃的嘉莉,为自己的红色徽章

---

① Donald Pizer, *The Theory and Practice of American Literary Naturalism: Selected Essays and Reviews*, Carbondale and Edwardsville: Southern Illinois University Press, 1993, p.20.

而自豪的弗莱明，以及站在空荡荡的沙漠里抓着金子的麦克提格，既代表了经验无法为人类需要的问题提供有意义的答案，也代表了追寻、感悟心灵的悲剧性价值。"①

由于许多美国自然主义小说的主题都是生命不完整的悲剧性——人类是多么的渺小，人们知道的多么少。毫不奇怪，在19世纪90年代的自然主义小说中，人类命运的寓言表现形式往往是一种循环的旅程，即一种回归起点的过程。进步论者相信人有能力与其所在的世界进行有意义的互动，并且能从这种互动中获益；但自然主义小说的效果是扭转或严重限制这种期望。在某种意义上，《麦克提格》《嘉莉妹妹》和《红色的英勇勋章》在时间上都是静止的：主人公穿越时间的旅程本质上是循环的旅程，他们最终总是要回到他们开始的地方。麦克提格回到了他年轻时的山上，蛮横地回应了它们最初的敌意；嘉莉仍然摇摇晃晃，梦想着她永远得不到的幸福；弗莱明在无谓的自信和自我隐藏的怀疑之间努力地保持着平衡。

自然主义小说通常将耸人听闻的日常经验方面的详细文献与大量意识形态主题结合起来。与时代的文化风潮相结合，这些主题往往聚焦于人类比通常想象的要有更多的局限性。②"旨在描写人走向自我毁灭之缓慢但却不可避免的悲剧性过程——这是自然主义普遍的模式。"③但美国自然主义文学中的"人"，并非是一个单一、静态、清晰的定义，而是一个多变、立体、复杂的综合体。美国自然主义作家笔下"人的悲剧"，既不同于古希腊，也不同于左拉。在人的审视与表现问题上对左拉既有所接受也有所拒绝，这在很大程度上构成了美国自然主义文学的第一个支点。自然主义在19世纪90年代出现，这一时期实际上在整个美国的自然主义运动中占据了核心地位。美国的自然主义小说家愿意承认人的自由有着根本的局限性，但普遍不愿意承认人因此被剥夺了一切价值；这也许是美国自然主义区别于左拉式自然主义的最深根由。

---

① Donald Pizer, *The Theory and Practice of American Literary Naturalism: Selected Essays and Reviews*, Carbondale and Edwardsville: Southern Illinois University Press, 1993, p.24.

② Ibid., p.16.

③ Lars Ahnebrink, *The Beginnings of Naturalism in American Fiction: 1891—1903*, Cambridge, Mass.: Harvard University Press, 1964, p.277.

Ⅱ 自然主义叙事革命

小说强调平凡和日常，厌恶传统的英雄主义形式和"典型"人物的传统，这一切都反映了一个明显的倾向：达尔文的世界否认永恒的特性或被明确定义的范式——甚至是善与恶。

——George Levine, *Darwin and Novelists:*
Patterns of Science in Victorian Fiction

自然主义小说中最受欢迎的主题是人内心的兽性。……进化在他们的小说中几乎总是以退化这一相反的形式出现。英雄很少像尼采梦想得那样自然地进化成超人，相反他会退化为野兽。

——Malcolm Cowley, "Naturalism in American Literature"

与浩瀚无垠的宇宙相比，人不过是广阔的世界中无足轻重的一个原子，一只蝼蚁。甚至他对抗世界的每次小小的反叛也注定失败：他无法改变或是摧毁制约着其生活的规则，相反他完全屈服于这些规制。

——Lars Ahnebrink, *The Beginnings of*
Naturalism in American Fiction

蒂博代(Thibaudet)曾称福楼拜的小说是由一幅幅画组成的；的确，福楼拜的小说是围绕确定的中心意象构建的——意象之间的巧妙联系使得小说在结构上呈现为一个生趣盎然的有机整体。

——Martin Turnell, *The Art of French Fiction*

诗意的威力组成了左拉作品的价值。

——朗松《法国文学史》

第五章
典型与类型

第一节　典型与类型

一、"断裂":从传统文学到现代主义

在西方文学史上,前自然主义文学的理论基石便是"典型论"。这种以"性格"为"典型化"对象的文学理论来自在西方文学史上源远流长的"性格类型"说。早在古希腊时代,苏格拉底(Socrates,前470—前399)便意识到"类型化"的问题。他要求艺术家在塑造优美形象的时候,要从许多人身上选取有代表性的成分,把所有人最优美的部分集中起来,从而创造出一个整体上显得优美的形体。亚里士多德从理论上提出了"性格类型"的创造原则,要求人物性格具有普遍性和必然性。罗马时代的贺拉斯(Quintus Horatius Flaccus,前65—前8)与古典时代的布瓦洛(Nicolas Boileau-Despréaux,1636—1711)提出了跟据人物年龄写出他们的性格区别的类型说,一定程度上接触到了典型的个性特征问题。到18世纪,狄德罗(Denis Diderot,1713—1784)强调性格与环境的关系,为"典型论"注入了社会内容并为其找到了产生的物质基础;而与狄德罗同时代的德国美学家莱辛(Gtotthold Ephraim Lessing,1729—1781)第一次提出了"人物性格是创作中心"的主张,要求性格既有一致性和目的性又有内在历史真实,进一步丰富了典型的内容。在黑格尔(Georg Wilhelm Friedrich Hegel,1770—1831)那里,"典型论"趋于成熟,他提出了具有经典意义的"这一个"的著名论断,揭示了典型性格的根本特征:丰富性、明确性和坚定性。

19世纪上半期,西方作家在叙事中大都自觉地践行了黑格尔的"典型"理论,并由此创造了一系列栩栩如生的"性格典型":悭吝贪婪的典型如泼留希金和葛朗台,复仇的典型如基督山伯爵和希斯克利夫,野心家的典型如拉斯蒂涅和蓓基·夏泼……尽管"典型论"也强调性格的丰富性和复杂性,但它同时却更要求在丰富复杂中体现出一种"明确"和"整一",即要突出性格诸种矛盾着的方面中"一个主要的方面作为统治的方面",也即"让这个方面渗透到而且支持其整个的性格"。① 落实到具体的创作实践,这也就是要求作家在平常的人身上发掘出某种不寻常的东西来加以强调,甚至作某种程度的夸张。其结果便是人物形象醒目倒是醒目了,但同时他们也往往因缺乏丰实与饱满而显得"扁平"。

现代主义作家极力摒弃传统文学理论中的"典型论",反对塑造在传统文本中那种常常作为作家本人观念化身的"性格典型"。弗吉尼亚·吴尔夫在《班奈特先生与勃朗太太》("Mr. Bennett And Mrs. Brown",1924)一文中不无鄙夷地这样谈论传统作家:"他们研究性格入了迷,不传达性格他们就活不了。"② 总体来看,在人物形态上,现代主义作家明显摒弃"典型",回归"类型"。拿《尤利西斯》中的布卢姆来说,这个普通的市民和丈夫——人到中年,性格温和,阶级中产,地位中等,趣味中庸,血统中欧,性欲中常,几乎没有任何异于常人的鲜明特征或"典型性"可言。因此,人们经常可以看到现代派作家很少提供人物的标志,极少描写人物的外表、手势、行动,甚至取消了人物的名字。安德烈·纪德常常故意采用罕见的名字,避免人物沿用父系祖先的姓氏。在表现主义作家与荒诞派作家的创作中,人物甚至因类型化失去了自己的名字。弗朗茨·卡夫卡(Franz Kafka,1883—1924)《审判》(*Der Prozess*,1925)与《城堡》中的主人公均名为K,斯特林堡剧作中的人物常直接以"老人""大学生""挤奶姑娘""看门人的妻子"这样一些表示职业或身份的泛称命名,恩斯特·托勒(Ernst Toller,1893—1939)的《群众与人》(*Masse Mensch*,1921)一剧中的人物也是直接称为"工人""军官""银行家""文书""岗哨"等。对此,托勒本人曾经给出明确的说明:"人物不是无关大局的个人,而是去掉个人

---

① 黑格尔:《美学》(第一卷),朱光潜译,北京:商务印书馆,1979年,第304页。
② 弗吉尼亚·沃尔夫:《班奈特先生与勃朗太太》,崔道怡等编:《"冰山"理论:对话与潜对话》(下册),北京:工人出版社,1987年,第624页。

的表面特征,经过综合,适应于许多人的一个类型的人物。"①更有许多小说中的人物只是"无名无姓的'我',他既没有鲜明的轮廓,又难以形容,无从捉摸,行迹隐蔽。这个'我'篡夺了小说主人公的位置,占据了重要的席位。这个人物既重要又不重要,他是一切,但又什么也不是"②。

在现代主义文学文本中,人物由传统文学中的那种"性格典型"转变为"符号化"的"类型"。一方面,这是因为现代生活中浓烈的"茫然无措"与"不确定感"使得作家们失去了对人物概括的能力与兴趣,"时代的现状强烈多变,因此没有人能够成功地应付它。只有经过抽象,对合理的传统格式重新加以研究和诠释,艺术家才有可能应付这纷繁复杂的现实"③。另一方面,这也是作家内心深处某种强烈激情"爆裂"的结果——内心滚烫的、莫名的情绪岩浆喷涌而出,在庞大冷漠的现实面前熔铸为无从命名的人物形态。就此而言,人们就不能说卡夫卡那种现代主义的叙事文本是冷漠的。"冷漠"只是经由高超的自我克制与精致的叙事技巧所达成的文本的外表,而在这一外表的下面,乃是作家对生活的热切关注与对生命的炙热激情。这种关注,因其本身的本真与诚挚,比传统作家更为强烈、深沉;这份激情,来自承载着生理本能的"血肉"之躯,而非被灌注了太多社会意识形态观念而自我感知能力几乎完全被窒息的大脑"脑干"。如果真的冷漠,文学创作本身就不会存在,这是一个再浅显不过的道理。

二、转型:从自然主义到现代主义

由于奉"真实感"为最高原则,同时也由于自然主义作家加强了对人之本能和遗传因素的发掘,自然主义作品中人物形象的基本表现形态已经不再是在"典型环境"中产生的"性格典型",而是源于生命本体的"气质类型"。这既是传统"性格典型"开始瓦解的起点,同时也是现代主义叙事中那种往往体现为"心态"的人物"类型"的开端。

在《戴蕾斯·拉甘》一书的序言中,左拉曾明确宣称:"我所要研究的是人的气质,而不是人的性格。""我试着对气质不同的两个人之间可能发

---

① 恩斯特·托勒:《转变》,中国社会科学院外国文学研究所外国文学研究资料丛刊编辑委员会编:《外国现代剧作家论剧作》,北京:中国社会科学出版社,1982年,第230页。
② 娜·萨洛特:《怀疑的时代》,林青译,吕同六主编:《20世纪世界小说理论经典》(上),北京:华夏出版社,1995年,第503页。
③ 恩斯特·托勒:《转变》,中国社会科学院外国文学研究所外国文学研究资料丛刊编辑委员会编:《外国现代剧作家论剧作》,北京:中国社会科学出版社,1982年,第230页。

生的奇怪结合进行了解释,并指出一个血气方刚的人同一个神经的人接触时所具有的深刻混乱。"①在左拉的作品中,一切全围绕着处于特定境遇中的人物的气质而展开,他称自己所要解决的问题首先就是"气质与环境的双重问题"②;"我只关心他;我考虑着他的气质,我考虑着他生长的家庭,他给人的最初的印象,和我决定让他生活在其中的阶级"③。这里,首先需要明确的是,无论在内涵还是在外延上,左拉所谓的"气质"与今天人们通常所理解的"气质"都相去甚远。作为自然主义文学理论中的关键词之一,左拉所说的"气质"主要是指与人的生理机能和血统遗传相关的个体生理-心理殊相。它首先是生理的,然后是心理的,与人们通常所理解的人的外在精神风貌关涉度甚低。例如,在《戴蕾斯·拉甘》中,男主人公洛朗是一个"多血质"的人,而戴蕾斯则是一个"神经质"的人;在左拉的描写中,他们的行为主要是由他们来自于各自生理机能与生理遗传的气质所决定的。1888年,斯特林堡在其经典的自然主义剧本《朱莉小姐》的序言中写道:"我刻画的人物形象是游移不定的,分离解体的……朱丽小姐(即朱莉小姐——引者注)是一个现代人物。这并不是说像这种只有一半是女人的人——男人的憎恨者——在过去一向是不存在的,而是因为她既然已经被人发现,她就步入前台并且发出了喧哗。这种只有一半是女人的人是一种类型……"④

左拉所说的"气质"乃是一种源于遗传、发乎生命深层的东西,而传统文学中被"典型化"了的"性格"则是一种虽与先天"气质"相关但却更与后天社会生活实践有密切联系的东西。关于"性格"的后天社会属性,非常重视从政治学、伦理学角度来审视并表现人物的斯汤达说得很清楚:"我把一个人的性格称作它追逐幸福的行为方式。说得再清楚一些就是,一个人的性格就是此人道德习惯的全部。"⑤拉法格在比较自然主义作家与巴尔扎克的不同时曾经指出,巴尔扎克总是用某种贯穿始终的道德或其

---

① 左拉:《〈戴蕾斯·拉甘〉第二版序》,老高放译,柳鸣九编选:《法国自然主义作品选》,天津:天津人民出版社,1987年,第728页。
② 左拉:《〈卢贡·马加尔家族〉总序》,柳鸣九译,同上书,第736页。
③ 转引自弗莱维勒:《自然主义文学大师》,朱雯等编选:《文学中的自然主义》,上海:上海文艺出版社,1992年,第402页。
④ 奥格斯特·斯特林堡:《朱丽小姐》,中国社会科学院外国文学研究所外国文学资料丛刊编辑委员会编:《外国现代剧作家论剧作》,北京:中国社会科学出版社,1982年,第180-181页。
⑤ 斯汤达:《昂利·勃吕拉传》,转引自埃里希·奥尔巴赫:《摹仿论:西方文学中所描绘的现实》,吴麟绶、周新建、高艳婷译,天津:百花文艺出版社,2002年,第519页。

他别的什么"观念偏执"来"构造"出某种人物的"典型性格",而性格又总是与情节相互阐释,其中还夹杂着作者不时插入的"津津有味"的分析阐释。① 就葛朗台与高老头这两个巴尔扎克创作中最著名的"性格典型"来看,拉法格的说法显然是有道理的。

"气质"是一种恒定但却混沌的生命形态,而"性格"则是一种可变而又清晰可辨的观念-行为习惯的结晶体。"性格"因其清晰可辨而容易把握,也容易写得简单化——所以常常被作家进行人为的"典型化"处理;"气质"则更为浑厚、深沉、混沌,可以感觉得到,但却不容易把握到能够抽取出来的地步,于是"气质"形态的描摹也就更有可能最大程度地贴紧而不是游离于个体的感性生命这一文学终极关怀的本体存在。只有追求"真实感"的作家才能成功地摹写出"气质"的纤细和浑厚。从"性格典型"到"气质"形态,人物形象的塑造不再是向占主导地位的某个方面"收敛",而是向浑厚、沉深、丰富、复杂的生命本体的各个方面"发散"。因此,作家可以基本上凭理性抽象出并塑造某种"性格典型",但却很难对"气质"如法炮制。这就是为什么"气质类型"比"性格典型"更有限但在具体描写中却很难程式化、简单化的原因。

源于生命本体的"气质"这样一种人物表现形态的出现,使传统作品中人物形象常常具有的某种"典型化"的特征在自然主义作品中不再那么鲜明突出了。就人物形象的表现形态而言,从前自然主义文学中那种栩栩如生的"性格典型",到现代主义文学那种零碎难成片断的"心态",这是一个从"收敛"向"发散"演进的过程。在这个过程中,自然主义文学那种源于生命深处、现代生理学意义上的"气质"是一个过渡点。而现代生理学与心理学的密切关联,为自然主义的"气质"形态向现代主义之"心理"形态的转变提供了最好的解释。亨利·詹姆斯在1891年谈到包括神经活动在内的现代心理描写时说:"它本质上恐怕是那种非戏剧性的作品,描绘的不是情节而是状况。它是一种自然的写照……也是灵魂和神经状态的叙述,气质、健康、悲伤、绝望状态的叙述。"②

---

① 拉法格:《左拉的〈金钱〉》,朱雯等编选:《文学中的自然主义》,上海:上海文艺出版社,1992年,第339页。
② 亨利·詹姆斯:《也谈〈赫达·加布勒〉》,转引自马尔科姆·布雷德伯里、詹姆斯·麦克法兰:《运动、期刊和宣言:对自然主义的继承》,马·布雷德伯里、詹·麦克法兰编:《现代主义》,胡家峦等译,上海:上海外语教育出版社,1992年,第172—173页。

三、现代叙事作品中人物"类型化"问题辨释

应该指出的是,从自然主义之人物生理性的"气质"形态到现代主义之"心理"形态,西方现代叙事在某种意义上好像又在向西方古典叙事中的"类型"复归。实际上,由于始终在不断地向人的生命深层挺进,西方现代叙事中自然主义和现代主义的"类型化"与先前西方古典文学中的"类型化"只是表面看上去有些相似,但实质却迥然有别。古典的"类型"是个体与个体在"绝对理性"基础上的相互"同一";经过概括,理性抹杀了个性的鲜活样态,抽象出了"类型";而现代叙事中的"类型"则是个体与个体在"感性生命"基础上的彼此"类似",且这种彼此"类似"因所有个体共同融入的同一世界而得到了加强。不论是自然主义"气质"形态的"类型",还是现代主义"心理"形态的"类型",在本质上均是一种生命的"情态";在这种"类型"中个性依然存在,只是潜藏在了彼此"类似"的深处。换言之,古典的人物"类型"因为作家理性的概括而变得异常简单、清晰,往往体现出"晶体"的质地,而现代作家笔下的人物"类型"却因作家放弃了理性的依据而难以达成概括,越发变得复杂浑融,难以名状。西方现代叙事对"性格典型"的摒弃,在本质上所体现的正是现代作家对"理念"或"观念"在传统文学叙事中那种统辖一切主导地位的质疑与否定。

"类型化"与"典型化"判然有别。"典型化"的要义是在灌输"普遍性"的过程中强调人物的社会属性,从而彰显其普遍的教化作用与意义。"典型化"作为与"非个人化"对立的的一种叙事策略,其"工具性"后面的"训谕"主旨是不言而喻的。"非个人化",因其对作家倾向性或文本训谕教化功能的取消,矛头所向直指"典型化"。所谓现实主义之"典型化"所达到的那种披着"客观"外衣的普遍性,实际上正是经由最直观的个人化观念达成的。因此,自然主义对现实主义的矫正,使一定要从"去典型化"的"非个人化"这里发端。自然主义高标文学之"科学"属性旨在消解其前文学猖獗的"社会功能",提升其艺术品质。但悖谬的是,消解社会功能却要用"非个人化"策略达成。很大程度上,这再次揭示了文学创作中最直观的往往便是最社会化的。所谓"个性",只不过是某种"观念化"的结果;经由"观念",最主观、最个人化的"个性",成了"社会"/"集体"之最有效的载体。当然,在个人与社会之间,那最关键的"观念"乃是"文化"规训的结果。即最个人化的个性,反而成了社会/集体最好的载体,这是因为两者之间有一个不可见的"文化"场域——

不断制造"观念"的场域。

事实上,对作家的创作而言,西方现代叙事从自然主义到现代主义这种人物形态"类型化"的走向,非但不是艺术水准的降低,反而大大增加了写人的难度。尤其是,它对作家的创作个性有了更高的要求。就在这种人物"类型化"的现代倾向刚刚开始萌发之初,左拉就将作家的创作"个性表现"问题提到了一个空前的高度。"今日,一个伟大的小说家就是一个有真实感,能独特地表现自然,并以自己的生命使自然栩栩如生的人。"①在左拉看来,"没有一个具有与别人相同的个性,没有一个从与别人一样的角度去观察人类"②。作家的气质总会经由非常强烈的个人感受和非常独特的个人观察角度而渗透在作品的每一角落,所以"一部作品永远只是透过某种气质所见出的自然的一角"③。对"真实感"的重视,使自然主义作家的笔触合乎逻辑地转向为传统作家所忽略的人的日常生活。但这里同样很快也出现了一个看上去未免悖谬的状况:一方面,自然主义作家强调描写平常、平淡生活中平庸的人;但另一方面,他们却又强调文学描写应该表现人各种各样的激情。"作家只要作出简单的研究,没有曲折的情节,也没有结尾,只有对某个年代生活的分析,描写一种激情的故事,一个人物的传记,从生活中撷取和经过合乎逻辑地分类的记录就算大功告成了。"④事实上,从泰纳在其《艺术哲学》中提出存在着比思想更重要的东西——人的原始激情——之后,左拉等自然主义作家就一直在理论上袭用并在创作中贯彻这一观点。于斯曼在其给出"自然主义"定义的那篇文章中说得非常明确:"我们尝试形象地塑造有血有肉的人物,他们站在自己的脚跟上,讲着自己的语言,因而他们是活生生的人物。我们试图说明驱使人物行动的激情,一旦这些激情显露,立刻指出它们怎样逐渐增长,久而久之,又怎样慢慢熄灭,或者随着人物口中发出尖叫,激情怎样沸腾以至爆炸!"⑤而斯特林堡也理解得极为准确,"左拉的'伟大的自然主义'中所强调的'气质',乃是以一种集中、甚至是暴力的方式表达出来的

---

① 左拉:《论小说》,朱雯等编选:《文学中的自然主义》,上海:上海文艺出版社,1992年,第215页。
② 同上书,第239页。
③ Emile Zola, "Naturalism in the Theatre", in *Documents of Modern Literary Realism*, ed., George J. Becker, Princeton, New Jersey: Princeton University Press, 1963, p.198.
④ 左拉:《论小说》,朱雯等编选:《文学中的自然主义》,上海:上海文艺出版社,1992年,第240—241页。
⑤ 于依思芒斯:《试论自然主义的定义》,同上书,第324页。

强烈情感"①。

对这种看上去未免有些自我矛盾的主张,只有通过自然主义人物"气质类型"之生理学本质的理解才能给出解释。既然生理情欲常常是激情的来源,既然他们所理解的"真实"并非所谓"客观"的外部真实,既然对平淡的日常生活描写本身并非他们的目的,揭示活生生的生命个体在平淡、庸常的生活底下种种隐秘、强烈、复杂、真实的生命冲动才是目的,那么,这种表面悖谬的主张底下所潜藏着的合理性便也就毋庸置疑了。《小酒店》等自然主义小说,虽然常常通篇写的都是再普通不过的底层人物的琐碎生活小事,但却一点都不令人感到乏味厌倦,反倒具有逼人的情感冲击力和强烈的艺术感染力,其中的奥秘大致如是。质言之,自然主义的所谓"激情"来自承载着生命本能的"血肉"之躯,而非灌注了太多社会意识形态观念的大脑。因此,左拉认为,自然主义叙事要描摹人的"气质",就应该表现激情,而不是性格。在这里,所谓的"典型"是次要的,最重要的是描绘出人之生命"本相";这种"本相"是人类的,而不是仅属于个别人的。按照左拉的说法,描绘人性的一个方面或几个方面,小心地不遗漏任何东西,把一切有用的东西都写进去,这样一部自然主义的作品就能指出造成美德和邪恶的种种复杂性。

第二节 "反英雄"

一、"巨人"与"侏儒"

传统西方叙事作品中的正面主人公,往往不是作家真善美理想的化身,便是作家某种思想意向的传声筒。与这样的正面主人公"配戏",反面主人公往往也同样并非泛泛之辈,只不过他们的"怎生了得"是"黑色"的,朝向正面主人公相反的方向,体现着作家本人对"邪恶"的否定与批判。总体来说,"巨人化"乃传统西方文学在人物塑造上的明显特点。在自然主义步入文坛的时候,西方文学中依然存在着大量浪漫派风格的"英雄"形象,即使在较为注重"写实"并因此受到左拉推崇的斯汤达、巴尔扎克等

---

① Borge Gedso Madsen, *Strindberg's Naturalistic Theatre: It's Relation to French Naturalism*, Copenhagen: Muksgaard, 1962, p.62.

人的作品中,这一点也依然难以幸免。"对司汤达来说,一个他对之倾注悲剧性同情、并希望读者也有同感的人物,必须是一位真正的英雄,必须具备伟大而且一往无前的思想和感情。在司汤达的作品中,独立高尚的心灵、充分自由的激情颇具贵族的高贵和游戏人生的气质。"①

现代主义文学作品中的人物愈来愈失去了行动的能力,他们不像传统作家笔下那些色彩浓重、表情夸张的英雄:或者威武雄壮,能做出惩恶扬善的英雄业绩;或者风流倜傥,能演出可歌可泣的个人奋斗之歌,或者阴险狡诈,能玩弄法律、道德乃至他人生死于股掌之中。这些20世纪出生的"当代英雄",在很大程度上已经失去了传统文学中人物身上的奋争能力,他们只是凡夫俗子,很多时候甚至不如凡夫俗子,而更像一条条放在砧板上待人解剖的将死之鱼。这类人物已不再是作家某种观念的体现者,也没有什么确定的"典型性格"。在人物失去了"行动"的能力之后,传统西方文学作品中人物形象的那种"英雄"模式已经瓦解,传统作品中人物那种"性格典型"的基本表现形态正是由此才破碎成为一种"心态"。在不少情况下,现代主义叙事文本中人的形象往往很容易让人联想到"虫"的意象。在塞缪尔·贝克特(Samuel Beckett,1906—1989)的《美好的日子》(*Happy Days*,1961)中人们可以看到,女主人公维尼遭活埋时从容不迫,兴致盎然地梳头、照镜子、抹口红,并欣喜地喊着:"啊,又一个美好的日子!"直至全身埋没。在贝克特的另一剧本《终局》(*Endgame*,1957)中,主人公哈姆双目失明,四肢瘫痪,完全靠仆人服侍,却一心要周游世界。当仆人用手推车推他转了几圈,停在舞台中心时,哈姆心满意足,说他遍游了世界。哈姆的父母也都是瘫痪者,分住在两只相距颇远的垃圾桶里,两口儿不以眼前的处境为痛苦,还拼命地想拥抱、接吻。所有这些人物形象,都无一不在揭示人生的被动、麻木与卑贱。在这种新的文学风潮的激荡之下,卡夫卡在《变形记》(*Die Verwandlung*,1915)中直接描写推销员格里高尔变成了一只甲虫显然也就毫不奇怪了。

对"真实感"的追求,使自然主义作家致力于淡化戏剧性情节,返回到平淡的现实生活。这决定了其小说里的人物必然要变得平凡庸常,猥琐渺小。用左拉的话来说就是:"小说家,如果接受表现普通生活的一般过程这个基本原则,就必须去掉'英雄'。我所谓的'英雄',是指过度夸大了

---

① 埃里希·奥尔巴赫:《摹仿论:西方文学中所描绘的现实》,吴麟绶、周新建、高艳婷译,天津:百花文艺出版社,2002年,第539页。

的人物,木偶化的巨人。这一类胀大的'英雄',降低了巴尔扎克的小说,因为他总以为还没有把他们塑造得足够大。"①在这种创作观念的指导下,自然主义文学作品中的人物形象内涵开始发生巨大变化。此前,浪漫派笔下的人的生存斗争并不使人垂头丧气,哪怕是主人公在斗争中显然是在走向堕落;因为在这种斗争中存在的人,总是显现出某种过人的精神品质——意志、理想、勇气、毅力、智慧等。而现在,传统文本中那种由个人与个人或个人与社会之间的冲突所构成的生存斗争,在自然主义作家笔下很大程度上已经演化成为个人与自我以及个人与环境之间的对抗。这里的"自我"主要是指由遗传决定的人的生理-心理机制;而所谓"环境"则主要是指庞大的经济机体(银行、工厂、矿山、百货公司等)或社会机制(弱肉强食、阴谋、暴力等)或其他特定的生存境遇(灾难、绝境、促狭等)。个人的精神自我以及与之相伴随的人的力量、智慧等,在神秘、盲目的肉体自我与同样神秘、盲目但却更为巨大、严峻的环境压力面前,变得微弱、渺小,不堪一击。命运的巨手将人抛入这些机体、机制、境遇的齿轮系统之中,人被摇撼、挤压、撕扯,直至粉碎。显然,与精神相关的人的完整个性不再存在;所有的人都成了碎片。"在巴尔扎克的时代允许人向上爬——踹在竞争者的肩上或跨过他们的尸体——的努力,现在只够他们过半饥半饱的贫困日子。旧式的生存斗争的性质改变了,与此同时,人的本性也改变了,变得更卑劣,更猥琐了。"②所有人都被拉到了同一水平,超人式的英雄巨人或黑色巨人消失了,穿行于新的叙事文本字里行间的到处都是侏儒或草芥般的人物。

自然主义的奠基作《包法利夫人》提供了平庸人物的样板包法利医生,这个善良、老实、有点土气的老好人有一种纤毫毕现的真实感——

> 让一个傻瓜站立起来、神采奕奕有多么困难。一无所能,本身保持灰色中性,没有任何特色。然而,这个可怜的人——查理,却有令人难以相信的生动突出。他以自己的平庸填满了这部作品,每页都可以看到这个可怜的医生、可怜的丈夫,在各方面都可怜和倒霉。而且这样写却没有任何滑稽的夸张。他显得非常真实,处于应有的位

---

① 转引自卢卡契:《左拉诞生百年纪念》,朱雯等编选:《文学中的自然主义》,上海:上海文艺出版社,1992年,第470页。
② 拉法格:《左拉的〈金钱〉》,同上书,第341页。

置。甚至这个不幸的人给人好感,令人对他产生怜悯和温情。①

而这个平庸男人的无能在整本书最深刻的体现,是在爱玛死后得知所有真相却仍对爱玛的情夫说的那句话:"我不怨你。"这句话是对所有人的嘲讽——荡妇爱玛、奸夫罗道尔夫,更有窝囊的查理自己。"这完全是个可怜的人。在我们的文学中还没有一句这样深刻的话,对人心的怯懦和温情展示出这样的深渊。"②

福楼拜另外一部自然主义经典《情感教育》写一个从外省来到巴黎的年轻人莫罗陀螺般辗转于四个女人之间的故事。这个敏感而又聪慧的中产阶级男子,就价值观而言没有任何清晰的目标,在情感层面也完全没有什么原则或真诚。无目标、无希望的他,在人海中沉浮,在与各式女人的风流韵事中沉溺,直到最后孤零零地离开人世。"这里没有英雄或反派角色来搅动我们的心,没有小丑来娱乐我们,没有情节来吸引我们的注意力。但掩卷沉思,我们的心却似乎又被某种东西深深触动。这绝非某个特殊个体的'悲惨故事',而是可怜的人类自身的悲剧:头脑中似乎有许多非凡的见解,高尚的话语也时常挂在嘴边,但他们却将自己沦落成如此模样:愚笨、怯懦、平庸、优柔寡断……"③"在这部了不起的书中,"左拉形容道,"平庸是史诗性的,人类像巨大的蚁巢一样,丑恶、灰暗、卑劣盘踞和展示在里面。这是一座壮丽的大理石庙宇,一无所能地耸立着。"④威尔逊也说:"在《包法利夫人》和《情感教育》中——所有的一切都是卑鄙、平庸和怯懦。"⑤

自然主义笔下的人物,生物属性被强化,社会一环境的属性也被突出,唯一被弱化的便是人的精神属性;自然主义作家热衷于描写"人物是如何被他们所无法控制的社会和生物性的力量摧毁的"⑥。而自由意志被阉割后的人之无所作为,则是伴随生物学决定论与环境决定论而来的自然主义文学的基本主题。在自然主义作家笔下,所有的社会阶层都为

---

① 左拉:《法国六文豪传》,郑克鲁译,合肥:安徽文艺出版社,2011年,第172页。
② 同上。
③ Quoted in Edmund Wilson, "The Politics of Flaubert", in *The Triple Thinkers: Twelve Essays on Literary Subjects*, London: John Lehmann, 1952, p.84.
④ 左拉:《法国六文豪传》,郑克鲁译,合肥:安徽文艺出版社,2011年,第174页。
⑤ Edmund Wilson, "The Politics of Flaubert", in *The Triple Thinkers: Twelve Essays on Literary Subjects*, London: John Lehmann, 1952, p.79.
⑥ Donald Pizer, *The Theory and Practice of American Literary Naturalism: Selected Essays and Reviews*, Carbondale and Edwardsville: Southern Illinois University Press, 1993, p.3.

同一规则所支配,所有的人在本质上都没有很大区别,人类在很大程度上成了一种类于普通生物的存在。如果说传统西方作家经常给读者提供一些高出于他们的非凡人物,那么,自然主义作家经常为读者描绘的却大都是一些萎顿猥琐的凡人。理性模糊了,意志消褪了,品格低下了,主动性力量也很少存在:在很多情况下,人只不过是本能的载体、遗传的产儿和环境的奴隶。1875年在写给乔治·桑的信中,福楼拜称:"我从来没有对人类感觉到如此巨大的厌恶,我真想把人类溺死在我的呕吐物下面。"①西班牙自然主义作家加尔多斯的长篇小说《禁脔》中,主人公何塞曾有这样一段著名的独白:

> 我不是英雄,我是自己时代和种族的产儿,与我生活于其中的环境不可避免地和谐一致。我身上有源自出身和环境的各种素质,带着我的家族以及我所呼吸的空气的全部特征。我从母亲那里继承了正直的品格和法的观念,从父亲那里继承了薄弱的意志以及我叔父塞拉芬称为"衩裙迷"的习性。其它的素质则是由个人经历造就的:早年侨居英国,而后长年学习经商,最后来到马德里这个世上最恶浊的大海行舟……我是一个被动的角色。生活的浪头撞击我不会化作飞沫,而是摇撼我,将我连根拔起。我不是岩石。我随波逐流,是一块漂浮于事件海洋上的落水之木。情欲比我更有力量。②

这段独白,可以看成是对自然主义作品中很多人物形象的最好概括。左拉曾尖刻地讥讽传统西方文学叙事所营造的"巨人"世界,称里面的"英雄"只不过是些"傀儡","木偶般"的"卡通人物"③;在现代西方文学叙事中,"英雄"陨落了,"巨人"坍塌了,人几乎很少能够支配自己的命运,很大程度上只是被动地、浑浑噩噩地困于程式化的麻木畸形的生活中,完全成了一种荒诞的存在。

> 像那些女性受难者,她们是自己天性——某种意义上抑或即人性本身——的牺牲品;那些天资甚好但却意志软弱的女人,她们

---

① Quoted in Edmund Wilson, "The Politics of Flaubert", in *The Triple Thinkers: Twelve Essays on Literary Subjects*, London: John Lehmann, 1952, p. 87.
② 转引自许铎:《佩雷斯·加尔多斯的自然主义倾向》,柳鸣九主编:《自然主义》,北京:中国社会科学出版社,1988年,第371页。
③ Emile Zola, "Naturalism in the Theatre", in *Documents of Modern Literary Realism*, ed., George J. Becker, Princeton, New Jersey: Princeton University Press, 1963, p. 213.

是——用通常的说法——柔软的皮囊;此外诸如歇斯底里的妇女、女佣、妓女等,她们共同的结局便是毁灭。还有一些清醒的知识分子,通常是未婚男子或者婚后生活不如意者,他们是——用福楼拜的话说——"榨干了的水果"。这些叔本华主义者将自己等同于人类全体,往往先是耽于对某些终极虚幻观念和自己人生失意的沉思,尔后便宣称万事皆空意义虚无了事。大致说来,自然主义文学中的男女主人公是鱼龙混杂的一群人,男性懒散,女性缺乏美德;这使得他们与浪漫主义和感伤小说中的英雄人物形成了鲜明的对比。①

西方文学在人物形象内涵上的这种现代演进,显然是从自然主义文学这里开始的。

二、"人兽":动物凶猛

人物塑造上善恶两极化的做法以及在善恶两极中对善者的认同和肯定,是作家强烈的道德理念倾向所带来的传统西方文学作品的重要特点之一。这样的创作立场,不但决定了传统西方文学作品中的人物之间往往凸显着一条好人与坏人、英雄与恶棍的界线,而且也决定了传统文学叙事所塑造出来的"英雄"在本质上大都体现为道德上的"巨人"。至善至德、高山仰止者如《悲惨世界》(Les Misérables,1862)中的冉阿让、《双城记》(A Tale of Two Cities,1859)中的卡尔登;微有小恙却在探索中忏悔新生的贵族知识分子如《复活》(Resurrection,1889—1899)中的聂赫留朵夫、《战争与和平》(War and Peace,1863—1869)中的安德烈·包尔康斯基;品格高尚、充满道德力量的小人物如《罪与罚》(Crime and Punishment,1866)中的索妮娅、《艰难时世》(Hard Times,1854)中的西丝;意志坚强、正直不阿的个人奋斗者如《简·爱》(Jane Eyre,1848)中的简·爱……这些正面主人公无一不是堪被读者作为道德楷模的高大形象。

在从自然主义发端的西方现代文学叙事中,随着作家道德判断因素的淡出,文本对生命本能的表现得到加强。这种变化,使得自然主义作品中人的形象普遍呈现出其原有的多面、复杂和矛盾,高尚与卑鄙、恶毒与慈善、真诚与虚伪这样一些截然对立的道德命题已经开始消融。体现在

---

① David Baguley,"The Nature of Naturalism",in *Naturalism in the European Novel*,ed.,Brian Nelson,New York:Berg Publishers,1992,p.21.

具体的人物形象形态上，就是在"虫"的萎顿萎缩之外，还有另一种充满原始野性的"人兽"型形象的存在。而作为"人兽"，"恶"在很多时候成了人最深沉的本质特征。

在"人兽"型人物形象的塑造方面，美国自然主义作家杰克·伦敦的创作最具代表性。杰克·伦敦的小说大致可以分成两类：其一是写美国北方淘金者冒险生活的"北方故事"，其二是写主人公为生存而顽强抗争的"海上故事"。无论是"北方"还是"海上"，伦敦笔下人物所置身的都是一些极限生存环境，而在如此极端条件下既向环境也向自身极限挑战的主人公，则大都是一些"强人"。对这些永远持有主动之生命态势的"强人"而言，环境越险恶，便越能激发生命潜能，越能考验其生命力是否旺盛。因此，他们大都不习惯通过妥协退让来获得安全感，因为那样往往意味着被对手或环境吞噬掉；相反，他们喜欢冒险，习惯于在极端险恶的环境中生存挣扎——在常人看来几乎令人绝望的生存斗争中，这种环境总是会激发起他们的生存意志，而只有这种鲜活、强大的生命意志在克服障碍或战胜环境的顽强抗争中的释放，才会使他们真正地体验到生命的满足，哪怕这种满足有时候甚至不得不以毁灭他人的生命为代价。受到列宁称赞的短篇小说《热爱生命》(Love of Life, 1906)描写一个受伤的淘金者孤零零地在原始的荒野中艰难跋涉。面对饥饿、寒冷和死亡的威胁，他始终没有丧失勇气，在荒野里步行了六天六夜，没有一粒粮食下肚，只好以草根和艰难捕捉到的一两条小鰷鱼来维持生命。最可怕的是，有一只像他一样垂死的病狼舔着他流下的斑斑血迹一直尾随着他。当他从饥饿所造成的昏迷中醒来，那只狼正用最后一点力量咬住他的手，他挣扎着用那只被咬住的手抓住狼的牙床，慢慢地将身体压倒在狼身上，并用牙齿死死地咬住狼的咽喉。几天后，当一艘捕鲸船上的人发现他时，他已经失去了知觉，但身体仍在向前蠕动。

是什么力量在支撑着这个人在饥饿、寒冷和伤痛中度过了十多天？是他那顽强的求生意志。而这种求生意志，是无法用普通的道德标准来衡量的。由此再进一步，便可以触摸到这类"强人"原始的生命强力之中所暗含的"非道德"的本质特征。而正是这种"非道德"的精神特征，使这些"强人"在特定的情境中堕为了"人兽"。伦敦笔下的超人个个都是行动的巨人，并且往往都是力量和意志的化身；就此而言，他们和上面谈到的那些"虫"样的人物显然大相径庭。然而，"非道德"却是两类看上去截然不同的自然主义人物共同的精神特征；也正因为如此，他们才共同作为现代叙事作品中的"反英雄"(Anti-hero)与传统作品中的"英雄"区别了开来。

在伦敦的代表性作品《海狼》(*The Sea-Wolf*,1904)中,作为主人公的"强人"拉森便因其"非道德"的精神特质而成为颇具代表性的"人兽"。他是一个力大无比、威力超群的人物,给人的感觉好像他就是力量的化身。他公开承认自己是一个"极端个人主义者":"在只能允许一个生命存活的地方,上帝却播下了数以千计的生命。所以生命就要吃生命,一个生命就要吃掉另一个生命。直到最强、最贪婪而又最野蛮的生命留下来为止。"①"大吃小才可以维持他们的活动,强吃弱才可以保持它们的力量,越蛮横吃得越多,吃得越多活动得越长久。"②他不但是这样想的,也是这样做的。他将自己的船员当作供其任意驱使的奴仆,并公然将自己的快乐建立在别人的痛苦之上。船上的厨工冒犯了他,他就将他扔到海里,结果那个可怜的厨工不仅喝够了海水,还被鲨鱼咬去了一条腿。在"魔鬼号"船上,他那常常给人带来毁灭性打击的拳头才是真正的统治者。而被它所统治的水手们,一个个也都习惯于逞勇斗狠,常常为一点针尖大小的事情就拔拳相向。在生存竞争、优胜劣汰的规则下,"魔鬼号"恰如野兽出没的原始丛林,在这里没有尖利的牙齿和强大的力量就很容易被别人吃掉。漂浮在茫茫大海上的这条船,乃是伦敦所理解的世界的象征。

杰克·伦敦的小说鲜明地表现出了他对体力强悍的关切,对血腥场面的崇拜,以及对各类暴力挣扎的偏爱。体现这一特点的小说除《海狼》之外,还有《马丁·伊登》(*Martin Eden*,1909)以及一些中短篇小说。为了充分释放这种情绪,伦敦还写了很多以动物——尤其是狼——为主人公的小说,诸如《野性的呼唤》(*The Call of the Wild*,1903)、《白牙》(*White Fang*,1906)等。在伦敦的笔下,人和动物之间的区别似乎变得极其模糊:在人之顽强坚韧、不屈不挠的生存抗争中满含着凶猛强悍的野性;而狼这种原本凶残的野兽,在"拟人"化的描写中也有了很多类似于人的心理活动。不少评论家都注意到他擅长描写人的兽性以及人类与野兽之间的亲缘关系。这种"亲缘关系"似乎在提示我们:人就是动物,而且是一种狼样的动物,而非羊样的动物。"'万物融通'乃是自然主义文学的根本主题:省却对自然法则的鉴别,降解时间和生命过程本身的效能,直至

---

① Jack London, *The Sea-Wolf*, New York: Airmont Publishing Company, 1965, p. 55.
② Ibid., p. 38.

抹煞所有差别。"①

从伊索寓言到浪漫主义童话再到安徒生童话,尽管作家创作的理念和范式有着沧海桑田的变迁,但作家在叙事时对"动物"的处理却莫不与那个"喻"字相关:明是写动物,实则是写人——以物"喻"人;因而动物形象的描绘,完全不存在人兽界线,动物的特性与个性完全被人性——且往往是人性中狭隘的道德属性——所取代。动物只是作家"说事"的一个幌子或道具而已。也就是说,这些动物形象是工具性的,始终服务于文学叙事的修辞目的,服从于讲述外部故事的需要。作家描写它们,考虑的主要不是动物自身,也就更不必说动物与人的关系;因而小说的内涵或寓意,必须越过动物形象才能得到把握。绝大部分时候,"动物叙事"在这种以动物为主角的叙事作品中,仅仅是某种人类道德范式的载体,例如狗之于忠诚、狐之于狡诈、蜜蜂之于辛勤等。笼统说来,前自然主义的"动物叙事"往往与作家强烈的道德说教取向息息相关。

在以卡夫卡的《地洞》(*Der Bau*,1923)为代表的现代主义"动物叙事"中,虽然作为叙事对象的动物所承载的道德功能已经消解,对动物的描写转而成为对人之某种生存状态的象征模拟,但动物作为"喻体"的身份却依然如故。就解除叙事浅白的道德功能而言,杰克·伦敦的"动物叙事"与卡夫卡的那种现代主义"动物叙事"完全等同。但自然主义的文学理念和文学范式的内在规定,又使其具有不同于后者的诸多特质。这首先表现为:在伦敦的笔下,动物并不完全只是经过艺术抽象把握到的某种人之生存状态的隐喻,即不全是一个隐喻文本系统中的单纯"喻体",而是作家所要描写的一个实体的自然生命存在。作为文学文本而非动物学教材,我们当然不否认其"动物叙事"作为文学叙事必然会有的对人以及人类社会的隐喻意义,但就叙事的艺术形态来说,伦敦笔下的动物的确已经有了属于自己的、鲜明的生命个性,且这种个性总与作为其形成原因的某种具体的生存环境息息相关。质言之,作者完全是在以自然主义作家惯有的描写人的态度和方法来描写动物。在这里,动物不再只是某种隐喻文本中的"喻体",而是鲜活的、具体的、个体的自然生命存在本身;这种描写所释放出来的关于人和人类社会的"所指"不是通过隐喻达成的,而是经由明喻达成的。

---

① David Baguley,"The Nature of Naturalism",in *Naturalism in the European Novel*,ed.,Brian Nelson,New York:Berg Publishers,1992,p.25.

伦敦"动物叙事"所具有的独特的自然主义艺术范式的形成，显然与达尔文的进化论观念有关。既然人是由动物进化来的，既然从某个角度来看人本身就是动物，那么从某种程度上来说写人不就是写动物吗？反过来说，写动物不也就是在直接写人吗？既然如此，又何必"隐"来"喻"去将事情搞得那么玄而又玄、神神秘秘？我想，这大概是伦敦在其从事那种自然主义式的"动物叙事"时所可能会有的想法。狗与狼乃伦敦所有"动物故事"中的主角；而最引人注目的是，伦敦最好的两个以动物为主角的小说所处理的都是狗与狼相互转换的主题。《野性的呼唤》写巴克从狗变成狼，而《白牙》则是写白牙如何由狼变成狗。这其中所暗含着的思想喻意显然是不言自明的。

因为凶残，狼成了自然界中的"强者"。为了表达自己对野性的强悍生命意志的推崇，伦敦不但很多小说写了狼，他还尤其喜欢将自己的作品用"狼"字题名，如《海狼》《狼之子》(*The Son of the Wolf*, 1899)等。在欧文·斯通(Irving Stone, 1903—1989)《马背上的水手》(*Sailor on Horseback*, 1969)一书中，人们可以读到伦敦喜欢将自己比作"狼"，称自己是"一头能征惯战的野兽"；他的小说的封面经常出现狼的头像，他有时用"狼"这个字来签名，甚至曾把自己的别墅命名为"狼舍"。伦敦对世界的书写让人想到达尔文和斯宾塞，而其对人的描写则尤其让人想到尼采。后者曾称所有高贵的种族骨子里就是食肉兽，就是了不起的渴望战利品和征服的金发碧眼的野兽。

青少年时代，伦敦曾经从事过水手等各种危险职业；在底层社会摸爬滚打的这段生活经历，使其对"物竞天择、优胜劣汰"这一当时颇为流行的"人生规则"有着非同常人的深刻体验。这种体验则使他后来的思想本能地亲近达尔文，而尤其赞赏斯宾塞的社会达尔文主义以及尼采的"超人哲学"，当然，另外还有强调暴力革命的马克思(Karl H. Marx, 1818—1883)之社会学说。在谈及《海狼》时，欧文·斯通曾说："达尔文、斯宾塞、尼采在书中高视阔步，成为书中的主角。"[①] 在伦敦的如上"四大思想导师"之中，尼采无疑对他的思想与创作影响最大。

伦敦的思想与创作提示我们：对现代主义文学产生了巨大影响的尼采学说与对自然主义文学产生了直接影响的达尔文学说之间存在着某种隐秘的内在关联。正如罗素(Bertrand Arthur William Russell, 1872—

---

① 欧文·斯通：《马背上的水手》，褚律元译，北京：十月文艺出版社，1999年，第174页。

1970)在《西方哲学史》中所言:"虽然尼采没有一次提到他(指达尔文——引者注)不带着轻蔑,达尔文的'适者生存'若被人彻底消化了,会产生一种跟尼采哲学远比跟边沁哲学相像的东西。"[①]同时,伦敦的创作也提示我们:从生命意志既可以推导出叔本华(Arthur Schoppenhauer,1788—1860)式的悲观,也可以投放出尼采式的乐观。同样,在人与环境关系问题上,从来也都存在着不同的声音:实证主义和进化论者大都更强调人对世界的"适应",存在论者和生命哲学家基本上则侧重强调"个人选择",而马克思主义更愿意诉诸"社会革命"来改造世界。但这样的区分都是相对而言的,不可以绝对化。考察左拉、伦敦等最具代表性的自然主义作家的思想构成,人们发现的乃是一个几乎无所不包的思想杂货铺。有进化论、有实证主义、有存在主义和生命哲学,或多或少也包含有马克思主义的共产主义思想的影子。自然主义作家之所以能够在思想上空前地兼收并蓄,根本原因可能在于他们最基本的出发点是活生生的生活现实。稳稳地站在现实的大地上,与生活和生命的"地气"相通,这使他们具有了兼容并包吸纳各种思想的能力。就此而言,用"悲观主义""决定论"等笼统的哲学或意识形态大帽子对自然主义文学这样一个复杂、庞大的文学思潮所做的任何简单判定,无疑都是不可取的。

在19世纪中叶以降的西方现代哲学文化演变中,"生命力"首先是贯通从叔本华到尼采再到柏格森这一前后相续的"生命意志学说"系统的核心元素;同时,这一元素也是从克尔凯郭尔(Søren Kierkegaard,1813—1855)到海德格尔(Martin Heidegger,1889—1976)再到萨特(Jean-Paul Sartre,1905—1980)这一存在主义哲学系统内在联结的桥梁。而作为现代西方文化史上具有划时代意义的两大文化进展——达尔文进化论与弗洛伊德精神分析理论——之间的密切关联,它从另一个侧面进一步揭示了"生命力"如何成了现代西方文化构成中的焦点与核心。而这也许正是我们去理解自然主义与现代主义关系的另一个重要的切入点。

[①] 罗素:《西方哲学史》(下卷),马元德译,北京:商务印书馆,1976年,第335页。

第六章
意旨与意象

第一节 "主旨"的隐遁

一、"主旨"的隐遁：从传统文学到现代主义

传统西方作家普遍怀着满腔改良社会的善良愿望和热情，习惯于用人道主义的思想武器来批判社会中存在着的不合理现实。因而，他们的作品也就不可避免地具有了直接或间接的政治、道德说教倾向。他们不无沉痛地揭开社会的伤疤，但同时又竭力微笑着，不厌其烦地把一系列阶级调和、博爱忍让、人性向善、道德感化，甚至宗教观念作为济世良方向读者灌输。雨果的《悲惨世界》通过冉阿让、芳汀、柯赛特等人的悲剧命运，深刻揭露了资产阶级法律的残暴和道德的虚伪；但又主张通过道德感化和彼此相爱来解决社会问题，于是作品中便有圣人米里哀主教的仁爱使"暴徒"冉阿让由一个"恶人"变成了一个"善人"；被彻底改造了的冉阿让——马德兰市长——又用最高的德行去兴办福利，给社会带来了繁荣。在狄更斯有几分腼腆的小说的最后几页，美德总是战胜腐恶，给人留下一个光明的尾巴。在《艰难时世》中，他批判了自由主义的工业资本家，批判了功利主义和马尔萨斯主义，反映了被压迫者的痛苦生活；但作者却又明显地不赞成工人斗争，因此不惜丑化组织斗争的工联领袖，而且把备受折磨却不肯参加工人运动而主张人与人之间相互谅解的工人斯蒂芬写成正面人物。巴尔扎克在《幻灭》(*Lost Illusions*，1843)中曾写出人性是怎样为严酷的社会现实所改变,而他本人则仍然迷恋于往昔温情脉脉的时光,以宗教和王权作为现实的政治理想,呼唤所谓人性的复归。作为阐释社会人生、表达理性认识的工具,传统西方文学创作大都没有摆脱"说明生活""对生活下判断"的"人生教科书"这一套子。作家热心关注现实生活,并通过作品褒贬人物、褒贬生活,倾向性极其鲜明。既然作家反对什么、提倡什么在作品中都有着毫不含糊的体现,传统西方文学作品的主旨意向自然也就十分明白清楚了。

在"上帝死了"之后,在现代主义作家那里,善与恶、美与丑、真与假这样一些观念层面的对立命题在很大程度上已然消失。他们接受一切,而又对一切束手无策,似乎既无所厌恨,也无所希冀;于是,无所谓德行的胜利,也就没有必要对恶进行谴责。这样,作家褒贬事物的倾向性在一定程度上便在他们"是非原则"的消失中自行瓦解了。在这样一种心理背景下,现代主义作家便失去了传统作家那种急切地用自己的道德、政治或宗教观念教诲读者的热情,摒弃在创作中表露作家个人的主观倾向也就成了他们合乎逻辑的选择。在被称为现代主义宣言的《现代小说》一文中,弗吉尼亚·吴尔夫称主导传统文学叙事的理性观念为"强大专横的暴君",认为它阻断了作家"内心所感受的意象":

> 作家似乎是被逼着——不是被他自己的自由意志,而是被某个奴役他的强大专横的暴君逼着——去提供故事情节,提供喜剧、悲剧、爱情穿插,提供一副真像那么回事的外表,像得足以保证一切都无懈可击,以致他所写的人物倘若真的活了,就会发觉自己已经穿戴整齐,连外衣的每个纽扣都符合当时的时装式样。暴君的意旨业已照办;小说烹制得恰到火候。①

而为了显现真正的人的生存,她强调现代作家的叙事必须摒弃"习惯风尚所灌输给我们的见解",从自己的"切身感受"与"内心体验"出发:

> 生活并不是一连串左右对称的马车车灯,生活是一圈光晕,一个始终包围着我们意识的半透明层。传达这变化万端的,这尚欠认识尚欠探讨的根本精神,不管它的表现会多么脱离常规、错综复杂,而且如实传达,尽可能不羼入它本身之外的、非其固有的东西,难道不

---

① 弗吉尼亚·沃尔夫:《现代小说》,崔道怡等编:《"冰山"理论:对话与潜对话》(下册),北京:工人出版社,1987年,第616页。

正是小说家的任务吗?①

吴尔夫的小说《到灯塔去》(To the Lighthouse,1827)开篇就给人一种浓重的末日悲凉气氛。读者不知道兰姆西太太到底发生了什么事,从一片神秘中所透出的只是环绕着她的美丽的某种悲凉和徒然。读完整部小说,留在人们大脑屏幕上的依然是兰姆西太太身上那种只可意会不可言传的谜一般的东西。计划中的及多年之后才成为现实的灯塔之行到底意味着什么?其间的诸多关联事件又究竟意味着什么?对于所有这一切,文本均始终没有给予明确的说明,直到最后人们也只能于满腹狐疑中做出各种猜测。

在形形色色的现代主义流派中,也有一些作家经历了两次世界大战和社会革命的震动,在一方面感到这个世界是一个莫测深渊的同时,另一方面也朦朦胧胧地感到了某种和过去截然不同的新东西。他们忙碌着,带着创作新艺术的冲动,竭力分辨未来的涵义,企图干预生活。存在主义文学的首领萨特曾主张"介入文学",号召人们通过"自由选择"为恢复与维护人的价值而奋斗;表现主义诗人巴尔也曾说,新的艺术应当使社会从极端的阴谋手段和权力的统一中得到复兴。但到底应当怎样"恢复"或"复兴"呢?超现实主义主将阿拉贡(Louis Aragon,1897—1982)的一句话或许能解答这个疑问:"摧毁一切吧,然后你就会成为一切的主人!"

主旨意向的隐遁已经构成了现代主义作品的一个重要特征。人们在现代主义的作品中非但再也找不到关于善有善报、恶有恶报的道德教训,而且有时候根本就得不出任何明确的结论,而只有一种模模糊糊、模棱两可的体验。欧文·豪(Irving Howe,1920—1993)在《新之衰败》(*Decline of the New*,1970)中曾经指出,就现代主义文学而言,"一部作品写作的前提是:它所描写的动作并不存在着可靠的意义,或者尽管一个动作能抓住我们的注意力,激发我们的情感,但我们对它的意义的可能性却不能确定,或必须保持不确定"②。像贝克特的荒诞剧《等待戈多》(*En Attendant Godot*,1953)、卡夫卡的小说《城堡》等,作品本身的确都是一种可以做出多种解释的"不确定"的意义结构,甚至有时连作家本人也很难明确地解

---

① 弗吉尼亚·沃尔夫:《现代小说》,崔道怡等编:《"冰山"理论:对话与潜对话》(下册),北京:工人出版社,1987年,第616—617页。

② 欧文·豪:《新之衰败》,转引自彼得·比格尔:《先锋派理论》,高建平译,北京:商务印书馆,2002年,第7页。

释自己的作品。《等待戈多》在美国上演时,导演问贝克特戈多意味着什么,不料贝克特的回答却是:"我要是知道,早在戏里讲出来了。"后期象征主义诗人也认为没有必要把诗歌的主题和意境理解得一清二楚,诗人自己对其作品的含意也可以不甚了了。他们允许读者对同一首诗有多种不同的解释,而最好的答案则是"未知"二字。新小说派作家则明确提出,在我们的周围,生活和世界的意义只是部分的、暂时的,甚至矛盾的,因而也总是有争议的,现实只有在它的发展过程之后才可能会有某种意义,僵化凝固一成不变的意义乃最先是由神谕尔后又由19世纪理性主义强加于人类的东西,已不再令人信服。因此,他们主张小说不要提供什么现成的意义。

二、自然主义:现代转型的发端

叙事文本"主旨的隐遁"这一从传统到现代主义的现代转换,在自然主义文学时期便已经开始。在自然主义作家那里,传统作家那种企图用自己的作品直接干预生活、充当历史指导者的热情已经被"真实感"的"最高原则"所代替。在左拉等自然主义者看来,写真实即是写道德,有"真实感"就是有道德感,真实即道德,没有真实就没有道德。左拉区分了两种不同的艺术道德:"理念主义者诡辩——为了道德就必须撒谎;自然主义者则宣称——没有了真实就不会再有道德。"[①]"倘若人类愚昧无知,制造谎言,宣称在错误和混乱中走得越远便越伟大,哪里还有什么高贵、尊严、道德、美可言?唯有具备真实感的作品才可能是真正伟大和道德的作品。"[②]他坚持认为:自然主义的艺术道德不但捍卫了作家本人道德上的严肃性,而且也捍卫了艺术的力量;"只有满足了真实感要求的作品才可能是不朽的,而一部矫情的作品却只能博取时人的一时之欢"[③]。自然主义作家往往以一个冷静的旁观者的身份,举着真实的解剖刀,彻底地袒露社会和人生的真实面貌。如果说传统作家的作品中常有社会应该如何的"乌托邦",那自然主义作家的创作则只不过仅仅是在不断地研究社会究竟是怎么样的了。他们认为艺术家在描写真实时应不加任何评价,要绝对保持不偏不倚的客观主义创作态度。

---

① Emile Zola, "Naturalism in the Theatre", in *Documents of Modern Literary Realism*, ed., George J. Becker, Princeton, New Jersey: Princeton University Press, 1963, p. 209.
② Ibid., p. 184.
③ Ibid., p. 208.

所谓客观的创作态度,就是主张文学要非宗教、非道德、非政治,反对作家在作品中表露出明显的观念倾向性。

左拉等自然主义作家对此曾经做过很多表白:

> 我的主要任务是要成为纯粹的自然主义者和纯粹的生理学家。我没有什么原则(王权、天主教),我将有一些规律(遗传、先天性)。我不想像巴尔扎克一样,对人类事务有一个判断,我不愿像他一样是一个政治家、哲学家、道德家。我将满足于做一个学者,满足于叙述如何寻找内在原因。另外,没有任何结论。①

> 我把对政治状况的探讨搁置一边,也不会去讨论在宗教上、政治上如何更好地治理人群的问题。我并不想建立或捍卫某种政治或宗教。我的研究知识对如此这般的世界所作的单纯而局部的剖析。②

> 我们的小说不支持任何论点。而且在大多数情况下,它们甚至连结论也没有。……艺术与政治理论和社会乌托邦毫不相干;一部小说不是一个讲台,也不是一篇说教,我认为一个艺术家应当像躲避瘟疫那样,杜绝连篇累牍的废话。③

> 小说家不应当有任何道德观念、任何宗教思想、任何政治见解,而应当熟悉一切道德观念、宗教思想和政治见解。④

自然主义作家已经意识到,要避免观念叙事所造成的那种"教化""教诲"乃至"教训"的效果,作家就"一定得用一种非常巧妙、非常隐蔽而形式又非常简单的方式来写他的作品,使读者不可能察觉并指出他的用意,发现他的企图"⑤。当然,在作家创作出的作品里绝不可能完全没有他的思

---

① 左拉:《巴尔扎克和我的分别》,朱雯等编选:《文学中的自然主义》,上海:上海文艺出版社,1992年,第292页。
② 左拉:《关于家族史小说总体构思的札记》,柳鸣九译,柳鸣九编选:《法国自然主义作品选》,天津:天津人民出版社,1987年,第734页。
③ 于依思芒斯:《试论自然主义的定义》,朱雯等编选:《文学中的自然主义》,上海:上海文艺出版社,1992年,第324—325页。
④ 路易吉·卡普安纳:《当代文学研究(节译)》,吴正仪译,柳鸣九主编:《自然主义》,北京:中国社会科学出版社,1988年,第546页。
⑤ 莫泊桑:《论小说》,莫泊桑:《漂亮朋友》,王振孙译,上海:上海译文出版社,1993年,第583页。

想烙印,自然主义作家只不过是通过返回生命本体将自己的倾向性深深地沉淀在了作品的底层。正如德国自然主义理论家康拉德所说,自然主义作品的魅力已"不在于理想化地扩大好的方面或坏的方面,而在于和谐和整体及部分的真实,在于用艺术家之手在永存的大理石上发掘'人类文献资料';作者完全消失在情节背后,而且既不用他的笑,也不用他的哭,既不用他插入的反思或判断,也不用显而易见的个人同情干扰事件的进程,干扰行动着的人物的性格发展;小说完全保持它非个人的、客观的统一,保持每一部艺术作品通过自己的作用证明自身存在的必要条件"①。由于自然主义作家在对社会和人性的研究上采取了科学家那种冷静、客观的立场,在创作中不再流露个人的好恶而只突出真实,自然主义作品的主题意向开始变得混沌起来。

> 我以为美的、我乐于创作的作品无所谓内容,这种作品不假外在依傍而能通过其风格的内在力量自给自足,就好比地球悬于空气之中一样,这种作品几乎没有主题,或者说主题至少要尽量隐而不现。最美的作品即是那些材料十分单薄的作品。②

无论是左拉的《戴蕾斯·拉甘》,还是德莱塞的《嘉莉妹妹》,如果我们要从其中引申出什么政治或道德的结论,这显然已是一件颇有些棘手的事情。

现代主义虽然流派纷杂,但作家的精神面貌却有着明显的共同点。如果说自然主义作家从他们时代里所感受到的信息主要是混沌和茫然,到了现代主义,呈现在作家面前的则更多了些混乱和荒诞。如果说自然主义的基本格调是超然、旁观、沉郁和灰色,现代主义则更多了些愤世嫉俗、玩世不恭以及怀疑一切的虚无主义情绪。就作品主题意义的隐遁而言,从前自然主义作品的明晰单纯到现代主义作品的朦胧暧昧,自然主义作品是一个明显的过渡点。在左拉等人经常不提供结论的作品中,传统小说"表现的明晰性"开始动摇,这正是现代叙事作品主旨意向隐遁的开端。

---

① 米歇尔·盖·康拉德:《左拉与都德(节译)》,宁瑛译,柳鸣九主编:《自然主义》,北京:中国社会科学出版社,1988年,第535页。
② Gustave Flaubert, *The Letters of Gustave Flaubert 1830—1857*, selected, edited, and translated by Francis Steegmuller, Cambridge, Mass.: The Belknap Press of Harvard University Press,1980,p.154.

政治、伦理、宗教主题或叙事具体意图的退隐,使得西方现代叙事表现出更为宏大、厚重的人文关怀——这里,可将其概括为"人性主题"或"命运主题"。

三、"人性主题"或"命运主题"?

"自然主义将证明是一种娴熟的程式,用于叙述妇女卖淫及其成因,在某种程度上,它将会排演女性'堕落'的轨迹,一遍又一遍,跨越国界。"①19世纪末叶,当自然主义作家开始描写贫民窟移民扭曲而贫瘠的生活,描写城市里年轻的乡村女孩和渴望乡村女孩的中年酒吧经理们容易陷入的非法生活,以及日常生活中偶尔发生的中下层社会的暴力动乱的时候,他们为自己发现艺术崭新的意义和形式而兴奋不已。尤其是,"这些作家不再接受19世纪小说惯例中的'最大谎言'——两性关系要么是高度浪漫的爱情,要么是中产阶级求爱和结婚的小仪式;性在他们的小说中开始成为现代艺术的伟大主题——人类悲剧性的根源和其日常生活的潜在动力"②。而将婚姻描写为一个男人和一个女人之间至死方休的战斗,这是斯特林堡等人从左拉的小说《戴蕾斯·拉甘》所移取来的自然主义心理剧的基本主题,也是自然主义的重要悲剧母题。在《父亲》一剧中,斯特林堡对一场"宏大的人类冲突——两性间的基本战争"进行了或许是最精辟、最彻底的分析。是的,主人公船长和劳拉并不总是互相憎恨——他们曾经年轻、相爱,一起在白桦林里漫步,那时的生活是美丽的;然而,他们的婚姻生活却以悲剧的方式发展着,除了憎恨和婚姻这个"杯子"里"苦涩的渣滓"外,他们最终两手空空一无所有。由于其冲突的不朽性质和人物塑造的方法,"《父亲》甚至比左拉的《戴蕾斯·拉甘》更远离普通的自然主义作品,但任人物命运下降曲线却与之一脉相承"③。

左拉认为,在传统文学中处于核心地位的性格、情节等叙事元素,现在都不重要了;最重要的是描绘真实的人类生活,而不是个别的人;一部作品应该描绘人性的一个方面或几个方面,小心地不遗漏任何东西,把一

---

① Simon Joyce, *Modernism and Naturalism in British and Irish Fiction: 1880—1930*, Cambridge: Cambridge University Press, 2015, p.130.

② Donald Pizer, "The Three Phases American Literary Naturalism", in *The Theory and Practice of American Literary Naturalism: Selected Essays and Reviews*, Carbondale and Edwardsville: Southern Illinois University Press, 1993, p.20.

③ Borge Gedso Madsen, *Strindberg's Naturalistic Theatre: It's Relation to French Naturalism*, Copenhagen: Muksgaard, 1962, p.62.

切有用的东西都写进去。对此,亨利·詹姆斯很早就指出:左拉总的主题可以说是"人的本性",而这本性却是一种"离奇的混合物"①。龚古尔兄弟也将揭示人生的真实亦即"使人触目伤情的人类痛苦",视为艺术的最高真理和道德。"自然主义的发展是建立在为生存而斗争的基础之上的,其特色是坚忍与牺牲的美德,洛夫乔伊(Arthur Oncken Lovejoy,1873—1962)曾将其描述为'艰难的原始主义'。"②从某种意义上来说,自然主义乃是对"人类苦痛"情状与"人之失败"命运的研究。左拉称这一基本主题肇始于自然主义的奠基人福楼拜。③ 福楼拜笔下的爱玛像无头苍蝇一样,饥不择食地扎进不同情人的怀抱;福赖代芮克在使灵魂保持纯洁爱慕的同时,却让肉体流连于不同情妇的闺房;就连《圣安东的诱惑》中潜心修行的隐士安东,也无法躲避在梦中被美艳的女王诱惑的淫乱场景……他们这种无法控制的情欲,实际上"隐喻了人类在与自身'宿命'抗争过程中的盲目性和无目的性";福楼拜认为"物质的、肉身的东西是不能永恒的,而人是物质的,肉身的,因此人和生命是瞬息的;人生的过程就是走向衰朽、死亡的过程,因而人生是痛苦的、无意义的和不值得依恋的;凡是由物质和肉身引发出的幸福是短暂的,并且最终将带来痛苦与不幸。因此人生的过程本质上是痛苦与不幸,生命在终极意义上是虚无"④。

萨特曾称福楼拜的作品"既聋又瞎,没有血脉,没有一丝生气;一片深沉的寂静把它与下一句隔开;它掉进虚空,永劫不返,带着它的猎获物一起下坠。任何现实一经描写,便从清单上勾销:人们转向下一项"⑤。

英国著名自然主义研究专家戴维·巴戈勒(David Baguley)在《自然主义的性质》(*The Nature of Naturalism*,1992)一文中曾将自然主义的叙事文本区分为两种模式或类型:

> 第一种或许可以被称为龚古尔型,左拉的某些小说,像著名的《小酒店》,有时候也可以划归这一模式。这种类型的小说专事打造个性沉沦的悲剧,其在时间维度上的展开往往呈现为某种持续恶化

---

① 亨利·詹姆斯:《爱弥尔·左拉》,朱雯等编选:《文学中的自然主义》,上海:上海文艺出版社,1992年,第437页。
② Harold Kaplan, *Power and Order*:*Henry Adams and the Naturalist Tradition in American Fiction*, Chicago and London:The University of Chicago Press,1981,p.127.
③ 左拉:《论小说》,朱雯等编选:《文学中的自然主义》,上海:上海文艺出版社,1992年,第239页。
④ 蒋承勇等:《欧美自然主义文学的现代阐释》,上海:复旦大学出版社,2002年,第64页。
⑤ 保罗·萨特:《萨特文学论文集》,施康强等译,合肥:安徽文艺出版社,1998年,第163页。

的过程,而这一过程幕后的推动力量则是由某些特殊的决定因素(诸如来自遗传的某些缺陷、某些神经官能症倾向、与人敌对的某些的社会环境因素等)所构成的事变;这与古典悲剧总是将悲剧形成的原因归诸某些超自然的力量显然不可相提并论。①

但很大程度上,自然主义作家笔下的人物似乎重又返回到了古希腊命运悲剧的情景之中。极力摆脱命运的俄狄浦斯却反被命运捕获;一种广漠无情的力量,现在又以遗传规则与环境囚笼的名义再次规制乃至决定自然主义主人公的命运。

自然主义小说的第二种类型大致可以称为福楼拜型。这类作品将败坏人生的决定性因素更多地归诸于生命本身的匮乏,此种匮乏决定了受困个体所陷于的罗网不是别的,正是种种日常生活里的惯性及其所派生出来的卑贱的姑息屈从。这类小说,看上去似乎不想在打造情节方面花费任何功夫,叙事能够前行的唯一动力便是主人公在毁灭的道路上生命力的持续耗散,与之相伴随的则是其理想的不断幻灭。第一种类型的自然主义文本叙事看上去更客观,小说家往往从卢卡斯博士和夏尔科博士那里获取灵感,更偏重于临床病理学和生理学的分析;第二种类型的自然主义文本常常披覆着一层"自传性"的面纱,小说家更喜欢到叔本华那里寻求灵感,因而作品中寄寓的道德和哲学意蕴也就更多些。此外,第一种类型的自然主义小说更富动感,第二种则显得沉闷,时常循环或者说重复。第一种类型的自然主义小说中的主人公,在总是带有屈从性的情节过程中一步步走向沉沦;第二种类型里的主人公,在甘愿逆来顺受的情节中悄无声息地变得一无所有。②

显然,无论哪种类型,在自然主义作家笔下,人生的悲剧都不再是古典文本中那种引发"悲悯"的"性格悲剧"或"社会悲剧",而更体现为是让人"震惊"的人性本身无可规避的命运,即人性的悲剧或命运的悲剧。"自然主义小说通常将耸人听闻的经验方面的详细文献与大量意识形态主题结合起来。与时代的文化风潮相结合,这些主题往往聚焦于人类比通常

---

① David Baguley, "The Nature of Naturalism", in *Naturalism in the European Novel*, ed., Brian Nelson, New York: Berg Publishers, 1992, p.22.
② Ibid.

想象的要有更多的局限性。"①"旨在描写人走向自我毁灭之缓慢但却不可避免的悲剧性过程——这是自然主义普遍的模式。"②

现代主义继承了自然主义的这一基本主题,但对人的命运却表现出了截然不同的精神态度。这有点像自然主义从浪漫派那里接续了虚空和忧郁的主题,却同时扬弃了其作品所经常表现出来的绝对化到空洞的个人自由畅想与极端化为虚假的乐观豪情。在现代主义文学叙事中,被压抑的生命意志往往以直觉的意象投放方式"爆裂",直接呈现为生命的"苦痛"与"茫然",这使得"痛感"进一步成为现代主义文学的底色,而"寻求自我"则成为其基本主题。吴尔夫对此总结说:"答案是没有的;如果诚实地体察生活,生活会没完没了地提出问题,等到故事结束以后,问题一定还会留在耳边再三盘问,毫无解决的希望——就是这种感觉使我们充满了深深的(而最终可能变成怨恨的)绝望心情。"③因为这一主题直接来自生命体验的深处而非观念丛林的某一角落,因而便有了本体论母题的意义。由此,现代主义文学"寻找自我"的主人公便比浪漫派笔下的"世纪儿"形象显得更真实、更本色、更深沉。在现代主义经典作家卡夫卡的文学世界里,我们看到:到处都有体现着这一主题的人物在充满悖谬的生活世界里徒然但又不可遏止地奔波跋涉。面对着"上帝死了"这一口号所隐喻着的文化危机与精神危机,领受着文学固有的浪漫诗情及其与现实遭遇后必有的忧愤,现代主义作家愈发释放出无法化解的忧郁。尤其在很多现代主义诗歌中,忧郁甚至成了最基本的主题。"忧郁"之情感征候膨胀成为整体的心灵状态,即有"荒诞"结晶析出,所以加缪(Albert Camus,1913—1960)有言:"荒诞"乃是一份激情,一份沉痛、沉深的激情。与此同时,卡夫卡式的"焦虑"以及萨特所说的那种"恶心",也都成了现代主义文学文本中普遍流行的独特体验。

现代心理学理论进一步揭示了存在于人内心中的永恒冲突以及存在于人类文化中的永恒冲突,并愈发清楚地向人们表明:人永远是一种处于内在与外在精神危机之中的存在。意义的永恒匮乏与意义的永恒饥渴带

---

① Donald Pizer, *The Theory and Practice of American Literary Naturalism*: *Selected Essays and Reviews*, Carbondale and Edwardsville: Southern Illinois University Press, 1993, p.16.

② Lars Ahnebrink, *The Beginnings of Naturalism in American Fiction*, Cambridge, Mass.: Harvard University Press, 1964, p.277.

③ 弗吉尼亚·沃尔夫:《现代小说》,崔道怡等编:《"冰山"理论:对话与潜对话》(下册),北京:工人出版社,1987年,第620页。

来了精神的永恒焦虑与精神的永恒探求。所不同者，只不过是程度的不同而已。就此而言，我们固然应该正视"孤独""焦虑""虚无""荒诞"等诸精神现象在现代主义文学中被"主题化"这一独特的文学景观，但也大可不必将其理解为多么不可理喻、多么耸人听闻的文化事件。最值得去做的乃是客观、准确地研究评估这些独特的精神现象之于20世纪西方文学书写与文化建构的意义——尤其是正面的价值。在物质高度丰裕和社会文明化程度显而易见大幅提升的20世纪之现实境遇中，这些问题在文本中的显赫存在本身，也许就是20世纪西方文学与文化的重大成就。

也许，"上帝死了"这一口号的真意并不在于它宣称了危机的到来，更重要的是它揭示并确立了怀疑精神的永恒价值。说到家，正是彻底的怀疑精神才使尼采发出了那振聋发聩的断喝。尼采说出这个论断时的那份欣喜与陶醉、激动与兴奋，足以提示我们应该审慎地理解这个论断。事实上，这个论断，与其说是在宣称一种文化的死亡，倒不如说是在宣示这种文化的再生。因为，在本质上，正是它所得以形成并又反过来使之进一步确立的怀疑精神解放了人的创造精神与自由精神。就此而言，尼采在本质上也许非但不是一个虚无主义者，反倒恰恰是一个对一般流行的虚无主义进行检视、反思、批判的"反虚无主义者"。

宏大的"人性主题"或"命运主题"在自然主义开启的西方现代文学叙事中的释出，使"个体人学"的文学本体论在浪漫主义"个体性"原则的基础上进一步被夯实。从此之后，文学文本再也不仅仅只是一般文化观念的载体，而成为本真的人之生存本相与生命意义的独立探究。尤金·奥尼尔（Eugene O'Neill，1888—1953）认为，现代戏剧正从所谓性格悲剧、社会悲剧重新回归古希腊的命运悲剧。他在谈到《琼斯皇》(*The Emperor Jones*，1920)中的主人公扬克时曾说："这是古老的题材，它过去是，而且永远是戏剧的唯一题材：人同自己命运的斗争。从前是与神斗，现在是与人自己斗，在决定自己的位置的追求中和自己的过去斗。"①虽然奥尼尔谈论的只是戏剧，但他的这一论断对我们认识整个现代西方叙事无疑都是一个重大的启示。

现代西方叙事中的"人性主题"或"命运主题"是宏大的，往往具有"只可意会不可言传"的空朦特征。这意味着在确定的主题"意旨"退隐

---

① 奥尼尔：《戏剧及其手段》，《美国作家论文学》，刘保端等译，北京：生活·读书·新知三联书店，1984年，第253页。

之后,现代叙事"意义"的表达方式只能越来越多地诉诸意涵并不确定的"意象"。

第二节 "意象"的弥漫

一、自然主义

新自然主义美学的代表人物桑塔亚那(George Santayana,1863—1952)称:"美,是一个生命的和声,是被感觉到和消溶到一个永生的形式下的意象。……每一个意象就是一个以永生的形式被观看到的本质。"①而意象派的领军人物庞德曾经将"意象"界定为一霎那间呈现的理智和情感的复合物。自然主义作家就是要用庞德所说的"意象"这种"复合物"来表达呈现为"离奇的混合物"的"人性主题"。在自然主义作品中,传统文学中与意识形态相关的、较为具体明确的社会、政治、道德、宗教主题消失,代之而来的则是宏大空朦的人性主题或命运主题。在如此宏大空朦的主题框架之下,意象开始取代原先观念体系所派生出来的具体叙事意图即具体的观念性主题,居于作品的中心。正因为如此,莫泊桑才将强调写实的自然主义作家称为"意象制造者"与"迫使人类接受自己的特殊意象的人"。② 著名批评家阿尔弗雷德·卡津(Alfred Kazin,1915—1998)则写道:"在我们看来,自然主义与其说是一个学派,不如说是一种情感氛围。"③

富有见地的批评家很早就已经注意到:不像福楼拜那样简洁和准确,不像泰奥菲尔·戈蒂耶那样文雅精致和精雕细刻,左拉的风格粗犷豪迈而又意象丰富。也许这样说会令很多人吃惊,但事实的确如此——"诗意

---

① 桑塔亚那:《审美范畴的易变性》,转引自朱立元、张德兴等:《西方美学通史》(第六卷),上海:上海文艺出版社,1999年,第90页。

② 参见莫泊桑:《〈皮埃尔与若望〉序》,柳鸣九译,柳鸣九编选:《法国自然主义作品选》,天津:天津人民出版社,1987年,第800—801页。

③ Quoted in Donald Pizer, *The Theory and Practice of American Literary Naturalism: Selected Essays and Reviews*, Carbondale and Edwardsville: Southern Illinois University Press, 1993, p.15.

的威力组成了左拉作品的价值"①。"堕落"及其后果是左拉小说的主要内容,《卢贡—马卡尔家族》研究的是被有机病变毒化了的人性。在左拉看来,"堕落"必然对人的生理造成影响——人类的异化从自然世界中反映出来。"有毒的植物不仅仅是腐败的象征,也是邪恶的象征,因此它们与繁育意象有关,同时也从属于创世纪的意象。"②"繁育意象和创世纪的意象是左拉作品中最基本的意象,它们不断地重复出现,几乎所有有意义的意象都由此衍生而来。"③

在《小酒店》中,人们首先读到的是在污秽、芜乱的大地上写下的不无温雅、哀痛的生命史诗,这部史诗会让它的任何一个读者对"人生"感到震惊,并在这种震惊中不得不去思考生命的丰饶与艰涩。显然我说的是绮尔维丝,那个瘸腿、健壮、浑沌、丰满的洗衣妇。她一方面勤俭能干、善良宽厚、充满活力,具有鲁滨孙式的实干精神,可另一方面又贪吃、酗酒、怠惰、肮脏,几乎是一头在泥沼中打滚受罪的雌性动物。人世的风从四面八方吹来,她浑然承受着在风中惨痛地飘摇浮沉。

> 现代的小说没有比它更富于完善的本质性的东西了,也没有在情调上比它更丰富、更饱满和更为贯彻始终的了。……整篇小说犹如一片广大无垠、深沉而又稳定的浪潮,它负载着小说里表现出来的每一件事物,浩浩荡荡,汹涌向前;它的气势从不有所缩小,它的深度也从不变得浅薄,什么也没有在中途稍有失落、下沉或者卡住,我称之为显示出天才的真实的高潮线,始终在同一个水平面上奔腾驰骋。④

在《萌芽》中,我们看到了矿井:

> 这个埋伏在地底下的妖怪,它吞噬工人、马匹以及机械,它倾吐煤块;它改变自然,使空气混浊而且毒化,在它的张着的大口周围,草木不生;它将原先作为小土地所有者而分散地生活的那些农民集合为队伍;它窃取他们各人的小块土地,判定他们不能再见天日,而在

---

① 朗松:《自然主义流派的首领:爱弥尔·左拉》,朱雯等编选:《文学中的自然主义》,上海:上海文艺出版社,1992年,第379页。

② Martin Turnell, *The Art of French Fiction*, London: Hamish Hamilton, 1959, p. 135.

③ Ibid., p. 138.

④ 亨利·詹姆斯:《爱弥尔·左拉》,朱雯等编选:《文学中的自然主义》,上海:上海文艺出版社,1992年,第439页。

惨白和摇晃不定的小小的灯火之下做苦工,天天冒着四面包围住他们的各种危险,丝毫不感觉到他们是多么英勇;我们看见这个妖怪隐伏在地底下,通过共同的痛苦和穷困,通过在资本主义桎梏下所受的折磨,把那些人团结在一起。那资本主义的桎梏,就像帕斯卡尔的上帝一样,无往而不在,同时却又无形迹可寻,推动那些人们罢工、流血斗争以及犯罪。①

在《娜娜》中,我们看到了征服一切的肉体之神:

她独自一人站在她公馆的财宝中间,脚下躺着整整一代被击倒的男人。正如古代的怪物,用白骨来铺垫它们可怕的巢穴,她脚下踏的却是人头骷髅。她的周围全是灾祸:旺德尔夫自焚;富卡尔蒙在中国海上过着凄凉岁月;斯泰内破产了,如今不得不老老实实过日子;拉·法卢瓦兹的痴想得到了满足;米法一家完全破败;乔治的白色尸体旁边,有昨天才出狱的菲利普坐着守灵。娜娜散布毁灭和死亡的工作已经完成,从贫民区的垃圾堆里飞起来的苍蝇,带着腐蚀社会的酵素,落在这些男人身上,把这些男人一个个毒死了。这样做很好,很公道,她为她出身的阶级报了仇,为乞丐和被遗弃的人们报了仇。她的女性武器在灿烂的荣光中升华,照射着倒下的被害人,仿佛初升的太阳照射着经过杀戮的战场;她依然像一头无意识的良种牲口一样,对自己的使命一无所知,始终是一个天性善良的妓女。她身体肥胖,健康快活。……她干净利索,肥壮结实,神采清新,好像她从来没有伺候过男人似的。②

在《土地》中,我们可以领略到:

当一头可怜的人类驭兽猝死在广袤的开垦地上,土地连看也没看到。离此几垛草的地方,另一位女人第一次认识了人。野兽的命运。奶牛和女人在同一时刻分娩,靠在同一栅栏内,在土地最沁人心脾的气味中,这种气味是一页有字的纸从来不曾呼吸过的。一头驴子像人一样醉醺醺。……土地像巨人的背脊,爬满了小虫还毫无感觉。小虫的忧患和想望都消失在寥廓的空间。留下的是无垠。留下

---

① 拉法格:《左拉的〈金钱〉》,朱雯等编选:《文学中的自然主义》,上海:上海文艺出版社,1992年,第342—343页。
② 左拉:《娜娜》,郑永慧译,北京:人民文学出版社,2008年,第393页。

的是永恒。土地像在时间之外扩展,史诗般的,无边无际的;篇章是永恒的气息,有季节的篇章,暴风雨、阳光、生物、罪恶的篇章,冬天和死亡的篇章,土地永远在运转而不会在哪儿结束。①

《金钱》中展示了生育意象的另一种用法:

> 卡洛琳夫人突然确信,金钱是未来人类赖以生存的"粪土"。她记得这样一个理论:没有投机就不会有繁荣昌盛的事业,就像没有性欲就不会生出孩子一样。所有那些过分的热情,毫无价值的挥霍和消费,对于生命的延续都是必要的。如果说,在一个遥远的国度里,她的哥哥正在拔地而起的大楼里兴高采烈地宣布取得了胜利,这都是因为在巴黎,金钱就像在赌博的迷狂中把一切都腐蚀了的雨点一样。金钱,有毒性和毁灭性的金钱,正在成为各种社会植物的发酵剂,还为许多大型企业提供了必不可少的土壤,这些企业为了地球的和平,将把世界各国人民团结在一起……所有的善都产生于金钱,而金钱又对所有的恶负有责任。②

这一意象之所以特别有趣,是因为金融操作被转换成了性方面的术语。金钱取代地球成为生育的源泉,"投机"性行为成为生育的手段。它变成了男女之间的游戏,还通过这个产生新的生命。

> 金钱和性交,同样能够引起一种混合了沉迷感和厌恶感的矛盾的感觉。这是一种不能缺少的恶。虽然它有毒性和毁灭性,但是没有了它,生命会就此停止。它让我们想起了为教会的神父们所珍视的一种观点,他们看到新的生命,在粪便与尿液之间诞生。③

在《戏剧中的自然主义》一文中,左拉写道:"小说家不再把人物和他在活动时所处的氛围相割裂,他不像说教式的诗人,例如德利勒那样,只是出于修辞上的需要才作描写。"④在他那种细节纷然杂陈的文学叙事中,或粗线条的勾勒,或精雕细刻的描画,细节密密麻麻地织成一片,淹没

---

① 亨利希·曼:《左拉论》,朱雯等编选:《文学中的自然主义》,上海:上海文艺出版社,1992年,第492—493页。
② Quoted in Martin Turnell, *The Art of French Fiction*, London: Hamish Hamilton, 1959, p.133.
③ Ibid.
④ Emile Zola, "Naturalism in the Theatre", in *Documents of Modern Literary Realism*, ed., George J. Becker, Princeton, New Jersey: Princeton University Press, 1963, p.225.

了叙事的经纬,而相形之下混沌但却空灵的意象则占据了文本的中心位置,这使得文本充满了浓郁的生命气息、生活氛围和诗情画意。左拉的文学叙事大都出自其深切的生命体验,因而在其文本的上方似乎永远浮动着某种散发着生命温度的"氛围"。他对此总结说:

> 撷取你在自己周围观察到的真实事实,按逻辑顺序加以分类,以直觉填满空缺,使人的材料具有生活气息,这是适合于某种环境的完整而固有的生活气息,以获得奇异的效果,这样,你就会在最高层次上运用你的想象力。我们的自然主义小说正是将记录分类和使记录变得完整的直觉的产物。①

在自然主义叙事文本中,意象的弥漫不但代替了观念的穿凿成为内在于文本的统摄力量,而且它还用使自身得以直呈显现的具体"情境"在空间维度上的铺排,置换了传统文本中那种使主题得到解释阐说的故事"情节"在时间维度上的展开,由此在文本表层投放出重要的结构功能。莫泊桑深有感触地说:

> 一种和显而易见的旧方法迥然不同的创作方法,经常会使批评家们不知所措;他们发现不了所有那些如此纤细、如此隐秘、几乎看不到的线索——有些现代艺术家已经用这条线索来代替他们唯一的手段:情节。②

自然主义作家经由意象弥漫笼罩文本,使文本形成一个以情感体验而非观念阐说为核心的新的主体逻辑构架(Structure),情感逻辑框架下面有无数充满意味的细节作为肌质(Texture)。在自然主义文学文本中,丰饶精致的"肌质"永远要比坚硬的"构架"更加重要。而且"构架"与"肌质"之间的联系,也不再像传统文学文本中由情节链条所代表着的那种理性逻辑框架与具体构成情节链的"事件"那样严丝合缝、密不可分——细节获得了很大独立、游离于主体结构的自由。显然,较之于传统叙事文本由观念性"主题"派生出来的那种理性逻辑框架,自然主义叙事文本经由"意象"所搭建起来的情感逻辑构架有更大的自由度和开放性;不同于观

---

① 左拉:《论小说》,朱雯等编选:《文学中的自然主义》,上海:上海文艺出版社,1992年,第243—244页。
② 莫泊桑:《论小说》,莫泊桑:《漂亮朋友》,王振孙译,上海:上海译文出版社,1993年,第583页。

念文本之理性基调,由于作为肌质的细节比构架本身更显重要,这种文本获得了鲜明的感性特征。美国新批评派的奠基人约翰·兰色姆(John Ransom,1888—1974)将自然主义文学文本所具有的这种建构特征视为西方现代叙事文本的基本结构特征。这一特征,正是现代文学叙事"诗化"的基本表现。

二、现代主义

或者对描述的现实持有一种深深的怀疑,或者对既定文化形态怀有强烈的否定情绪,或者专注于表达一种激进、愤怒的颠覆意向,或者热衷于描写某种远离现代文明的原始生活形态,现代主义叙事文本往往明显笼罩着一种沉郁迷茫、狂躁不安的精神氛围。而与这种精神氛围相契合的,乃是形而上学观念系统瓦解所带来的文本意义的不确定性。传统文学中那种由确定的叙事意图所构成的文本主题愈发变得模糊不清了,而充满隐晦象征意味的意象越来越成为在现代主义文本中居于中心地位、承担着整体结构功能的内在元素。在现代主义作家笔下,虽然单个的细节描绘愈发趋向玲珑剔透,但细节间的逻辑间距却进一步绽开,这就进一步造成了意义的悬置或飘浮——这种在表层文本上方浮动的意义蔓延开去,构成了某种弥漫整个文本的氛围。随着叙事的展开,细节不断累积起来,并不断在碰撞中发生融合;意义悬置所形成的氛围"云团"也相应愈来愈厚重,并最终通过凝成某种整体象征赋予文本某种浮动模糊、难以确定的"意味"或"意义"。某种从一开始就在文本中浮动、飘荡的意象氛围,不断延展、弥漫,但最后依然处于鲜活的混沌状态,这使得现代主义的叙事文本在气质上获得了某种"音乐"的质地。

表现主义美学的代表人物埃德加·卡里特(Edgar Carritt,1876—1964)曾经指出:

> 尽管艺术在创造美时并不单纯追求愉悦,它却如同亚里士多德所说的,包含了它特有的愉悦。这种特有的愉悦就是我们在一种认识性的胜利中所获得的满足,通过这种认识性的胜利,我们的想象创造了一种令人信服的意象。[①]

大致说来,在自然主义和象征主义强调文学的意象性特征之后,20

[①] 埃德加·卡里特:《走向表现主义的美学》,苏晓离等译,北京:光明日报出版社,1990年,第230页。

世纪西方作家和理论家进一步达成共识——艺术最根本的特征乃是其意象性。1960年,英国批评家格雷厄姆·霍夫(Graham Hough,1908—1990)在《意象和经验》(*Image and Experience: Studies in a Literary Revolution*,1960)一书中,曾建议扩大"意象主义"这个术语的外延,以便用它来指称20世纪上半期发生在西方文坛上的那场被别的批评家命名为"现代主义"的文学革命。因为在他看来"意象主义的观念处于我们这个时代的典型的诗歌传统之中心"[①]。

克罗齐(Benedetto Croce,1866—1952)在《美学纲要》(*Aesthetic*,1902)中称:

> 意象性这个特征把直觉和概念区别开来,把艺术和哲学、历史区别开来,也把艺术同对一般的肯定及对所发生的事情的知觉或叙述区别开来。意象性是艺术固有的优点:意象性中刚一产生出思考和判断,艺术就消散,就死去……艺术家只是创造意象,但对他创造的意象,他则谈不上相信或不相信。[②]

也许,从克罗齐的这一断言中,我们可以找到对从自然主义发端的西方现代叙事之"意象化"进行阐释的最佳入口。

---

① 格雷厄姆·霍夫:《意象和经验》,转引自彼得·福克纳:《现代主义》,付礼军译,北京:昆仑出版社,1989年,第3页。

② 克罗齐:《美学原理·美学纲要》,朱光潜、韩邦凯、罗芃译,北京:外国文学出版社,1983年,第216—217页。

第七章
情节与细节

第一节 情节的瓦解

一、"断裂":从传统文学到现代主义

西方文学在自然主义产生之前,一直很看重情节;这种叙事传统甚至一直可以追溯到西方文学的源头。早在古希腊时期,亚里士多德根据古希腊悲剧与《荷马史诗》(*Homer's Epics*)的实践就已经指出,在悲剧艺术的六个成分之中"最重要的是情节,即事件的安排"[①]。"情节乃悲剧的基础,有似悲剧的灵魂;'性格'则占第二位。悲剧是行动的摹仿,主要是为了摹仿行动,才去摹仿在行动中的人。"[②] 情节在西方叙事文学中持久不衰的这种重要地位,也许在很大程度上来自如下的逻辑:性格是靠情节的展开才得到揭示的,而且性格的发展尚有赖于情节的发展。因此,我们可以看到直至 19 世纪中期,西方小说或戏剧往往都是在给读者或观众叙述一个离奇曲折、引人入胜的故事。

相对于传统文学所刻意描写的多是人物"做什么"和"怎么做",现代主义的叙事作品已经把叙事展开的重点更多集中到人物"想什么"和"怎么想"。在现代主义作家的视点转移到人的内心世界中去之后,人物形象

[①] 亚理斯多德、贺拉斯:《诗学·诗艺》,罗念生、杨周翰译,北京:人民文学出版社,1962年,第21页。

[②] 同上书,第23页。

的基本表现形态已不再是什么"典型性格",而是人物的一种"心态"。"想"作为作品的主线取代了"做",传统作品中的故事情节便彻底崩溃了。苏联学者勒·格·安德烈耶夫曾经指出,在追求故事情节的完整性方面,传统小说家巴尔扎克和现代小说家普鲁斯特之间"是互不相容的"①,事实上,我们完全有理由把巴尔扎克和普鲁斯特在对待故事情节上的这种"互不相容"推延到所有的传统作家和现代主义作家之间。尽管现代主义作家由于强调对以性本能为核心的人之潜意识进行发掘而使他们的作品充斥着很多凶杀、乱伦、强奸等恐怖场面,但他们的作品中却极少有什么引人入胜的故事情节。对《尤利西斯》《追忆似水年华》(*A la Recherche du Temps Perdu*,1913—1927)、《喧哗与骚动》(*The Sound and the Fury*,1929)、《城堡》《百年孤独》(*One Hundred Years of Solitude*,1967)、《橡皮》(*The Erasers*,1953)、《等待戈多》《动物园的故事》(*The Zoo Story*,1959)等这样一些现代主义的经典作品,要从中提取出一个完整的故事那肯定是徒劳的。

二、转型:从自然主义到现代主义

"情节"在现代叙事中的瓦解始于自然主义。

在自然主义作家看来,生活是平凡而琐碎的,文学作品对此不该给予任何矫饰。对"真实感"的重视,使得他们本能地反对此前浪漫主义作家情节的离奇。在《谢丽》一书的序言中,埃德蒙·德·龚古尔写道,读者或许觉得这部小说"缺乏事变、曲折、情节,但依我而言,我还是觉得太多了些":

> 我要把小说写成像大多数生活中的内心惨剧那样毫不复杂,把爱情的结局写成像我们大家经历过的爱情那样不会自杀;……虽然有点比以结婚结束更为恰当,我还是会把死亡当作高级文学中人们不屑于运用的一种富于戏剧性的手法,从我的作品中加以摒弃。……我相信冒险情节,作品中的阴谋诡计,已被苏利埃②、欧仁·苏③等本世纪初的大想象家所穷尽了,我的想法是,为了做到完

---

① 安德烈耶夫:《马塞尔·普鲁斯特》,转引自弗·恩·鲍戈斯洛夫斯基、兹·特·格拉日丹斯卡娅等:《二十世纪外国文学史》(第一卷),傅仲选等译,成都:四川人民出版社,1984年,第46页。
② 苏利埃(Frédéric Soulié,1800—1847),法国通俗小说家、戏剧家,著有《魔鬼回忆录》等。
③ 欧仁·苏(Eugène Sue,1804—1857),法国通俗小说家,著有《巴黎的秘密》等。

全成为现代的伟大作品,小说的最新发展应是成为纯粹分析的作品。①

在《论小说》一文中,左拉表达了与之完全一致的观点:"现代小说(指自然主义小说——引者注)由于憎恶复杂和虚假的情节而变得越来越简单;这是对冒险故事、传奇性、令人昏昏欲睡的荒诞故事的一种反拨。人类生活的一页,这就足以引起兴味,引起深深的持久的激动。一点儿人的材料便比任何想象的情节更强烈地掀动你的肺腑。作家只要作出简单的研究,没有曲折的情节,也没有结尾,只有对某个年代生活的分析……"② "当代小说趋向于越来越情节淡化,只满足于一个事实,排除了我们的故事作家那种复杂想象。"③ "兴味不再在故事的奇特之中;相反,故事越是平凡和一般,便越有典型性。"④

随着传统叙事文学中那种史诗性、戏剧性的历史事件和意识形态冲突让位给了普通人平淡的生活,而且作家们也不再把塑造某种人物的典型当作创作的中心,在自然主义的小说和戏剧创作中,情节冲突在很大程度上被淡化了。自然主义作家很少像以往的作家那样用编造的曲折故事、惊险情节、戏剧性巧合和突兀奇特的结局吸引读者。想一想福楼拜的《包法利夫人》、左拉的《小酒店》、莫泊桑的《一生》,难道这些小说中有什么新鲜别致的故事吗?没有。它们呈现给我们的只是生活的真实原貌:灰色、平庸、凝滞和混沌。拿左拉的《小酒店》来说,小说女主人公绮尔维丝和朗蒂耶这一线索,本是很可以被敷演渲染成一个很吊人胃口的故事的:小说以朗蒂耶抛弃绮尔维丝和孩子开篇,但后来朗蒂耶却又重新杀回了她的生活——不仅在她重又建立起来的家中吃住,而且还重又占有了她。在左拉笔下,这一切都是在平凡、灰色、凝滞、混沌的生活之流的流淌中自然而然发生的,既没有悲剧的氛围,更没有浪漫的情调。多么简单、平凡却又真实的生活故事呵,同作品中对两次家宴不厌其详的描写相比,左拉甚至不愿在这上面花费任何多余的笔墨。在对这一线索的处理上,其笔法的简练和平淡确是到了令人吃惊的程度。

从传统作家对情节的高度重视到现代主义作家对情节的摒弃——

---

① 爱德蒙·德·龚古尔:《〈亲爱的〉序》,朱雯等编选:《文学中的自然主义》,上海:上海文艺出版社,1992年,第303页。
② 左拉:《论小说》,同上书,第230页。
③ 同上书,第253页。
④ 同上书,第207页。

"反情节",自然主义作家对情节的淡漠和轻视是一个过渡点,自然主义的"生活小说"和现代主义的"心态小说"都反对从真实人生中"提炼"出不免虚假的情节和故事,都要求高度写真,现代主义作家在否定情节时所凭依的精神武器仍然是自然主义作家的那条最高原则——"真实感"。对"真实感"的追求,瓦解了"情节"这一为传统作家最为倚重的叙事元素,代之而起的则是"细节"在文本中的沛然绽放。

第二节　细节的绽放

一、自然主义:"生活细节"

对"真实感"的追求,使自然主义作家把目光投向日常的平凡生活。而真实的生活总是混乱、琐碎、平庸的,五花八门、难以预料、矛盾荒唐、错综复杂的事物与事件充斥其中。显然,把这一切都叙述出来是不可能的,也是没有意义的。这决定了自然主义作家"只能在这充满着偶然的琐事的生活中采撷一些对他的主旨有用的特殊的细节,而把所有其他的一切扔在一边"[1]。由是,诸多零散的"有意味的"琐碎"细节",取代了总是在承载着"主旨意义"的情节链条上不断上演的重大"事件",成了文本叙事的基本构成单位。自然主义作家不再重视"讲述使情节快速向前推进的事件;而转向描述一个个画面,……这些画面展现了一个灰色的、弄人的命运如何将人导向毁灭"[2]。正因为自然主义文学文本的基础构成是大量看上去琐屑的生活细节,所以自然主义作家特别强调对生活的"观察"。"没有任何夸张。只有细小的事实,准确的观察,无情的事实,这真实逐渐揪住你的喉咙,达到最强烈的激动。"[3]从对"细小的事实"的观察中达成"最强烈的激动",左拉在这里所强调的乃是在观察中对生活的重新发现。自然主义作家相信:在最普通的生活中,在人们因习以为常而麻木不仁的

---

[1] 莫泊桑:《论小说》,莫泊桑:《漂亮朋友》,王振孙译,上海:上海译文出版社,1993年,第585页。

[2] 埃里希·奥尔巴赫:《摹仿论:西方文学中所描绘的现实》,吴麟绶、周新建、高艳婷译,天津:百花文艺出版社,2002年,第548页。

[3] 左拉:《论小说》,朱雯等编选:《文学中的自然主义》,上海:上海文艺出版社,1992年,第228页。

生活中,隐藏着许许多多尚未得到认知的人之生存真相;这种真相不是散落在生活某个角落里的晶体赤金,而是蕴含在体现为无数最最卑微的生活碎片的粗粝矿石之中。用持久、专注、热情的目光去穿透、融化"矿石"中体现为生活假象的杂质,获悉庸常生活琐事中的生存意味,这就是左拉等自然主义作家一再强调的"观察"。"要描写一堆在燃烧着的火和一棵平原上的树,我们就要两眼紧盯着这堆火和这棵树,一直看到这堆火和这棵树在我们眼中和任何其他的火和其他的树有所不同为止。"①"自然主义就是对现实的耐心研究,就是观察细节所得的整体。"②这种对生活的观察,是自然主义作家突破各种理论成见获得独特、真切的生命体验的基本途径,也是他们独创性的来源。

在一个不知名的乡镇上发生的并不稀奇的婚外故事所呈现出的强烈的悲剧感,深刻体现出福楼拜对平庸的精细描写带给读者的强大张力。左拉对福楼拜的《包法利夫人》赞不绝口:"每个细节描写准确而生动,就是这部作品具有不同于所有其他想象作品的动人的强大魅力之奥秘所在。"③

情节消弭之后,带来的是细节的彰显,导致故事转折的关键性事件被无关紧要的琐碎细节所取代。福楼拜对细节的着笔,给读者带来深刻冷峻的真实感,仿佛正在经历充满偶然性的生活本身。他对每一处平庸之物的描写,都非速写画匠那样粗略描绘,而是如工笔画家一样认真细致地描摹。据左拉所述,福楼拜桌上的笔记叠成了山,所含的材料足以写出十本大开本的作品出来,但是福楼拜对于这些材料运用得极为克制,一页材料往往只提炼出一句话来。左拉揶揄福楼拜本可以一年写出一本书,之所以五年才写出一本书,是因为其余四年都在查阅资料和精简文字了。左拉在回忆对福楼拜的印象时称,这位前辈"在阳光下唯一重要和永恒的事就是写出一个完美的句子"④。正是由于这种精细与节制的结合,福楼拜才能写出最凝练的人物语言和最精确的形象来。例如《包法利夫人》中的新娘捧花和唱歌的瞎子、《情感教育》中几经周转的小小银盒等,这些看

---

① 莫泊桑:《论小说》,莫泊桑:《漂亮朋友》,王振孙译,上海:上海译文出版社,1993年,第412页。
② 于斯依思芒斯:《试论自然主义的定义》,朱雯等编选:《文学中的自然主义》,上海:上海文艺出版社,1992年,第326—327页。
③ 左拉:《法国六文豪传》,郑克鲁译,合肥:安徽文艺出版社,2011年,第172页。
④ 同上书,第208页。

似不经意的小细节串联了主人公从头到尾的生活经历。

坚持认为自然主义应该使文学的立足点重新回归自然,左拉声称:"自然即是一切需要;必须按本来的面目去接受自然,既不对它做任何的改变,也不对它做任何缩减。"①这里所强调的是艺术不得"改变"或"缩减"自然或生活的"本来面目",只是强调作家不得背弃自然主义判断作品是否具有艺术价值的首要标准——"真实感",而绝非意味着要用生活代替艺术或要将原生态的生活直接移植到文本。生活总是以其固有的形态或平淡或急骤地流逝,而艺术世界则不同,它必须赋予粗糙、混乱的生活以精致、均衡的秩序。文学文本中的细节,显然不同于生活中的偶然事件,它必须超越生活层面的平凡庸常、矛盾悖谬,显得生气勃勃、情趣盎然。这要求作家不仅要有善于发现"细节"的眼睛,而且必须有能够赋予其意味与活力的高超叙事技巧,即作家要善于精心设置一些巧妙和隐秘的转变,以独特的结构突出主要事件,而对其他事件则根据各自的重要性有选择地制成深浅程度适当的浮雕,从而确保作品整体上的真实感与感染力。自然主义小说的耸人听闻,尤其它的暴力和性,有一种比通俗小说中的煽动情欲更深刻的吸引力。"自然主义小说中人物和事件的超常性创造了象征和寓言的可能性,因为具体和超常的组合立即暗示着超越表面的意义。自然主义因此与浪漫主义密切相关,它依赖于耸人听闻的象征主义和寓言。"②对此,莫泊桑写道:

> 倘若他(指作家——引者注)想把一个人十年的生活包括在一本三百页的书里,在参与这个生活的所有人中间,指出它的非常独特的意义,那他就一定要懂得怎样在无数的日常生活琐事中间,剔除所有对他无用的事情,而用一种特殊的方法,把孤陋寡闻的旁观者也许会视而不见的,却又是他全书意义和价值所在的一切东西揭示出来。③

而左拉则称:自然主义文本所能描述的,只能是由作家基于自己的气质、个性所筛选出来的特殊的生活"片断"。"小说家满足于在我们面前展

---

① Emile Zola, "Naturalism in the Theatre", in *Documents of Modern Literary Realism*, ed., George J. Becker, Princeton, New Jersey: Princeton University Press, 1963, p.207.
② Donald Pizer, "The Three Phases American Literary Naturalism", in *The Theory and Practice of American Literary Naturalism: Selected Essays and Reviews*, Carbondale and Edwardsville: Southern Illinois University Press, 1993, p.15.
③ 莫泊桑:《论小说》,莫泊桑:《漂亮朋友》,王振孙译,上海:上海译文出版社,1993年,第583页。

现出从日常生活撷取的图景。这是他所看到的;他记录下细节,重建了整体。轮到读者来感受和思索。自然主义的方法全在这里。作品只不过是对人和自然的强有力的追叙。"①亨利·詹姆斯很早就对左拉小说中缤纷绽放、精确传神的细节描写给予了高度评价。他称《小酒店》中的细节描写乃是"描写风俗习尚的里程碑",不但"场面宏伟","生动如画","宛若荷马的手笔",而且"每一个细节都处理得很好","无懈可击",让人感到恍若亲历。他赞扬道:"左拉的雄才大略表现在他能从容地周旋于浅薄的及单纯的事物之间,我们当然也能看到,当(细节)价值很小的时候,就需要许多项目和组合才能构成一个总和。"他认定,经由别具一格的细节描写,左拉在西方小说叙事中已经"建立起一套新的措施和标准,具有新的生动性和精准性。从那一刻起,处理情节的老一套琐碎平凡和贫乏虚弱的方式,对于稍有才华和稍具自尊心(的)小说家来(说),就变得不再适用了"②。显然,作为现代小说的重要奠基人和杰出的小说理论家,詹姆斯已经敏锐地意识到:左拉小说中这种非同寻常的细节描写意味深长,它表征着西方叙事从传统向现代的转型。

二、现代主义:"心理细节"

在意识流小说所代表着的那种现代主义文本中,因为所要表述的人物心理活动常常以自由联想的方式进行,而这种自由联想又常常由一个并不重要的外部事件所激发,所以,叙事便呈现出如下特点:一方面,外部事件虽以现在时叙述的客观真实性被准确地报道出来,但这个事件及其真实性本身似乎并不具有多大的叙述价值,而只不过是导出人物心理活动的"由头"或"引子";另一方面,叙事的中心越来越集中到与起引发作用的外部框架事件之现时性无关的人物的心理活动展开上,这种以自由联想方式展开的人物的心理活动并不受外部事件现时性的约束,可以在时间的深处自由驰骋。

叙事重点的改变,引发了外部事件叙事价值的降低;由此,作家们普遍不再在苦心经营那种戏剧性的或构成命运重大转折的灾难性事件上下功夫,倒是对细小、不起眼、微不足道、信手拈来的心理活动的描写愈发考究。与传统文本中常见的那种按时间顺序从头到尾叙述、不漏掉任何所

---

① 左拉:《论小说》,朱雯等编选:《文学中的自然主义》,上海:上海文艺出版社,1992年,第227页。

② 亨利·詹姆斯:《爱弥尔·左拉》,同上书,第441、442页。

谓的大事、像突出关节那样强调重要的命运转折关头的做法相比,现代主义作家似乎更相信从日常小事中获得的人生感悟与心灵成长。"让我们在那万千微尘纷落心田的时候,按照落下的顺序把它们记录下来,让我们描出每一事每一景给意识印上的(不管表面看来多么互无关系、全不连贯的)痕迹吧。让我们不要想当然地认为通常所谓的大事要比通常所谓的小事包含着更充实的生活吧。"①现代主义文本的这一突出特点,固然是总体叙事模式的转换所造成的,但其深层的心理根源却在于现代作家对人生的某种新的理解:生活本来就是平凡琐屑的,人生也根本没有那么多戏剧性的转折——不管是幸运的降临还是厄运的突至;如果说有命运,那么命运也并不是外部力量施加的结果,命运不再在别处,它就在那些琐屑的细节底下悄悄地潜行。

理性逻各斯本体或对生活所人为制造出来的本质论阐释退隐远去之后,纷繁复杂的生活便越来越只呈现为一江浩浩荡荡、泥沙俱下的现象之流;对此,人既无力阻挡,也很难理出什么头绪。无论在哪个瞬间,生活都以其自己的形态存在在那里;无论在哪一时刻,被讲述的人物身上所发生的事情都要大于此刻所能发生的事情。既然如此,文本如若还是坚持经由所谓题材的取舍或提炼来从头至尾地叙述一个人的整个一生,或是从头至尾讲述一个持续较长时间的所谓重大事件,那结局便必然只能是对生活的扭曲。也许正是因为这个原因,詹姆斯·乔伊斯百科全书式的皇皇巨著《尤利西斯》,才被凝缩在一位中学教师和一位报纸广告推销商不到24小时的生活框架之内;而且"小说的基础是建立在对小城生活细节的偶然的、现象的、充满事实的、百科全书式的描述上"②。的确,即便这样也依然存在着一个文本对生活的梳理和解释问题。但经由叙事模式的革新,《尤利西斯》对生活的梳理和解释,已经非常巧妙地从作家那里转移到了他所描绘的人物身上:作为客观事物讲述者的作家表面上几乎完全隐遁;文本叙述出来的一切都像是小说人物意识的映像。尽管可能存在着程度、方式等诸方面的差异,现实中存在的每个人,事实上始终都在对生活进行梳理的巨大努力中渴望建立起对自我、社会、文化以及世界的某种整体理解。在《尤利西斯》一书中,詹姆斯·乔伊斯所描写的正是人的这种渴望与努力。

---

① 弗吉尼亚·沃尔夫:《现代小说》,崔道怡等编:《"冰山"理论:对话与潜对话》(下册),北京:工人出版社,1987年,第617页。

② 彼得·福克纳:《现代主义》,付礼军译,北京:昆仑出版社,1989年,第95页。

第三节　必然性与偶然性

一、"断裂":从传统文学到现代主义

巴尔扎克和托尔斯泰等传统西方作家,总是按照某种"整体性""必然性"的"逻辑"规则叙述某个承载着人物性格、心理、命运的事件或故事;我们有理由推定:这些作家肯定大致相信世界与人生、心理与命运等都总是合乎某种"整体性""必然性"的"逻辑",而且他本人像上帝一样清楚地洞悉这套"整体性""必然性"的"逻辑"运行机制。如果没有创世的上帝,那就是作家本人创造了这套"整体性""必然性"的"逻辑"。

在考察自荷马开始的西方文学叙事的变迁时,埃里希·奥尔巴赫(Erich Auerbach,1892—1957)在《摹仿论:西方文学中所描绘的现实》(*Mimesis*:*The Representation of Reality in Western Literature*,1946)一书的最后一章对意识流小说家做了概要的分析。他注意到这类小说家比以前写实作品的作家更加听命于现实事件的随意性或偶然性;即便作家对真实的素材进行筛选整理加以扬弃和风格化——因为他当然无法不这样做,那这个过程也并不是以理性主义的方式进行的。在失却了将外部事件按部就班地、完整地表述出来的欲望之后,现代主义文学叙事便充满了令人头晕目眩的动机的旋转,词语和概念的飞进,对词语和概念之无数联想意义的持续不断的玩弄,还有对如此明显的随意性、偶然性后面究竟隐藏着什么秩序之不断萌发却从未解决的疑虑。奥尔巴赫最后这样概括意识流小说的叙事特点:

> 把描写的重心放到随意性的事情上,叙述这件事并不是为了有计划地对整个情节进行安排,它的目的就是描写这个动作本身;同时表现全新的和非同寻常的东西,即作家无意中捕获的任意一个瞬间之中所有的真实和生活的深度。在这个瞬间所发生的一切,无论外部事件也好,还是内心活动也好,虽然涉及的完全是生活在此瞬间的人本身,但由此也涉及人类基本的和具有共性的东西。正是这种随意性的瞬间才相对独立于有争议的、动摇不定的秩序——人们为之争斗因其绝望的秩序,这个随意性的瞬间以日常生活的形式在这个秩序的下面流逝。这种瞬间运用得越多,我们生活中的基本共性的

东西就会越明显;作为这种随意性瞬间的对象被描述的人越多、越不同、越普通,那么其共性起的作用就会越大。①

德国现代主义研究专家彼得·比格尔(Peter Burger)也称：

> 从特里斯坦·查拉的"报纸剪辑"诗,到最现代的事件,对物质性的狂热服从并非是一种社会状态的原因而是它的结果。在这一社会状态中,只有偶然所揭示的东西才能免于虚假的意识,摆脱意识形态,不被打上人类生活状况的完全具体化的烙印。②

在《娜嘉》(Nadja,1928)一书的开头,布勒东(André Breton,1896—1966)用对一系列奇怪的事件的陈述,表达了其"客观的偶然"的含义。在这种描写中,客观的偶然依赖于在互不相关的事件中选择一致的语义要素。③ 超现实主义者对于那些并不被认为是可能发生的事给予高度注意,对于那些因平凡而琐碎而不为人所注意的事也另眼相看,即他们重视一般世俗思维不重视的琐事。作为"偶然性"的观念凝缩,"荒诞"作为主题在现代主义文学叙事中所得到的空前强调,甚至由此形成了专门的小说、戏剧样式,而与之相契合的独特叙事手法——"怪诞"也在现代文坛上大行其道。

总体来看,现代主义作家似乎大都认定,没有在"瞬间"中释放出来的"偶然性"因素,一切都将是死板而抽象的。如果完全舍弃了"偶然性"的因素,任何作家都不可能塑造出活生生的人物和描绘出富有生气的事物。当然,"偶然性"在理论上的被强调及其在文本中的涌出,并非要将"必然性"抹掉,而只是对"唯必然性"逻辑的一种反拨,一种在反拨中的调整,一种在调整中的融合。

> 语言和现实之间,词和世界之间发生的既联结又分离的关系是虚构小说的基本条件。因此小说就承认了偶然性与必然性在其材料和媒介中,即在语言中具有双重的、矛盾的和平等的权力。人必须生活于世界之中——因为没有其他地方可去——然而语言,即意识的表现,却使人处于世界之外。④

---

① 埃里希·奥尔巴赫:《摹仿论:西方文学中所描绘的现实》,吴麟绶、周新建、高艳婷译,天津:百花文艺出版社,2002年,第616—617页。
② 彼得·比格尔:《先锋派理论》,高建平译,北京:商务印书馆,2002年,第138页。
③ 在该书中,诸事件中一致的语义要素是"阿拉贡"。
④ 彼得·福克纳:《现代主义》,付礼军译,北京:昆仑出版社,1989年,第95—96页。

二、转型:从自然主义到现代主义

现代主义叙事中作家注意力从"必然性"向"偶然性"的这种偏移,在19世纪后期自然主义文学中早就露出了端倪。

左拉对传统作家受形而上学及社会意识形态观念主导在文本中所表现出来的那种"必然性"逻辑殊为不满。他高叫:"形而上学的人已经死去,由于对象已经成了生理学上的人,文学领地的面貌当然也就全然为之改观。"①

在对左拉的评论中,卢卡契对其创作中"偶然性"的释出曾做过很多阐说。他认为在左拉的叙事文本中,"隐喻被膨胀成为现实。一种偶然的特征,一种偶然的类似,一种偶然的情调,一种偶然的凑合,居然成了巨大社会关系的直接表现。"②因此,自然主义那种混成、浑融的"小说的情节只是这样构成的,其中偶然事件被选择并且安排来按照某种和谐的发展顺序而彼此依次发生。偶然事件本身都是平平常常的。……一切异乎常情的虚构都被排除掉了。……故事只是用叙述日常发生的事情而不以出奇制胜的方法来展开的"③。卢卡契最终得出的结论是,"按照事物的偶然性"而不是"按照它们的必然性来塑造这些事物"乃是左拉那种自然主义叙事与传统西方文学叙事的重要区别。④

斯特林堡热衷于通过"多种情况"来设定朱莉的行为,经由偶然性与多元解释塑造了一个真正的自然主义人物。相比于其笔下的大部分女性人物,朱莉的描写更为客观,其他的女性人物几乎都是他报复性厌女而塑造的概念性对象。或许,更确切地说,朱莉描绘得也没有那么客观,因为斯特林堡几乎从未达到过真正的客观,正如她是斯特林堡带着厌恶和同情两种情绪所描绘出来的。在剧本正文以及序言中斯特林堡都强调过,朱莉饱受遗传和环境的折磨,她是一个试图与自己本性抗争的悲剧性人物。在该剧的序言中,他罗列了造成朱莉悲惨命运的诸多原因——

> 朱莉小姐的悲惨命运是由多重情况造成的:母亲的本能;父亲对

---

① Emile Zola, "The Experimental Novel", in *Documents of Modern Literary Realism*, ed., George J. Becker, Princeton, New Jersey: Princeton University Press, 1963, p.196.
② 卢卡契:《叙述与描写》,朱雯等编选:《文学中的自然主义》,上海:上海文艺出版社,1992年,第488页。
③ 卢卡契:《左拉诞生百年纪念》,同上书,第470页。
④ 卢卡契:《叙述与描写》,同上书,第485页。

她的不正当教养;她自己的天性;她未婚夫懦弱、颓废的迹象;更深层、更直接的是:仲夏夜的节日气氛;她父亲的缺席;她的生理期;她对小动物的爱护;舞会的激情感染;夜的昏暗;鲜花的强烈催情作用;以及最后迫使两人共处一室的机会,加之性兴奋的男人所具有的侵略性。①

"偶然性"爆炸开来的现代叙事源自于世界乃有机有序整体这一观念的崩溃,旨在粉碎的也是那种在虚妄之中沉睡了数百年的那一整套理性主义的观念体系。世界是荒谬的,它不再是理性观念系统所指称的有机整体,而只是满地鸡毛,一堆碎片。而正是这些"鸡毛"与"碎片",在现代叙事文本中绽放为有着丰富审美意韵的"细节"。反过来说,细节的缤纷绽放,决定了现代叙事必然要在很大程度上谋求摆脱"必然性"逻辑,而在"偶然性"中寻求出路。在西方传统文学叙事中的"必然性"原则向现代主义叙事之"偶然性"原则的现代转型中,自然主义文学叙事显然乃是两者之间不可或缺的重要环节。

---

① Quoted in Borge Gedso Madsen, *Strindberg's Naturalistic Theatre: It's Relation to French Naturalism*, Copenhagen: Muksgaard, 1962, p.77.

第八章
时间与空间

第一节 "线型结构"的崩溃

一、"断裂":从传统文学到现代主义

在西方,传统的叙事作品由于总是有一个贯穿始终的完整的故事情节,在结构上大都呈现出一种有序的"直线型"格局。人物自始至终,由生到死,性格一步一步向前发展,情节由开始、展开到进入高潮直至结局,随着矛盾的解决而收尾。在这一过程中,时间的顺序、空间的联系,是作家为使自己的故事显得圆满、可信、合乎情理而恪守的一种理性逻辑法则。传统作家间或也使用倒叙或插叙,但作为一种辅助性技法则必须以不影响作品的整体结构为限度。

"直线型"结构是一种贯穿,有一种不可间断性和封闭性,显得极其严整,充满刚性。在一部作品中,每一章每一节都是整体组织中不可或缺的有机部分。如果将其中的任何部分挪动或删削,作品的情节便会遭到破坏,结构便会脱节破碎。显然,这种结构模式,是作家在创作时对情节苦心孤诣、巧妙安排的结果。

拿中国读者非常熟悉的《红与黑》(*Le Ronge et le Noir*,1830)来说,司汤达从主人公于连的少年着笔,然后写了他"做家庭教师 → 神学院学生 → 侯爵秘书 → 枪击市长夫人 → 受审被处决"这样一系列人生遭遇。在对于连这一充满戏剧性个人奋斗悲剧故事的叙述中,时间上司汤达完全遵从了"开始—发展—结局"这一顺序;有限的空间转换也都做了非常清楚的交代:是赏识他的西朗神父把这位维立叶尔市郊的农家青年介绍到了市长的家中,并再由维立叶尔小城介绍推荐到省城贝尚松的修道院,后来又是他修道院里的恩师彼拉把他引荐到了巴黎的木尔侯爵府。出场时的于连便已经18岁;对他童年和少年的描写是通过倒叙实现的,但这一部分作者写得很简约,在篇幅上所占的比例几乎可以忽略不计。于连个人奋斗的几个阶段是密切联系在一起的,情节线上的任何部分都不可或缺,也不可错位。

"荒诞感"使现代主义作家对自己意识中的社会和人生有一种强烈的"无序"感。由于现代主义作家竭力要最大程度地摹写他们那所谓的"心造现实",由于在他们那里传统概念上的人物性格刻画与故事情节营造已几乎不复存在,现代主义作家的叙事文本在结构安排上创造性地发明了一种全新的"立体格局"。

"立体格局"是对现代主义叙事作品的形象化比喻。以现代主义叙事作品的表现对象"自我"为中心,让这个"自我"的各种思绪、感觉、遐想、回忆、幻觉、梦魇、胡思乱想、自言自语从这个中心向四处辐射出去,这是现代派叙事作品的一般程式;而把这种毫无理性可言的"自我"意识随时向四外辐射的真实状态自然地记录下来,这就形成了结构上的"立体格局"。在这种结构形态之中,时间、空间、因果等逻辑关系的观念已被彻底打破,传统叙事作品中的那种有序的"直线型"格局已然崩塌。

美国作家福克纳(William Faulkner,1897—1962)的小说《喧哗与骚动》通过人物的内心独白以及支离破碎的意识活动展现出密西西比河畔一家人的生活场景。小说的时间标题是这样排列的:1928年4月7日,1910年6月2日,1928年4月6日,1928年4月8日。这部长达30万字的小说,只用4天便写了美国南方一个没落贵族之家从1898年到1943年共45年的变迁。时空的变换、倒错可想而知。

现代主义叙事作品这种"混成""浑融"的"立体结构"看上去有很大的随意性,但事实上那只是作品中人物意识活动的随意性,作家在创作时是毫无随意性可言的。叙述的混乱仅仅是意识流方法所带来的表面现象,实际上作品的结构却是更复杂、更严密、更有组织、更能够在新的水平上展现出现实中人的意识活动的一般图景。人物貌似毫无逻辑的意识流动其实都还是有章可循的,它总有一个中心线索,总有一些决定意识往这儿而不是往那儿流的兴奋点;循着不再体现为线性时间的某个具有特殊意义的"中心"不断向外蔓延,又不断地回到中心再重新蔓延出去,这是意识流方法的一般格局。

二、转型:从自然主义到现代主义

西方传统叙事那种"线型结构"的瓦解,在19世纪中后期那场主要在叙事文学领域进行的自然主义文学运动中便已经初现端倪。

自然主义作家要写的是真实的生活;而生活,其真实的形态一般只不过是一系列小事的堆积。情节淡化了,这就使自然主义作家在布局结构上很大程度地失去了凭依,那么,他们又是怎样来建构他们的作品呢?

左拉的回答是:

> 小说家只要把事件合乎逻辑地加以安排。从他所理解了的一切东西中间,便产生出整个戏剧和他用来构成全书骨架的故事。小说的妙趣不在于新鲜奇怪的故事;相反,故事愈是普通一般,便愈有典型性。使真实的人物在真实的环境里活动,给读者提供人类生活的一个片断,这便是自然主义小说的一切。[①]

莫泊桑比左拉说得更为明确:

> 计划的巧妙之处决不在于故事激动人心或者富有魅力,也不在于有一个使人看了欲罢不能的开端或是有一个惊心动魄的结局,而在于匠心独具地集中了一些极为真实的、突出作品主题的小事情。[②]

自然主义作家大都认定,生活里随处都有数不清的艺术素材,但艺术品的诞生在根本上来说却是取决于对这些素材的艺术处理:重要的不是情节,而是对生活的艺术加工。在排斥了妨碍形象真实的浪漫主义因素之后,自然主义作家们不再把布局安排的重点放在杜撰和展开一个多少有些紧张的情节,而是放在了从现实中选择采撷出来的一系列小事的逻辑展开上。把生活中的若干小事巧妙地组合起来,这使得自然主义小说和戏剧在结构上的基本格局呈现为一种"断片的联缀"。

在自然主义的奠基作《包法利夫人》中,福楼拜率先使用了这种结构

[①] 左拉:《论小说(节选)》,柳鸣九译,柳鸣九编选:《法国自然主义作品选》,天津:天津人民出版社,1987年,第778页。

[②] 莫泊桑:《论小说》,莫泊桑:《漂亮朋友》,王振孙译,上海:上海译文出版社,1993年,第583页。

方法。《包法利夫人》好像是由几个单独的故事组成的;每一个故事的中心都是关于爱玛同一个男人的关系:爱玛和查理、爱玛和莱昂、爱玛和罗道尔夫;在对爱玛同这三个男人的关系分别进行描写时,福楼拜所看重的也只是一些平淡无奇的小事。爱玛只是一个没有得到性满足而苦闷的女人,查理、莱昂、罗道尔夫也都是平庸透了的男人;除了爱玛最后的自杀,全书没有任何重大事件和行动,丝毫不具浪漫小说那种离奇曲折、跌宕起伏的戏剧性和风花雪月、诗情画意的矫情。

"断片联缀式"的结构格局是一种组合,虽然基本保持了时、空关系上的有序性,但在时间关系上已获得了一种可间断性,在空间关系上已获得了一定程度的独立性,因而已不再像"直线型"的结构格局那样严谨周密,在形式上略见松散。在《包法利夫人》中,爱玛同三个男人的关系(实际上是三个故事)彼此之间并没有一种逻辑发展上的因果关系,把同莱昂或罗道尔夫的关系(故事)中的任何一个抽掉或者彼此换位,作品的结构并不会受到解体以至破碎那种程度的损害。同时,作品中的地点转换也开始有了较大的随意性,地点与地点之间也不再有明确的线索串联。《情感教育》一直为读者所诟病的是它的结构过于松散,读者找不到故事的高潮和矛盾发展的顶点,福楼拜仿佛罗列资料一样陈述了一系列事件:沉闷的拜访、虚伪的聊天、空洞的高谈阔论、连续地访问、无聊的舞会、不详不细的革命事件、失败的演说、没有结果的决斗、乏味的散步、辗转的情妇、心不在焉的旅行……一连串的生活素材构成了这本书的内容,感到乏味单调的读者并不能把原因怪罪到作品结构上去,因为作品所揭示的人生之本质就是平庸和沉闷的。《情感教育》整本书都弥漫着一股烦躁沉闷的氛围,以至于读者很容易认为这本书"令人厌烦得要命"[1]。实际上,这种普遍的沉闷感正是福楼拜时期的普遍氛围。1844年6月7日,他致信问朋友路易·科姆南:"您体验过烦闷吗?不是一般的、平常的烦闷——此种烦闷来自游手好闲或疾病,而是那种现代的、腐蚀人内心的烦闷……啊!假如您也体验过这种极易蔓延的恶劣心情,我真会同情您。"[2]

这种结构形态的改变,使以往只能紧紧围绕故事主干展开的叙述获得了相当程度的自由。由于时间关系的可间断性,作家常常可以为了最大程度地显现生活的真貌而旁逸斜出,放笔去对一些看上去貌似无足轻

---

[1] 左拉:《法国六文豪传》,郑克鲁译,合肥:安徽文艺出版社,2011年,第202页。
[2] 福楼拜:《福楼拜文学书简》,刘方选译,福楼拜:《福楼拜小说全集》(下),刘益庚、刘方译,北京:人民文学出版社,2002年,第435页。

重的生活细节进行刻意的雕琢，作品因此也就平添了不少郁郁葱葱的生活气息。总体来看，在自然主义的小说和戏剧中，纵向情节主干明显被削弱甚至消解了，而横向的细节枝叶却蔓延丛生。福楼拜在《包法利夫人》中对"农业展览会"的那段详细描写，在很大程度上已经开启了左拉对"家庭宴会"(《小酒店》)那种恣肆于细枝末节描写的先河。

"断片联缀式"结构还改变了"直线型"结构的那种封闭性，而使作品获得了很大的开放性。基于现实的生活形态是一种绵延不断的流，自然主义作家对传统作品中那种往往体现着叙事者观念的故事收结方式颇不以为然：

> 那位把始终是粗糙乏味的现实改头换面，从中提炼出一个不同寻常的、引人入胜的故事的小说家，必然不会过多地去考虑真实性，他肯定会随心所欲地去操纵各种事件，精心制造并安排情节，以博得读者的欢心，使他们心潮起伏，百感丛生。他创作的小说的计划只是一系列巧妙地引向结局的别出心裁的素材的组合。所有的插曲、细节都被安排好，向全书的高潮和结局——决定性的主要事件——的效果步步深入，以满足在全书开始时被激起的所有的好奇心，使读者如愿以偿，并圆满结束所讲的故事，让他们不再想对他们最迷恋的人物的今后命运寻根究底。①

与传统作家在故事的结尾总要给主人公的命运向读者做出一个"结论性"的交代（例如，狄更斯笔下开始受难的正面主人公总会有好报，而开始嚣张的反面人物则总会得恶报）不同，自然主义小说往往更习惯于在叙事结束的地方，仍然让主人公的命运悬在"不确定"的空中。除了死亡，他们作品中的主人公在作品结束时往往仍在半空中持续着那种永远平庸无奇的生活。在德莱塞的《嘉莉妹妹》中，主人公嘉莉先后经历过三种生活环境，姐姐的工人家庭，推销员在芝加哥的住处，在纽约的困顿和成功；不管在哪里，她都是受环境力量的摆布，随波逐流，毫无选择余地。小说最后以嘉莉坐在摇椅里茫茫然、无所适从地摇来荡去而戛然而止。这种开放性的结尾在自然主义戏剧中就更为常见。戏剧家易卜生说："我们看到的大多数是人类的争端……戏剧并不以第五幕幕布落下为终结，真正的

---

① 莫泊桑:《论小说》，莫泊桑:《漂亮朋友》，王振孙译，上海：上海译文出版社，1993年，第582页。

结局在这个范围之外。"①戏剧家霍普特曼说:"真正的戏剧本身是没有结尾。它是一场无休止的持续的内部斗争。在某件事发生的一刹那,剧本结束了。因为我们不得不给予每个剧本一个结尾,一个解决办法。从这个意义上讲,戏剧本身就是公式化、概念化的。"②易卜生《玩偶之家》的结尾这自然是众所周知的了;霍普特曼的《织工》结尾时,起义并没有完全失败,队伍也没被官兵打垮,只有"不间断的乌拉喊声渐渐远去"这句舞台提示暗示工人的斗争并没有结束。

"断片联缀式"的结构方法,在很大程度上是按照日常生活的形态和逻辑来建构作品的;它看上去貌似平直简单,但事实上却是需要作家更多独运的艺术匠心。从庸腐沉滞的生活里提炼出芬芳空灵的艺术之花,这绝不是一件轻而易举的事情。就传统叙事作品那种有序的"直线型"结构的崩溃而言,自然主义叙事文本的"断片联缀式"结构乃是一个开端。自然主义的"断片联缀式"结构的"可间断性"在现代主义那里完全开放,"可间断性"就变成了一种频率甚高的"跳跃性"。自然主义小说和戏剧中那种纵向情节主干削弱、横向枝蔓却丛生簇长的结构特征实乃现代主义那种"立体结构"的最初形态。

第二节 时间与空间

一、时空观念的演进

在叙事作品中,同情节紧紧联系在一起的作品结构,主要体现为作者对时间关系和空间关系的处理方式,而作者对时间关系和空间关系的处理方式则往往直接取决于其所持守的时间观念与空间观念。

在时间观念上,现代西方文化与传统西方文化的区别在于——时间不再是体现着"因果逻辑"的"线性序列",而是在"当下情境"中绽放的"瞬间一刻"。进而言之,在"因果逻辑"驱动的"线性序列"底下始终隐藏着那个据说永远不会露面的"逻格斯本体",而在"当下情境"中绽放的"瞬间一刻"则要有一个体现为"身体—主体"的"我"的"在场"。这个"我",虽然只

---

① 转引自杨执东:《霍普特曼早期剧作中的创作方法问题》,柳鸣九主编:《自然主义》,北京:中国社会科学出版社,1988年,第249页。

② 同上。

有从"过去"中才能感知"未来",但却又永远处在"现在"——"当下情景"的行动之中;所谓体察过去或感知未来,只是在"行动"中的"我"的一种"侧身"的"静观"。"静观"中的"静"字揭示出了"思"的空间性质——在"静观"中,"过去"和"未来"以某种"空间""情境"的方式绽放于当下之"我"的"情境"之中,在交混、叠加中显现为"思"之花朵。

这就是说,是"我"的"静观"之"思"通过空间赋予时间以意义——时间相对于空间的优先性被颠覆了,作为时间形式的空间获得了新的意义——成为时间的直接表征;是"我"在"当下"的"静观"之"思"将"过去"和"现在"召唤出来的——相对于"过去"和"未来","现在"由此被赋予了独特的"优先性"和"重要性",即"现在"并不是与"过去"和"未来"等值的、将"过去"和"现在"连接起来的"线性序列"中普通的一个"点",而是将三者融合起来使"意义"的释出成为可能的一个"平台"。作为一个"平台","我"的"当下"在本质上乃是"我"的一个意识的空间,一个呈现为"情境"的"空间"。质言之,作为"身体—主体","我"的隆重出场使那个神秘的"逻格斯本体"遁于无形;作为在人的生命体验中释出的非同寻常的空间,"我"在"当下情境"中的"瞬间一刻"的隆重出场,造成了"线性时间"观念的瓦解。

就空间观念而言,从古希腊欧几里得的"几何空间"概念到启蒙时代牛顿(Isaac Newton,1643—1727)等人所表述的"物理空间"概念,传统西方文化所赋予"空间"的理解和定义大都呈现出将"空间"抽象化、模型化的倾向。在这种解读中,作为可以用几何学描述处理的物理事实,空间乃是一种稳定、统一、不受人之感知方式和视角影响的客观存在。与此相比,现代西方文化对空间给出的理解和阐释则更关注其间所涵纳着的文化—心理意蕴与社会—政治含义,空间之属人的建构本性得到了越来越充分的揭示。例如,针对牛顿为代表的那种绝对空间理论,柏格森在《时间与自由意志》中对空间做了进一步的探讨。在他看来,空间在本质上乃是在生命的"绵延"中人的心理活动基于某种需要的创设物,因而,空间是相对的、间断的、可分割的、不稳定的。

对某种先验"逻各斯"本体的坚定信仰所释放出的对"必然性""因果逻辑"的强调,造成了一种源远流长的观念现实:在时空关系上,基督教世界观与近代理性主义那种历史主义的进步观念均突出时间对空间的优先性,并在时间观念上坚持时间乃是"线性"的历史展开。文化传统中的这一强大的观念现实,使传统的西方文学的叙事结构形态别无选择地走向

"直线型"。反过来说,即"直线型"叙事结构乃是西方传统时空观念的基本文学表征。

弗兰克(Joseph Frank,1918—2013)在《现代小说中的空间形式》("Spatial Form in Modern Literature: An Essay in Three Parts",1945)一文中谈到:那种循线性逻辑次第展开的编年体式的"时间性结构"叙事在现代主义文学中已经衰落,代之而起的是体现着"内心关联的完整图式"或"内省关联的原则"的"空间性结构"叙事。在弗兰克所谓叙事的"空间性结构"中,线性物理时间已经碎裂成为无数随意的、偶然性的"瞬间"。与"逻格斯本体"理念所派生出来的"时间性结构"模式相比较,由"我"的情感与情绪所决定的"空间性结构"之最突出的特点,便是它摒弃了既往的"观念—理性"逻辑而顺应"生命—情感"逻辑。由是,较之于传统叙事文本在时间中展开的"情节",在空间中敞开的"情境"在现代叙事文本中当然就成为作家们更为重视的叙事元素。不同于体现着线性时间逻辑的"情节",带有非连续性空间属性的"情境"凸现的更多是由不确定性与偶然性所释放出来的多元意义建构取向。"通过艺术,人们不仅理解了一种情境,而且借助自身的类似经验,感受到了该情境的意味。"①而相比之下,"情节"则似乎更适合传输某种观念性的主题。

毋庸置疑,艺术可以达成某种启发心智的效应。但不同于一般的学院教育与道德教化,艺术开启心智的独特性在于——它主要不是通过人的大脑而是人的情感,即主要是经由情感而抵达心灵,而非诉诸理性而抵达大脑。通过营造某种仿若真实生活情境的艺术情境,直接触发人的情感机制,启动某种生命—情感体验,艺术使人突破各种生活—理性概念的蒙蔽,最终达成心灵对生命与世界的理解。

举例来说,战争意味着死亡和苦难,社会应当公正公平,这都应该是非常明确的常识性命题。但如果没有某种鲜活、直接的情感体验能力作为吸纳这些常识性命题的转换器,这些命题便只能是一个个贮存于大脑而永远无法企及内心的抽象概念。对前者,也许实在的战争经验可以用血的事实激活人的情感中枢,但和平时期的人心又如何才能真正明了这一命题的意义而非让其仅仅停留于概念的层面?至于后者,最让人不解的是——明明现实中存在着诸种刺目的"野蛮"事实,可那些手握大权安享荣华的衮衮诸公为什么却常常对此麻木不仁、视而不见?

---

① 大卫·贝斯特:《艺术·情感·理性》,季惠斌等译,北京:工人出版社,1988年,第244页。

在莎士比亚（William Shakespeare，1564—1616）笔下，人们听到无家可归踯躅于狂风暴雨中的前国王李尔在荒原上呼号：

> 衣不蔽体的不幸的人们，无论你们在什么地方，都得忍受着这样无情的暴风雨的袭击，你们的头上没有片瓦遮身，你们的腹中饥肠雷动，你们的衣服千疮百孔，怎么抵挡得了这样的气候呢？啊！我一向太没有想到这种事情了。安享荣华的人们啊，睁开你们的眼睛来，到外面来体味一下穷人所忍受的苦，分一些你们享用不了的福泽给他们，让上天知道你们不是全无心肝的人吧！①

在这种特定境遇的经验中，李尔真正的收获是什么？是的，他现在所得到的显然是一种新的理解，而并非发现了什么新的事实，因为此前他不会不知道穷人在其所统治的王国中的存在。新的人生境遇激活了他的某种久已沉睡的情感机制，使其在对特定情境的真切感受与体验中，达成了对一种既往置若罔闻的事实的理解。通过类似《李尔王》（*King Lear*，1606）这样的作品所提供的艺术情境，我们在一种艺术体验中同样也可以在一定程度上达成类似的理解。这种情感经验"给生活情境投入一束新的光亮，揭示出类似艺术情境的生活情境的意义。"②

二、自然主义："生活情境"

与总体的现代文化转型一样，西方文化中时空观念的如上现代转换，肇始于 19 世纪中后期。自然主义作家在叙事文学结构形态的革新中最早体现了这一时空观念的转换。

随着"情节"的瓦解，时间在叙事作品中对事件的组织结构功能日益衰退，而随着"细节"的缤纷绽放，对这些"细节"的空间措置方式也就日益成为作家在叙事展开过程中殚精竭虑、最费踌躇的问题。自然主义作家不再重视"讲述使情节快速向前推进的事件；而转向描述一个个画面……"③在体现为"断片联缀"的叙事结构中，通过"情境"这一新的功能性结构元素的创设，自然主义的叙事作品开创了以"生活情境"为主的"空间性结构"形态。

---

① 莎士比亚：《李尔王》，朱生豪译，北京：中国国际广播出版社，2001 年，第 145 页。
② 大卫·贝斯特：《艺术·情感·理性》，季惠斌等译，北京：工人出版社，1988 年，第 243 页。
③ 埃里希·奥尔巴赫：《摹仿论：西方文学中所描绘的现实》，吴麟绶、周新建、高艳婷译，天津：百花文艺出版社，2002 年，第 548 页。

在自然主义的奠基之作《包法利夫人》中,福楼拜第一次大规模地尝试运用这种叙事结构。福楼拜带我们进入观众的视角,展会中参议员、主席、药剂师、药房老板和村妇们忙忙碌碌、挤挤攘攘、嘈杂不绝的画面呈现在观众面前,令人眼花缭乱;而另一边,爱玛和罗道尔夫却在相互撩拨、暗通情愫,她感到"全身软绵绵的,回想起了沃比萨尔那位请她跳华尔兹的子爵,他的胡子也像这些头发一样,有一股香草和柠檬的气息;她情不自禁地眯起眼睛,想要更真切地闻到这股气息……一切都变得模糊起来,仿佛阵阵云雾在眼前掠过;她似乎还在跳着华尔兹,在枝形烛灯的光影里,由子爵挽着不停地旋转,而莱昂也离得不远,他就要过来了……然而她又始终感觉得到罗多尔夫的头在她旁边。于是这种甜蜜的感觉渗入了昔日的渴念,犹如被阵风扬起的沙粒,在弥散在心头的令人陶醉的芳香里旋转飞舞……而与此同时,她透过太阳穴汩汩的脉搏声,听见了人群中嗡嗡营营的嘈杂声响,以及参议员那单调的演讲声……"[①]福楼拜事无巨细地把一切记录了下来,把爱玛仿佛被粉色玫瑰环绕、置身于奇幻小说中的浪漫感觉,与庸俗市侩、杂乱吵嚷的展会和人群融合起来,这是对爱玛"浪漫症候"和小镇庸俗风气的双重讽刺,达到了高度真实的效果。拆开来看,作者成功运用了类如当今电影中"蒙太奇"(Montage)的切换手法来铺排"农业展览会"一节的叙事,洋洋洒洒的笔触在三个空间层面上同时展开:第一层,写汹涌的人群,展览会上的家畜;第二层,写主席台上的演讲人在那里煞有介事地当空倾泻陈词滥调;第三层,写女主角爱玛与她的情人罗道尔夫在角落里"情话绵绵"。这里,每件事情看上去都是同时进行的,读者仿佛可以听见牲畜发出的声音,可以听见那对"恋人"的窃窃私语,同时还可以听见官员们那平庸透了的夸夸其谈。福楼拜大胆地打破传统叙事中"线性时间序列"的限制,将三组人、三种细部场景同时置放在一个大的共时性空间情境中,让叙述来回穿梭,轮流反复。空间之广延性得到自由伸张,时间之流动性却被凝滞,不同的场景细节、行为细节以及看上去没有关系的人与事被一并植入某个特定的充满张力的"情境"之中,这就是自然主义小说叙事结构上的"情境"性空间结构模式。在这里,所谓的"情境"是指渗透了人之生命"情感"的"环境",即"人"与"环境"遭遇所形成的情感性的空间。

在急剧变革的时代,左拉等自然主义作家对世界和人都有了某种新

[①] 居斯塔夫·福楼拜:《包法利夫人》,周克希译,上海:上海译文出版社,2002年,第100页。

的现代意识。在时空观念上,这种现代意识的具体表现便是对空间—环境因素重要性的强调。

> 人不再像 17 世纪人们所理解的那样,仅是理性的抽象物;他是时时刻刻都有自己鲜活思想的动物,是大自然中的一个分子,受到他所生长和生活的总体环境的影响。这就是何以某种气候、某个国家、某个具体的环境、某种生活条件,往往都会对人有举足轻重的作用。①

因此,左拉称,"我们认为人不能脱离它的环境,他必须有自己的衣服、住宅、城市、省份,方才臻于完成;因此,我们决不记载一个孤立的思维或心理现象而不在环境之中去寻找它的原因和动力。"②显然,在左拉看来,我们的世界并不是作为人的"对立面"的"对象",而只是作为人的"境遇"的"环境";世界并不是给定的事实,而只有人与世界的交合——人是世界的一个组成部分,世界反过来也是人的一个组成部分——才是给定的事实。在人与世界的交合中,人既作为世界的构成性元素被动地、适应性地"承受"(Undergo)来自我外世界即所谓"环境"的刺激作用,也作为由世界/环境作为构成性元素之一的整体在主动的行动(Do)中给世界/环境以回应性的影响。这种相互的作用,使世界和人都永远处于动态的过程之中,即人的不断生成与世界的不断变化。

自然主义文学所要表现的正是人在其与世界交合的具体"境遇"或"情境"中所绽放出来的生命感受,而不再是那种经由"情节"得以向读者派发的抽象观念。"小说家遵循着现实,向这个方向展示场景,同时赋予这场景以特殊的生命……这便是在对我们周围的真实世界作个性描绘时构成独创性的方法。"③各式各样的人物、缤纷绽放的细节在左拉所谓"环境描写"所构成的"情境"性空间或错落铺排或并置叠加,纷至沓来的诸多印象性的生活"碎片"才在自然主义文学叙事中共同奏出了"混成""浑融"的生命交响。由是,"情境"成了自然主义叙事作品结构中最具效力的功能元素;自然主义作家正是由此出发,创造性地用"情境性空间"结构模式

---

① Emile Zola, "Naturalism in the Theatre", in *Documents of Modern Literary Realism*, ed., George J. Becker, Princeton, New Jersey: Princeton University Press, 1963, p.225.
② 左拉:《论小说(节选)》,柳鸣九译,柳鸣九编选:《法国自然主义作品选》,天津:天津人民出版社,1987 年,第 788—789 页。
③ 左拉:《实验小说论》,转引自柳鸣九:《自然主义文学巨匠左拉》,柳鸣九主编:《自然主义》,北京:中国社会科学出版社,1988 年,第 43 页。

置换了传统叙事中与"情节"相契合的那种"线性时间"结构模式。因为这种结构模式的创新,自然主义作家手中的笔似乎突然变成了乐队指挥手中的那根魔杖,显现出了驱动民众、驾驭细节的神奇效能。就左拉的小说创作而言,很多评论家早就注意到——他似乎特别不擅长围绕某种"典型性格"的塑造来展开那种传统的"线型"叙述,而更善于对喧闹混乱的场面或各种生活情景按照绘画风格来进行"横断面"的描写。在进行这种描写时,他采集充满生活气息与饱含人情味的细节,以惊人的生动性与准确性加以描绘,并别具匠心地将它们组合在一起。从《小酒店》中底层市民的婚礼及生日宴会到《娜娜》中的舞台演出,再到《萌芽》中的罢工,这方面的例子可谓比比皆是。亨利·詹姆斯很早就注意到:"《卢贡-马卡尔家族》这套小说所处理的事情都是涉及群众的。……《卢贡-马卡尔家族》的画面都是熙熙攘攘的群体:阶级、人群、混乱、运动、工业……"[1]在1878年4月26日写给左拉的信中,当时的法国文坛盟主马拉美对《爱情的一页》(*Une Page d'amour*, 1878)中的环境描写称道不已:"我非常欣赏你的背景:巴黎和它的天空,它们同历史本身一起交替;它们因此具有十分美的东西,还不说无可比拟的繁复和描绘的明晰,这就决不会让读者有一刻离开你的作品,因为你给读者提供了视野和远景。"[2]拉法格则将类似的评价更为宽泛地赋予了所有自然主义作家:"福楼拜、左拉、龚古尔兄弟,以及自以为要在文学中扮演重要角色的大多数小说家,乐于做神采焕发的描写,这种描写令人想起钢琴能手的动人的弹奏。这往往只是以日常生活为题材的特写……"[3]

三、现代主义:"梦幻情境"

受柏格森直觉主义生命哲学以及弗洛伊德心理学的影响,那种在自然主义叙事作品中开始奠基的"空间性结构"模式在现代主义文学叙事中不但得到了更为广泛的应用,而且有了进一步的发展。西方现代主义作家纷纷在自己的创作中,凭借各自的想象力挑战物理法则,赋予空间以超常的意蕴和维度。

在《追忆似水年华》中,我们看到普鲁斯特的小说叙事完全打破了传

---

[1] 亨利·詹姆斯:《爱弥尔·左拉》,朱雯等编选:《文学中的自然主义》,上海:上海文艺出版社,1992年,第435页。
[2] 马拉美:《给爱弥尔·左拉的信》,同上书,第336页。
[3] 拉法格:《左拉的〈金钱〉》,同上书,第338页。

统意义上的时间统治：他并不贯穿整部小说去描述人物，即他并不关注时间的流动，而只是在对人物快照式的图像呈现中展示他们不同生活阶段上诸多"静止"的"瞬间"一刻，在渐进中描述人物不断跃动的内心状态。对于读者而言，普鲁斯特这种在断断续续中呈放出来的人物心灵场景中的诸多"静止"的"瞬间"片刻，同样很容易在自己的心灵空间中发生"并置"，因为这与他们在实际生活中所感受到的时间的展开形式完全一致。显然，与左拉的那种文本叙事常常让人们想到的一样，普鲁斯特的这种手法与印象派绘画手法也颇为相似。

总体来看，以意识流小说家为代表的现代主义作家笔下的空间，不但越发体现为人之意识活动的创设物，而且这种创设物越发由染有鲜明"情感"色彩的人的感觉印象进一步演进成为在"瞬间"中绽放出来的"情绪性"的直觉幻象。在人物的回忆、想象、幻觉乃至梦境中，空间仿佛阿拉伯神话中的"飞毯"可由人的意念驱动着自由飞翔。传统观念中受制于时间、为时间统一、体现为物质存在的广延性位序的空间，现在完全挣脱了一切羁绊成为了人之意识的附属物。由是，空间不但具有了时间的"流动性"，而且获得了时间也不曾具有的"跳跃性"。如果说自然主义作家笔下的"情境"主要还是一种"空间性生活情境"，那么，到了现代主义作家笔下，这种"空间性情境"就越来越向"梦境"的方向演进了。

"梦境性空间"结构模式的创设，显然与现代主义作家强调表现人之内心生活、发掘人的潜意识世界的叙事诉求相契合。因为空间是相对的、可以变形的，所以人们可以透过吴尔夫笔下那小小的"墙上的斑点"领略到气象万千的人之心灵波动（《墙上的斑点》），可以在同一个空间场景由不同叙事人的叙述所呈现出来的截然不同的情感意蕴中去认识他们每一个人（《喧哗与骚动》）；因为空间是流动不居的，乔伊斯也就可以在莫莉半梦半醒之间的意念起伏中展现一个女人迄今为止整个人生中所有承载着"意义"（她所认为的意义）的场景细节（《尤利西斯》）……

早在20世纪中叶，西方不少有见地的批评家便注意到了意识流小说为代表的现代主义文学叙事的"空间性结构"模式，并强调了其与自然主义文学叙事的内在关联。美国学者约瑟夫·弗兰克的《现代小说中的空间形式》一文乃是这方面最有影响的成果。在该文中，他明确断定："普鲁斯特和乔伊斯运用了自然主义的叙事原则，以普通的细节呈现人物，在对环境、情境貌似真实的描述中，用空间结构的方法规整文本中纷繁杂多的细节。"①如同福楼拜在《包法利夫人》描写法国外省的生活风俗一样,对把自己的作品《尤利西斯》看成是"现代史诗"的作家乔伊斯来说,这部小说的明显意图之一便是给读者提供都柏林的整体生活图景,展现各种人、各种观点、各种声音、各种生活场景。因此,在《尤利西斯》中,我们不仅看到人物关系、事件背景等呈现为零散的"片断",而且在叙事技巧上也发现他颇得福楼拜的真传。以下是《尤利西斯》中的一个片断:

> 考利神父大步走向后台。
> ——我来,赛门,我来为你伴奏,他说。起。
> 锵锵锵,轻车驶过了格雷厄姆·莱蒙公司的椰子糖堆,驰过了埃尔夫里的大象牌雨衣店。
> 牛排、腰子、肝、马铃薯泥,可供王侯享用的菜肴,坐着享用的王侯是布卢姆和古尔丁。两位用餐的王侯,他们举杯喝酒,帕尔威士忌和苹果酒。②

这则小片断中的三个场景是同步的:考利神父登上舞台唱歌、马车在街上疾驶、布卢姆和古尔丁在餐馆吃饭。这种场景并置的结构方式,显然来自福楼拜的"农业展览会"。乔伊斯等现代主义作家的"空间性结构"模式的确始自自然主义。

只是现代主义作家并没有就此止步。在此基础上,他们不断推陈出新,使得"空间性结构"模式在技巧层面得到了极大丰富和发展。例如,福克纳《喧哗与骚动》中的一个片断:

> 我们顺着栅栏,走到花园的栅栏旁,我们的影子落在栅栏上,在栅栏上,我的影子比勒斯特的高。我们来到缺口那儿,从那里钻了过去。
> "等一等。"勒斯特说。"你又挂在钉子上了。你就不能好好地钻过去不让衣服挂在钉子上吗。"
> 凯蒂把我的衣服从钉子上解下来,我们钻了过去。③

与看上去关联不大的同时性场景在叙述空间上的并置不同,这则片

---

① Joseph Frank, "Spatial Form in the Modern Novel", in *Critiques and Essays on Modern Fiction*, ed., John W. Aldridge, New York: The Ronald Press Company, 1952, p.52.
② 乔伊斯:《尤利西斯》(上卷),金隄译,北京:人民文学出版社,1996年,第418页。
③ 威廉·福克纳:《喧哗与骚动》,李文俊译,桂林:漓江出版社,2005年,第4页。

断是将不同时间里的类似场景在空间上并置:在与勒斯特一起穿过栅栏缺口时,班吉的衣服被钉子挂住了,当下勒斯特对待他的方式和流动在班吉大脑中的之前姐姐凯蒂对待他的方式,在并置的叙述中构成了参照,意蕴凝重。

下面是吴尔夫《达洛维太太》(*Mrs. Dalloway*,1925)中的一个片断:

> 他向后靠在椅背上,非常疲倦,但仍硬挺着。他半躺着休息,他在等待,再一次痛苦地努力向人类做出解释。他躺得非常高,躺在世界的脊梁上。大地在他下面震颤。许多红花长入他的肉体,那些僵挺的叶片在他的头颈旁边刷刷作响。音乐当啷啷响起来,碰撞着这上面的岩石。那是从下面的街道传来的汽车鸣笛声,他自语道;但是它在这上面猛烈地敲击着一块块岩石,四散开去,又汇合在由许多光滑的圆柱此起彼伏构成的声音的震波中(音乐竟有形可见,这是一大发现),然后变成一曲圣歌。①

这个片断描写的是塞普蒂莫斯同妻子离婚后的情景,通过物理空间场景与心理空间场景的奇特转换,将塞普蒂莫斯内心世界非理性的、混乱的意识状态揭示了出来。这种由叙事者(往往是作品中的人物)特定精神—情绪状态中所激发的物理空间场景之间、心理空间场景之间、物理空间场景与心理空间场景之间的自由切换,是现代主义作家最常用的空间结构方式。

现代主义作家"空间性结构"模式中的细节与场景的措置手法多多,这里不可能枚举。应该指出的是,较之于自然主义的那种"生活情境"性空间结构,现代主义这种"梦幻情境"性空间结构的"主观"色彩更为浓厚,"空间性结构"之"生命感性"品质得到了进一步强化,"情感"在很多时候往往直接投放为更加贴近自然生命的"情绪",空间的"可感受性"也常常由"感觉"来赋予而转化由"直觉"来投放。按照"时间性结构"模式的惯性思维考量,人们常常会说:在现代主义作家叙事中的"自由"被膨胀成为"放任"之后,传统叙事结构上的"连贯"已由自然主义的"松散"变成"零乱",即传统"时间性结构"之"直线型"格局终于彻底瓦解。

---

① 弗吉尼亚·吴尔夫:《达洛维太太》,谷启楠译,北京:人民文学出版社,2003年,第64页。

第三节 "有机的"与"非有机的"

一、法兰克福学派批评家的观点

法兰克福学派（Frankfurt School）的一些批评家将传统的文学作品的结构界定为"有机的"，而现代主义文学作品的结构则被界定为"非有机的"。他们认为，在"有机的"文学作品中，结构原理支配着部分，并将它们结合成一个单一的整体；而在"非有机的"文学作品中，部分对于整体来说具有更大的自律性，它们作为一个意义整体构成因素的重要性在降低，同时它们作为相对自律的符号的重要性在上升。即"有机的"文学作品总是谋求整体的印象，其中的个别成分只有在与整体相关时才具有意义；而在"非有机的"文学作品中，单个的成分可以在脱开对作品整体把握的情况下得到阅读和阐释。

在传统作品中，作者想要表达的政治或道德的内容必然从属于作品之整体的有机性，虽然在某些时候它充当了这一有机整体的灵魂。这样，在传统的有机的文学作品中，便总是存在着外在于"形式—内容整体"的观念介入并对其起破坏作用的危险。更严重的后果则如阿多诺（Theodor Adorno, 1903—1969）所反复表述的那样——有机的文学作品不是揭示现实社会的矛盾，而是以其形式本身增强世界是一个整体的幻觉。德里达（Jacques Derrida, 1930—2004）在《残酷戏剧与再现的封闭性》一文中则更为严厉地将受"一种原初的逻格斯格局"统辖的传统文学作品轻蔑地称之为是"神创论"的：

> 只要戏剧的结构追随传统的完整性而表现出下述因素，该种戏剧就是神创论的：一个作者—创造者不在场而离得很远，以文本为武装，关注、组合、制约再现的时间或意义，让后者再现他的那被称为戏剧内容的思想、意图和观念。[①]

应该承认，法兰克福学派批评家的这些观点是很精辟的。布莱希特（Bertolt Brecht, 1898—1956）在《工作日记》中也坚持认为，在传统文本

[①] 转引自彼得·比格尔：《先锋派理论》，高建平译，北京：商务印书馆，2002年，第18页。

中,细节服从于作品的有机整体,其效果的释出必须通过作品整体的中介。他说:

> 在亚里士多德式的戏剧构造及其与之相应的戏剧动作中……舞台给观众所制造的、在真实生活中所发生并在那里出现事件的幻觉,由于在表现中使虚构的东西形成一个绝对的整体而得到了加强。细节并不能单独与真实生活的相应的细节进行比较。没有什么东西可被"从该语境中取出"而放到现实的语境中。这由于一种产生陌生化的表演而得到改变。在这里,虚构的东西以一种不连贯的方式发展,统一的整体由独立的部分组成,其中任何一个部分都能够,并且必须直接面对现实中的相应的事件成分。①

在《现代小说中的空间形式》中,弗兰克将现代叙事中的这种变化概括为,一种"分离性小说样式"在世纪之交愈来愈取得了令人侧目的重要地位。"分离性的"显然就是"非有机的";弗兰克所说的"分离性小说样式"实际上就是采用"空间性结构"模式叙事的现代小说之"非有机性"形态。他对"现代小说"之"空间形式"的分析,从另一个角度再次认证了法兰克福学派批评家的观点。

二、"断裂":从传统文学到现代主义

事实上,结构上这种对"有机整体"的追求,在西方文学的叙事传统刚刚形成的古代希腊便已经形成。亚里士多德在《诗学》第七章中说:

> 按照我们的定义,悲剧是对于一个完整而具有一定长度的行动的摹仿(一件事物可能完整而缺乏长度)。所谓"完整",指事之有头,有身,有尾。所谓"头",指事之不必然上承他事,但自然引起他事发生者;所谓"尾",恰与此相反,指事之按照必然律或常规自然地上承某事者,但无他事继其后;所谓"身",指事之承前启后者。所以结构完美的布局不能随便起讫,而必须遵照此处所说的方式。②

在第八章中,他进一步明确说:

> 在诗里,正如在别的摹仿艺术里一样,一件作品只摹仿一个对

---

① 转引自彼得·比格尔:《先锋派理论》,高建平译,北京:商务印书馆,2002年,第172页。
② 亚理斯多德、贺拉斯:《诗学·诗艺》,罗念生、杨周翰译,北京:人民文学出版社,1962年,第25页。

象;情节既然是行动的摹仿,它所摹仿的就只限于一个完整的行动,里面的时间要有紧密的组织,任何部分一经挪动或删削,就会使整体松动脱节。要是某一部分可有可无,并无引起显著的差异,那就不是整体中的有机部分。①

亚里士多德对叙事结构必须是一个具有"整一性"的"有机整体"的要求,成为后来"三整一律"或"三一律"的根据。

由于着力表达一种极其复杂的现代体验,现代主义文学文本在"空间性结构"中所展开的叙事注定不可能获得一种整体的和谐与有机的统一。"我不相信任何一个系统化者,我避开他们。追求系统就是缺乏整体性。"②现代主义作家普遍认同尼采的这一信念,敌视封闭的系统,站在"不确定"的思想立场上追求文本的"开放性"。为此,现代主义作家常常突兀怪异地将主人公置入某一悬浮状态的当下时间点上,意识流小说《追忆似水年华》和《尤利西斯》如此,表现主义的《审判》和《变形记》亦如此。一旦传统文本中那种"线性时间链条"凝缩为"瞬间性"的"点",则充斥文本的便只能是有诸多"细节"膨胀张开所构成的错综复杂的"空间场景"。即这个"点"本身是有一个特定的"空间"来表征的。而这些由"细节"所编织成的"空间场景"在文本中成为一个个独立的"审美片断","这种审美片断与浪漫主义艺术作品的有机整体所起的作用完全不同,它向接受者挑战,使它成为接受者自身现实的一个组成部分,与感性的—物质的经验相关。"③

在现代主义那种"非有机的"叙事文本结构中,反讽(Irony)越来越成为一种被广泛运用的叙事技法,大部分现代主义文学作品因此都具有反讽的喜剧情调。讽喻者将整体生活情境中的一个因素抽出,使之孤立,剥离掉它的功能。就此而言,讽喻在本质上是一个碎片,与有机整体的概念相对立。生产有机艺术作品的传统的艺术家,将所有材料视为整体中一个活的部分,并重视其从具体生活情境中生长出来的意义。而对现代主义作家来说,材料就是材料,是物质,是空符号;作家先是将其从给予它意义的功能语境中移开,使之变成与生活总体性割裂开来的孤立的碎片,尔

---

① 亚理斯多德、贺拉斯:《诗学·诗艺》,罗念生、杨周翰译,北京:人民文学出版社,1962年,第28页。
② 彼得·福克纳:《现代主义》,付礼军译,北京:昆仑出版社,1989年,第57页。
③ 彼得·比格尔:《先锋派理论》,高建平译,北京:商务印书馆,2002年,第43页。

后再由自己赋予其意义。同样,在现代主义那种"非有机的"叙事文本结构中,"蒙太奇"(Montage)手法也受到了高度的重视。在某些现代主义作家那里,它甚至也许可被看成现代主义的基本结构原则。"蒙太奇"是以现实的碎片化为前提所实施的混成组装。在这里,构成作品的经验现实中的碎片,不再是指向现实的符号,其本身就是现实。"有机的"作品总是努力使被制作出来的事实变得无法辨识,为此他们往往反复宣称作品中的一切都是真实的。现代主义的"非有机的"作品则正好相反:它坦率地宣称自己是人造的,是人工制品。蒙太奇的结构原则,意味着部分可以从一个超常的整体中"解放"出来;这些部分不再是整体中不可缺少的因素,即既有的片段可以删去,而新的同样类型的事件亦可以加进来,而且片段之间的顺序变化也是可能的。

就现代主义文学而言,"一部作品写作的前提是:它所描写的动作并不存在着可靠的意义,或者尽管一个动作能抓住我们的注意力,激发我们的情感,但我们对它的意义的可能性却不能确定,或必须保持不确定"[1]。然而,传统作家在构思其作品时却往往不言自明地认定:人的心理活动与外在行动莫不具有一个理性的结构,且他们能探明这个结构;正是基于这样的假定,传统叙事文本在结构上便合乎逻辑地获得了一个合乎理性的"有机整体"。现代作家普遍对这种假定持有激烈的质疑态度;这种质疑所带来的后果之一便是传统文学叙事结构那种"有机整体"的崩塌。布勃纳(R. Bubner)在《论当前美学的一些状况》一文中称:"传统的作品统一体的解体能够在形式上表现为现代主义的共同特征。作品的连贯和自律被有意识地质疑,甚至在方法上被摧毁。"[2]

一个作品如果不是一个"统一体",那还能被称为艺术作品吗?回答当然是否定的。事实上,现代主义并非真的要取消艺术作品的统一,而只是要取消传统作品的那种不合理的统一。现代主义作品——即使激进如达达主义,并非不追求其自身的统一,只不过是不同于传统作品的那种统一。这正如阿多诺在《美学理论》(*Aesthetic Theory*,1970)一书中所分析的那样,现代主义作品并不否定统一本身,他们所反对的乃是一种特殊的统一,即作为有机的艺术作品特征的部分与整体间那种缺乏生命气息的关系。

---

[1] 欧文·豪:《新之衰败》,转引自彼得·比格尔:《先锋派理论》,高建平译,北京:商务印书馆,2002年,第7页。

[2] 同上书,第127页。

那么,现代主义作品追求一种怎样的统一?"一部文学作品是一个细节综合体,一个人类价值错综复杂的组成物。"①美国新批评派理论家维姆萨特(William K. Wimsatt,1907—1975)在《具体普遍性》一文中的这一表述,也许可以看作是对这个复杂问题的简单回答。

三、转型:从自然主义到现代主义

文本世界如何在新的条件下达成新的统一,这显然也是自然主义作家从一开始就非常关注的问题。弗兰克称:"福楼拜的小说不像现代诗一样由典故、意识的碎片堆砌而成,其每个层次上的行为是一个统一体;它们相互混杂,最后却由强烈的反讽联在一起。"②左拉认为传统的文学"纯然是一种精神的娱乐消遣,一种机智的空谈诡辩,一种遵守某种法则的平衡与对称的艺术。"③而自然主义文学则是反人为平衡、反机械对称的艺术。在《戏剧中的自然主义》一文中,左拉对评论家夸赞小仲马(Alexandre Dumas fils,1824—1895)的剧本《私生子》(Le Fils naturel,1858)结构如何均衡、匀称、完美殊为不满和不屑,他轻蔑地将这样的作品称之为"玩具"与"七巧板游戏",并讥讽说:

> 天啊!看这件家什的做工有多精美啊——刨得平、嵌得巧、胶得牢、钉得紧!这真是一个好得不能再好了的机械装置啊,部件与部件间严丝合缝,一个部件带动另一个部件,流畅平滑,恰到好处……不过,我对钟表没有兴趣,我倒是更喜欢真实。是啊,这确是一台出色的机器。但我宁愿它有丰饶的生命,带有它的颤动、宽阔和力量。④

针对此种情形,左拉大声疾呼:小说家只应该满足于展现他从日常生活撷取的图景,在对细节的描绘中确立文本的整体感,从而让读者获得真切的感受,并由此开启他们的反思。⑤ 显然,对细节的重视,使自然主义作家对传统文本坚守的那种结构上的"有机整体"论持有激烈的否定

---

① 威廉·K.维姆萨特:《具体普遍性》,转引自朱立元、张德兴等:《西方美学通史》(第六卷),上海:上海文艺出版社,1999年,第553页。
② Joseph Frank, "Spatial Form in the Modern Novel", in *Critiques and Essays on Modern Fiction*, ed., John W. Aldridge, New York: The Ronald Press Company, 1952, p.44.
③ Emile Zola, "Naturalism in the Theatre", in *Documents of Modern Literary Realism*, ed., George J. Becker, Princeton, New Jersey: Princeton University Press, 1963, p.228.
④ Ibid., p.228.
⑤ 参见左拉:《论小说》,朱雯等编选:《文学中的自然主义》,上海:上海文艺出版社,1992年,第227页。

态度。

在自然主义文本中,细节之间缺乏明显的逻辑关联,即它们不再服从线性因果律在纵向时间链条上的展开,而主要服从于现实并转而在空间的横断面上铺开;由此,其效果或意义的释出,不再受制于叙事者的某种观念意图而被设想为依赖自身,即它们作为单个的因素具有独立的审美合法性。由是,对各种实验性叙事技巧的重视已然成为自然主义小说的一个重要特征。弗兰克·诺里斯在1896年写道:"自然主义故事中的人物一定会遭遇可怕的事情。"[①]单个因素不必再从属于一种必须指向有机整体的组织原理,这绝不仅仅意味着叙事的解放,更表征着文学放弃了通过观念叙事再造社会整体的可能。自然主义通过这一艺术策略,既弥补了同时代唯美主义自绝于社会现实的不足,又使文学从日益凝固成为僵死体系的社会意识形态中成功地剥离出来,宣告了一种新的介入艺术类型或一种新的艺术介入模式的诞生。

马克思主义批评家卢卡契很早就指出,自然主义作家倾力于细节而相应地放弃整体视角的做法,在先锋派那儿达到了顶点。除去将这一历史性的发展解释为西方文学的"衰退"与"颓废"不能接受,应该说,卢卡契对西方文学发展的观察与描述都是准确的。从观念统摄之下的严密、严整的有机整体,到心理活动的随意漫游、自由穿插,在文学文本结构从线性历史时间向瞬时心理空间的转换过程中,自然主义那种由感觉、体验的释放所带来的细节丛生,显然是一个过渡。西方叙事文本结构从"有机的"向"非有机的"的现代转型,正是直接发端于自然主义。

[①] Quoted in Donald Pizer, "The Three Phases American Literary Naturalism", in *The Theory and Practice of American Literary Naturalism: Selected Essays and Reviews*, Carbondale and Edwardsville: Southern Illinois University Press, 1993, p. 15.

Ⅲ 自然主义创作方法

诗不是放纵感情,而是逃避感情,不是表现个性,而是逃避个性。自然,只有有个性和感情的人才会知道要逃避这种东西是什么意义。
——T. S. 艾略特《传统与个人才能》

除了真实感以外,还要有作家的个性。一个伟大的小说家应该既有真实感,又有个性表现。
——左拉《论小说》

表现本真至关重要;只要你高兴,就完全可以把马儿画成豆绿色的。……

虽非真的发生过但读起来好像真的发生过的事件,构成了一篇好的小说。
——Frank Norris,"His Sister"

一切创造都是尝试性的,一切艺术也都是实验性的。
——桑塔亚那《艺术中的理性》

对于自然主义者来说,人类与"昆虫"并无二致,其短暂的生命完全由社会或自然决定。如果一个人反抗,他便会在一瞬间被粉碎;他的抗争与其说是是悲剧性的,不如说是可笑的;……反讽是所有自然主义作家反复使用的文学技法。
——Malcolm Cowley, "Naturalism in American Literature"

左拉小说中重复的具体细节和耸人听闻的情节都促成了他小说中象征性表达的倾向,在美国自然主义中,这种倾向发展成为一种强大的、无所不在的工具,经常把美国自然主义小说推向寓言。
——Donald Pizer,*The Theory and Practice of American Literary Naturalism: Selected Essays and Reviews*

第九章
"观念统摄型"与"体验主导型"

第一节 现代转型:从"观念统摄"到"体验主导"

"愉悦与教化的结合不仅在古典主义的所有诗学,特别是贺拉斯以后变得司空见惯,而且成为艺术的自我理解的一个基本主题。"① 但实际上,"愉悦"与"教化"的关系在传统文本那里是非常微妙的。在具体实施过程中,贺拉斯所谓"寓教于乐"的艺术原则往往体现为,"乐"所代表着的艺术的审美功能是手段,而"教"所体现着的艺术的教化功能则是目的。所谓"教化"无非就是通过文本向读者实施某种政治的或道德的或宗教的社会意识形态观念的渗透,因而从根本上说"观念"才是传统文本中的灵魂。

经过宗教—伦理观念或启蒙政治理性一番"阐释"之后,历史主义的线性历史观将生存现实乔装打扮,规定为某种历史在通往终极目标过程中的一个特定历史阶段的意识形态图景。本质主义(Essentialism)使处在历史活动中的人和活生生的人的生存被装进了某种观念系统的模型:人,脱开了其"自然存在"的属性;"自在性"既已沦陷,"自为性"也就势必成为"观念"自身的虚热与虚妄。即随着现实成为历史叙事中的历史剧剧本,作为现实"生活主体"亦是"历史主体"的个人也就只能成为该剧中的一个远离自我本性的"角色"。大致说来,传统作家的叙事均是从"类主体"/"复数主体"之意识形态观念出发展开的。尽管文句流利光滑,但由

---

① 彼得·比格尔:《先锋派理论》,高建平译,北京:商务印书馆,2002年,第111页。

于没有真切的个体生命体验,失却了应有的生命质感与情感气韵,这种叙事注定乃是一种虚假的宏大叙事,一种缺乏个性表现的叙事,一种凌空蹈虚煞有介事的叙事。

鉴于在传统文本的"有机构成"中,直接源自既定形而上学与意识形态体系的"本质""观念"居于核心地位,观念统摄着叙事,叙事围绕着观念,因此,我们不妨将这一传统叙事模式命名为"观念统摄型"。

随着非理性主义思潮的兴起,现代主义作家对传统"观念统摄型"叙事越来越持有深刻的怀疑与鄙夷。他们难以容忍观念主导下的宏大历史叙事对"存在者"那繁复幽深的情感、扑朔迷离的体验之简单概括,不能接受其对"世界"那丰饶细密、缤纷多彩的无数现象细节的忽略和遗漏。吴尔夫在其被称为现代主义宣言的《现代小说》一文中称统摄传统文学叙事的理性观念为"强大专横的暴君",认为它阻断了作家"内心所感受的意象"。而为了显现真正的人的生存,她强调现代作家的叙事必须摒弃"习惯风尚所灌输给我们的见解",从自己的"切身感受"与"内心体验"出发。①

通过种种社会关系,通过个人的遭遇和社会的矛盾,来表现自我的感情和思想,这是传统文学中的"自我"的完成过程。在这种过程中,"自我"和环境几乎是鱼水不可分离的关系。但在现代主义文学中,"自我"的背景却被大大地淡化或者寓意化了,它仅仅体现为一种"气氛"或"情调";而且"自我""在做什么"和"怎么做"也已无关宏旨,重要的只是他在体验什么;由是,文学叙事越来越深入人之"心理学的黑暗领域"——主要不再是叙述外部的社会生活事件,而是内在的个体生存体验,主要不再是探索人物行为的伦理、政治、神学动机,而是审视并揭示更为深层的感觉与直觉中的"生命本相"。对现代主义作家来说,所谓客观世界的本来面目并不重要,重要的是作者对世界的主观体验或感应:"诗人把人类体验转化成为诗歌,并不是首先净化体验,去掉理智因素而保留情感因素,然后再表现这一剩余部分;而是把思维本身融合在情感之中,即以某种方式进行思维。"②

总体来看,"体验"在现代主义叙事中已经取代了传统叙事中居于中

---

① 参见弗吉尼亚·沃尔夫:《现代小说》,崔道怡等编:《"冰山"理论:对话与潜对话》(下册),北京:工人出版社,1987年,第616—617页。
② 罗宾·乔治·科林伍德:《艺术原理》,王至元、陈华中译,北京:中国社会科学出版社,1985年,第301页。

心地位的"观念",成为主导叙事的新的核心元素,即现代主义叙事是"体验主导型"的。与传统意义上那种往往与"观念"相联通的"经验"相比,这种"体验"非但带有鲜活的"个人化"属性,而且更加强调"当下"的"瞬间性"。就此而言,我们可以将这种"体验"定义为是一种个人尚未被观念意识所同化的瞬间意象和感受。"观念统摄型"叙事向"体验主导型"叙事的现代转换,在本质上标志着作者身份的某种巨大变化。前者基本上是一种"代言人的写作",即作家站在"类主体"或"复数主体"的立场进行写作,作家的身份乃是代大众发言、替大众说话;这种说话人直接面对的对象显然也是大众。而后者则是一种"作为个人的写作",作家清醒地认识到自我并不是像上帝一样站在世界与生活之外而是就在其中,因此他明白自己的知识、能力的有限性而不敢替任何人代言;而且他也意识到自己所缔造的文本在价值上是有限度的,因此他愈发小心翼翼但也更加处心积虑地构筑文本,通过调整叙事对现实的视角和焦距,调整创作意图与文学文本的关系,从而避免自己思考和写作的僭越所带来的文本的那种凌空的造作。现代作家知道自己的文本不是政治通告,也不是布道文,更不是劝善书,因此不敢带有任何宣示、教诲的口吻或语气,而且他也知道自己作为"说话人"直接面对的并不是公众,而只是一个个在各个方面与他并无多大差别的个体,由此他自然也就多了几分谦诚与谦卑——不再像传统作家那样悲天悯人、盛气凌人。总之,他不再是兜售"观念"的小贩,他不再强行灌输任何东西,而只希望自己对一己生活观感与生命体验的书写,能够引导读者拨开意识形态的迷障,看清经由各种形而上学观念化的现实并非人们真正置身其中的现实,让人们习惯性的麻木在活生生的存在本相面前感到几分震惊,并在震惊中反思与警醒。

第二节 自然主义:西方叙事模式现代转型的发端

西方叙事从"观念统摄型"向"体验主导型"的现代转换,发端于文学自然主义。针对"观念统摄型"叙事的强大传统,左拉等自然主义作家表现出了强烈的反叛姿态:

> 文学自然主义就是返回自然,返回生活,返回人本身,即在对现实的接受中,经由直接的观察和精确的剖析达成对人世真相的描写。就此而言,文学家和科学家所面对的任务是相同的;两者都必须以现

实来代替抽象,以严峻的分析打破经验主义的公式。只有这样,作品中才会有合乎日常生活逻辑的真实人物和相对事物,而不尽是抽象人物和绝对事物这样一些人为编制的谎言。一切都应该从头重新开始,必须从人存在的本源去认识人,而不要只是戴着理念主义的有色眼镜一味地在那里妄下结论,炮制范式。从今往后,作家只需从对基础构成的把握入手,提供尽可能多的人性材料,并按照生活本身的逻辑而非观念的逻辑来展现它们。质言之,自然主义起源于第一个在思考着的头脑。①

把人重新放回到自然中去,放到他所固有的环境中去,使分析一直伸展到决定他的一切生理和社会原因中,而不是把他抽象化。②

自然主义小说不过是对自然、种种的存在和事物的探讨。因此它不再把它的精巧设计指向着一个寓言,这种寓言是依据某些规则而被发明和发展的。……自然主义小说不插手于对现实的增、删,也不服从一个先入观念的需要从一块整布上再制成一件东西。③

在《戏剧中的自然主义》一文中,左拉还拿小仲马的《私生子》为例,指斥传统文学是"辩词"和"布道书",是"冷冰、干巴、经不起推敲缺乏生命力的东西","里面没有任何新鲜空气可以呼吸"。左拉讥讽完全被"观念"武装起来的文学家非驴非马:"哲学家扼杀了观察家,而戏剧家又损伤了哲学家。"④在他们笔下,"善与美的情感的理想典型,总是用同一个模子浇铸出来,真实成了脱离了一切真实观察的闭门造车"⑤。

在对传统叙事模式进行批判的同时,自然主义作家大胆实验,刻意创新,结合自己的创作实践对建立新的现代叙事范式进行了不懈探索。左拉对其现代叙事范式的"想象"与"实验"做出了大量论述。撮其要者,大致是:从个体真切的生命体验入手,用基于"体验"的"意象弥漫"取代基于"观念"的"主题演绎",以基于"体验"的"合理虚构"取代基于"观念"的"说

---

① Emile Zola, "Naturalism in the Theatre", in *Documents of Modern Literary Realism*, ed., George J. Becker, Princeton, New Jersey: Princeton University Press, 1963, p. 201.
② Ibid., p. 225.
③ Ibid., p. 207.
④ Ibid., p. 216.
⑤ Ibid., p. 217.

理杜撰","想象不再是投向狂乱怪想的荒诞创作,而是对被瞥见的真实的追叙"①,"作品只不过是对人和自然的强有力的追叙"②。而造成这种"强有力的追叙"的叙事动力,则"全都源于他们的体验和观察"③,"分析以感觉作为先导"④,感知来自观察,描绘始于感动。"体验"和"观察"将作家个人推到了前台,由此,"类主体"之虚假的"观念统摄型"宏大叙事开始解体。由此来看,反传统的、新的"体验主导型"叙事范式在自然主义作家这里已初具雏形。

左拉反复强调,只有以真切的个人"体验"为基础而不是一切从"观念"出发,作家在叙事中才能有效克服观念的虚妄与武断,文本中才会不再流淌着"师爷"那"政治正确"但却苍白干瘪的教诲,而是叙事人娓娓道来的叙说。如此,打开作品,人们才会感到它也有着自己怦动的脉搏、触摸可感的体温与节拍般的呼吸,文本中所描写的一切才会变得鲜活起来,有着自己的色彩、气味和声音;"这是真实的世界",因为一切都是被"一位具有美妙而显著的独创性作家体验过的"⑤。在《论小说》一文中,左拉曾拿自然主义作家阿尔封斯·都德、龚古尔兄弟等为例细致分析了"体验主导型"叙事的内在机理。在他看来,作为一位"在我们的当代文学中获得一个崇高地位"的作家,都德是一位极富个性表现的作家:"他叙述一个故事,表现一个人物,总是把自己整个放进这个故事和人物之中,带着生动的嘲讽和柔情蜜意。人们能从上百页中认出他的一页作品,因为他的作品有自己的生命。"⑥而作品中这种鲜明的个性表现源自哪里呢?左拉称源自深切、独特的生命体验;并且,这种体验在经由作家的个性表现成为一部"独创性作品"之前,总是首先凝结为某种鲜明强烈的"意象":

> 阿尔封斯·都德先生看到了某个景象,某个场面。由于他具有真实感,他为这个场面所打动,对此保留了十分强烈的意象。年复一年过去了,脑子仍然保存这个意象,时间往往只会使这个意象更加深

---

① 左拉:《论小说》,朱雯等编选:《文学中的自然主义》,上海:上海文艺出版社,1992年,第236页。
② 同上书,第227页。
③ 埃里希·奥尔巴赫:《摹仿论:西方文学中所描绘的现实》,吴麟绶、高新建、周艳婷译,天津:百花文艺出版社,2002年,第557页。
④ 左拉:《论小说》,朱雯等编选:《文学中的自然主义》,上海:上海文艺出版社,1992年,第240页。
⑤ 同上书,第213页。
⑥ 同上书,第212页。

刻。它最后变成一种困扰,作家非把它传达出来不可,非把他见过和保存下来的场面表现出来不可。于是出现了咄咄怪事,一部独创性作品诞生了。①

对于具体的创作过程,左拉进一步做了分析:

> 这首先是一种追忆。阿尔封斯·都德先生回忆起他的所见所闻,又看到人物和他们的姿态、景象及其线条。他非要表现出来。从这时起,他扮演这些人物、居住在这些环境中,把自己的个性与他要描绘的人物、甚至事物的个性相融合,变得情绪激动。最后,他和他的作品合而为一,把自己融化在作品里,同时再一次体验作品中的生活。②

> 这不再是关于一个特定主题而写出的完美句子;这是面对一幅图景勾起的感受。人出现其中,融合到事物里,以其热情澎湃使这些事物也活跃起来。龚古尔兄弟的全部天才就在对自然的这种极其生动的表达中,在这些记录下来的颤动中,在喃喃的絮语中和变得可以感觉的千百股气息中。③

左拉这里所说的"追忆"和他在别的地方所反复提及的"追述",都是在强调叙事必须由强烈的生命体验所发起、主导。但在这种作家与作品中描写对象的"合一"中,作家之"个性表现"与作品之"真实感"的关系是怎样的?对此,左拉的回答是:

> 在这种紧密结合中,场景的现实和小说家的个性不再明晰可辨。哪些是绝对真实的细节,哪些是虚构的细节?这就难以说清了。可以肯定的是,现实是出发点,是有力地促使小说家行动的推动力;然后小说家使现实延续下去,朝这个方向展开场景,同时赋予这场景以特殊生命,这生命是阿尔封斯·都德所独有的。④

自然主义所开启的"体验主导型"叙事中的"体验",不同于传统经验

---

① 左拉:《论小说》,朱雯等编选:《文学中的自然主义》,上海:上海文艺出版社,1992年,第211—212页。
② 同上书,第212页。
③ 同上书,第222页。
④ 同上书,第212页。

主义者之"经验"。与一般意义上的"经验"相比,自然主义文学所看重的"体验"是人在其与世界交合的具体"境遇"或"情境"中所绽放出来的生命感受,它既不是纯粹客观的:"完全来自客观方面的印象是没有的,事物之所以给我们留下印象,只有当它们和观察者的感受力发生接触并由此获得进入脑海和心灵大门的手段时方能产生"①;也不是纯粹主观的:"实际上,一个情感总是朝向、来自或关于某种客观的、以事实或思想形式出现的事物。情感是由情境所暗示的,情境发展的不确定状态,以及其中自我为情感所感动是至关重要的。"②在形形色色零乱繁复的生活感受中,体验必定是那种深切、鲜明、富有整体感的感受,而不是那种不具有累积性、转瞬即逝、过眼烟云般的拉杂印象。体验作为特定生命个体的感受,其具体展开在性质上总是唯我独有的、独一无二的。"因为绝对真实,干巴巴的真实并不存在,所以,没有人企图成为一面完美无缺的镜子。……对这个人来说好像是真理的东西,对另一个人来说则好像是谬误。企图写出真实,绝对的真实,只不过是一种不可实现的企图,作家最多能够致力于准确地再现见到的事物,像见到的本来面目那样,致力于写出感受到的真实印象……"③"一切艺术的本质永远是美的事物通过每一个人的感情、热情和梦想而取得的表现。"④

---

① 桑塔亚那:《审美范畴的易变性》,转引自朱立元、张德兴等:《西方美学通史》(第六卷),上海:上海文艺出版社,1999年,第82页。
② 杜威:《艺术即经验》,高建平译,北京:商务印书馆,2005年,第71—72页。
③ 莫泊桑:《爱弥尔·左拉》,朱雯等编选:《文学中的自然主义》,上海:上海文艺出版社,1992年,第367页。
④ 波德莱尔:《一八四五年的沙龙》,伍蠡甫等编:《西方文论选》(下卷),上海:上海译文出版社,1988年,第218页。

第十章
"非个人化"与"个性表现"

第一节 "非个人化"

　　文学作品中人物的所作所为、所思所感归根到底无不来自作者。"我们在一个国王、一个杀人犯、一个强盗或是一个君子身上,在一个娼妓、一个修女、一个少女或是一个女菜贩身上所表现的始终是我们自己,因为我们总是要问自己:'如果我是国王、杀人犯、强盗、娼妓、修女、少女、或是女菜贩,我会做什么,我会想什么,我会怎样行动?'"①然而,一个不可回避的困难是:无论如何,作者都不可能完全确定地把握器官、肌肤、血液、神经、体质、心理都与其殊异的各色人物那姿态万千的生命—心理冲动,因为"我们的看法,我们依靠感觉得来的对世界的认识,我们对生活的想法,我们只能将它们部分地移植到我们声称要揭露他们不为人知的内心秘密的所有的人物身上"②。可这又如何能保证叙事的"真实感"呢?莫泊桑给出的答案是:"小说家的能耐就在于不让读者认出藏在面具后面的自己。"③而左拉则在《福楼拜及其作品》一文中,明确提出了"作家应完全消失在所叙述的情节的后面"这一重要的自然主义文学规则。在他看来,因

---

① 莫泊桑:《论小说》,莫泊桑:《漂亮朋友》,王振孙译,上海:上海译文出版社,1993年,第588页。
② 同上。
③ 同上。

为采取"没有呐喊,没有激动,只有深思的目光盯着前方"①的叙事姿态,福楼拜的小说以其不偏不倚、就事论事、客观冷静、拒绝主观倾向等特点,为新的小说叙事规则提供了典范。福楼拜明确提出了小说创作的"科学化"原则:"艺术家不应当在其所创作的作品中出现,正如上帝不应当在其所创造的世界上出现。"②

在《戏剧中的自然主义》一文中,左拉明确提出了其自然主义的"非个人化"主张:

> 自然主义小说的特点之一就是它的非个人化。我的意思是说,小说家只是一名记录员,他必须严禁自己做评判、下结论。……所以他本人就消失了,他把他的情绪留给自己,他仅仅陈述他所见到的东西。接受现实而不是逃避现实是一切的前提;作为一个人,他当然可以在这事实面前颤抖,欢笑,也可以从中得出随便怎样的一个教训;但作为一个作家,他唯一的工作是把真实的材料放在读者的眼前。③

而意大利自然主义的领袖人物路易吉·卡普安纳也断言:"一个小说家的职责就是忘记自己,磨掉自己的个性。"④将作家主体"藏在面具后面"即"隐匿叙事主体"的"非个人化",从根本上说乃是自然主义作家为了确保"真实感"而刻意实施的一种叙事策略。由此,他们不仅反对作家在作品中通过直接的议论或通过情节的编造来对读者进行说教,而且还反对作家在文本中用自己过于直露的感情倾向去影响读者。为此,他们坚持主张:作家在叙事时应该像科学家在进行实验的分析时那样保持客观冷静的态度,秉持超然中立的立场;即使书写到最悲惨的事件或最可歌可泣的壮举,作家也应该始终如一地无动于衷。

采取客观中立的叙事姿态之第一要义便是杜绝作者的"议论",尤其要避免作家本人在文本叙事中乱下结论。因为一位感到有必要对邪恶表示愤怒、对美德大加赞赏的小说家,往往不但会因自己的判断与情绪扭曲

---

① 转引自埃里希·奥尔巴赫:《摹仿论:西方文学中所描绘的现实》,吴麟绶、周新建、高艳婷译,天津:百花文艺出版社,2002年,第550页。

② Quoted in Edmund Wilson, "The Politics of Flaubert", in *The Triple Thinkers: Twelve Essays on Literary Subjects*, London: John Lehmann, 1952, p.78.

③ Emile Zola, "Naturalism in the Theatre", in *Documents of Modern Literary Realism*, ed., George J. Becker, Princeton, New Jersey: Princeton University Press, 1963, p.208.

④ 路易吉·卡普安纳:《当代文学研究(节译)》,吴正仪译,柳鸣九主编:《自然主义》,北京:中国社会科学出版社,1988年,第546页。

事实,而丧失"真实感",而且可能会对读者构成误导,并败坏他们的审美兴味,最终丧失作品的艺术力量。在永远怀疑而且怀疑一切的科学精神消解了一切权威桎梏之后,自然主义作家获得了拒斥形而上学与社会意识形态陈规成见的巨大动能,由此所有体系化的思维模式均被判定是对人类真正理性的封闭与僵化。对一切体系的拒绝和所有结论的质疑,包括对自身的质疑,使自然主义作家拒绝在作品中做出任何"确定的"结论。"我禁止自己在小说里做出结论,因为在我看来,结论不是艺术家所能做的。"[①]"我只是一个法院的书记官,这职务不允许我下结论。但我让道德家和立法者去思索和找到药方。"[②]"我们的小说不支持任何论点,而且在大多数情况下,它们甚至连结论也没有。"[③]

采取客观中立的叙事姿态之第二要义便是杜绝作者的"说教",而首要者乃是超越传统文学文本中大量充斥着的那种"道德说教"的诉求。针对有人称这种主张和做法"不道德",左拉亮出科学主义的招牌反驳说:"所谓不道德的责难,在科学的领域内,绝对不能证明什么。"[④]"理念主义者诡辩——为了道德就必须撒谎;自然主义者则宣称——没有了真实就不会再有道德。"[⑤]自然主义的艺术道德不但捍卫了作家本人道德上的严肃性,而且也捍卫了艺术的力量;"只有满足了真实感要求的作品才可能是不朽的,而一部矫情的作品却只能博取时人的一时之欢"[⑥]。这里,左拉显然是肯定了艺术中道德元素的存在。即自然主义作家之"非道德",并非是要取消道德元素在文本中的存在,而只是反对其在文本中那种主导着叙事的"目的论"的存在方式。在"体验主导型"叙事文本中,"作者的情感和我们被激发的情感,都由那个世界中的场景所引起,并与题材混合在一起。由于同样原因,我们厌恶文学中的任何道德设计的侵入,而同时,如果实现了与对材料控制的真诚情感的结合的话,我们又在审美上接受任何量的道德内容。怜悯或义愤的白热化状态可以找到供它燃烧的材

---

① 左拉:《致阿尔贝·米罗》,左拉:《左拉文学书简》,吴岳添译,合肥:安徽文艺出版社,1995年,第196页。
② 左拉:《给伊弗·居约的信》,朱雯等编选:《文学中的自然主义》,上海:上海文艺出版社,1992年,第285页。
③ 于依思芒斯:《试论自然主义的定义》,同上书,第324页。
④ 左拉:《〈戴蕾斯·拉甘〉再版序》,同上书,第122页。
⑤ Emile Zola, "Naturalism in the Theatre", in *Documents of Modern Literary Realism*, ed., George J. Becker, Princeton, New Jersey: Princeton University Press, 1963, p. 209.
⑥ Ibid., p. 208.

料,熔化一切,集合成一个有生命的整体"①。在艺术与道德关系上,左拉与波德莱尔的观点非常接近。后者对此曾有过大量论述,其基本观点是:道德并不作为目的而进入艺术,它介入其中并与之混合,如同其溶进生活本身之中,艺术家因其丰富而饱满的天性成为不自觉然而却是最高超的道德家。

  采取客观中立的叙事姿态之第三要义便是杜绝作者采用那种感伤主义的笔法泛滥"抒情"。用左拉的话来说就是:"谁告诉您②我是个无动于衷的人?……我只是认为感情应该自动地从一部作品中流露出来。一位作家哭泣或让人哭泣都毫无用处。那些'哦!'和'啊!'丝毫增加不了一本书的感染力。自己出头露面,自作多情,对他的人物说话,自己插进来或笑或哭,我认为这些都是一位庄重的艺术家不应该采用的花招。当然,这只是个美学问题;实际上,我为自己是一个热情的人而自豪。"③这就是说,尽管作家都是一些生性热情的人,但他应该把自己的热情或情绪留给自己。以观念及其推演判断为直接推动力的"观念统摄型"叙事,文本往往难以避免阐说的僵硬和论理的雄辩。雨果的《悲惨世界》乃是这方面的经典例证。为弥补由此造成的艺术缺陷,很多传统作家经常乞灵于在文本中人为地加塞"感伤"情调。在这方面,从18世纪的一大批感伤主义小说家一直到19世纪中叶的狄更斯,文化气质上以理性见长的英国作家尤其提供了大量"成功"的范例。而今,自然主义作家不仅摒弃传统作家叙事中那种确然无疑、不容争辩的"雄辩"而释放出不确定的、小心翼翼的"犹疑",而且连"雄辩"的"帮办"——"伪饰的感伤"也要一起拿下,转而主张叙事的"冷静"和"无动于衷"。

  拉法格在《左拉的〈金钱〉》一文中曾称:自然主义作家不但反对参加当前的政治斗争,而且强调对于人类的各种情欲保持局外人的态度。这个观点,如果是用来指称自然主义作家的创作态度即他们对自己艺术作品的非意识形态定位,显然不非;而如果用来描述自然主义作家本人在社会生活中的个人立场与作为,则实属大谬。众所周知的历史事实无情地嘲弄了拉法格的论调,就在他写下这篇文章6年后的1898年,左拉便以

---

  ① 杜威:《艺术即经验》,高建平译,北京:商务印书馆,2005年,第73—74页。
  ② 路易·布塞·德·富尔科(1851—1914),报刊撰稿人,文艺评论家,曾著文对《小酒店》做尖刻批评。
  ③ 左拉:《致路易·布塞·德·富尔科》,左拉:《左拉文学书简》,吴岳添译,合肥:安徽文艺出版社,1995年,第198页。

自己在当时社会政治生活中的英勇表现,成了社会良知与政治正义的化身。在"德雷福斯事件"中,左拉鲜明的自由主义与民主主义的政治立场、义无返顾、挺身而出的社会担当,与拍案而起、慷慨激昂的斗士姿态,不惟使这位极力在创作中反对政治倾向性的自然主义文学领袖成了勇于捍卫真理的知识分子英雄,而且也向历史表明:作为社会人,自然主义作家显然绝非"局外人",也不可能成为"局外人";他们在社会生活中与其他人一样有着自己各不相同的社会政治立场、态度和作为。

拉法格的错误在于将作家的艺术家身份与社会人身份等同,将作家的艺术观甚至叙事策略与其社会政治立场等同,其本质在于将生活与艺术、政治与艺术混为一谈。其实,早在19世纪70年代,针对有人将其称为"有社会主义倾向的民主主义作家",左拉就对这种将艺术与政治混为一谈的荒谬做法给出过自己非常明确的回答:"我不愿接受您贴在我背上的标签。我完完全全是个小说家。您如果坚持要给我定性,就称我是自然主义小说家,这不会使我发火。我的政治见解与此无关,我作为新闻工作者和我是小说家也丝毫不能混为一谈。"①

第二节 "感觉体验"与"感觉—直觉混成体验"

不同于"观念统摄型"文本的宏大叙事,自然主义的"体验主导型"叙事文本在各个方面均体现为一种"小叙事",文本中充斥着的也总是小人物、小故事、小细节、小悲剧、小感觉。"体验主导型"文本,不再是用编造的情节进行某种观念推演的印满了黑字的白纸,而是一种灌注着生命、用血液和着胆汁凝成的伟大创造。体验主导着的叙事,不惟从根本上确保了文本中情境的真实感,而且有效地使作家的个性表现在一种自然、均衡、适度的状态下葆有了情感的真挚。情境的真实感取代了情节的离奇,文本散发出来的不再是引人入胜但却简单肤浅的快感,而是渗透心灵的艺术感染力。这种艺术感染力,既来自情境的真实,也来自情感的真挚。对"真实感"的追求导出了真挚、含蓄而非夸张、泛滥的情感契入,而情感的真挚、含蓄又反过头来最大程度地确保了"真实感"在叙事中的实现。

---

① 左拉:《致阿尔贝・米罗》,左拉:《左拉文学书简》,吴岳添译,合肥:安徽文艺出版社,1995年,第195页。

"这样,真实的内容完全充满了作家的头脑;作家会忘记自己,对他来说,他的内心只是为了体验他人的感受而存在;如果通过极大的耐心迫使自己达到这一境界,那么作家自然就会有完美、客观的语言表达。"[1]作家的角色仅仅局限在选择所要描述的情境,即将情境转换到语言之中;作者相信:如果能成功地用描述性的语言将情境完整地描述出来,让情境对自身及参与其中的人物在一种直呈中进行自我表现与阐释,这比作者本人一边叙事一边忙不迭地解说要好得多。而这一信念,则意味着处于叙事过程中的作家对读者自我判断的尊重已大大超过对自己做出判断的尊重,对语词的信赖已大大超过对自己判断的信赖。即左拉所谓:"在这个世界上,没有比一个写得好的句子更为真实的了。"[2]"我们所有的过分细致而矫揉造作的笔调,我们所有形式的精华,都比不上一个位置准确的词。"[3]

在自然主义文学中,感觉不惟是构成作家创作的起点,而且也是作家在叙事中所要对人物进行"分析"和"描写"的基本对象。在左拉等自然主义作家这里,"感觉",类如马赫主义的"要素",事实上乃是一种既非物质亦非精神而是两者混合交融形成的"材料"。这种"感觉材料"具有物质与心灵的两栖性,既是物理性的又是心理性的;既是一种共相,区别于一般物理事实的殊相;又是一种殊相,因为它总是与"主体"的感觉器官、神经系统、大脑中枢、气质趣味等构成"主体"个性的所有生命元素直接相关。正如莫泊桑所言:"感官是我们和外界生活之间唯一的媒介,它们强迫我们接受它们的感知,决定我们的感觉,在我们身上创造出一个和我们周围所有的灵魂截然不同的灵魂。"[4]左拉在《实验小说论》中反复强调的观察,其所要达成的正是这种介于物质与心灵、物理与心理、共相与殊相之间的"感觉"。正是这种"感觉"的累积构成了作家"主体"对事物或现象充满着情感的直接体验;而这种体验取代了既往文学创作中的"观念",成为发起并主导自然主义作家文学叙事的动力源泉。

事实上,自然主义作家所强调的感觉因其本身就是意向性的,因其个

---

[1] 埃里希·奥尔巴赫:《摹仿论:西方文学中所描绘的现实》,吴麟绶、周新建、高艳婷译,天津:百花文艺出版社,2002年,第545页。

[2] 左拉:《致居斯塔夫·福楼拜》,左拉:《左拉文学书简》,吴岳添译,合肥:安徽文艺出版社,1995年,第113页。

[3] 左拉:《论小说》,朱雯等编选:《文学中的自然主义》,上海:上海文艺出版社,1992年,第252页。

[4] 莫泊桑:《论小说》,莫泊桑:《漂亮朋友》,王振孙译,上海:上海译文出版社,1993年,第588页。

体性、直接性与瞬间性,因其所直接产生出来的意象而非概念,因其总是暗示着制造意义和构建现实的活动,其与直觉主义之"直觉"的距离顶多也就只有半步。较之于自然主义,现代主义作为自然主义与象征主义的合成,其叙事文本的主导力量源于一种既出自感觉又出自直觉的混成体验。因而,现代主义与自然主义的根本区别绝不在于一个是"表现"的另一个是"再现"的,而在于现代主义更强调"直觉"而自然主义更重视"感觉"。这种区别,只是主体生命意向与客体世界联通融合在方式上的差异,两者均坚持这种联通融合的思想立场,而一致拒绝传统的"再现"或"表现"那种二元对立的思维模式。事实上,自然主义作家并非不强调直觉,只是程度上稍逊于现代主义作家。左拉就曾多次谈到直觉之于自然主义创作的重要性:

> 彻头彻尾捏造一个故事,把它推至逼真的极限,用莫名其妙的复杂情节吸引人,没有什么比这个更容易,更能迎合大众口味的了。相反,撷取从你自己周围观察到的真实事实,按逻辑顺序加以分类,以直觉填满空缺,使人的材料具有生活气息,这是适合于某种环境的完整而固有的生活气息,以获得奇异的效果,这样,你就会在最高层次上运用你的想象力。我们的自然主义小说正是将记录分类和使记录变得完整的直觉的产物。[①]

从"观念统摄"到"感觉体验主导"再到"感觉—直觉混成体验主导",叙事文本对外部客观真实性的要求不断走低。"观念统摄型"叙事有一种对外部客观历史真实的强烈要求,这一方面是因为"观念"需要通过绝对保证真实的客观事件及其所构成的情节来说明,另一方面也是因为观念自身亟待向读者传达的叙事取向构成一种紧张的内在压力——竭尽所能让读者认同表述的真实性。而自然主义的"感觉体验主导"的叙事只是要求个体体验或感觉的"真实感";这种诉诸个体的、现象学意义上的"真实感",其对客观真实性的要求显然是相对而非是绝对的。这诚如莫泊桑所说:

> 既然在我们每个人的思想和器官里面都有着我们自己的真实,那再去相信什么绝对的真实,是多么幼稚的事情啊!我们的眼睛、我

---

① 左拉:《论小说》,朱雯等编选:《文学中的自然主义》,上海:上海文艺出版社,1992年,第243—244页。

们的耳朵、我们的鼻子和我们的趣味各不相同,也就是说,世界上有多少人就有多少真实。……

因此我们每个人所得到的不过是对世界的一种幻觉,这种幻觉到底是有诗意的,有情感的,愉快的,忧郁的,肮脏的还是凄惨的,则随着各人的天性而有所不同。作家除了以他所学到并能运用的全部艺术手法忠实地再现这个幻觉之外,别无其他使命。①

至于现代主义"感觉—直觉混成体验主导"的心理活动叙事,由于对直觉体验或生命直观的重视,叙事的主观性空前增长,因而其对客观真实性的要求则被降到了最低——它所要求的只是一种个人内心活动的"逼真";而这种"逼真",因其强烈的主观性事实上几乎不存在任何衡量的标准。叙述对象从所谓绝对真实的客观现实到几乎纯粹主观的心理映像的这种巨大变迁,使得叙事文本之叙事自由不断增强。典型的现代主义文学文本,尤其是意识流小说家所创造的文学文本,对人物意识活动的描写有时几乎不受任何意图限制,亦不受任何特定观念思维的指挥。在从"观念"到"感觉"再到"直觉"的递进过程中,不管是就"真实性"从绝对的客观滑向相对的主观,还是就叙述视角从"类主体"转换为纯粹的个人,自然主义均是重要过渡环节。

第三节 "非个人化"与"个性表现"

众所周知,"真实感"被左拉标举为自然主义文学的最高原则。与对"真实感"的高度强调相呼应,左拉"客观中立""非个人化"的诉求充分表征了自然主义文学的"科学化"倾向。但"科学化"显而易见并不是要将文学"化"为科学,而是为了避免作品流于观念的虚妄与描写的虚幻,主张作家在创作时应学习科学家的求实精神、平实态度、扎实方法与务实作风,并从他们对世界与人的研究发现中汲取审视存在的新的视角与灵感。在这个问题上,左拉当然没有我们很多左拉的阐释者那么幼稚可笑,他在强调"真实感"与"非个人化"的同时,从来没有否定人的"个性"之于艺术创作的重要作用:

---

① 莫泊桑:《论小说》,莫泊桑:《漂亮朋友》,王振孙译,上海:上海译文出版社,1993年,第585—586页。

> 一个作品包含两种因素:现实因素即自然,个性因素即人……现实因素即自然是固定的、始终如一的……而个性因素即人则是变化无穷的,有多少作品,也就呈现出多少不同的精神面貌。①

> 艺术只是一种人格、一种个性的体现。②

既要"非个人化",更要"个性表现",尤其还要"真实感",看上去左拉的论述似乎非常矛盾。但事实上,"非个人化"与"个性表现"两者在"真实感"中得到了很好的统一;而且"个性表现"作为"真实感"的内在规定和必然要求,它与后者也并非是一种二元对立的关系。有多少人就有多少"个性",就有多少"真实感",就此而言,"个性"甚至堪称"真实感"的前提。但这并不意味着"个性"可以睥睨一切、肆意放纵,它必须接受"现实因素即自然"这个"大地"的牵引,否则便会堕为浪漫派的那种"虚妄"。而"个性"恭谨地朝向"自然"这个"大地",这就是"非个人化"的实质。因此,"非个人化"并非是要抹煞"个性"或"个性表现"。杜威(John Dewey,1859—1952)在《艺术即经验》(*Art as Experience*,1934)一书中曾断言:浪漫主义"那种表现是在自身之中完成的情感的直接喷发的观念,从逻辑上导致个性化是表面而外在的结果"③。而自然主义作家正是要经由"非个人化"的努力对浪漫主义那种过度膨胀的个性表现进行矫正,并由此达成一种"深沉而内在"的"个性表现"。

在"体验主导型"叙事中,自然主义作家经由"非个人化"所达成的高度自律使其显得颇为低调。但这种叙事自律所带来的低调,并非是要消解作家的自我,而只是要让在观念高空高蹈了太久的"作家自我"回到现实世界与真实生存的大地;对人们习以为常的"大地"的感知,需要作家更多的敏感、更多的独到眼光,而这恰恰需要更多的自我意识、更多的个性——只不过这种自我意识和个性体现为文本叙事时应有比以前(浪漫派)更多的自知之明和更严格的自律罢了。也就是说,叙事自律使文本所显现出来的"客观性",并非是要消解作家的"主观性",而只是要让在观念的领域独舞了太久的"作家主观性"重新与现实世界和真实生存的大地融

---

① 左拉:《当代的艺术》,转引自柳鸣九:《自然主义文学巨匠左拉》,柳鸣九主编:《自然主义》,北京:中国社会科学出版社,1988年,第37—38页。
② 同上书,第37页。
③ 杜威:《艺术即经验》,高建平译,北京:商务印书馆,2005年,第72页。

合;这种融合不再是主观对客观的征服和统一,当然也非主观对客观的臣服与屈从,它要求"主观性"和"客观性"两种元素的同时在场,而且要求"主观性"与"客观性"均须达到超出一般的强度——舍此,便不会有超越庸常、令人震惊的"本相"在融合中析出。即就叙事的展开而言,若无"主观性"强度的提升所带来的强烈的个人意向,则文本叙事便失去了动力之源;若无"客观性"强度的提升所带来的"非个人化"效应设定,则文本叙事便会重新堕入"观念统摄型"叙事的老路。

美国第一代自然主义作家加兰称:作家对现实的描写,一定要"面对面地、迅速地、坚定地、始终站在个别艺术家的立场上","记叙你最了解也最关心的事情。只有这样做,你才能忠于你自己、你的位置和你的时间"①。"我的卢贡人和马卡尔人都被欲望燃烧着。"左拉在他早期给塞尚的一封信中如是说。"他们的确欲望炎炎,但这欲望却是源自塑造了这些人物的作者。小说创作背后的推动力是对权力的渴望,是胆小的小人物想要出人头地的渴望,是想要让人们的童年'创伤'得到补偿的渴望……"②值得指出的是,在"实验小说"的创作过程中,自然主义作家明确反对作家感情倾向的流露,这也绝非否定情感之于文学创作的重要意义。"只是由于情感,事物才摆脱了抽象变成具体的和个别的事物。"③这意味着,完全撇开情感来谈论艺术当然是荒谬的。左拉曾明确指出:"感情是实验方法的出发点"④,因为"文学艺术之所以永远不会衰老,乃是因为它是人性中永恒情感的体现"⑤。事实上,左拉等自然主义作家所反对的,并不是某种程度上乃是文学本质的情感本身,而只是错误的情感表现方式——浪漫派作家那种"几近神经错乱"的"激昂""狂放""浮夸"的情感倾泻,其实质在于强调情感的真挚。因为只有用情感的真挚取代情感的泛滥,文学才能有效克服观念的虚妄与武断,文本中才会不再流淌着"师爷"那"政治正确"但却苍白干瘪的教诲,而是叙事人娓娓道来的叙说。如此,打开作品,人们才会感到它也有着自己悸动的脉搏、触摸可感的体温与节拍般的呼

---

① Quoted in Lars Ahnebrink, *The Beginnings of Naturalism in American Fiction*, Cambridge, Mass.:Harvard University Press, 1964, p.141.

② Martin Turnell, *The Art of French Fiction*, London: Hamish Hamilton, 1959, p.104.

③ 西蒙娜·韦尔:《哲学讲座》,转引自大卫·贝斯特:《艺术·情感·理性》,季惠斌等译,北京:工人出版社,1988年,第256页。

④ Emile Zola, "The Experimental Novel", in *Documents of Modern Literary Realism*, ed., George J. Becker, Princeton, New Jersey: Princeton University Press, 1963, p.183.

⑤ Ibid., p.192.

吸,文本中所描写的一切才会变得鲜活起来,有着自己的色彩、气味和声音;"这是真实的世界",因为一切都是"被一位具有卓绝而又强烈的独创性的作家体验过的"。① 总之,在这种文本中,情感的血脉非但没有变得纤细黯弱,反而倒是因为表达的含蓄与真诚愈发挚重深沉;由此,"观念书写"的墨水似乎已被纯粹生命体验的热情灼干,每个句子都是活泼泼的生命的跳跃,而整个作品则成了一种人性的呼声。自然主义虽极力强调作家在叙事时应持客观、中立、无动于衷的姿态,但由此所达成的"体验主导型"文本却总会让读者为之激动——不管是否喜欢作品所描写的题材,他们对作品绝不会真的"无动于衷"。

自然主义作家客观中立的叙事策略,摒弃掉的是传统作家那种拙劣的道德教化方式,但绝没有摒弃道德元素本身在文本中的合理存在;自然主义作家反对的是传统作家那种自比上帝或上帝代理人式的道德优越与道德独断,但绝不否认作家当然会有自己的道德判断;最后也是最重要的,自然主义作家反对传统作家公然肆无忌惮地将自己的道德倾向强加于人,但绝不是认为一个作家或一个文学文本不该有自己的道德倾向性。在《小酒店》《嘉莉妹妹》等最具代表性的自然主义文学文本中,人们不难发现,作家本人那种基于人道主义立场的悲悯情怀始终潜藏在字里行间。一直被指因极端追求"摄影般的客观真实""绝对真实"而糟蹋了文学的左拉,事实上从未只把"真实"与"客观"连接在一起。对他来说,"真实"就是"真实感";而且,由于情感/情绪、意志/意愿等完全主观的元素被"计入"了认识/认知过程,左拉的这种"体验性"的"真实感"从一出场便注定只能是相对的而非绝对的,是主观的而非客观的(事实上,严格说来是主客融为一体的)。至于左拉理论文献中出现频率的确很高的"客观"这一语汇,就其常常与"中立""冷静"等词连接并用或交替换用而言,其实际所指与其说是对外部世界纯粹客观性的确认,倒不如说是对一种现代作家之创作态度或小说家叙事立场的指称。

这就是说,自然主义作家所谓的客观中立只是相对于那种作者直接出面议论评价、干涉情节发展的叙事方法而言的,并不意味着自然主义作品是无观点、无倾向的纯自然展示。在自然主义作家貌似不偏不倚、无动于衷的客观冷静中,人们见到的往往是他们蘸着自己的血液与胆汁写就

---

① 左拉:《论小说(节选)》,柳鸣九译,柳鸣九编选:《法国自然主义作品选》,天津:天津人民出版社,1987年,第784—785页。

的文字。以《萌芽》而论,"萌芽"这个题目本身就无言地表明了作者对劳工斗争的肯定。关于作品的这一题名,左拉曾这样回忆当时的情景:

> 我一直在寻找一个名字,表达新人的成长和劳动者为了摆脱至今仍在挣扎的艰苦劳动环境,甚至是不自觉做出的努力。有一天,我偶然说出了"萌芽"这个字。起先我不想要这个名字,觉得它太神秘,太有象征性,但它包含了我所要寻找的东西,革命的四月,老朽的社会在春天里焕然一新……倘使它对某些读者有些隐晦,对我来说,却像一束阳光,照亮了整个作品。①

并且,"萌芽"这一孕育希望和前途的象征始终隐隐约约地贯穿于整个文本叙事当中,成为作品的主题意象之一。在小说的最后,人们可以看到——作者富有诗意的笔触越发卷裹着难以遏止的生命激情:

> 现在,四月的太阳已经高高悬在空中,普照着养育万物的大地。生命迸出母胎,嫩芽抽出绿叶,萌发的青草把原野顶得直颤动。种子在到处涨大、发芽,为寻找光和热而拱开辽阔的大地。草木精液的流动发出窃窃的私语,萌芽的声音宛如喷喷的接吻。同伴们还在刨煤,尖镐声一直不断,越来越清楚,好像接近地面了。这种敲击声音,使大地在火热的阳光照射下,在青春的早晨怀了孕。人们一天一天壮大,黑色的复仇大军正在田野里慢慢地生长,要使未来的世界获得丰收。这只队伍的萌芽就要冲破大地活跃于世界之上了。②

小说最后一页的这种乐观态度使得整部作品的基调变得轻快而富有希望,作者没有用低沉的调子表现罢工的失败,而是充满了对未来的憧憬。就此而言,我们应该明白,所谓文本叙事的客观效果,所谓作家价值判断上的中立立场,作为自然主义作家的主观追求,这两者的存在本身显然都是相对而非绝对的。因此,传统作家与自然主义作家在这个问题上的真正分野,显然并不在于前者主观而后者客观,而仅仅在于后者基于对文学功能及作家创作使命上的崭新认识,能主动、自觉地去追求叙事的客观效果和作家在价值判断上的中立立场。和所有文学文本一样,《萌芽》当然不是一个绝对客观中立的文本,作家的价值立场、作家的感情乃至情绪还是在其中得到了表现。只不过这样的情况在全篇中并不多见;而且

---

① 左拉:《萌芽》,黎柯译,北京:人民文学出版社,1982年,译本序,第8页。
② 同上书,第531页。

即使存在,也是高度含蓄隐晦而非肆意流露。斯特龙伯格(Roland N. Stromberg,1916—2004)曾指出:

> 尽管口口声声要达成科学的客观性,但事实上,不管是素材的选择,还是它们在文本中的安排,左拉显然有他自己的标准。无论多少事实都不可能消解其道德感,因而他也就必须时时刻刻面对其无可规避的道德选择。在各种神话、原型以及价值判断的运用上,左拉与其他小说家并无根本区别。①

第四节 "非个人化"叙事技巧举隅

一、叙事角度的转换

在传统的"观念统摄型"叙事中,由于作家本人往往就是叙事人,这就有了人们熟知的那种上帝般"全知全能"叙事视角的广泛流行。自然主义作家要将自己这个真正的叙事主体"隐匿"起来的企图,为其叙事角度的变革提供了直接的动力。在自然主义的叙事文本中,作家作为叙事的"发起者"除了从侧面交代环境、描述事件外,往往较少以"我"的身份介入故事的发展进程,也拒绝对事件的发展进行评论和判断;因此,"全知"的单一作家叙事视角便开始向多元的"人物"叙事视角转变。特定的人物往往既是"故事中人",又实际上在很大程度上担负了"故事叙述人"的角色。在不同的场景中,都有特定的人物带领读者进入到故事的进程之中,借助他们的所看、所说、所思、所为,读者可以更直接、全面地同时领略到故事的展开和叙事的展开。乍看上去,作者仿佛不存在似的——这正是自然主义作家所要达成的"叙事主体的隐匿"。叙事角度或视角的这种变换,不但使得整个文本叙事的"客观性"急剧提升,而且也大大增进了作品的"真实感"。在《萌芽》中,为了达到客观性的要求,作家作为叙事的发起者是高度隐蔽的,即尽管他是整个故事的导演,但他始终潜藏在幕后。小说一开始,主人公艾蒂安就把读者带入了一个陌生的环境——蒙苏矿区:

---

① Roland N. Stromberg, ed., *Realism, Naturalism, and Symbolism: Modes of Thought and Expression in Europe, 1848—1914*, London: Palgrave Macmillan, 1968, p. xvii.

> 夜，阴沉漆黑，天空里没有星星。一个男人在光秃秃的平原上，孤单单地沿着从马西恩纳通向蒙苏的大路走着。这是一条十公里长、笔直的石路，两旁全是甜菜地。他连眼前黝黑的土地都看不见，三月的寒风呼呼刮着，像海上的狂风一样凶猛，从大片沼泽和光秃秃的大地刮过来，冷得刺骨，这才使他意识到这里是一片广漠的平原。举目望去，夜空里看不到一点树影，脚下只有像防波堤一样笔直的石路在伸手不见五指的夜色中向前伸展着。①

这段场景描写前两个句子是作者的侧面陈述，而后面的部分通过"冷得刺骨""举目望去"等表述，通过书中人物的所见所感从另一个角度对当时的环境进行了描述。虽然实际上全是作者在叙述，但却丝毫不见这位叙述人的影子。这并不是作者喜欢和读者捉迷藏，而是他希望自己的陈述要尽量显得客观冷静，像"科学家做实验一样"，不掺杂个人的感情，不用自己的情绪去影响读者，而由读者自己去感受和评判。

这样的叙述方式贯穿《萌芽》全篇。例如写到罢工队伍游行的场景，作者自己并没有直接对我们讲述什么，而是借用罢工者、资本家、资本家太太、资本家小姐、工程师等多重视角来进行描述。下面是工程师内格尔眼中的罢工人群：

> 妇女们出现了，将近一千个妇女，由于奔跑，一个个披头散发，身上穿的破烂衣服，露出由于生养儿女而松弛的女人皮肤。有一些女人怀抱孩子，她们把孩子举得高高的，挥动着他们，好像打着一面出丧和复仇的旗帜。另一些比较年轻的女人，像战士似的挺着胸膛，挥动着棍棒。年老的女人们样子也很可怕，她们拼命地吼叫着，精瘦的脖子上的青筋都好像要胀裂似的。随后男人们拥过来，两千个狂怒的徒工、挖煤工、修理工密密麻麻地混作一群，像一大块什么东西似的滚动着，只见一片土灰色，几乎分辨不出哪是褪了色的裤子，哪是烂得一片片的毛线衣。所能看出的只有冒着火的眼睛和唱着《马赛曲》的黑洞洞的大嘴，在乱哄哄的吼叫声和木屐踏在坚硬的土地上的咔咔声中，歌词也分辨不清。在他们头上，在一片林立的铁棍中间，有一把被高高举起的斧头；它好像人群的旗帜，在晴朗的天幕下宛如一把锋利的砍头刀的侧影。②

---

① 左拉：《萌芽》，黎柯译，北京：人民文学出版社，1982年，第3页。
② 同上书，第353页。

通过这幅由远及近的画面,作者向我们展现了资产者眼中的罢工工人:"密密麻麻"的一群人,样貌"可怕"、好像"战士"一样,"狂怒"而"拼命地吼叫着"。面对这样一幅震撼人心的场面,作为工人斗争对象的资产者显然心惊胆颤,他们眼中的工人也失去了正常人的面容,变成令人害怕的群体。在这段描述中,作者借用心怀恐惧的资产者的所见所闻,描绘出了罢工队伍的壮观场面。

二、自由间接引语的使用

自由间接引语是对人物言语和思想的摹仿和引用,不过,这是一种间接的引用。作者不指明这是谁讲的话,也不用引号限定。这种话语的重要语法特征是以第三人称代词来代表说话的人物。由于叙述话语不指明具体的说话人,因此给人一种话语自由流淌的印象,这使得思想的表达更为流畅自然。同时自由间接引语是人物话语与叙述人话语的结合,叙述人借用书中人物的言语或思想进行叙述,但又没有留下任何自己在场的痕迹,因此这种叙述方法的使用增强了作品的客观性。《萌芽》中自始至终存在着自由间接引语的大量运用,例如第一章写到艾蒂安到煤矿找工作,老马赫告诉他矿上不需要人,但他仍然不肯走:

> 艾蒂安重新拿起他的小包,并没有立即离开。他对着火烤得胸前发热,同时又感到后背被阵阵寒风吹得冰冷。也许,无论如何应该到矿井去问问,老头可能不知道;再说,他也不挑挑拣拣了,什么工作他都准备干。在这失业闹饥荒的地方,往哪儿去呢?他会落个什么下场?难道让自己像丧家犬似的死在墙角下吗?[①]

这一段中,前两句是作者的叙述。后面几句既像是艾蒂安的自言自语,又像是作者对人物话语的引用,是典型的自由间接引语。这种叙述方法使得人物的心理活动得以自然展现,读者能够感同身受地体会人物的内心感受,体会到艾蒂安走投无路的沮丧心情。由于这种话语没有指明讲话者的身份,没有诸如"他想"或"艾蒂安想"这样的提示语表明作者在叙述,使得作者的叙述痕迹消失了,整段文字变得更加客观。这样的客观性叙事话语在主人公艾蒂安身上的频繁使用,使得他有时几乎成了作者实际上的代言人,例如第三章中写艾蒂安在向工人们进行宣传时的情景:

---

① 左拉:《萌芽》,黎柯译,北京:人民文学出版社,1982年,第12页。

这下子艾蒂安激动起来。怎么，难道不许工人思考么！嗯！正因为现在工人懂得思考了，事情才快要改变。在老爷爷那个时代，矿工像牲口一样生活在矿井里，像采煤的机器一样在地下转动着，对外面的事物不闻不问。因此有权有势的富人们才能为所欲为，买他们，卖他们，吸他们的血，吃他们的肉，而他们对这些却毫无所知。但是，如今矿工们彻底觉悟了，他们像埋在地下的一颗良种，开始萌芽了。总有那么一天早晨我们会突然看到它在美丽的田野上破土而出的。是的，要长出许许多多人，长出一支为恢复公正而战斗的大军。……啊！一代人正在茁壮成长，一点一点地成长，在阳光的普照下逐渐成熟！既然人们不一定终生要死守在一个地方，而且也能有占居别人位置的雄心，为什么不挥起拳头，想法子当强者呢？①

乍看这段话，会以为是作者在评判，而接着往下看，就会意识到这是书中人物的话语：

马赫虽然被说动了，但心里不免仍充满疑团。②

显然，说动他的是艾蒂安。但是这段话所表达的观点也确实代表了作者的观点，作品的名字是"萌芽"，在此段中多次出现"萌芽"的表述，无疑是与作品主题的呼应。可将这段话放到上下文来看，又确实是人物的观点，似乎与作者无关。这就是自由间接引语的作用，它使得作者话语与人物话语自然结合，既表达了作者的观点，又没有留下作者在场的痕迹，从而增强了作品的客观性。

第五节 "非个人化"与现代主义

传统西方文学之"观念统摄"的病症来自传统西方文化中理性主义者主、客体二元对立的思维逻辑。基于这种逻辑，被判定为"思维主体"的自我，总是冲动着要用自己的主体观念去解释被判定为"客体"的世界，从而在这种解释中求得被判定为"对立"的两者的统一，尔后方可心安。但由此所达成的统一，只不过是一种一己观念的独断，一种将本来复杂的世界

---

① 左拉：《萌芽》，黎柯译，北京：人民文学出版社，1982年，第161—162页。
② 同上书，第162页。

简单化的虚妄,一种将多元、相对的观念绝对一体化的梦呓。独断、虚妄的梦呓严重地遮蔽了世界的真相,阻断了思想活力的绽放。事实上,这种"二元论"从其诞生的第一天起,内里便潜藏着一种奔向"一元论"的强大冲动——经由"绝对化"抽象从而断定出某种"统一"一切的终极"本质"。因此,二元对立的思维模式才是本质主义之绝对论—独断论的内核。现代主义作家受时代文化思潮的影响放弃了二元对立的理性主义思维模式,这不仅意味着他们不再用"对立"的思维逻辑去面对世界和自我,从而接受了世界与自我在不无矛盾与悖论的融合状态中的并存,由此彻底解除了既往总欲用主体观念统一世界的病态冲动;而且意味着他们用"多元论"的相对主义置换了"二元论"的绝对主义。"多元论"的相对主义文化立场和思维方式,决定了"非个人化"是 20 世纪现代主义作家的基本文学立场。现代主义的经典作家 T. S. 艾略特在理论上对此做出了最好的说明。

艾略特在《传统与个人才能》一文中提出:"诗不是放纵感情,而是逃避感情,不是表现个性,而是逃避个性。自然,只有有个性和感情的人才会知道要逃避这种东西是什么意义。"[①]他明确指出:"诗之所以有价值,并不在感情的'伟大'与强烈……也可以说是结合时所加压力的强烈。"[②]"诗人所以能引人注意,能令人感到兴趣,并不是为了他个人的感情,为了他生活中特殊事件所激发的感情。他特有的感情尽可以是单纯的,粗疏的,或是平板的。他诗里的感情却必须是一种极复杂的东西,但并不是像生活中感情离奇古怪的一种人所有的那种感情的复杂性……诗人的职务不是寻求新的感情,只是运用寻常的感情来化炼成诗,来表现实际感情中根本就没有的感觉。"[③]艾略特称只有"有个性和感情的人"才会懂得文本创作之所以要"逃避情感""逃避个性"的意义。这句话提示我们:同左拉一样,艾略特并没有否认"情感"与"个性"之于文学或文学创作的意义。

何谓"逃避"?毫无疑问,"感情"与"个性"是文学得以存在的基本理由,更是创作须臾不可缺少的前提。这意味着一旦丧失了这两个元素,文学及文学创作便不会存在。"逃避"感情与个性,并非要取消感情与个性,而是要隐匿、掩藏感情与个性在文本中的存在。

---

① 托·斯·艾略特:《传统与个人才能》,卞之琳译,戴维·洛奇编:《二十世纪文学评论》(上册),葛林等译,上海:上海译文出版社,1987年,第138页。
② 同上书,第135页。
③ 同上书,第137—138页。

为什么要"逃避"?"个性"在文本中的肆意张扬,往往体现为作者个人一己"独断"的放纵,即难免流于虚妄的个人思想观念的铺陈。情感总是卷裹着作者的观念意向而体现为观念性情感;由是,文本中肆意裸露的情感宣泄不但会使读者的注意力专注于情感的共振,而且同时以其观念意向主导了读者的判断,两者共同构成了对读者"反思"的阻断,掩蔽了文本应有的"反思性"张力。综合起来看,"逃避个性"与"逃避感情"在本质上就是要逃避"个人观念"对文本的主导。就此而言,艾略特的观点堪称是对现代主义文学文本运作方式的精辟勘断:文本中的确包孕着情感,但却不是情感的直接表现即可构成文本;文本中的确有个性的体现,但比个性的体现更重要的却是要看它所承载并创造了什么;文本肯定包含着某种观念性的东西,但这"观念性的东西"却绝不是观念本身。人们也常常将艾略特的"逃避个性"与"逃避感情"概括为"非个人化";"非个人化"之实质就是要"非观念化"。而之所以要"非观念化",则是因为"观念化"乃是传统西方文学的痼疾。事实上,艾略特的"非个人化"理论正是其在反对传统西方文学之"观念主导"的斗争中提出来的。总体说来,现代主义作家对浪漫主义者及其狄更斯式的维多利亚追随者忙于在文本中"构建一个梦幻的世界"不以为然,他们否定"文学乃是个人的情感表现"这一浪漫主义的文学观念,同时也反对巴尔扎克式现实主义文本中那种个人思想观念的泛滥,转而主张"非个人化"。

如何"逃避"?在"客观对应物"中实现主客体融合——这也正是波德莱尔"感应论"之后象征主义的基本理论依据。"用艺术形式表达感情的唯一方式,是找出一种'客观对应物';换句话说,一组物品,一种境况,一系列事件,能够作为表达这种特殊感情的程式;外在的事实必须终止于感觉经验,这样,一旦给予了这种事实,这种感情就立即被唤起了。"[①]作家并不是仅仅简单地表露他的情感,它必须通过恰如其分的外在"物品""境况""事件"将情感细致委婉地呈现出来。由此所创作出来的作品便不是以其主张的简单,而是以其统一性的复杂来吸引我们的。

在破除二元对立思维模式所催生的本质主义绝对论—独断论之宏大思想背景上,艾略特用两个"逃避"所建构起来的"非个人化"命题便有了极为丰富的思想内涵。在传统与个人才能的关系上,他认为传统是一个

---

① 艾略特:《哈姆莱特及其问题》(1919),转引自彼得·福克纳:《现代主义》,付礼军译,北京:昆仑出版社,1989年,第45页。

作者的连续统一体,传统与现代不是绝对对立的;现代作家的个人才能和独创性与无数作家和文本所构筑起来的文学传统不是绝对对立的;文学史不是断裂的。在作为"主体"的个人与作为"客体"的世界的关系上,他说:"一个艺术家的前进是不断地牺牲自己,不断地消灭自己的个性。"①读者不应该对艺术家的心灵感兴趣,而应该对创作过程的结果感兴趣。"艺术家愈是完美,这个感受的人与创造的心灵在他的身上分离得愈是彻底;心灵愈能完善地消化和点化那些它作为材料的激情。"②

作为象征主义文学的基本主张,艾略特的"非个人化"理论最早可以追溯到象征主义奠基人波德莱尔的"感应论"和"非功利论"。波德莱尔之后,马拉美也曾将诗人在文本中的隐遁视为象征主义的一大发现和创举,并以作为"言者"的诗人不露面目为其"纯诗"创作的先决条件。而马拉美的弟子瓦莱里(Paul Valery,1871—1945)则说:"作家的责任,他的适当作用,是使画面消褪,抹去自我的痕迹,抹去他的脸,他个人有关的一切,他的爱情纠葛……创造作品的不是那个签名的人,创造作品的是无名。"③叶芝则称:"一位小说家可能会描绘自己的偶然经历,即那些支离破碎的经历,但它决不能仅仅就这样,他与其说是一个人,毋宁说是一类人,与其说是一类人,毋宁说是一种激情。"④T.S.艾略特的"非个人化"理论,在20世纪西方文坛声名远播,影响殊深,在很大程度上堪称20世纪现代主义作家的基本文学立场。

虽然一个是在叙事文学领域,一个主要是在诗歌领域,但左拉的"非个人化"主张与马拉美等象征主义者、艾略特等现代主义者的"非个人化"主张,在理论旨趣上实是殊途同归,正所谓英雄相见略同。从这一事实中,我们可以得到的启示是:尽管存在着种种差异,但自然主义与象征主义在文学理念上并不是截然隔开的;19世纪的自然主义与20世纪的现代主义亦息息相通。

一般说来,人们对后来在艾略特那里蔚为大观的象征主义的"非个人化"主张耳熟能详,但相比之下,对左拉为代表的自然主义作家的"非个人

---

① 托·斯·艾略特:《传统与个人才能》,卞之琳译,戴维·洛奇编:《二十世纪文学评论》(上册),葛林等译,上海:上海译文出版社,1987年,第133页。
② 同上书,第134页。
③ 转引自雷纳·威莱克:《西方四大批评家》,林骧华译,上海:复旦大学出版社,1983年,第45页。
④ 威廉·巴特勒·叶芝:《创作的原则和态度》,胡经之、张首映主编:《西方二十世纪文论选》(第一卷),北京:中国社会科学出版社,1989年,第108页。

化"主张却讳莫如深,语焉不详。作为自然主义文学遗产中的一个重要组成部分,自然主义文学的"非个人化"叙事理论和叙事实践,无疑是一个亟待探讨的学术课题。这一研究,不唯关乎对自然主义本身的重新认识,而且对正确理解自然主义与象征主义、自然主义与现代主义的关系亦意义颇深。

第十一章
"叙述"与"描写"

第一节 卢卡契对两次"赛马"的分析

在《叙述与描写》一文中,卢卡契曾对左拉在《娜娜》中写赛马与托尔斯泰在《安娜·卡列尼娜》(Anna Karenina,1873—1877)中写赛马的不同技术处理进行了简要的对比分析。身为马克思主义文学批评家,虽然卢卡契在该文中很大程度上对左拉及其所代表的自然主义继续持贬抑的态度,但其对自然主义文本现代叙事品质的洞察与把握无疑是异常敏锐犀利的。

在卢卡契看来,《安娜·卡列尼娜》中的赛马,从内容上来说极具本质意义,"这次骑赛在渥伦斯奇一生中绝非可有可无","骑赛同主要人物的重大的人的命运相联系着","小说中主要人物的全部关系通过这场赛马进入了一个崭新的阶段","骑赛本身现在变成一场内心的戏剧";因此,它不仅是"一个重要情节",是"一篇宏伟戏剧的关节",是"整个情节的关键",而且它有效地揭示了具有本质意义的人物性格、心理乃至命运。[①]而在技术层面,卢卡契称:"托尔斯泰并不描写一个'事件',而是在叙述人的命运。"[②]马赛故事完全是"按照真正的叙事风格来叙述"[③]的——叙述

[①] 卢卡契:《叙述与描写》,朱雯等编选:《文学中的自然主义》,上海:上海文艺出版社,1992年,第483—484页。

[②] 同上书,第484页。

[③] 同上。

只是选取了对推动情节、塑造性格、揭示命运体现出功能价值的侧面来展开,因而也就详略得当,高度的简练浓缩。显然,卢卡契这里所说的"真正的叙事风格",其所指就是传统的叙事风格。

而同样是写赛马,左拉在《娜娜》中的处理却与托尔斯泰大异其趣。卢卡契指出,左拉笔下的赛马追求专论式的完整性,"凡是在一场赛马中可能出现的一切,都被惊喜地、形象地、感性地、生动地描写到了"①。显然,这不是一种"按照真正的叙事风格"循着纵向的情节轴线次第展开的叙述,而是一种按照绘画风格在横向断面上的铺排描写。为了清楚地说明"叙述"与"描写"的区别,卢卡契在文中还进一步分析了左拉对剧院的描写与巴尔扎克在《幻灭》中对剧院的写法之不同,以及瓦尔特·司各特与福楼拜等作家对宏大场面展现的不同。纵观卢卡契的分析,可以将其思想要点概括如下:

1. 作为自然主义作家,福楼拜与左拉的叙事弱化了叙述,强化了描写;而在司各特、巴尔扎克、托尔斯泰所代表的传统作家那里,叙事主要体现为叙述。

2. 叙述是沿着纵向情节轴线以高度凝炼的方式展开的,而描写则吸收了绘画的手法在横向的断面上铺排展开,往往具有"可观的、资料式的完整性"②。

3. 在叙述占主导地位的传统文本中,被叙述的"事件"只是故事有机整体中的一个从属部分,往往承担着推进情节展开、塑造人物性格、揭示人物心理乃至命运、展现文本主题等诸多功能性使命。而在描写占主导地位的自然主义文本中,被描写的"事件"具有很大程度的自足独立性,作为一种"插曲"或"片断",它"同整个情节只有很松懈的联系","同主题的另一种联系就更加松懈了"③。

4. 在叙述占主导地位的传统文本中,被叙述的"事件"作为人物上演的"故事"或"戏剧",它只是全书纵向情节链条上非同小可的一个情节单元,其发生、展开、后果均带有合乎某种整体性的必然性,体现着某种不可悖逆的逻辑力量。换言之,它总是在严格服从并揭示某种统摄全书的"必然性""本质""逻辑"的规定下被叙述。"在司各特、巴尔扎克或托尔斯泰

---

① 卢卡契:《叙述与描写》,朱雯等编选:《文学中的自然主义》,上海:上海文艺出版社,1992年,第482页。
② 同上书,第486页。
③ 同上书,第483页。

的作品中,我们熟悉许多事件,它们之所以有意义,是由于参与其中的人物的命运,也由于这些人物在扩展个人生活的同时对于社会生活所具有的意义。"①而在描写占主导地位的自然主义文本中,被描写的"事件"作为人物活动于其中的"场面"或"环境",它只是现象学意义上的"事实",只是某种不能体现所谓"本质意义"的"偶然"的"机缘"。"在福楼拜和左拉的作品中,人物本身只是一些与偶然事件的多少有点关系的旁观者。所以,这些偶然事件对于读者就变成一幅图画,或者不如说,是一批图画。"②"叙述"与"描写"的根本区别,在于"是按照事物的必然性还是按照它们的偶然性来塑造这些事物"③。

5. 作为"观念统摄型"叙事,传统作家所倚重的叙述潜在地具有"举例说明"的倾向,所有的情节单元被必然性逻辑的缰绳紧勒着,总是迫不及待地被导向主题。在此等情形下,情节在文本中的地位举足轻重。作为"体验主导型"叙事,所有的事件或场面以偶然性的姿态,自适地游离于中心意象;繁茂丛生的细节枝蔓取代了被某种逻辑线路贯通着的情节主线。由此,自然主义作家开启并为现代主义作家所倚重的描写,便本能地具有了"象征隐喻"的意味。用左拉的话来说就是:"我的作品里,有一种真实细节的肥大症。从精确观察的跳板一跳,就跳到了星空。真实向上一飞,就变成了象征。"④在《娜娜》赛马一场中,我们看到那匹意外获胜的马的名字也叫娜娜,而命名者左拉显然不是在无意为之的由缰信笔中造就了这个偶然的巧合。事实上,高级妓女娜娜同名者在这里的凯旋,正象征着她在巴黎社会中的胜利。而该书另一个地方把娜娜描绘为金苍蝇,亦同样具有浓烈的象征意味。这类例子,在左拉的所有小说中可以说俯拾即是。脱开了对观念性主题的统摄,自然主义作家笔下那些以偶然性姿态自适地游离于中心意象周边的事件或场面,便是这样经由象征或隐喻手法的点染,被打上了意义的印记。在对左拉的评论中,卢卡契敏锐地指出:"隐喻被膨胀成为现实。一种偶然的特征,一种偶然的类似,一种偶然的情调,一种偶然的凑合,居然成为巨大社会关系的直接表现。"⑤

---

① 卢卡契:《叙述与描写》,朱雯等编选:《文学中的自然主义》,上海:上海文艺出版社,1992年,第489页。
② 同上。
③ 同上书,第485页。
④ 同上书,第488—489页。
⑤ 同上书,第488页。

在对左拉与托尔斯泰、巴尔扎克等传统作家文学叙事的比较分析中，卢卡契捕捉到了自然主义文学叙事弱化叙述强化描写这一技术层面的变化，并大致模糊地意识到这种变化是西方文学叙事从"传统"向"现代"转型的一种表现，显示了其过人的艺术敏感与高超的理论洞察力。但由于他的分析主要只是建立在左拉一个作家身上，而且在左拉的创作中也仅是截取诸如"马赛"和"剧院"这样一些片断进行非常简约的分析，因而他对自然主义文学叙事之现代特征的把握便明显只是局部的而非整体的，是一种印象式的描述而并未对问题做深入阐释。而其作为一个马克思主义文学批评家对自然主义及现代主义所持有的整体否定态度，显然也影响了他在这个问题上的判断。

第二节 自然主义与"描写"

一、左拉论"描写"

卢卡契经由对"赛马"的叙事分析所揭示出来的自然主义"轻叙述重描写"的叙事特点，显然并非个案所体现出来的某种"偶然"之举，而是体现着传统文学叙事向现代文学叙事转型过程中的某种必然趋向。事实上，左拉等自然主义作家对此有着清醒的意识，即"轻叙述重描写"乃是自然主义作家的自觉追求。

在《论小说》一文中，左拉专辟单独的一个片断并醒目地题名为"论描写"。其中，他极为郑重地专门给"描写"下了定义。"我要这样给描写下定义：确定人和使人完整的环境状态。"[①]在左拉的理解中，人和环境的相遇造成人物的某种"境遇"；通过对人物某种"境遇"的描写，艺术作品可以营造某种极富真实感与生命质感的"艺术情境"；此等"艺术情境"以炫目的情感之光使人感动，以尖锐的质询叩问开启反思。由此，在生活中早已习惯的理性思维定势与日常经验模式在某种突如其来的冲击面前"震惊""顿住"，一种新的对生活的理解与对世界的发现在艺术所赋予的生命体验中达成。直接出自于某种公共观念视角的公式化人物，往往经由虚构

[①] 左拉：《论小说》，朱雯等编选：《文学中的自然主义》，上海：上海文艺出版社，1992年，第221页。

性情节的叙述来得到阐释；而那种在具体的生存情境中所产生的、卷裹着真切情感的个体生命体验——拒绝概括，甚至只可意会不可言传，就只能诉诸描写才能得到表达。所以，从根本上来说，描写在自然主义文学叙事中地位的提升与功能的强化，乃是文学叙事从传统"观念统摄型"向现代"体验主导型"转换的必然要求。

在左拉看来，"环境"是让"人"得以"确定"和"完整"的重要因素，这也就是说，抛开对将人置入某种"情境"中的环境的描写，文学将无从确定也就更不可能表现人的完整性。"自然主义小说家们突出描写，那倒不是像人们责备的那样只是为了从描写中获得乐趣，而是基于自然主义的法则——经由环境将人情境化和完整化。"①在左拉的论述中，我们看到，人与其他生物一样都属于自然，环境之于人犹如空气与土壤之于植物，即人在很大程度上乃是环境的产物，而不仅仅是像浪漫派作家通常表现的那样只是某种抽象心理与意志的体现。

> 人不再像17世纪人们所理解的那样，仅是理性的抽象物；他是时时刻刻都有自己鲜活思想的动物，是大自然中的一个分子，受到他所生长和生活的总体环境的影响。这就是何以某种气候、某个国家、某个具体的环境、某种生活条件往往对人都会有举足轻重的作用。②

因此，"在这个广大的世界上，我们给自然安排了一个和人同样重要的地位。我们不同意说只有人存在，只有人重要，相反，我们认为人只是一个简单的结果，想观看真实而完整的人类戏剧，就得向所有一切存在的东西来索取"③。"我们认为人不能脱离他的环境，他必须有自己的衣服、住宅、城市、省份，方才臻于完成；因此，我们决不记载一个孤立的思维或心理现象而不在环境之中去寻找它的原因和动力。"④由是，环境描写也就成为偏重描写叙事的自然主义作家格外关注的重要叙事元素。

但同时，左拉也极力强调：既然所有对自然的观察都是为了研究人，那么所有的环境描写也就都应扣紧人或人性："我们不再在词藻优美的描写里求生活；而是在准确地研究环境、在认清与人物内心息息相关的外部

---

① Emile Zola, "Naturalism in the Theatre", in *Documents of Modern Literary Realism*, ed., George J. Becker, Princeton, New Jersey: Princeton University Press, 1963, p. 225.
② Ibid.
③ 左拉：《论小说（节选）》，柳鸣九译，柳鸣九编选：《法国自然主义作品选》，天津：天津人民出版社，1987年，第789页。
④ 同上书，第788—789页。

世界种种情况上做工夫。"①对那种炫耀词藻、为描写而描写的形式主义做法，左拉持有鲜明的否定态度：

> 我不大喜欢泰奥菲尔·戈缔叶的非凡的描写才能。这正是因为我发现他专为描写而描写而完全没有照顾到人性。……在他的作品中，环境从来不能确定一个人；对一个人从来不起决定作用；他只是一个画家，他具有词汇，就像画家具有色彩一样。这使他的作品笼罩着一种坟墓般的死寂；那里面只有物体，没有一点声音，没有一点人类的颤动从这块死亡的土地上发出来。②

左拉对龚古尔兄弟作品中词藻上有时所表现出来的繁复炫示也略有微词，但总体上对他们描写的生动性不吝赞美：

> 这就不光是拿到一个主题提笔便写出来的一些完美的句子；而是对着一个图景心里兴起的感受。作品中有了人，他融合在事物之中，以他的热情的灵敏的振动使这些事物也活起来了。龚古尔兄弟全部的天才就体现在对自然的这类生动的传达中，在被抓住的情感的震颤中，在嚅嗫不清的低语中与千百次变成可以感觉的气息中。……不错，描写是过分多了，在过于广阔的地平线上，人物未免摇摇晃晃；不过，即使它单独表现出来，即使不限于它所应该起的决定性的环境的作用，它也总是表现在与人的关系中，因而也就具有一种人性的意义。③

左拉最推崇的是福楼拜的描写，认为《包法利夫人》《情感教育》等杰出作品的非凡艺术魅力莫不来自于其高超的描写技巧，称他是"迄今运用描写最有分寸的小说家"，因为"在他的作品里，环境描写保持在一种合理的平衡中：它并不淹没人物，而几乎总是仅限于决定人物"。而且，"他写得简明，这是稀有的优点；他写突出的特点，画出粗大的线条与具有描绘力的特征，这一切便足以使人不会忘记这幅图景"④。

在左拉看来，从心理动因上来分析，作家在两种情况下容易在描写问题上偏离正确的轨道。其一是理解上的谬误——割裂人物与环境的关

---

① 左拉：《论小说（节选）》，柳鸣九译，柳鸣九编选：《法国自然主义作品选》，天津：天津人民出版社，1987年，第789页。
② 同上书，第790页。
③ 同上书，第790—791页。
④ 同上书，第791页。

系：一味强调人的某种不受任何制约的意志、理念或强行赋予人物以某种典型性格，描写将被叙述所取代；而单向度地一味为描写环境而描写环境，描写则势必流于冗杂而多余。其二是炫耀语词的冲动：作为语言艺术家，作家有时难免会"以克服了语言表达上的困难而自鸣得意"，迷失于词藻倾泻的快感，从而失却节制，流于炫耀夸饰。左拉讥嘲地将这种病症称之为语词的"中暑"：

> 没有别的东西比"中暑"更会扰乱诗人的头脑了。一染上这种病症，他便幻想出各种奇形怪状的东西，在写出来的作品里，小溪唱起歌来，橡树也相互交谈，白色的岩石也像女人滚热的胸脯一样叹息。这里有树簇的交响乐，细草扮演的角色以及光彩与花香的诗章。如果对这种旁门邪道有什么辩解之词，那就是说，我们幻想要把人性扩大，一直扩大到了路上的小石子。①

二、左拉的环境描写

由观念所主导的"叙述"转向基于个人体验的"描写"，这一叙事的现代转换在本质上体现着自然主义作家对人的理解在观念上所发生的如下变化：人并不是某种抽象先验本质的外化物或体现者，而只是一种在具体的生存境遇中不断向着未知生成的存在者。这一"人学"观念上的突破，使得左拉等自然主义作家非常看重在与人的遭遇中构成人之具体生存境遇的环境。由是，环境描写在自然主义文本中的地位空前提高，有时甚至获得了某种独立存在的价值。

在传统文本《巴黎圣母院》（*Notre-Dame de Paris*，1831）当中，环境是作为一种象征物出现的。作者对圣母院街道两旁古老、高大的天主教建筑群不厌其烦的描绘，让读者感到宗教对人的控制就像这些巍峨建筑的沉重阴影一样。显然，在这里，巴黎圣母院，只是一个背景环境，对它的描写主要是为了衬托人物性格，营造小说浪漫神秘的基调。环境描写的辅助性功能，是很明确的。

而左拉笔下远比传统作家要更加详实细致的环境描写，则不仅只是提供一种背景，而更是触发人的生理—心理活动的媒介，一种经常体现为神秘的、直接影响人物情绪、思想、行为、命运的力量。这种力量常常是与

---

① 左拉：《论小说（节选）》，柳鸣九译，柳鸣九编选：《法国自然主义作品选》，天津：天津人民出版社，1987年，第791页。

人相敌对的,即环境犹如牢笼,牢牢地禁闭着人们,在精神上和肉体上摧残着人们。下层人物为生活所迫陷于牢笼,《萌芽》中的工人住家破旧狭小、拥挤不堪,连洗澡都当着客人的面;工人劳作的矿井里,潮湿闷热,令人窒息,坑道设备年久失修,随时有塌方、爆炸的危险。矿工们在那里挖煤,活像夹在两片书页中的一只虫子,受着被活活压扁的威胁,"简直是一幅地狱的景象"①。《小酒店》中的洗衣作坊像一个大蒸笼,里面的热度使人难以忍受,水蒸气笼罩着整个场厅。"这里湿气很重,杂着一种又淡、又湿、又绵延不绝的肥皂气味。有时候还有漂白水的浓烈的气味。"②而上层人物则常常陷于另一种环境的囚笼——淫佚豪奢的生活氛围、险象环生的勾心斗角。在《娜娜》中,上流社会的淫乱生活,销蚀了莫法伯爵的精神,打乱了其原来基督徒式的严谨生活,他内在的本能欲望被煽动起来,欲罢不能的肉欲使他丧失理性。奥地利动物行为研究的先驱劳伦兹曾经指出:一些感觉灵敏的动物及所有类人猿猴,往往会因受关闭而心灵受损害,进而引起身体的疾病。有些本来极聪明的动物会因长期被禁,而退化到白痴的地步。动物尚且如此,更何况比动物要高一等的人呢?在左拉作品中,无论是无法无天的上层人物,还是愚昧粗鲁的下层人物,都被囿于有形无形的环境囚笼之中——矿区、酒店、城市、文化氛围等,因而必然会从正常走向异常。不同的环境媒体触发着不同阶层人们的动物本能,或酗酒,或堕落,或贪婪,或纵欲,或相互残杀。人们变得如畜牲一样,失去了人的尊严感、羞耻感、道德感,没有灵魂,没有思想,只凭着本能或麻木或疯狂地生活着。在左拉笔下,正是这种严酷的让人恐惧的环境与人内在的生理气质交互作用,才共同缔造了人世间的各种悲剧与喜剧。

自然主义作家不再重视"讲述使情节快速向前推进的事件;而转向描述一个个画面"③。左拉似乎不擅长按照传统的叙事模式围绕某种典型性格的塑造展开线型叙述,而更善于按照绘画风格对混乱喧闹的场面或各种生活情景进行横断面的描写。在进行这种描写时,他善于采集充满生活气息与饱含人情味的细节,以惊人的生动性与准确性加以描绘,并在必要的时候别具匠心地将其组合在一起。左拉的这种技巧,使"处理这类情节的老的那一套琐碎平凡和贫乏虚弱的方式,对于稍有才华和稍具自

---

① 左拉:《萌芽》,黎柯译,北京:人民文学出版社,1982年,第50页。
② 左拉:《小酒店》,王了一译,北京:人民文学出版社,1958年,第14页。
③ 埃里希·奥尔巴赫:《摹仿论:西方文学中所描绘的现实》,吴麟绶、周新建、高艳婷译,天津:百花文艺出版社,2002年,第548页。

尊心(的)小说家来说,就变得不适用了"①。在比较自然主义作家与巴尔扎克的不同时,拉法格曾精辟地指出:因为总是用某种贯穿始终的偏执情欲来规定人物的性格,而性格又总是与情节相呼应,其中还夹杂着作者不时插入的"津津有味"的分析阐释,"巴尔扎克的小说是叙述获得胜利的情欲的史诗"②;而"福楼拜、左拉、龚古尔兄弟,以及自以为要在文学中扮演重要角色的大多数小说家,乐于作神采焕发的描写,这种描写令人想起钢琴能手的动人的弹奏。这往往只是以日常生活为题材的特写,作家事先准备好这种画图,仔细地保存在抽屉里以备不时之需。这类画图放在小说中就像每一章末尾的图案画或插图一样"③。

> 不管自然主义小说情节多么易于预测,自然主义的描述范围看起来却是无穷无尽、包罗万象的。因此,拟态的自然主义似乎是被一种内在趋向于自主和无穷性的能量所推动……自然主义描绘者们也长于积累事实和特征,利用广泛的术语,沉醉于丰富的参考,描述周围世界的所需。④

与浪漫派那些总是非凡离奇的人物相比,自然主义文学文本中的人物往往缺乏那种夸张的鲜明个性;但自然主义作家的笔触却显然更有驱动民众的天赋。"《卢贡－马卡尔家族》这套小说所处理的事情都是涉及群众的。……《卢贡－马卡尔家族》的画面都是熙熙攘攘的群体:阶级、人群、混乱、运动、工业……"⑤左拉《小酒店》中对婚礼及生日宴会的描写、《萌芽》中对罢工场面的描写,无不使我们感到是一曲交响合唱或者是一支行进中的队伍,耳中仿佛传来一片沸沸扬扬的喧哗或杂沓凌乱的脚步声。

---

① 亨利·詹姆斯:《爱弥尔·左拉》,朱雯等编选:《文学中的自然主义》,上海:上海文艺出版社,1992年,第442页。
② 拉法格:《左拉的〈金钱〉》,同上书,第339页。
③ 同上书,第338页。
④ David Baguley, *Naturalist Fiction: The Entropic Vision*, Cambridge: Cambridge University Press, 1990, pp. 189－190.
⑤ 亨利·詹姆斯:《爱弥尔·左拉》,朱雯等编选:《文学中的自然主义》,上海:上海文艺出版社,1992年,第435页。

第三节　现代主义与"描写"

20世纪现代主义文学叙事中"叙述"功能的进一步弱化和"描写功能"的空前增长,使我们现在可以看得非常清楚:自然主义所开启的西方文学叙事从"叙述"向"描写"的转换,不仅有着深刻的内在逻辑,并因而在技术层面上成为某种在西方现代叙事内部所发生的整体性与根本性变革的基本表征,而且也有着丰富的外在表现形态,带来了现代叙事技法广泛而又深刻的革命性变化。

拿现代主义文学中的经典叙事文本《尤利西斯》来说,如果将该书散落在繁复杂沓的人物心理描写中的那些对人物活动或外在行为的叙述撮要集中起来,也许短短几千字的篇幅便足以容纳。因为按传统的叙事眼光来说,著名的"布卢姆日"实在只不过是普通市民再平常不过的一天:小说主人公的生活,从起床外出到回家睡觉,几乎没有任何非同寻常的事发生。斯蒂芬的活动:早晨8点,住在都柏林城外塔楼的斯蒂芬起床洗脸、与同住的朋友闲聊(第一章);上午,在代课的学校给孩子们上历史课、到校长戴汐先生的办公室领取报酬、与其争论爱尔兰问题(第二章);中午,由学校进城途中在海滩上滞留闲逛(第三章),然后去报社送戴汐校长托他转交的一封建议信(第七章);下午,在博物馆旁的图书馆与人讨论莎士比亚(第九章);晚上,与学医的朋友在妇产科医院休息室讨论生育问题(第十四章),在妓院醉酒后跳舞、跑到大街上与两个英国军人打架,并得到布卢姆的救助(第十五章)。布卢姆的活动:几乎在斯蒂芬起床的同时,犹太人布卢姆起床准备早餐、吃早餐、为妻子买猪腰子、烹调猪腰子、读女儿的来信、在厕所大便(第四章);上午,布卢姆信步街头、去邮局、读从未见过面的情人的来信、去教堂做礼拜、从药店买了一块香皂、在公共浴室洗澡(第五章),然后乘车前往公墓、参加朋友的葬礼(第六章);中午,来到就职的报社处理广告业务(第七章),去餐馆吃饭遇见妻子的情夫只好退出、买几片面包聊作充饥、喂食海鸥、扶盲人过马路、去博物馆参观石雕女神像(第八章);下午,在街头为妻子买了一本廉价的色情小说,自己先看得浑身灼热(第十章),酒吧闲坐并给想象中的情人回信(第十一章),酒吧聊天(第十二章);晚上,海边闲逛并偷窥女孩内衣到情欲勃发(第十三章),去妇产科医院探望朋友之妻、尾随斯蒂芬去妓院(第十四章)。布卢姆和斯蒂芬一起的活动;凌晨1点左右,布卢姆带精疲力竭的斯蒂芬来到一家简陋的小吃店吃夜宵并将他带回家(第十六章);凌晨2点左右,布卢姆与斯蒂芬在家中客厅喝茶聊天,后者谢绝留宿的邀请起身回家,前者上楼在卧室与半睡不醒的妻子交谈几句后睡去(第十七章)。如果把上述活动看作是小说对"布卢姆日"的叙述,那么《尤利西斯》到此就该结束了,但就在斯蒂芬回家睡觉、布卢姆在床上睡着了之后,小说却仍在继续——乔伊斯用最后一章(第十八章)描写了布卢姆之妻莫莉在似睡非睡状态下的心理活动。末尾的句号之外中间没有任何标点的这一数万字的插曲醒目地提示人们:现代主义小说文本可以完全脱开对人物外部行为的叙述在静态的描写中达成。事实上,《尤利西斯》洋洋80万字篇幅中,绝大部分就是这种对人物心理——尤其是下意识心理——的书写。心理活动——尤其是下意识的心理活动——是无法像叙述外部事件或行为一样"叙述"出来的;这样的现代主义心理叙事只能诉诸"描写"。

　　从对左拉作品某些片段的分析中,卢卡契所看到的"描写"的强化事实上仅仅是"白描"的增长;而从自然主义文学发端的西方文学叙事从传统向现代的转型,显然远非一个"白描"的增长便可以概括。文学"叙事"的基本实现方式是"叙述"和"描写"。正如"叙述"包含着介绍、陈述、分析、评论等多种技术构成元素一样,在"白描"之外,"描写"当然也还有着其他多种技术手段。在现代主义文学中,描写功能在文学叙事中的进一步强化,内在地规定了象征手法的扩张和意识流、怪诞手法的产生并大行其道。前面已经分析过,对某种来自于外部的观念清晰表达的需要,决定了传统的文学想象主要诉诸叙述式情节的"虚构";而在20世纪现代主义文学中,叙事为内在生命体验表达所主导的情形较之19世纪末又有了进一步的发展,这使得现代主义的文学想象越来越趋向于某种梦幻般的"直觉"。而对这种梦幻般直觉的表达,传统文学叙事中那种常见的"叙述"显然愈发难以承当,就连自然主义文学叙事中被广泛运用的"白描"现在也越来越显得力不从心难以奏效了。在这样的背景下,19世纪末叶法国象征派诗人的象征手法便火借风势在20世纪西方文坛迅速蔓延开来,而意识流、怪诞等叙事技巧也应景而生成为20世纪西方文学叙事中最引人注目的技术手段。

　　显然,现代主义文学叙事手法的这种革新,与文学叙事越来越转向人的内心世界相适应。既然所有的外部现实都是"表象",而只有人的内心"意向"才可能达成真正的真实;又既然在人的内心世界中最真实最重要的存在并非"意识"而是"潜意识",而"潜意识"从具体形态上看又往往是一些意义模糊的混沌"意象",20世纪西方作家也就只能在传统叙事手法的基础上,突出和发展象征、意识流、怪诞这样一些在意象的营造与描写方面非常得力的手法。

象征,作为手法显然不属于"叙述"的范畴而属于"描写"的范畴。意识流是一种以内心独白和感官印象的呈现为主体的一种综合型叙事手法。意识流所描写的并非只是人的"意识"活动,更有人的"意识活动"之下的大量"潜意识冲动";而后者只是一些只可意会不可言传的模糊朦胧的感官印象,因其非意识性或非理性注定不可能直接诉诸"内心独白",而只能通过象征暗示的曲笔得以呈现。意识流作为一种直接指向人物心理世界的描写技巧,在20世纪20年代盛极一时的"意识流小说家"那里迅速成熟,但绝非为这些小说家所独擅,它是20世纪西方现代文学叙事中被广泛应用的一种手法。怪诞,又称之为荒诞。作为一个术语,它既关涉内容、观念,也涉及形式、手法。在叙事手法这个层面,怪诞堪称是一种象征与夸张杂交而生成的一种寓意性描写技巧。首先,怪诞和象征既有联系又有区别:怪诞离开象征,便会失去寓意,象征超出常规自然便成为怪诞;其间的不同是,象征大抵是选取外在事物本身固有的特点来表现某种内在的体验,怪诞则是用某种强烈的内在体验直接改变外在事物或现象的形态和属性,再用这种被扭曲的失去原形的外在事物或现象反过来表现这种因其深刻、厚重而难以言说的激情。其次,怪诞和夸张又有一定联系:某种强烈、深沉、苍茫的激情漫溢出去,将普通的形而下的现象或事物扭曲变形得到一种形而上的意义,这时候夸张就成了怪诞。经由表现主义和荒诞派作家的努力,怪诞这种尤其适于表达激情体验的描写手法得以成熟,并成为一种在20世纪西方现代文学叙事中被广泛运用的手法。

第四节 "叙述"与"描写"

"叙述"是西方传统叙事文本的主要叙事方式。"叙述"与西方文学中源远流长的"再现"文学理念相关,指向被理性观念判定为"知"的、确定的、体现着某种"本质真实"的事实性事件;"本质真实"的自我认定注定了传统"叙述"必然会去追求叙事的公共视角与叙事文本的"教诲性"。

作为现代西方叙事文本的基本叙事方式,"描写"则截然不同。西方现代文学叙事中的"描写"类如一种绘画式的描绘,它基于一种悬置了任何理性判断的个人的感觉或直觉体验,指向当下的、直接的、鲜活的、尚未沉淀为"理智"之观念形态的感官印象或意象。体验的个人性不但保证了"描写"内容的感性性质,而且注定了其叙事视角的个人化。因其书写对象的"前判断"乃至"无判断"的性质,"描写"所达成的文本往往呈现出混沌的、不确定的"意味",这迥然有异于"叙述"文本那种清晰地、确定的理性"意义"。换言之,现代叙事中的"描写",自觉地放逐或悬置了传统叙事文本中那种观念性的理性意义,只允许感觉印象或直觉意象在个人体验中所流溢出来的"意味"或"意蕴"充斥文本;当然,这种尚未观念化的"意味"或"意蕴",包孕着趋向"感知"与"理智"的内在冲动。"描写"不唯要在个人体验的主导下直呈生命感觉或生命直觉,而且要在弥漫文本的这种"意味"或"意蕴"的延展中显现生命感觉或生命直觉中所固有的这种趋向"感知"与"理智"的内在冲动。主要由"描写"所达成的现代叙事文本,正是由此获得了其对读者理解的"召唤"效应。正如彼德·福克纳在分析现代主义的经典文本《尤利西斯》时所说,《尤利西斯》既没有传统"再现式"叙事的那种沉静、明晰的坚实性,也没有浪漫主义小说的那种抽象、缥缈的虚幻性,而只"是一个既统一又流动的媒介,其特性是激荡不宁,扩散四溢,然而却奇怪地令人振奋"①。显然,文学叙事从"叙述"向"描写"的现代转型,直接开启了作者与读者、文本与读者的新型结构关系。

在基于个人体验所达成的叙事文本中,重要的不是事件及事件在历时性时间中串联而成的情节,而是包含着意味的细节及这种细节在共时性空间中所凝成的"情境";而"情境"的艺术力量则首先取决于它是否具有"真实感"。现代文学叙事与传统文学叙事的区别就在于用"细节"取代"事件",用"情境"代替"情节",用"真实感"取代"纯想象"。如同事件与情节必须主要诉诸叙述,对细节与情境而言,描写显然比叙述要更重要。换言之,往往为观念所驱动的叙述,适合于主观、宏大的社会历史叙事;而基于体验、直接受意象所驱动的描写,适合于客观、细密的个体生活叙事。"有意味的细节"取代了总是"承载着主旨意义的情节"成了文本的基本构成单位,这必然使得传统作品中占主导地位的纵向情节叙述/陈述被削弱,而散落在横断面上的细节与细节群所组成的片断的表达则要求文学叙事中的描写/描绘功能获得高度提升。

语义学美学是在实证主义 20 世纪初叶的变种——逻辑实证主

---

① 彼得·福克纳:《现代主义》,付礼军译,北京:昆仑出版社,1989年,第95页。

义——的影响下形成的一个现代美学流派。作为该学派的代表人物,瑞恰兹(Ivot Armstrong Richards,1893—1979)的学说对我们理解从"叙事"到"描写"的这种现代转换极具参考价值。在《意义的意义》(*The Meaning of Meaning*: *A Study of the Influence of Language upon Thought and of the Science of Symbolism*,1923)一书中,瑞恰兹提出,意义的中心问题是语言同思想的关系问题,而一旦语言同思想发生直接关系而具有意义时,它们便势必同时与事物发生不同的关联。意义来源于语言所表达的思想,因而语言与思想之间存在一种直接的关联;语言只是被某人用来代表一个所指客体的,因此它们之间没有直接的关系。语言与事物之间关系的间接性,决定了语言可以具有不同的功能:它可以代表或指称某一个对象,此时语言仅是一个"指示性"的符号,瑞恰兹将其称之为"符号性语言"(Symbolic Language);也可以传达或唤起某种情感,此时语言并不是或不仅仅只是简单地体现为一种指称功能,瑞恰兹将其称之为"唤起性语言"(Evocative Language)。符号性语言的使用所构成的是"陈述",其间最重要的是符号化的正确性与指称的真实性;由诸多简单陈述所构成的复合系统便成为一般所说的论述。符号性语言的陈述往往趋向于在一种理性逻辑框架中达成论述。

杜威在《艺术即经验》中的分析则在很大程度上佐证了瑞恰兹的论断。杜威说:陈述"是一般化的。一个理智的陈述所具有的价值,是由它将心灵引导向许多同类的事物的程度而定的。它的有效性在于,像平坦的人行道一样,将我们送往许多地方"[①]。唤起性语言的运用因没有具体的"客体"所指而只重视表达或唤起某种情感和态度,而不具有事实判断与逻辑推理意义上的真假问题;而由于情感态度不可能是客观事物的一种内在属性而只能是我们对对象的一种主观情感反应,唤起性语言的语义也就注定常常漂浮于一种模糊的不确定状态,即具有"复义";这使得唤起性语言语义的释出,往往难以脱开具体上下文所构成的"语境"。瑞恰兹所谓用来"陈述"的"符号性语言",显然是一种科学化的语言,而其所谓"唤起性语言"则是一种文学性的语言。"唤起性语言"的运用,拒绝确定的"判断",拒绝直陈的"定义",拒绝论述的"推理",只能诉诸对一种模糊的体验性意义进行描摹、描绘。如果说"符号性语言"是"陈述性"的,那"唤起性语言"则显然是"描写性"的。

---

① 杜威:《艺术即经验》,高建平译,北京:商务印书馆,2005年,第97页。

第十二章
文学自然主义中的"想象"问题

第一节 左拉论"想象"

左拉为代表的自然主义反对文学创作中的想象以及与想象相关联的虚构,这似乎是长期以来人所共知的"公论",也是很多人诟病自然主义文学的一个重要理由。检视左拉等人的自然主义文学理论文献,人们的确可以发现他们有很多鄙薄"想象"与"虚构"的言论。例如,在《论小说》一文中,左拉就曾说:"以往对一个小说家最美的赞词莫过于说:'他有想象力。'今日,这种赞词几乎要被看作一种批评。"[1]"想象在写作中作用微乎其微。"[2]在《戏剧中的自然主义》一文中,左拉又称:"想象不再有用武之地,情节对小说来说也无关紧要了,他不再去操心故事的编排、前后承接和结局。"[3]

作为自然主义文学的领袖和主要理论家,左拉在西方文学史上的经典地位早已成为无人能够撼动的历史事实。这一切都提示我们,自然主义作家在文学想象问题上的见解不可能像有人所理解的那样简单。

左拉为什么要反对想象及与想象相关的虚构?或者说,他那些鄙薄

---

[1] 左拉:《论小说》,朱雯等编选:《文学中的自然主义》,上海:上海文艺出版社,1992年,第205页。

[2] 同上书,第206页。

[3] Emile Zola, "Naturalism in the Theatre", in *Documents of Modern Literary Realism*, ed., George J. Becker, Princeton, New Jersey: Princeton University Press, 1963, p.207.

想象的言论的真正用意是什么？我们不妨继续看左拉在"想象"问题上的表述："如果小说还只是一种精神消遣，雅致而有趣的娱乐，那末，人们必定认为小说的最高品格就是丰富的想象。"①"我们父辈们所理解的小说乃是一种纯想象的作品，其目的只限于取悦和吸引读者。"②"是科学的调查研究和实验性的推理，不断地打击着唯理主义的假说，并以注重观察和实验的小说取代了既往那种纯想象的小说。"③

这里所谓的"纯想象"，显然是指抛开事实"现象"而执着于先验"本质"所进行的理性推理或观念演绎，是一种为了迎合读者的审美趣味和思维惰性而刻意为之的对生活与生命的虚饰。因而，左拉在其它地方又将这种"纯想象"轻蔑地称之为"怪诞想象""失常想象""浪漫蒂克的虚构"等：

> 他（指小仲马——引者注）需要制定法则，需要教育观众，需要匡正人心。他把自己弄成了上帝在尘世的代理人，这样一来，最怪诞的理念想象就窒息了他的观察机能。他不再从有关人的生存本相出发，而一心只想达到超乎人类的结论，达到令人惊讶的情景，并因此陷入了幻想的天地。④

> 我更不喜欢他彻头彻尾杜撰出来的上流社会……总而言之，巴尔扎克的想象，他那种陷入到各种夸张，企图按异乎寻常的蓝图重新创造出世界的失常想象，更多的是激怒我，而不是吸引我。⑤

由此来看左拉对想象的拒斥，我们马上便可以明白：他口口声声所要反对的"想象"原来并非一般意义上的文学想象，而是一种由他在上下文中做出了明确界定的特殊的想象——被理性观念（政治的、道德的、宗教的等等）所统辖卷裹、为"娱悦"并"教化"大众不惜编造杜撰的"纯想象"。这就是说，左拉并不像很多人所指斥的那样真的反对文学想象及与之相

---

① 左拉：《论小说（节选）》，柳鸣九译，柳鸣九选编：《法国自然主义作品选》，天津：天津人民出版社，1987年，第776—777页。
② Emile Zola，"Naturalism in the Theatre", in *Documents of Modern Literary Realism*, ed., George J. Becker, Princeton, New Jersey: Princeton University Press, 1963, p.207.
③ Ibid., p.172.
④ Ibid., pp.214—215.
⑤ 左拉：《论小说》，朱雯等选编：《文学中的自然主义》，上海：上海文艺出版社，1992年，第210页。

关的文学虚构。事实上,左拉说得非常清楚:

  我不把平凡作为规则,我不拒绝想象,尤其推理,这是想象最高和最强有力的形式。①

  当然,小说家还是要虚构的;他要虚构出一套情节,一个故事,只不过他所虚构的是非常简单的情节,是信手拈来的故事,而且都是由日常的生活提供给作家的。②

  我赋予一些真实的事件以它们实际上也许没有的后果,因此人们将读到的借助于几个真实故事而写成的作品,就成了一部想象之作;它的情节是历史的,但总体上却是任意虚构的。③

  实证主义的学说和实验的方法是现在最不会使人上当的工具。只是在应用时应该允许假设,人们只有通过假设才能前进。假设是我们的、作家们的必然领域。④

  彻头彻尾捏造一个故事,把它推至逼真的极限,用难以想象的复杂情节吸引人,没有什么比这更容易,更能迎合大众口味的了。相反,撷取你在自己周围观察到的真实事实,按逻辑顺序加以分类,以直觉填满空缺,使人的材料具有生活气息,这是适合于某种环境的完整而固有的生活气息,以获得奇异的效果,这样,你就会在最高层次上运用你的想象力。我们的自然主义小说正是将记录分类和使记录变得完整的直觉的产物。⑤

总体来看,左拉在"想象"问题上的见解的确有过人的深刻之处,但这种深刻迄今为止远没有获得充分的发掘、认识和评价。作为作家,左拉的

---

  ① 左拉:《论小说》,朱雯等编选:《文学中的自然主义》,上海:上海文艺出版社,1992年,第244页。
  ② 左拉:《论小说(节选)》,柳鸣九译,柳鸣九选编:《法国自然主义作品选》,天津:天津人民出版社,1987年,第777页。
  ③ 左拉:《致莱奥波尔德·阿尔诺》,左拉:《左拉文学书简》,吴岳添译,合肥:安徽文艺出版社,1995年,第75—76页。
  ④ 同上书,第349页。
  ⑤ 左拉:《论小说》,朱雯等编选:《文学中的自然主义》,上海:上海文艺出版社,1992年,第243—244页。

理论文字大都是在与人论战中写下的,因而,在合乎逻辑地具有纵横捭阖滔滔雄辩这一特点的同时,迎战式的即兴写作也注定了其容易流于情绪化式的偏激,并因而往往有难以避免的粗疏乃至混乱。而正是这种表述的模糊与混乱,才不断地招致误解。左拉理论文献中的这一突出问题,直接引发了当时以及后来人们对他本人及其所代表着的自然主义文学的诸多争论。事实上,对左拉在"想象"问题上的见解,当时就有很多文学中人深感愤怒。左拉对此心知肚明,所以他才说:"我没有料到这个句子会使我的许多同行感到震惊。有的人激怒了,还有的人嘲笑一番;人人都指责我否定想象,扼杀虚构。"[①]"我曾写过要取消诗人的愚蠢文字吗?人们在什么地方和什么时候抓住我正在堵塞幻想的天地……?"[②]

值得指出的是,类似于对其在"想象"问题上所持观点的这种误解与争论,固然从一个特定的角度揭示了左拉文学遗产的价值,但更多时候却也直接造成了人们对其自然主义文学思想的轻视——这种令人遗憾的轻视,既是很多不应有的误解一直延续到今天的原因,同时也是阻断我们深入、准确地接受左拉伟大文学思想的重要屏障。这提示我们:对左拉自然主义文学思想的准确解读,必须弄明白其表述的具体语境,尤其应注意从总体上把握其思想的本意。

左拉显然并非在一种绝对的意义上否定文学需要"想象"这一常识。他的意思仅是——文学生态在随时代的发展而改变,文学的内在构成机制也必须相应地进行变革。所以他只是说想象力不再是小说家的最高品格,而丝毫没有小说家真的不需要想象力的意思。而且,对这种有原因、有目的、有限度的淡化文学想象的主张,左拉的表述也分明有着适用范围的限定:这个命题仅对小说家而言。虽然他后来将这一命题的范围扩大到了包括戏剧创作在内的所有叙事作品,但却始终没有主张将其推延到整个文学。事实是,左拉曾明确地指出,诗歌,尤其抒情诗,是不适应这一命题的:

> 如果你想在一部悲剧、一部喜剧中给我塑造一些人物,这些人物都是傀儡,那么我要生气的。对小说也是这样;如果有朝一日你感到需要理想化,你就干脆写诗……你要么是一个搜集人的材料的观察家,要么是个给我叙述你的梦幻的诗人,而我对你只要求有天才,以

[①] 左拉:《论小说》,朱雯等编选:《文学中的自然主义》,上海:上海文艺出版社,1992年,第241页。

[②] 同上书,第244—245页。

便欣赏你。①

显然,左拉对想象的"贬抑"是有目的的,"贬抑"是为了"张扬"——对"真实感"的张扬。而这种"抑""扬"的历史变换也是有原因的——时代变了,小说的生态变了。反映在文学上,时代的这种变化就是从浪漫主义向自然主义的历史演进。至此,左拉等自然主义作家反对"想象"的历史语境已经昭然若揭。

自然主义文学是在浪漫主义文学思潮的末流余绪中步上文坛的,这恰如浪漫主义之兴起于古典主义文学思潮的衰微。这就是说,作为新兴的文学思潮,在西方文学展开的链条上,自然主义与浪漫主义直接相关联。关于这一点,如果去翻一下左拉等人的自然主义理论文献,稍稍考察一下自然主义文学运动的矛头所向,当一目了然。

在左拉那里,浪漫主义与自然主义的关系表现为两个方面:一方面,奋起纠正浪漫主义弊端的自然主义是对前者的反叛与拒绝;另一方面,在文学终结古典主义进入现代阶段的历史进程中,自然主义又是前者的接班人。左拉承认浪漫主义是一场伟大的文学革命,认为它作为"对古典文学的一次猛烈的反动",不但动摇了古典主义"僵死的陈旧规则",而且在文体、语言、手法等诸层面均"进行了成功的变革"。② 但浪漫主义只是现代文学的开端,"他们只是前锋,负责开山辟路",因为"激情的热狂"使他们"眼花缭乱",他们没有能力真正形成"任何明确、坚实的东西"。由此,左拉明确指出,浪漫主义的弊端内在地决定了它的危机,注定了它的短命;而自然主义则是文学经过了浪漫主义这一"分娩的剧烈阵痛"之后必定要走上的"康庄大道"。即在浪漫主义的冲击波之后,接过接力棒的自然主义将最终完成对古典主义的胜利,"古典主义的公式将被自然主义的公式最终而稳固地取代"③。显然,在左拉那里,浪漫主义与自然主义的关系表现为两个方面:一方面,奋起纠正浪漫主义弊端的自然主义是对前者的反叛与拒绝;另一方面,在文学终结古典主义进入现代阶段的历史进程中,自然主义又是前者的接班人。

---

① 左拉:《论小说》,朱雯等编选:《文学中的自然主义》,上海:上海文艺出版社,1992年,第245页。

② Emile Zola, "Naturalism in the Theatre", in *Documents of Modern Literary Realism*, ed., George J. Becker, Princeton, New Jersey: Princeton University Press, 1963, p. 202.

③ Ibid., pp. 202-203.

第二节 "真实感"与"想象"

在"纯想象"中,文学想象那感性的鲜活与灵动已被滞重、僵化的理性观念所榨干吞噬;真正的文学想象变成了流于"幻想"的"编造"与"夸张"的"杜撰"。因此,左拉对"纯想象"的反对,正是要拯救和解放真正的文学想象——将其从"玄奥""观念"的高空拽回"真实""生活"的大地,将其扳离"理性""本质"的运行轨道而只循着"感性""现象"的低空飞翔。质言之,左拉在想象问题上的基本主张只是:文学叙事不应该成为仅从观念出发进行的杜撰和编造,而应该经由真切的生命"感觉"返回生活的大地。不同于浪漫派绝对化地夸大"想象"的作用,左拉提出了"真实感"作为自然主义文学的最高原则:

> 写小说的一切条件已经改变。想象力不再是小说家的首要品质。[1]

> 既然想象力不再是小说家的首要唯品质,那么是什么取而代之呢?……当今,小说家的首要品质就是真实感。[2]

> 没有什么可以代替它(指真实感——引者注),不论是精工修饰的文体、遒劲的笔触,还是最值得称赞的尝试。你要去描绘生活,首先就请如实地认识它,然后再传达出它的准确的印象。如果这印象离奇古怪,如果这幅图画没有立体感,如果这作品流于漫画的夸张,那末,不论它是雄伟的还是凡俗的,都不免是一部流产的作品,注定会很快被人遗忘。它不是广泛建立在真实之上,就没有任何存在的理由。[3]

> 我们从使真实变得更完美的创作的意义上来说,要拒绝想象,我

---

[1] 左拉:《论小说》,朱雯等编选:《文学中的自然主义》,上海:上海文艺出版社,1992年,第205页。
[2] 同上书,第207页。
[3] 左拉:《论小说(节选)》,柳鸣九译,柳鸣九编选:《法国自然主义作品选》,天津:天津人民出版社,1987年,第780页。

们把我们所有的创作力用来赋予真实以固有生命。①

> 最重要的问题是要使活生生的人物站立起来,在读者面前尽可能自然地演出人间的喜剧。作家全部的努力都是把想象藏在真实之下。②

左拉猛烈攻击浪漫主义文学吹牛撒谎、矫情夸张、虚饰作假等弊病,并且将这一切均归诸其绝对化的"纯想象"。为了有效克服浪漫派的"纯想象",他极力将"真实感"标举为自然主义文学的旗帜。而左拉所谓的"真实感"是什么呢?——"真实感就是如实地感受自然,如实地表现自然。"③

左拉反复强调,"真实感"乃是人面对世界与存在唯一所能信靠的东西。它"只是知识主凭感官印象创造出来的,而这感官印象并非来自外物,而是来自知识主自己的经验,即实用活动所生的感受、情感、欲念等等,经过心灵赋以形式而外射为对象。因此,知识主与知识对象对立并不是内心与外物的对立,而是主动与被动心灵活动所形成的形式与无形式的混沌的经验材料或内容的对立了"④。

自然主义作家反对各种逻格斯中心主义的形而上学,正是因为它们丧失了这种"真实感"。它们将"知识主体"与"知识对象"的对立视为内心与外物的对立,将主体心灵意向投射到客体对象之上的经验表象从客体对象那儿撕扯下来,经过孤立起来的一番抽象,使其走向独断与绝对,最终形成了以传统"认识论"为核心的二元对立思维模式。在实证主义哲学拒绝这种思维模式和思维逻辑之后,现象学哲学经由现象学还原,开始弥合理性主义二元对立思维模式所造成的分裂。从根本上说,左拉反复强调的"真实感",就是要求文本应该给出的关于生活"真实"的完整、鲜明的意象,即莫泊桑所谓:"写真实就是要根据事物的普遍逻辑给人关于'真

---

① 左拉:《论小说》,朱雯等编选:《文学中的自然主义》,上海:上海文艺出版社,1992年,第234页。
② 左拉:《论小说(节选)》,柳鸣九译,柳鸣九编选:《法国自然主义作品选》,天津:天津人民出版社,1987年,第777页。
③ 同上书,第778页。
④ 朱光潜:《克罗齐哲学述评》,朱光潜:《朱光潜美学文集》(第二卷),上海:上海文艺出版社,1982年,第398页。

实'的完整的意象,而不是把层出不穷的混杂的事实拘泥地照写下来。"①

经由"真实感"中的"感",所谓的生活真实被赋予了一种胡塞尔现象学意义上的"现象"真实的性质,而非等待着认识主体去认识、与认识主体相对的"对象"的真实。质言之,基于实证主义－现象学哲学的思想立场,左拉高调标举的"真实感"乃是主、客体融会的产物;它所要求的"真实",显然并不是那种绝对的客观真实,也并非是一种简单的主观真实,而是一种排除了"前见"的、在主体与现象世界的遭遇交合中"被给予"的、为我独有的感觉体验。

对此,左拉等自然主义作家曾经给出大量论述:

> 在一部艺术作品中,准确的真实是不可能达到的。……存在的东西就有扭曲。②

> 他(指于斯曼——引者注)以出色的强烈的生活气息描述事物和人。这甚至是他的主要优点。我希望人们不要把他称作摄影家,虽然他的描绘非常准确。那些天真地发现自然主义只不过是摄影的人,这回也许会明白,我们以绝对真实自诩,意思是指给我们的再创作以生活气息。③

> 因为绝对真实,干巴巴的真实并不存在,所以,没有人企图成为一面完美无缺的镜子。……对这个人来说好像是真理的东西,对另一个人来说则好象是谬误。企图写出真实,绝对的真实,只不过是一种不可实现的企图,作家最多能够致力于准确地再现见到的事物,像见到本来面目那样,致力于写出感受到的真实印象。④

> 既然在我们每个人的思想和器官里面都有着我们自己的真实,那再去相信什么绝对的真实,是多么幼稚的事情啊!我们的眼睛、我们的耳朵、我们的鼻子和我们的趣味各不相同,也就是说,世界上有

---

① 莫泊桑:《〈皮埃尔与若望〉序》,柳鸣九译,柳鸣九选编:《法国自然主义作品选》,天津:天津人民出版社,1987年,第800页。
② 左拉:《给安托尼·瓦拉布雷格的信》,朱雯等编选:《文学中的自然主义》,上海:上海文艺出版社,1992年,第265页。
③ 左拉:《论小说》,同上书,第234页。
④ 莫泊桑:《爱弥尔·左拉》,同上书,第367页。

多少人就有多少真实。……

　　因此我们每个人所得到的只不过是对世界的一种幻觉,这种幻觉到底是有诗意的,有情感的,愉快的,忧郁的,肮脏的还是凄惨的,则随着各人的天性而有所不同。作家除了以他所学到并能运用的全部艺术手法忠实地再现这个幻觉之外,别无其他使命。①

正因为如此,在表述自然主义的根本原则时,左拉反复强调的只是相对的"真实感",而非绝对的"真实性"。显然,说自然主义文学就是要致力于"摄影般的真实",实是对自然主义文学的严重误解或有意曲解。事实上,左拉的小说文本,想象丰富,意象饱满。朗松甚至曾说:

　　尽管左拉有科学方面的野心,可是他首先是一个浪漫主义的作家。他使人想起维克多·雨果。他的才智很平凡,但很坚实,有丰富的想象。他的小说就是诗歌,是一些沉重而粗糙的诗歌,但毕竟是诗歌。……他那过分的想象使所有无活力的形体活跃起来了:巴黎,一个矿井,一家大百货店,一辆火车头,都变成了吓人的有生命的东西,它们企求,它们威吓,它们吞噬,它们受苦;所有这一切都在我们眼前跳舞,就像在噩梦中一样。②

左拉本人在不同的场合也曾多次称自己是一个"诗人":"在我看来,我是个诗人:我的全部作品都带有诗人的痕迹。我的每一本书,也许《家常事》除外,都有一种幻想的形象贯穿其中。只是在这种想象的歧途中我相信逻辑,并且使这种逻辑在人一旦离开真实的阵地时可以代替观察。"③他反复强调,必须区分大仲马式的浪漫主义想象和从事实出发的自然主义小说家的想象,前者是歪曲事实的杜撰,后者是基于事实的个人遐想和诗意的构思。简言之,对自然主义作家来说,"想象不再是投向狂乱怪想的荒诞创作,而是对被瞥见的真实的追叙,各种真实之间观点的一致"④。

---

① 莫泊桑:《论小说》,莫泊桑:《漂亮朋友》,王振孙译,上海:上海译文出版社,1993年,第585—586页。
② 朗松:《自然主义流派的首领:爱弥尔·左拉》,朱雯等编选:《文学中的自然主义》,上海:上海文艺出版社,1992年,第378页。
③ 左拉:《致路易·德斯普雷》,左拉:《左拉文学书简》,吴岳添译,合肥:安徽文艺出版社,1995年,第349页。
④ 左拉:《论小说》,朱雯等编选:《文学中的自然主义》,上海:上海文艺出版社,1992年,第236页。

如何才能做到"如实地感受自然,如实地表现自然"从而达成"真实感"?左拉的回答是:

> 把人重新放回到自然中去,放到他所固有的环境中去,使分析一直伸展到决定他的一切生理和社会原因中,而不是把他抽象化。①

> 必须以现实来代替抽象,以严峻的分析打破经验主义的公式。只有这样,作品中才会有合乎日常生活逻辑的真实人物和相对事物,而不尽是抽象人物和绝对事物这样一些人为编制的谎言。一切都应该从头重新开始,必须从人存在的本源去认识人,而不要只是戴着理念主义的有色眼镜一味地在那里妄下结论,炮制范式。从今往后,作家只需从对基础构成的把握入手,提供尽可能多的人性材料,并按照生活本身的逻辑而非观念的逻辑来展现它们。质言之,自然主义起源于第一个在思考着的头脑。②

"真实"之反面是"虚假",一个事物或一部作品的"真实感"之反面则是"虚幻感"。自觉追求"真实"反对"虚假"的作家才能创作出让人有"真实感"而非"虚幻感"的作品。要追求"真实"摒弃"虚假",作家当然首先得"真诚"与"平实";但这并不容易做到,因为若说自欺的"虚妄"乃人之固有天性,那么,欺人的"虚伪"则已然成为文明社会人们的生活习惯。如果说文学家圈子中出于某种目的故意以"伪"文行骗的人甚少,但因人之虚妄本性而无意识地用"妄"文自欺欺人的作家在文学史上则堪称车载斗量,比比皆是。奈何?

左拉的主张是:

1. 杜绝戴着"抽象化"之"先入观念"制成的有色眼镜来审视生活,尤其要避免在作品中用"谎言式的发明"来图解这样的"先入观念";杜绝用"理想主义"的思维方式裁决生活,尤其要克服作品中"理想主义"发作所带来的"绝对化"表述。

2. 回到自然中去,回到生活中去,从"存在的本源"中找回被遮蔽的真相。而这首先便是要确立对现象世界谦卑的"接受"态度,然后是"直接的观察",再后是"悬置"了所有"先入观念"的"第一个在思考着的头脑"按照

---

① Emile Zola,"Naturalism in the Theatre", in *Documents of Modern Literary Realism*, ed., George J. Becker, Princeton, New Jersey: Princeton University Press, 1963, p.225.

② Ibid., p.201.

"材料/现象/生活本身的逻辑"对材料/现象/生活"从头"做"精确的剖析",最后是对"日常生活中的相对事物"进行非"抽象化"、非"公式化"、非"漫画化"、非"结论性"之准确、感性的"描写"。

3.纯粹观念对世界和生存的"虚无化"处理所造成的后果便是生命的虚无,真实感与这种虚无相对立,是对这种虚无的摒弃。就此来说,真实感显然不同于那种素朴的实在感,它与某种鲜活的意义或价值密切关联。而这种意义或价值的源泉则是"怀疑"。一般而言,怀疑有两个出口:如果有对"真"的赤诚和执著,即怀疑本身持有一种对世界和生命的肯定意志,乃是为了求得"真相""真义"或相对意义上的"真理",则怀疑就会不断在自己所开启的思想"生成"中触摸到"意义"或"价值";正是这种"意义"或"价值"对世界和存在的拥抱,诞生了真实感。如仅有颠覆的激情,即怀疑仅持有一种否定的精神,只为了解构传统反叛现实,则怀疑必定会因失去切实的凭依与附丽而拥抱怀疑一切价值、否定一切意义的虚无。导向虚无主义的"怀疑",在本质上依然持有了一种"绝对化"的二元对立的独断论思想立场——要么全有要么全无;导向真实感的"怀疑",因其对"真"的赤诚而具有真正的科学主义的品质。自然主义显然是坚持了后者的立场。

透过作为表象的生活的真实,左拉所要达成的是发掘隐藏在其深处的人之生存本相。因而,左拉的真实,更是一份人性的真实与人类生存的真实。"如果我的小说应该有一种结果,那结果就是:道出人类的真实,剖析我们的机体,指出其中由遗传所构成的隐秘的弹簧,使人看到环境的作用。"[①]在左拉看来,将创作导入歧途的所有可恶、可怕、可笑的"先入之见"均来自各种形而上的哲学、宗教、道德、政治独断论体系;为了有效破除这些僵化的社会意识形态绝对理念对作家头脑的无形支配,从而让"回到自然、回到生活、回到存在的本源"这一主张真正地落到实处,他在《实验小说论》等自然主义理论文献中,提出了向科学看齐,即所谓文学"科学化"这一令很多人惊诧不已的主张。正是这一主张,使"真实"这样一个在西方文学传统,尤其是现实主义文学传统中构成"常数概念"的术语,被注入了新鲜的生命汁液,获得了崭新的精神质地与独特的价值内核,焕发出蓬勃的生机。由此,自然主义以其确定的观念内涵、理论纲领及技巧革新

---

① 左拉:《关于家族史小说总体构思的札记》,柳鸣九译,柳鸣九编选:《法国自然主义作品选》,天津:天津人民出版社,1987年,第735页。

与西方文学史上源远流长只能作为"常数概念"的"现实主义"区别了开来。在浪漫主义激情洋溢的反叛之后,自然主义对亚里士多德以降长期主导西方文学传统的"模仿说"理念与"再现式"叙事从内部再次实施成功爆破与革命性改造,开启了一个长期在西方文坛占主导地位的文学运动或文学思潮。这一思潮,直接开启了现代主义。

Ⅳ 自然主义的诗学

显现的重心开始从自我转向被体验的生活的碎片……转向各种各样新奇的语言乃至是"结构"实验。一个"去中心化"的主体间性的时代开始了。

——Charles Taylor, *Sources of the Self*: *The Making of the Modern Identity*

揭去覆盖可怕脓疮的软膏和绷带后,自然主义似乎只有一个目标,那就是在公众面前展现那可怕的深渊。

——K. Huysmans, "Emile Zola and L'Assommoir"

为攻击理想化的小说,大自然的残酷很大程度上被放大了。暴力与苦痛所带来的震惊呈现为带来净化的经验,为自然主义审美效应的达成提供了入口。

——Harold Kaplan, *Power and Order*: *Henry Adams and the Naturalism Tradition in American Fiction*

从克莱恩、诺里斯到伦敦、德莱塞,所有美国自然主义作家都对人们习以为常的现实秩序以及与之契合的既定观念体系发起了公然的挑衅;同时,他们实验性的自然主义文本形式对所有习惯于现实主义叙述的读者,也构成了突兀而又持续的攻击。

——Lee Clark Mitchell, *Determined Fictions*: *American Literary Naturalism*

尽管左拉这样的博物学家和龚古尔兄弟这样的印象派画家所使用的技巧各不相同,但他们的方法论却都是基于19世纪科学发展所带来的决定论哲学。龚古尔兄弟在法国普及了印象主义风格,而加兰和克莱恩则是美国印象主义文学的早期代表人物。

——Lars Ahnebrink, *The Beginnings of Naturalism in American Fiction*

第十三章
"屏"之"显现"

1864年,在给好友安托尼·瓦拉布雷格的信中,左拉曾就艺术再现的真实性问题发表看法,提出了其独到的"屏幕说"。左拉认为,在现实与作品之间,站着的是一个个秉有独特个性并认同某种艺术理念或艺术方法的作家。现实经过作家独特个性或气质这道"屏幕"的过滤后按特定的艺术规则以"影像"的方式进入文本,他强调说:"这些屏幕全都给我们传递虚假的影像"[①];因而,所谓"再现"便永远只能是一个谎言。

写下表述"屏幕说"的这封长信时,左拉刚刚开始步入文坛。迄今为止,左拉的这封信并没有得到国内外学界的重视,信中所提出的文学"屏幕说"当然也就一直沉睡在历史文献中,始终没有得到应有的阐发与评价。作为其一生文学思想的起点,左拉针对文学再现之真实性问题所提出的"屏幕说",与其后来作为自然主义文学理论家所提出的"真实感""个性表现"等重大理论主张息息相关。作为对摹仿现实主义之"镜"的扬弃与浪漫主义之"灯"的矫正,"屏幕说"所开启的文学"显现论"拒绝以二元对立的思维模式来理解作家与世界的关系,坚持文学只能是在世界中的人对其在与世界交合境遇中的个人体验的直呈。既是人的自我显现,又是世界在人之显现中的显现,既反对浪漫主义的极端"表现",又否认"再现"能达成绝对的真实,"显现论"不唯达成了对"再现论"与"表现论"所代表着的本质主义诗学的颠覆,而且汲取"再现"与"表现"各自的合理成分实现了两者的融合;这种融合在本质上乃是一种新质的诞生而非旧质的

---

① 左拉:《给安托尼·瓦拉布雷格的信》,朱雯等编选:《文学中的自然主义》,上海:上海文艺出版社,1992年,第269页。

简单叠加,"显现论"完成了西方现代文学本体论的重构。

第一节 "屏"对"镜"的扬弃

根据艺术规则的不同,左拉将文学史上的屏幕区分为"古典主义""浪漫主义"和"现实主义"三个"大类",并对它们各自"成像"的机制及它们之间的"影像"差别做了分析。结论是:所有屏幕所达成的"影像"对事物的本相都存在扭曲,只是程度或方式略有不同。他特别指出,尽管"现实主义屏幕否认它自身的存在","自诩在作品中还原出真实的光彩奕奕的美",但"不管它说什么,它存在着","一小粒尘埃就会搅乱它的明净"[①];他最后总结说:"无论如何,各个流派都有优缺点。""无疑,允许喜欢这一屏幕,而不是那一屏幕,但这是一个兴趣和气质的个人问题。我想说的是,在艺术上绝对没有被证明是必要的理由,抬高古典屏幕,压倒浪漫主义和现实主义的屏幕,反之亦然。"[②]至于个人趣味,左拉声称:"我不会完全只单独接受其中一种;如果一定要说,那我的全部好感是在现实主义屏幕方面。"但他紧接着又强调说:"不过,我重复一遍,我不能接受它想显现于我的样子;我不能同意它给我们提供真实的影像;我断言,它本身应当具有扭曲影像,因此把这些影像变成艺术作品的特性。"[③]

"在一部艺术作品中,准确的真实是不可能达到的。……存在的东西就有扭曲。"[④]左拉不仅否认文学能够达成对"客观真实"与"本质真实"或"先验真实"的再现,而且直称,对世界的"扭曲"或"歪曲"乃是所有艺术作品的特性。他甚至断言:"真实"只存在于"语言"这条将人与世界连通起来的"绳索"之上,"在这个世界上,没有比一个写得好的句子更为真实的了"[⑤]。"我们所有的过分细致而矫揉造作的笔调,我们所有的形式精华,

---

① 左拉:《给安托尼·瓦拉布雷格的信》,朱雯等编选:《文学中的自然主义》,上海:上海文艺出版社,1992年,第270页。
② 同上书,第269页。
③ 同上书,第271页。
④ 同上书,第265页。
⑤ 左拉:《致居斯塔夫·福楼拜》,左拉:《左拉文学书简》,吴岳添译,合肥:安徽文艺出版社,1995年,第113页。

都比不上一个位置准确的词。"①而法国另一位重要的自然主义作家莫泊桑则说得更加清楚:"写真实就是要根据事物的普遍逻辑给人关于'真实'的完整的意象,而不是把层出不穷的混杂的事实拘泥地照写下来。"②龚古尔兄弟也异口同声地说:"小说应力求达到的理想是:通过艺术给人造成一种最真实的人世真相之感。"③在自然主义作家的如上表述中,"真实"或者只存在于"语词"或"意象"之中,或者只存在于一种"人为的"或"人造的"("艺术给人造成的")"感觉"之中,因此——

> 既然在我们每个人的思想和器官里面都有着我们自己的真实,那再去相信什么绝对的真实,是多么幼稚的事情啊!我们的眼睛、我们的耳朵、我们的鼻子和我们的趣味各不相同,也就是说,世界上有多少人就有多少真实。……
>
> 因此我们每个人所得到的不过是对世界的一种幻觉,这种幻觉到底是有诗意的,有情感的,愉快的,忧郁的,肮脏的还是凄惨的,则随着各人的天性而有所不同。作家除了以他所学到并能运用的全部艺术手法忠实地再现这个幻觉之外,别无其他使命。④

为自然主义提供了理论基础的实证主义美学家泰纳认为,艺术家"要以他个人所特有的方法认识现实。一个真正的创作者感到必须照他理解的那样去描写事物"⑤。由此,他反对那种直接照搬生活的、摄影式的"再现",反对将艺术与对生活的"反映"相提并论。他认为刻板的"模仿"绝不是艺术的目的;因为浇铸品虽可制作出精确的形体,但却永远不是雕塑;无论如何惊心动魄的刑事案件的庭审记录都不可能是真正的戏剧。泰纳的这一论断后来在左拉那里形成了一个公式:艺术乃是通过艺术家的气质显现出来的现实。"对当今的自然主义者而言,一部作品永远只是透过

---

① 左拉:《论小说》,朱雯等编选:《文学中的自然主义》,上海:上海文艺出版社,1992年,第252页。
② 莫泊桑:《〈皮埃尔与若望〉序》,柳鸣九译,柳鸣九编选:《法国自然主义作品选》,天津:天津人民出版社,1987年,第800页。
③ 转引自诺维科夫:《"我们既是生理学家,又是诗人"》,朱雯等编选:《文学中的自然主义》,上海:上海文艺出版社,1992年,第316页。
④ 莫泊桑:《论小说》,莫泊桑:《漂亮朋友》,王振孙译,上海:上海译文出版社,1993年,第585—586页。
⑤ 诺维科夫:《泰纳的"植物学美学"》,朱雯等编选:《文学中的自然主义》,上海:上海文艺出版社,1992年,第68页。

某种气质所见出的自然的一角。"①

"愉悦与教化的结合不仅在古典主义的所有诗学,特别是贺拉斯以后变得司空见惯,而且成为艺术的自我理解的一个基本主题。"②贺拉斯所谓"寓教于乐"的艺术原则往往体现为"乐"所代表着的艺术的审美功能是手段,而"教"所体现着的艺术的教化功能则是目的。所谓"教化"无非就是通过文本向读者实施某种政治的或道德的或宗教的社会意识形态观念的渗透,因而从根本上说往往体现着所谓"本质真实"的"观念"才是传统文本的灵魂。经过宗教—伦理观念或启蒙政治理性一番"阐释"之后,历史主义的线性历史观将生存现实乔装打扮,规定为某种历史在通往终极目标过程中的一个特定历史阶段的意识形态图景;本质主义使处在历史活动中的人和活生生的人的生存被装进了某种观念系统的模型。人,很大程度上脱开了其"自然存在"的属性;"自在性"既已沦陷,"自为性"也就势必成为"观念"自身的虚热与虚妄。即随着现实成为历史叙事中的历史剧剧本,作为现实"生活主体"亦是"历史主体"的个人也就只能成为该剧中的一个远离自我本性的"角色"。大致说来,传统作家的叙事均是从"类主体"/"复数主体"之意识形态观念出发展开的;尽管文句流利光滑,但由于缺少了真切的个体生命体验,失却了应有的生命质感与情感气韵,这种叙事注定乃是一种虚假的宏大叙事,一种缺乏个性表现的叙事,一种凌空蹈虚煞有介事的叙事。

难以容忍观念主导下的宏大历史叙事对"存在者"那繁复幽深的情感、扑朔迷离的体验之简单概括,不能接受其对"世界"那丰饶细密、缤纷多彩的无数现象细节的忽略和遗漏,19世纪后半期的西方作家对此种"观念统摄型"叙事传统越来越表现出深刻的怀疑与鄙夷。对越来越多的现代作家来说,所谓客观世界的本来面目并不重要,重要的是作者对世界的主观体验或感应:"诗人把人类体验转化成为诗歌,并不是首先净化体验,去掉理智因素而保留情感因素,然后再表现这一剩余部分;而是把思维本身融合在情感之中,即以某种方式进行思维。"③针对"观念统摄型"叙事的强大传统,左拉等自然主义作家首先表现出了强烈的反叛姿态:

---

① Emile Zola , "Naturalism in the Theatre", in *Documents of Modern Literary Realism* , ed. , George J. Becker, Princeton, New Jersey: Princeton University Press, 1963, p.198.
② 彼得·比格尔:《先锋派理论》,高建平译,北京:商务印书馆,2002年,第111页。
③ 罗宾·乔治·科林伍德:《艺术原理》,王至元、陈华中译,北京:中国社会科学出版社,1985年,第301页。

必须以现实来代替抽象，以严峻的分析打破经验主义的公式。只有这样，作品中才会有合乎日常生活逻辑的真实人物和相对事物，而不尽是抽象人物和绝对事物这样一些人为编制的谎言。一切都应该从头重新开始，必须从人存在的本源去认识人，而不要只是戴着理念主义的有色眼镜一味地在那里炮制范式，妄下结论。从今往后，作家只需从对基础构成的把握入手，提供尽可能多的人性材料，并按照生活本身的逻辑而非观念的逻辑来展现它们。①

自然主义小说不过是对自然、种种的存在和事物的探讨。因此它不再把它的精巧设计指向着一个寓言，这种寓言是依据某些规则而被发明和发展的。……自然主义小说不插手于对现实的增、删，也不服从一个先入观念的需要从一块整布上再制成一件东西。②

左拉认为，要阻断形而上学观念对世界的遮蔽，首先便要"悬置"所有既定观念体系转过头来纵身跃进自然的怀抱——"把人重新放回到自然中去"③，"如实地感受自然，如实地表现自然"④。由对自然的此种"感受"出发，自然主义作家普遍强调"体验"的直接性与强烈性，主张经由"体验"这个载体让生活本身"进入"文本，而不是接受观念的统摄以文本"再现"生活。"体验"在自然主义叙事中迅速取代了传统叙事中居于中心地位的"观念"，成为主导叙事的新的核心元素。

左拉反复强调，只有以真切的个人"体验"为基础而不是一切从"观念"出发，作家在叙事中才能有效克服观念的虚妄与武断，文本中才会不再流淌着"师爷"那"政治正确"但却苍白干瘪的教诲与训诫。从个体真切的生命体验入手，用基于"体验"的"意象弥漫"取代基于"观念"的"主题演绎"，以基于"体验"的"合理虚构"取代基于"观念"的"说理杜撰"，"想象不再是投向狂乱怪想的荒诞创作，而是对被瞥见的真实的追叙"⑤，"作品只

---

① Emile Zola , "Naturalism in the Theatre", in *Documents of Modern Literary Realism*, ed., George J. Becker, Princeton, New Jersey: Princeton University Press, 1963, p. 201.
② Ibid., p. 207.
③ Ibid., p. 225.
④ 左拉：《论小说（节选）》，柳鸣九译，柳鸣九编选：《法国自然主义作品选》，天津：天津人民出版社，1987年，第778页。
⑤ 左拉：《论小说》，朱雯等编选：《文学中的自然主义》，上海：上海文艺出版社，1992年，第236页。

不过是对人和自然的强有力的追叙"①;而造成这种"强有力的追叙"的叙事动力,则"全都源于他们的体验和观察"②,分析以感觉为先导,感知来自观察,描绘始于感动③。如此,打开作品,人们才会感到它也有着自己悸动的脉搏、触摸可感的体温与节拍般的呼吸,文本中所描写的一切才会变得鲜活起来,有着自己的色彩、气味和声音;"这是真实的世界",因为一切都是"被一位具有既卓绝又强烈的独创性的作家体验过"④的。"这就不光是拿到一个主题提笔便写出来的一些完美的句子;而是对着一个图景心里兴起的感受。作品中有了人,他融合在事物之中,以他的热情的灵敏的振动使这些事物也活起来了。"⑤"在这样一种亲密的结合中,书中场景的现实性与小说家的个性合而为一。哪些是绝对真实的细节?哪些是臆造出来的情节?这是很难说的。不过,可以肯定的是,现实是出发点,是有力地推动了小说家的冲击力;小说家遵循着现实,向这个方向展开场景,同时赋予这场景以特殊的生命……"⑥"体验"将作家个人推到了前台,由此,"类主体"之虚假的"观念统摄型"宏大叙事开始解体,反传统的、新的"体验主导型"叙事范式在自然主义作家这里得以确立。

  针对传统叙事基于"本质真实"的观念化倾向,自然主义作家强调文学要回归自然、回归生活,"我们以绝对真实自诩,意思是指给我们的再创作以生活气息"⑦。"只有当人们从事描绘生活图景的时候,真实感才是绝对必要的。"⑧通过对"生活体验"的强调,自然主义将文学的立足点扳回到现实生活的大地,从而廓清了文学为宏大观念所统摄和为虚假情感泡沫所充斥的现状;"我希望把人重新放回到自然中去,放到他所固有的环境中去,使分析一直延伸到决定他的一切生理和社会原因中去,从而避

---

  ① 左拉:《论小说》,朱雯等编选:《文学中的自然主义》,上海:上海文艺出版社,1992年,第227页。

  ② 埃里希·奥尔巴赫:《摹仿论:西方文学中所描绘的现实》,吴麟绶、周新建、高艳婷译,天津:百花文艺出版社,2002年,第557页。

  ③ 参见左拉:《论小说》,朱雯等编选:《文学中的自然主义》,上海:上海文艺出版社,1992年,第240页。

  ④ 左拉:《论小说(节选)》,柳鸣九译,柳鸣九编选:《法国自然主义作品选》,天津:天津人民出版社,1987年,第784—785页。

  ⑤ 同上书,第790页。

  ⑥ 同上书,第784页。

  ⑦ 左拉:《论小说》,朱雯等编选:《文学中的自然主义》,上海:上海文艺出版社,1992年,第234页。

  ⑧ 左拉:《论小说(节选)》,柳鸣九译,柳鸣九编选:《法国自然主义作品选》,天津:天津人民出版社,1987年,第780页。

免它的抽象化"①。显然,在"生活体验"本身所包含着的对生活(而非纯粹观念或绝对自我)作为文学唯一源头的执著认同中,自然主义文学本来就孕育在"摹仿说"或"再现论"娘胎里的事实昭然若揭。同时,经由对"真实感"的强调,自然主义使"真实"这样一个在西方文学传统——尤其是现实主义文学传统——中构成"常数概念"的术语,被注入了新鲜的生命汁液,获得了崭新的精神质地,重新焕发出勃勃的生机。由此,继浪漫主义激情洋溢的反叛之后,自然主义对亚里士多德以降长期主导西方文学的"摹仿说"理念与"再现式"叙事从内部再次成功实施了革命性改造。

第二节 "屏"对"灯"的矫正

在左拉看来,"今天,小说家最高的品格就是真实感"②。"真实感就是如实地感受自然,如实地表现自然。"③如果说"如实地感受自然"乃"体验主导型"叙事得以确立的前提,那么"非个人化"便是"如实地表现自然"的保证。

为了避免作品流于浪漫派那种观念的虚妄与描写的虚幻,左拉提出了"非个人化"的叙事策略。而意大利自然主义的领袖人物路易吉·卡普安纳也断言:"一个小说家的职责就是忘记自己,磨掉自己的个性。"④左拉等自然主义作家倡导的"非个人化",不仅反对作家在作品中通过直接的议论或通过情节的编造来对读者进行说教,而且还反对作家在文本中用自己过于直露的感情倾向去影响读者。为此,他们坚持作家在叙事时应该像科学家在进行实验的分析时那样保持客观冷静的态度,秉持超然中立的立场;即使书写到最悲惨的事件或最可歌可泣的壮举,作家也应该始终如一地无动于衷。

自然主义作家强调"非个人化",并非是要否定人的"个性"之于艺术创作的重要作用。在将"真实感"高标为自然主义文学的最高准则的同

---

① Emile Zola, "Naturalism in the Theatre", in *Documents of Modern Literary Realism*, ed., George J. Becker, Princeton, New Jersey: Princeton University Press, 1963, p. 225.
② 左拉:《论小说(节选)》,柳鸣九译,柳鸣九选编:《法国自然主义作品选》,天津:天津人民出版社,1987年,第778页。
③ 同上。
④ 路易吉·卡普安纳:《当代文学研究(节译)》,吴正仪译,柳鸣九主编:《自然主义》,北京:中国社会科学出版社,1988年,第546页。

时,他们还将"个性表现"界定为文学的第二准则。左拉反复强调:"艺术只是一种人格、一种个性的体现。"①"观察并不等于一切,还得要表现。"②"一个作品有两种因素:现实因素即自然,个性因素即人……现实因素即自然是固定的、始终如一的……而个性因素即人则是变化无穷的,有多少作品,也就呈现出多少不同的精神面貌。"③"在今天,一个伟大的小说家就是一个有真实感的人,他能独创地表现自然,并以自己的生命使这自然具有生气。"④

既要"非个人化",更要"个性表现",尤其还要"真实感",看上去左拉的论述似乎非常矛盾。但事实上,"非个人化"与"个性表现"两者在"真实感"中得到了很好的统一。作为"真实感"的内在规定和必然要求,"个性表现"意味着有多少人就有多少"个性",也就有多少"真实感";就此而言,"个性"甚至堪称"真实感"的前提。但这并不意味着"个性"可以睥睨一切、肆意放纵,它必须接受"现实因素即自然"这个"大地"的牵引,否则便会堕为浪漫派的那种极端主观主义的"虚妄"。而"个性"恭谨地朝向"自然"这个"大地",这就是"非个人化"的实质。因此,自然主义的"非个人化"并非要抹煞"个性"或"个性表现",而是旨在矫正浪漫派那种将"个性"挥洒为"任性"的极端化的"个性表现"。杜威在《艺术即经验》一书中曾尖锐指出:浪漫主义"那种表现是在自身之中完成的情感的直接喷发的观念,从逻辑上导致个性化是表面而外在的结果"⑤。而自然主义作家正是要经由"非个人化"的努力对浪漫主义那种过度膨胀的个性表现进行矫正,并由此达成一种"深沉而内在"的"个性表现"。

在"体验主导型"叙事中,自然主义作家经由"非个人化"所达成的高度自律使其显得颇为低调。但这种叙事自律所带来的低调,并非是要消解作家的自我,而只是要让在"观念"高空高蹈了太久的"作家自我"回到现实世界与真实生存的"大地";对人们习以为常的"大地"的感知,需要作

---

① 柳鸣九:《自然主义文学巨匠左拉》,柳鸣九主编:《自然主义》,北京:中国社会科学出版社,1987年,第37页。
② 左拉:《论小说》,朱雯等编选:《文学中的自然主义》,上海:上海文艺出版社,1992年,第210页。
③ 柳鸣九:《自然主义文学巨匠左拉》,柳鸣九选编:《法国自然主义作品选》,天津:天津人民出版社,1987年,第37—38页。
④ 左拉:《论小说(节选)》,柳鸣九译,柳鸣九编选:《法国自然主义作品选》,天津:天津人民出版社,1987年,第787页。
⑤ 杜威:《艺术即经验》,高建平译,北京:商务印书馆,2005年,第72页。

家更多的敏感、更多的独到眼光,而这恰恰需要更多的自我意识与更多的个性——只不过这种自我意识和个性体现为文本叙事时应有比以前(浪漫派)更多的自知之明和更严格的自律罢了。也就是说,叙事自律使文本所显现出来的"客观性",并非要消解作家的"主观性",而只是要让在"观念"领域独舞了太久的"作家主观性"重新与现实世界和真实生存的"大地"融合;这种融合不再是主观对客观的征服和统一,当然也非主观对客观的臣服与屈从,它要求"主观性"和"客观性"两种元素的同时在场,且要求"主观性"与"客观性"均须达到超出一般的强度——舍此,便不会有超越庸常、令人震惊的"本相"在融合中析出。即就叙事的展开而言,若无"主观性"强度的提升所带来的强烈的"个性表现",则文本叙事便失去了动力之源;若无"客观性"强度的提升所带来的"非个人化"效应设定,则文本叙事便会重新堕入"观念统摄型"叙事的老路。

事实上,在"实验小说"的创作过程中,自然主义作家明确反对作家感情倾向的流露,这也绝非否定情感之于文学创作的重要意义。"只是由于情感,事物才摆脱了抽象变成具体的和个别的事物。"[①]完全撇开情感来谈论艺术,这当然是荒谬的;于是左拉断言"感情是实验方法的出发点"[②],"文学艺术之所以永远不会衰老,乃是因为它是人性中永恒情感的体现"[③]。显然,左拉等自然主义作家所反对的绝非某种程度上乃是文学本质的情感本身,而只是错误的情感表现方式——浪漫派作家那种"几近神经错乱"的"激昂""狂放""浮夸"的情感倾泻,其实质在于强调情感的真挚。因为只有用情感的真挚取代情感的泛滥,文学才能有效克服观念的虚妄与武断。在这种文本中,情感的血脉非但没有变得纤细黯弱反而倒是因为表达的含蓄与真诚愈发挚重深沉;由此,"观念书写"的墨水似乎已被纯粹生命体验的热情灼干,每个句子都是活泼的生命的跳跃,而整个作品则成了一种人性的呼声。虽极力强调作家在叙事时应持客观、中立、无动于衷的姿态,但自然主义由此所达成的"体验主导型"文本,却总会让读者为之激动——不管是否喜欢作品所描写的题材,他们对作品绝不会真的"无动于衷"。

---

① 西蒙娜·韦尔:《哲学讲座》,转引自大卫·贝斯特:《艺术·情感·理性》,季惠斌等译,北京:工人出版社,1988年,第256页。
② Emile Zola, "The Experimental Novel", in *Documents of Modern Literary Realism*, ed., George J. Becker, Princeton, New Jersey: Princeton University Press, 1963, p. 183.
③ Ibid., p. 192.

艾布拉姆斯(Meyer Howard Abrams，1912—2015)将浪漫派刻意于"表现"的心灵称为夸张放大物象的聚光"灯"，可谓形象地道出了浪漫主义极端主观主义的特质。如果说"体验主导"的追求为自然主义从内部改造摹仿现实主义开辟了通道，那么"非个人化"的主张则直接为自然主义达成对浪漫主义的矫正提供了可能。同时，自然主义作家所倡导的"个性表现"也继承了上一个时期浪漫主义革命所建立起来的文学"个体性原则"与"表现性原理"。左拉所谓的"真实感"本来就建立在作家自我特有的"主体意识"之上；当然，这种"主体意识"并非浪漫派那种纯粹主观的主体情感意向，即既非绝对情感的意向也非绝对意向的情感，而只是最终统一于"真实感"的、主体与世界融为一体的"真实"的情感意向。这样，在自然主义诗学中，浪漫主义的"情感表现说"那种绝对主观的"情感主体"才一方面被吞没了半侧身子，另一方面却又被保留了半侧身子。

自然主义诗学的如上逻辑，内在地决定了激烈反对浪漫主义的自然主义作家会在某种程度上承认自身与其文学前辈的承续关系，尽管这种承认的话语往往会被他们反叛的喧嚣所遮蔽。左拉承认浪漫主义是一场让西方文学艺术恢复了"活力"与"自由"的伟大的文学革命，认为它作为"对古典文学的一次猛烈的反动"，不但动摇了古典主义"僵死的陈旧规则"，而且在文体、语言、手法等诸层面均"进行了成功的变革"。① 更难能可贵的是，左拉在猛烈攻击浪漫主义"吹牛撒谎""矫情夸张""虚饰作假"这些毛病的同时，非但没有抹煞其推进文学进步的历史功绩，而且还非常客观地为其病症的历史合理性做了辩护。左拉认为"四平八稳的革命"从来都是罕见的，他以戏剧领域的变革为例指出：虽然浪漫主义在打破一些法则的同时又确立了一些更为荒谬的法则，因而注定了其不可避免的危机，但必须注意到浪漫主义的所有过失莫不与其矫枉过正的历史逻辑相关；作为文学革命，"革命的冲动使浪漫主义戏剧走向了古典主义戏剧的反面；它拿激情置换旧戏剧中的责任观念，以情节代替沉实的描写，用色彩充当心理分析，高扬中世纪而贬抑古希腊。但就是在这种剑走偏锋的极端行为中，它才确保了自己的胜利"②。在左拉看来，浪漫主义文学只是西方现代文学的开端，浪漫主义文学的弊端内在地决定了它的危机，注定了它的短命；而自然主义文学则是经过了浪漫主义文学这一"分娩的剧

---

① Emile Zola，"Naturalism in the Theatre"，in *Documents of Modern Literary Realism*，ed.，George J. Becker，Princeton，New Jersey：Princeton University Press，1963，p.202.
② Ibid.，p.211.

烈阵痛"之后,文学必定要走上的"康庄大道"。即在浪漫主义的冲击波之后,接过接力棒的自然主义将最终完成对古典主义的胜利,"古典主义的公式将被自然主义的公式最终而稳固地取代"①。显然,在左拉那里,浪漫主义与自然主义的关系表现为两个方面:一方面,奋起纠正浪漫主义弊端的自然主义是对前者的反叛与拒绝;另一方面,在文学终结古典主义进入到现代阶段的历史进程中,自然主义又是前者的接班人。

第三节 "显现":"体验"的直呈

对经验主义的古典哲学家来说,世界是给定的事实,而哲学甚至包括文学在内的整个文化系统的任务就是解释关于世界的知识的源泉;而最终他们将关于作为"对象"的世界的一切认识或知识的源泉归诸人的经验。就坚持主观与客观二元对立的思想立场而言,经验主义古典哲学家与认定理性乃一切认识或知识源泉的大陆唯理主义古典哲学家并没有本质区别。

自然主义所开启的"体验主导型"叙事中的"体验",不同于传统经验主义者之"经验"。与一般意义上的"经验"相比,自然主义文学所看重的"体验"之特点可以概括为"三一性":第一,一体论。我外的世界并不是作为人的对立面的"对象",而只是人的"环境";世界并不是给定的事实,而只有人与世界的交合——人是世界的一个组成部分,世界反过来也是人的一个组成部分——才是给定的事实。在人与世界的交合中,人既作为世界的构成性元素被动地、适应性地"承受"(Undergo)来自我外世界即所谓"环境"的刺激作用,也作为由世界/环境作为构成性元素之一的整体在主动地行动(Do)中给世界/环境以回应性的影响。这种相互的作用,使世界和人都永远处于动态的过程之中,即人的不断生成与世界的不断变化。这样,所谓的"体验",便只能是人在其与世界交合的具体"境遇"或"情境"中所绽放出来的生命感受,它既不是纯粹客观的:"完全来自客观方面的印象是没有的,事物之所以给我们留下印象,只有当它们和观察

---

① Emile Zola, "Naturalism in the Theatre", in *Documents of Modern Literary Realism*, ed., George J. Becker, Princeton, New Jersey: Princeton University Press, 1963, pp. 202—203.

者的感受力发生接触并由此获得进入脑海和心灵大门的手段时方能产生"①；也不是纯粹主观的："实际上，一个情感总是朝向、来自或关于某种客观的、以事实或思想形式出现的事物。情感是由情境所暗示的，情境发展的不确定状态，以及其中自我为情感所感动是至关重要的。情景可以是压抑的、危险的、无法忍受的、胜利的。如果不是作为自我与客观状况相互渗透，一个人对自己所认同的群体所赢得的胜利的喜悦，或者对一个朋友的死亡的悲伤就是不可理解的。"②对人而言，只有这种综合了"主观情感"与"客观印象"的"体验"才是第一性的：有了这种体验，才可能有对体验所展开的反思，才可能产生出一切关于所谓"自我"与"对象性世界"的意识、认知、理论及体系。"那些天真地发现自然主义只不过是摄影的人，这回也许会明白，我们以绝对真实自诩，意思是指给我们的再创作以生活气息。"③第二，整一性。人的存在被卷裹于他与世界交合所构成的混乱的生活之流中，诸多生活片断所构成的生活印象纷至沓来，在形形色色零乱繁复的生活感受中，体验必定是那种深切、鲜明、富有整体感的感受，而不是那种不具有累积性、转瞬即逝、过眼烟云般的拉杂印象。体验的整一性，既来自那种具有累积性的感受的积淀，更来自内在于生命的某种索求"意义"的"完形"冲动。整一性使体验获得某种不同于一般感觉印象的鲜明的"形式感"——虽然仍具有很大的模糊性而在本质上有别于"理式"，同时赋予体验以某种不同于一般感觉印象的强烈的"意念"——虽然仍处于浓重的混沌中而在本质上有别于"概念"，从而使其具有丰富的生长动能、生长空间与巨大的反思价值。第三，个体性。体验作为特定生命个体的感受，其具体展开在性质上总是唯我独有、独一无二的。"在今天，一个伟大的小说家就是一个有真实感的人，他能独创地表现自然，并以自己的生命使这自然具有生气。"④"因为绝对真实，干巴巴的真实并不存在，所以，没有人真的企图成为完美无缺的镜子。……对这个人来说好像是真理的东西，对另一个人来说则好像是谬误。企图写出真实，绝对的真实，只不过是一种不可实现的企图，作家最多能够致力于准确地再现

---

① 桑塔亚那：《审美范畴的易变性》，转引自朱立元、张德兴等：《西方美学通史》（第六卷），上海：上海文艺出版社，1999年，第82页。
② 杜威：《艺术即经验》，高建平译，北京：商务印书馆，2005年，第71—72页。
③ 左拉：《论小说》，朱雯等编选：《文学中的自然主义》，上海：上海文艺出版社，1992年，第234页。
④ 左拉：《论小说（节选）》，柳鸣九译，柳鸣九编选：《法国自然主义作品选》，天津：天津人民出版社，1987年，第787页。

见到的事物,像见到的本来面目那样,致力于写出感受到的真实印象。"①

　　传统文学的立足点或在于理性观念或在于情感自我,而且两者在有时候会构成合流——19世纪中叶巴尔扎克、狄更斯等人所代表的文学创作大致即属于这种情形。但这种"合流",因其并非内在的融合而只是外部的叠加,因其始终难以摆脱宏大理性观念的内在统摄,并没有避免情感逸出生命本体而流于空泛、矫饰、泛滥乃至虚假;而一旦失却与本真生命的血肉联系,那种统辖叙事的观念也就只能流入粗疏、外在、干瘪乃至虚妄。自然主义文学的基本文学背景大抵如此,其作为文学运动与文学革命的历史使命也就在于达成这种现状的改变。"体验主导型"叙事的主张与实践,既反对浪漫主义的极端"表现",又否认"再现"能达成绝对的真实,自然主义由此开拓出了一种崭新的"显现"文学观:"显"即现象直接的呈现,意在强调文学书写要基于现象的真实,要尊重现象的真实,不得轻易用武断的结论强暴现象的真实;"现"即作家个人气质、趣味、创造性、艺术才能的表现。

　　与前自然主义的"摹仿"或"再现"相较而言,自然主义之"显现"所投放出来的只是一种"真实感";此种"真实感"是在个体之人与世界的融合中达成的,并由此获得了它自身特有的一种"真实"品质——它并非纯粹客观的现实真实,即既非绝对真实的现实,也非绝对现实的真实,而只是感觉中的现实真实。由此,"摹仿论"或"再现说"的"本质真实"就被颠覆了一半,同时也保留了一半。同理,"显现"所投放出来的"真实感"也有着自己特有的"主体"意识——它并非纯粹主观的主体情感意向,即既非绝对情感的意向,也非绝对意向的情感,而只是与世界融为一体的"真实"的情感意向。这样,浪漫主义的"情感表现说"中那种绝对主观的"情感主体"便就被吞没了半侧身子,又保留了半侧身子。当然,任何一种学说,被颠覆了一半也就意味着整个体系的根本坍塌。自然主义经由"真实感""体验主导""非个人化"等理论主张所建构起来的"显现",就这样颠覆了在西方文学史上源远流长的"再现"与浪漫主义刚刚确立了不久的"表现"。相对于"摹仿说"那种对"本质"的坚定信仰或浪漫主义那种对"超验主体"和世界一致性的断言,自然主义所强调的是对"本质"和"超验"的"悬置"及其所释放出来的"怀疑";而针对"摹仿说"那种对"自我理性"的

---

① 莫泊桑:《爱弥尔·左拉》,朱雯等编选:《文学中的自然主义》,上海:上海文艺出版社,1992年,第367页。

高度自信或浪漫主义时常宣称的那种"绝对自我"与世界的对立,自然主义所强调的则是面对世界的"谦卑"与"敬畏"。

不同于黑格尔之"理念的感性显现",自然主义之"显现"由"体验"而非"观念"主导,其最终达成的乃是一种笼罩着情感的意象呈现而非通透着理性的观念阐说。显现出来的意象,包孕着某种意念;这种意念含有成为观念的趋向,但却绝非观念本身。即艺术作品中的观念因素,是经由意象来表达的——这正如德国美学家费希尔所分析的一样:观念像一块糖溶解在意象的水中,在水的每一个分子里它都存在着、活动着,可是作为一整块糖却再也找不到了。"在感受的表达完成之前,艺术家并不知道需要表现的经验究竟是什么。艺术家想要说的东西,预先没有作为目的呈现在他眼前并想好相应的手段,只有当他头脑里诗篇已经成形,或者他手里的泥土已经成形,那时他才明白了自己要求表现的感受。"①没有情感,也许会有工艺,但不会有艺术;仅有情感,不管这种情感多么强烈,其结果也只能在直接传达中构成宣泄或说教,同样不会有艺术。"当说起某人要表现情感时,所说的话无非是这个意思:首先,他意识到有某种情感,但是却没有意识到这种情感是什么;他所意识到的一切是一种烦躁不安或兴奋激动……他通过做某种事情把自己从这种无依无靠的受压抑的处境中解放出来,这种事情我们称之为表现自己。这是一种和我们叫做语言的东西有某种关系的活动:他通过说话表现自己。这种事情和意识也有某种关系:对于表现出来的情感,感受它的人对于它的性质不再是无意识的了。这种事情和他感受这种情感的方式也有某种关系:未加表现时,他感受的方式我们曾称之为无依靠的和受压抑的方式;既加表现之后,这种抑郁的感觉从他感受的方式中消失了,他的精神不知是什么原因就感到轻松自如了。"②科林伍德这里所说的"表现",不同于"再现"对某种既定本质理念或观念的"阐说性"表达,也不同于浪漫派那种清晰的观念性情感"传达性"的"表现",它只是"感觉"或"直觉"的直呈以及在这种直呈中意义的自我"显现"。

在"作家—作品—世界—读者"的四维文学构成中,"再现说"和"表现论"是对"作家"或"世界"占绝对主导地位的那种古典文学形态各执一端所做的理论表述;而"显现说"的出现,则表征着在西方文学中此前一直被

---

① 罗宾·乔治·科林伍德:《艺术原理》,王至元、陈华中译,北京:中国社会科学出版社,1985年,第29页。
② 同上书,第112—113页。

忽视的另外两种文学构成元素地位的提升。首先,自然主义作家对各种唯理主义形而上学及社会意识形态的拒斥,对观念叙事的否定及其"非个人化"的主张,这一切都内在地蕴含着他们对文本及构成文本的语词之独立性的重视。让所描述的对象自己说话,让其意义在自身的直呈中在读者面前自我显现,这是自然主义文学在叙事艺术上的基本追求,这其中就包含着对"文本"/"作品"维度的强调。其次,自然主义作家反对"娱悦"大众,更反对通过作品实施对读者的"教化",而强调"震惊",强调不提供任何结论而高度重视由"震惊"所开启的读者的"反思",在审美范式上直接开启了从传统文学文本那种在"教化"中"训话"向现代主义文学文本那种在"对话"中"反思"的现代转型。显然,在自然主义文学这里,作者与读者关系的重构已经开始,文学活动四维结构中的"读者"一维第一次受到真正的重视。质言之,自然主义"显现说"所导出的文本自足观念及对读者接受维度的重视,是西方现代文学形态形成的基本标志。在20世纪西方文坛上,"接受美学""阐释学美学""语言学美学""结构主义美学""解构主义美学"等各种现代诗学理论纷纷出笼;至少在叙事文学领域,这一切理论的发端无疑是在通常被人们看成是现代主义文学对立面的自然主义文学思潮的观念创新与创作实践之中。

  在达尔文进化论发表所标志着的19世纪中叶以降的现代西方文化语境中,正是因为正统文化失去了它惯有的整体性和力量,作家才被迫去尝试以唯一堪用的武器——语言——去重新整合这个在风雨飘摇中的文化。具备整合功能的观念/信念系统已经失灵,对作家而言,代之而起的也就只有语词及其所构成的文本来承担对世界和文化进行整合的使命。文本呈现为一个五彩缤纷的、好像是混沌初开的世界,里面充斥着的一切似乎都是难以确定的,而唯一可以信赖的只是语词。"显现在词语和意象之间的张力中达成,语词在变形的描述中所涉及的中心性事物本身不再重要。"①文学可以描绘现实,但这种描绘不可能也不应该像镜子一样完全准确,这一观念越来越成为现代作家和文学理论家们的共识。俄国形式主义坚决反对"反映论"的文学观,什克洛夫斯基(Viktor Shklovsky, 1893—1984)认为:"艺术是一种体验事物之创造的方式,而被创造物在艺

---

  ① Charles Taylor, *Sources of the Self: The Making of the Modern Identity*, Cambridge, Mass.: Harvard University Press, 1989, pp.465-466.

术中已无足轻重。"①鲍桑葵(Bernard Bosanquet，1848—1923，又译鲍嵘)则指出："凡是不能呈现为表象的东西，对审美态度说来就是无用的。"②"为了返回真实的经验，有必要返回事物的表面。……这一点在尼采关于希腊人的表述中早就可以见到——希腊人非常深刻，因为他们停留在事物的表面。"③在否定了艺术作为某种抽象观念本质的"再现"或"表现"之后，作为"显现"，艺术成了感觉体验或直觉体验的直呈，它基于一种自我与世界融通中的生命直观，使世界与存在的意义自动析出。

第四节 "显现"："再现"与"表现"的融合

西方文学理论的基石乃是在古希腊便已经成形的"摹仿说"。在长达2000多年的时间里，"摹仿说"或"再现论"一直为传统的西方文学提供着基本的本体论说明。

在《理想国》中，柏拉图(Plato)称：艺术家可以随心所欲地进行创作，因为他只消拿面镜子四处照照就大功告成了："拿一面镜子四方八面地旋转，你就马上造出太阳，星辰，大地，你自己，其他动物，器具，草木，以及我们刚才提到的一切东西。"④"摹仿说"由此又被称之为"镜子说"。显然，单纯的摹仿，只能达到外形的逼真，但再逼真也赶不上自然本身。"摹仿只是一种玩意，并不是什么正经事。"⑤这意味着，古希腊哲学家用素朴的"摹仿说"来阐释艺术从一开始就有着巨大的局限。

亚里士多德对柏拉图"摹仿说"的批判性发展，集中表现为相互联系着的两个方面：其一，通过强调"行动中的人"⑥(人的性格与行动)使"文艺摹仿自然"这一含混的命题变得明确。"亚里士多德的《诗学》没有一字

---

① 什克洛夫斯基：《作为手法的艺术》，什克洛夫斯基等：《俄国形式主义文论选》，方珊等译，北京：生活·读书·新知三联书店，1989年，第6页。
② 鲍山葵：《美学三讲》，周煦良译，上海：上海译文出版社，1983年，第5页。
③ Charles Taylor, *Sources of the Self : The Making of the Modern Identity*, Cambridge, Mass. : Harvard university press, 1989, p.467.
④ 柏拉图：《柏拉图文艺对话集》，朱光潜译，合肥：安徽教育出版社，2007年，第78页。
⑤ 同上书，第87页。
⑥ 亚理斯多德、贺拉斯：《诗学·诗艺》，罗念生、杨周翰译，北京：人民文学出版社，1962年，第7页。

提及自然，他说人、人的行为、人的遭遇就是诗所摹仿的对象。"①这一方面开启了"文学即人学"的西方文学理论传统，另一方面为营造"情节"为第一要务的西方文学叙事传统奠定了基础。其二，通过强调"应然"的观念将"普遍性""必然律"植入"摹仿"之中，使"摹仿"的对象被定位于"内在本质"而非事物外形，最终为"摹仿说"注入了灵魂。在《诗学》第九章中，亚里士多德说："诗人的职责不在于描述已发生的事，而在于描述可能发生的事，即按照可然律或必然律可能发生的事。"②在《诗学》第二十五章，他又强调："如果有人指责诗人所描写的事物不符实际，也许他可以这样反驳：'这些事物是按照它们应当有的样子描写的。'"③总体来说，通过"人"的引进，亚里士多德的"摹仿论"顺利抵达"本质"；而且在"摹仿"中由作家注入事物外形中去的所谓"本质"因其对普遍性的要求，则只能来自一种公共的思维视角："一般说来，写不可能发生的事，可用'为了诗的效果''比实际更理想''人们相信'这些话来辩护。"④

"文学就是对现实生活的摹仿，这种摹仿以揭示普遍性的本质为宗旨"的文学本体论，在亚里士多德这里臻于成熟后一直延续到19世纪，主导西方文坛长达2000年。其间，各种文学本体论的探讨虽然没有终结，但却始终没有根本的突破：所谓的"再现说"或"反映论"只不过是亚里士多德"摹仿说"的变形；有时甚至使这种"本质论"的文学本体论愈发登峰造极。在中世纪，经院哲学辩称：艺术家通过心灵对自然进行摹仿之所以可能，乃是因为人的心灵与自然均为上帝所造，因而对观念的摹仿当然就比对物质世界的摹仿来得更加重要，把古代希腊具有唯物主义倾向的摹仿说进一步推向了纯粹上帝观念的神学摹仿说。圣·奥古斯丁（Saint Aurelius Augustinus，354—430）甚至断言：艺术家的作品只应该来自上帝至美的法则。在文艺复兴时期，达·芬奇（Leonardo da Vinci，1452—1519）、莎士比亚等大家均曾重提"镜子论"，艺术家们更加强调艺术应关注自然，但这"自然"更多时候意味着的却依然是自然的本质与规律。在17世纪至18世纪的新古典主义时期，作家们似乎比上一个时期更青睐"摹仿自然"的口号，但同时也进一步把"自然"的概念明确为一种抽象理性或永恒理性。"首

---

① 车尔尼雪夫斯基：《美学论文选》，缪灵珠译，北京：人民文学出版社，1957年，第144页。
② 亚理斯多德、贺拉斯：《诗学·诗艺》，罗念生、杨周翰译，北京：人民文学出版社，1962年，第28页。
③ 同上书，第93—94页。
④ 同上书，第101页。

先须爱理性:愿你的一切文章,永远只凭着理性获得价值和光芒。"①

"在浪漫派作家看来,能够与机械论世界观和功利主义人生观相抗衡的力量,只能是自然的、未被扭曲的人类情感。"②情感的表现,在浪漫主义之后成为文学理论中反复提起的一个问题。按照列夫·托尔斯泰在"什么是艺术"中的说法——艺术就是艺术家在内心唤起情感,再用动作、线条、色彩或语言来传达这种情感。这似乎暗示着情感的表现即创作"主体"情感的表达,即经由各种媒介材料将某种已经存在于"主体"内心之中的情感传达出来,而与"主体"之外的世界不存在什么关系。看上去,此种"表现说"与"再现说"完全南辕北辙,但事实上,这两种理论观念却运用了相同的思维方式和思维逻辑,即都是在作家和世界二元对立的视阈下来界定文学:表现论强调文学的本质是情感的表现,将文学的本体设定为所谓主体的作家;而再现论强调文学是对现实世界的摹仿,将文学的本体设定为所谓客体的世界。两者在同一二元对立的思维框架下展开对文学本质的探讨,看上去截然对立,但事实上却并无根本不同,最后甚至可以殊途同归。正如冈布里奇(Ernst Hans Josef Gombrich,1909—2001)在《艺术与幻觉》(*Art and Illusion*,1960)一书中所言,世界上永远"不存在未加阐释的现实"③,在"本质"被注入"摹仿"并成为其灵魂之后,再现论所谓客体世界乃文学本体、本源的立场早已陈仓暗渡,神不知鬼不觉地归于了作为创作主体的作家,因为"本质"作为观念只能由作家主体赋予世界客体,世界客体本身是无所谓什么"本质"可言的。就此而言,所谓"按本来样子的"再现与所谓再现"客观世界的"本质,便永远只能是理性主义自欺欺人的神话。而"表现说"固然强调"一切好诗都是强烈情感的自然流露"④,但同时却也声称:"诗是思维领域中形象化的语言,它和自然的区别,就在于所有组成部分都被统一于某一思想或观念之中"⑤,"艺术的一切庄严活动,都在隐约之中摹仿宇宙的无限活动"⑥。由此可见,所谓"表

---

① 波瓦洛:《诗的艺术》,任典译,北京:人民文学出版社,1959年,第37—38页。
② Charles Taylor, *Sources of the Self*: *The Making of the Modern Identity*, Cambridge, Mass.: Harvard University Press, 1989, p.456.
③ 冈布里奇:《艺术与幻觉》,转引自彼得·福克纳:《现代主义》,付礼军译,北京:昆仑出版社,1989年,第56页。
④ 华兹华斯:《〈抒情歌谣集〉序言》,转引自马新国主编:《西方文论史》(修订版),北京:高等教育出版社,2002年,第211页。
⑤ 柯勒律治:《文学生涯》,转引自上书,第212页。
⑥ 弗利德里希·施莱格尔:《断片》,转引自上书,第205页。

现说"中的"情感"在很大程度上也是一种观念化的情感。这样,表面上势不两立的两种对文学本质的界定便不但在作家主体那儿迎头相撞,而且更在作家主体的"本质观念"中再次握手言欢。由此,人们应该意识到:不管是诉诸再现还是经由表现,两种文学理念所达成的艺术创作的开端和终点事实上却是完全同形同性之物;不管再现还是表现,均由作家主体之某种本质观念所统摄、主导。或许,正是基于这样的文学史事实,老黑格尔才做出了"艺术乃理念的感性显现"这样的理论概括。

"表现","Ex-press",即"Press out",其基本语义为"压出",这意味着它天然地含有两个构成要素:外在的阻力和内在的冲动;没有被"压"的东西和"压力的"存在,所谓的表现就不可能存在。这提示我们:与所谓专事对外部世界进行"再现"对立的艺术活动中的"表现",从一开始便不是仅与"主体"情感相关;在真正的创作过程中,并不存在一种等待着文字或其他符号"表现"的、晶莹透明的、具有明确意义的情感,而只有一种意义混沌的、创作主体并不清楚的生命—情感冲动。这种冲动,本能的趋向在外化中得到"显现";而正是这种"显现",才使得生命—情感冲动"表现为"某种明确的情感,即艺术是在"显现"这一"表现性"动作或行为中达成的。这正如杜威在《艺术即经验》一书中所说:"艺术家不是用理性与符号来描绘情感,而是'由行动而生出'情感。"①这也就是说:第一,艺术乃是某种"生命—情感冲动"的具有"表现性"的"显现",而非某种既定"情感"的"表现";后者作为某种特定情感的"表达"或"传达",只是一种"发泄""喷发""流溢"所构成的简单"释放"行为而不能成其为"艺术"。一番嚎啕会带来安慰,一通破坏也许会使内心的恼火释放出来,一阵直抒胸臆的咆哮或许会使人感到舒服一些,但它们都不是艺术。"显现"则是某种混沌的"生命—情感冲动"在"表现性"的动作中被赋予形式而得以澄清。"通过表现,显现得以达成;但这并不是说对象表现事物。……对象建立了某种框架、空间或场域——人们可以在这些框架、空间或场域中见出显现。"②第二,真正的"艺术显现"作为一个具有"表现性"的"外化"过程,总要借助"外部的材料"来"直呈"作为"内在材料"的主体之"生命—情感冲动",即主体的"生命—情感冲动"只有在它"间接地被使用在寻找材料之上,并被

---

① 杜威:《艺术即经验》,高建平译,北京:商务印书馆,2005年,第72页。
② Charles Taylor, *Sources of the Self: The Making of the Modern Identity*, Cambridge, Mass.: Harvard University Press, 1989, p. 477.

赋予秩序,而不是被直接消耗时,才会被充实并向前推进"①,形成"意义性"的"情感",并由此成其为"艺术"。这就是说,如果所有的意义都能被"叙述性"的语词充分地阐说,则艺术就不会存在。有些价值或意义,尤其是那些新的、未经阐说过的价值与意义,只能由直接可见或可听的方式在"直呈"中来"显现";"在很大程度上,显现与对明晰和特征的强调相冲突"②。这注定艺术在本质上只能是一种描述性的"显现",而不是简单的"叙述"式的"再现"或简单的"释放"性的"表现"。第三,在"显现"中,内在的"生命—情感冲动"与"外在的材料"是血肉相连不可拆分的。在情感"表达"或"传达"意义上的"表现"中,外在材料或客观情况乃是构成某种情感爆发的直接刺激或原因——例如,一个人在看到分别很久的亲人时,高兴得大叫或流下激动的热泪,这种"表现"显然不能被称为艺术。而在艺术的"显现"中,外在材料或客观情况则成了情感的内容和质料,而绝不仅仅只是唤起它的诱因。在这个过程中,某种"生命—情感冲动"像磁铁一样将适合的外在材料吸向自身(所谓适合是指它对于已经受感动的心灵状态具有一种契合共鸣),而且是它自身而非主体的观念意识承担着对材料进行选择和组织的功能。结果,特定的"生命—情感冲动"与外在材料或客观情况完全融合为一体:"它们共同起作用,最终生出某种东西,而几乎不顾及有意识的个性,更与深思熟虑的意愿无关。当耐性所起的作用达到一定程度之时,人就被一个合适的缪斯所掌握,说话与唱歌都像是按照某个神的意旨行事。"③

"再现总是达到一定目的的手段。"④它或者为了传达某种观念,此时的再现事实上乃是观念的形象阐释;或者为了唤起某些情感或释放情感,此时的再现在本质上接近于情感的表现。两种情形,不管哪一种,均由一个站在世界之外的、对自我的情感或观念高度自信的独立主体来达成。"我要按事物本来的样子呈现事物。我自己并不在其中。"⑤因此,所谓再现与表现的对峙,只不过只是前者偏重主体观念的传达、后者偏重主体情

---

① 杜威:《艺术即经验》,高建平译,北京:商务印书馆,2005年,第75页。
② Charles Taylor, *Sources of the Self: The Making of the Modern Identity*, Cambridge, Mass.: Harvard University Press, 1989, p.467.
③ 杜威:《艺术即经验》,高建平译,北京:商务印书馆,2005年,第78页。
④ 罗宾·乔治·科林伍德:《艺术原理》,王至元、陈华中译,北京:中国社会科学出版社,1985年,第58页。
⑤ 保尔·瓦雷里:《象征主义的存在》,胡经之、张首映主编:《西方二十世纪文论选》(第一卷),北京:中国社会科学出版社,1989年,第77页。

感的表现而已,两者均建构于传统理性主义那种主体与客体、现象与本质之二元对立的思维框架之中。基于此,西方现代文学的奠基人波德莱尔才既反对浪漫主义那种自说自话式的情感的"表现",酣畅淋漓的情感表现只不过是无所顾忌的逃逸与拒绝担当的放纵;又反对写实派那种观念大于真相的"再现","我认为再现任何存在的事物都是没有好处的、讨人厌的"①。事实上,主体的观念总是包含着个人情感色彩的观念,而主体的情感也总是承载着某种个人意向的观念性情感,即从主体之投放物来考察,再现与表现间的区别也绝对不像那些习惯于二元对立思维模式的人所说的一样真的是泾渭有别——这就如同灵与肉在那种绝对理性主义的思维中被判定为是一种二元对立的状态,但事实上根本不是那么回事一样。抛开那些不管是来自于激情洋溢的表现还是出之于观念刻板的再现的平庸之作,一部文学史所表明的基本事实只是——任何伟大作家的作品总是再现与表现的统一,而所谓"再现"与"表现"的对立永远都是一些不谙艺术创作个中真味的理性主义理论家自以为是的逻辑裁定而已。

就"显现"同时也汲取了"再现"与"表现"各自包含着的合理成分而言,我们可以将其看成是"再现"与"表现"的融合。在"再现说"与"表现论"两者同时被颠覆之后,这种融合夷平了原先曾存在于"再现说"与"表现论"之间的森严壁垒。"只有通过逐步将'内在的'与'外在的'组织成相互间的有机联系,才能产生某种不是学术文稿或对某种熟知之物的说明的东西。"②另外,因为摒弃了二元对立的思维模式,这种融合在本质上乃是一种新质的诞生,而非旧质的简单叠加。但应该再次强调,这种"融合"并不是"统一",尤其绝非那种一厢情愿式、"拉郎配"式、"捏合"或"勾兑"式的统一;并不存在着真正的"再现"与"表现"在"显现"中的统一,因为在达成所谓的"统一"之前,两者均被粉碎,不再作为整体存在了。

第五节 "显现":西方现代文学本体论的重构

意象主义的代表人物休姆(Thornas Ernest Hulme,1883—1917)曾将思维观念与思维方式从绝对到相对、从二元对立到价值多元论的转变

---

① 波德莱尔:《一八五九年沙龙》,伍蠡甫等编:《西方文论选》(下),上海:上海译文出版社,1988年,第221页。
② 杜威:《艺术即经验》,高建平译,北京:商务印书馆,2005年,第81页。

看成是现代艺术的标记。如果此言不谬,则已经基本从二元对立的思维状态中摆脱出来的自然主义和象征主义,便都理应被视为属于现代艺术的范畴。

按照黑格尔在《美学》中的表述,作为"感性显现"的一种重要方式,象征就是外界存在的某些形式直接呈现给感官。"象征一般是直接呈现于感性观照的一种现成的外在事物,对这种外在事物并不直接就它本身来看,而是就它所暗示的一种较广泛较普遍的意义来看。"①即"象征是物和观念、在场和不在场的混合物"②。象征主义奠基人波德莱尔认为,文学家首先应当去做参透"自然"这部"象形文字字典"的功课,洞察隐藏在万事万物背后的"感应"关系,从而"创造一个新世界,产生出对于新鲜事物的感觉"③。与自然主义者一样,象征主义者也注意到了传统的西方文学在传统的理性主义二元对立思维模式影响下所形成的弊端,转而强调主体与客体联通融合的思想立场。两者一致认为只有从这种联通融合的视野出发,才有可能"打捞"被绝对理性观念所阻断了的生命经验,澄明被绝对理性观念所遮蔽了的世界真相或存在本质,拯救被绝对理性观念所窒息了的生命意义,但两者激活这种联通融合的方式又明显有所不同:自然主义作家基本诉诸感觉,而象征主义诗人则更强调通过直觉。两者这种不同的策略选择,在很大程度上也许与各自的活动领域相关:自然主义作家主要在叙事文学领域耕耘,而象征主义作家则主要活跃在抒情文学领域。就此而言,自然主义与象征主义的分野,便首先是"叙事"与"抒情"两种文体的差异,其次才是由"抒情"与"叙事"两者的比较所决定的:自然主义更"客观",更强调诉诸内在情感与外部世界遭遇时所共同产生出来的"印象";而象征主义则更"主观",更强调诉诸内在情感与外部世界遭遇时所共同产生出来的"意象"。印象属于更外显、粗朴的"感觉"层面,似乎更是外部事物对内在心灵的"加印";而"意象"则属更内隐、细致的"直觉"层面,更源自于主体情感意向对外部世界的投射。正因为如此,历史才在"19世纪90年代把象征主义和自然主义、唯美主义和社会道德、颓废绝

---

① 黑格尔:《美学》(第二卷),朱光潜译,北京:商务印书馆,1979年,第10页。
② 克莱夫·斯科特:《象征主义、颓废派和印象主义》,马·布雷德伯里、詹·麦克法兰编:《现代主义》,胡家峦等译,上海:上海外语教育出版社,1992年,第184页。
③ 波德莱尔:《一八五九年的沙龙》,《波德莱尔美学论文选》,郭宏安译,北京:人民文学出版社,1987年,第405页。

望和尼采或易卜生式的希望融为一炉"①。毫无疑问,对绝对理性观念一致的否定态度,对二元对立思维方式的一致摒弃,使自然主义和象征主义同时站在了非理性主义文化思潮的前沿,而这也正是两者表面对立、内里相通,并最终在两个世纪之交汇合成为现代主义的基础。

主体与客体、人类与自然、普遍与个别、必然与偶然、本质与现象……传统理性主义世界观总是习惯于将纠缠于无尽矛盾之中的世界与存在概括为种种玲珑剔透的二元对立项,然后再基于历史主义的逻辑判定前项对后项享有无可争议的历史优先地位,而本质主义的文化冲动则总是不失时机地将处于优先地位者不断地加以绝对论式的观念抽象。受制于这种理性主义文化框架,传统西方文学在将世界与存在进行形式化的文本叙事时,习惯于将在理性主义文化建构中处于优先地位的观念化的本质、必然、普遍、主体等置于核心地位。从柏拉图的"理式"到基督教的"上帝",从布瓦罗的"理性"到黑格尔的"绝对理念",传统西方诗学对文学本质的界说均莫不如是。在基于这种诗学理念而创作出来的文学文本中,由于缺乏真切的个人体验来引导所呈现的材料的选择和结合,人们"会很快就从故事中感到,小说中男女主人公的命运会很悲惨。这种悲惨不是由于小说中的情况和人物性格,而是由于作者的意图,他要使人物成为一个木偶,从而展现他所珍爱的思想"②。大致来说,在传统的西方文学创作中,由于作家总是站在一个"类主体"的宏大立场上思维,所以,在抽象的理性观念与鲜活的生命体验之间,他们的叙事总是习惯性地贴近前者潜行。一旦细致的感性生命体验被忽略,所谓"对现实的真实再现"也就只能宿命般地沦为观念统摄下的"对观念的抽象演绎"。

传统西方文学之"观念统摄"的病症来自传统西方文化中理性主义者主、客体二元对立的思维逻辑。基于这种逻辑,被判定为"主体"的思维自我,总是本能地冲动着要用自己的主体观念去解释被判定为"客体"的世界,从而在这种解释中求得被判定为"对立"的两者的统一,尔后方可心安。但由此所达成的统一,只不过是一种一己观念的独断,一种将本来复杂的世界简单化的虚妄,一种将多元、相对的观念绝对一体化的梦呓。独断、虚妄的梦呓严重地遮蔽了世界的真相,阻断了思想活力的绽放。现代作家受时代文化思潮的影响放弃了二元对立的理性主义的思维模式,这

---

① 马尔科姆·布雷德伯里:《伦敦(1890—1920)》,马·布雷德伯里、詹·麦克法兰编:《现代主义》,胡家峦等译,上海:上海外语教育出版社,1992年,第162页。
② 杜威:《艺术即经验》,高建平译,北京:商务印书馆,2005年,第73页。

不仅意味着他们不再用"对立"的思维逻辑去面对世界和自我,从而接受了世界与自我在不无矛盾与悖论的融合状态中的并存,由此彻底解除了既往总欲用主体观念统一世界的病态冲动;而且也意味着他们用"多元论"的相对主义置换了"二元论"的绝对主义——事实上,这种"二元论"从其诞生的第一天起内里便潜藏着一种奔向"一元论"的强大冲动:经由"绝对化"抽象从而断定出某种"统一"一切的终极"本质"。也正因为如此,二元对立的思维模式才永远会本能地奔向本质主义的绝对独断论。

在"上帝死了"之后,现代西方哲学普遍认为,意识只是主体从未完全知晓或控制的、社会的和无意识的过程中所产生的效果;意识所达成的理解、理解体系化所构成的理论则主要是理性自动推演的结果。任何绝对化的理论所施加给世界的一般性解释模式,从某种程度上讲,都是理论自身的虚构,并不具有本质意义——更遑论终极的本质意义。而且,观念体系或体系化了的观念固然乃是对世界的某一细小侧面的澄明,但在更多的时候却更是对世界浩森真相的一种遮蔽。因此,被观念统摄的叙事便不再是对世界充满活力与好奇的探究与澄明,而更是对真相不无懒惰与消极的阻断与遮蔽——遮蔽的遮蔽。就此而言,从某种既定观念出发并由这种观念所统摄的文学叙事之对世界本质的所谓"再现",从根本上来说只不过是对"观念造就现实"这一过程的拙劣演示。"再现"即"再造",而且是"再造"的"再造"。

> 一般性地说一件艺术品是不是再现的,是没有什么意义的。再现这个词具有许多意义。对再现性质的肯定也许会在一个意义上讲是假的,而在另一个意义上讲,则是真的。如果严格字面意义上的再造被说成是"再现的",那么,艺术作品则不具有这种性质。这种观点忽略了作品由于场景与事件通过了个人的媒介而具有独特性。马蒂斯说,照相机对于画家来说是很大的恩赐,因为它使画家免除了任何在外观上复制对象的必要性。[①]

自然主义以降,随着风起云涌的非理性主义文化思潮对传统理性思维模式的消解,现代西方文学理论的革命性进展就在于消融了传统理性主义理论家演绎出来的"再现"与"表现"的对立。这种进展,不仅表现为

---

① 杜威:《艺术即经验》,高建平译,北京:商务印书馆,2005年,第89页。

"再现"与"表现"在新的思维模式下走向综合,而且尤其表现为理论家们普遍意识到了:原先在理论构想中承担着或"再现"外部客观世界或"表现"内在主观情感艺术使命的作家主体,其所谓"主体"的地位纯粹只是一种乌托邦式的理论想象而已。真实的情形永远是,与常人一样,作家"主体"与世界"客体"的关系类如鱼在大海之中,甚至是水滴在大海之中。正是现象学所开启的这种思维模式的转变,带来了"再现论"与"表现论"的融合。作家还存在,"主体"消解了;这意味着不管是"再现"还是"表现",理论上都失去了"使动者"。文学,只能是在世界中的人对其在与世界交合境遇中直呈体验的"显现"。这种"显现"既是人的自我显现,又是世界在人之显现中的显现——两者在语言中迎面相遇;既是个人的显现,也是人类在个人之显现中的显现——个体与个体在与共同的世界融合中联通。独立的"主体"消解了,原先由"主体"所决定并承担的"再现"或"表现"便只能成为一切均在语词中自呈的"显现"。随着浪漫派自我中心的退场,"显现的重心开始从自我转向被体验的生活的碎片……转向各种各样新奇的语言乃至是'结构'实验。一个'去中心化'的主体间性的时代开始了"①。

"显现"文学本体论,不仅认定文本既是想象的产物又是现实生活材料的产物,而且基于"不确定"之怀疑主义的思想立场强调:"主观"心理现实和"客观"物理世界在想象中固然相互关联融合,但它们却绝非是统一的。正是后者,从根本上将"显现"与"再现""表现"区别开来:因为它们虽方式不同,但却都是用冶炼得金光闪闪的想象将主观心理现实与物理客观世界统一了起来。在"显现"的文本中,作家拒绝以二元对立的思维模式来理解自我与世界的关系,主体自我也就失去了用自身来吞并客体世界的内在冲动,文本由此获得了含有悖论、对立和矛盾的巨大包容性。"显现"文学本体论揭示出了一种文学文本与世界的新型关系:"它既不是对世界原封不动的模仿,也不是乌托邦的幻想。它既不想解释世界,也不想改变世界。它暗示世界的缺陷并呼吁超越这个世界。"②

在现代主义的经典文本《尤利西斯》中,两个男主人公某种程度上分别代表着"摹仿/再现"的模式和"表现"的模式,但又并不完全如此;真实的情况也许是乔伊斯对两种模式均给予了拆解,尔后又在部分继承的基

---

① Charles Taylor, *Sources of the Self: The Making of the Modern Identity*, Cambridge, Mass.: Harvard University Press, 1989, p.465.
② 罗杰·加洛蒂:《卡夫卡》,罗杰·加洛蒂:《论无边的现实主义》,吴岳添译,天津:百花文艺出版社,1998年,第109页。

础上力图达成一种融合——尽管是一种容纳了悖谬充满着张力的融合。《尤利西斯》的文本叙事显然主要指向布卢姆,这在一定程度上表明了"写实"乃是这部叙事作品的基础。在对布卢姆夫妇诸多生活细节的叙述中,人们不时会产生某种印象——"写实"体现了传统叙事所孜孜以求的那种经验现实的"摹仿/再现";但叙事中流溢着的对传统叙事常规的不断挑衅与嘲弄,很快又会使人们对自己刚才的判断产生怀疑——经验现实的"摹仿/再现"不断被大量对人物"意识流"的描写、表现主义式的梦幻夸张、怪诞的滑稽戏拟所阻断并陷入瘫痪。在与布卢姆构成对照的斯蒂芬身上,人们可以清晰地见出与"摹仿/再现"模式相对立的浪漫主义"表现"模式的叙事格调——自我与平庸现实的不协调展现出人物高耸的"主体性";但人们同时也很容易读出他身上不断流露出来的那种并不完全等同于浪漫主义主人公的虚无感与挫败感——这种建立在"上帝死了"这一文化标志下的"虚无感"与"挫败感"旋即便摧毁了斯蒂芬那矫饰、虚假的"高耸主体",在丧失了确定的信念/观念作为精神的支柱之后,他事实上根本就不具备与现实相向对抗的意志力。因此,彼得·福克纳如下精辟的见解便不禁使人有醍醐灌顶之感:

> 《尤利西斯》曾被视为自然主义的顶峰,比左拉更善于纪实,也被视为最广博精致的象征主义诗作。这两种解读中的每一种都站得住脚,但只有和另一种解读联系起来才言之成理,因为这部小说是两种解读交互作用和相互流通的场所。恰恰是这些本质上互不相容的解读之间的关系,构成了阅读《尤利西斯》的独特经验。这种关系通过斯蒂芬和布卢姆相遇的过程戏剧式地体现在叙述之中,主题式地体现在尤利西斯式的三位一体中的第三个人身上,情欲造就的莫利·布卢姆。通过结合这两种对立的模式(它们在历史上已经互相分离),《尤利西斯》在结构和题材上对其中任何一个模式都根据另一个模式加以批判,以致于两者的局限性和必要性都得到了肯定。①

结构主义者罗兰·巴特(Roland Barthes,1915—1980)在《S/Z》中曾将巴尔扎克的一个中篇小说拆成500多个词句单元分析,揭示了所谓"现实主义"的小说也并非"一个透明的、纯洁的窗口,透过它来观察文本之外

---

① 彼得·福克纳:《现代主义》,付礼军译,北京:昆仑出版社,1989年,第86—87页。

的现实。相反……它充满隐蔽的造型手法,是一个哈哈镜长廊,还犹如一扇厚厚的彩色玻璃窗,这窗户把自己的色彩、形状毋庸置疑地强加于通过它可以瞥见的事物身上"①。这再次印证了本文开篇时提到的左拉的论断——"这些屏幕全都给我们传递虚假的影像","在一部艺术作品中,准确的真实是不可能达到的。……存在的东西都有扭曲"。由是,"小说表明自己从根本上和表面上都是一个语言问题,涉及的是词语、词语、词语"②。也正是从这个时候开始,一直处于附庸地位、承担着"愉悦"与"安慰"差事的文学叙事,明确地具有了前所未见的文化创建的功能和照亮世界的功能——

> 艺术创造出一个并不存在的世界,一个"显现"、幻象、现象的世界。然而,正是在这种把现实变为幻象的转化中,也只有在这个转化中,表现出艺术倾覆性之真理。
> 在这个天地中,任何语词、任何色彩、任何声音都是"新颖的"和新奇的,它们打破了把人和自然围蔽于中的习以为常的感知和理解的框架,打破了习以为常的感性确定性和理性框架。由于构成审美形式的语词、声音、形状以及色彩,与它们的日常用法和功用相分离,因而,它们就可以逍遥于一个崭新的生存维度。③

---

① 特伦斯·霍克斯:《结构主义和符号学》,瞿铁鹏译,上海:上海译文出版社,1987年,第122页。
② 彼得·福克纳:《现代主义》,付礼军译,北京:昆仑出版社,1989年,第87页。
③ 赫伯特·马尔库塞:《审美之维》,李小兵译,北京:生活·读书·新知三联书店,1989年,第170页。

第十四章
从"愉悦"到"震惊"

在西方文学传统的审美机制中,"教化"是通过输出"愉悦"的文本策略达成的;不再将"教化"设定为创作的目的,无需迎合读者的趣味,面对着现代社会人文精神失落所造成的大众读者的精神麻木,现代作家义无反顾地诉诸"震惊"的文本效应。现代艺术文本所特有的"震惊"效应,直接发端于自然主义文学文本常有的那种冷峻、粗犷与狞厉。"震惊"召唤"审丑","审丑"使西方现代文学与"纯粹的美"发生断裂,文学不再是对现实的"反映",而是"反应";不再是情感的"抒发",而是"理解"。"震惊"不再直接提供观念化的"真理"或"意义",但却导入"体验"并由此开启深沉的"反思"与积极的"理解",由此"启示"成为可能。文学从此不再是"说服""动员""教诲",即不再提供"训话",而是进行"对话"。在文学文本"震惊"之审美效应问题上,现代主义作家普遍接受了自然主义作家的观念。

第一节 "共同经验的破裂":从"愉悦"到"震惊"

在工业革命的早期阶段,伴随着传统教会的式微、宗教和哲学领域内所有共识性正统观念的影响力日趋衰退,富于想象力的作家们为读者提供了绝大部分价值观念。很大程度上"诗人和小说家承担了以前属于教士的角色";由此,"作家成了文化英雄"。[①]

---

① 罗兰·斯特龙伯格:《西方现代思想史》,刘北成、赵国新译,北京:中央编译出版社,2005年,第354页。

在由此上溯的传统文学中,"总的说来,作家与读者之间具有一种稳固的关系,作家能够设想他与读者具备一致的态度和共同的现实感"①。而处于这种关系之中的作品,亨利·詹姆斯形象地将其称为一块爽心甜嘴的"布丁"。1884年,他在《小说的艺术》(*The Art of Fiction*,1884)中称:狄更斯和萨克雷的文学时代"广泛地存在着一种舒适愉快的感觉,感到一部小说就是一部小说,正如一块补丁就是一块补丁那样,我们同它的唯一关系就是把它吞下去"②。

这种"共同的现实感"或"共同经验",决定了传统作家在措置自己的文学叙事时往往或直接或间接或公开或潜在地采用一种公共视角。这就是说,明明是作家个人的叙事,却总是要僭取"我们"的名义;因此我们不妨将此等情形下的"作家主体"称之为"复数主体"或"类主体"。总喜欢将自己置身于"我们"之中的作家,习惯于设想读者的生活经验与他们的充分相同,普遍有对读者直接讲话的习惯。请看萨克雷《名利场》(*Vanity Fair*,1848)一书的结尾:

> 唉,浮名浮利,一切虚空!我们这些人里面谁是真正快活的?谁是称心如意的?就算当时遂了心愿,过后还不是照样不满意?来吧,孩子们,收拾起戏台,藏起木偶人,咱们的戏已经演完了。③

狄更斯《艰难时世》一书的结尾:

> 亲爱的读者!你我的活动范围虽然不同,但是像这一类的事情能否实现就要看我们的努力如何了。最好是让它们实现吧!那样,我们将来坐在炉边,看着我们的火花化为灰烬而又冷却了的时候,我们的心也就可以轻松一些。④

19世纪末叶,工业革命的持续推进与社会结构的不断革新,使得作家与读者的这种由作家越俎代庖人为设定出来的"共同经验"破裂了。美国早期自然主义文学的代表人物弗兰克·诺里斯激烈反对"带着目的去写作"的传统文学,声称小说家应当展示出生活的真实性,其所关注的焦点应该是人本身而非理论观念,而避免宣传说教乃是小说家高于一切的

---

① 彼得·福克纳:《现代主义》,付礼军译,北京:昆仑出版社,1989年,第5页。
② 转引自上书,第13页。
③ 萨克雷:《名利场》,杨必译,北京:人民文学出版社,1957年,第874页。
④ 狄更斯:《艰难时世》,全增嘏、胡文淑译,上海:新文艺出版社,1957年,第361页。

律令……为此,他蔑视没有坚定艺术立场的作家所炮制的那些"令人愉快的小说,具有娱乐性的小说……一本用纸包好的关于刀和剑的轻浮的小说,被带上了去旅行的火车,读完之后连同嚼过的橘子和吃剩的坚果壳一起被扔出了窗外"①。现代主义的代表人物吴尔夫在抨击传统文学审美的这种内在机制时曾称:作家的"装腔作势"与读者的一味"谦卑"构成了他们之间非常"误事"的隔阂,而这种"隔阂"使得本来应该成为作者与读者的亲密平等的结合而产生的健康的作品受到了破坏和阉割;"由此产生那些舒舒服服、表面光滑的小说,那些故意耸人听闻的可笑的传记,那些白开水一样的批评,那些用和谐的声音歌颂玫瑰和绵羊的、充作文学的冒牌货。"②

"共同经验的破裂"直接源自文学活动四维构成中的读者一维发生了急剧而又重大的变化:其一,读者的人数以几何级数迅猛增长。文学阅读,尤其是小说阅读,在报纸连载这种新的小说发布方式的推动下,迅速成为新兴中产阶级的基本文化生活方式。其二,读者人数的大增带来了读者的分裂。而今蜂拥而起的普通大众读者群,与原先贵族精英组成的读者群在审美能力、审美趣味等各个方面均存在着巨大差异,这种差异直接带来读者的分裂。其三,大众读者越来越成为现今"文学产品"的主要"消费者",这一现实悄悄地从总体上改变了文学作品阅读的方式与性质——阅读越来越由"小众"的精神—艺术"鉴赏"蜕变为"大众"的文化—生活"消费"。其四,"因为它(指大众读者——引者注)不实践任何一种写作形式,因为它对于风格和文学体裁没有先入之见,因为它期待从作家的天才得到一切"③,大众读者在审美活动中处于被动无为的痴迷状态,他们的思维与趣味常常被一种麻木、简陋、粗俗的惰性所控制,非但缺乏对原创性艺术文本的敏感,而且往往天然地对其采取一种野蛮的拒斥姿态。

在此等情形之下,作为"知识分子",作家与大众读者的关系状态也就自然而然地发生了变化。此前,两者处于"分立—策动"的协同关系状态:作家是主动的观念生产者和灌输者,大众是被动的观念的需求者和接受者。而今,两者的关系愈来愈演变成为"分裂—平等"的非协同状态:先是

---

① Charles Child Walcutt, *American Literary Naturalism, A Divided Stream*, Minneapolis: University of Minnesota Press, 1956, p. 116.
② 弗吉尼亚·沃尔夫:《班奈特先生与勃朗太太》,崔道怡等编:《"冰山"理论:对话与潜对话》(下册),北京:工人出版社,1987年,第640页。
③ 保罗·萨特:《什么是文学?》,《萨特文学论文集》,施康强等译,合肥:安徽文艺出版社,1998年,第141页。

"上帝死了"所开辟出来的"相对主义"文化语境弥平了上述"主动者"与"被动者"之间的鸿沟,建构起一种模糊、暧昧的"平等"关系;继之大众"麻痹"的"沉默"与"麻醉"的"满足"这一心理语境又解构了两者之间曾经存在的良好"策动"协同关系状态。而一旦往昔这种构成作家创作重要动力的与读者间的"策动"协同或被需求状态消失,曾几何时自命为或被公认为"精神导师"与"文化英雄"的作家便立刻失去了既往时日的神圣和辉煌。就此而言,在新的社会—文化机制中,文学在主流文化坐标系中的地位越来越"边缘化"便成了一份难以规避的历史宿命。

由是,作家的心态或创作姿态也就合乎逻辑地发生了质的巨变:一方面,作家们显然一时尚不能适应自己被"边缘化"的新的历史语境而难免愈发愤世嫉俗;另一方面,与生俱来的自由反叛天性又使他们几乎本能地接受当下"诸神退隐"的文化情景——事实上他们中的很多人本身就是这一文化情景的始作俑者,由是他们虽略微有些心有不甘,但又分明透着一份理性的洞明,开始主动地调整经由叙事所投放出来的艺术家自我与大众读者的关系——由先前揪着别人耳朵训话的"师爷"转变为与读者处于平等地位的"对话者"。"教化"向"对话"的转换,使得西方现代文学文本有了不同于传统文本的文化立场与现实姿态:一方面,文学批判的锋芒似乎收敛了不少——作家们普遍变得含蓄起来,不再直接赤膊上阵以自己的激扬文字或忧心忡忡或义愤填膺地审判现实指点江山;另一方面,文学批判的功能非但没有减弱反而愈发加强——作家们普遍以一种更为激进、更为自觉的姿态站在了既定社会—文化的对立面,对其进行一种更为彻底、决绝的解构与反抗。换言之,基于某种观念而大义凛然、振振有词之"批判现实"的姿态,被不再持有任何普世主义的观念武器、仅凭一己感受体验之"颠覆现实"的立场所置换。

作家与读者之间从作者自居上位对读者的"训话"(在如上所引萨克雷的那段话中,作者甚至将读者称为"孩子们")变成了彼此平等的"对话",这是西方文学在19世纪末叶完成现代转型的重要标志。在传统的文学审美机制中,"教化"是通过输出"愉悦"与"安慰"的文本策略达成的;"教化"被煞费苦心地卷裹在"愉悦"与"安慰"的糖衣包装之中,即所谓"寓教于乐"。现在,"教化"的"良药"功能终止了,那层"愉悦"与"安慰"的糖衣自然也就因意义的失落随之剥落。由此,作家的创作获得了空前的自由——他们无需再苦心孤诣地揣摩并迎合读者的心理趣味或精神口味。而"不迎合"的创作立场一旦确立,面对着现代商品社会人文精神失落所造成的大众读者的精神麻木,那些真正严肃的现代作家便义无反顾地诉诸"震惊"的文本效应,并寄望由此开启读者的"反思",从而在"思"之场域中最终达成心灵的"对话"。

第二节 "冒犯"与"震惊"

对现代作家来说,其与读者间平等关系的达成,是从传统作家始终揣在心头的那种"迎合"读者的创作心态与"教化"大众的创作动机之消解发端的。但不无悖谬的现代艺术情景是,力图达成与读者"平等对话"而不再是"强行训话"的现代作家,由于其颠覆现实的激进文学立场往往对大众读者的日常经验构成严峻的挑战,他们与读者的关系反倒骤然变得紧张起来了。

这种关系的紧张,一方面表现为往昔大众读者对作家信赖有加的感人情景从此不再,另一方面也表现为不再为如何"迎合"读者审美趣味而绞尽脑汁煞费心机的现代作家,常常以一种自由不羁的冷峻姿态,有意识地"冒犯"或挑衅大众的思维习惯与审美趣味。作家不再是以迎合读者的心理趣味为策略,通过或批判或褒扬的方式直接地向读者宣示规范和价值,而是在平等的前提下,主动地间离他与读者之间曾经存在的密切关系,从而最大程度地站在客观中立的立场上将不再有观念性主题紧紧卷裹的事实赤裸着显现给读者;作家非但不再在迎合读者之社会心理趣味(道德的、宗教的、传统审美的等等)这一传统文学创作的"潜在规则"支配下去"愉悦"大众[①],而且主动地"选择骚扰观众,危及他们的最珍视的情感的主题。……现代作家发现他们是在文化已被流行的知觉和感受样式打上烙印的时刻开始他们的工作的;而他们的现代性就体现在对这种流行样式的反抗,对官方程序的不屈服的愤怒之上"[②]。达达主义、未来主义等现代派中之最激进者,纷纷在新世纪伊始公然宣称他们的目标就是向公众挑战——"给公众趣味一记响亮的耳光"。

[①] 左拉、德莱塞等自然主义作家对笔下人物悬置道德评判,乃至表现出质疑传统宗教伦理的非道德立场,这在19世纪末西方文坛堪称是最易触发中产阶级读者道德义愤引来"众怒"的事项。(See Charles Child Walcutt, *American Literary Naturalism, A Divided Stream*, Minneapolis: University of Minnesota Press, 1956, pp. 189-192.)

[②] 彼得·比格尔:《先锋派理论》,高建平译,北京:商务印书馆,2002年,第8页。

作为个案，作家对大众读者这种公然"冒犯"或挑衅的姿态最早可以上溯到19世纪中叶的波德莱尔①。但作为一种普遍的文学症候，其大面积的出现则发端于19世纪末叶自然主义、象征主义②、唯美主义③、颓废派④等先锋文学的"反传统"大合唱。若给该"反传统"大合唱添加一个副

---

① 《恶之花》(1857)像一声惊雷，给法国诗坛带来一阵"颤栗"。"波德莱尔并不仅仅是要让读者感到惊奇(astonishing)，而是要震惊(shocking)读者的道德感。"(See Mario Praz, *The Romantic Agony*, tran., Angus Davidson, Oxford: Oxford University Press, 1951, p. 38.)波德莱尔作品被后来者"最看重的是那些震惊当代人的元素：永远摆在第一位的感觉(primacy of sensation)、对奇异和恐怖事物的嗜好(taste for the bizarre and horrible)、人工性的培植(cultivation of the artificial)、于忧郁中沉溺难以自拔的自我(abandonment of the self to melancholy)和感官享受(sensuality)"。(See Jean Pierrot, *The Decadent Imagination*, 1880—1900, tran., Derek Coltman, Chicago: The University of Chicago Press, 1981, p. 27.)

② "到了19世纪80年代，法国象征主义者已然公开表明其对悲观主义的迷恋和对退化意象的钟爱，以此显示他们反抗布尔乔亚习俗/观念的立场。"(See Marja Härmänmaa and Christopher Nissen, eds., *Decadence, Degeneration and the End*, New York: Palgrave Macmillan, 2014, p. 3.)无论是主张"恶中掘美"的波德莱尔，还是高标晦涩"纯诗"的马拉美，无论是用《十二个》"吹来革命旋风"的勃洛克，还是那在心头卷起漫天荒原黄沙的艾略特，象征派诗人着力书写的往往是能引起人们厌恶和恐怖的东西，如昏黄的都市、阴暗的街道、衣衫褴褛的乞丐、暧昧招摇的娼妓乃至腐烂的尸体、可怕的骷髅等，这些东西无不让人震惊莫名。"象征主义不仅全面反叛主流社会(社会主义者和博物学家已经进行过这类反抗)，而且全面反叛上一代知识分子和艺术家(那一代知识分子和艺术家希望通过批评社会来改变这个社会)。它反叛一切可以想象得到的社会，这表现在，易卜生在《野鸭》中从攻击幻想转向攻击对幻想的需要。"(罗兰·斯特龙伯格：《西方现代思想史》，刘北成、赵国新译，北京：中央编译出版社，2005年，第365页。)

③ 唯美主义者大都"蔑视中产阶级和大众读者群，憎恶迎合流行趣味的传统观念与做法——王尔德在《社会主义下人的灵魂》一文中坚称，那些像'商人'兜售商品一样招徕读者的作家，绝不是艺术家。"(See Kirsten MacLeod, *Fictions of British Decadence*, London: Palgrave Macmillan, 2006, p. 10.)"为了达成其同胞艺术鉴赏力的提高，王尔德热情地致力于经由震惊和刺激来转变他们的趣味。甚至是《道林·格雷的画像》对精神变态的那种细致的描摹与揭示，其旨趣亦在于通过震惊来达成趣味的转变。"(Robert L. Peters, "Toward an 'Un-Definition' of Decadent as Applied to British Literature of the Nineteenth Century", in *The Journal of Aesthetics and Art Criticism*, Vol. 18, No. 2, Dec., 1959, p. 261.)

④ 在震惊—冒犯大众读者方面，颓废派在世纪末诸思潮中走得最远。"颓废派作家常常以迷惑布尔乔亚公众为乐趣，他们的'颓废'有时不过是一种文学姿态而已。"(See Koenraad W. Swart, *The Sense of Decadence in Nineteenth-Century France*, The Hague: Martinus Nijhoff, 1964, p. 165.)为了抵抗中产阶级消费文化，颓废派作家通常诉诸两种人格面具：波西米亚人和花花公子。"尽管这两种身份在阶级层面上极其不同(波西米亚人被描绘为贫穷的、住在阁楼上的，而花花公子，尽管不是贵族的典型，但却采取了一种贵族式的傲慢)，但是这两种人格面具的目标都是为了震惊资产阶级。"(See Kirsten MacLeod, *Fictions of British Decadence*, London: Palgrave Macmillan, 2006, p. 12.)"颓废派最为人诟病的一点是，他们培养了对于一切通常被视为反自然的或退化的事物——性变态、神经疾病、犯罪和疾病的迷恋，所有这些都展现在意图颠覆或者在某种程度上去震惊传统道德的高度审美化的背景中。"(See Ellis Hanson, *Decadence and Catholicism*, Cambridge: Harvard University Press, 1997, p. 3.)

标题,那定然是——"我憎恶群氓"①。"即使那些艺术立场完全南辕北辙的作家,他们恐惧与愤怒的对象也都出奇一致——中产阶级。"②

自然主义作家对待读者的态度,明显开始从那种甜腻腻的"协同一致"陡然转变为一种前所未有的敌对"冒犯"姿态。自然主义者普遍认为,"小说不是一件普通的取悦人们的玩意,而是一种勘探并发现真相的工具"③。向大众读者的整个价值体系发起挑战而非追求一种"和谐一致",为此甚至不惜对读者观念体系与思维方式展开大肆攻击,乃是自然主义作家在作家—作品—读者关系维度上所呈现出来的一种基本的文学姿态。龚古尔兄弟公然声称:"写书的目的就是要使读者不习惯看,而且看了要生气。"④《戴蕾斯·拉甘》一书出版后,批评界一片粗暴、愤慨的喧嚣,那些"道德感"极强的大众读者更是视之如洪水猛兽。对此,左拉在为该书再版写下的那篇著名序言中不无得意地慨然承认:"看着他们那副深恶痛绝的样子,我内心还是感到满意的。"⑤在自然主义作家给自己作品写下的序、跋以及书信或其他驳辩性文字中,这种充满嘲讽——乃至比这更甚的蔑视与辱骂——的句子,可谓比比皆是。莫泊桑在谈到作为自然主义文学领袖的左拉时曾深有感触地说:"在文坛没有人比爱弥尔·左拉挑起过更多的仇恨。"⑥毋庸置疑,在写下那些挑衅性文字的时候,左拉们并非不清楚自己的做法会引起轩然大波;然而,他们还是义无反顾地将那些裹挟着蔑视与辱骂的文字掷向了自己的读者大众。

自然主义作家似乎习惯于对大众读者进行肆无忌惮的公然冒犯与挑衅,这在当时文坛的确是令人瞠目结舌、震惊不已的新奇景观。在作家依靠王侯贵族资助为生的数百年间,这种挑衅是无法想象的;而在他们当时作为职业作家要依靠稿费生存的市场经济时代,想来也就更加令人惊讶

---

① 罗兰·斯特龙伯格:《西方现代思想史》,刘北成、赵国新译,北京:中央编译出版社,2005年,第367页。

② Cesar Grana, *Bohemian versus Bourgeois*, New York, London: Basic Books Inc., Publishers, 1964, p.161.

③ Haskell M. Block, *Naturalistic Triptych: The Fictive and the Real in Zola, Mann and Dreiser*, New York: Random House, 1970, p.11.

④ 龚古尔兄弟:《〈翟米尼·拉赛特〉初版前言》,朱雯等编选:《文学中的自然主义》,上海:上海文艺出版社,1992年,第293页。

⑤ 左拉:《〈戴蕾斯·拉甘〉第二版序》,老高放译,柳鸣九编选:《法国自然主义作品选》,天津:天津人民出版社,1987年,第727页。

⑥ 莫泊桑:《爱弥尔·左拉》,朱雯等编选:《文学中的自然主义》,上海:上海文艺出版社,1992年,第370页。

莫名——产品的"生产者"怎可如此放肆地冒犯自己的"客户"?

但文化—文学生态的演变使得严肃的现代作家不得不认真地审视工业革命巨量生产出来的这些中产阶级读者:

> 他们爱看那些好像把读者带进了上流社会的书……爱看黄色书籍,少女回忆录,向女雅士献殷勤的才子写的忏悔录,及其他淫秽的书。……读者还爱看无害而又令人欣慰的书,爱看结局好的惊险小说以及幻想小说,但要以不影响他们的消化能力和宁静生活为前提。①

> 真实的形式使人不自在,人们不能接受不说谎的艺术。②

> 这些假装害羞和智力有限的观众只想看到傀儡,他们拒绝生活的严酷真实。我们的民众需要美的谎言、老一套的感情、陈词滥调式的境遇。③

> 他们发誓说,要是有朝一日戏剧不再是一种逗人发笑的谎言——用来在晚上安抚白天的现实所留给他们的烦闷忧伤,那它就不再有存在的理由了。④

> 那些假正经的抗议和愚蠢的狂吠都绝望地喊道:"我们需要能安慰自己的纯洁作品;生活已经够悲伤的了,为何还要向我们揭示它的真相呢?学学狄更斯吧,写一些经过观察的、腼腆的小说和可供我们消遣的,在最后几页美德终于战胜腐恶的小说。"⑤

> 读者习惯于既存事实,只在消闲时关心文学,不去了解艺术的奥

---

① 龚古尔兄弟:《〈翟米尼·拉赛特〉初版前言》,朱雯等编选:《文学中的自然主义》,上海:上海文艺出版社,1992年,第293页。
② 左拉:《给伊弗·居约的信》,同上书,第290页。
③ 左拉:《致路易·乌尔巴克》,左拉:《左拉文学书简》,吴岳添译,合肥:安徽文艺出版社,1995年,第80页。
④ Emile Zola, "The Experimental Novel", in *Documents of Modern Literary Realism*, ed., George J. Becker, Princeton, New Jersey: Princeton University Press, 1963, p.221.
⑤ 于依思芒斯:《试论自然主义的定义》,朱雯等编选:《文学中的自然主义》,上海:上海文艺出版社,1992年,第326页。

妙，对于不能立刻引起兴趣的东西十分冷漠，不喜欢自己已经确定的欣赏规则受到干扰，凡是迫使他在日常事务以外转换脑力活动的东西，他都感到恐惧。①

当他们从这种对中产阶级读者文学趣味的省察转向此等现状成因的探求时，对传统作家创作心态—姿态的批判也就变得不可避免：

> 理想主义的策略扮演着把鲜花掷向他的垂死病人的医生这种作用。我更喜欢的是展示这种垂死状态，即人们在如何生活和怎样死去。②

> 艺术不能被压缩在光颂扬那些羞怯得低着眼睛或咬着自己指头的好青年和可爱小姐们举行的婚礼上；艺术也不能只局限于重复狄更斯所倡导的如下作用：晚上能引起团聚在一起的全家人的感动；能使长期卧病者觉得快乐。③

> 他们所看见、观察和表现的，只是他们认为特别地可以吸引他们所面对的公众的兴趣的一切。④

与法国的情形相似，许多既彼此呼应又相互冲突的有关艺术和文化的观念的大量涌现，同样也是英国19世纪末叶的文坛特征。这些观念——不管是自然主义的还是象征主义或者唯美主义的——均将攻击的矛头指向了19世纪中叶文坛普遍流行的那种作家与读者的媾和一致或作者向大众趣味的献媚。托马斯·哈代以其颇具自然主义色彩的小说创作激起读者的广泛震惊与愤慨，其与大众读者的冲突居然最终导致他最终放弃小说写作，逃到诗歌的领地。作为这一时期英国文坛最重要的作家，他的这一遭遇醒目地显现着叙事文学领域风气的巨变。1895年，英国自然主义文学的代表人物乔治·摩尔发表了其讽刺性的小册子《文学即保姆或传播道德》，大肆攻击维多利亚时期占主导地位的文学伦理化的

---

① 莫泊桑：《爱弥尔·左拉》，朱雯等编选：《文学中的自然主义》，上海：上海文艺出版社，1992年，第365页。
② 左拉：《致伊夫·居约》，左拉：《左拉文学书简》，吴岳添译，合肥：安徽文艺出版社，1995年，第228页。
③ 于依思芒斯：《试论自然主义的定义》，朱雯等编选：《文学中的自然主义》，上海：上海文艺出版社，1992年，第326页。
④ 布吕纳介语，转引自拉法格：《左拉的〈金钱〉》，同上书，第345页。

倾向,宣告了安逸的维多利亚式的作者—读者"意见一致"状态的终结。就连在艺术风格上颇为保守的萧伯纳(George Bernard Shaw,1856—1950),也给自己在 1898 年发表的三个剧本加上了《不愉快的戏剧》(*Plays Unpleasant*,1898)的标题,以表明其对读者感情的直接攻击。在"前言"中,他明确表示:"无论如何,我必须警告我的读者,我的攻击是针对他们的,而非针对我的舞台人物。"①

新的文学生态决定了严肃文学似乎必须诉诸激进的形式,以某种声势上的"震惊"首先从接受意识上激活读者大众。而"冒犯"无疑是一种最快捷、最方便、最经济的"震惊"—激活读者大众接受意识的方式。但此种"冒犯"所激起的大众读者的敌对情绪不会让他们彻底拒绝接受新文学吗?事实是,审美判断力的匮乏决定了大众读者审美活动中的惰性,这种惰性只对来自外部的"震惊"与"刺激"才会发出基本的反应。而"反应"机制一旦被激活,缠绕于审美活动中的"好奇"心理便会将之直接导向"刺激源",尔后经过一段时间的适应,慢慢从拒斥到茫然再到接受。"读者只会久而久之才敬重和承认那些先是使他们大吃一惊的人,即带来新东西的人,作品和绘画的革新者——最后,是那些在世上事物不断的普遍发展和更新中,敢于违犯现成观点的怠惰和一成不变的人。"②所以,在现代社会,对一个前卫作家及其独创性作品来说,"最严重的威胁不是读者的反对,不是批评者的恶意中伤,甚至也不是来自官方的压制——所有这些际遇虽有时难免带来阻碍,令人烦恼,但它们却并非不可克服——且事实上它们常常还会增加作品的知名度。一部艺术作品最严重的危险莫过于激不起任何反应"③。

第三节 "审丑"与"震惊"

美国学者丹尼尔·贝尔(Daniel Bell,1919—2011)在其《资本主义文化矛盾》(*The Cultural Contradictions of Capitalism*,1976)一书中曾写

---

① 转引自彼得·福克纳:《现代主义》,付礼军译,北京:昆仑出版社,1989 年,第 11 页。
② 爱德蒙·德·龚古尔:《〈亲爱的〉序》,朱雯等选编:《文学中的自然主义》,上海:上海文艺出版社,1992 年,第 304 页。
③ Erich Auerbach, *Mimesis: The Representation of Reality in Western Literature*, tran., Willard R. Trask, Princeton, New Jersey: Princeton University Press, 1953, p.500.

道:"19世纪下半叶,维持秩序井然的世界竟成了一种妄想。在人们对外界进行重新感觉和认识的过程中,突然发现只有运动和变迁是唯一的现实。审美观念的性质也发生了激烈而迅速的改变。"① 伴随着农业文明迅速被工业文明取代的历史巨变,作家与读者之间关系的急剧转型直接带来文本审美效应从"愉悦"向"震惊"转换;同时,"令人惊异而又不可否认的事实是,正是那些追求全新的审美印象的人发现了丑陋和病态的魅力"②。为了打捞被传统文学叙事所遮蔽、阻断了的人生经验,重建人类的感觉机制,现代作家认为自己有责任反传统文学之道而行之,回避"乐感",铺陈"痛感",即大量描绘那些被传统审美观念判定为"丑""恶"的事物。

现代艺术文本所特有的"震惊"效应,直接发端于自然主义文学文本常有的那种冷峻、粗犷与狞厉。"自然主义作家是以科学家的精神来寻求真理的,左拉和他的追随者不承认任何神秘的东西,他们认为现实必须通过精准的细节来表达,尽管这样显得艰苦而残酷。"③ 自然主义作家大都将其文本看成一件精工制作的利器,它一下子穿透衣服和皮肤,直接进入鲜活的心脏④,要"大胆复大胆,露骨复露骨,几乎使读者禁不住战栗起来"⑤。自然主义作家通过以客观冷静、无动于衷的笔调所描写出来的严酷的生活现实,用锐利的"痛感"穿透了被高度发达的物质文明所包裹着的现代西方文明的表象世界,以残酷的"真实感"触动着人们日益麻痹的感觉系统,常常令那些在生活的"习惯"中早已丧失了真实的生命感觉的大众读者惊愕莫名。1877年2月3日,读了新近出版的《小酒店》后兴奋不已的马拉美在写给左拉的信中盛赞该书是"一部非常伟大的作品",因为它体现了审美在当代的最新演进——"真实成为美的通俗形式"⑥。

"为攻击理想化的小说,大自然的残酷很大程度上被放大了。暴力与

---

① 丹尼尔·贝尔:《资本主义文化矛盾》,赵一凡、蒲隆、任晓晋译,北京:生活·读书·新知三联书店,1989年,第94页。
② Erich Auerbach, *Mimesis: The Representation of Reality in Western Literature*, tran., Willard R. Trask, Princeton, New Jersey: Princeton University Press, 1953, p.505.
③ Lars Ahnebrink, *The Beginnings of Naturalism in American Fiction*, Cambridge, Mass.: Harvard University Press, 1964, p.23.
④ 参见弗兰克·诺里斯:《浪漫小说的请愿》,转引自申慧辉:《弗·诺里斯及其名著〈章鱼〉》,柳鸣九主编:《自然主义》,北京:中国社会科学出版社,1988年,第422页。
⑤ 田山花代:《露骨的描写》,唐月梅译,同上书,第543页。
⑥ 马拉美:《给爱弥尔·左拉的信》,朱雯等编选:《文学中的自然主义》,上海:上海文艺出版社,1992年,第336页。

苦痛所带来的震惊呈现为带来净化的经验，为自然主义审美效应的达成提供了入口。"①对"真实感"的追求，使自然主义作家的笔触从一般"庸常"题材的拓进大踏步地挺进到了所谓"反常"题材的领域，从而开启了西方现代文学"审丑"的先河。在自然主义作家看来，用来给人排愁解闷与对人进行劝善说教相结合的传统文本，既是甜蜜地激荡心灵软肋的痒痒挠，又是不知觉间麻痹人们神经的鸦片烟。"正当人们想自我安慰和安慰别人时，需要的是说谎的最新例证。"②而与此相反，实话实说所抵达的真实却每每让人在震惊中感到残酷。奉"真实感"为最高原则的自然主义作家拒绝"撒谎"，宁愿选择直面残酷，这自然就形成了自然主义叙事文本在内容上的"震惊"效应。"自然主义小说总是将人（更多的是女人）置于一种充满嘲弄和屈辱的命运中，并借此暴露日常生活中常常不为人察知的生命空虚与人性腐败"③，这用左拉的话来说就是："我们要说出人民的真相，让人震惊……人所共知；但出于利害关系而说谎，如此而已。我们的蔑视要压过他们的虚伪。"④

自然主义文学诞生之前，西方文学叙事在几千年的时间里少有对底层社会生活的描写。早在19世纪60年代中期自然主义发轫之时，龚古尔兄弟便提出："我们想知道穷人哭泣的泪水会不会和富人的泪水是一样的。"⑤对普罗大众平凡生活的关注，是自然主义文学在题材上对传统文学过于囿于上流社会狭窄范围的革命性突破。在上流社会的宫廷、沙龙之外，自然主义作家开始将笔触深深地探进了乡村、矿山、监狱、荒原、贫民窟……自然主义给西方文学所带来的这种突破性进展，从根本上说也许并不在于题材的选择本身，而更在于作家审视生活世界时观念与方法的革新：这一方面表现为他们已开始将底层社会的各色小人物作为自己作品的主人公进行正面描写，另一方面也表现为他们已开始将日常生活中琐屑的小事置于时代历史的进程中。生活不再充满疯狂的喧嚣，不再

---

① Harold Kaplan, *Power and Order: Henry Adams and the Naturalist Tradition in American Fiction*, Chicago and London: The University of Chicago Press, 1981, p. 128.

② 左拉：《论小说》，朱雯等编选：《文学中的自然主义》，上海：上海文艺出版社，1992年，第252页。

③ David Baguley, "The Nature of Naturalism", in *Naturalism in the European Novel*, ed., Brian Nelson, New York: Berg Publishers, 1992, p.19.

④ 左拉：《论小说》，朱雯等编选：《文学中的自然主义》，上海：上海文艺出版社，1992年，第234页。

⑤ 龚古尔兄弟：《〈翟米尼·拉赛特〉初版前言》，同上书，第294页。

令人极度兴奋,它不过只是在流动、流淌、流逝——一种机械的空转,一种寂寥的持续,一种虚空的轮回。在庸常题材的处理上,自然主义作家"将习俗变成诗歌,将惯例写成喜剧,将庸常琐事谱成历险记"①,既表现出了对传统文学中盛行的那种美化的理想化崇高文体的否定(此种崇高文体虽早已开始没落,却仍支配着当代一般读者的鉴赏习惯),又体现了对把文学当作是惬意的抚慰性愉悦工具的传统文学叙事模式的激烈抗议。自然主义作家能够在平凡琐屑的事物和平淡无奇的生活现象中发掘出一般人熟视无睹的意味并加以表现,这既是其叙事文本的突出特点,也体现着其非凡的艺术成就。"作者具有被人称为才能的那种特殊的禀赋,就是说,一种强烈的、紧张的、因作者兴趣之所在而专注于某事物的能力,一个具有此种能力的人因此就能够在他所注意的事物中看出别人所不能看到的某些新的东西。"②

左拉认为:"只有满足了真实感要求的作品才可能是不朽的,而一部矫情的作品却只能博取时人的一时之欢。"③为了达成"真实感","我们要描绘整个世界,我们的意愿是既剖析美也剖析丑"④。在《实验小说论》一文中,左拉借用贝尔纳的话来为自己笔下有时难免残忍的真实进行辩护:

> 除非人们亲自在医院的梯形解剖室或其他实验室去翻搅那恶臭的或跳动的生命之躯,否则对于生命现象便永远很难得到真正深刻、丰富、全面的见解……如果一定要打个譬喻来表达我对生命科学的感情的话,我愿说这是一个富丽堂皇的客厅,一切都光辉夺目;而要进入其中,却必须走过一个长长的令人厌恶的厨房。⑤

> 我们的分析始终是严酷的,因为我们的分析一直深入到人的尸体内部。上上下下我们都遇到粗野的人。当然,面纱或多或少;但当

---

① David Baguley, "The Nature of Naturalism", in *Naturalism in the European Novel*, ed., Brian Nelson, New York: Berg Publishers, 1992, p. 25.
② 列夫·托尔斯泰:《〈莫泊桑文集〉序言》,朱雯等编选:《文学中的自然主义》,上海:上海文艺出版社,1992年,第427页。
③ Emile Zola, "Naturalism in the Theatre", in *Documents of Modern Literary Realism*, ed., George J. Becker, Princeton, New Jersey: Princeton University Press, 1963, p. 208.
④ 左拉:《论小说》,朱雯等编选:《文学中的自然主义》,上海:上海文艺出版社,1992年,第247页。
⑤ Emile Zola, "The Experimental Novel", in *Documents of Modern Literary Realism*, ed., George J. Becker, Princeton, New Jersey: Princeton University Press, 1963, p. 178.

我们依次描绘它们并撩开最后一块面纱时,总是看到后面污秽多于鲜花。正因如此,我们的作品这样灰暗,这样严峻。我们并没有寻找令人厌恶的东西,我们却找到了;如果我们想隐藏起来,那就必须说谎。①

对人性中的阴暗面也即"兽性"的大肆描写,在自然主义之前殊为鲜见,而左拉等自然主义作家却从生物学、遗传学乃至病理学的角度出发,把人丑的、恶的那些过去文学家们竭力"隐蔽""隐饰"的生命本相尽数如实地揭示出来。"疾病是一种杰出的自然主义材料,对它的描写达成了一种恐怖的审美。"②"当一个生物的更高的伦理本性要么被否定要么被无视的时候,重点必然被身体的、种族的、本能的残忍一面所取代。没有精神价值观念的人,其身体行为便趋向于为本能所驱动。"③在《娜娜》中,高贵的莫法伯爵为情欲所驱使,为了讨娜娜欢心,身着尊贵的官服,趴在地上装狗熊;在《土地》中,为财产的占有欲所驱使,姐姐竟协助丈夫强奸、杀死了自己怀有身孕的妹妹,而儿子为了财产则放火烧死了自己的父亲。这些令人发指的场面描写,揭示了人的动物性,撕下了蒙在所谓"正人君子"脸上的遮羞布,第一次把传统形而上学所赋予人的那种伪饰的尊严踩到了脚下,把生活残酷的真实赤裸裸地展现在读者的面前。"退化、瓦解和放荡俨然成为自然主义文学的基本诗学"④;自然主义作家的笔触虽常常可以见出对丑陋反常状态的病理学兴趣,但总体来看,这种兴趣却并没有像同时期的颓废派作家一样凸显为美学意义上的迷恋。奥尔巴赫认为,左拉对底层社会各种反常丑陋事物的描绘,并非为了愉悦审美家,而是为了激发读者的共鸣性理解:"几乎每个句子都在表明左拉创作的高度严肃和道德意义;小说整体上不是一种娱乐消遣或者艺术性的室内游戏,而是将他亲眼所见的现代社会像画一幅肖像画那样描绘出来,活灵活现地传达给读者公众。"⑤

---

① 左拉:《论小说》,朱雯等编选:《文学中的自然主义》,上海:上海文艺出版社,1992 年,第 249 页。

② Charles Child Walcutt, *American Literary Naturalism*, *A Divided Stream*, Minneapolis: University of Minnesota Press, 1956, p. 128.

③ Ibid., p. 95.

④ David Baguley, "The Nature of Naturalism", in *Naturalism in the European Novel*, ed., Brian Nelson, New York: Berg Publishers, 1992, p. 26.

⑤ Erich Auerbach, *Mimesis*: *The Representation of Reality in Western Literature*, tran., Willard R. Trask, Princeton, New Jersey: Princeton University Press, 1953, p. 510.

在自然主义等世纪末先锋派作家作家看来,人性本来就是善与恶的混合,只有让人认清人自身丑、恶的东西,才能真正彻底地认识自己。逻各斯中心论的崩溃,使人不再是作为"中心"的"万物之灵",而成为只是"中介"的"不确定"的"存在者"。主体与客体、感性与理性、灵与肉、善与恶、美与丑等诸范畴的二元对立不再存在,以前所谓的"丑"与"恶"也就不再被断定为是纯然消极的,而成了"存在者"之创造力的一个组成部分。"美"与"善"的逻辑关联正在不断绽开中趋于瓦解,"美"与"真"的联系却得到了空前强化。但这"真"却不再是合"理"的"真理",而是经由"现象还原"才能开启的"真相";不再是绝对客观或纯粹主观的"外在真实"或"超验真实",而只是在人与世界遇合中迸发出来的"真实感"。由是,人与世界的分离在"现象"中达成融合,灵与肉的分离在"生命"中达成融合;"美"之标准开始由伦理学意义上的"善"向现象学意义上的"真"偏移,一种以生命为核心的新的美学——"生命美学"因此得以确立。这种美学使传统的"美"与"丑"融为一体,"丑"以及被传统美学判定为"丑"的"恶"再也不是"美"的对立面,而是"美"的一种特殊存在形态,甚至是"美"的起源,而原先中庸、适度、和谐所构成的"乐感之美"以及被判定为是"美"的"善",则统统被认为是与美关联不大的元素在艺术书写中被削弱。显然,在西方现代美学中,"美"的反面,不再是"丑",而是"不美"或者美学上的漠不关心。[①]

第四节 "震惊"的审美效应

德里达在论及超现实主义作家安托南·阿尔托(Antonin Artaud,1896—1948)之"残酷戏剧"时说:"我说'残酷'就像我说'生命'一样。""残酷戏剧不是一个再现。就生命是不可再现而言,它是生命本身。生命是再现的不可再现的起源。"[②]"再现"即再造,通过观念对现实的再造。在传统的文学叙事文本中,由于作家的思维总是站在一个"类主体"的宏大立场上展开,所以,在抽象的理性观念与鲜活的生命体验之间,他们的叙事总是习惯性地贴近前者潜行。一旦细致的感性生命体验被忽略,所谓

---

① 参见斯泰司(W. T. Stace):《美的意义》,转引自李斯托威尔:《近代美学史评述》,蒋孔阳译,上海:上海译文出版社,1980年,第91页。

② 参见彼得·比格尔:《先锋派理论》,高建平译,北京:商务印书馆,2002年,第17页。

"对现实的真实再现"也就只能宿命般地沦于"对观念的抽象演绎"。自然主义反对以人造的观念体系"再现"世界,而强调让世界在自我的真实显现中说明自身。经由强调体验的直接性与强烈性,自然主义作家主张让真实的生活本身"进入"文本,而不是以文本"再现"生活,从而达成了对传统"摹仿现实主义"的革命性改造。

"审丑"使西方现代文学与"纯粹的美"发生断裂。文学不再是对现实的"摹仿""再现",而是"消解""去蔽";不再是对现实的"反映",而是"反应";不再是情感的"抒发",而是"理解"。由此,传统西方美学中的"审美距离说"受到挑战,审美活动与生命活动的同一性得到强化,这就有了尼采所谓"残忍的快感",即"震惊"。西方现代作家所追求的"震惊"效应绝不是为"震惊"而"震惊";震惊只是手段或策略,而通过震惊所要达成的则是:唤醒读者的生命意识,开启他们对早已因习惯而置若罔闻的生活的反思。

自然主义作家普遍已经意识到:"不协调是机遇,它会导致反思。"[1]因此,他们主张作家"应该小心地避免把各种仿佛有点儿突然的事件串在一起。他的目的决不是讲故事给我们听,让我们欢娱,或者使我们感动;而是强制我们思索,使我们理解各种事件内在的深刻含义"[2]。"小说家满足于在我们面前展现出从日常生活撷取的图景。这是他所看到的;他记录下细节,重建了整体。轮到读者来感受和思索。"[3]因此,梅林才一针见血地指出:左拉的小说"与其说是诗人在怡然自得地进行艺术创作时凭空臆造的纯艺术品,毋宁说是革新的警告和唤醒人们的呼号"[4]。

在文学文本"震惊"之审美效应问题上,现代主义作家普遍接受了自然主义作家的观念。既然否认文学与理性推演或滔滔雄辩有任何关系,既然放弃了"教化"大众的"神圣使命",那么文学打动读者的方式也就只能诉诸"震惊"所带来的"心灵痉挛"。叶芝称,这种"痉挛","使我们进入沉思,任我们几乎陷入迷离恍惚",心灵"缓慢的铺张开来,犹如月光融融、

---

[1] 杜威:《艺术即经验》,高建平译,北京:商务印书馆,2005年,第14页。
[2] 莫泊桑:《论小说》,莫泊桑:《漂亮朋友》,王振孙译,上海:上海译文出版社,1993年,第582页。
[3] 左拉:《论小说》,朱雯等编选:《文学中的自然主义》,上海:上海文艺出版社,1992年,第227页。
[4] 梅林:《爱弥尔·左拉》,梅林:《论文学》,张玉书、韩耀成、高中甫译,北京:人民文学出版社,1982年,第285页。

幻影丛集的大海"①。T. E. 休姆说:"文学是突然安排平凡事物的方法。这种突然性使我们忘记了平凡。"②布莱希特则强调使用"间离效果"以迫使观众受到震惊而非迷醉、进行反思而非认同、做出自己的判断而非接受他人的教化。大致说来,现代主义文学拒绝读者对文本做出简单的"接收"反应。因为在他们看来,简单的"接收"反应,除了造成读者的想象惰性之外,没有任何积极意义;而艺术存在的价值绝不是让它的读者或观众的想象力萎缩,而是要让他们的想象力活跃起来。因此,文体实验所带来的阅读难度、"不确定性"所释放出来的意义含混,便成了现代主义作家在其文学文本中追求的艺术效果。这种艺术追求,决定了现代主义的文学文本是一个向读者开放并等待读者进入的结构,而非一个强行进入读者内心的载体。它在读者身上唤起的不再是简单的感动、愉悦与领受,而只能是复杂的震惊、怀疑与反思。乔伊斯和普鲁斯特等人所运用的技巧要求读者在"接受"作品时更为积极主动地参入,亦即吴尔夫所谓:读者面对这种文本必须启用自己的能力与机智,这就像解答一个有趣的谜语必须运用自己头脑的敏捷和灵巧;必须摆脱心灵完全被传统小说家所牵引的习惯,用自己的心灵之眼去发现文本所呈现的事物本身所显现出来的奇异性。

在《美学理论》一书中,阿多诺将"新异性"界定为描述现代主义文学文本的重要范畴。在他看来,对"新异性"的追求,乃现代主义的核心冲动与理论纲领;因此它与此前文学史上那种标志着艺术发展的主题、题材和艺术技巧的更新完全不可同日而语。一般说来,"更新"乃是一种在继承传统基础上的发展。而现代主义的"新异性"则完全大相径庭:它既不是传统的发展也不是发展的传统,而是传统的打破与新质的重创;它所要否定的不再是此前流行的技巧或手法或风格或其他任何枝节的东西,而是整体。现代主义这种基于自然主义之文学"实验"精神的对"新异性"的追求,使得很多论者常常认定它与传统的关系乃是一种"断裂"的关系。但事实上,反传统大潮下现代主义作家的这种"新异性"诉求,在理论上的"动静"远比其在实际创作中要大。因而,如其将这种"新异性"的诉求及其努力视之为与传统的"断裂",倒不如将其理解为一种为达成耸人听闻

---

① 叶芝:《自传》,詹姆斯·麦克法兰:《新现代主义戏剧:叶芝和皮兰德娄》,马·布雷德伯里、詹·麦克法兰编:《现代主义》,胡家峦等译,上海:上海外语教育出版社,1992年,第530页。

② T. E. 休姆:《语言和风格笔记》,转引自克莱夫·斯科特:《散文诗和自由诗》,同上书,第329页。

的"震惊"效应所选取的策略或方法。

作为现代艺术文本普遍具有的一种新的审美效应,"震惊"不同于传统审美所达成的那种温情、快适、愉悦的感动,它阻断了"无能的经验",达成生命锋锐的"体验";传统"和谐之美"所营造的曼妙"光晕"与暖融"气息"在"震惊"中四散,传统艺术文本所提供的"变相满足"与"抚慰""麻醉"效应遂被解除。"震惊"不再直接提供观念化的"真理"或"意义",但却导入"体验"并由此开启深沉的"反思"与积极的"理解",由此"启示"成为可能。文学从此不再是"说服""动员""教诲",即不再提供"训话",而是进行"对话"。"对话"建构出作者与读者之间"平等"的新型关系——作家再也不能以"师爷"自居提供那种伪善的"劝善"教化。"教化"是"教化者"基于既定的思想立场和确定的观念体系对"被教化者"的"教"而"化"之,因而"教化"总是从"身后"掏出什么东西来诱导,企望达成"当下"的某种效果,即"教化"的文本总是用属于过去的某种观念来向现在要求稳定,其效应诉求显然是基于过去的;而"对话"则是个体基于自身的生命体验从当下出发对当下以及过去的审视与沉思,这种审视与沉思瓦解现在与过去的既有秩序,其最终效果显然是开启未来的。

现代先锋作家普遍习惯于在一种全面、刻意的"新异性"迷恋中追求文学的震惊效应,这正如波兰裔英国学者齐格蒙·鲍曼(Zygmunt Bauman,1925—2017)在其《后现代性及其缺憾》》(*Postmodernity and Its Discontents*,1997)一书中所指出的那样:

> 作品的构建所凭借的规则,只有在事后才可以被发现,即不仅在创造行为的终端,而且也在阅读行为的终端……规则总是在不断的形成之中,不断地被寻求被发现;每次都是相似的独一无二的形式,从而也是相似的独一无二的事件;每次不断地与读者、观众和听众的眼、耳朵和思维遭遇。没有一种形式(规则恰好在其中被发现)能被现存的规范或习惯预先地决定,没有一种形式能被认为是正确的,从而被认可学习。规则一旦被发现或被特别制定,就根本不会对未来的阅读有约束力。创造及其接受都是被不断发现的过程,而且一种发现根本不可能发现有待被发现的一切。[①]

现代主义艺术作品既不提供一个整体的意义,也拒绝用其中的部分

[①] 齐格蒙·鲍曼:《后现代性及其缺憾》,郇建立、李静韬译,上海:学林出版社,2002年,第125页。

按照一个理性的逻辑来论证说明某个在作品中居于核心地位的观念。在面对现代主义文本的时候,接受者遭遇到的是以观念晶体存在的那种"意义"的缺失,并由此意识到——由阅读有机的艺术作品形成的运用理性的对象化的方式对于现在的阅读对象已不再适用。对习惯于传统的文学阅读并习惯于一定要按着某种理性逻辑来解读世界与人生的读者而言,现代主义艺术作品所呈现出来的意义的暧昧模糊乃至虚空徒劳,无疑让他们体验到一种"震惊",而这正是先锋派艺术家的意图。"他们希望通过这种意义的退出会将读者的注意力引向这样一种事实,即人们生活中的行为是有问题的,需要改变它。震惊具有作为改变人的生活行为的刺激的目的;它是打破审美内在性,从而导致(引起)接受者的生活实践变化的手段。"[①]

在"意义"的层面之外,西方现代作家在形式上也进行各种大胆的先锋实验,由此达成他们对读者的再度"震惊"。在"震惊"效应的营造上,与自然主义文本主要诉诸题材上的残酷及"痛感"的释放相比,现代主义作家更为关注文本形式创新所带来的"震惊"。

现代主义作家对他们的各种实验作品大都持有如下信仰:

> 传播的程度并不构成艺术对公众的价值。……一部自身具有强烈的激情,或者在形式上有非凡的展现,或者演示着光辉的思想的艺术作品,不论它的语言多么深奥难懂,最终都会给它所在的社会带来声誉。……一部俗气十足、工于心计的艺术作品,即使它清晰易懂,也没有多大价值。[②]

尤其是其中的表现主义作家和荒诞派作家,经常运用反常规的语言进行"反生活化"式的叙事。在卡夫卡的《审判》《城堡》、斯特林堡的《鬼魂奏鸣曲》、尤金·奥尼尔的《琼斯皇》、贝克特的《等待戈多》等作品中,人物言行的破碎、凌乱、古怪、悖谬,意义的悬置、飘浮、模糊、含混,这一切一方面捣碎了人们的日常感受—经验方式,让人们习惯了的理性思维发生"短路"失去效能,另一方面也同时让人们在惊愕莫名的"陌生感"中解除了心灵的日常禁锢与束缚,使得自由的想象与思想在突兀达成的"顿住"中得以腾空飞翔,在突如其来的"顿悟"中撕开既定社会—文化秩序所造成的

---

① 彼得·比格尔:《先锋派理论》,高建平译,北京:商务印书馆,2002年,第159页。
② 谢安:《内容的形态》,转引自大卫·贝斯特:《艺术·情感·理性》,季惠斌等译,北京:工人出版社,1988年,第247页。

对存在真相的遮蔽。即如恩·费歇尔在评论"故意的歪曲者"卡夫卡时所说:"卡夫卡所使用的是一种幻想性的讽刺方法,是有意把事物变形直至荒诞的方法。通过这种夸张至荒诞地步的手法,使读者在震惊之余发现他们所赖以生存的世界并非那么适宜,而是一个充满着畸形变态的世界。"①

现代主义作家大都坚持左拉等自然主义作家所确立的"实验主义"文学立场,强调小说体裁的开放性,努力探索小说这种文体迄今尚未实现的各种可能性。在《狭窄的艺术之桥》(1927)一文中,吴尔夫曾声言:"在十年或十五年之内,散文将被用于许多目的,它在以前从来没有被用于这些目的。我们将被迫为那些聚集在(小说)这个名目之下的不同书籍创造新的名称。"②就乔伊斯的创作而论,且不说那部令所有人晕头转向的《芬尼根守灵夜》(*Finnegans Wake*,1939),即使那部被很多人接受而已成为20世纪文学经典的《尤利西斯》,如果按传统的规范来看也首先存在着一个它能否被称为"小说"的问题:没有鲜明的性格,没有明确的主题,没有一以贯之的故事情节——甚至压根就没有什么值得叙述的"事件"或"行动"……考察这一颠覆传统的现代新文本,人们将很容易确定其在风格以及语言上的复杂和多变。事实上,典范的现代主义叙事文本,往往大都是多种修辞形式和文学形式的混成之物。在《尤利西斯》一书中,占全书近五分之一篇幅的第十五章,采用了剧本的形式;占全书近十分之一篇幅的第十七章,采用了教义问答或庭审笔录的形式,其间还穿插了乐谱与表格;第七章,近4万字,通过在文本中不断插入报纸"标题",模拟新闻文体,并且里面还穿插了演说稿件;以妇产科医院为背景的第十五章,叙事语言跌宕多变,通过对英语文学史上从古至今各个时期文体风格的戏拟摹仿,达成一种对新生儿成长过程的类比揭示。《尤利西斯》一书在综合中所表现出来的这种刺目的含混性与包容性,使得美国批评家哈里·莱文(Harry Levin,1912—1994)将其称为"结束一切小说的小说"③。

另外,现代主义作家令人眼花缭乱的语言实验也大大地强化了其文本对一般读者的"震惊"效应。"语言以及人类话语的本质,将不可避免地成为现代主义小说家(和剧作家)的一个重要主题,其原因在于,如果我们

---

① 恩·费歇尔:《卡夫卡学术讨论会》,袁可嘉等编选:《现代主义文学研究》(下),北京:中国社会科学出版社,1988年,第973页。
② 转引自彼得·福克纳:《现代主义》,付礼军译,北京:昆仑出版社,1989年,第58页。
③ 同上书,第93页。

想理解现代的心灵,我们就必须理解这颗心灵所借以存在的媒介——语言。"①在现代主义文学文本中,"语言无需再模仿自然,或者以一篇论文或一个故事的方式来阐明,而是需要产生一种新的现实。词不再仅仅是一些参与事物本身的符号。……词的任务不是照抄事物和模仿它们,而是相反地炸开事物的定义、它们的实用范围和惯用的意义,像撞击的火石那样从事物中得出无法预见的可能性和诺言、它们本身具有的静止的和神奇的意义,把最为平庸的现实变成一种神话创作的素材"②。尤其是现代主义中最激进的未来主义者、达达主义者、超现实主义者,"他们共同寻求的不是语言而是新语言,发明了震惊策略——思想在意识到自身受禁锢之后,可能在惊愕中获得解放"③。

第五节 "震惊":西方现代文学的"否定"精神与"运动"形态

从19世纪末叶开始,资本主义社会内在的文化矛盾愈发昭彰地呈现在人们的面前:一方面是物质的丰裕与行为上的自由或自便,另一方面则是精神的匮乏与个性上的平等或平庸。"体制的统一性变得日益强大",人们的"总的状况向着一种匿名性意义上的非个性发展"。④

在现代传媒越来越成为市场经济中最具活力、最具扩张性的文化产业之后,情景戏剧、体育运动、要案审理、选举大战、选美大赛、战争以及各种商业广告等都源源不断地"飞"进人们的客厅床头,而所谓"主流的社会意识形态"也就同时伴随着这种种"消费文化"产品不知不觉地潜入人们的心头。人们的精神与思维由此而愈发趋向"量化"与"标准化"的"匀态",成为鲍德里亚(Jean Baudrillard,1929—2007)意义上的"黑洞":一方面,由于主体意识的丧失而愈发发不出自己的声音,大众越来越成为事实上被"麻痹"了的"沉默的大多数";另一方面,由于大众传媒所提供的娱

---

① 转引自彼得·福克纳:《现代主义》,付礼军译,北京:昆仑出版社,1989年,第64页。
② 罗杰·加洛蒂:《圣琼·佩斯》,罗杰·加洛蒂:《论无边的现实主义》,吴岳添译,天津:百花文艺出版社,1998年,第98页。
③ 理查德·谢帕德:《语言的危机》,马·布雷德伯里、詹·麦克法兰编:《现代主义》,胡家峦等译,上海:上海外语教育出版社,1992年,第305—306页。
④ 彼得·比格尔:《先锋派理论》,高建平译,北京:商务印书馆,2002年,第14页。

乐性的"狂欢文化"场面巧妙"迎合"并同时不断"复制"着他们的口味、兴趣和生活方式,大众似乎越来越在"麻醉"中心满意足。① 辅之以愈来愈急功近利的教育体制以及人之物化—工具化的生存方式本身之综合作用,现代社会越来越将人的头脑钙化为贮满了各种知识与规则的"移动硬盘"。看到了——但却熟视无睹,知道了——但却并不明白,现代人的头脑愈来愈习惯于被动地"被充存"、机械地"做反应",从而失去了应有的生命敏感。一方面是现代传播技术与现代社会组织形式所带来的"信息爆炸",另一方面却是人在喧嚣的现代生活中可悲地陷入了认识论层面的黑洞。对世界、对生命、对自我,人们的大脑似乎越来越知之甚多,但同时人们的内心却越来越因为不知道自己是谁、来自哪里、身在何处,而不由得倍感虚空、迷惘与失落。技术控制对人心灵世界的粗暴践踏与蹂躏所造成的现代人的这种精神处境,使人愈发丧失了情感反应的能力。种种迹象表明,在习惯性的现代生存中,人的某种可贵的感觉能力似乎被阻断了,纯正的情感越来越成为某种昂贵的奢侈品,抵达意义而非把握知识的真正理解也就变得愈发困难,"意义"的家园由此愈来愈陷于荒芜。

在技术与商业越来越全面地支配人们的生活与思维的时代,在精神情感生活愈来愈趋向"快餐化"的时代,传统文学之娱乐—愉悦效应与心理补偿功能被剥离为大众文化的专有功能,文学作品亦就越来越失去了"感动"并"愉悦"大众的神通。作家—读者之间的关系由此发生了质的历史性巨变,西方现代作家只能舍弃传统的"愉悦"而选择"震惊",并以此作为基本的艺术策略抵抗文学在现代社会—文化坐标系中被"边缘化"了的处境,在"标准化"与"普泛化"的精神汪洋中努力打捞个体之鲜活的感性—物质经验,并最终达成生命与意义的拯救。

质言之,西方现代作家用"震惊"这种新的方式或艺术策略来达成自己文学创作的社会—文化担当。他们主动地抑或被迫地站在社会—文化的边缘地带,以一种思想游击战的方式对既定社会习俗、文化时尚及其语言程序不断发动攻击。"先锋派看上去给人的印象,以及实际所起的作用,就像一个否定性的文化。"② 他们将自己工作的使命定位于对既定现实的颠覆与解构;"自然主义表明了其本身具有一种突破文本结构规则束

---

① 参见拉雷恩(Jorge Larrain):《意识形态与文化身份:现代性和第三世界的在场》,戴从容译,上海:上海教育出版社,2005年,第4页。

② 彼得·比格尔:《先锋派理论》,高建平译,北京:商务印书馆,2002年,第11页。

缚的倾向,其诗学的首要原则很可能是'不确定性':模糊、混乱或消解秩序"①。文学作为艺术,越来越成为与社会—文化现实构成绝对对抗的唯一精神因素;"艺术的社会性主要因为它站在社会的对立面。但是,这种具有对立性的艺术只有在它成为自律性的东西时才会出现。……艺术的这种社会性偏离是对特定社会的特定否定"②。在艺术的自律王国中,存在着这样一个绝对命令——"事物必须改变"③,即审美形式给那些习以为常的内容和经验以一种异在的力量,由此导致新的意识和新的知觉的诞生。④

在19世纪末叶自然主义文学运动展开的过程中,左拉及其他自然主义作家之所以敢于主动地不断用自己的作品与言论"震惊"—"冒犯"读者和批评界,在很大程度上实是因为他们有着发起并推进文学运动的自觉意识。年轻时曾在广告界打拼的左拉显然比其文坛前辈更深谙时代的文化逻辑,更清楚当代文学生态正悄然发生着的巨大变化,因而也就更明白——新的文学需要命名、需要纲领、需要宣言,需要宣传造势,需要用广告性的语词乃至行为来宣示自己的存在,而这一切都是因为大众的神经需要"刺激"和"震惊"。

在很多国家,自然主义都是在与文学传统以及公众—社会的激烈冲突中以文学"革命"的"运动"方式展开的。或松散或紧密的作家社团的大量出现、标新立异乃至排斥异己的同人杂志或丛书或文集的刊行、连接不断的笔墨官司以及真正的司法诉讼、党同伐异以及与大众的冲突、媒体上的"围剿"与"反围剿"、宣言与纲领、领袖与追随者……所有这些都是自然主义文学作为文学"革命""运动"存在的标志。而在自然主义文学运动之后,以激进的革命姿态挑衅流行的大众趣味,以运动的形式为独创性的文学变革开辟道路,愈发成为西方现代文学展开的基本方式。是的,在浪漫派那里,这种情形就已有过最初的预演;但总体来看,在既往的文学岁月中,文学演进的"运动"形态却始终未曾以如此普遍、如此激烈、如此决绝的方式出现过。自然主义文学与大众的冲突与对抗,在某种意义上乃是

---

① David Baguley,"The Nature of Naturalism", in *Naturalism in the European Novel*, ed., Brian Nelson, New York: Berg Publishers, 1992, p.13.
② 阿多诺:《美学理论》,王柯平译,成都:四川人民出版社,1998年,第386页。
③ 赫伯特·马尔库塞:《审美之维》,李小兵译,北京:生活·读书·新知三联书店,1989年,第216页。
④ 参见上书,第217页。

西方传统文学完成现代转型的一个标志性事件,成为西方现代文学与公众关系的一个基本表征。

自然主义文学以降,所有重要的文学思潮、文学流派乃至所有具有独创性的伟大作家,都曾以古典时代难以想象的方式遭遇公众的不解、漠视与敌对,而其自身也几乎以同样的强度对公众回报以蔑视、冒犯与攻击。"运动的原则是现代主义的实质性要素,是它的凝聚力和演变的基本成分。"①对此,雷纳托·波焦利在《先锋理论》(1962)一书中曾做过精彩的分析。在波焦利看来,与传统艺术相比,现代艺术得以产生的社会环境和文化氛围均发生了巨大变化。在此等情形之下,现代艺术对当下社会和既定文化愈来愈呈现出一种抵抗、否定的反叛姿态,而现代艺术家也越来越倾向于成为在思想和艺术上令人为之骇异的"基地成员":呼朋唤友,啸聚都市,鄙弃规范,标新立异。尽管许多现代主义作家——尤其是那些博采众家之长的文学大家——以自己强大的个性保持着超越一切派别之上的独立姿态,但查拉、马里奈蒂、布勒东等立于潮头的"前卫"人物,却将自己的身影更多地定格于"文学运动"的风潮而非"文学文本"的文字。他们已经不再是书斋枯坐苦吟的那种传统艺术家,而更像策划于密室惑乱于社会的"革命家";而他们的文学活动,在很大程度上也已从艺术文本的创作演进成为流派宣言的制定。对于达达主义、未来主义、超现实主义、表现主义等激进"先锋派"运动中的作家来说,文学作为艺术,现在更体现为作为艺术家的作家之一种"生活"方式,一种"行为",一种"表演",一个"事件",一个"行动"。"宣言、卡巴莱、即兴表演、炫示夸耀,这些都可变成现代艺术所需要的新环境和攻击陈规旧习的行动——运动活动的常见特色之一,就在于它对有关艺术和艺术家的美学和社会性格的所有或大多数现存命题或假定,都持异议。"②而其中,带有攻击性的各种花哨"宣言"尤其成为现代主义"先锋"人物最喜欢采用的表达自己的手段。《未来主义宣言》(1909)、《第一政治宣言》(1909)、《未来主义文学技巧宣言》(1912)、《未来主义综合戏剧》(1915)、《未来主义电影》(1916)、《未来主义舞蹈宣言》(1917)……在 1909 年至 1924 年间,仅仅出自马里奈蒂之手的未来主义的各种宣言性文献就有 26 篇之多。"主义"或"学派"总是会在本能地

---

① 马尔科姆·布雷德伯里、詹姆斯·麦克法兰:《运动、期刊和宣言:对自然主义的继承》,马·布雷德伯里、詹·麦克法兰编:《现代主义》,胡家峦等译,上海:上海外语教育出版社,1992 年,第 168 页。

② 同上书,第 169—170 页。

夸大某些东西的偏执中倾向于"分裂"或"宗派主义";在现代主义内部各式"主义"或"学派"的旗幡走马灯般变幻不定的历史语境中,"宣言"合乎逻辑地成了现代主义者手中最轻便、快捷、实用(往往也最速朽、浮躁、无效?)的艺术形式。

  空前火爆的"运动性"是西方现代文学最引人注目的标志性特征。在文学运动的展开过程中,作家对艺术问题具有一种敏锐的自我意识与自觉的理论追求,这是西方现代文学又一个前所未有的突出特点。文学家这种不懈的艺术寻思与发达的理论意识,使得文学理论的出奇斗新与文学批评的缤纷多彩成为西方现代文坛中的一道独特景观。文学理论与文学批评的空前繁荣,不仅促进了文学的发展,使其更新的速度陡然加快;而且它对创作如影随形般的伴随,在很大程度上使其成了西方现代文学的一个有机的组成部分。当文学之艺术自觉在19世纪末叶成为西方文坛的普遍共识,"文学何谓"及"文学何为"自然也就成了萦绕所有文学中人乃至非文学中人(哲学家们前所未有地关注文学理论问题乃至直接涉足文学创作可以为证)的一个新的"斯芬克斯之谜"。换言之,自文学摆脱依傍他者的谦卑习惯而获得自身的独立性存在之时始,关于文学究竟是什么或不是什么的争讼非但没有因此消弭,而是突然以一种新的悬置的方式空前地释放了出来。无疑,理论上的这种争讼不已,又回身反哺、强化了西方现代文学的"运动"形态。

第十五章
自然主义与唯美主义

第一节 所谓"唯美主义"

一、唯美主义的时空演进

作为总体艺术观念形态的唯美主义,其形成过程复杂而又漫长:其基本的话语范式奠基于18世纪德国的古典哲学,其最初的文学表达形成于19世纪初叶法国浪漫主义作家,其普及性传播的高潮则在19世纪后期英国颓废派作家那里达成。唯美主义艺术观念之形成和发展在时空上的这种巨大跨度,向人们提示了其本身的复杂性。

如果愿意,像对待所有观念一样,人们完全可以将"为艺术而艺术"(Art for Art's Sake)的观念萌芽一直上溯到西方文化的源头——古代希腊。但毋庸置疑,这一观念的直接理论渊源却是德国古典哲学。随着美学在德国古典哲学中越来越成为一个独立建构的哲学知识领域,唯美主义之艺术自律的观念开始形成。从18世纪末首先在德国开始流行的这一观念,将艺术活动理解为某种不同于其他一切活动的活动;正是从这个时候开始,"各种艺术被从日常生活的语境中抽离出来,被设想为某种可被当作一个整体对待的东西。……作为一个无目的创造和无利害快感的王国,这一整体与社会生活形成了鲜明的对比"①。其间,康德(Immanuel Kant,1724—1804)与席勒(Johann Christoph Friedrich Schiller,1759—1850)"审美不涉利害""审美不涉概念""审美只涉形式"等美学创见无疑起了关键性的作用。

康德在《判断力批判》(Critique of the Power of Judgment,1790)中对审美活动的论述,出发点依然未能超出把人的心理功能划分为知、情、意三个方面的传统思维套路。"知"就是认知功能,它的活动空间是知识的区域;"意"就是意志的功能,它的活动空间是道德与伦理的区域;"情"就是情感功能,审美活动就是其活动的区域之一。康德划分审美活动边界的逻辑便从此而起。他认为审美判断不同于认知活动。认知活动是一种定性判断,它的对象是事物的客观属性,其结果是获得概念知识;而审美活动属于反思判断,它只涉及事物的形式而不涉及其内容意义,其结果仅仅是一种主观的情感。与之相似,康德还进一步把审美活动与功利性活动划分开来。康德认为,审美活动是一种只涉及事物形式的静观行为,而功利性活动则是一种关乎事物的具体存在的实践行为。概而言之,康德认为:审美活动既不涉及事物的具体存在,也不涉及具体的实践行为;所以它既不是一种认识活动,也不同于功利的以及道德的活动,而仅仅是一种只涉及事物的形式、只涉及主观的情感的静观活动。这样,康德就从审美论的角度在人的总体活动这一层面上把审美活动与其他活动分割了开来,从而确立了其独立的界域。值得强调的是,康德无论是从审美论角度还是从创作论角度去确定审美活动的独立区域时,都是把审美活动与其他活动并置于同一个层面之上。另外,康德还强调审美活动中理性因素的参与作用。康德称:

> 艺术甚至也和手艺不同;前者叫做自由的艺术,后者也可以叫做雇佣的艺术。我们把前者看作好像它只能作为游戏、即一种本身就使人快适的事情而得出合乎目的的结果(做成功);而后者却是这样,即它能够作为劳动、即一种本身并不快适(很辛苦)而只是通过它的结果(如报酬)吸引人的事情、因而强制性地加之于人。②

很明显,康德在这里强调的仅仅是人的艺术活动区别于人的经济、物

---

① 库恩(H. Kuhn):《美学》,转引自彼得・比格尔:《先锋派理论》,高建平译,北京:商务印书馆,2002年,第111页。
② 康德:《判断力批判》,邓晓芒译,北京:人民出版社,2002年,第147页。

质性行为的自由性品格,从而将美以及艺术与人类的个体精神自由连接了起来,并没有完全否认其含有认知以及其他主观意识性因素的存在。主体的自由在康德以及席勒的美学体系当中主要是指一种人的各种心理因素的和谐状态,而到了极端唯美主义者那里,这种自由却进一步演进成为一种拒绝接受甚至拒绝承认世界存在的"纯粹意志"的"绝对自由":经由"纯粹意志",他们否定掉了艺术活动过程中极其重要的认知性心理因素;经由"绝对自由",他们事实上割断了艺术活动与生命活动整体以及作为生命存在基本方式的"共在世界"之间的关系。

把康德对于人的审美活动特殊性的界定完全移植于文学艺术领域,并创造出"为艺术而艺术"理论,这基本上是素来喜欢趋新求异的法国作家及批评家的发明。"为艺术而艺术"口号最早形诸文字是在1804年。法国浪漫主义作家、自由主义思想家贡斯当(Benjamin Constant,1767—1830)最早使用了"为艺术而艺术"这种表述。1818年,法国美学家库申(Victor Cousin,1792—1867)在其巴黎大学的哲学讲座中明确声称:

> 艺术不再服务于宗教和道德,正如它不服务于快适感与实用一样。艺术不是手段,它本身就是目的。
>
> 为宗教而宗教,为道德而道德,为艺术而艺术。①

不久,泰奥菲尔·戈蒂耶,那位曾在《欧那尼》首演时因身着奇装异服充当浪漫派啦啦队队长而闻名遐迩的雨果的追随者,进一步系统地表达了一种"为艺术而艺术"的激进热忱。他1832年发表的《〈阿贝杜斯〉序言》是唯美主义的第一篇重要的理论文献。在这篇序言中,戈蒂耶声称:他写诗,是为了找借口以游手好闲;他游手好闲,是因为他有写诗作为借口。② 稍后,在1834年发表的《〈莫班小姐〉序言》中,他继续重复其在《〈阿贝杜斯〉序言》中的老调:"真正称得上美的东西只是毫无用处的东西,一切有用的东西都是丑的,因为它体现了某种需要","小说和诗歌不可能、永远不可能、绝对不可能有任何实际用途"③。在写于1857年的《艺术》一诗中,戈蒂耶写道:只有"对形式反复雕琢,才能产生出佳作,大理石、玛瑙、珐琅和诗歌……为保住纯美的轮廓,去和坚硬珍奇的大理石,进行韧

---

① 转引自周小仪:《唯美主义与消费文化》,北京:北京大学出版社,2002年,第29—30页。
② 参见戈蒂耶:《〈阿贝杜斯〉序言》,赵澧、徐京安主编:《唯美主义》,北京:中国人民大学出版社,1988年,第15—16页。
③ 参见戈蒂耶:《〈莫班小姐〉序言》,同上书,第41—44页。

性的拼搏"①。至此,康德的"游戏说"以及"审美不关利害说"与浪漫主义那种高标"自我"的思想取向进一步聚合,终于在浪漫主义文学运动的尾声中无奈而又合乎逻辑地最终凝成了"为艺术而艺术"这一奇特的观念晶体。但对当时的大多数浪漫派作家而言,这一观念尚处于一种模模糊糊的不自觉状态,而"唯独戈蒂耶充分意识到潜伏在所有这些表象之下的原则;因此,他的名字就是浪漫主义运动这一阶段的同义语"②。

历史之手抓取了英国上流社会一个公子哥式的、时髦的乃至以喜欢行为出格而博取眼球注意力的二流作家,此公令人侧目的辞色举止使唯美主义在巨大的非议声中得到了进一步"普及"。这个人就是被很多人误当作唯美主义代表人物的奥斯卡·王尔德(Oscar Wilde,1854—1900)。他声称"艺术除了表现自己以外从不表现任何东西"③,"艺术家总是从风格之美和描述之美的角度看待艺术品"④。但这里"艺术自身"的具体内涵是什么呢?王尔德循着康德"纯粹美"的思路,把文学艺术的本质界定成了"纯形式":"形式就是一切","从崇拜形式出发,艺术就向你显示其一切奥秘"⑤。在《英国的文艺复兴》(*The English Renaissance of Art*,1882)一文中,王尔德曾这样写道:

> 不要在油画中寻找主题,而只求它有绘画的魅力、色彩的美妙和构图的完满。……在荷兰油画中,在乔尔乔涅和提香的作品中,它从不依靠主题本身的诗意,只是一种形式和技巧的选择,它本身就是十分令人满意的,并且本身便是目的。诗歌也是如此,诗的真正特质,诗的快感,决不来自主题,而是来自对韵文的独创性运用,来自济慈所说的"诗句的感性生命"。⑥

王尔德的唯美主义主张,其观念上的绝对化借助其行为上的招摇出格而声名远播。但王尔德被当作唯美主义的代名词显然是历史的一个误会。"人们粗心大意地错把他当作了'唯美主义'的发明者。其实,王尔德

---

① 戈蒂耶:《诗艺》,赵澧、徐京安主编:《唯美主义》,北京:中国人民大学出版社,1988年,第203—204页。
② 勃兰兑斯:《19世纪文学主流》(第五分册),李宗杰译,北京:人民文学出版社,1982年,第330页。
③ Oscar Wilde, *The Works of Oscar Wilde*, New York: Walter J. Black Co., 1927, p.615.
④ 王尔德:《王尔德全集》(五),赵武平主编,北京:中国文学出版社,2000年,第462页。
⑤ Oscar Wilde, *The Works of Oscar Wilde*, New York: Walter J. Black Co., 1927, p.590.
⑥ 王尔德:《王尔德全集》(四),赵武平主编,北京:中国文学出版社,2000年,第18—19页。

仅仅是唯美主义的传播者,或者是为唯美主义做广告的人而已。"①事实上,与瓦尔特·佩特(Walter Pater,1839—1894)、约翰·罗斯金(John Ruskin,1819—1900)等其他英国唯美主义者相比,王尔德的文学观念实在没有什么新鲜货色。他那种片面、绝对化、自我矛盾的唯美主义学说更接近于法国的浪漫主义者戈蒂耶;而戈蒂耶在19世纪后期的法国显然已是被自然主义者和象征主义者淘汰了的"过气"人物。

二、唯美主义不是一个具体的文学思潮

基于某种坚实的哲学—人学信念,自然主义和象征主义都是在诗学、创作方法、实际创作诸方面均有着系统建构和独特建树的文学思潮。相比之下,作为一种仅仅在诗学某个侧面有所发挥的理论形态,唯美主义自身并不具备构成一个文学思潮存在的诸多具体要素。② 质言之,唯美主义只是在特定历史语境中应时而生的一种一般意义上的文学观念形态。这种文学观念形态因为是"一般意义上的",所以其牵涉面必然很广。就此而言,我们可以将19世纪中叶以降几乎所有反传统的"先锋"作家,不管是自然主义者,还是象征主义者,还是后来的超现实主义者、表现主义者,都称为广义上的唯美主义者。广义的"唯美主义"这个概念的无所不包,本身就已经意味着它实际上只是一个"中空的"概念——一个缺乏具体的作家团体、独特的技巧方法、独立的诗学系统、确定的哲学根底支撑并对其实存做出明确界定的概念,一个从纯粹美学概念演化出的具有普泛意义的文学理论概念。所有的唯美主义者——即使那些最著名的、激进的唯美主义人物也不例外——都有其自身具体的归属,戈蒂耶是浪漫主义者,福楼拜是自然主义者,波德莱尔是象征主义者……而王尔德则是公认的颓废派的代表人物。"狭义"的唯美主义一般就是指19世纪末王尔德为代表的欧洲文坛上的"颓废派";事实上,"颓废派"同样是一个"能指"飘忽不定的概念。

由于种种社会—文化方面的原因,在19世纪中后期,作家与社会的关系总体来看处于一种紧张的关系状态,作家们普遍憎恨自己所生活于其中的时代。他们以敏锐的目光看到了社会存在的问题和其中酝酿着的危机,看到了社会生活的混乱与人生的荒谬,看到了精神价值的沦丧与个

---

① 威廉·冈特:《美的历险》,肖聿、凌君译,北京:中国文联出版公司,1987年,第139页。
② 美国著名学者雷纳·韦勒克(René Wellek,1903—1995)曾指责王尔德的文学批评缺乏内在稳定的根基。

性的迷失,看到了繁荣底下的腐败与庄严仪式中掖藏着的虚假……由此,他们中的一些人开始愤怒,愤怒控制了他们,愤怒使他们变得激烈而又沉痛,恣肆而又严峻,充满挑衅而又同时充满热情;他们感到自己有责任把他们看到的真相暴露在光天化日之下。而同时,另一些人则开始绝望,因为他们看破了黑暗中的一切秘密,却唯独没有看到任何出路;在一个神学信仰日益淡出的科学与民主时代,艺术因此成了一种被他们紧紧抓在手里的宗教的替代品。大致来说,那些愤怒但却依然扭住真实不放的作家基本都属自然主义文学阵营;而那些绝望并在绝望中奇怪地对艺术生发出某种宗教迷狂的人,大都成了坚定的唯美主义者,"唯美主义的艺术观念源于最杰出的作家对于当时的文化与社会所产生的厌恶感,当厌恶与茫然交织在一起时,就会驱使作家更加逃避一切时代问题"①。当然,这种事实上乃是对人之极端复杂的精神状况所进行的分类,明显地是太过简单了——因此,必须立即再附加一句:实际的情形远比书面的归类要复杂得多,各种程度不一的交叉混合也许是更为普遍的情形。譬如说,与波德莱尔作为象征主义的奠基人同时也是唯美主义代表人物一样,作为自然主义代表作家的福楼拜、于斯曼与龚古尔兄弟等人同时也是著名的唯美主义者。福楼拜称:"灵魂在今天沉睡,为她所听到的话语而沉醉,但她将经历一次野蛮的觉醒。在这场觉醒中,她将沉溺于解放的狂喜,因为再也没有什么可以限制她,无论是政府还是宗教,或者任何准则。"②自我中心,神经质,清高,对喧嚣的政治、经济、社会问题不屑一顾,对丰富、鲜明、细腻的印象风格之追求,这堪称是唯美主义者福楼拜的精神肖像。埃里希·奥尔巴赫称:"只要生活不是间接或直接为文体服务,他就会苦行僧般地放弃个人生活。"③由于唯美主义的观念框架下面无所不包,所以就有各式各样的唯美主义者。在最早明确提出唯美主义"为艺术而艺术"口号的19世纪的法国,实际上存在三种唯美主义的基本文学样态,这就是浪漫主义的唯美主义(戈蒂耶为代表)、象征主义的唯美主义(波德莱尔为代表)和自然主义的唯美主义(福楼拜为代表)。而在19世纪后期象征主

---

① 埃里希·奥尔巴赫:《摹仿论:西方文学中所描绘的现实》,吴麟绶、周新建、高艳婷译,天津:百花文艺出版社,2002年,第564页。
② Quoted in Edmund Wilson, "The Politics of Flaubert", in *The Triple Thinkers: Twelve Essays on Literary Subjects*, London: John Lehmann, 1952, p.77.
③ 埃里希·奥尔巴赫:《摹仿论:西方文学中所描绘的现实》,吴麟绶、周新建、高艳婷译,天津:百花文艺出版社,2002年,第566页。

义者与自然主义者从不同的领域、角度、程度上对浪漫主义所展开的批判中,浪漫主义的唯美主义者很大程度上退出了历史舞台。这就是说,在19世纪后期的法国文坛,唯美主义的具体表现形态就是自然主义和象征主义。而在19世纪后期英国被称之为唯美主义者的各式人物中,既有将"为艺术而艺术"这一主张推向极端的王尔德,也有虽然反对艺术活动的功利性但却又公然坚持艺术之社会—道德价值的罗斯金;如果前两者分别代表该时期英国唯美主义的右翼和左翼,则瓦尔特·佩特的主张大致处于左翼和右翼的中间。①

人们可以谈论左拉的唯美主义、福楼拜的唯美主义、王尔德的唯美主义、波德莱尔的唯美主义彼此之间的差别,但却似乎很难笼统地谈论自然主义和唯美主义的关系。因为从宽泛的意义上来说,唯美主义包罗万象,自然主义本来就是其一种具体的表现形式。因此在下文对自然主义以及现代主义与唯美主义不同点的讨论中,我所说的唯美主义特指戈蒂耶、王尔德为代表的那种极端的激进唯美主义。

第二节 "依存"·"独立"·"绝对独立"

一、自然主义的唯美主义艺术立场

正如克罗齐在《美学纲要》中所分析的那样,关于艺术的依存性和独立性,关于艺术自治或他治的争论不是别的,就是询问艺术究竟存在不存在;如果存在,那么艺术究竟是什么。艺术的独立性问题,显然是一个既关乎艺术价值论又关乎艺术本体论的重大问题。唯美主义之最基本的艺术立场或文学观点就是坚持艺术的独立性。

从社会政治背景的角度来描写人物性格及其命运,是司汤达极其重要的表现手法。这就是说,在司汤达的作品中,所有的人物心理和人物行为都是在政治和社会变动的基础上展现的。"假如人们对特定的历史时刻,即法国七月革命前夕的政治形势、社会阶层以及经济关系等没有详尽

---

① 佩特曾提出:"要以艺术的精神来对待生活,就得使生活的方式等同于生活的目的,而鼓励这种对待生活的方式,这才是艺术和诗歌真正的道德意义。"(See Walter Pater, *Appreciations: With an Essay on Style*, London: The Macmillan Company, 1889, p. 62.)这显然不同于王尔德的为艺术而艺术。西方学界甚至有人不认为他是唯美主义者,例如 T. S. 艾略特。

的了解",便很难理解司汤达《红与黑》中的很多描写。为此,小说有了一个出版商加的副标题"1830年纪事"。① 除此之外,司汤达还非常重视从道德的角度来审视并表现人物:"我把一个人的性格称作它追逐幸福的行为方式。说得再清楚一些就是,一个人的性格就是此人道德习惯的全部。"② 至于巴尔扎克,左拉曾对其创作的意识形态属性做过如下概括:巴尔扎克坚信"一个作家应该在道德上、宗教上和政治上有一个既定的观点,他对人类事务应该有一个判断——《人间喜剧》(*La comédie humaine*)的基础是:天主教,宗教团体进行的教育,君主政体的原则"③。谈到19世纪中叶英国文坛的情况,彼得·福克纳也曾经指出:"维多利亚文化认为文学具有重要的社会作用,并允许文学承担一部分以前由宗教行使的功能。为了起到这种作用,文学就必须以伦理为指归。"④

传统文本的意识形态性质一般说来是很明显的。对司汤达、巴尔扎克、雨果、狄更斯等活跃于19世纪中叶的西方作家来说,在叙事过程中直接或间接地明确表达自己道德上或政治上的好恶,乃是非常流行的做法。随意中断叙事,或对社会、文化、宗教、道德、政治问题发表滔滔宏论,或来上一小段格言警句般的说教,或对书中人物及事件直接表明自己的看法,或借书中人物的嘴间接贩卖作家本人的主张等,在他们的作品中屡见不鲜。传统作家的文学创作往往直接受其社会政治、宗教、道德观念的主导,这直接导致"观念统摄型"的宏大叙事。由社会意识形态观念统摄的传统文学,显然具有鲜明的"依存性"。这种"依存性"被意识形态劝诱引导而成为某种习惯性生存姿态的时候,文学作为艺术的"独立性"便在不知不觉中被取消了。

19世纪中叶以降,以达尔文进化论为标志的科学上的一系列重大进展,带来了传统理性主义文化观念的"地震";而孔德等人的实证主义哲学与叔本华、尼采为代表的生命意志学说,更是直接给人们以一种非理性主义的文化启蒙。以此为契机,新时代的作家突然获得了一种新的面对现实的心灵目光,开始从传统"历史主义""本质主义"的各种形

---

① 埃里希·奥尔巴赫:《摹仿论:西方文学中所描绘的现实》,吴麟绶、周新建、高艳婷译,天津:百花文艺出版社,2002年,第506页。
② 转引自上书,第519页。
③ 左拉:《巴尔扎克和我的区别》,朱雯等编选:《文学中的自然主义》,上海:上海文艺出版社,1992年,第291页。
④ 彼得·福克纳:《现代主义》,付礼军译,北京:昆仑出版社,1989年,第9—10页。

而上学与意识形态蒙蔽中猛醒过来,并由此产生了撕破各种使生命凝固僵化的理性主义观念体系的强烈冲动与还原历史本性、生存本相的强烈愿望。

在很大程度上,自然主义就是拒绝用超自然的力量来解释世间的一切。几乎从步入文坛的第一天开始,左拉就立志改变文坛的如上状况。他大声疾呼:"形而上学的人已经死去,由于对象已经成了生理学上的人,文学领地的面貌当然也就全然为之改观。"①他坚持去意识形态化,主张文学作为艺术的独立性:"我把对政治状况的探讨搁置一边,也不会去讨论在宗教上、政治上如何更好地治理人群的问题。我并不想建立或捍卫某种政治或宗教。我的研究只是对如此这般的世界所作的单纯而局部的剖析。我纯粹是在验证,这是对被置于某种环境中的人的研究。毫无说教的成分。"②于斯曼也说:"艺术与政治理论和社会乌托邦毫不相干;一部小说不是一个讲坛,也不是一篇说教,我认为一个艺术家应当像躲避瘟疫那样,杜绝连篇累牍的废话。"③

在写给左拉的信中,泰纳曾称:"艺术家超越政治,决不为任何一方辩护。"④左拉显然坚决支持这种"非政治"的观点。1877年,针对他人从政治层面对《小酒店》的攻击,左拉在给当时《公益报》总编伊弗·居约(Yves Guyot,1843—1928)的公开信中曾说:"在政治上正如同在文学上和在整个现代人类思想史上,有两个截然不同的潮流:理想主义潮流和自然主义潮流。我把光说现成的豪言壮语,对人进行纯粹抽象思辨,不研究真实便幻想乌托邦的政治称作理想主义的政治。我把首先从经验开始着手行动,建立在事实之上,一句话,按照需要去治理一个民族的政治称作自然主义的政治。""本世纪唯有建立在科学上的东西才是扎实的。理想主义的策略必然导致各种各样的灾难;只要拒绝了解人,只要把一个社会安排得像用一张壁毯去装饰一个准备盛宴的客厅那样,那么写出的作品便不会流传后世。""理想主义的策略扮演着把鲜花掷向他的垂死病人的医生这种作用。我更喜欢的是展示这种垂死状态。人们就是这样生活和

---

① Emile Zola, "The Experimental Novel", in *Documents of Modern Literary Realism*, ed., George J. Becker, Princeton, New Jersey: Princeton University Press, 1963, p.196.
② 左拉:《关于家族史小说总体构思的札记》,柳鸣九译,柳鸣九编选:《法国自然主义作品选》,天津:天津人民出版社,1987年,第734—735页。
③ 于依思芒斯:《试论自然主义的定义》,朱雯等编选:《文学中的自然主义》,上海:上海文艺出版社,1992年,第324—325页。
④ 泰纳:《给爱弥尔·左拉的信》,同上书,第333页。

死去的。我只是一个法院的书记官,这职务不允许我下结论。但我让道德家和立法者去思索和找到药方。"①

从作为伦理学附庸的地位中解脱出来,是19世纪中叶以降西方现代文学发展过程中的主要任务。作为19世纪末叶西方文坛上的文学主潮,自然主义被很多人看作是为找到文学能赖以避开棘手的伦理选择这样一种结构所作的斗争。泰纳的实证主义美学理论,在很大的程度上将小说的目的和方法同科学研究的目的和方法等量齐观。科学当然是没有认识的禁区可言的,因此他认为小说家可以触及任何题材——即使是最猥亵的题材,也不存在道德上被申斥为"淫书"的理由。在泰纳的表述中,作家、艺术家常被比作植物学家或解剖学家,他应该像科学家研究动、植物的机体一样研究人的肉体和心理。也就是说,伦理的态度或立场并非文学家的职业态度或立场。"善与恶,就像硫酸、食糖一样,都是一种产品。"②而左拉在为自己的小说辩护时也称:"在科学领域,对伤风败俗的指责说明不了任何问题。我不知道我的小说是否有伤风化,我承认自己从来也没有考虑过让这部小说多少变得清白些。"③于斯曼在界定自然主义时说得更为透彻:"艺术同贞洁与否根本风马牛不相及。所谓下流的小说就是写得糟糕的小说……写真实即是写道德。"④

自然主义旗帜鲜明地反对所有形而上学、意识形态观念体系对文学的统摄和控制,反对文学沦为现实政治、道德、宗教的工具。这表明,在捍卫文学作为艺术的独立性方面,与象征主义作家一样,自然主义作家与极端唯美主义者是站在一起的。龚古尔兄弟日记中的这番话颇能代表大部分自然主义作家的社会—政治态度:

> 谎言、响亮的话语、炙热的空气,这就是我们能从这个时代的政治家那儿所能得到的一切。革命是一种简单的变易,随之而来的是野心、腐败和罪恶的简单回归——回到它们刚刚搬离的巢穴——而所有这一切却需经历巨大的破坏和花费。没有任何政治道德,当我

---

① 左拉:《给伊弗·居约的信》,朱雯等编选:《文学中的自然主义》,上海:上海文艺出版社,1992年,第283—285页。
② 泰纳:《〈英国文学史〉导论》,同上书,第36页。
③ 左拉:《〈戴蕾斯·拉甘〉第二版序》,老高放译,柳鸣九编选:《法国自然主义作品选》,天津:天津人民出版社,1987年,第730页。
④ 于依思芒斯:《试论自然主义的定义》,朱雯等编选:《文学中的自然主义》,上海:上海文艺出版社,1992年,第326页。

环顾四周想要找到一个公正的意见,却发现找不到任何回音。……从长远来看,你会幻灭,对所有的信仰都感到厌恶,对任何权力都能持容忍态度,对政治漠不关心——这是我在我所有的文学朋友身上、在福楼拜身上及我自己身上所发现的。你会发现你们不能为任何理由而死,你们必须与任何现存的政府共同生活,不管你有多厌恶——你必须只信仰艺术,只信奉文学,其余的都是谎言和陷阱。①

二、与极端唯美主义的分歧:从自然主义到现代主义

但如果深入考察,人们将很快发现:在文学作为艺术的独立性问题上,自然主义作家所持守的立场与戈蒂耶、王尔德等人所代表着的那种极端唯美主义主张又存在着重大的分歧。激进唯美主义者在一种反传统"功利论"的激进、狂躁冲动中皈依了"为艺术而艺术"(甚至是"为艺术而生活")的信仰,自然主义作家却大都在坚持艺术独立性的同时主张"为人生而艺术"。两者的区别在于,前者在一种矫枉过正的情绪中将文学作为艺术的"独立性"推向了绝对,后者却保持了应有的分寸。

既然大家都一致认定,作为艺术的文学不是伦理的女仆,不是政治的小蜜,不是宗教的义工,当然也不是科学的跟班,即文学的存在不是为以上诸事物服务,则文学与生活的关系问题自然也就合乎逻辑地被提出来进行重新界定。正如西方唯美主义研究专家莱昂·谢埃(Leon Chai)在《唯美主义:后浪漫主义文学的艺术宗教》一书中所一语道破的那样:"唯美主义运动的中心是这样一种愿望——去重新定义艺术与生活的关系,赋予生活以艺术的形式并把生活提升为一种更高层次的存在。"②自然主义与极端唯美主义的重大分歧首先便集中地表现为两者在"文学与生活关系"问题上的不同理解。

极端唯美主义者过分强调文学作为艺术的"纯正",为此不惜斩断艺术与生活的关系。在他们看来,文学艺术如若理会现实生活,那么就会"变得毫无生气,美也将从大地上消失"③。所以,他们"逃避生活就像逃

---

① Quoted in Edmund Wilson, "The Politics of Flaubert", in *The Triple Thinkers: Twelve Essays on Literary Subjects*, London: John Lehmann, 1952, p.76.

② Leon Chai, *Aestheticism: The Religion of Art in Post-Romantic Literature*, New York: Columbia University Press, 1990, p.ix.

③ Oscar Wilde, *The Works of Oscar Wilde*, New York: Walter J. Black Co., 1927, p.600.

避麻风病一样"①。在从对日常经验题材的关注转移开之后,他们的注意力转移到了施展自己技能的媒介上来,即比格尔所谓"当'内容'范畴萎缩时,人们获得了手段"②。王尔德称:"自然是什么呢?自然不是生育我们的伟大母亲。它是我们的创造物。正是在我们的脑海里,它获得了生命。"③由此他认为,"艺术对事实毫无兴趣;它发明,想象,梦想"④。与那些狂热的浪漫主义者一样,王尔德将艺术家的想象力看得高于一切,因为在他看来它能创造一切:

> 她可以随意创造奇迹,当她召唤怪兽出海之时,怪兽应声而来。她可以命令扁桃树在冬天开花,可以吩咐大雪覆盖成熟的玉米地。在她的命令之下,冰霜将其银指放到六月炽热的嘴唇上,长翅膀的狮子从拉底恩的山洞里爬出来。⑤

极端唯美主义者的这种做法固然有效地排除了政治、道德、宗教等社会意识形态对文学的强暴与侵蚀,捍卫了其作为艺术的纯粹性与独立性,但同时也造成了文学对题材、内容的忽视及艺术品语义的萎缩,从而导致了文学的孤立及其社会—文化功能的流失。

自然主义者也推崇艺术的独立性与自律性,但又显然不同于唯美主义者将其强调并推进到极端——企图建立一个凌驾于现实世界之上的审美经验的独立王国。他们本能地意识到:艺术与现实生活必然也必须以这种或那种方式密切关联,因此"为艺术而艺术"的主张一旦走偏,极端空灵的"艺术"便会成为意义缺失的自娱;艺术与现实社会—文化之间的联系一旦断裂,它必然便会在自我孤立中衰微。因此,自然主义拒绝艺术的孤立尤其反对其自我孤立,拒绝使艺术处于无力干预社会生活的状态,并希冀在努力中达成艺术与现实的一种新型关系:

> 文学自然主义就是返回自然,返回生活,返回人本身,即在对现实的接受中,经由直接的观察和精确的剖析达成对人世真相的描写。就此而言,文学家和科学家所面对的任务是相同的;两者都必须以现

---

① D. H. 劳伦斯语,转引自彼得·福克纳:《现代主义》,付礼军译,北京:昆仑出版社,1989年,第98页。
② 彼得·比格尔:《先锋派理论》,高建平译,北京:商务印书馆,2002年,第10页。
③ Oscar Wilde, *The Works of Oscar Wilde*, New York: Walter J. Black Co., 1927, p.613.
④ Ibid., p.605.
⑤ Ibid., p.609.

实来代替抽象,以严峻的分析打破经验主义的公式。只有这样,作品中才会有合乎日常生活逻辑的真实人物和相对事物,而不尽是抽象人物和绝对事物这样一些人为编制的谎言。①

文学应该犹如"大理石""玛瑙"和"珐琅"——激进唯美主义者"为艺术而艺术"的观念及这种观念指导下的创作追求可谓玲珑剔透。但事实是,世界上并不存在当空就可以打造出来的"宝石",所有质地精良的"大理石""玛瑙"和"珐琅"无不有着并不晶莹透明的"顽石"般粗糙的前身。因其自我封闭、自我孤立的内向性,激进唯美主义者在题材、主题、文本构成、艺术风格等诸方面均不同程度地表现出"单一""轻飘"的严重不足。奥斯卡·王尔德在1891年发表的《作为艺术家的批评家》一文中甚至抱怨说:"可以用于创作的题材日益变得稀少和狭窄。上帝和华尔特·贝赞特先生②已经用尽了显而易见的题材。"③而坚持回到自然、回到生活、回到生命中去的自然主义在题材、主题、文本构成、艺术风格等诸方面却表现出了走向"混沌""复杂""厚重""担当"的艺术自觉。而且,在自然主义作家将目光对准普通人的平凡生活之后,在极端唯美主义作家那里似乎已经枯竭了的"显而易见的题材"却陡然变得取之不尽用之不竭。现代主义文本常常表现出来的"混沌"与"复杂"品相,显然是秉承了自然主义。

在对中产阶级的价值观念与生活方式的叛离方面,现代主义与唯美主义者可谓毫无二致,因此同自然主义作家一样,现代主义作家也大都堪称普泛意义上的唯美主义者。"当先锋主义者们要求艺术再次与实践联系在一起时,它们不再指艺术作品的内容应具有社会意义。"④彼得·比格尔在《先锋派理论》一书中如是说。这里,既然提到艺术与生活实践的联系,比格尔所说的"社会意义"显然是指传统文本常有的那种作为政治训诫或道德教化宣示工具的社会意义。作为普泛意义上的唯美主义者,现代主义作家在艺术中经常流露出对中产阶级那种平庸、机械生活的刻意拒绝和激烈否定,并力图通过艺术加以超越。在他们看来,这种生活底下流淌着的那种功利主义、现实主义的工具理性正是艺术的最大敌人,而

---

① Emile Zola, "Naturalism in the Theatre", in *Documents of Modern Literary Realism*, ed., George J. Becker, Princeton, New Jersey: Princeton University Press, 1963, p.201.
② 华尔特·贝赞特(Walter Besant, 1836—1901),英国小说家。
③ 王尔德:《作为艺术家的批评家》,转引自彼得·福克纳:《现代主义》,付礼军译,北京:昆仑出版社,1989年,第29页。
④ 彼得·比格尔:《先锋派理论》,高建平译,北京:商务印书馆,2002年,第120页。

这种理性几乎完全支配、控制了中产阶级的思维,并进而塑造了他们特定的生活方式。同自然主义作家一样,现代主义作家对那种"生命工具化"的生活的否定,否定的只是此种生活方式以及其内里所渗透着的那种工具理性的思维模式,而非同极端唯美主义者一样逃避、否定生活本身。一般而言,现代主义作家大都拒绝接受艺术与生活的分离,并在"愉悦－教化机制"之外探求艺术与生活再度统一的所有可能。为此,他们中的很多人甚至强调艺术对生活的强力"介入"。当然,就他们的这种探求被非常明确地定位于在"愉悦－教化机制"之外而言,人们可以发现:即使在现代主义作家反对极端唯美主义者那种自我孤立的艺术立场之时,唯美主义仍然是其不可缺少的基础前提。

"独立性"显然是一个关涉"关系"的概念。如果甲事物的存在从根本上依存或从属于乙事物,则我们可以说甲事物因缺乏或出让了自己的本质规定性而将自己陷于了存在的虚无之中;即从根本上来说不具备自己"独立性"的事物,事实上就等于不存在。就此而言,我们可以说完全被权力化了的基督教所控制的中世纪教会文学,其本质是宗教而非文学。虽然事物是否拥有着自己的"独立性"对其本身的存在与否至关重要,但这并不意味着该事物一旦拥有了自己的"独立性"便完全断绝了与其他诸事物的关联。这就是说,任何事物的真正存在都必然具有两面性:一方面它必须是独立的,而另一方面它又必然是与其他事物处于联系的网络之中——对作为人类心灵活动的文学来说,情形就更是如此。的确,应该毫不迟疑地坚持文学作为艺术的"独立性",但同时也应该承认文学作为艺术的"依存性":作为人类的一种精神活动,与宗教、哲学、科学等其他精神活动的关联;作为人的一种生存方式,与政治、伦理等其他社会生活方式之间的相互作用与影响。一方面,"艺术是最初的和基本的精神活动,所有其他的活动都是从这块原始的土地上生长出来的"[①]。另一方面,"诗人的每一句话,他的幻想的每一个创造都有整个人类的命运、希望、幻想、痛苦、欢乐、荣华和悲哀,都有现实生活的全部场景……"[②]这正如席勒在《审美教育书简》中所试图揭示的:正是由于自律,由于不与直接的目的相联,艺术才能完成一个其他任何方式都不能完成的任务:增强人性,将被文明的发展所摧毁了的感性与理性的统一重新统一起来。但席勒同时又

---

① 罗宾·乔治·科林伍德:《艺术哲学新论》,卢晓华译,北京:工人出版社,1988年,第8页。
② 克罗齐:《美学原理·美学纲要》,朱光潜、韩邦凯、罗芃译,北京:外国文学出版社,1983年,第318页。

说:"如果这样一些异乎寻常的事件实际发生了,即法律由理性决定,人本身被当作目的来对待和尊重,君主按法律行事,自由成为国家的基础,我将永远告别缪斯,而专门从事最辉煌的艺术活动——理性的君主制。"①席勒的这番话表明,所谓美学上的自律从一开始就与放弃自律的问题联系在一起。就此而论,坚持绝对的艺术自足即绝对地坚持为"艺术而艺术"的极端唯美主义者,如王尔德,显然是犯了将问题简单化的错误——尽管人们可以同时承认:这一错误在特定的文学情境中具有历史命定性或历史合理性。

第三节 "非教化"与"文学的社会功能"

一、"非教化":不同的思维视野

"愉悦与教化的结合不仅在古典主义的所有诗学,特别是贺拉斯以后变得司空见惯,而且成为艺术的自我理解的一个基本主题。"②在传统文本那里,"愉悦"与"教化"的关系是非常微妙的。实际上,贺拉斯所谓"寓教于乐"的艺术原则,在具体实施过程中,往往体现为"乐"所代表着的艺术的审美功能是手段,而"教"所体现着的艺术的教化功能则是目的。所谓"教化"无非就是某种政治的或道德的或宗教的社会意识形态观念的渗透,因而从根本上说"观念"才是传统文本中的灵魂。在19世纪,唯美主义者以其建构"无目的(直接的功利目的)"之艺术王国的主张,对"寓教于乐"的艺术原则进行了大胆的否定,第一次导致"教化"在艺术理论与艺术创作中被理解为一种超美学的因素。但这种否定,在极端唯美主义者那里却明显地失之于"矫枉过正",断绝艺术与生活关系的激进乌托邦主张让他们一头栽进了另一个艺术的陷阱。

总体来看,极端唯美主义"艺术自律"的主张,反对"教化",但却并不反对传统审美的"愉悦";他们的"艺术自律"可以被看作文学内部就艺术的社会功能释放机制所进行的一种调整。就唯美主义反对传统文本中常见的那种拙劣的"教化"而言,自然主义者和现代主义者均持肯定态度,所

---

① 转引自彼得·比格尔:《先锋派理论》,高建平译,北京:商务印书馆,2002年,第182页。
② 同上书,第111页。

以我说自然主义者和现代主义者在某种程度上都是广义的唯美主义者。自然主义作家和现代主义作家与极端唯美主义者的区别在于：他们并没有就此止步，而是由此出发进一步深入反思并进而颠覆了传统文学文本在审美阅读中的"愉悦"效用。即自然主义和现代主义作家对传统文学的否定并不纠缠于"教"与"乐"关系的调整，或艺术的"审美功能"与"教化功能"的调整，而是从一个更深的层面切入——直接解构构成传统文本灵魂的"观念"。传统的有机的作品，其存在和被接受的前提条件是假定一种整体意义的存在，并且整体中单个部分的意义与整体的意义之间存在着一种必然的和谐。而自然主义者和现代主义者——尤其是现代主义者——则对意义的"确定性"（确定的意义往往体现为观念）提出疑问，因为他们普遍地更相信"不确定性"；对那种"必然性"和谐提出疑问，因为他们普遍地更相信"偶然性"与体现为"偶然性"的"荒谬"。就此而言，正是在对世界的理解方面更偏重于"不确定性""偶然性""荒谬"的这一精神现实，才使得现代主义作品从"有机的"变成了"非有机的"。也正因为如此，自然主义者和现代主义者才有效克服了极端唯美主义者普遍具有的那种浮泛与轻飘，使其文学反叛以更大的力度和深度体现出更为宏大的文化视野和文化气象。而戈蒂耶、王尔德等激进唯美主义者对传统的反叛，正因为只是浅尝辄止地迈出了半步，并且停留在这"半步"上纠缠不休，才在虚空中迷失步入了另一个艺术的误区。他们拿出了吃奶的劲一味在那里空泛地叫嚷"反传统""反功利"，不但因此耗尽了所有本来可以用来前行的气力，而且由于思维的目光一直只盯一点不及其余，所以就很难不犯"绝对化"的错误。就思维逻辑而言，极端唯美主义者显然都是一些持有二元对立思维模式的绝对主义者。

虽然同在许多问题上一样，艺术功能问题上的这种理论调整不管是在自然主义还是现代主义内部从来就不是只有一种声音，但总体来说，在生活与艺术的关系问题上，绝大部分自然主义作家和现代主义作家都拥有一种远比极端唯美主义者更为开放的理论姿态，这大概是没有问题的。即使那些激进到近乎无政府主义地步的现代主义流派或作家，如达达主义者，他们也从不拒绝接受艺术对生活承担着某种使命这样的观念。达达主义者为使艺术获得生命力做出了不懈的努力。他们反复论证，如果艺术失去了与现实的联系，它就会失去自身的意义，成为一种虚无缥缈、自我欺骗的生活替代物。因此，他们坚持认为艺术应该面对现实，应该关心人类的经验——不管这经验是高贵的还是平庸的；主张艺术应该向生活敞开大门,现实生活应该进入艺术。他们尤其反对把艺术仅当作一种消遣而声称它与生活没有直接关系的艺术观念,因为在他们看来这种观念迎合了罗曼蒂克式的幻想,从而默认了社会的永恒不变,并最终将艺术弄成了一种麻醉剂。现代主义艺术家们并不是仅仅以一种厌烦、焦虑、愤世嫉俗以及其他一些有关灵魂的伪存在主义的激情来反抗社会。他们并非要使自己孤立起来,而是要将他们自己以及他们的艺术与生活重新结合起来。这样看来,积极的、甚至带有攻击性的艺术宣言成为20世纪先锋派艺术家所喜欢用的表达自己的手段,当然也就不是偶然的了。[①]

  大致来说,与自然主义作家相比,现代主义作家愈发在一种全面的、刻意的"新异性"的迷恋中追求文学的"震惊效应"。在文本效应上,人们可以普遍感觉到,传统西方文学文本那种鲜明的批判性特征,从19世纪后期开始发生了微妙的变化:一方面,文学批判的锋芒似乎收敛了不少,这直接表现为作家们普遍变得含蓄起来,不再直接赤膊上阵以自己的激扬文字或忧心忡忡或义愤填膺或正义在手地审判现实、指点江山;可另一方面,文学批判的动能非但没有减弱反而愈发加强,作家、艺术家们普遍以一种更为激进、更为自觉的姿态站在了社会—文化的对立面,对其进行一种更为彻底、更为决绝的解构与反抗。然而,细加考察,不难发现:各种思潮与现实的关系虽不乏共同相通之处,但旨趣与策略却又有细致乃至根本的不同。大致来说,极端唯美主义者的反叛乃是一份遁向"自娱自乐"的拒绝,在拒绝中封闭,于封闭中"对立";自然主义作家与现代主义作家的反叛则诉诸"震惊",以震惊"介入",在"介入"中"对衡"。

二、"非教化"与"文学的社会功能"

  作为社会的存在,人生需要教育与教化。学校求学生涯、文化习俗熏染、生活经验、艺术经验等均可达成这种教育与教化。教育与教化的本质并不简单地在于让受教育者或被教化者接受某种知识或赞同某种主张,而是要让人学会如何观看、如何思考,从而达成生产知识与主张的能力。艺术可以达成某种启发心智的作用;就此而言,艺术在一种不自知的状态中事实上已经担负起了某种教育与教化的使命。但不同于一般的学院教育与道德教化,艺术开启心智的独特性在于,它主要不是通过诉诸人的大脑而是人的情感,即主要是经由情感而抵达心灵,而非诉诸理性而抵达大

[①] 参见彼得·比格尔:《先锋派理论》,高建平译,北京:商务印书馆,2002年,第38页。

脑。通过营造某种仿若真实生活情境的艺术情境,直接触发人的情感机制,启动某种生命—情感体验,艺术使人突破各种生活—理性概念的蒙蔽最终达成心灵对生命与世界的理解。

大致来说,在文学的"教化"问题上,自然主义以降,西方现代文学既持有与传统文学截然相反的立场,坚持文学作为艺术的独立自足;又反对极端唯美主义那种文学的自我封闭与自我孤立,不否认作为艺术的文学内在地具有、而且也应该充分地体现出其特定的社会作用。

自然主义作家虽然激烈反对作家将文学文本当作布道劝善或政治宣传的讲坛,但一般说来,在文学与社会、文学与大众的关系问题上,却不同于同时代极端唯美主义者的那种遗世独立,大都明确声称:文学不但要面向大众,而且应责无旁贷地承担起自己的社会责任和历史使命。孔德曾以论战者的热情猛烈抨击戈蒂耶那种"为艺术而艺术"的极端主张,他认为,如果艺术真的成了人生的目的,那么它就会既使艺术家也会使公众受到腐蚀,艺术就会变成感官的享乐,甚或变成单纯的艺术技巧。在孔德看来,正是不受约束的极端审美倾向导致了若干世纪以来在意大利出现的众多残酷行为,譬如,仅仅为了获得美妙的男声而把人阉割了。堕落的艺术能够在那些将声色和形式自娱看作最高幸福的人身上唤醒可恶的利己主义。龚古尔兄弟也明确指出:文学"通过分析和心理研究成了当代的一部道德史"①,它正视并表现生活,尤其是底层社会小人物生活中的苦难,而正是苦难教会了仁慈。而左拉也同样坚持认为,文学作为艺术,应对社会和一般的人类生存承担使命。"艺术家是一名战士;他以上帝的名义为崇高的一切而斗争。……艺术是一只照亮人类道路的光辉的火炬,而不是一个拙劣诗人陋室里的一支可怜的蜡烛。"②"诗人用两种武器来纠正人类的缺点:讽刺和赞美,撒旦的狂笑和上帝的微笑,一种是在使人痛苦的同时进行纠正的玩具,另一种是使人在瞥见天国时变得更好的亲吻。"③

现代主义经典作家里尔克称:"艺术家应该将事物从常规习俗的沉重

---

① 龚古尔兄弟:《〈翟米尼·拉赛特〉初版前言》,朱雯等编选:《文学中的自然主义》,上海:上海文艺出版社,1992年,第294页。
② 左拉:《致让-巴蒂斯丹·巴伊》,左拉:《左拉文学书简》,吴岳添译,合肥:安徽文艺出版社,1995年,第32页。
③ 同上书,第31页。

而无意义的各种关系里,提升到其本质的巨大联系之中。"①关于文学的社会作用,现代主义作家的基本立场大都非常接近自然主义作家,即既慎言文学的社会作用,又不讳言文学的社会作用。现代主义作家中的领袖人物之一庞德在写给友人的信中曾激烈地声辩:"伪称艺术是非教谕性的,这是胡说八道。启示总是教谕性的。只有1880年以来那些唯美主义者才宣扬相反的看法,他们并不是一帮健全的人。"②当然,他同时也强调,承认艺术的教谕功能,并非是要艺术去充当某种"他者"的工具;而在他看来,所有的唯美主义者都无一不是犯了将两者混为一谈的错误:"艺术无法提供某种专卖药品。不能把这一点与一种更深刻的教谕性区分开来,就导致了'唯美主义'的错误。"③

如果非要说艺术对人心智的开启关乎"教育—教化",那么这种"教育—教化"显然是直接关乎情感与心灵的:它滋养情感反应的能力,打开心灵的窗户,让人获得属于自己的观察世界的第三只眼睛与理解人生的另一种思维方式。就此而言,我们同时也不得不说艺术的这种"教育—教化"又是反"教育—教化"的——那种抹平个性、对群体实行知识—理性加载、让人变成知识的贮存器与理性的机械人的"教育—教化"。自然主义以降,现代艺术文本诉诸个体的生命—情感体验的这种艺术的"教育—教化",对一般意义上的"教育—教化"而言,既是一种颠覆与反叛,更是一种校正与均衡——因为在进行颠覆的时候,它并没有取消或要求取消自己对立面的存在。对自然主义和现代主义作家来说,他们所强调的只是"艺术的根源在于直觉的、自然的反应,当人们发展理性的理解力和技巧时,不应丢掉这种直觉的反应"④。

校正与均衡必须诉诸颠覆与反叛,因为只有经由激进的颠覆与反叛所造成的"震惊"效应,在"习以为常"中已经"机械化"了的观察—感受—思维机制才有可能被阻断,而情感—心灵的大门也只有在这样的基础上才有可能真的被"砰"然打开。

就此而言,与弗洛伊德的心理学理论对现代主义文学的重大影响相比,我们也许不应过高地估计其文学理论对现代主义文学的影响。尽管

---

① 莱·里尔克:《关于艺术札记》,袁可嘉等编选:《现代主义文学研究》(下),北京:中国社会科学出版社,1988年,第832页。
② 转引自彼得·福克纳:《现代主义》,付礼军译,北京:昆仑出版社,1989年,第76—77页。
③ 同上书,第77页。
④ 大卫·贝斯特:《艺术·情感·理性》,季惠斌等译,北京:工人出版社,1988年,第243页。

现代主义文学是极其复杂的多元文学存在,但大致来说,现代主义作家在很大程度上代表了20世纪西方严肃文学的创造性努力——如果过度地用弗洛伊德的压抑—宣泄—升华理论来阐释现代主义文学,即使人们充分考虑到其文学理论中"升华"的一元,那也未免过于消极。事实上,现代主义作家固然有在文学创作中寻求诗意陶醉或诗性解脱的一面,但却更有面向现实之庄严的责任担当的另一面。他们对人生价值问题的深沉探究之真诚,对存在意义问题的热切寻觅之严肃,甚至对诸多现实社会问题所表现出来的直接关注与介入之积极,这一切长时间以来似乎没有得到恰如其分的评价。个中因由,简单地将现代主义与唯美主义等量齐观乃其一,而意识形态或隐或显、或直接或间接的影响也许是更为重要的原因。

第十六章
自然主义文学的历史坐标

第一节 "自然主义":从哲学到文学

作为哲学术语,"自然主义"早在16世纪的西方哲学文献中便已广泛使用。当时,它作为一个贬义词,被用来指称某种享乐主义者或无神论者的生活信条。而到了18世纪,"自然主义"是指这样一种哲学体系:"它认为人仅仅生活在一个可被感知的现象世界即一种宇宙机器之中,它如同决定着自然那样决定着人的生活。简言之,这是一个不存在超验、先验和神力的世界。"①而相应的"自然主义者",则是指那些一味关注外部自然现象和规律的人。至浪漫主义时代,随着"自然"一词被添加了"内在自然"的含义,"自然主义"开始被广泛应用于文学艺术领域。在文学领域,早在1848年,查理·波德莱尔即已用"自然主义者"这样的称谓来评论巴尔扎克。正如A.O.洛夫乔伊所说,此时"自然"这个词在与"艺术"相对的意义上,事实上用于两个主要的区域:当用于指称外部世界时,它指的是宇宙中未经人类苦心经营而自动形成的事物;当用于描述人的心灵时,它指称的则是那些人与生俱来的特性,这些特性"最为自发,绝非事先考虑或计划而成,也丝毫不受社会习俗的束缚"②。正是在这样的语境中,

---

① 利里安·R.弗斯特、彼特·N.斯克爱英:《自然主义》,任庆平译,北京:昆仑出版社,1989年,第4页。
② M.H.艾布拉姆斯:《镜与灯:浪漫主义文论及批评传统》,郦稚牛、张照进、童庆生译,北京:北京大学出版社,1989年,第311—312页。

乔治·勃兰兑斯才将该时期英国的浪漫主义称之为"自然主义"。① 显然，在浪漫主义时代，随着内涵和外延均悄然发生的变化，"自然主义"及与之相关的"自然主义者"已经不再是过去带有明显贬义色彩的语汇了。

  泰纳的理论深深受到达尔文的影响，他关于人类行为原因的理论，特别是他关于种族、环境和时代的学说，挑战了传统的关于人类的概念。泰纳把心理学归为生理学，把性格特点研究归为气质本性研究，与此同时他也把自己的实证公式应用于文学批评。此外，他还认为，由于物理环境不断地影响着个人，个人必定受制于决定论的僵化。左拉将泰纳的学说简化为遗传研究和环境研究，他认为遗传和环境是从根本上改变和重塑人类命运的两个基本因素。②

在 19 世纪 60 年代末，当左拉等人开始用其来命名他们所主导的文学运动时，"自然主义"一词进一步摆脱了浪漫主义时代尚存在的内涵的飘忽与外延的游移，成了一个专门意义上的文学术语。

以下是左拉以及其他自然主义作家对文学自然主义这个术语所给出的经典表述：

  文学自然主义就是返回自然，返回生活，返回人本身，即在对现实的接受中，经由直接的观察和精确的剖析达成对人世真相的描写。就此而言，文学家和科学家所面对的任务是相同的；两者都必须以现实来代替抽象，以严峻的分析打破经验主义的公式。只有这样，作品中才会有合乎日常生活逻辑的真实人物和相对事物，而不尽是抽象人物和绝对事物这样一些人为编制的谎言。一切都应该从头重新开始，必须从人存在的本源去认识人，而不要只是戴着理念主义的有色眼镜一味地在那里妄下结论，炮制范式。从今往后，作家只需从对基础构成的把握入手，提供尽可能多的人性材料，并按照生活本身的逻辑而非观念的逻辑来展现它们。质言之，自然主义起源于第一个在思考着的头脑。③

---

 ① 参见勃兰兑斯：《19 世纪文学主流》（第四分册），徐式谷、江枫、张自谋译，北京：人民文学出版社，1984 年。
 ② Lars Ahnebrink, *The Beginnings of Naturalism in American Fiction*, Cambridge, Mass.: Harvard University Press, 1964, p.23.
 ③ Emile Zola, "Naturalism in the Theatre", in *Documents of Modern Literary Realism*, ed., George J. Becker, Princeton, New Jersey: Princeton University Press, 1963, p.201.

彻头彻尾捏造一个故事,把它推至逼真的极限,用难以想象的复杂情节吸引人,没有什么比这个更容易,更能迎合大众口味的了。相反,撷取你在自己周围观察到的真实事实,按逻辑顺序加以分类,以直觉填满空缺,使人的材料具有生活气息,这是适合于某种环境的完整而固有的生活气息,以获得奇异的效果,这样,你就会在最高层次上运用你的想象力。我们的自然主义小说正是将记录分类和使记录变得完整的直觉的产物。①

实验小说②是文学随科学与时俱进的必然结果。从物理学和化学到生物学,再从生物学到文学,科学的精神不断拓展。由此,过去那种仅仅体现为抽象的形而上学观念的人在实验小说中将不再存在,人们看到的将是无法不受自然规律和环境影响的活生生的人。一言以蔽之,实验小说乃是与科学时代相契合的文学,这就如同古典主义和浪漫主义只能属于经院哲学和神学所主导的时代。③

自然主义,就是对被创造的诸生物的研究,就是对这些互相联系的生物彼此接触或冲突而产生的结果的研究;按照左拉先生的说法,自然主义就是对现实的耐心研究,就是观察细节所得的整体。④

自然主义作家所要"返回"的"自然",绝不仅仅只是有人所理解的那种外部的客观的自然,而是关涉 A.O.洛夫乔伊所指出的两种自然。正因为如此,左拉才将"真实感"标举为现代小说家的最高原则和现代小说的最高品格。即自然主义所要达成的描写的"真实",不仅仅只是有人所理解的那种外部的客观"真实",而是主体与客体在融合之中所达成的、既关乎"外在自然"又关乎"内在自然"的"真实感",甚至首先更是一种内在

---

① 左拉:《论小说》,朱雯等编选:《文学中的自然主义》,上海:上海文艺出版社,1992年,第243—244页。

② 在左拉的表述中,"实验小说"与"文学自然主义"基本上是同义词;考虑到自然主义的主要领域是在叙事文学的范围,这种表述是可以理解的。左拉也曾在个别文献中提出"实验戏剧"的主张,并且这一主张在20世纪西方"小剧场"等戏剧"实验主义"运动中有很大反响,但西方研究文学自然主义的学者还是普遍惯性地接受了左拉将"实验小说"等同于"文学自然主义"的这种用法。

③ Emile Zola, "The Experimental Novel", in Documents of Modern Literary Realism, ed., George J. Becker, Princeton, New Jersey: Princeton University Press, 1963, p.176.

④ 于依思芒斯:《试论自然主义的定义》,朱雯等编选:《文学中的自然主义》,上海:上海文艺出版社,1992年,第326—327页。

的"真实感"。迄今为止,国内对自然主义文学的理解之所以发生巨大的偏差,原因虽很复杂,但其中最初始的原因也许就在于对文学自然主义中的两个关键词犯了"望文生义"的错误。其一,是将左拉"自然主义"中的"自然"简单地理解为外在自然,这在西方其实是19世纪以前的用法。其二,是将左拉自然主义诗学中的核心概念"真实感"机械地理解为外部的客观真实(Objective Reality)。

值得指出的是,在"自然主义"进入文学领域并变成了一个重要的专业术语之后,该词并没有因此而退出哲学领域。在20世纪,人们常常将奥地利物理学家和哲学家马赫(Ernst Mach,1838—1916)为代表的逻辑实证主义称之为哲学上的自然主义。毋庸置疑,在哲学领域,此"自然主义"与19世纪之前的彼"自然主义",无论内涵还是外延上的差别也都已经沧海桑田,难以同日而语。而在文学领域,正如人们常常因为自然主义对浪漫主义的攻击而忽略其对浪漫主义的继承与发展,人们也常常因为自然主义与现实主义的相似而混淆其与现实主义的本质区别。作为在整整两代作家那里产生过广泛、深刻影响的"文学革命",自然主义在诗学观念、创作方法等诸层面对西方文学传统成功地实施了"革命性爆破",拓出了一片崭新的文学天地。那么,具体来说,究竟什么是文学中的自然主义?

让我们暂时先"悬置"所有"观念",返回到历史的深处,检视自然主义文学运动出现的文学语境。因为只有弄清它出现的文学前提,我们才能确切地知道,这场丝毫不比浪漫主义文学革命逊色的文学运动到底做了什么,又给西方文学史留下了什么。

第二节　自然主义与浪漫主义

"文学自然主义是小说发展中的一个重要运动。作为一种文学运动(而不是时期),它取代了浪漫主义的情感小说。"[①]

自然主义是在浪漫主义文学思潮的末流余绪中步上文坛的,这恰如浪漫主义之兴起于古典主义文学思潮的衰微。也就是说,作为新兴的文学思潮,在西方文学展开的历史链条上,自然主义与浪漫主义直接对接。

[①] Richard Leban, "American Literary Naturalism: The French Connection", in *American Naturalism*, ed., Harold Bloom, New York: Chelsea House Publishers, 2004, p.199.

关于这一点,如果去翻检一下左拉等人的自然主义理论文献,稍稍考察一下自然主义文学运动的矛头所向,当一目了然——

> 我们要埋葬武侠小说,要把过去时代的全部破烂,如希腊与印度的一切陈词滥调统统送到旧货摊上去。我们不想推翻那些令人作呕的所谓杰作,也不打碎那些素负盛名的雕像,我们只不过从它们旁边经过,到街上去,到人群杂沓的大街上去,到低级旅馆的房间去,也到豪华的宫殿去,到荒芜的地区去,也到备受称颂的森林去。我们尝试不像浪漫主义派那样,创造比自然更美的傀儡,以光学的幻象搅乱它们,扩大它们,然后在作品中每隔四页,就凭空装上一个。①

作为文学运动,自然主义反浪漫主义的激烈情绪在于斯曼《试论自然主义的定义》一文中的如上表述中可见一斑。但关于自然主义与浪漫主义的关系,问题的关键似乎还不在这里。与出于意识形态上的原因国人常常拒绝承认自然主义以激烈反叛的方式与浪漫主义直接对接相比,基于美学观念上的僵化而拒绝承认自然主义对前者的承接则更为普遍。自然主义以降,西方现代文学的发展越来越诉诸激烈的"革命""运动"的方式,但如果我们由此认为以"反传统"相标榜的后起思潮真的与其所激烈反对的对象完全断绝了关系,那文学史也就真的只能永远归诸"断裂"了。事实上,不管处于"运动"中的后起作家如何尖叫"反传统",由"运动"所构成的西方现代文学的任何发展都只能是反叛传统与继承传统的综合体。这正如现代主义文学大师 T. S. 艾略特所说:

> 现存的艺术经典本身就构成一个理想的秩序,这个秩序由于新的(真正新的)作品被介绍进来而发生变化。这个已成的秩序在新作品出现以前本是完整的,加入新花样以后要继续保持完整,整个的秩序就必须改变一下,即使改变得很小;因此每件艺术作品对于整体的关系、比例和价值就重新调整了;这就是新与旧的适应。②

在将"真实感"高标为自然主义文学的最高准则的同时,自然主义还将作家的"个性表现"界定为文学的第二准则。左拉反复强调:"观察并不

---

① 于依思芒斯:《试论自然主义的定义》,朱雯等编选:《文学中的自然主义》,上海:上海文艺出版社,1992年,第324页。
② 托·斯·艾略特:《传统与个人才能》,卞之琳译,戴维·洛奇编:《二十世纪文学评论》(上册),葛林等译,上海:上海译文出版社,1987年,第130—131页。

等于一切,还得要表现。因此,除了真实感以外,还要有作家的个性。一个伟大的小说家应该既有真实感,又有个性表现。"[1]"今日,一个伟大的小说家就是一个有真实感,能独特地表现自然,并以自己的生命使自然栩栩如生的人。"[2]深入考究左拉等自然主义作家对"个性"及"个性表现"的反复表述,人们不难发现其确立一种"体验主导型"文学叙事全新模式的企图。"体验"只能来自真实的生活,因而自然主义所倡导的"个性表现"就坚实地立在了"真实感"的基础之上。生活体验的主体,永远只能是作为个体且在生活中存在的人;而对任何个体的人来说,生命都是其最本己的存在,因而自然主义作家所强调的生活体验便首先表现为个体的生命体验。这种内在于"生活体验"建构中的"个体""生命"元素表明,自然主义文学事实上继承了上一个时期浪漫主义的革新所建立起来的文学"个体性原则",并在扬弃中接受了其"个人表现"的内容。这也正是左拉在强调"真实感"的同时反复强调"个性表现"的真实原因。左拉所谓的"真实感"本来就建立在作家自我特有的"主体意识"之上;当然,这种"主体意识"并非浪漫派那种纯粹主观的主体情感意向,即既非绝对情感的意向,也非绝对意向的情感,而只是最终统一于"真实感"的、主体与世界融为一体的"真实"的情感意向。这样,在自然主义诗学中,浪漫主义的"情感表现说"那种绝对主观的"情感主体"才一方面被吞没了半侧身子,另一方面却又被保留了半侧身子。

自然主义诗学的如上逻辑,内在地决定了激烈反对浪漫主义的自然主义作家会在某种程度上承认自身与其文学前辈的承续关系,尽管这种承认的话语往往会被他们反叛的喧嚣所遮蔽。左拉承认浪漫主义是一场让西方文学艺术恢复了"活力"与"自由"的伟大的文学革命。[3] 更难能可贵的是,左拉在猛烈攻击浪漫主义"吹牛撒谎""矫情夸张""虚饰作假"这些毛病的同时,非但没有抹煞其推进文学进步的历史功绩,而且还非常客观地为其病症的历史合理性做了辩护。左拉认为"四平八稳的革命"从来都是罕见的,他以戏剧领域的变革为例指出:虽然浪漫主义在打破一些法则的同时又确立了一些更为荒谬的法则,因而注定了其不可避免的危机,

---

[1] 左拉:《论小说》,朱雯等编选:《文学中的自然主义》,上海:上海文艺出版社,1992年,第210页。

[2] 同上书,第215页。

[3] See Emile Zola, "Naturalism in the Theatre", in *Documents of Modern Literary Realism*, ed., George J. Becker, Princeton, New Jersey: Princeton University Press, 1963, p.202.

但必须注意到浪漫主义的所有过失莫不与其矫枉过正的历史逻辑相关；作为文学革命，"革命的冲动使浪漫主义戏剧走向了古典主义戏剧的反面；它拿激情置换旧戏剧中的责任观念，以情节代替沉实的描写，用色彩充当心理分析，高扬中世纪而贬抑古希腊。但就是在这种剑走偏锋的极端行为中，它才确保了自己的胜利"①。

在左拉看来，浪漫主义只是现代文学的开端，"他们只是前锋，负责开山辟路"，因为"激情的热狂"使他们"眼花缭乱"，他们没有能力真正形成"任何明确、坚实的东西"。由此，左拉明确指出，浪漫主义的弊端内在地决定了它的危机，注定了它的短命；而自然主义则是经过了浪漫主义这一"分娩的剧烈阵痛"之后，文学必定要走上的"康庄大道"。也就是说，在浪漫主义的冲击波之后，接过接力棒的自然主义将最终完成对古典主义的胜利，"古典主义的公式将被自然主义的公式最终而稳固地取代"②。显然，在左拉那里，浪漫主义与自然主义的关系表现为两个方面：一方面，奋起纠正浪漫主义弊端的自然主义是对前者的反叛与拒绝；另一方面，在文学终结古典主义进入到现代阶段的历史进程中，自然主义又是前者的接班人。浪漫主义的影响极其广泛，它经常不断地出现在自然主义作家最意想不到的地方。当龚古尔兄弟声称《杰米妮·拉赛朵》是关于"爱情的临床研究"之时，这听起来令人印象深刻——但他们这样做的时候实际上已然让浪漫主义从后门溜了进来。的确，"'临床'这个词直接将人们带进病房：自然主义者所研究的'案例'正是被移送到医院中来的浪漫主义的弃儿"③。"自然主义小说因为它的耸人听闻也吸引了许多读者（同时也排斥了另外一些读者）。弗兰克·诺里斯在1896年写道：'自然主义故事中的人物一定会遭遇可怕的事情'；从那以后就一直如此。自然主义小说的耸人听闻，尤其是它的暴力与性，有一种比通俗的情欲和煽动情欲更加深刻的吸引力。"④

在比诗学观念更为具体的方法论和文本构成层面，自然主义文学领袖左拉的浪漫主义色彩也历来被西方批评家所公认。"自然主义小说中

---

① Emile Zola, "Naturalism in the Theatre", in *Documents of Modern Literary Realism*, ed., George J. Becker, Princeton, New Jersey: Princeton University Press, 1963, p. 211.
② Ibid., pp. 202—203.
③ Martin Turnell, *The Art of French Fiction*, London: Hamish Hamilton, 1959, p. 118.
④ Donald Pizer, *The Theory and Practice of American Literary Naturalism: Selected Essays and Reviews*, Carbondale and Edwardsville: Southern Illinois University Press, 1993, p. 15.

人物和事件的超常性创造了象征和寓言的可能性,因为具体和超常的组合立即暗示着超越表面的意义。自然主义因此与浪漫主义密切相关,它依赖于耸人听闻的象征主义和寓言。"①法国文学史家朗松在其著名的《法国文学史》中就曾指出:

> 尽管左拉有科学方面的野心,可是他首先是一个浪漫主义作家。他使人想起维克多·雨果。他的才智很平凡,但很坚实,有丰富的想象。他的小说就是诗歌,是一些沉重而粗糙的诗歌,但毕竟是诗歌。……他那过分的想象使所有无活力的形体都活跃起来了:巴黎,一个矿井,一家大百货店,一辆火车头,都变成了吓人的有生命的东西,它们企求,它们威吓,它们吞噬,它们受苦;所有这一切都在我们眼前跳舞,就像在噩梦中一样。②

而左拉的重要文学盟友莫泊桑则说得更为明确:"作为浪漫派之子,而且从他所有的方法来看,他也是浪漫派,他身上有一种趋于诗歌的倾向,有一种扩大、夸张、用人与物体作象征的需要。"③甚至口口声声要将浪漫主义送进历史垃圾堆的左拉本人,也时常羞羞答答、不太情愿地承认自身的浪漫主义倾向。在《论小说》一文中,左拉称:"如果我有时要对浪漫主义发泄怒气,这是因为,我由于它给过我虚假的文学教育而憎恨它。我有浪漫派成分,我为此而恼怒。"④1882年,年轻的自然主义作家德斯普雷致信左拉,指责他没有恪守自然主义的原则,左拉在给他的回信中这样写道:"在我看来,我是个诗人:我的全部作品都带有诗人的痕迹。……我是在浪漫主义中成长起来的,抒情题材从来也不想在我身上消亡。应该向20世纪要求严格的科学分析。"⑤浪漫主义与自然主义之间的距离,远没有自然主义者攻击浪漫主义时愿意相信的那么大。"左拉一定已经意识到自己被浪漫主义深深地影响,其所鼓吹的自然主义也不可能摆脱它的影响——就像他自己的性格不可能摆脱那些源自遗传的因素的影响

---

① Donald Pizer, *The Theory and Practice of American Literary Naturalism: Selected Essays and Reviews*, Carbondale and Edwardsville: Southern Illinois University Press, 1993, p.15.
② 朗松:《自然主义流派的领袖:爱弥尔·左拉》,朱雯等编选:《文学中的自然主义》,上海:上海文艺出版社,1992年,第378页。
③ 莫泊桑:《爱弥尔·左拉》,同上书,第367页。
④ 左拉:《论小说》,同上书,第252页。
⑤ 左拉:《致路易·德斯普雷》,左拉:《左拉文学书简》,吴岳添译,合肥:安徽文艺出版社,1995年,第349页。

一样。"①

无独有偶。文风粗粝冷酷的美国自然主义领袖德莱塞也不乏浪漫主义的色彩。他早年着迷于美国浪漫主义作家埃德加·爱伦·坡(Edgar Allan Poe,1809—1849)和霍桑;劳拉·让·利比(Laura Jean Libbey)和卢·华莱士(Lew Wallace)在他们合著的《浪漫与超越文学》一书中曾描述阿里巴巴和40名大盗给德莱塞带来的惊奇和快乐,所以曼哈顿闪闪发光的塔楼才会总让其想起《天方夜谭》(The Arabian Nights)中的一些东西。年轻的德莱塞充满了美丽和浪漫的幻想,他羞涩地与女孩们在一起,沉思着爱情:"我所说的爱,并不是指没有性的宗教人士所庆祝的那种诗意的抽象,也不是指唯物主义者所理解的肉体情欲。我的梦想是每一个梦想的混合体。""人们很容易忽视这样一个事实,即他的小说也是各种小说的混合体。"②

一方面始终不遗余力地激烈批判浪漫主义,另一方面不仅对浪漫主义文学运动的历史功绩以及某些浪漫主义作家在创作上的成就给予高度的肯定,而且自身创作中也具有浪漫主义的成分——左拉在浪漫主义问题上所表现出来的这种表面看来不无矛盾的立场,乃文学自然主义与文学传统关系的最好表征。"我们中的哪个敢于自吹曾经写过一页、一句不和某本书中的内容有所雷同的东西呢?我们满肚子装的都是法国文字,以致我们的整个身子就好像是一个用文字揉成的面团。"③在如上表述中,生活中历来狂放不羁的自然主义作家莫泊桑对文学传统表现出了难得的清醒与谦诚。

第三节　自然主义与19世纪中叶的浪漫写实主义

浪漫主义的高潮过后,在其内部,法国的司汤达、巴尔扎克等作家敏感地意识到了浪漫主义在反对古典主义的斗争中本身慢慢形成的一些弊

---

① Martin Turnell, *The Art of French Fiction*, London: Hamish Hamilton, 1959, p.118.
② David Brion Davis, "Dreiser and Naturalism Revisited", in *The Stature of Theodore Dreiser*, eds., Alfred Kazin, Charles Shapiro, Bloomington: Indiana University Press, 1969, p.231.
③ 莫泊桑:《论小说》,莫泊桑:《漂亮朋友》,王振孙译,上海:上海译文出版社,1993年,第588—589页。

病,尤其是想象的狂热以及由此衍生出来的过度夸张、滥情等。此时,他们几乎本能地向堪称西方文学传统主流的写实精神回望,期待从中寻求力量,以弥补和克服浪漫主义运动的"革命""激进"给文学创作造成的损伤。

由于反对古典主义依然是当时文坛最迫切的任务,这些作家在进行这种修正的努力时,并没有立即抛弃自己的浪漫主义艺术立场,而是慢慢逸出当时火爆时尚的浪漫主义运动大潮的裹挟,选择了远离团伙的个体创作的存在方式。在很大程度上,这可以解释较早从国外接触到浪漫主义理念并曾在19世纪20年代中叶积极参与浪漫主义对古典主义论战的大作家司汤达,为什么在当时的文坛上一直寂寂无名;也可以解释在1830年那个著名的《欧那尼》之夜曾狂热地为浪漫主义领袖维克多·雨果摇旗呐喊的青年巴尔扎克,为什么在此后漫长的岁月里一直不怎么被以雨果为核心的浪漫主义文学团体所悦纳。

> 他们两位都摆脱了浪漫主义的狂热冲动,巴尔扎克是出于本能,而司汤达则是做出了超人的选择。当人们为抒情诗人的凯旋而欢呼时,当维克多·雨果在一片吹捧声中被奉为神圣的文坛之王时,司汤达和巴尔扎克却都潦倒不堪,最终他们几乎都是在公众的轻蔑和否定中默默无闻地离开人世。①

显然,这些作家的存在,仅仅表明在19世纪三四十年代前后,当浪漫主义文学运动渐趋尾声的时候,浪漫主义文学思潮内部自发地产生了一种自我修正。这种修正,在创作上带来了原先激进的浪漫主义精神向作为西方文学传统的写实精神的回归或妥协。由此,在刚刚进行了轰轰烈烈的浪漫主义文学革命而古典主义传统却依然尾大不掉的法国,便有了司汤达、巴尔扎克;在以理性渐进见长、各种革命思潮最终均流于不温不火且18世纪就曾形成强大写实传统的英国,便有了萨克雷、狄更斯。这些作家,因为糅合了浪漫主义的时代精神与写实主义的文学传统,在19世纪中叶的西方文坛形成了一种明显的创作倾向,并由此大致构成了一个松散的作家群,我们不妨将其称之为"浪漫写实主义"。

事实是,如果从通常体现并承载着文学观念变革的"文学思潮"层面来考察,人们不难发现,在19世纪三四十年代前后,除了一些作家向既往

---

① Emile Zola, "Naturalism in the Theatre", in *Documents of Modern Literary Realism*, ed., George J. Becker, Princeton, New Jersey: Princeton University Press, 1963, p.204.

写实的文学传统回眸,西方文坛并没有什么新的"主义"产生出来。因此,如果非要从"文学思潮"的角度来描述这个时期,我们便只能依然沿用"浪漫主义"这个名称。从18与19两个世纪之交发端,浪漫主义文学思潮笼罩西方文坛的时间大致在半个世纪(两代人)左右;有人将其时间下限勘定为1848年——虽然借社会—政治革命的标志性事件来为文学思想潮流勘界不无偷懒省事之嫌,但应该说还是基本符合事实的。应该强调的是,在19世纪三四十年代前后,西方文坛①并没有一个国内学人多少年来一直在描绘的作为文学思潮存在的"现实主义"或"批判现实主义"②。国内学界普遍声称从1830年开始,作为文学思潮的"现实主义"或"批判现实主义"就取代了作为文学思潮的浪漫主义开始主导西方文坛,这或许只不过是在特定的社会—文化语境中的一种对文学史现象的概括和描述。这种概括和描述模糊了19世纪西方文学展开的基本脉络,构成了对基本史实的不准确的叙述,难免前言不搭后语、漏洞百出。

笔者以为,作为文学史对某个时代文学—诗学特质进行整体描述的概念,一种"文学思潮",必须同时满足如下条件:在新的哲学文化观念,尤其是其中的人学观念的引导下,通过文学运动(社团/期刊/论争)的形式,创立新的诗学观念系统,并在此基础上尝试新的文学方法,从而最终创造出新的文学文本形态。但19世纪中叶的这一代西方作家,并不能满足这样的条件,大致来说,他们只是将两种不同的观念元素和文学元素进行了

---

① 沙皇俄国由于社会—文化背景的特殊性,问题可能要复杂一些。但总体来看,在文学思潮层面,19世纪俄罗斯文学一直是以模仿追随西方(尤其法国)文坛风尚为主流;当然,涉及作为个案的作家或作品评价,要具体分析对待。笔者始终以为文学史的研究应把思潮研究、作家研究、作品研究区别开来。艺术活动毕竟是最张扬个性的人类活动,文学思潮层面的宏观研究不能代替对具体作家作品的研究。将一个时期的作家、作品都装到一个套子里发放统一"牌照",这已经不是在偷懒,而是在糟蹋文学了。

② 作为实存的"现实主义":19世纪中后期,在整个西方文坛,的确曾两度出现过松散的以"现实主义"命名的文学社团,且都是在自然主义的故乡法国。第一个"现实主义"松散组织大致存在于1855年至1857年,主要参加者是尚夫勒里(Champfleury)和杜朗蒂(Duranty),他们在1856年11月至1857年5月曾创办过一本名为《现实主义》的杂志;1857年,尚夫勒里还曾将自己的一个文集冠名《现实主义》印行。第二个松散的"现实主义"社团出现于70年代末,成员是两个在文学史上根本找不到名字的业余文学爱好者,均为左拉的崇拜者;他俩在1879年4月至6月也曾创办过一份名为《现实主义》的杂志。分别在50年代和70年代出现于法国文坛的这两个所谓"现实主义"文学组织,均因创办者的寂寂无名、存在时间的昙花一现以及影响力的低微,很难进入一般文学史家的视阈。而且,后者作为渐趋高潮的自然主义文学运动在一般文学青年中的反响,可以被视为自然主义的一个组成部分;而前者,从能看到的尚夫勒里关于"现实主义"的一些表述来看,其基本的文学主张与稍后出现的自然主义基本一致,因而可以被视为自然主义文学运动的一个小小的前奏。总之,这两个"现实主义"组织的"现实主义"与国人所理解的"现实主义"或"批判现实主义"相去甚远。

简单"勾兑"。在对自身依然置身其中的浪漫主义嘟嘟哝哝的抱怨声中，这种将浪漫主义与传统写实主义的"勾兑"虽然已经透露出了未来文学形态和诗学形态的不少讯息，但这些讯息只是"讯息"而已，其间的"新质"尚未结晶析出体现为相对完整、独立的诗学系统、方法论系统和文本构成系统。

谈到19世纪中叶英国文坛的情况，彼得·福克纳曾经指出："维多利亚文化认为文学具有重要的社会作用，并允许文学承担一部分以前由宗教行使的功能。为了起到这种作用，文学就必须以伦理为指归。"①在浪漫主义诗歌时代，司汤达以从来没有写下过一行诗的特立独行而闻名。但很多评论家都注意到，在他的叙事作品中，所有的人物心理和人物行为都主要是在政治和社会变动的基础上展现的。"假如人们对特定的历史时刻，即法国七月革命前夕的政治形势、社会阶层以及经济关系等没有详尽的了解"，便很难理解司汤达在《红与黑》中的很多描写。为此，小说有了一个出版商加的副标题"1830年纪事"。② 除此之外，司汤达还非常重视从道德的角度来审视并表现人物："我把一个人的性格称作它追逐幸福的行为方式。说得再清楚一些就是，一个人的性格就是此人道德习惯的全部。"③因此，"对司汤达来说，一个他对之倾注悲剧性同情、并希望读者也有同感的人物，必须是一位真正的英雄，必须具备伟大而且一往无前的思想和感情。在司汤达的作品中，独立高尚的心灵、充分自由的激情颇具贵族的高贵和游戏人生的气质"④。不管是讲述事件还是塑造人物，巴尔扎克均大量使用浪漫派的夸张手法。

> 巴尔扎克把任何一个平淡无奇的人间纠葛都夸大其辞写成悲惨的不幸，把任何一种欲望都视为伟大的激情；随随便便就把某个不幸的倒霉蛋打上英雄或圣人的烙印。如果是个女人，就把它喻为天使或圣母；把每个精力旺盛的调皮鬼及任何稍有阴暗面的人物都写成魔鬼；把可怜的高里奥老头称为"父亲身份的基督"。⑤

在左拉的论述中，他虽然不止一次因为司汤达和巴尔扎克创作中的

---

① 彼得·福克纳：《现代主义》，付礼军译，北京：昆仑出版社，1989年，第9—10页。
② 埃里希·奥尔巴赫：《摹仿论：西方文学中所描绘的现实》，吴麟绶、周新建、高艳婷译，天津：百花文艺出版社，2002年，第506页。
③ 转引自上书，第519页。
④ 同上书，第539页。
⑤ 同上书，第539—540页。

"未来讯息"将他们称之为自然主义文学的先驱,但同时对他们身上那种浪漫主义成分也曾多次进行严厉的批评。左拉批评司汤达的创作时说:"他并不观察,他并不以老实人身份描绘自然。他的许多小说是头脑里的产物,是用哲学方法过分纯化人性的作品。"对于世界,"他并不在真实的惯常生活中追忆它,阐述它,他要它从属于他的理论,只透过他自己的社会概念来描绘它"①。左拉对巴尔扎克夸张无度的想象颇有微词,而最让他不能接受的则是后者作品中"观念化"的意识形态倾向:

> 我的主要任务是要成为纯粹的自然主义者和纯粹的生理学家。我没有什么原则(王权、天主教),我将有一些规律(遗传、先天性)。我不想像巴尔扎克一样,对人类事务有一个判断,我不愿像他一样是一个政治家、哲学家、道德家。我将满足于做一个学者,满足于叙述如何寻找内在原因。另外,没有任何结论。②

传统文学的立足点或在理性观念或在情感自我,而且两者有时候会构成合流——19世纪中叶巴尔扎克、狄更斯等人所代表的文学创作大致即属于这种情形。因其主要并非内在的融合而只是外部的叠加,因其始终难以摆脱宏大理性观念的内在统摄,这种合流并没有有效地避免作家的观念与情感逸出生命本体而流于空泛、矫饰、泛滥乃至虚假;而一旦失却与本真生命的血肉联系,那种统辖叙事的观念也就只能流于粗疏、外在、干瘪乃至虚妄。"当不再有感伤的主人公通过人心的力量解决小说中的冲突以对抗工业社会,自然主义便取代了狄更斯的感伤主义。"③自然主义文学之最直接的文学背景大致如此,其作为文学运动与文学革命的历史使命也就在于达成这种现状的改变。既反对浪漫主义的极端"表现",又否认"再现"能达成绝对的真实,自然主义经由对"真实感"的强调,开拓出了一片崭新的文学天地。

---

① 左拉:《论司汤达》,毕修勺译,智量编选:《外国文学名家论名家》,上海:华东师范大学出版社,1985年,第55—56页。
② 左拉:《巴尔扎克和我的区别》,朱雯等编选:《文学中的自然主义》,上海:上海文艺出版社,1992年,第292页。
③ Richard Leban, "American Literary Naturalism: The French Connection", in *American Naturalism*, ed., Harold Bloom, New York: Chelsea House Publishers, 2004, p.199.

第四节　自然主义与作为"常数"的现实主义

在当代中国的文学理论与文学史表述中，自然主义始终是与现实主义"捆绑"在一起的。人们或者说它是"现实主义的极端化"，或者说它是"现实主义的发展"，或者说它是"现实主义的堕落"，等等，不一而足。无独有偶，如果对自然主义文学的理论文献稍加检索，人们很容易便可发现当时左拉们也是将自然主义与现实主义这两个术语"捆绑"在一起来使用的。通常的情形是，自然主义与现实主义两个术语作为同位语"并置"使用，如"决定现实主义、自然主义和文学上如实研究的胜利的伟大战役"①这样的表述；在另外的情形中，人们则干脆直接用现实主义指称自然主义。

上面已经谈到，自然主义文学运动是举着反对浪漫主义的旗帜而占领文坛的。基于当时文坛的情势与格局，左拉等人在理论领域反对浪漫主义、确立自然主义的斗争，除了从文学外部大力借助当代哲学及科学的最新成果来为自己的合理性进行论证外，还在文学内部从传统文学那里掘取资源来为自己辩护。而2000多年以来基本始终占主导地位的西方文学传统，便是由亚里士多德"摹仿说"（后来又常常被人们唤为"再现说"）奠基的"写实"传统，对此西方文学史家常以"摹仿现实主义"名之。②这正是左拉等自然主义作家将自然主义和现实主义两个术语"捆绑"在一起使用的缘由。这种混用，虽然造成了"自然主义"与"现实主义"两个概念的混乱（估计左拉在当时肯定会为这种"混乱"而感到高兴），但在特定的历史情境中，这却并非是不可理解和不可接受的。就此而言，当初左拉们与当今国内学界对现实主义与自然主义的两种"捆绑"，显然有共通之处——都是拿现实主义来界定自然主义；两者之间存在一种历史的联系也未可知——前者的"捆绑"或许为后者的"捆绑"提供了启发与口实？但这两种"捆绑"显然又有巨大不同：非但历史语境不同，而且价值判断尤其不同。在这两种不同的"捆绑"用法中，自然主义与现实主义两个术语的

---

① 爱德蒙·德·龚古尔：《〈臧加诺兄弟〉序》，朱雯等编选：《文学中的自然主义》，上海：上海文艺出版社，1992年，第299页。
② 参见利里安·R. 弗斯特、彼特·N. 斯克爱英：《自然主义》，任庆平译，北京：昆仑出版社，1989年，第5页。

内涵与外延迥然有别。

左拉等人是将自然主义与"摹仿现实主义""捆绑"在一起的,而我们则是将自然主义与高尔基命名的"批判现实主义"或恩格斯所界定的那种"现实主义""捆绑"在一起的。左拉那里的现实主义是"摹仿现实主义";作为西方文学传统的代名词,"摹仿现实主义"所指称的是2000多年来西方文坛上占主导地位的那种笼而统之的"写实"精神,因而是一个在西方文学史上具有普遍意义的"常数"。作为一个"常数"概念,左拉所说的"现实主义",其内涵和外延都非常之大,甚至大致等同于"传统西方文学"的概念。正因为如此,在某些西方批评家那里才有了"无边的现实主义"这样的说法。而在国内学人的笔下,"现实主义"非但指称一个具体的文学思潮(声称确立于1830年但迄今一直没有给出截止时间的文学主潮),而且是指一种具体的创作方法(由恩格斯所命名的、以唯物主义为哲学基础的、进步乃至是"至上"的、显然不同于一般"摹仿现实主义"的创作方法)。不同于左拉等自然主义作家之基于文学运动的策略选择,中国文学界对自然主义与现实主义两个术语的"捆绑",其出发点有着明显的社会—政治意识形态背景。国人的表述在文学和诗学层面上都对自然主义和现实主义做出了明确的区分,并循着意识形态价值判断的思维逻辑重新人为地设定了现实主义和自然主义的内涵与外延。

在主要由左拉提供的自然主义文学理论文献中,其将自然主义扩大化、常态化的论述有时候甚至真的到了"无边"的程度:"自然主义会把我们重新带到我们民族戏剧的本原上去。人们在高乃依的悲剧和莫里哀的喜剧中,恰恰可以发现我所需要的对人物心理与行为的连续分析。"[①]"甚至在18世纪的时候,在狄德罗和梅西埃那里,自然主义戏剧的基础就已经确凿无疑地被建立起来了。"[②]"在我看来,当人类写下第一行文字,自然主义就已经开始存在了……自然主义的根系一直伸展到远古时代,而其血脉则一直流淌在既往的一连串时代之中。"[③]

这从侧面再次表明,左拉用作为"常数"的现实主义来指称自然主义只是出于一种"运动"的策略,并非表明自然主义真的等同于作为"常数"的现实主义。否则,我们就只好也将他所提到的古典主义与启蒙主义都

[①] Emile Zola, "Naturalism in the Theatre", in *Documents of Modern Literary Realism*, ed., George J. Becker, Princeton, New Jersey: Princeton University Press, 1963, p. 225.
[②] Ibid., pp. 210-211.
[③] Ibid., pp. 198-199.

当成是自然主义了。正如人们常常因为自然主义对浪漫主义的攻击,而忽略其对浪漫主义的继承与发展,人们也常常甚至更常常因为自然主义对"摹仿现实主义"的攀附,而混淆其与"摹仿现实主义"的本质区别。其实,新文学在选择以"运动"的方式为自己争取合法文坛地位的时候,不管"攻击"还是"攀附",这都只不过是行动的策略,而根本目的则只是为了获得自身新质的确立。事实上,在反对古典主义的斗争中,浪漫主义也曾反身向西方的文学传统寻求支援,我们是否由此也可以得出浪漫主义等同于"摹仿现实主义"的结论呢?显然不能,因为浪漫主义已经在对古典主义的革命反叛中确立了自己的"新质"。虽然为了给自身存在的合法性提供确凿的辩护曾将自然主义的外延拓展得非常宽阔,但在要害关键处,左拉与龚古尔兄弟等人都不忘强调:"自然主义形式的成功其实并不在于模仿前人的文学手法,而在于将本世纪的科学方法运用在一切题材中。"①"本世纪的文学推进力非自然主义莫属。当下,这股力量正日益强大,犹如汹涌的大潮席卷一切,没有任何力量能够阻挡。小说和戏剧更是首当其冲,几乎被连根拔起。"②这种表述无疑是在告诉人们,自然主义是一种有了自己"新质"的、不同于"常数""摹仿现实主义"的现代文学形态。

"写实"乃西方文学的悠久传统,但这一传统却并非一块晶莹剔透的模板。如果对以《荷马史诗》为端点的希腊古典叙事传统与以《圣经》为端点的希伯来叙事传统稍加考察比较,当可发现:所谓"写实"的西方文学传统,原来在其形成之初便有着不同的叙事形态。不管是在理论观念层面还是在具体的创作实践当中,西方文学中的所谓"写实"并非一成不变,而是恒处于不断生成的动态历史过程之中。具体来说,这不但涉及不同时代的人们对"写实"之"实"的内涵有着不同的理解,而且相应地对"写实"之"写"的如何措置也总有着迥异的诉求。就前者而言,所谓的"实"是指什么?——是亚里士多德之"实存"意义上的生活现实?还是柏拉图之"理式"意义上的本质真实?又抑或是苏格拉底之"自然"意义上的精神现实?这在古代希腊就是一个争讼不一的问题。《诗学》之后,亚里士多德"实存"意义上的"现实说"虽然逐渐成为长时间占主导地位的观点,但究竟是怎样的"实存"又到底是谁家的"现实"却依然还是难以定论:是客观

---

① 左拉:《论小说》,朱雯等编选:《文学中的自然主义》,上海:上海文艺出版社,1992年,第251页。

② Emile Zola, "Naturalism in the Theatre", in *Documents of Modern Literary Realism*, ed., George J. Becker, Princeton, New Jersey: Princeton University Press, 1963, p.219.

的、对象性的现实？还是主、客体融会的、现象学意义上的现实？又抑或是主观的、心理学意义上的现实？在用那种体现着写实传统的"摹仿现实主义"为新兴的自然主义张目的时候，左拉显然是意识到了如上的那一堆问题；所以，在将自然主义的本原追溯到远古的"第一行文字"的同时，左拉又说：

> 在当下，我承认荷马是一位自然主义的诗人；但毫无疑问，我们这些自然主义者已远不是他那种意义上的自然主义者。毕竟，当今的时代与荷马所处的时代相隔实在是过于遥远了。拒绝承认这一点，意味着一下子抹掉历史，意味着对人类精神持续的发展进化视而不见，只能导致绝对论。①

为自然主义文学运动提供理论支持的实证主义美学家泰纳认为，艺术家"要以他个人所特有的方法去认识现实。一个真正的创作者感到必须照他理解的那样去描写事物"②。由此，他反对那种直接照搬生活的、摄影式的"再现"，反对将艺术与对生活的"反映"相提并论。他一再声称刻板的"摹仿"绝不是艺术的目的，因为浇铸品虽可以制作出精确的形体，但却永远不是雕塑；无论如何惊心动魄的刑事案件的庭审记录都不可能是真正的喜剧。泰纳的这种论断，后来在左拉那里形成了一个公式：艺术乃通过艺术家的气质显现出来的现实。"对当今的自然主义者而言，一部作品永远只是透过某种气质所见出的自然的一角。"③而且左拉认为，要阻断形而上学观念对世界的遮蔽，便只有"悬置"所有既定观念体系，转过头来纵身跃进自然的怀抱，即"把人重新放回到自然中去"④，"如实地感受自然，如实地表现自然"⑤。由此出发，自然主义作家普遍强调"体验"的直接性与强烈性，主张经由"体验"这个载体让生活本身"进入"文本，而不是接受观念的统摄以文本"再现"生活，达成了对传统"摹仿/再现"式"现实主义"的革命性改造。即便不去考究在文学—文化领域各种纷繁的语言

---

① Emile Zola, "Naturalism in the Theatre", in *Documents of Modern Literary Realism*, ed., George J. Becker, Princeton, New Jersey: Princeton University Press, 1963, p.198.
② 诺维科夫：《泰纳的"植物学美学"》，朱雯等编选：《文学中的自然主义》，上海：上海文艺出版社，1992年，第68页。
③ Emile Zola, "Naturalism in the Theatre", in *Documents of Modern Literary Realism*, ed., George J. Becker, Princeton, New Jersey: Princeton University Press, 1963, p.198.
④ Ibid., p.225.
⑤ 左拉：《论小说（节选）》，柳鸣九译，柳鸣九编选：《法国自然主义作品选》，天津：天津人民出版社，1987年，第778页。

学、叙事学理论的不断翻新,仅仅凭靠对具体文学文本征象的揣摩,人们也很容易发现西方现代叙事模式转换的大致轮廓。例如,就"叙事"的题材对象而言,从既往偏重宏大的社会——历史生活转向偏重琐细的个体——心理状态;就叙事的结构形态而言,从既往倚重线性历史时间转向侧重瞬时心理空间;就叙事的目的取向而言,从既往旨在传播真理揭示本质转向希冀呈现现象探求真相;就作者展开叙事的视角而言,从既往主要诉诸"类主体"的全知全能转向主要诉诸"个体主体"的有限观感;就作者叙事过程中的立场姿态而言,从既往"确信""确定"的主观介入转向"或然""或许"的客观中立……

种种事实表明,如果依然用过去那种要么"再现"要么"表现"这种二元对立的思维模式来面对已然变化了的西方现代文学,依然用既往那种僵化、静止的"写实"理念来阐释已然变化了的西方现代叙事文本,人们势必很难理喻自己所面对的新的文学对象,从而陷入左拉所说的那种"绝对论"。而如果将这种"依然"顽固地坚持成为偏执,那人们就只能会非常遗憾地看到一幅非常滑稽、悲惨的情景:因冥顽不灵而神色干瘦枯槁的中国现代文士们,穿着堂吉诃德式的过时甲胄,大战包括自然主义文学在内的西方现代文学这部充满活力与动感的壮丽风车。

第五节　自然主义与象征主义

自然主义和象征主义的共同文学背景是浪漫主义。两者都有对浪漫主义的继承,同时也都有对浪漫主义的否定以及在这种否定中对它的发展与超越。象征主义对浪漫主义,虽有反对但主要是继承;在很大程度上,象征主义甚至可以被视之为浪漫主义的衍生物或在某个层面的进一步展开。而自然主义之于浪漫主义,虽也有所继承,但却主要是否定与拒绝。但共时性的社会——文化情景决定了自然主义与象征主义之间的差别并不像人们通常理解的那样乃是一种根本性的对立;相反,相通的"哲学文化立场"与相似的"文学运行平台",使它们之间相互渗透的内在一致性要远远大于表面的相互排斥性。

人与世界的分离在"现象"中达成融合,灵与肉的分离在"生命"中达成融合。由是,生命美学使得传统的美与丑融为一体,"丑"再也不是美的对立面,而是美的起始点。众所周知,自然主义对既往作家所规避的"丑"

"恶"题材的大胆描写历来是其被人诟病的原因之一;但无独有偶,象征主义者在这方面的作为并不稍逊于自然主义作家。早在象征主义的奠基时期,波德莱尔就非但提出了著名的"发掘恶中之美"的主张,而且身体力行,"腐尸""垃圾""娼妓""乞丐""吸血鬼"等被传统美学判定为"丑""恶"的诸种物事均堂而皇之地成为其文本中浓墨重泼的对象,令人瞠目结舌,震惊不已。对此,雷纳·韦勒克说:"他不像某些超俗的理想家那样理解美,而是把它看成人的,甚至是罪恶的、魔鬼似的、怪异的和可笑的东西,从某种程度上说,波德莱尔的学说是一种丑的美学,一种对艺术家能克服重重困难的力量,对他能从罪恶中印出'花'来的信心。"① 瓦莱里(又译瓦雷里)在谈及象征主义诗人时则称:"他同时又踏入了基于真实体验的社会。他在那儿发现了什么我们是再清楚不过了。他要是没有碰到失望、厌恶,没有见到现实的疵陋、形形色色构成最为瞩目的现实的一切丑恶(自然主义偏爱的题材),那简直就太不可想象了。"②

作为文学方法,象征就是用简单的感性物象对深奥或抽象意蕴的暗示。在象征主义者看来,世界或存在的真相或本质隐藏于其深处,唯有通过外部物象对内心状态所构成的象征才有可能得到揭示。象征主义的代表人物马拉美认为象征主义诗歌就是要"用魔法揭示客观物体的纯粹本质"③,而象征就是"一点一点地把对象暗示出来,用以表现一种心灵状态。反之也是一样,先选定某一对象,通过一系列的猜测探索,从而把某种心灵状态展示出来"④。

自然主义与象征主义都反对传统理性主义之二元对立,强调主、客体的融通。正是这种共同的非理性主义思想立场,决定了两者间的相互转化和相互借用。当象征主义者尝试用象征的"魔法"处理较为宏大的题材时,其特有的"暗示"渗透效应之局限性便立刻彰显出来。为了克服这种局限性,象征主义者从"单元象征"发展出了"整体象征"。在"整体象征"中,文本在整体框架上指向一个特定的意旨,但框架之内的具体细节则借

---

① 雷奈·韦勒克:《法国象征主义者》,柳杨编译:《花非花——象征主义诗学》,北京:旅游教育出版社,1991年,第119页。
② 保尔·瓦雷里:《象征主义的存在》,胡经之、张首映主编:《西方二十世纪文论选》(第一卷),北京:中国社会科学出版社,1989年,第76页。
③ 斯·马拉美:《诗歌危机》,袁可嘉等选编:《现代主义文学研究》(上),北京:中国社会科学出版社,1989年,第349页。
④ 马拉梅:《关于文学的发展》,伍蠡甫等编:《西方文论选》(下),上海:上海译文出版社,1988年,第258页。

助自然主义特有的那种客观、洗练的物象描写来达成。请看奥地利象征主义诗人里尔克1903年创作的名篇《豹》——

>它的目光已被栏杆的晃过
>弄得这么疲倦,什么也抓不住。
>它觉得好像有千条栏杆
>而千条栏杆后面没有世界。
>
>强劲而轻捷的脚步柔软地行走,
>在最小最小的圈中旋转,
>像一种力之舞环绕一个中心,
>在那里一个伟大的意志晕眩。
>
>不过偶尔瞳孔的帘子
>无声地撩起——于是有一幅图像进入,
>穿透四肢紧张的静止——
>随即在心中消失。①

就文本的表层结构而言,这完全是对一只关在笼子里的凶猛动物的客观描绘,但其深层的意义却是对人生某种难以言说的生存况味与生命精神的暗示与启迪。在自然主义式客观、洗练的"白描"中,象征的意味一点一滴地聚拢沉积于文本的深层,最终以整体的形式达成了一种整体的象征。"整体象征"使象征主义跨越诗歌的一隅向戏剧甚至小说领域的拓展提供了可能;而这一可能变成现实的关键环节则是"梦幻的整体象征"的运用。例如,梅特林克(Maeterlinck Maurice,1862—1949)的剧作《青鸟》(*The Blue Bird*,1908)就是以类如德国浪漫派那种童话的方式建立起一个承载某种象征寓意的整体结构,然后在"白描"式的叙事中展开一个梦幻故事。在这种具有相当长度的梦幻叙事中,象征文本的整体喻义被暂时悬置,随着梦幻故事在自然主义式的"白描"中一步步展开,被描写的梦幻印象慢慢累积成为意蕴凝重的意象,最终使得整体的喻义得以绽放。在世纪之交,自然主义与象征主义均从各自的小说和诗歌领域向戏剧拓进,并在此形成了相互渗透、转化、融合的新的文学实验。来自自然

---

① 里尔克:《里尔克诗选》,林克译,成都:四川人民出版社,2018年,第38—39页。

主义方队的霍普特曼创作了《沉钟》(Die Versunkene Glocke,1896)、斯特林堡创作了《梦之戏剧》;来自象征主义方队的梅特林克写出了《青鸟》、辛格(John Millington Synge,1871—1909)写出了《骑马下海的人》(Riders to the Sea,1904)。一时间,来自两个阵营的作家创作了大量引人注目的戏剧作品,造就了西方戏剧的空前繁荣。

而自然主义者所看重的"感觉"只消向前迈出半步——"主体""意向"稍稍偏离直观的物象,便也立刻就会长出"直觉"飞翔的翅膀,获得深厚的"象征"寓意。例如《萌芽》中左拉对于矿井的描写:

> 半个钟头的功夫,矿井一直这样用它那饕餮的大嘴吞食着人们;吞食的人数多少,随着降到的罐笼站的深浅而定。但是它毫不停歇,总是那样饥饿。胃口可实在不小,好像能把全国的人都消化掉一样。黑暗的夜色依旧阴森可怕。罐笼一次又一次地装满人下去,然后,又以同样贪婪的姿态静悄悄地从空洞里冒上来。①

这里,将矿井写成吃人的猛兽,这显然不是严谨的写实,而是作者想象的结果。这样一来,矿井给人的印象变得形象而又直观,它从一个没有知觉的事物变成吃人的怪物,变成和资本家一样吞吃工人的罪魁祸首。而对在井下已经呆了十年的那匹名为"战斗"的白马,作者是这样介绍的:

> 现在它已年老了,两只猫眼一般的眼睛不时流露出抑郁的目光。也许它在阴暗的幻想中,又模糊地看见了马恩西纳它出生的磨房。那个磨房建在斯卡普河边,周围是微风轻拂的辽阔草原。空中还有一个什么亮东西,那是一盏巨大的吊灯吧,实际的情景在这个牲畜的记忆里已经模糊不清。它低着头,老腿不停地打颤,拼命地回忆着太阳的样子,但怎样也想不起来了。②

这段文字将一匹白马的心情描写得十分生动:"抑郁的目光""阴暗的幻想"和"模糊不清"的记忆,展现了这匹常年生活在井下的老马丰富的心理活动。这种描写与里尔克对豹的描写非常相似。"如果左拉没有广泛运用福楼拜的象征主义,那他不可能把全部创作,而不仅是一部小说,融合

---

① 左拉:《萌芽》,黎柯译,北京:人民文学出版社,1982年,第27页。
② 同上书,第59页。

成一个接近整体的东西。"①

现代主义文学正是在自然主义和象征主义相互渗透、转化所构成的融合中得以达成的。用某种可以意会难以言传的整体喻意作为统摄文本的灵魂与骨骼,以在自然主义式的客观描绘中铺洒开来的大量细节具体构成文本的表层肌肉,这种象征主义与自然主义的奇妙组合乃是几乎所有经典现代主义叙事文本的基本特征。一直悬置在叙事过程中的喻义在叙事结束之时以不着痕迹的不确定方式整体地显现出来,这在很大程度上乃是基于"细节"描写的那种自然主义式的"真实感"。细节的"真实感"给卡夫卡等现代主义作家那种"主观主义"主导着的"歪曲叙事"提供了着陆的"场"。可以设想,如果没有这种细节描写上的自然主义式的精雕细刻作为基础,现代主义文学叙事势必将会因其艰涩、悖谬、模糊而自行归于崩塌。正是在这个意义上,"《尤利西斯》曾被视为自然主义的顶峰,比左拉更善于纪实,也被视为最广博精致的象征主义诗作。这两种解读中的每一种都站得住脚,但只有和另一种解读联系起来才言之成理,因为这部小说是两种解读交互作用和相互流通的场所。恰恰是这些本质上互不相容的解读之间的关系,构成了阅读《尤利西斯》的独特经验。……通过结合这两种对立的模式(它们在历史上已经互相分离),《尤利西斯》在结构和题材上对其中的任何一个模式都根据另一个模式加以批判,以致于两者的局限性和必要性都得到了肯定"②。"《尤利西斯》既没有现实主义叙事的那种沉静的坚实性,也没有象征主义小说的缥缈的虚幻性,而是一个既统一又流动的媒介,其特性是激荡不宁,扩散四溢,然而却奇怪地令人振奋,它的组成要素,形式与内容,不断地相互吸引,相互排斥,不断地融合与分离。"③

---

① Martin Turnell, *The Art of French Fiction*, London: Hamish Hamilton, 1959, p.96.
② 彼得·福克纳:《现代主义》,付礼军译,北京:昆仑出版社,1989年,第86—87页。
③ 同上书,第95页。

Ⅴ 文学自然主义中的科学问题

19世纪下半叶,维持秩序井然的世界竟成了一种妄想。在人们对外界进行重新感觉和认识的过程中,突然发现只有运动和变迁是唯一的现实。审美观念的性质也发生了激烈而迅速的改变。

——丹尼尔·贝尔《资本主义文化矛盾》

19世纪迅速发展起来的关于人类的研究的最突出的特征就是人们普遍认为人类也会或必定会很快成为科学研究的一个适当的对象。

——威廉·科尔曼《19世纪的生物学和人学》

达尔文的学说把人类抛入自然和时间的洪流,将人类置于无感情的、物质性的研究框架之中——这种研究之前被运用于岩石与天体。

——George Levine, *Darwin and Novelists:
Patterns of Science in Victorian Fiction*

文明人变成了野蛮人,野蛮人变成了野兽,野兽沦为化学元素。……多年以后,遵循左拉的指引,德莱塞成功地把爱转换为一种电磁感应的形式,而生命则被描写成某种化合物。

——Malcolm Cowley, "Naturalism in American Literature"

真正的自然主义者认为,人没有自由意志,来自外部或内部的力量——环境或遗传控制着他,并决定着他的行为,而他对此并没有责任。这种信念被称为决定论,乃自然主义的基础。

——Lars Ahnebrink, *The Beginnings of
Naturalism in American Fiction*

正是这种非常矛盾的态度,而不是一味信从决定论的确定性,成为这一时期自然主义小说虚构力量的来源。

——Donald Pizer, *The Theory and Practice of American
Literary Naturalism: Selected Essays and Reviews*

第十七章
文学自然主义与科学主义

第一节 科学主义与人本主义

"诗歌应与事实或科学相区别,这样才比较合于哲理。"①在人们的一般认识中,主要由科学建构并承载的科学主义与文学壁垒分明地分属两个不同的范畴:一个理性,一个感性;一个强调理性精神,一个张扬人文情怀;一个重视抽象思维,一个重视形象思维。但科学主义在现代西方文学中的重大影响却是一个无论从观感还是从学理都无法回避的显赫事实。从20世纪初叶俄国形式主义排除一切主观性、随意性的努力,到20世纪中叶"新批评"派"意图迷误"的理论,再到20世纪中后期罗兰·巴特、福柯等结构主义、后结构主义理论家强调的"作者死亡"之说,"各种文论派别都在试图把文学以外学科的规范和方法论引入文学理论,'科学化'看来是20世纪文论的一般趋势,而文学理论越来越变成各种'跨学科研究'"②。文学理论领域的这一景观,正是西方现代文学与科学及科学主义关系的基本表征。

理性主义是西方文化源远流长的伟大传统,这一伟大传统孕育了西方繁荣昌盛的科学文明。在科学文明加速将西方社会推进到高度丰裕发

---

① M. H. 艾布拉姆斯:《镜与灯:浪漫主义文论及批评传统》,郦稚牛、张照进、童庆生译,北京:北京大学出版社,1989年,第157页。
② 赵毅衡:《新批评:一种独特的形式主义文论》,北京:中国社会科学出版社,1986年,第116页。

达的现代阶段的历史进程中,其本身的积淀辅以现实中人们对科技手段的推崇,使得哲学逐渐将科学的世界观和方法论加以总结并推向科学之外的其他认识领域,这就形成了近现代西方文化中的科学主义倾向。

文艺复兴后期,在西方近代科学以其在天文学、物理学等方面的骄人进展宣布自己的确立之时,培根(Francis Bacon,1561—1626)就试图将其创立的三段论式的科学归纳法提升为适于包括社会科学在内的所有知识的方法;稍后的笛卡儿(René Descartes,1596—1650)将数学方法视为发现和传授真理最好的和最可靠的方法,并以此尝试建构自己整个宏大的哲学思想体系。而意大利人维柯(Giovanni Battista Vico,1688—1774)则在1725年出版的《新科学》中,提出要以伽利略(Galileo Galilei,1564—1642)、培根、牛顿等人的自然科学为典范,构造一门"人的物理学"。在维柯那里,以神话为代表的文学作品开始被当作剖析人类永恒"结构"及其生成规律的依据,而不再被当作纯粹审美分析的对象。"维柯提出的'科学'正是关于人类社会的科学。"①在近现代西方文化史上,很大程度上正是维柯的这一思想,开创了从科学主义立场研究包括文学在内的人文世界的先河。

就此而言,可以认定:自中世纪后期哲学、科学与文学联袂从基督教神学的控制下慢慢游离出来不久,近现代西方文化中科学主义与人本主义对峙并行的格局就开始确立。这里的"对峙"——也许更准确的表述应是"对衡",作为一种约略的描述,并不仅仅是指两者相互的敌对冲突,更有两者彼此渗透影响的含义存在。在某些特定的历史情境中,这种相互的渗透影响甚至会直接表现为密切的合作。例如,在文艺复兴时期,由于反对基督教会精神禁锢的共同文化语境,代表人本主义文化取向的人文主义文学与代表科学主义倾向的新生的科学之间的关系就曾处于一个相互借助共同携手的"蜜月",文学借助乃至张扬科学的理性主义精神,以此来作为自己挑战基督教会文化专制争取自我更大发展空间的强大武器。或许,正是西方文化结构中这两种文化精神在"对峙"—"对衡"中的共同存在,才使西方文化始终充斥着一种自我更新的内在张力,而这种内在张力所释放出来的活力则激荡着西方文化不断地向前蜿蜒展开,历久弥新,魅力常在。

值得特别指出的是,作为贯通近现代西方文化的一条红线,科学主义

---

① 特伦斯·霍克斯:《结构主义和符号学》,瞿铁鹏译,上海:上海译文出版社,1987年,第1页。

与人本主义的对立冲突,一般并不体现为最能代表人本精神的文学与最能代表科学精神的科学的直接交锋,而是选择所有文化元素高度综合凝结的哲学领域作为战场。这就如同科学对文学的正面影响一般说来也必须依靠哲学的中转一样。哲学是特定文化结构中处于最顶端的文化部类,特定时代的文化精神与所有社会—文化征候往往以高度凝结的方式结晶为这一时代的哲学表述。而这种哲学表述,又反过来对自身所处时代以及自身之后时代的社会生活与文化建构不断地施加引领的作用。正因为如此,文学研究,尤其是其中文学思潮层面的研究,总会首先想到去哲学的领地寻找话语资源。

文学自然主义是小说发展中的一个重要运动。作为一种文学运动(而不是时期),它取代了浪漫主义的情感小说,继之也被现代主义所取代。当不再有感伤的主人公通过人心的力量解决冲突以对抗工业社会,自然主义便取代了菲尔丁或者狄更斯的感伤主义。当 T. S. 艾略特、庞德、詹姆斯·乔伊斯和弗吉尼亚·吴尔夫等人拒绝了自然主义的科学基础,依赖于人的意识及主要来自柏格森的时间理论,从工业进程派生出来的人类废墟逃向艺术沙龙或审美关切,自然主义的诸多机械假设便被象征和神话所取代,自然主义文学运动也就被现代主义所取代。①

在"上帝死了"、科学沙文主义甚嚣尘上的 20 世纪,西方文化结构中的主要矛盾日益演变为科学主义精神与人本主义精神的冲突。当然,这种冲突依然不是绝对的;而且即便是"冲突"本身,也绝不意味着科学主义精神与人本主义精神就势如水火互不兼容。诸如"现象学""阐释学"等很多哲学文化流派,我们往往很难确定其精神取向究竟是科学主义还是人本主义,便足以表明这一点。"冲突",仍然是一种关系状态,有关系存在自然就会有影响存在——哪怕这种影响是相反方向的加强。尤其是,所谓人本主义之反科学主义,其实质应是反科学沙文主义,而非反科学主义精神本身。毕竟,科学主义精神并不等同于科学沙文主义,科学主义并不等同于具体的科学,科学与技术也并非可以简单地等量齐观。

就目前国内学界的情形而言,在对 20 世纪西方文化总体格局的认知与内在机制的把握上,人们也许过于看取人本主义精神与科学主义精神

---

① Richard Leban, "American Literary Naturalism: The French Connection", in *American Naturalism*, ed., Harold Bloom, New York: Chelsea House Publishers, 2004, p.199.

的冲突——把"对峙"理解为"敌对"而非"对衡"。单向度的思维方式,不但使我们对20世纪西方文化难以达成深入、全面的整体把握,而且即使在我们着力甚深的局部也往往会很容易带来本可避免的歪曲。例如,对存在主义的认识,我们习惯于对萨特为代表的无神论存在主义进行过度阐释,但却很少关注雅斯贝尔斯(Karl Theodor Jaspers,1883—1969)、蒂里希(Paul Johannes Tillich,1886—1965)等为代表的有神论存在主义,其实后者才是存在主义中最大也更值得关注的一个群体。这等情形,使人们对存在主义难以在整体上获得全面、深入、准确地把握,因而在对非理性主义、"上帝死了"等这样一些具体的局部问题上也就释放出太多粗陋但却自以为是的曲解。这种每每"在劫难逃"的定数,可能就是所谓文化的宿命。

相应地,在20世纪西方文学的研究中,国内学人长期以来也惯于一味强调和过度阐发尼采、萨特等无神论思想家为代表的人本主义哲学文化系统对现代主义文学的单向影响关系。就这些哲学理论明显的人文主义精神向度与现代主义文学艺术精神的同构而言,这当然没有错。但在人本主义哲学文化思潮之外,由逻辑实证主义、分析哲学、科学哲学、符号学等构成的科学主义哲学文化思潮也是20世纪西方哲学文化建构中极其重要的组成部分,甚至是更重要的一个部分:它的流派品种比前者更多,对社会—文化生活的影响也更为细致具体。如果一味仅重视人本主义的哲学文化思潮,甚至只重视这一思潮中的个别哲学家的思想学说,而忽视以价值多元化为核心特征的20世纪西方文化坐标系中另外一些精神向度的观念存在,即便是在文学研究中这显然也是危险的。

正如20世纪人本主义哲学文化思潮直接源于19世纪中后期——叔本华、尼采之于柏格森,克尔凯郭尔、陀思妥耶夫斯基之于海德格尔和萨特,20世纪科学主义哲学文化思潮的血脉也直接来自19世纪中后期。笔者相信,对这一时期西方文化中科学主义思潮的追溯、对这一思潮与自然主义文学之间关系的辨析,对准确地理解自然主义文学以及自然主义与现代主义的关系,将不无裨益。

第二节　19世纪中后期西方文化中的科学主义思潮

在19世纪中后期,以物理学、化学、生物学等诸学科领域所取得的重大科学发现与技术发明为标志,自然科学的发展获得了引人注目的重大突破,人类对自然的控制能力迅速增长,科学也因此逐渐在公众中迅速形成一种压倒一切的影响。这不但带来人类生活方式的巨大变迁,而且同时也使西方社会结构与文化结构发生了划时代的变革,而科学则在这种变革中迅速提升了其自身在社会—文化系统中的地位。科学这种令人耳目一新的变化,人们可以在这一时期雨后春笋般大量涌现的各种专业期刊、专业学会组织以及科学会议中得到直观的说明;而科学对社会—文化结构的深层影响,人们只消从大学在这个时期所发生的"从牧师到学监"的革命中便可领略一斑。这一首先发生在牛津和剑桥的大学教育世俗化与科学化同步展开的革命,绝不仅是大学运转方式或管理模式的变化,而更意味着从教学内容、教学模式到教育目的、教育原理的全面革命,真正现代意义上的大学教育正是由此诞生。此前,"科学在大学里几乎没有什么地位,而大学的主要目的是为英国国教培养教士"[①];现在,大学的目的主要是为世俗事业提供人才,课程设置因此大大拓宽了,越来越多的科学科目进入了课堂,并由此开始迅速成为大学教育的中心内容。类似的情况在欧洲其他大学也几乎同时出现,1866年巴黎大学在激进的变革中甚至一度解散了神学院。

现代科学的高速发展,尤其是其向传统人文文化领域卓有成效的渗透式拓进,乃是19世纪中后期西方文化展开过程中一个引人注目的现象。在地质学方面,查尔斯·莱尔等人证明了地球经历过亿万年演变的事实,驳斥了基督教地球只有几千年历史的观点;在考古学领域,布谢·德佩泰于1858年发现了古代文明留下的工具,将300年来的零星考古发现以及人们对人类远古历史所作的思考推向了高潮;在生物学领域,在拉马克等人大量工作的基础上,达尔文的《物种起源》和《人类的由来》等著作所提出的进化论思想更是直接向圣经中上帝造人的观念发起了挑战;爱德华·泰勒的《人类早期历史之研究》《原始文化》等早期人类学经典著作的发表标志着人类学这一新兴学科的迅速成熟;而经由从孔德到斯宾塞的努力,社会学理论的影响则以更快的速度扩展开来……19世纪中后期,"几条不同的科学探寻和思索的路线,正逐步交汇于一点,这一相交点将大大改变人对自己的态度,同时也改变人对自己在自然中所处地位的

---

① 罗兰·斯特龙伯格:《西方现代思想史》,刘北成、赵国新译,北京:中央编译出版社,2005年,第331页。

看法"①。"科学的烙印逐渐被奉为类似神明的东西,以至于人们认为它可以提供解答宇宙之谜的方法——不存在任何神秘或超验的东西;精神和有机现象都是从物质中演绎出来的;自然法则是万能的,控制着一切;现实是物质的。科学逐渐渗透到许多领域,对哲学、宗教、政治、纯文学等学科产生了巨大影响。"②种种事实表明,基督教世界观在19世纪中后期面临着来自科学的越来越严峻的冲击,这种冲击无论从理论层面还是从实践层面来看,都要比前两个世纪启蒙思想家的纯哲学挑战来得更火力十足,更难以招架。西方社会—文化的现代转型正是在传统基督教文化体系遭遇科学挑战的历史语境中发生的,由此也就不难理解,为什么科学主义的文化取向成了现代西方文化的核心。

自然科学的重大发现影响了19世纪的知识观,其主导思想进化论为人类提供了新的视野和认知前景。毫无疑问,科学主义在这一时期作为主导思想模式的勃然兴起,主要应归功于达尔文。因为"支配19世纪文化的思想正是进化论的思想,人类学以及其他所有领域的理论都是进化论的模子塑造出来的"③。"进化论在世纪中叶的发现几乎是革命性的,传统的关于人类自身和宇宙的观念受到了挑战。"④但我们同时也应该意识到:进化论思想并非达尔文一人的成就,而且进化论从理论内容到思想方法也都不是孤立的,它仅是远比它巨大宏阔的文化潮流与思想模式的一个部分。事实上,早在19世纪三四十年代,实证主义哲学家孔德便以哲学的形式预告了这种以科学主义为核心的现代文化精神的形成。孔德在英国的信徒约翰·斯图亚特·穆勒(John Stuart Mill,1806—1873)等人都与达尔文交好;有史料证明,后者在1838年读了马尔萨斯的著作,而几乎同时也读到了孔德的著作。正如美国思想史专家罗兰·斯特龙伯格在《西方现代思想史》中曾指出的那样,达尔文进化论观念的形成有两个重要的思想契机:其一是马尔萨斯人口论赋予了其思想以灵感,其二则是

---

① 卡尔迪纳、普里勒:《他们研究了人》,孙恺祥译,北京:生活·读书·新知三联书店,1991年,第73页。

② Lars Ahnebrink, *The Beginnings of Naturalism in American Fiction*, Cambridge, Mass.: Harvard University Press,1964,p. 22.

③ 卡尔迪纳、普里勒:《他们研究了人》,孙恺祥译,北京:生活·读书·新知三联书店,1991年,第37页。

④ Lars Ahnebrink, *The Beginnings of Naturalism in American Fiction*, Cambridge, Mass.: Harvard University Press,1964,p. 22.

孔德用科学方法来研究生命的做法帮助他摆脱了神学思维模式的思想禁锢。[①]

在19世纪西方思想史上,是孔德最早明确地将"科学阶段"即"实证阶段"置于人类理论认识和人类文化的最高阶段,认为"除了以观察到的事实为依据的知识以外,没有任何真实的知识"[②]。实证主义自它诞生的那天起就是以寻求科学、捍卫科学的面孔流行于世;它不仅在理论上对"什么是科学"做了系统的论述,而且在科学方法论层面也提出了诸多具体的规范性要求。在孔德看来,哲学的任务就是客观、精确地描述和系统、逻辑地分析经验世界的实际运行,通过探寻不同现象之间的稳定关系达到发现支配事物运动变化的规律,从而达成做出合理预测的目的。具体说来,实证主义哲学的科学主义原则体现了如下思想信念:第一,科学是一切知识的基础;第二,科学基于观察和实证而不是臆测;第三,科学研究应保持"价值中立"从而避免主观偏见,即科学只注重"事实判断"而不理会"价值判断";第四,科学的判断可检验真伪,有利于产生无歧见的统一认识,而价值判断却难以证明孰是孰非,只能导致没完没了的争论。一句话,凡科学的必定是可以接受实证检验的,而那些不能接受经验检验的、以探索超验问题并追求终极答案为特征的"形而上学"必须从科学的领域中被驱逐出去。实证主义的实证原则拒斥形而上学,强调客观事实的重要性,这对摆脱当时充斥于社会领域的大量不切实际的空泛议论和抽象繁琐的玄奥推断,使关于人和社会的研究趋向科学化,起到了不容低估的作用。曾经是孔德的门生并被孔德称为最忠诚于其学说的法国哲学家E.利特瑞在其编写的《法兰西语言词典》中说:"实证主义,指源于实证科学的一种哲学体系,为奥古斯特·孔德所创立;这位哲学家把这个词特别用来与形而上哲学相对立。"[③]利特瑞的这一界定不仅点明了孔德之实证主义对形而上学的那种拒斥态度,而且也指出了其实证主义哲学与实证科学之间的密切关联,尤其是实证科学作为实证主义哲学方法论之源的根本地位。孔德的思想虽然在发表之初受到尚在高峰平台运行的浪

[①] 参见罗兰·斯特龙伯格:《西方现代思想史》,刘北成、赵国新译,北京:中央编译出版社,2005年,第293页。
[②] 孔德:《实证哲学教程》,朱雯等编选:《文学中的自然主义》,上海:上海文艺出版社,1992年,第5页。
[③] 转引自昂惹勒·克勒默-马里埃蒂:《实证主义》,管震湖译,北京:商务印书馆,2001年,第4页。

漫主义文化精神的抑制,其对西方社会—文化生活之主导性的影响力在60年代之后才真正广泛扩散开来,但其实证主义哲学的出笼仍然因其代表着17世纪以降形形色色崇尚科学世界观和方法论的哲学思想中所包含着的那种科学主义倾向开始进入高潮,而成为现代西方文化的发端。正是在这一意义上,实证主义哲学成了西方社会—文化生活进入现代阶段的鲜明标志。怀特海(Alfred North Whitehead,1861—1947)在《科学与近代世界》(Science and the Modern World,1925)中指出:"所谓现代思想的新面貌,就是对于一般原则与无情而不以人意为转移的事实之间的关系发生了强烈的兴趣。""这种新思想方式甚至比新科学和新技术更为重要。它把我们心中的形而上学前提以及构思的内容全都改变了。"①

19世纪中后期,在科学革命、工业革命、社会革命所共同造就的社会—文化的急剧动荡中,有人走向"科学宗教"(孔德的实证主义),有人走向"革命宗教"(马克思的共产主义),有人走向"艺术宗教"(唯美主义),有人折回头去走向原初的基督教(浪漫主义的一个重要方面)……但这一切似乎都是一厢情愿——各种尝试的结局似乎也全都只是失望和幻灭。在失望和幻灭之中,所有的努力最终又都似乎凝结成为黑夜一般浓重的由"怀疑主义""相对主义""自由主义"等混编而成的现代主义"价值多元论"。在西方现代社会—文化这一跌宕起伏的历史变迁中,毫无疑问,是实证主义最早激发出的科学主义在嘈杂、喧嚣、混乱的历史巷道深处打响了颠覆传统文化体系的第一枪。枪声略显沉闷、钝重,甚或只是深沉、悠长。以"认识论中心"为特征的近代西方哲学之登峰造极的形式——黑格尔哲学应声倒下,其连锁反应甚至一直波及远古希腊的苏格拉底,而现象学哲学、科学哲学、分析哲学、结构主义、解构主义等哲学文化品种则循声登上20世纪没有了"上帝"的舞台,在有些失重的自由中凌空高蹈。

从某种意义上来说,实证主义所开启的19世纪中后期西方文化中空前高涨的科学主义精神取向,直接在自然科学与文学之间架起了一道铁桥。既然一切都必须经过科学的推敲与检验方能站得住脚,文学艺术受到自然科学影响也就合乎逻辑地成为一种不可规避的必然结果。最先做出反应的是文化思想家和美学家泰纳,他第一个站出来系统而全面地把科学主义观念运用于文学理论。其著名的"种族、环境、时代""三要素说"

---

① A. N. 怀特海:《科学与近代世界》,何钦译,北京:商务印书馆,1959年,第3、2页。

便是在孔德实证主义和达尔文进化论的影响下,用自然界的规律解释文艺现象的产物。泰纳将艺术作品看成"如同标本室里的植物和博物馆里的动物一般"①,认为"艺术与科学相联的亲属关系能提高两者的地位;能够给美提供主要的根据是科学的光荣,美能够把最高的结构建筑在真理之上是美的光荣"②,因而"人类历史犹如一部自然史"③,美学犹如植物学。事实上,文学受一定的时代、环境、民族等外部因素影响的认识在西方文学理论中并不新鲜,浪漫主义时代的斯达尔夫人乃至更早的启蒙思想家们早就对此做出过很多论述,泰纳的独到之处在于避开了零散的、印象式的或就事论事的论述,跳出狭窄的文学艺术的范畴,从科学的立场重新观照、把握事理材料,形成了逻辑清晰、条理严谨的思想体系。作为一颗将艺术与科学嫁接生长出的理论果实,"种族、环境、时代""三要素说"堪称科学主义在西方美学与文论中所取得的第一次胜利;而这一胜利则预示着一种新型文学的诞生。换言之,与哲学、社会、文化领域科学主义思潮的空前高涨相适应,就有了在科学主义道路上走得最远的自然主义文学思潮。

第三节　文学自然主义与科学主义精神

在涉足文坛之初,左拉就敏锐地感受到了时代文化的潮流——风是朝着科学的方向吹的,人们身不由己地被推向对事实和事物的精确研究中去。在此后推动自然主义文学运动展开的过程中,作为始终站在风口浪尖的领军人物,他高举科学主义的大旗,指斥此前法国文坛流行的浪漫主义感伤情调,在"没有什么比罗曼蒂克的幻想家更危险了"④的高叫中表现出了激烈的反传统姿态。

实验小说是文学随科学与时俱进的必然结果。从物理学和化学到生物学,再从生物学到文学,科学的精神不断拓展。由此,过去那

---

① 丹纳:《艺术哲学》,傅雷译,北京:人民文学出版社,1963年,第11页。
② 同上书,第347页。
③ 诺维科夫:《泰纳的"植物学美学"》,朱雯等编选:《文学中的自然主义》,上海:上海文艺出版社,1992年,第63页。
④ Emile Zola, "Naturalism in the Theatre", in *Documents of Modern Literary Realism*, ed., George J. Becker, Princeton, New Jersey: Princeton University Press, 1963, p.209.

种仅仅体现为抽象的形而上学观念的人在实验小说中将不再存在,人们看到的将是无法不受自然规律和环境影响的活生生的人。一言以蔽之,实验小说乃是与科学时代相契合的文学,这就如同古典主义和浪漫主义只能属于经院哲学和神学所主导的时代。①

在左拉看来,新的自然主义文学在很大程度上乃是科学进步的产物,它标志着日益昌盛的科学之无所不在的影响已经推进到了艺术领域。套用他的话来说就是:"实验方法既然能导致对物质生活的认识,它也应当导致对情感和精神生活的认识。从化学而至生理学,再从生理学而至人类学和社会学,这只不过是同一条道路上的不同阶段而已。实验小说则位于这条道路的终点。"②经由左拉的推动,科学主义成了自然主义文学的重要立足点和出发点,成了自然主义作家将自己与传统作家相区别的标牌。主动地从当代科学主义风潮中汲取精神营养,从理论到创作,自然主义文学都表现出了鲜明的科学主义倾向。

一、科学主义的灵魂:求真意志

科学的使命在于求真,科学之产生和发展原本就是出之于人之内在的求真意志。由此出发,摒弃任何先入之见,只相信得到证实的结论,就变成了现代科学家的基本思想立场。科学家所有科学实验工作所欲达成的目标,只是对某一现象呈现与否起决定作用的"近因"的把握,而对形而上学通常所津津乐道的"终极意义""根本原因""本质"等统统避而不问。"全部自然哲学可以归结为这么一句话:认识现象的法则。"③实验观念只尊重"现象",只对现象意义上的"近因"感兴趣,体现了一种求真务实的科学精神。自然主义文学看重现象学意义上作为相对"真相"的生活现象,规避本质论意义上作为绝对"真理"的各种意识形态;这一思想立场直接来自实证论的科学主义观念,乃自然主义文学理论的根基。

龚古尔兄弟很早即在《日记》中表达了如下的观念:最可靠的真实就是最高的美的源泉。"小说应力求达到的理想是:通过艺术给人造成一种

---

① Emile Zola, "Naturalism in the Theatre", in *Documents of Modern Literary Realism*, ed., George J. Becker, Princeton, New Jersey: Princeton University Press, 1963, p.176.
② Ibid., p.162.
③ 贝尔纳:《实验医学研究导论》,转引自左拉:《实验小说论》,朱雯等编选:《文学中的自然主义》,上海:上海文艺出版社,1992年,第142页。

最真实的人世真相之感。"①"生活的真相比天才的创造更令人赞叹,如果这些创造都是虚假的!"②在这样的表述中,我们可以看到:事实上,对经验事实或真实的生活体验的尊崇,已经被自然主义作家确定为是一项新的美学原则。左拉后来将此重新进一步表述为:"今天,小说家最高的品格就是真实感。"③由此,左拉称自然主义作家的全部工作就在于:"从自然中取得事实,然后研究这些事实的构成,研究环境与场合的变化对其的影响,永远不脱离自然的法则。"④左拉不无兴奋地宣言:一旦思维挣脱了形而上学的桎梏,无边无际的生活现象遂浩浩荡荡向他们涌动而来。"对人类的精神来说,没有什么比这更广阔、更自由的事业了。我们在以后将见到,与实验论者的辉煌胜利相比,经院学派、古板偏执的体系派以及理想主义的理论家们显得多么可怜。"⑤

二、科学主义的精神:怀疑主义

拒绝任何既有本质论观念体系的统照、主导,让怀疑精神在完全自由的状态中向现象张开,这是现代科学家基本的精神姿态。美国科学史家库恩(Thomas Samuel Kuhn,1922—1996)在其《科学革命的结构》(*The Structure of Scientific Revolutions*,1962)一书中指出,科学发现并非对某种客观、独立、自然规律的简单寻觅与捡拾,而是深受科学家集团所共同接受的一组假说、理论、准则和方法亦即"科学范式"的限制。也就是说,科学问题并不是一种自然状态的呈现,而是深受"科学范式"的影响与制约,范式的不同决定了科学家所面对的科学问题与答案的不同。科学家共同体所拥有的范式限定了科学发现的范围和深度。所以,科学的发展不是知识的逐渐积累或不断增长,而是科学范式的更迭。事实上,早在19世纪初叶,深受马赫、石里克等很多后世科学哲学家推崇的科学主义思想家弗里斯(Jakob Friedrich Fries,1773—1843)就明确指出:自然科学理论乃是一种实用的纯粹假想,世界上并不存在思辨哲学家(例如康德、

---

① 转引自诺维科夫:《"我们既是生理学家,又是诗人"》,朱雯等编选:《文学中的自然主义》,上海:上海文艺出版社,1992年,第316页。
② 同上书,第317页。
③ 左拉:《论小说》,柳鸣九编选:《法国自然主义作品选》,天津:天津人民出版社,1987年,第778页。
④ Emile Zola, "The Experimental Novel", in *Documents of Modern Literary Realism*, ed., George J. Becker, Princeton, New Jersey: Princeton University Press, 1963, p. 167.
⑤ Ibid., p. 169.

黑格尔)们所推断认定的某种先验的永恒的自然规律,即自然科学的真理也不是绝对的,而只是相对的。至19世纪中叶,科学家和科学思想家贝尔纳更是大声疾呼:科学"不承认事实的权威之外的任何权威……过去作为经院哲学基础的权威原则,必须抛弃"①。

> 实验推理与经院主义推理的区别在于,前者是丰富多彩的,而后者则是贫瘠干枯的。相信有绝对的正确性而实际上却得不到半点结果的恰恰是经院学派,这是不言而喻的,因为,既然从绝对的原则出发,那么它就置身于一切都是相对的自然之外了。相反,总是怀疑,认为一切都不会有绝对正确性的实验论者,则能达到主宰他周围的现象并扩大他对自然的支配能力的目的。②

质言之,科学主义世界观认定:面对着"现象"生生不息地展开,人类必须用一种绵绵不绝的怀疑精神来面对所有被称为或自称为"真理"的论断,以开启对自然世界和未来的探究。科学工作者"在大自然面前应当不存任何先入为主的观念,并应当让他的精神永远保持自由"③。

自然主义看重现象学意义上作为相对"真相"的生活现象,规避本质论意义上作为绝对"真理"的各种观念体系。在将生活现象而非各种本质观念重新确立为艺术的源头之后,自然主义文学所要抵达的艺术目标便合乎逻辑地被设定为对生存真相的探求,而这一探求的起点便是拒绝一切绝对独断的怀疑。左拉声称:"自然主义小说家注重观察与实验,他们的一切著作都产生于怀疑,他们在怀疑中站在不甚为人所知的真理面前,站在还没有被解释过的现象面前。"④随着将科学的实验观念引入文学,自然主义使文学比之既往充满了更多怀疑——否定的意志,更多自由——开放的情怀。彻底的怀疑精神合乎自身逻辑的便是怀疑一切。要肯定怀疑,那么,一切都要被怀疑,一切都要被悬置——不仅仅是一切形而上学观念和社会意识形态陈规,而且更有一切既定文学观念、话语体系和叙事模式。否定传统,质疑当下,展望未来,成为自然主义文学的基本

---

① 贝尔纳:《实验病理学讲义》,转引自敦尼克等主编:《哲学史》(第三卷下册),何清新译,北京:生活·读书·新知三联书店,1963年,第521页。

② 贝尔纳:《实验医学研究导论》,转引自左拉:《实验小说论》,朱雯等编选:《文学中的自然主义》,上海:上海文艺出版社,1992年版,第143页。

③ Emile Zola, "The Experimental Novel", in *Documents of Modern Literary Realism*, ed., George J. Becker, Princeton, New Jersey: Princeton University Press, 1963, p.163.

④ Ibid., p.169.

精神姿态;这一精神姿态既体现为人文意义的寻求,也体现为文学文本的实验。从根本上来说,自然主义乃是一种自觉地追求对既定现实进行革命性反叛、颠覆、解构的文学。就此而言,自然主义与所谓一心谋求再现现实的现实主义实是相去甚远,而更与热衷于描写生活之"不确定性"的现代主义息息相通。

三、科学主义的方法论:实证观察

尽管承认一切科学必然是由推测开始,但科学观念坚持认为:内在于"悬思"之中的"寻思性推理",不同于一般的"逻辑性推理",它在实验展开之前应完全来自对"现象"的观察,在实验之后的"论定"也仅仅服从于实验之中对现象的观察。强调通过对感官印象、经验现象的重视,实验的观念旨在摒弃那种唯理性形而上学的演绎推理。贝尔纳称他做实验的时候只有眼睛和耳朵,甚至完全没有脑子。

在摒弃了各种形而上学体系与社会意识形态观念的主导统辖之后,自然主义作家拒绝对世界与存在做出任何先验的阐释。这样,所谓世界的真相以及生存的意义便只有靠他自己去探求。受当时科学哲学与科学方法的影响,自然主义强调观察乃真相与意义探求的基本方法。这里所谓的"观察",首先是对世界与存在的一种领受与敬畏——这种生命姿态是真正的观察得以达成的前提。基于这样一种前提的观察,将本来即处于融合状态的人与世界激活为更积极主动的连通,人在一种自觉、专注的融入中谛视世界与存在,在深沉、活跃的凝思中对世界与存在达成一种直接、生动的生命直观,由此寻求对世界与生存真相的发现。

日常生活的流程犹如一条淡漠、平静的河流,浩浩荡荡流淌着的是泥沙俱下的生活碎片。当自然主义作家将笔触指向现实生活现象,其文学文本的基础构成便只能是对大量看上去琐屑不堪的生活细节的描写。而这也注定自然主义作家特别强调对生活的"观察"。"没有任何夸张。只有细小的事实,准确的观察,无情的真实,这真实逐渐揪住你的喉咙,达到最强烈的激动。"[①]从对"细小的事实"的观察中达成"最强烈的激动",左拉在这里所强调的依然乃是经由观察达成对生活的重新发现。

自然主义作家相信:在最普通的生活中,在人们因习以为常而麻木不

---

① 左拉:《论小说》,朱雯等编选:《文学中的自然主义》,上海:上海文艺出版社,1992年,第228页。

仁的生活中，隐藏着许许多多尚未得到认知的人之生存真相；这种真相不是散落在生活某个角落里的晶体赤金，而是蕴含在体现为无数最最卑微的生活碎片的粗粝矿石之中。用持久、专注、热情的目光去穿透、融化"矿石"中体现为生活假象的杂质，获悉庸常生活琐事中的生存况味，这就是左拉等自然主义作家一再强调的"观察"。"要描写一堆在燃烧着的火和一棵平原上的树，我们就要两眼紧盯着这堆火和这棵树，一直看到这堆火和这棵树在我们眼中和任何其他的火和其他的树有所不同为止。"[①]这种对生活的观察，是自然主义作家突破各种理论成见获得独特、真切的生命体验的基本途径，也是他们独创性的来源。福楼拜曾这样要求他的弟子莫泊桑：

> 当您从一个坐在自己铺子门口的杂货商面前走过……经过一位在抽烟斗的门房前面，一个公共马车停车站前面时，请把这个杂货商和这个门房的姿态，以及他们所有的——包含着他们所有的道德品质在内的——体形外貌以形象化的手法表现给我看，而且要使我不会把他们和任何别的杂货商或者门房混淆起来。请再用一句话让我看出，一匹拉公共马车的马和它前前后后五十匹其他的马有何不同。[②]

左拉所反复强调的观察，其所要达成的首先是对事物或现象的直接感觉。这种直接感觉是在"主体"对"对象"观照的瞬间阻断任何"前解释"的、唯我独有的直接感受或第一感觉。这种"第一感觉"，事实上已经非常接近那种由生命直观所达成的直觉。

另外值得指出的是，实验的科学方法总是通过"取样"构筑"模型"来实施其对对象的研究；这决定了这些学科对人的研究在操作上必须首先是以个体的人为研究对象。而文学对人的表达与关怀也正是通过对个体的人的审视与描写来实现的。此种方法论上的偶合，似乎是历史逻辑在冥冥中注定——随着生理学、遗传学等学科的出现与发展，文学的发展必然会获得一个突破的契机。也正是这一契机，使得左拉大胆地断言："既然实验方法能从物理学及化学引入生理学及医学的话，它就有可能从生

[①] 莫泊桑：《论小说》，莫泊桑：《漂亮朋友》，王振孙译，上海：上海译文出版社，1993年，第591页。
[②] 同上。

理学引入实验小说。"①

四、科学主义的姿态：客观中立

科学的求真意志，注定科学家面对自己所从事的工作对象应该时刻秉持客观中立的姿态。这无须多做赘言。

客观，乃是一种态度，而非一种"实事"。对自然主义作家来说，客观是指叙事态度上最大程度地追求叙事的客观效果，并且将这种追求化为叙事技巧上的革新，而非意味着坚持这一态度的作家一定认为世界是客观的。对一个作家来说，对"客观叙事效果"的追求与持有对"客观世界"的信仰，两者完全不是一回事。很显然，即使一个坚持认为世界的本质在于意识或理念的最"唯心主义"的作家，同样有权力并且可能去追求叙事的客观效果；反过来说，一个持有"唯物主义"坚定信仰的作家也完全可能创弄出最主观离谱的叙事文本。而中立，乃是一种立场，而非一种"行为"。对自然主义作家而言，中立是指为了达成叙事的客观效果，作家通过在叙事过程中调动各种可能的叙事技巧，最大程度地隐藏自己作为一个"主体"毫无疑问会有的主观倾向——不管是价值判断还是情感倾向，尽量少做或完全不做断语，把判断并得出结论的权力留给读者——毕竟作家并不是牧师，不是巫师，不是师爷，不是法官，不是道德家，不是专制独裁说一不二的君主，更不是《圣经》中那位能够创造世界并操控一切决定命运的上帝。这里，同样值得指出的是，持守超然中立的叙事立场也绝不等同于要抹煞作家本人的主体性和情感存在。在1878年致路易·布塞·德·富尔科的信中，左拉写道：

> 谁告诉您我是个无动于衷的人？……我只是认为感情应该自动地从一部作品中流露出来。一位作家哭泣或让人哭泣都毫无用处。那些"哦！"和"啊！"丝毫增加不了一本书的感染力。自己出头露面，自作多情，对他的人物说话，自己插进来或笑或哭，我认为这些都是一位庄重的艺术家不应该采用的花招。当然，这只是个美学问题；实际上，我为自己是一个热情的人而自豪。②

---

① Emile Zola, "The Experimental Novel", in *Documents of Modern Literary Realism*, ed., George J. Becker, Princeton, New Jersey: Princeton University Press, 1963, p.169.

② 左拉：《致路易·布塞·德·富尔科》，左拉：《左拉文学书简》，吴岳添译，合肥：安徽文艺出版社，1995年，第198页。

罗兰·斯特龙伯格则进一步指出：

> 尽管口口声声要达成科学的客观性，但事实上，不管是素材的选择，还是它们在文本中的安排，左拉显然有他自己的标准。无论多少事实都不可能消解其道德感，因而他也就必须时时刻刻面对其无可规避的道德选择。在各种神话、原型以及价值判断的运用上，左拉与其他小说家并无根本区别。①

事实上，就尊重事实之客观冷静的工作态度而言，自然主义作家的确是向科学家看齐的。但就中立——不做判断和结论而言，自然主义作家显然又清醒地将自己和科学家区别了开来：科学家面对自然现象，经由冷静地观察和实验，毕竟要在最后做出结论——即使是一个相对真理意义上的结论；而文学家面对的却是人这一世界上最最复杂、随时都在变化生成的对象，而且其本身所承担的艺术使命毕竟不同于科学家的工作使命，这一切均决定作家不应该去谋求本来或许就不存在的结论。而这种"结论"，正是前自然主义作家非常热衷并处心积虑要塞入文学文本的。在科学主义的时代精神影响之下，自然主义作家以其客观中立的创作姿态对此进行矫正，这当然是在文学认知和文学创作方面的巨大进步。现代主义正是从自然主义这里继承了客观中立的创作态度。

---

① Roland N. Stromberg, ed., *Realism, Naturalism, and Symbolism: Modes of Thought and Expression in Europe, 1848—1914*, London: Palgrave Macmillan, 1968, p. xvii.

第十八章
"实验"观念与"先锋"姿态

《实验小说论》是左拉集中阐述其文学"实验"观念的理论文献。在左拉的论说中,"实验小说"就是自然主义小说的代名词,这一点似乎无可争议。但"小说实验"到底是怎么回事?文中则有些语焉不详,这也是后来人们对其自然主义文学理论提出种种批评的重要原因。

诚然,小说的创作与实验室里的科学探求是两项完全不同的工作;科学家的科学实验与左拉所倡导的文学实验肯定是截然不同的。对此,法国作家和评论家让·弗莱维勒(Jean Fréville,1895—1971)在《左拉》(Zola,Semeur d'orages,1952)一书中曾不厌其烦地进行长篇累牍的论证驳辩——科学家的实验是在实验室里进行的,而小说家的实验却只能发生在他的头脑里;前者主要受实验设备与条件等外在客观因素制约,可以有不同的人无限地重复同一实验得出大致相同的反应与结论,而后者则主要与个人的气质与想象力等内在主观因素相关,对同一个实验100个人肯定会有100个截然不同的反应与结果⋯⋯

但倡导"实验小说"的左拉是否明白弗莱维勒认真论证出来的这些浅显道理呢?如果人们可以设定,作为一个文学天才的左拉尚未"天才"到成为一个真正的白痴,那么这个问题的答案便没有任何悬念可言。既然如此,像弗莱维勒一样在滔滔"雄辩"中指责左拉混淆了科学与文学、科学实验与文学实验的区别,便不能不被看作是高估自己智商的无聊之举了。

平心而论,对"实验小说论"后来争讼纷纭的局面,左拉并非完全没有责任。在《实验小说论》中,基于克洛德·贝尔纳的科学哲学观,他首先表明了这样的哲学信念:在人类的一切知识里,经验的实践先于理论或观念的体系。"科学总是后出现来寻求先前已经观察和收集到的各种现象的规律。规律一经找到,经验一经得到说明,先前的观念体系就被消灭,而让位于新的科学理论;科学理论一方面表现已知事实的规律,另一方面指出以扩大科学领域为目的的进一步研究方向。"①在此基础上,他大力倡导实验的方法论观念,因为在他看来,作为方法论,实验用科学的客观标准来对抗既有权威,能够促进科学和艺术的不断发展。但左拉在阐述自然主义文学的"实验"主张时,非但完全照搬了贝尔纳《实验医学研究导论》的理论构架,而且还连篇累牍地摘抄(已经不是"引用")了该书中的大量科学论述。对自己这样的行文,左拉的态度不但是虔诚的,而且是坦率的——长文开篇,左拉就称:"我的一切论述都原封不动地取之于克洛德·贝尔纳,只不过始终把'医生'一词换成'小说家',以便阐明我的思想,使之具有科学真理的精确性。"②在一个科学在社会与文化生活中占据主导地位的时代,为了替自己的文学主张找到理论依据,左拉的这一做法,似乎并非完全不可理解;然而,这种借科学之"矛"攻文学之"盾"的简单论证非但没有将问题真正讲清楚,反倒是煮出了一锅理论"夹生饭"。

应该承认,很大程度上堪称缺乏哲学理论素养的天才作家左拉,在《实验小说论》这篇被很多人视为自然主义文学理论宣言的文献中,"情急"之下采用了错误的写作策略和写作手法。就此而言,《实验小说论》也许真的就是左拉文学生涯中影响最大、同时缺憾也最多的文本。当然,这样说并非要否定左拉在该文中所表达的自然主义文学"实验"观念的价值。毕竟,观念的正确与否与这一观念表述得是否得当,是截然不同的两个问题。事实上,尽管该文由于话语移植太过僵硬而影响了其作为理论文献应有的严谨,但如果能准确把握贝尔纳学说中的"实验"观念,并参照左拉在其他自然主义理论文献中的相关表述,我们完全可以把握"实验小说"理论的真谛——毫不夸张地说,正是在"实验"的观念之中,自然主义文学的革命性,或构成了文学革命的自然主义文学,才得到了最集中、最鲜明的体现。

---

① Emile Zola, "The Experimental Novel", in *Documents of Modern Literary Realism*, ed., George J. Becker, Princeton, New Jersey: Princeton University Press, 1963, p. 168.
② Ibid., p. 162.

第一节 "实验"的观念

"实验小说"的要义在于"小说实验"。因而,准确地理解其从贝尔纳那里借来的"实验"一词的确切内含,便成为理解左拉"实验小说"理论的关键。

在著名科学家和科学哲学家贝尔纳的笔下,"实验"已经从一般的实验室操作被提升到了科学哲学一般"范畴"的高度,成为现代科学中基本的方法论观念。

"实验"的观念,强调超越经验论者偶然的观察与被动的接受,通过主动设置现象的展开,在不断的"试错"中反复观察—寻思,找出"现象"底下的"法则"。"实验归根结底只是一种人为发起的观察"①,而能够让人发起并进入这种主动观察"程序"的动因或前提,则是他其前在一般观察基础上所形成的对特定事物或现象的待定"观念";这一处于待定状态的"观念",类如一种"悬思",是一种拒绝任何"先入之见"的"怀疑"中的"寻思"。"进行实验的那个思想决不是随手拈来的,也不纯粹是想象出(来)的,它必须永远在观察的现实即自然中有一个支撑点。"②大致说来,作为现代科学基本的方法论观念而非一般实验室里的操作程序,"实验"包含着如下三个现代科学的精神法则:

第一,怀疑精神与自由思想。"实验"的观念拒绝任何既有本质论观念体系的统照主导,让怀疑精神在完全自由的状态中向现象张开;"它不承认事实的权威之外的任何权威……过去作为经院哲学基础的权威原则,必须抛弃。"③实验者在大自然面前应当不存任何先入为主的观念,并应当让他的精神永远保持自由。

第二,实事求是与反对独断。尽管承认一切科学必然是由推测开始,但"实验"观念坚持认为:内在于"悬思"之中的"寻思性推理",不同于一般

---

① Emile Zola, "The Experimental Novel", in *Documents of Modern Literary Realism*, ed., George J. Becker, Princeton, New Jersey: Princeton University Press, 1963, p.163.

② 贝尔纳:《实验医学研究导论》,转引自左拉:《实验小说论》,吕永真译,柳鸣九选编:《法国自然主义作品选》,天津:天津人民出版社,1987年,第745页。

③ 贝尔纳:《实验病理学讲义》,转引自敦尼克等主编:《哲学史》(第三卷下册),何清新译,北京:生活·读书·新知三联书店,1963年,第521页。

简单的"逻辑性推理",它在实验展开之前应完全来自对"现象"的观察,而实验之后的"论定"也仅仅服从于实验之中对现象的观察。经由对现象的重视与强调,实验的观念旨在摒弃—排除那种唯理性形而上学的演绎推理。

> 实验推理与经院主义推理的区别在于,前者是丰富多彩的,而后者则是贫瘠干枯的。相信有绝对正确性而实际上却得不到半点结果的恰恰是经院学派,这是不言而喻的,因为,既然从绝对的原则出发,那么它就置身于一切都是相对的自然之外了。相反,总是怀疑,认为一切都不会有绝对准确性的实验论者,则能达到主宰他周围的现象并扩大他对自然的支配能力的目的。①

第三,探寻"现象""近因"与规避"终极""本质"。实验所欲达成的只是对某一现象呈现与否起决定作用的"近因"的把握,而对形而上学通常所津津乐道的"终极意义""根本原因""本质"等统统避而不问。"全部自然哲学可以归结为这么一句话:认识现象的法则。"②"实验"观念只尊重"现象",只对现象意义上的"近因"感兴趣。同时,贝尔纳也强调:"实验"的观念,本身并不排斥"改变"和"驾驭"现象的意思;因为只有通过运用或简单或复杂的方法改变现象的自然状态,所谓"主动的观察"方能达成。这也正是科学的"实验"方法高于一般的"观察"方法之所在。显然,从一般的"观察"到"实验"、从"被动"到"主动"的飞跃,取决于"改变";而促成这"改变"的内在条件则是包孕在"悬思"中的某种"想象"。从根本上来说,正是这一想象才使得实验成为可能。想象—改变—驾驭三者内在于"实验"之中,这表明:虽然高度强调对现象的绝对尊重,但"实验"的观念却从来都不否定人的主动性或主体性,它所拒绝的不过只是那种抛开现象沉溺于理念推演的形而上学思维模式而已。

综上所论,大致可以明了:作为现代科学的基本方法论,实验观念的精髓乃是在对形而上学的"悬置"以及在对当下现象的"悬思"中达成对未知世界的探究—把握。这里既有探究对象的重新设定,更包含着思维方法的转换。为了充分揭示"实验"观念的革命意义,贝尔纳曾经这样缕述人类思想的发展进程:

---

① 贝尔纳:《实验医学研究导论》,转引自左拉:《实验小说论》,朱雯等编选:《文学中的自然主义》,上海:上海文艺出版社,1992年,第143页。

② 同上书,第142页。

人类思想的发展相继经历了感情、理性和实验几个不同阶段。开始,感情支配着理智,创造了信仰的真理,即神学。尔后,理智或哲学成为主宰,创立了经院哲学。最后,实验即对自然现象的研究告诉人们,在感情和理性中是归纳不出外部世界的真理的。它们只不过是我们必不可少的向导,然而要获得这些真理,必须深入事物的客观现实,真理隐藏在事物表面现象的后面。这样,随着事物的自然进展,出现了概括一切的实验方法。实验方法依次依靠感情、理智、实验这个永恒的三脚架的三个部分。在运用这种方法探求真理时,总是首先由感情起始,它产生了先验思想或直觉,理智或推理随之发展这个思想,演绎出逻辑的推论。如果说感情应该由理智之光照亮的话,那么理智本身应该由实验来指引。①

由此不难发现,贝尔纳等19世纪的科学家与科学思想家推崇"实验"的方法论观念,虽有矫正片面经验论的动机,但更为根本的意图则是反对先验理性或唯理论。作为方法论范畴,"实验"的观念所排斥的是受既定观念体系所控制主导的理性推演,即基于先验逻辑的纯粹理性思辨。因此,贝尔纳才坚持认为:唯一的哲学体系就是根本没有哲学体系;因为所有体系都是从先验观念出发仅吸收支持这些观念的事实编制出来的,例如,笛卡儿在着手研究实验科学时,把他在哲学中运用得非常娴熟的一些观念引入实验科学。他对待生理学和对待形而上学一样,先确定出哲学原则,目的是把自然科学的事实归结为这个原则,而不是从事实出发,不是从与事实有关而在一定意义上只是解释这些事实的后得观念出发。结果,尽管笛卡儿考虑了他当时所知道的生理学实验,却创制出了幻想的、几乎是捏造的生理学。

第二节 "实验小说"与文学"科学化"的主张

在阐述其自然主义文学理论的时候,左拉创造了"实验小说"这个后来引发了巨大争议的概念:

> 实验小说是文学随科学与时俱进的必然结果。从物理学和化学

---

① 贝尔纳:《实验医学研究导论》,转引自左拉:《实验小说论》,吕永真译,柳鸣九编选:《法国自然主义作品选》,天津:天津人民出版社,1987年,第760页。

到生物学,再从生物学到文学,科学的精神不断拓展。由此,过去那种仅仅体现为抽象的形而上学观念的人在实验小说中将不再存在,人们看到的将是无法不受自然规律和环境影响的活生生的人。一言以蔽之,实验小说乃是与科学时代相契合的文学,这就如同古典主义和浪漫主义只能属于经院哲学和神学所主导的时代。①

左拉明确指出,"实验小说"的要义在于"掌握人体现象的机理;依照生理学将给我们说明的那样,展示在遗传和周围环境影响下,人的精神行为和肉体行为的关系;然后表现生活在他创造的社会环境中的人,他每天都在改变这种环境,而他自身也在其中不断地发生变化"②。左拉说:"只有这样,作品中才会有合乎日常生活逻辑的真实人物和相对事物,而不尽是抽象人物和绝对事物这样一些人为编制的谎言。"③

从左拉对"实验小说"的界定中,人们可以清楚地领略其文学"科学化"的主张。事实上,人们对自然主义文学的诸多不解与指责,归根结蒂恐怕都可归诸于其"科学化"的文学诉求。

"返回自然,自然主义④在本世纪的巨大发展,逐渐将人类智慧的各种表现形式全都推上同一条科学的道路。"⑤左拉的这一论断提示我们:他所提出的自然主义之"科学化",根本用意在于"返回自然",而不在于真的要将文学"化"为科学。左拉说得很清楚,"科学"只是时代给文学所提供的一条"返回自然"的道路:"既然小说已经成为一种对人和自然的普遍研究,小说家就必须要尽可能多地了解当代科学上的最新进展;由于他们需要广涉一切,当然什么都得了解一些。"⑥因此,所谓自然主义文学的"科学化"主张,就只能被理解为是一种"策略诉求",而不应视之为一种"目的诉求"。需要说明的是,在诸多自然主义文学理论文献中,左拉反复谈论的文学应"返回自然",其语境、要义显然与其文学前辈卢梭的同一口号大不相同。在浪漫主义文学运动到来前夕,卢梭"返回自然"的主张,乃是针对西方文明病症提出的一种对人之理想生存方式的表达;这一思想

---

① Emile Zola, "The Experimental Novel", in *Documents of Modern Literary Realism*, ed., George J. Becker, Princeton, New Jersey: Princeton University Press, 1963, p.176.
② Ibid., p.174.
③ Ibid., p.201.
④ 此处的"自然主义"意指科学主义,而非文学上的自然主义。
⑤ Emile Zola, "The Experimental Novel", in *Documents of Modern Literary Realism*, ed., George J. Becker, Princeton, New Jersey: Princeton University Press, 1963, p.162.
⑥ Ibid., p.185.

主张对浪漫主义的精神诉求和艺术观念曾产生巨大影响。而左拉的"返回自然",则是在浪漫主义之后,确切说是在肃清浪漫主义遗风余韵的文学斗争中产生的,它并不关乎什么"人的理想的生存方式",而只是一种文学主张。这种文学主张,针对的是传统西方文学中的一种严重病症——各种僵死的形而上学体系与社会意识形态观念对文学叙事的统摄。

左拉认为,作家只有从科学中汲取精神营养,坚持"返回自然"的文学立场,才有可能摆脱各种形而上学观念体系对创作的统摄;而只有解除了这种"观念统摄",传统文学那种宏大叙事的虚饰、虚假、虚空才有可能被克服,尔后才会有文本"真实感"的达成。在《论小说》一文中,他有如下微言大义的表述:"今天,小说家最高的品格就是真实感";"真实感就是如实地感受自然,如实地表现自然"[1]。由此可知,在左拉的自然主义文学理论中,"真实感"才是其自然主义文学最重要的目标诉求或最高宗旨。正是为了将这一新的文学宗旨真正落到实处,左拉才提出了文学向科学看齐的行动策略。而当代科学的成就与影响,尤其是其在生理学、遗传学、社会学、人类学方面的最新进展,也的确为左拉这一策略的选择提供了契机。由是,参照贝尔纳在《实验医学研究导论》一文中对科学之"实验观念"的表述,左拉才在叙事文学范围内提出了"实验小说"与"实验戏剧"[2]的文学主张。

如上所述,既是左拉文学"科学化"主张由来的基本逻辑,也是其"实验小说论"的理论旨归。

事实上,文学"科学化"的主张,并非始自左拉,更非源自 1880 年才发表的《实验小说论》。早在 1852 年,法国帕纳斯派诗人勒贡特·德·李勒(Leconte de Lisle,1818—1894)便在其《古诗集》(*Poèmes antiques*,1852)序言中明确提出了长期分裂的艺术与科学在新的时代必须统一起来的主张。[3] 文学史料表明,至 19 世纪 60 年代前后,文学"科学化"在法国很多作家、理论家那里已经成为一个广为谈论的话题。福楼拜在 1857 年的一封信中称:"艺术应该摆脱缠绵之情与病态的表面文章!一定要使

---

[1] 左拉:《论小说(节选)》,柳鸣九译,柳鸣九编选:《法国自然主义作品选》,天津:天津人民出版社,1987 年,第 778 页。
[2] 比"实验小说"稍后提出的"实验戏剧"主张,对 20 世纪西方戏剧发展产生了重大影响。
[3] 参见葛雷、梁栋:《现代法国诗歌美学描述》,北京:北京大学出版社,1997 年,第 52 页。

艺术具有自然科学的精确性。"[①] 1865年，龚古尔兄弟也明确地提出："今天，小说强制自己去进行科学研究，完成科学任务，它要求这种研究的自由和坦率。"[②] 左拉在其诸多文学理论文献，尤其是最著名也最有争议的《实验小说论》中所做的，只不过是对这种观念进行综合做了理论化、体系化的深入表述，并由此进一步扩大了这种观念的影响而已。就此而言，自然主义文学中所谓文学的"科学化"，便绝非一个孤立的、可以忽视的枝节问题，而是一个值得对之进行细致考察和辨析的重大问题。

首先需要辨析清楚的便是科学与技术、科学理性与技术理性、科学精神与科学主义的区别。科学上的发现的确可以转化为技术发明，并由此推动技术的进步；但我们依然不能将"科学"简单地等同于"技术"。源自人之求知本能的科学理性，在本质上除了体现为一种知识建构的认知理性，更体现为一种关乎人之自由的价值理性；而源自人之物欲本能的技术理性，在本质上所体现的则不过只是一种庸常的工具理性而已。技术的工具理性本质使其本能地倾向于外化为特定的物质—经济体制与社会—政治体制，而体制化了的技术理性又天然地具有在格式化建构中趋向科学主义之沉滞、僵硬、固定、保守的惰性；这与致力于知识建构之外科学理性本身还固有的那种科学精神之怀疑—解构的功能完全南辕北辙、格格不入。不同于通常沦为科学主义的技术理性的惰性，作为科学理性的核心，科学精神内里永远充盈着的乃是由怀疑之思所开启的生生不息趋向未知的创造性活力，怀疑之思乃是科学撬动世界的伟大杠杆。所以，"科学是一种本质上属于无政府主义的事业，理论上的无政府主义比起它的反面，即比起讲究理论上的法则和秩序来，更符合人本主义，也更能鼓励进步"[③]。可以想象，左拉对为其文学"科学化"主张直接提供理论依托的克洛德·贝尔纳之如下论述必定心领神会："科学的独特功能便是使我们了解我们不知晓的东西，用理智和经验代替感情，明确地指出我们目前知识的局限所在。它虽然不断地以此贬低了我们的自尊心，提高了我们的

---

① 诺维科夫：《"我们既是生理学家，又是诗人"》，朱雯等编选：《文学中的自然主义》，上海：上海文艺出版社，1992年，第310页。

② 龚古尔兄弟：《〈热尔米妮·拉赛德〉》第一版序》，葛雷译，柳鸣九编选：《法国自然主义作品选》，天津：天津人民出版社，1987年，第726页。

③ 保罗·法伊尔阿本德：《反对方法：无政府主义知识论纲要》，上海：上海译文出版社，周昌忠译，1992年，"导言"第1页。

能力,这对我们真是一种绝妙的补偿。"①质言之,科学这种本质上源自于人之生命意志的怀疑精神与创造活力,构成了其绝不执念于既有—现时而是永远执念于未知—未来的精神品格,这与构成文学之灵魂的自由精神与理想情怀堪称血脉相通心心相印。

就此而论,自然主义主张文学的"科学化",绝非要简单地推进文学的理念化或理性化,而是要给文学灌注科学之怀疑精神的血液,插上科学之创造精神的翅膀,将文学从很久以来限制着其自由呼吸的形而上学观念体系中解放出来,让文学从玄渺的"理性"王国回归真实的"现象"世界,从功利(政治或道德等)的工具属性回归审美的(艺术)生命感性。在《实验小说论》中,左拉对此曾做过大量精辟论述:文学的"科学化"首先便是借鉴"科学的方法"即"实验的方法"。而"实验方法"的核心观念则是"在大自然面前不存任何先入之见从而让精神永远保持自由"②的"怀疑"。"自然主义小说家看重观察与实验,他们的全部工作均产生于怀疑。他们以怀疑的态度站在不甚为人们所知的真理面前,站在还没有解释过的现象面前……"因此,"实验方法非但不会让小说家幽闭在狭隘的束缚中,反而使他能发挥其思想家的一切智慧和创造者的所有天才……对人类的精神来说,没有什么比这更广阔、更自由的事业了。我们将会看到,与实验论者的辉煌胜利相比,经院学派、古板偏执的体系派以及理想主义的理论家们显得多么可怜"③。"实验小说家的真正事业就是从已知向未知进军……而理想主义小说家坚持各种宗教或哲学先验理念的偏见,陶醉在未知比已知更高尚更美丽的这种愚蠢的托词之下而存心停留在关于未来的理念乌托邦之中。"④"实验小说是本世纪科学发展的结果,它是生理学的继续并使之完整,而生理学自身依靠的又是化学和物理学;实验小说以自然的人代替抽象的人、形而上学的人……"⑤

作为工具理性,技术本能地趋利务实,常常因物质—经济层面的成就而骄狂,并由此释放出高估自身力量的虚妄,演化出盲目浅薄乐观的"技

---

① 左拉:《论小说(节选)》,柳鸣九译,柳鸣九编选:《法国自然主义作品选》,天津:天津人民出版社,1987年,第752页。
② Emile Zola, "The Experimental Novel", in *Documents of Modern Literary Realism*, ed., George J. Becker, Princeton, New Jersey: Princeton University Press, 1963, p. 163.
③ Ibid., p. 169.
④ Ibid., p. 178.
⑤ 左拉:《论小说(节选)》,柳鸣九译,柳鸣九编选:《法国自然主义作品选》,天津:天津人民出版社,1987年,第752页。

术崇拜"。这种"技术崇拜"虽然往往盗用科学的名号而自称为"科学精神",但在本质上却只能是一种"伪科学精神"。"伪科学精神"显然与真正的"科学"或"科学精神"无涉。科学永远求真求实;科学的这一精神品格使其永远葆有清醒的自知之明,并因而始终保持着虔诚谦卑的姿态。

> 我们头脑的本性会引导我们去探求事物的本质或"终极原因"。在这一点上,我们已远远地超出了自己所能达到的目标;因为经验很快就告诉我们,我们不应当逾越探究"怎么样"这一规定范围,即现象的近因或现象的存在条件之范围。①

早在19世纪中叶,科学家们便明了了科学力量的边界——只能探究事物"怎么样",而不能追究其"为什么",即只能尽力去探究现象之后的直接原因或相对近因,而无力追究现象之后的终极本质或绝对理念。对当时科学界这种祛除终极本质或绝对理念的时代精神心领神会,左拉认为自然主义作为新时代的新文学应该彻底贯彻这一精神原则。并且,他显然将这一思想观念理解为其所倡导的自然主义文学的本质。正因为如此,他才对此不厌其烦地一再重申:"我的作品将不这么具有社会性,而有较大的科学性。"②"为了不堕于哲学思辨的迷津,为了以缓慢的对未知的征服来取代理想主义的假说,我们应当只满足于探求事物的'怎么样'。这就是实验小说的正确的任务,并且,正如我们将看到的,也只有在这里才能取得其存在的理由和意义。"③

与其他作家一样,左拉的论战性理论文字的确表明了其对文学的诸多看法,但这些看法却不一定都能天衣无缝地揭示那些可以确切地描述其本人文学创作的原理。否则,文学研究将变得异常简单——人们只消收集一些作家的自我论断,然后再做些简单梳理就可以大功告成了。比"罗列"重要的是"梳理";与"梳理"相比,"辨析"则永远更为重要。自然主义文学"科学化"的主张将文学家比作科学家或将文学比作科学,这显然都仅是一种比喻,而不是美学原则。"类比"在逻辑上是不具有结论性的,"类比"贴切与否人们完全可以质疑;然而,"类比"又总是卷裹着论点,对

---

① Emile Zola,"The Experimental Novel", in *Documents of Modern Literary Realism*, ed., George J. Becker, Princeton, New Jersey: Princeton University Press, 1963, p.175.
② 左拉:《巴尔扎克和我的区别》,朱雯等编选:《文学中的自然主义》,上海:上海文艺出版社,1992年,第291页。
③ Emile Zola,"The Experimental Novel", in *Documents of Modern Literary Realism*, ed., George J. Becker, Princeton, New Jersey: Princeton University Press, 1963, p.175.

此首先要做的便是小心翼翼地辨识与辨析。

第三节 "文学科学化":策略、目的与实施条件

文学何以在这个时期非同寻常地向科学大抛媚眼或投怀送抱？

自然主义文学借助科学的力量去谋取自身的艺术发展,这在某种意义上来说乃一种基于时势的策略选择。不管是中世纪直接来自权力化了的基督教之统治,还是古典主义时期来自王权政治的牵制,不管是启蒙主义所造成的宏大历史叙事,还是浪漫主义展开过程中所不断释放出来的神学人道主义,前自然主义的西方文学,其历史展开过程中一直难以摆脱的困境乃社会意识形态对文学的侵入和统摄。至19世纪中叶,进一步解除外部施加给文学的社会意识形态(政治的、道德的、宗教的)渗透并由此回归其审美(艺术)本性,这既是西方文学继浪漫主义对古典主义的革命性反叛之后自身演进的内在逻辑要求,也是西方社会——文化体系推进到特定历史阶段的必然产物。在由科学、哲学、宗教、艺术(文学)诸元素构成的动态文化体系中,文学发展的这一内在要求决定了它只能从自然科学这一文化领域寻求支援。因为,其他诸项或多或少都与文学此时要冲破的社会意识形态束缚相关。艾布拉姆斯在其剖析浪漫主义诗学名作《镜与灯:浪漫主义文论及批评传统》(*The Mirror and the Lamp: Romantic Theory and the Critical Traditim*,1953)中曾精辟指出:

> 自古以来,人们都认为诗与历史相对,这样区分的理由是,诗所模仿的是某种普遍的或理想的形式,而不是实际事件。浪漫主义批评家的惯常做法是以科学代替历史来作为诗歌的对立面,并将这种区别建立在表现与描写,或情感性语言与认知性语言之间的差异之上。[①]

而今,在科学大行其道的精神氛围中,反浪漫主义的自然主义文学却在科学中找到了颠覆浪漫主义传统的最好武器。为了消解既往文学所热衷的社会—历史—文化意识形态,自然主义文学就是要反浪漫主义之道而行之:以科学作为诗的"同盟者"而不是"对立面"。借科学之"真"的精神为"矛",攻社会意识形态之"善"的禁锢之"盾",以恢复文学之"美"的

---

① M. H. 艾布拉姆斯:《镜与灯:浪漫主义文论及批评传统》,郦稚牛、张照进、童庆生译,北京:北京大学出版社,1989年,第157页。

"本真",就这样历史地成为19世纪中叶以降西方文学展开过程中自然主义文学的基本策略选择。

自然主义文学祛除形而上学体系与社会意识形态观念的历史使命和战略要求,在科学精神勃兴的"时势"驱动下,孕育出了其文学"科学化"的策略选择;而19世纪中后期科学领域的诸多最新进展,则为文学与科学携手这一策略的实施提供了可行条件。

首先,达尔文进化论发表以降,生理学、遗传学、病理学、实验心理学以及生物学等学科突飞猛进的发展,使西方自然科学对人的研究不断向前推进。生理学、遗传学、病理学、心理学等学科的创立与发展,表明自然科学的边界已从对纯粹自然现象的探索大规模地扩展到了对人这一特殊"自然存在"的探索。这些学科对人这一独特生命现象从特定侧面或角度展开的研究,其研究成果与研究方法,对作为"人学"的文学均有重要参考与启迪价值。其次,人类学、社会学、考古学等诸学科或者获得创立或者得到巨大推动产生了质的飞跃,这表明自然科学的边界已从对自然界的研究渗透扩展到了对人类社会这一特殊界域。这些学科对人类社会这一独特存在领域从特定侧面或角度展开的研究,其研究成果与研究方法,对永远无法脱开社会生活的文学亦具有重要参考与启迪价值。尤其值得指出的是,人类学、社会学等学科均是在自然科学获得革命性突破的背景上产生或获得迅猛发展的,其学科理念直接萌发于自然科学的最新观念,其研究方法也大抵以自然科学的实证方法为要旨。这些学科的确立,表明"科学的领域已经扩大,把人类一切精神活动都包罗了进去"[①]。在科学精神与科学发现深入人心的时代,"所有脑力工作者,只要他们有意识地寻找新的、适应时代潮流的方法和内容,都会努力掌握各种实验方法"[②]。正是从这个意义上,人们常常将这些学科的出现视为真正的"社会科学"的诞生。显然,人类学、社会学等新学科对人类社会的研究与揭示,其基本观念、思维取向、认知路径、操作方法等诸层面与传统的政治学、伦理学乃至哲学与神学显然都存在着巨大差异。因此,这些新兴学科的出现与发展,对这个时期竭力要挣脱形而上学观念体系束缚的文学,无疑是一个福音。

---

① Emile Zola, "The Experimental Novel", in *Documents of Modern Literary Realism*, ed., George J. Becker, Princeton, New Jersey: Princeton University Press, 1963, p.181.
② 埃里希·奥尔巴赫:《摹仿论:西方文学中所描绘的现实》,吴麟绶、周新建、高艳婷译,天津:百花文艺出版社,2002年,第556页。

"19世纪快速发展起来的关于人类的研究的最突出的特征就是人们普遍认为人类也会或必定会很快成为科学研究的一个适当的对象。科学正伸手去抓住这个最高境界的创造物。"①自然主义文学的形成与发展,是与19世纪后期西方文化结构的这一划时代的变化同步的。自然主义文学不同于既往文学的这一得天独厚的文化背景,对它的影响可谓重大而又深远,而其中最引人注目者便是作为人学的文学与原先只以自然现象作为研究对象的科学的关系突然被拉得很近:文学家现在可以直接从科学家的勤勉工作所获得的当代科学的最新进展与发现中,寻找直接对自己的创作有所裨益的观念、灵感、视角乃至方法。

就此而言,自然主义文学"科学化"的主张,并不是要用科学取代文学,更不是要将文学变成科学。作为一种"策略诉求",从根本上来说它并不完全是文学对科学的"被动""适应",而更是文学面对现实的一种"主动""选择"。作为对构成时代文化主流的科学精神的"反映",文学自然主义体现了科学精神对文学的"渗透";就此而言,人们完全可以将其看成科学发展以及科学精神扩张的产物。但同时,作为对构成时代文化主流的科学精神的"反应",文学自然主义又体现了向科学精神以及科学上的新发现"借力"的一份文学自觉;就此而言,人们也应该充分意识到,文学"科学化"的主张并没有也不可能构成自然主义文学对其与科学主义"对衡"的人本主义根本立场的背叛。同时,在西方文学从近代向现代转型的历史进程中,自然主义没有像唯美主义一样抱起头来,消极地蜷缩进艺术的象牙之塔,而是主动地顺应历史的要求和时代的挑战,这才有其唯美主义难以企及的宏大气象、卓越成就和深远影响。

第四节 "反传统":"实验小说"的先锋姿态

我们要埋葬武侠小说,要把过去时代的全部破烂,如希腊与印度的一切陈词滥调统统送到旧货摊上去。我们不想推翻那些令人作呕的所谓杰作,也不打碎那些素负盛名的雕像,我们只不过从它们旁边经过,到街上去,到人群杂沓的大街上去,到低级旅馆的房间去,也到

---

① 威廉·科尔曼:《19世纪的生物学和人学》,严晴燕译,上海:复旦大学出版社,2000年,第126页。

豪华的宫殿去，到荒芜的地区去，也到备受称颂的森林去。我们尝试不像浪漫主义派那样，创造比自然更美的傀儡，以光学的幻象搅乱它们，扩大它们，然后在作品中每隔四页，就凭空装上一个。①

如上表述，很容易让人想到20世纪初叶未来主义者将古典作家从现代生活的轮船上扔出去的高叫。但它却不是出自马利奈蒂或者布勒东或者其他任何现代主义作家的手笔，而是出之于19世纪末自然主义作家于斯曼的一篇关于"自然主义定义"的短文。正如莫泊桑在谈论他们的领袖人物左拉时所说的一样：自然主义作家是"革新者"，是"捣毁偶像者"，是所有"存在过的东西的凶恶敌人"②。显然，反传统的先锋姿态是自然主义文学运动的重要特点，同时也是自然主义文学之现代属性的重要表现。

"社会和文学的进步有一种无可阻挡的力量，它们能轻松地越过人们认为是无法逾越的障碍。"③《戏剧中的自然主义》一文中的这一断语，表明左拉深受时代文化思潮的影响，尤其是达尔文进化论的影响，持有一种乐观的坚信进步与发展的历史观，这种历史观使他获得了面对传统可以说"不"的坚定信念。面对着生生不息"现象"展开，人类需要一种绵绵不绝的怀疑精神，当代科学"实验"观念中这种怀疑主义的思想立场则进一步强化了自然主义反叛传统的革新意识。在这里，"怀疑"所代表着的乃一种迥异于传统的思维方式和思想目光：作为思维方式，因其唯一能够确定的信仰就是对"不确定"的信仰，它蕴含了巨大的思想"开放性"；作为思想目光，其内里躁动着冲决既有一切"限定"的愿望，锋芒所向往往是代表着"限定"与"秩序"的传统。

"'变化说'是目前最合理的体系。"④自然主义作家坚持不断向着"不确定"的未知生成，在当代科学"实验"观念的激励下，大胆进行"实验小说"的"小说实验"，在理论意识和创作方法两个层面上形成了"实验主义"的现代文学理念。而这一文学理念的核心则是：反对守旧，倡导创新。左拉曾满腔鄙夷地这样谈论那些在思想和创作上因循守旧的作家："那些思想偏执或头脑懒惰的人，他们宁愿躺在他们的僵死的体系上无所事事或

---

① 于依思芒斯：《试论自然主义的定义》，朱雯等编选：《文学中的自然主义》，上海：上海文艺出版社，1992年，第324页。

② 莫泊桑：《爱弥尔·左拉》，同上书，1992年，第364页。

③ Emile Zola, "Naturalism in the Theatre", in *Documents of Modern Literary Realism*, ed., George J. Becker, Princeton, New Jersey: Princeton University Press, 1963, p.224.

④ Ibid., p.190.

在黑暗中安眠,而不愿刻苦工作和努力走出黑暗。"①而关于当下的文学现实,他满怀信心地断言:"形而上学的人已经死去,由于对象已经成了生理学上的人,我们的全部阵地已经发生变化。""形而上学的人已经死去,由于对象已经成了生理学上的人,文学领地的面貌当然也就全然为之改观。"②"本世纪的推动力是自然主义。今天,这股力量已日益加强,愈发一直向前猛冲,一切都必须顺从它。小说戏剧都被它席卷而去。"③与同时代的唯美主义和象征主义相比,"实验主义"使自然主义作家拥有了更为开放、自由、坚实的艺术理念。不管是在题材、主题、人物还是情节、结构、技巧等诸方面,创新精神和开放意识使自然主义文学实践大大拓进了文学的表现范围和表现能力,将西方叙事文学提升到了一个新的历史阶段。

在科学迅速发展、"科学热"席卷整个社会、科学精神也因此渗透到全部文化领域的时代,自然主义作家以其文学"科学化"的先锋主张,主动迎接时代的挑战,变被动为主动。他们一方面将当代自然科学进展对"人"的新发现运用到创作中去,从而大大拓宽了对人的描写领域;另一方面又从当代科学的实验观念中大肆汲取合乎文学本质要求的怀疑精神和自由精神,在文学理论与创作方法的观念上与时俱进锐意创新,形成了"实验主义"的现代文学理念。实验的观念,本身就包含着在"不确定"中不断向着未知生成的信念。因而,左拉"实验小说"之"小说实验"的文学思想,其核心就是颠覆传统、不断创新。

在自然主义文学运动之后,以激进的革命姿态挑衅传统以及由传统所熏制出的大众趣味,以运动的形式为独创性的文学变革开辟道路,成为西方现代文学展开的基本方式。虽然在浪漫派那里,这种情形曾有过最初的预演,但总体来看,在过去的时代,这种情形从未以如此普遍、如此激烈、如此决绝的方式出现过。由是,自然主义文学与传统及大众的冲突与对抗,在某种意义上成为西方现代文学开启的一个标志性事件。

"反传统"是历史的"断裂"吗?面对着自然主义作家激烈的"反传统"姿态,人们禁不住如此发问。

---

① Emile Zola, "The Experimental Novel", in *Documents of Modern Literary Realism*, ed., George J. Becker, Princeton, New Jersey: Princeton University Press, 1963, p. 187.

② Emile Zola, "Naturalism in the Theatre", in *Documents of Modern Literary Realism*, ed., George J. Becker, Princeton, New Jersey: Princeton University Press, 1963, p. 196.

③ Ibid., p. 224.

实验的观念，本身就包含着在"不确定"中不断向着未知世界生成的信念。自然主义因此获得了完全开放的文学视野，而在骨子里刻上了"自由主义"的思想立场。这种自由主义的思想立场，使自然主义与其所反对的浪漫主义在反对古典主义的阵地上又并肩站到了一起。这并非"观念旅行"的纸上推论，而是实实在在的历史事实。

因思想渊源与时代情势的不同，浪漫主义之自由主义与自然主义之自由主义的精神内涵并不完全一致。前者主要基于德国古典哲学中的那种具有强烈"臆断""推演"色彩的主观主义，而后者的来源则主要是实证主义那种非常切近"现象学"的精神观念以及当代科学的"实验"观念。因此，与浪漫主义那种常常堕于虚幻和狂热的自由主义不同，作为一种从现实出发的自由主义，自然主义的自由主义比前者更多了一份平实、稳健的冷峻色调。"实验方法是一种宣布思想自由的科学方法。它不仅挣脱了哲学和神学的桎梏，而且也不承认个人在科学上的权威性。这丝毫也不是骄傲和狂妄。相反，实验者否认个人的权威，表现出谦逊，因为他也怀疑他本人的认识，使人的权威从属于实验和自然规律的权威。"[①]左拉在《实验小说论》中对贝尔纳这一论述的引用，显然不是无的放矢，而是大有深意。他进一步发挥说，自然主义作家"抛开了所谓既得真理，回到最初的原因，重新回到对事物的研究，回到对事实的观察。像上学的孩子一样，他甘愿自表谦卑，在能流利地阅读之前，先将自然这个词按字母来逐个拼读一番。这是一个革命，科学从经验主义中摆脱出来，方法就是从已知向未知迈进。人们从一项已被观察到的事实出发，就这样从观察到观察逐步前进，在没有充分的证据之前，决不先下结论"[②]。站在现实的大地上，"抛开"一切"所谓既得真理"，自然主义大胆质疑传统，激烈批判传统；但"抛开真理""质疑传统"之后，自然主义作家并没有像浪漫主义作家一样"回到自身"，而是"回到最初的原因"，即"返回自然"，回到生活的大地。这样，左拉所说的自然主义这场文学"革命"，便不仅只是对"传统"的革命，而且也是对"自我"的不断革命：在质疑传统和批判传统的同时，也在不断的自我质疑中随时准备反对自身。对传统的激进立场与对自身的严厉态度的同时"在场"，使自然主义作家在颠覆传统的激烈冲动中蕴含

---

① 贝尔纳：《实验医学研究导论》，转引自左拉：《实验小说论》，吕永真译，柳鸣九编选：《法国自然主义作品选》，天津：天津人民出版社，1987年，第767页。
② Emile Zola, "Naturalism in the Theatre", in *Documents of Modern Literary Realism*, ed., George J. Becker, Princeton, New Jersey: Princeton University Press, 1963, p.199.

了一份对传统的清醒与左拉所谓的"谦卑"。"我们之中有哪个敢于自吹曾经写过一页、一句不和某本书中的内容有所雷同的东西呢？我们满肚子装的都是法国文字，以致我们的整个身子就好像是一个用文字揉成的面团。"①在如上表述中，在生活领域历来狂放不羁的自然主义作家莫泊桑对文学传统就表现出了令人感动的虔诚。一方面始终不遗余力地激烈批判浪漫主义，另一方面对浪漫主义的历史功绩以及某些浪漫主义作家在创作上的成就又给予高度的肯定——左拉在浪漫主义问题上所表现出来的这种表面看来不无矛盾的立场，乃文学自然主义与文学传统关系的最好表征。

现代主义文学大师 T.S.艾略特曾说：

> 现存的艺术经典本身就构成一个理想的秩序，这个秩序由于新的（真正新的）作品被介绍进来而发生变化。这个已成的秩序在新作品出现以前本是完整的，加入新花样以后要继续保持完整，整个的秩序就必须改变一下，即使改变得很小；因此每件艺术作品对于整体的关系、比例和价值就重新调整了；这就是新与旧的适应。②

的确，整个人类文学并不是所有作家作品在数量上、空间上的堆积，而是一个内里有着细致联系的整体。由是，任何一个作家、一部作品与传统都是无法断开的。与其他精神性的存在一样，文学会有发展，有时这种发展甚至呈现为某种跳跃，但所谓的断裂是永远不存在的。这意味着所谓的"发展"，恰如生命的展开，乃一种点点滴滴的更新。

19世纪以来，尤其是达尔文进化论发表之后，西方文学的发展与其他人类事物的发展一样，出现了明显的加速，其突出的表现就是文学思潮在多元化的格局中不断以运动的形式向前推进。在这个过程中，"反传统"愈发成为现代作家基本的存在方式与精神姿态。考虑到高度市场化的社会环境与飞速发展的社会—文化现实所构成的作家之前所未有的生存境遇，对这一纷纷扬扬的新的文学景观的判断尤其不可仅仅根据表象就轻易做出类如"文学史断裂"这样的断语。"反传统"只是现代作家面对传统以及与传统往往同构的大众趣味所投放出来的一种先锋精神姿态。

---

① 莫泊桑:《论小说》，莫泊桑:《漂亮朋友》，王振孙译，上海：上海译文出版社，1993年，第588—589页。
② 托·斯·艾略特:《传统与个人才能》，卞之琳译，戴维·洛奇编:《二十世纪文学评论》(上册)，葛林等译，上海：上海译文出版社，1987年，第130—131页。

无论以何等激进的方式呈放,无论如何表白其自身所具有的"革命性",这种先锋精神姿态都不应该被看成是一种"历史—文化断裂"的"实事"。相比之下,在复杂、艰难的现代文化语境中,将现代作家的"反传统"理解为是他们的一种生存策略或许更为精当。审视文学自然主义对待文学传统之矛盾态度,我们不难从中得到这样的启示。

第五节 "实验主义":从自然主义到现代主义

"实验"(Experiment)的观念,乃是左拉所代表的自然主义文学理论体系中的一个核心观念。无独有偶,在后来现代主义文学的诸多理论文献及创作实践中,人们同样发现"实验"乃是一个出现频率极高的语汇。由是,"现代派"才常常又被叫做"实验派",文学"现代主义"有时又被称之为"实验主义"。19世纪中叶以降的一百多年,科学领域中的"实验"观念频频在西方文学领域中亮相;这一事实,乃启发笔者用"延续"的整体观念而非"断裂"的分裂观念去审视文学自然主义与现代主义关系的一个重要契机。

强调"独创性"的现代主义作家,大都持有激烈的反传统的思想立场,而尤其对传统的文学规范和文学观念,他们更是本能地流露出敌视与抵抗的强烈欲望。在未来主义、达达主义、超现实主义等现代主义文学运动中,"反传统"的热狂从来都是这些运动展开过程中最引人注目的现代文学景观。这些"景观"中的激进现代主义者,甚至常常让人联想到登堂入室的"文学暴徒"或"文学海盗"。在谈到威尔斯等传统作家时,连素来温文尔雅的女作家吴尔夫也不无鄙夷与决绝地说:"于是他们就发展了一套适合他们目的的小说技巧,他们缔造了工具、建立了规范以达到自己的目的。但是他们的工具不是我们的工具,他们的目的不是我们的目的。对于我们,这些规范是毁灭,这些工具是死亡。"[①]

在"反传统"的思想立场及与之相契合的创新意识方面,自然主义与现代主义显然息息相通。然而,历史似乎总习惯于在令人迷惑的悖谬中前行:正是这种相通,决定了身处"历史下位"的现代主义必然要持有质疑、反对自然主义的姿态。人们应该意识到:这种质疑与反对只是事物在

---

① 弗吉尼亚·沃尔夫:《班奈特先生与勃朗太太》,崔道怡等编:《"冰山"理论:对话与潜对话》(下册),北京:工人出版社,1987年,第633—634页。

扬弃中不断向前展开的基本方式,丝毫不同于既往本质论思维所诞生出的那种你死我活的绝对否定。这意味着,无论各种表演性的宣言中充斥着何等激进、激烈的反叛企图,人们依然需要静心辨析它们之间的传承。左拉曾明确指出:自然主义并不是一个推翻了旧体系之后自己开始执掌话语霸权的新的权威体系,自然主义反对一切体系,包括反对它自身。①因此,虽然客观上自然主义在当时因其巨大的影响而成了一个引人注目的文学思潮,但左拉、于斯曼等很多重要的自然主义作家却反复否认自己是属于某一流派或某一宗派:"不,我们不是宗派主义者。我们相信无神论作家还是画家都应去表现他们自己的时代,我们是渴望现代生活的艺术家。"②"我一再说过,自然主义并不是一个流派,比如说,他并不像浪漫主义那样体现为一个人的天才和一群人的狂热行为。"③

　　从自然主义开始,西方现代文学的展开越来越具有一种前所未有的奇怪方式:一方面,新起的作家几乎总在一种自觉意识的导引下表现出激烈的颠覆既往反叛传统的偏执姿态;另一方面,他们在新的文学理念或创作方法的探求中,又有一种超越一切(当然也包括他们自身)向着无限的未来生成的冲动——在这种冲动中,他们似乎失却了既往作家常有的那种将自身"体系化"与"权威化"的追求。由是,综观20世纪的西方文坛,人们不难发现:一方面是共时性空间维度上的乱云飞渡般的流派林立,另一方面则是历时性时间维度上各领风骚三五年的风流云散。即使在一个流派内部,例如超现实主义,其在不断的自我否定中迅速向前展开的火爆节奏也未免让人惊讶莫名。标榜自己与传统血缘关系的作家越来越少了,表白自己与传统作家或同时代的其他作家甚至昨天的自己多么不同的人却越来越多。"现代主义作家"这一标牌的两面上,一面写着"颠覆传统",另一面上则印着"成为自己"。"颠覆传统"已然成为一种习惯性的姿态,而"成为自己"则成了永远在前方地平线上的一种可能。因为,自我的真实状态永远是一种在不断超越现在中向着未来的生成。一切都是不确定的,自我也是不确定的;唯一可以确定的便是"不确定"。在这种"不确

---

① Emile Zola, "The Experimental Novel", in *Documents of Modern Literary Realism*, ed., George J. Becker, Princeton, New Jersey: Princeton University Press, 1963, p.189.
② 于依思芒斯:《试论自然主义的定义》,朱雯编选:《文学中的自然主义》,上海:上海文艺出版社,1992年,第324页。
③ Emile Zola, "The Experimental Novel", in *Documents of Modern Literary Realism*, ed., George J. Becker, Princeton, New Jersey: Princeton University Press, 1963, p.189.

定"中张开的永远指向未来的寻求,赋予现代主义的文学机制以一种生生不息的创新动力,现代主义也就由此被称为"实验主义"①。"天地广阔无边;没有什么东西——没有什么"方法",没有什么实验,即使最想入非非的——不可以允许,唯独不许伪造和做作。"②显然,"实验"的要义在这里不是别的,只是在"不确定"中的永恒追求和不断创新。"一切创造都是尝试性的,一切艺术也都是实验性的。"③

构成现代主义之总体特征的"反传统",绝不意味着它与文学传统的实际"断裂",而只能被理解为是其从自然主义文学传统中承续下来的"实验主义"文学立场的内在规定。也就是说,与其说现代主义是"反传统"的,倒不如说它是"实验主义"的。"实验主义"作为现代主义的灵魂,决定了它总要以"反传统"的理论立场来确定自己的当下存在,厘定自己创新求变的合理性;但理论立场和实际情形当然是两个不同的概念,在现代文化生态和文学语境中,理论姿态和实际情形往往相去甚远,体现出一种极具张力的悖谬。如果不能对此拥有清醒的意识,则对这样一个理论爆炸的时代达成准确把握就必定会成为一句空话。

"实验",即在"不确定"中的建构尝试,它所代表着的是一种新的文化立场与文化态度,它所揭示出来的则是"上帝死了"之后一种崭新的世界观和思维方式的确立。无论从思想信念还是从创作态度来看,现代主义文学之"实验主义"的精神品格,均直接来自于自然主义文学所倡导的"小说实验"。正是这种"实验主义"的精神姿态,直接引发了现代主义文学呈现为一种"爆炸性"的创新奇观。所以马·布雷德伯里和詹·麦克法兰才共同认定:

> 运动要成为现代的这种愿望何时变成了现代主义呢?……文化分析家在观察19世纪的各种倾向从中寻求一个出发点时,他最好对自然主义和起自并超出自然主义的演变——"自然主义的征服"——做一番思考。……整整一批新的纲领就是从那里发展出来的。④

---

① 根据彼得·福克纳在《现代主义》一书中的说法,"现代主义"这个术语在20世纪20年代开始逐渐具有了"与艺术中的试验活动相联系的具体意义"。(彼得·福克纳:《现代主义》,付礼军译,北京:昆仑出版社,1989年,第1页。)
② 弗吉尼亚·沃尔夫:《现代小说》,崔道怡等编:《"冰山"理论:对话与潜对话》(下册),北京:工人出版社,1987年,第621页。
③ 桑塔亚那:《艺术的基础在于本能和经验》,蒋孔阳主编:《二十世纪西方美学名著选》(上),上海:复旦大学出版社,1987年,第261页。
④ 马尔科姆·布雷德伯里、詹姆斯·麦克法兰:《运动、期刊和宣言:对自然主义的继承》,马·布雷德伯里、詹·麦克法兰编:《现代主义》,胡家峦等译,上海:上海外语教育出版社,1992年,第171页。

第十九章
文学自然主义：
从生理学到心理学

第一节 文学自然主义与生理学

一、新的"人学"的出现

无论是古希腊普罗米修斯（Prometheus）与雅典娜（Athéna）协同造人的美妙传说，还是《圣经》中上帝造人的故事，无论是形而上学家笛卡儿对人之本质的探讨，还是从黑格尔到马克思对人所进行的那种"辩证"推演，人始终被定义为是一种灵肉分裂、承载着二元对立观念的存在。在对西方社会人们的生活方式和思维方式影响尤为深刻的基督教文化传统中，人的本质存在首先被确定为其他动物所没有的灵魂，而人的精神也由此被狭隘地简化为主要只是道德精神。在文艺复兴之后的"理性时代"，随着各种形态的唯物主义哲学的兴起，人的物质特性、人与动物界其他成员的关系愈来愈变得无法否认；但这种"无法否认"的事实，却长时间悬挂在唯物主义与同时代更占据文化主导地位的各种唯心主义各执一词的争讼烟云之中，无法得出确定的结论。

但在19世纪后期，实证主义者泰纳开始将人之"精神"称为其肉身所开的"花朵"，而存在论哲学家尼采也几乎同时开始坚持将人的"灵魂"看作其肉身的产物。也许，人们可以将这一变化开始的时间追溯到更早的时候，譬如，由尼采可以回溯到意志哲学家叔本华，而由泰纳则可以寻踪至实证论更早的奠基人孔德。无论如何，大范围发生在19世纪中后期的这种关于人之灵魂与肉体关系的新见解,意味着西方思想家对人的认识发生了非同寻常的变化。在哲学上弥平唯物主义和唯心主义二元对立的思想立场的同时,实证主义者和存在主义者分别从"现象"和"存在"的角度切近人之"生命"本身,建构了各具特色的灵肉融合的"人学"一元论。这种灵肉融合的"人学"一元论,作为现代西方文化的核心,对现代西方文学合乎逻辑地释放出了巨大的精神影响。可以毫不夸张地说,与现代西方文化中所有"革命性"变革一样,现代西方文学中的所有"革命性"变革,均直接起源于标志着西方文化从近代进入现代的这一根本性的"人学"转折。

哲学和文学领域几乎同时发生的这一具有划时代意义的变革的背景,则是科学进展对人的新发现。19世纪中叶,各学科的进展逐渐对灵肉二元论——尤其是长时间一直处于主导地位的"唯灵论"——构成一种实质性的突破。1860年前后,"考古学、人类古生物学和达尔文主义的转型假说在此时都结合起来,并且似乎都表达同一个信息:人和人类社会可被证明是古老的;人的史前历史很可能要重新写过;人是一种动物,因此可能与其他生物一样,受到相同转化力量的作用。……对人的本质以及人类历史的意义进行重新评价的时机已经成熟"[①]。

在这种历史文化语境下,借助比较解剖学所成功揭示出来的人的动物特征,生理学以及与之相关的遗传学、病理学和实验心理学等学科纷纷破土而出,展现出勃勃生机。在19世纪之前,生理学与生物学实际上是同义词。19世纪中后期,在细胞学说与能量守恒学说的洞照之下,随着生理学家思考的首要问题从对生命本质的定义转移到对生命现象的关注上来,实验生理学的破土而出才彻底改变了生理学学科设置的模糊状态,生理学长时间的沉滞状态也因此陡然被激活,焕发出勃勃的生机。与生理学的迅速发展相呼应,西方学界对遗传问题的研究兴趣也日益高涨。在1860年至1900年期间,关于遗传的各种理论学说纷纷出笼(而由此衍生出的基因理论更是成了20世纪科学领域中最耀眼的显学)。

作为科学,生理学对人展开研究的基本出发点就是人的动物属性。生理学上的诸多重大发现(含假说),有力地拓进了人对自身的认识,产生了广泛的社会—文化反响:血肉、神经、能量、本能等对人进行描述的生理

[①] 威廉·科尔曼:《19世纪的生物学和人学》,严晴燕译,上海:复旦大学出版社,2000年,第111页。

学术语迅速成为人们耳熟能详的语汇,一种新型的现代"人学"在生理学发现的大力推动下得以迅速形成。

> 一旦从眼睛里清除了幻想,我们称之为文明的有序生活也就不再是真实的存在,而只是写在纸上的空谈。在现实中,人们所谓的社会只不过是一片丛林,在那里生存的斗争持续进行,根本不受法律、道德或社会习俗的制约。人的中心真理是:他不是一种服从于任何法律的动物,而只是服从于他自己的本能,随心所欲,只要不超出其自身能力的限制。①

二、文学自然主义对生理学的反应

文学是"人学",这首先意味着文学是对个体感性生命的关照和关怀。而作为现代"人学"的基础学科,实验生理学恰恰是以体现为肉体的个体感性生命为研究对象。这种内在的契合,使得总会对"人学"上的进展最先做出敏感反应的西方文学,在19世纪中后期对现代生理学所带来的"人学"发现做出了非同寻常的强烈反应,而这正是自然主义文学运动得以萌发的重要契机。

以下是自然主义文学领袖左拉关于自然主义文学与生理学关系的经典表述:"实验小说以生理学为根据,去研究最复杂最微妙的器官,关注的是作为个人和社会成员的人的最高级行为。"②"材料固然是永恒的,但写作的方法却会随着每个时代和每种社会而改变……自然主义只是一种方法,一种实验方法,它完美地适应于我们这个生理学的时代。"③"形而上学的人已经死去,由于对象已经成了生理学上的人,文学领地的面貌当然也就全然为之改观。"④

总体来看,左拉对生理学的重视,表明自然主义作家在对人进行审视、理解和表现时,会自觉地从生理学上的科学新发现中去获得新的视

---

① Stuart P. Sherman, "The Barbaric Naturalism of Mr. Dreiser", in *The Stature of Theodore Dreiser*, eds., Alfred Kazin, Charles Shapiro, Bloomington: Indiana University Press, 1969, p.74.

② Emile Zola, "The Experimental Novel", in *Documents of Modern Literary Realism*, ed., George J. Becker, Princeton, New Jersey: Princeton University Press, 1963, p.173.

③ 左拉:《致费德里科·韦迪诺瓦》,左拉:《左拉文学书简》,吴岳添译,合肥:安徽文艺出版社,1995年,第302页。

④ Emile Zola, "The Experimental Novel", in *Documents of Modern Literary Realism*, ed., George J. Becker, Princeton, New Jersey: Princeton University Press, 1963, p.196.

角、深度和灵感,而绝不意味着他们会完全照本宣科地依照生理学的结论来描写人,或像有人所说的一样陷入了"生理学决定论"。

第一,文学自然主义的基本思想立场是反对一切对人和自然的成见,反对一切既定观念体系。"我们的小说不支持任何论点,而且在大多数情况下,它们甚至连结论也没有。"①第二,虽然自然主义作家对生理学的反应非常强烈,甚至声称"我们既是生理学家,又是诗人"②,但这绝不意味着自然主义作家真的会丧失自己作为艺术家的文学立场。"我们既不是化学家、物理学家,也不是生理学家,我们仅仅是依靠科学的小说家。当然,我们并不打算在生理学中做出发现,我们并不干那一行,只不过为了研究人,我们认为不能不考虑生理学上的新发现。"③第三,事实上,即使在大肆强调借鉴生理学来促进文学创作之时,自然主义作家也从来没有过高地估计那些生理学发现的真理性:"无疑,人们现在离对化学甚或生理学的正确认识尚相距很远。人们还丝毫不知道能分解情欲从而得以分析它们的试剂。"④"关于人的科学现在仍然相当模糊不清,没弄清楚的地方实在太多。"⑤"关于人的科学所取得的真理,由于涉及的是精神和情感,因而更加有限与不稳定。"⑥第四,虽然高度重视当代生理学上的新发现对文学创作的重要借鉴价值,但这绝不意味着自然主义作家仅从"生理学"的角度来审视并表现人,例如,左拉同时也高度重视"环境"对人的重大作用:"生理学家有朝一日总会给我们解释思想和激情的机理;我们将会知道人这架独立的机器是怎样运转的,它怎样思考,怎样爱,又如何从理智转向热情乃至疯狂。但是这些现象,这些器官如何在内部环境的影响下起作用的机理的事实,不是孤立地在外部的真空中产生的。人不是孤立的,他是社会的动物,总处于特定的环境中;这社会环境就不断地改变着人的生存。对我们小说家来说,我们最重要的使命就在于研究社会

---

① 于依思芒斯:《试论自然主义的定义》,朱雯等选编:《文学中的自然主义》,上海:上海文艺出版社,1992年,第324页。
② 转引自诺维科夫:《"我们既是生理学家,又是诗人"》,同上书,第315页。
③ Emile Zola, "The Experimental Novel", in *Documents of Modern Literary Realism*, ed., George J. Becker, Princeton, New Jersey: Princeton University Press, 1963, p.185.
④ Ibid., p.167.
⑤ Ibid., p.172.
⑥ Ibid., p.173.

对个人、个人对社会的相互作用。"①"我们依靠生理学，但又从生理学家手中把孤立的人拿过来，继续向前推进，科学地研究人在社会中如何行动的问题。"②在左拉看来，环境之于人，犹如空气和土壤之于植物，即人在很大程度上乃是环境的产物。由是，环境描写，在自然主义文学文本中有时甚至获得了独立存在的价值。而有的评论家也认为左拉"是以一个哲学家和社会学家的立足点来构思他的小说的"③。

三、生理学在自然主义文学中的效应

生理学以及与之相关的遗传学所带来的对"人"的重新发现或重新解释，不仅为自然主义文学克服传统文学中严重的"唯灵论"与"理念化"弊病直接提供了强大动力，而且大大拓进了文学对人表现的深度和广度，并由此全面推动了西方文学——尤其是叙事文学——从近代形态向现代形态的转变。

文学是人学，但文学对人的认识与表现却有一个漫长的发展历程。一般来说，前自然主义文学对人进行审视的视点主要集中在伦理学、政治学和经济学的层面。人作为政治的动物、经济的动物和社会的动物得到了广泛展示，但其更为深层的另一些本质却尚未得到挖掘。作家们受时代影响对社会问题的关注，使他们对人审视的视点当然主要集中在人的社会性、阶级（阶层）性上。从文学的底蕴上来说，他们的作品基本上可以被看作是对社会及社会的人所进行的伦理学、政治学和经济学的研究。与此相适应，社会问题，也就合乎逻辑地成为前自然主义作家为揭示当前社会关系不完善的基本主题通用的和决定性的题材。

想一想司汤达长篇小说《红与黑》的副标题吧，在这部"1830年纪事"中，作者围绕着主人公于连的个人悲剧，通过对维立叶尔小城、贝尚松神学院以及巴黎宫廷的描绘，广泛地再现了法国王朝复辟时期最后阶段的社会风气，如实地反映了贵族与资产阶级教会以及各种政治势力之间的复杂关系，强烈地抨击了封建贵族的专横、资产者的贪婪和教会的伪善，形象地预示了七月革命即将到来的政治形势。主人公于连的性格和悲剧

---

① Emile Zola, "The Experimental Novel", in *Documents of Modern Literary Realism*, ed., George J. Becker, Princeton, New Jersey: Princeton University Press, 1963, p.173.
② Ibid., p.174.
③ 弗莱维勒：《自然主义文学大师》，朱雯等编选：《文学中的自然主义》，上海：上海文艺出版社，1992年，第414页。

便是在这样一种对社会政治问题的分析和勾勒中展示出来的;尽管司汤达对他的心理描写颇具深度,但于连整个心理活动展开的背景却完全是作者所勾勒出来的那些社会政治问题的存在。即使在于连同市长夫人或玛蒂尔小姐恋爱时,我们也很少感触到那种人之本真性情的诗意。正如德国著名批评家埃里希·奥尔巴赫所言:"在司汤达的作品中,所有的人物形象和人物行为都是在政治和社会变动的基础上展现的。"①因而,对《红与黑》,"假如人们对特定的历史时刻,即法国七月革命前夕的政治形势、社会阶层以及经济关系等没有详尽的了解,便几乎无法理解"②。另外,司汤达在这部杰出的政治小说中,赋予了它的主人公以过分发达的意志和政治野心,这种有些简单化的人物刻画仍然会使我们不由得想起浪漫派小说家对笔下人物的处理方法。质言之,尽管司汤达对社会现实生活图景的描绘不无深度,但他这种对社会政治问题的过分关注却只能使其笔下的人物显得单薄。"就近代那种严肃现实主义只是再现置身于整个政治、社会和经济现实中的人而言……司汤达是其始作俑者。"③埃里希·奥尔巴赫的这番话,可谓一语中的。左拉批评司汤达的创作时也说,"他并不观察,他并不以老实的身份描绘自然,他的小说是头脑里的产物,是用哲学方法过分纯化人性的作品";对于世界,"他并不在真实的惯常生活去追忆它,阐述它,他要它从属于他的理论,只透过他自己的社会概念来描绘它"④。

我们不妨冉来看看巴尔扎克。七月王朝时期,政治大革命的余波和震荡渐渐平息,呈现在人们面前的主要是一个经济愈来愈成为社会生活主导的金钱时代,一个由金钱建构起来的资本主义新秩序;正是这一现实,使得作家巴尔扎克把更多的注意力集中到了在那个社会里决定着事物和人物命运的财产关系上面。在他那部名为《人间喜剧》的系列小说中,巴尔扎克敏锐地抓住了"金钱决定一切"这个资本主义新阶段的历史"枢纽",透过一幕幕有色有声的生活图景,展现了自己时代的社会风貌。提供经济材料力求精确和详实,是《人间喜剧》对细节的描写十分认真和

---

① 埃里希·奥尔巴赫:《摹仿论:西方文学中所描绘的现实》,吴麟绶、周新建、高艳婷译,天津:百花文艺出版社,2002年,第515页。
② 同上书,第506页。
③ 同上书,第516页。
④ 左拉:《论司汤达》,毕修勺译,智量选编:《外国文学名家论名家》,上海:华东师范大学出版社,1985年,第56页。

周详的表现之一;如果说司汤达尤其善于从政治角度观察,并把19世纪前30年的阶级关系和政治形势表现得十分深刻的话,那么,巴尔扎克则显然更擅长从人们的经济生活、经济状况来理解人们的心理活动和思想情感,来洞察那个社会里一幕幕悲剧和一幕幕喜剧的最深根由。正因为如此,习惯于从经济学、政治学和社会学角度谈论文学的恩格斯才赞扬《人间喜剧》"给我们提供了一部法国'社会',特别是巴黎上流社会的无比精彩的现实主义历史","甚至在经济细节方面","也要比从当时所有职业的史学家、经济学家和统计学家那里学到的全部东西还要多"①。

而在同一个时期的英国,狄更斯把自己的一部小说题名为《艰难时世》,萨克雷则把自己所描写的世界称之为《名利场》。以他们两人为代表的"现代英国的一批杰出小说家",或揭露英国贵族资产阶级思想道德的冷酷、虚伪,或批判资产阶级理论学说的荒谬和反动,博得了同样习惯于从经济学、政治学和社会学角度看待问题的马克思的高度评价:"他们在自己卓越的、描写生动的书籍中向世界揭示的政治和社会真理,比一切职业政客、政论家和道德家加在一起揭示的还要多。他们对资产阶级的各个阶层……都进行了剖析。"②

在当时最新的科学成果——进化论、生物学、生理学和遗传学发现——的启发下,自然主义作家获得了一种崭新的人的观念,并因此在创作中深化了对人的描写。新的历史—文化语境使这一代作家从单纯对社会问题的热切关注中挣脱出来,进一步把视线集中到个体的人之感性生命本身。现在,他们已经清醒地意识到:传统文学同以往人们对自身的认识相契合,忽视了人类一部分被隐蔽、被排除的现实——人类的肉体。为这一发现给自己所带来的创新契机兴奋不已,他们感到新的文学应该立即如实地将人身上被忽视的东西揭示出来,以弥补传统文学在人物塑造上的不足。如果说其前的作家往往以基督教人道主义为武器,主要是从伦理学、政治学、经济学的角度出发来观察描写社会和社会的人;那么,现在,这个文学上的自然主义时代,作家们则普遍拿起了科学的武器,转而强调从生理学、遗传学乃至病理学的角度来观察、描写作为生物而受生理本能和遗传基因影响的人。就此而言,文学自然主义的底蕴显然在于生

---

① 《恩格斯致玛格丽特·哈克奈斯》,中共中央马克思恩格斯列宁斯大林著作编译局编译:《马克思恩格斯选集》(第四卷),北京:人民出版社,2012年,第590—591页。
② 马克思:《英国资产阶级》,见中共中央马克思恩格斯列宁斯大林著作编译局编译:《马克思恩格斯全集》(第十卷),北京:人民出版社,1962年,第686页。

理学的解剖——自然主义作家把视线进一步集中到单个的、独立的、个体的人身上,向着人这一文学主体的更深处大踏步地挺进。

人是本能的载体,这是自然主义作品的一个重要主题。对这一主题的揭示,左拉的《戴蕾斯·拉甘》很早就为后起的自然主义作家创制了样板。表面看来,这部小说在题材选择上同以前的小说相比实在说不上有多少新意——戴蕾斯和洛朗私通后谋害了其夫卡米尔,并且制造了他溺水而意外死亡的假象,但他俩最后却也终因难以摆脱的悔恨和恐惧而双双自杀;作品的新颖之处在于这样一个一般题材的独特处理——左拉从生理学中获得了全新的艺术视角和艺术方法。在很大程度上,左拉笔下的戴蕾斯和洛朗,与其说是有思想、感情和意志的人,倒不如说更像只是由血肉、神经、欲望组成的生物体。在这里,没有诗情画意的爱情,没有英武豪迈的举动,只有本能。本能使他们不顾一切地结合在一起,又使他们在黑黝黝的罪恶感中分道扬镳并一同走向毁灭。在该书再版的序言中,作者说,戴蕾斯和洛朗是两个没有理性的人,生活中的每个行动都是他们的肉体要求不可避免的结果。"我这两个角色的爱情只是某种需要的满足;他们所犯的谋杀是他们通奸的后果,他们之接受这后果,正如狼接受虐杀绵羊的后果一样。最后,被我不得不称作是他们的悔恨的,只是他们机体组织的紊乱和紧张到快要破裂的神经系统的反抗。在这里灵魂已完全不起作用……总而言之,我只抱一个愿望:即提出一个体格强壮的男子和一个情欲得不到满足的女人,然后在他们身上寻找兽性,甚至只注意兽性……我不过在两个活的机体上进行了外科医生在尸体上所做的分析工作罢了。"①

"这些作家不再接受19世纪小说惯例中的'最大谎言'——两性关系要么是高度浪漫的爱情,要么是中产阶级求爱和结婚的小仪式;性在他们的小说中开始成为现代艺术的伟大主题——人类悲剧性的根源和其日常生活的潜在动力。"②在很多自然主义作家的创作中,人们都可以看到这种对人之本能的类于生理学家和动物学家的解剖。在阴暗黑湿、暴烈盲目的心理背景之下,炙热的权欲、难御的嗜虐、疯狂的肉体需求构成了一幅幅"人兽"的图画;而尤其是性欲,则更特别为自然主义作家所看重。人

---

① 左拉:《〈戴蕾斯·拉甘〉再版序》,朱雯等编选:《文学中的自然主义》,上海:上海文艺出版社,1992年,第120页。

② Donald Pizer, *The Theory and Practice of American Literary Naturalism: Selected Essays and Reviews*, Carbondale and Edwardsville: Southern Illinois University Press, 1993, p.20.

的生理变化与春情、性觉醒与性冷淡、性生活的和谐与不协调、亢奋的满足与色之饥饿、同性恋与乱伦乃至怀孕与生育,所有这些都无一不在自然主义作家观察与表现的范围之内。将莫泊桑《漂亮朋友》中的杜洛瓦和巴尔扎克笔下的拉斯蒂涅略加比较,人们就可以清楚地看到自然主义作家因引进对人生理本能的解剖而大大加强了人物描写的深度。是的,作为野心家,杜洛瓦和拉斯蒂涅可谓是一对同胞兄弟:同样年轻漂亮、聪明机灵,同样是以猎取与控制上流社会贵妇而谋求飞黄腾达;但在心理状态和行为方式上这又是何等不同的一对"同胞兄弟"啊——人们在拉斯蒂涅身上看到的只是野心、贪欲和谋略,而在杜洛瓦身上却还看到了对其野心、贪欲和谋略有所影响、有所推动、有所刺激的生理要求和冲动。杜洛瓦不仅是一个不择手段的野心家,而且还是一个精力充沛、肉欲旺盛的淫棍。他一出场就带有肉欲化身的特点。在他身上,甚为发达的感觉是对女人的感觉,最为热衷的兴趣是对女人的兴趣,他在漂亮女人面前潜在的意向往往就是肉体上的占有。掩卷沉思,出现在我们大脑屏幕上的拉斯蒂涅是一个因意志过分坚硬而有些脸色苍白的斗士型野心家,而杜洛瓦则更是一个肉欲炽烈、寻欢作乐的野心家兼淫棍。就这两个人物形象的刻画而论,我们不得不承认杜洛瓦比拉斯蒂涅更圆满、更丰实,也更栩栩如生、更真实可信。这种艺术效果上的差异,尽管与两位作家的艺术禀赋有关,但最根本的却是莫泊桑在人物刻画中增添了传统文学中所不具有或不明显具有的新成分——对人物自然生理本能的刻意挖掘。

　　自然主义作家强调描写生活之平常平淡平庸的真实"本相",同时却又喜欢描写各种各样的激情,表面看上去这未免有些自我矛盾。但既然生理情欲常常是激情的来源,既然他们所理解的"真实"并非所谓"客观"的外部真实,既然对平淡的日常生活描写本身并非他们的目的,揭示活生生的生命个体在平淡、庸常的生活底下种种隐秘、强烈、复杂、真实的生命冲动才是目的,那么这种表面看上去的矛盾也就变得合情合理了。《小酒店》等自然主义小说,虽然常常通篇写的都是再普通不过的底层人物的琐碎生活小事,但却一点都不令人感到乏味厌倦,反倒具有逼人的情感冲击力和强烈的艺术感染力,其中的奥秘大致如是。

第二节　文学自然主义与心理学

一、文学自然主义忽略对人的心理描写吗？

不论是19世纪自然主义文学运动风起云涌的时候还是当下，不少人总是指责自然主义作家过于关注外部的生活表象或仅仅停留于生理学的现实，而忽略了对人内心世界的描写。甚至大名鼎鼎的文学家朗松在其著名的《法国文学史》中也指责左拉心理分析太少，由此便产生了其小说中心理描写的贫乏。果真如此吗？

对司汤达小说叙事中明显的理念化倾向，左拉曾提出过严厉批评，但这并不影响他对其小说创作其他方面的成就给予极高的评价。在《戏剧中的自然主义》等文中，左拉甚至将司汤达称为自然主义的先驱，而个中因由则是因为他"是一位心理学家"[①]。在这样的表述中，人们很难看出在左拉的理解中自然主义与心理描写有什么矛盾。的确，关于自然主义小说的创作，左拉是特别强调对当代生理学发现的借鉴，但这本身绝不意味着就是反对或排斥对人进行心理描写。在《实验小说论》中，左拉明确指出："我们以我们的观察和实验继续着生理学家的工作，正如他们以前继续着物理学家和化学家的工作一样。为了弥补科学生理学的不足，我们可以说是做着科学心理学的研究工作。"[②]"我们依靠生理学，但又从生理学家手中把孤立的人拿过来，继续向前推进，科学地解决人在社会中如何行动的问题。"[③]"科学家是自然界的检查官……我们小说家是人和人的思想感情的检查官。"[④]显然，在左拉看来，不是文学服从生理学，而是文学发展生理学，将其发展到心理学的阶段；正因为生理学的"不足"，所以才需要文学来"弥补"，将其对人的研究推进到心理学的阶段。左拉当然非常清楚人的心理而非生理才是文学首先应予关注的对象；而人的生理之所以重要，只不过是因为它是人的心理活动得以产生的根源和依据。

---

① Emile Zola, "Naturalisn in the Theatre", in *Documents of Modern Literary Realism*, ed., George J. Becker, Princeton, New Jersey: Princeton University Press, 1963, p. 205.
② Ibid., p. 172.
③ Ibid., p. 174.
④ Ibid., p. 168.

第十九章 文学自然主义:从生理学到心理学 / 411

事实上,在19世纪60年代中期刚刚开始步入文坛时,左拉便表明了自己将致力于创作"心理研究方面的小说"或"心理和生理小说"的宏愿。① 1881年,在写给作家、批评家于勒·克拉尔蒂的信中,他曾更加明确地说:"我热衷于心理分析方面的问题。"②这再次表明,口口声声说要从生理学角度对人进行"科学剖析"或"分析"的左拉,真正想做的实际上是对人心理的剖析或分析。左拉甚至断言,整个国家都受大规模的神经衰弱症的控制,他把这归因于科学的迅速发展和以牺牲肌肉为代价来发展人们的神经。"神经衰弱症"是否真的会像左拉描述的那样广泛传播,至少现在是个开放的问题,但不容置疑的是,他的信念在他事业的成功中发挥了必不可少的作用。"这可以使他将个人的神经衰弱症映射到他描述活动中的人物身上,并以这种方式以一种否则不可能的方式将自己与时代联系起来。"③

"今天,小说发展了,它的领域扩大了,它通过分析和心理研究,成为当代的道德史。"④"科学化"的文学主张,使"分析"一词在左拉等很多自然主义作家那里成为一个出现频率很高的语汇。自然主义作家动不动就挂在嘴边的"分析",实际上就是指"心理分析"。莫泊桑曾将盛行心理"分析"的自然主义小说直接称为"纯粹分析的小说"⑤,而且对"分析"的含义做了如下的归纳:"分析理论的拥护者要求作家去表现一个人精神的最细微的变化和决定我们行动的最隐秘的动机,同时对于事实本身只赋予过

---

① 左拉:《致安东尼·瓦拉布莱格》,左拉:《左拉文学书简》,吴岳添译,合肥:安徽文艺出版社,1995年,第60—61页;左拉:《致圣伯夫》,同上书,第72页。
② 左拉:《致于勒·克拉尔蒂》,同上书,第47页。
③ Martin Turnell, *The Art of French Fiction*, London: Hamish Hamilton, 1959, p.114.
④ 龚古尔兄弟:《〈热尔米妮·拉赛德〉第一版序》,葛雷译,柳鸣九编选:《法国自然主义作品选》,天津:天津人民出版社,1987年,第726页。
⑤ 由于作家在个性、气质方面的差异,在坚持共同的反意识形态观念叙事这一根本原则下,自然主义的小说实验事实上呈现出了百花齐放、异彩纷呈的繁荣局面。按莫泊桑的概括,当时自然主义小说在"纯粹分析的小说"之外,还有另外一种重要的小说类型——"纯客观的小说"。写作这种小说的作家"主张把生活中发生过的一切都精确地表现给我们,要小心翼翼地避免一切复杂的解释和一切关于动机的议论,而限于把人物和事件在我们眼前通过。在他们看来,心理分析应该在书里隐藏起来,就如同它在生活中实际上是隐藏在事件里一样"。"客观派的作家不啰嗦地解释一个人物的精神状态,而要寻求这种心理状态在一定的环境里使得这个人必定完成的行为和举止。作家在整个作品中使他的人物行动都按照这种方式,以致人物所有的行为和动作都是其内在本性、思想、意志或犹疑的反映。作家并不把心理分析铺展出来而是加以隐藏,他们将它作为作品的支架,就如同看不见的骨骼是人身体的支架一样。画家替我们画像,就不会把我们的骨骼也画出来。"(莫泊桑:《〈皮埃尔与若望〉序》,柳鸣九译,柳鸣九编选:《法国自然主义作品选》,天津:天津人民出版社,1987年,第801—802页。)正是自然主义文学中这种"纯客观小说"的进一步发展,才有了后来法国的"新小说"所代表的20世纪现代主义文学叙事的另一种类型。

于次要的重要性。事实是终点，是一块简单的界石，是小说的托词。"①因此，他称"纯粹分析的小说"是"一些精确而又富有幻想的作品，其中想象和观察交融在一起；就得用一个哲学家写一本心理学书籍的方式，从最远的根源开始，把一切的原因都陈列出来；就得说出一切愿望的所以然，并分辨出激动的灵魂在利害、情欲或本能的刺激下所产生的反应"②。堪称英雄所见略同，针对当时自然主义小说创作的情形，埃德蒙·德·龚古尔也曾发表过与莫泊桑同样的想法："我的想法是，为了做到完全成为现代的伟大作品，小说的最新发展应是成为纯粹分析的书。"③话音似落未落之间，文学史的演进已然确证了自然主义作家对小说发展的勾画或展望：在詹姆斯·乔伊斯等现代主义作家那里，人们果然领略到了埃德蒙·德·龚古尔所称的那种"纯分析"的"现代的伟大作品"；而且，这种纯粹心理分析的作品的确也如莫泊桑所说的——"事实是终点，是一块简单的界石，是小说的托词。"只不过，相比于自然主义小说，作为"界石"的"事实"在以意识流小说为代表的现代主义小说中越发少了些。在《尤利西斯》对莫莉那种半梦半醒之间心理独白的描写中，人们发现要找到作为"界石"或"托词"的"事实"甚至已经变得不太可能了。

事实上，在自然主义作家"心理描写贫乏"这种浮泛之音的旁边，对自然主义小说在心理描写方面的卓越成就予以高度评价的批评家从来就不少见。在读了左拉的《普拉桑之征服》(*La Conquête de Plassans*, 1874)之后，泰纳在写给作者的信中曾感叹："您是处理精神病、谵妄病进展过程的高手。梦幻，尤其宗教梦幻的恶性和痛苦的蔓延，描写得非凡有力和清晰。"④即使出于意识形态上的原因历来对自然主义小说持有否定态度的马克思主义批评家梅林，对左拉在心理描写方面的成就也曾给予特别的首肯：他称左拉不仅是一位"缜密异常的观察家"与"第一流的风俗画家"，而且也是一位"细致深刻的心理学家"⑤。

---

① 莫泊桑：《〈皮埃尔与若望〉序》，柳鸣九译，柳鸣九编选：《法国自然主义作品选》，天津：天津人民出版社，1987年，第801页。
② 同上。
③ 爱德蒙·德·龚古尔：《〈亲爱的〉序》，朱雯等编选：《文学中的自然主义》，上海：上海文艺出版社，1992年，第303页。
④ 泰纳：《给爱弥尔·左拉的信》，同上书，第333—334页。
⑤ 梅林：《爱弥尔·左拉》，梅林：《论文学》，张玉书、韩耀成、高中甫译，北京：人民文学出版社，1982年，第284页。

二、自然主义文学对心理描写的拓进

当然,由于作为一个学科当时还没有获得长足的进步和发展,心理学在左拉等自然主义作家的心目中有时便成了一门亚于乃至需要依附于生理学的科学。左拉曾明确表示,如果要研究人的爱情、嫉妒、失望、谋杀的疯狂,如果要探索社会败坏的原因,解释发生在社会和人当中的那些失调现象,那就必须从生理学入手,运用生理学的原理去从生理上寻求原因——"没有一点理由,使得一个心理学家站在高于生理学家的行列里。"[①]

在左拉等自然主义作家看来,作家和科学家的任务在某种意义上是等同的,双方在方法上也有着根本的一致性,那就是都必须用具体取代抽象,以严格的分析代替单凭经验所得的公式。即自然主义作家要在作品中反对出现"抽象的人物""绝对的事物"和"谎言式的发明",便必须特别重视看上去更具有"实验科学"品格的生理学。这意味着,抛却当时生理学的进展和声威要远盖过刚刚破土萌芽的现代心理学这一历史情境不论——从一个更为宽泛的文化—文学语境来看,自然主义作家对生理学的格外看重在很大程度上实是出于其作为新兴"文学运动"的策略需要。正是为了克服意识形态观念所带来的作家叙事中广泛存在的虚假与做作,从而达成对人描写的真实性,尤其是心理描写的真实性,自然主义作家的理论立场才不惜倒向了在当时看来更有"实验科学""资质"或"品相"的生理学。循着此一思维线路继续追踪勘探,考虑到现代心理学当时尚处于稚嫩阶段这个客观因素,人们还可以辨出左拉等人那些鄙薄心理学的言论实是另有一份玄机。左拉轻视"心理学"的言论在某些语境中显然是有意为之,只不过为左拉所轻视的这种"心理学",乃是过去附属于哲学形而上学的那种传统心理学;在对这种心理学的鄙薄中,左拉真正所要表达的则是其对传统文学中那种虚假心理描写的鄙夷与批判。质言之,较之于心理学,左拉对生理学高标力举,似乎有所谓"弱化心理描写"的意思在,但它欲"弱化"直至"消灭"的并不是一般意义上的心理描写,而是那种体现为观念演绎的、虚假做作的心理描写。以左拉为代表的自然主义作家在心理描写方面的所有革新和成就,均始于此。

[①] 左拉:《论司汤达》,毕修勺译,智量编选:《外国文学名家论名家》,上海:华东师范大学出版社,1985年,第55页。

正如A.O.洛夫乔伊所指出的那样,"自然"这个词在与"艺术"相对的意义上,有两个主要的区域。当用于指称外部世界时,它指的是宇宙中未经人类苦心经营而自动形成的事物;当用于描述人的心灵时,它所指称的则是那些人与生俱来的特性,这些特性"最为自发,绝非事先考虑或计划而成,也丝毫不受社会习俗的束缚"①。自然主义作家所要"返回"的"自然",绝不仅仅只是有些人所理解的那种外部的客观自然,而是洛夫乔伊所指出的两种自然;自然主义所要达成的描写的"真实感",也不仅仅是有人所理解的那种外部的"客观真实",而是要同时达到外部和内部的两种"真实",甚至首先更是一种内在的"真实"。正因为如此,被左拉标举为现代小说家最高的品格的才是现象学意义上的"真实感",而非一般泛泛而论的那种"主观"合乎"客观"的"真实性"。自然主义作家对生理学的重视,从根本上来说乃是为了更加真实地对人的心理进行描写。经由对现代生理学成果的借鉴,自然主义作家在克服了传统作家那种虚假的心理描写之后,才达成了其最为看重的那种心理描写上的"内在真实",所以自然主义作家才常常将他们的作品称之为是"纯分析的书"。

众所周知,实证主义美学家泰纳的美学思想曾经为自然主义文学运动提供直接的理论支持。就此而言,检视一下他在心理及心理描写问题上的观点,对正确理解自然主义文学与心理描写的关系或许不无裨益。泰纳不仅认为精神是肉体生命的意义所在,而且同时也强调精神乃肉身绽开的花,心理只能被看作生理情欲的一个部分。他声称作家从根本上来说乃心理学家,作家所有的心理描写与性格刻画永远只能从对人之情欲的研究入手;而且艺术家对人的描写,越深入到生理的底层就越能切近本质,因为"人的心理根源在于亘古以来的种族成分之中。人的每一个可以看到的动作,都有一连串年代久远或者新近才有的见解、感情、感受在不断更迭,它们最终使这一动作浮到表面上来"②。同样众所周知,生理学上被称为生物体内部分泌物的化学物质,被发现与神经系统存在着共同作用——神经冲动的生命本质在很大程度上得到揭示,这是19世纪生理学领域所获得的诸多重要进展之一。这一生理学上的发现以及带来这一生理学发现的那种属于这一时期的整体科学—文化氛围,对当时很多

---

① M. H. 艾布拉姆斯:《镜与灯:浪漫主义文论及批评传统》,郦稚牛、张照进、童庆生译,北京:北京大学出版社,1989年,第311—312页。
② 诺维科夫:《泰纳的"植物学美学"》,朱雯等选编:《文学中的自然主义》,上海:上海文艺出版社,1992年,第83页。

自然主义作家都产生了直接的影响。在《戴蕾斯·拉甘》再版序言中，左拉声言自己为了"像外科医生在死人尸体上所做的分析工作"一样剖析人物，他"整个身心都倾注到对人类生理机制的分析之中了"；"我试图对这些畜牲身上暗自起作用的情欲，对他们的本能冲动以及由神经病发作所引起的脑机能失调做逐步观察"①。显然，这里的"情欲""本能冲动"对人物行为的"暗自作用"，本身并非单纯的生理活动，而更是一种心理活动；"神经病"的"发作"与"脑机能"的"失调"亦并非纯然的生理现象，而更是心理现象。由此，人们当可明了左拉在回复文学批评家圣伯夫的信中谈到该书时为何会做如是说："悲剧主要是心理上的。对于他们的气质来说，谋杀是一种剧烈的恐慌，使他们变得愚笨，好像陌生人。"②

总体而言，在强调对人之生理学征象做细致描写的同时，自然主义作家真正关心的永远是人物的精神机制如何在环境与生理机能的共同作用下开始发生变化，其感情及潜藏在其深层的情欲怎样在外部事物的刺激下颤动着展开，而这一切又是以什么样的方式直接作用并表现于他的行为。与传统文学中的心理描写相比，自然主义不但关注人物心理活动与行为活动的关系，而且更加强调为这种或那种心理活动找出内在的生命—生理根源。这就是说，自然主义作家不但关注人的心灵，而且也同样关注人的肉体，并且尤其善于刻意发掘人物心灵活动的肉体根源。由此，传统作家那里普遍存在的"灵肉二元论"便被置换为"灵肉一体论"，传统作家普遍重视的所谓灵与肉的冲突也就开始越发表现为灵与肉的协同或统一。这在西方文学史上，明显是一种迄今为止一直尚未得到公正评价的重大文学进展；而正是这一进展，使自然主义成了传统文学向"意识流小说"所代表着的20世纪现代主义文学之心理叙事过渡的最宽阔、坚实的桥梁。

---

① 左拉：《〈戴蕾斯·拉甘〉第二版序》，老高放译，柳鸣九选编：《法国自然主义作品选》，天津：天津人民出版社，1987年，第728—729页。
② 左拉：《致圣伯夫》，左拉：《左拉文学书简》，吴岳添译，合肥：安徽文艺出版社，1995年，第72页。（该信在朱雯等编选的《文学中的自然主义》一书中有收录，为郑克鲁的译文，但"悲剧主要是心理上的"中的"心理"被译为"生理"。笔者没有检索到该信件的英文译本，此处根据上下文从吴岳添译文。）

第三节 "视点"的"内转":从自然主义到现代主义

20世纪初,哲学家、心理学家对"身体—主体"及深层意识探索的展开,尤其是其中的弗洛伊德精神分析学说的流行,为西方文学的发展提供了一个新的转折的契机。"现代人对于世界的理解以及世界上人与人的关系已经不同于以往;这种变化所采取的形式之一就是对人类心理领域的兴趣远较以往为甚;这种变化必定会记录在文学表现的层次上,文学表现需要一套新的形式来体现这种变化。"①文学史已经表明:体现"这种变化"的"文学表现"的"一套新形式"的达成,首先基于现代主义作家视点取向的进一步"内转"。小说《尤利西斯》(乔伊斯)、《追忆似水年华》(普鲁斯特)、《城堡》(卡夫卡)和戏剧《毛猿》(*The Hairy Ape*,1922)(奥尼尔)在1922年的同时发表,标志着小说家和戏剧家视点"内转"的基本完成。此后,这种"心态文学"的潮流愈发汹涌,汇集了从法、德、英、美等主要国家奔涌而来的支流,向整个世界奔流开去一发而不可收。惊讶莫名的大众读者,似乎在"突然"之间就已然开始面对一种神秘莫测的新的文学景观——那多层次的、动荡的、复杂的内心世界的一幅幅图景。从此之后,20世纪的现代主义小说家和戏剧家便一直在"自我"的内心版图上耕耘不止。法国新小说派的代表人物纳塔丽·萨洛特(Nathalie Sarraute,1900—1999)说:"就现在看来,重要的不是继续不断地增加文学作品中的典型人物,而是表现矛盾的感情的同时存在,并且尽可能地刻画出心理活动的丰富性和复杂性。……作家所需要的就是彻底的忠实。"②法国曾获龚古尔奖的小说家彼埃尔·加斯卡称:"如果今天的长篇小说作家愿意把他的想象创造物写得尽可能接近于真实,那末他就不能无视比如把人视为无限复杂的整体的人体心理的概念……因为他不能对现代心理学的发现装聋作哑……"③存在主义文学的先哲萨特认为:"小说家的领域,如果

---

① 彼得·福克纳:《现代主义》,付礼军译,北京:昆仑出版社,1989年,第61页。
② 纳塔丽·萨洛特:《怀疑的时代》,崔道怡等编:《"冰山"理论:对话与潜对话》(下册),北京:工人出版社,1987年,第561—562页。
③ 彼埃尔·加斯卡:《论长篇小说》,《法国作家论文学》,王忠琪等译,北京:生活·读书·新知三联书店,1984年,第538页。

不是在一个超越世界的运动中展示出来,那就会显得十分浅薄了。"①而荒诞派戏剧的代表人物尤涅斯库(Eugène Ionesco,1912—1994)则断言,戏剧"只能是内部心灵力量的揭示,是内部冲突在舞台上的投影,是涵蓄在内部的万象的投影"②。

通过种种社会关系,通过个人的遭遇和社会的矛盾,来表现自我的感情和思想,这是传统文学中的"自我"的完成过程。在这种过程中,"自我"和环境几乎是鱼水不可分离。但在现代主义文学中,"自我"的背景却大大的淡化或者寓意化了,它仅仅体现为一种"气氛"或"情调";而且"自我""在做什么"和"怎么做"似乎也已无关宏旨,重要的只是他在体验什么。在现代主义作家看来,所谓客观世界的本来面目并不重要,重要的是作者对世界的主观体验或感应。在意识流小说为代表的一大批现代主义叙事性作品中,作家所描写的对象显然已不是一系列动作的过程,而是一个心理学的过程;小说和戏剧所表现的已不再是历史和社会,而是骚动不安、几近于永恒的人的精神。现代主义作家的视线越发集中到了人的内心,人的心理世界成了其最关注,甚至唯一关注的对象。而且,随着视点取向的内转,文学叙事越来越深入到人之"心理学的黑暗领域"——主要不再是叙述外部的社会生活事件,而是内在的个体生存体验;主要不再是探索人物行为的伦理、政治、经济动机,而是审视并揭示更为深层的感觉与直觉中的"生命本相"。如果说自然主义文学的底蕴是生理学的解剖,那我们不妨把现代主义的底蕴称为心理学的透视。

著名马克思主义文学批评家拉法格在分析左拉最重要的自然主义小说之一《金钱》时,曾依据当时自然主义小说的特点及其内在逻辑对现代小说的发展趋势做出过大胆的预言:"对于新的流派(指自然主义——引者注)来说,艺术上的最后一句话是放弃行动。"③这里,所谓艺术上的"放弃行动",即意味着在文学文本中原先社会学意义上处于"行动"中的人被心理学意义上处于"体验"状态的人所代替。《尤利西斯》等经典现代主义小说的出现,证明了这一预断的正确。就作家视点的变迁来说,从前自然

---

① 萨特:《为何写作?》,伍蠡甫等编:《现代西方文论选》,上海:上海译文出版社,1983年,第210页。
② 欧仁·尤涅斯库:《出发点》,中国社会科学院外国文学研究所外国文学研究资料丛刊编辑委员会编:《外国现代剧作家论剧作》,北京:中国社会科学出版社,1982年,第170页。
③ 拉法格:《左拉的〈金钱〉》,朱雯等编选:《文学中的自然主义》,上海:上海文艺出版社,1992年,第341页。

主义作家复制现实社会生活的外部描写到现代主义专事内在现实、内心体验的自我表现，后者恰好走到了前者的反面。在两者之间，自然主义作家提出从人存在的本源去认识人，用生理学、遗传学的科学法则去揭示人的生理秘密和本质，从而使文学对人的探讨和刻画由抽象到具体，由外在向内里地深化了一步。自然主义的这一转变，不仅在很大程度上弥补了传统文学在人物刻画上的不足，而且也为20世纪以弗洛伊德心理学为武器专事揭示"自我"内心世界的现代派文学事先进行了一次开创性的探索和尝试。自然主义文学在描写人的"理性世界"之外，开辟了自觉刻画人之"非理性世界"的新领域；现代主义文学之刻画人物的"心理—精神现实"，尤其是人的潜意识或无意识，可以看成是对自然主义文学突入人之非理性的"生理—本能现实"的一种呼应和发展。当自然主义作家把视点从社会的人转向生理的人，作家视点由外向内的转换实际上便已经开始了。

人们常常将达尔文与弗洛伊德视为现代西方文化发展过程中两个紧密相连的界碑，但却常常有意无意地忽略两个界碑之间在诸多科学进展中所自然达成的细部连接。由是，本来紧紧相连的两个历史时期，在很多人的想象与表述当中便被人为地割裂了开来。从1859年进化论的发表，到1899年标志着精神分析理论诞生的《梦的解析》(*Die Traumdeutung*, 1899)面世，其中不仅有"人学"观念逻辑框架上的相因相袭，更有人类学、生理学、神经病理学、心理学等相关学科的大量具体成果作为连接两者的通道。如果承认达尔文已经预示着弗洛伊德的出现，现代心理学离不开生理学，那么，当然我们也就可以说：没有自然主义，就不会有现代主义——在叙事文学领域尤其如此。

第二十章
文学自然主义中的"决定论"问题

第一节 "生理学决定论"抑或"社会学决定论"?

在对自然主义文学的诸多否定性评价中,其哲学上的"决定论"是一个人们常常挂在嘴边的老话题。但仔细考察,人们不难发现:关于自然主义文学的"决定论",现有的说法非常混乱,存在诸多模糊不清的悖谬之处:有人将其概括为"生物学决定论"(Biological Determinism),又有人将其界定为"社会学决定论"(Social Determinism)①;有人将其称为"机械主义决定论"(Mechanistic Determinism),又有人将其视为"乐观主义进步观念"(Optimistic Progressivism)②……诸多相互矛盾的解读提示我们,所谓自然主义文学在哲学上的"决定论"思想,并非一个可以轻易做出定论的简单问题。

就所谓"决定论"所必然涉及的"决定"因素而言,在左拉的表述中,我们看到了两种不同方向的表述:其一是来自内部的生理—遗传因素,其二是来自外部的社会—环境因素。前者被人们称为"生理学决定论"(Physiologic Determinism)或"生物学决定论",而后者则被命名为"环境

---

① Haskell. M. Block, *Naturalistic Triptych: The Fictive and the Real in Zola, Mann and Dreiser*, New York: Random House, 1970, p. 7.

② Charles Child Walcutt, "Theodore Dreiser and the Divided Stream", in *The Stature of Theodore Dreiser*, eds., Alfred Kazin, Charles Shapiro, Bloomington: Indiana University, 1969, p. 247.

决定论"(Environmental Determinism)或"社会学决定论"。

受达尔文进化论及当代生理学、生物学进展的影响,左拉非常重视从生理学、遗传学的角度对人进行审视和描写。在《关于家族史小说总体构思的札记》中,左拉称自己的小说创作乃是"对一个家族血液遗传与命定性的科学研究"①;而关于《戴蕾斯·拉甘》中的人物描写,左拉甚至自称:"人物完全受其神经质和血缘的支配,没有自由意志,他们一生中的每一行为都命里注定要受其血肉之躯的制约。戴蕾斯和洛朗都是人面兽心的畜生,仅此而已。……两位主人公的情爱是为了满足某种欲求;而他们杀人害命则是其通奸的必然结果,这种结果在他们看来,就像豺狼屠戮绵羊一样天经地义;至于他们的内疚,我只好用这个词了,只不过是一种气质的混乱,或者说是对紧张得都要破裂了的神经系统的反抗。"②这样的表述,是很多人声称左拉的观念与创作陷入"生理学决定论"之最基本的依据。

虽然自然主义作家对生理学的反应极其热情,甚至声称"我们既是生理学家,又是诗人"③,但这绝不意味着自然主义作家真的会丧失自己作为艺术家的文学立场。自然主义作家对生理学的重视,只是表明他们会自觉地从生理学上的新发现中去获得新的对人进行审视和表现的视角,而绝不意味着他们会完全照本宣科地依照生理学的结论来描写人,即像有些人所说的一样陷入了"生理学决定论"。左拉说得非常明白:"我们既不是化学家、物理学家,也不是生理学家,我们仅仅是依靠科学的小说家。当然,我们并不打算在生理学中做出发现,我们并不干那一行,只不过为了研究人,我们认为不能不考虑生理学上的新发现。"④事实上,即使在大肆强调借鉴生理学来促进文学创作之时,自然主义作家也从来没有过高地估计那些生理学发现的真理性:"无疑,人们现在离对化学甚或生理学的正确认识尚相距很远。人们还丝毫不知道能分解情欲从而得以分析它

---

① 左拉:《关于家族史小说总体构思的札记》,柳鸣九译,柳鸣九编选:《法国自然主义作品选》,天津:天津人民出版社,1987年,第734页。
② 左拉:《〈戴蕾斯·拉甘〉第二版序》,老高放译,同上书,第728页。
③ 转引自诺维科夫:《"我们既是生理学家,又是诗人"》,朱雯等选编:《文学中的自然主义》,上海:上海文艺出版社,1992年,第315页。
④ Emile Zola, "The Experimental Novel", in *Documents of Modern Literary Realism*, ed., George J. Becker, Princeton, New Jersey: Princeton University Press, 1963, p.185.

们的试剂。"①"关于人的科学现在仍然相当模糊不清,没弄清楚的地方实在太多。"②"关于人的科学所取得真理,由于涉及的是精神和情感,因而更加有限与不确定。"③

如果这样一些清醒的表述尚不能使自然主义作家摆脱所谓堕入"生理学决定论"的嫌疑,那么,左拉对社会学意义上的人之生存环境的高度重视,则为自然主义作家彻底规避这种可能的误区找到了切实的途径。左拉反复强调:"我深信,人毕竟是人,是动物,或善或恶由环境而定。"④"我们认为人不能脱离他的环境,他必须有自己的衣服、住宅、城市、省份,方才臻于完成;因此,我们决不记载一个孤立的思维或心理现象而不在环境之中去寻找它的原因和动力。"⑤"我们不再在词藻优美的描写里求生活;而是在准确地研究环境、在认清与人物内心息息相关的外部世界种种情况上做功夫。"⑥

关于先天生理遗传与后天社会环境两者中哪一个因素对人的行为及心理具有更大的决定作用,不管是在左拉的时代还是现在,都是一个争议很大的问题。这样,两种所谓"决定论"之间的冲突,就造成了左拉整体思想的摇摆。这种摇摆,直接表现在左拉对"变化"的强调之中:"'变化说'是目前最合理的体系。"⑦左拉称其对人所进行的生理学剖析,仅仅立足于"对人在环境和形势的压迫下所具有的气质及其生理机能的深刻变化所进行的研究"⑧之上。而在《关于家族史小说总体构思的札记》一文中,他就上文中提到的"环境"与"形势"进一步表述了"变化"的思想:"这就是说,这个家族,如果是生于另一时代,处于另一种环境,就不会像它现在这样。"⑨既然两种能起"决定"作用的因素总是同时"在场",而且都永远

---

① Emile Zola, "The Experimental Novel", in *Documents of Modern Literary Realism*, ed., George J. Becker, Princeton, New Jersey: Princeton University Press, 1963, p.167.
② Ibid., p.172.
③ Ibid., p.173.
④ 左拉:《关于家族史小说总体构思的札记》,柳鸣九译,柳鸣九编选:《法国自然主义作品选》,天津:天津人民出版社,1987年,第734页。
⑤ 左拉:《论小说(节选)》,柳鸣九译,同上书,第788—789页。
⑥ 同上书,第789页。
⑦ Emile Zola, "The Experimental Novel", in *Documents of Modern Literary Realism*, ed., George J. Becker, Princeton, New Jersey: Princeton University Press, 1963, p.190.
⑧ 左拉:《〈戴蕾斯·拉甘〉第二版序》,老高放译,柳鸣九编选:《法国自然主义作品选》,天津:天津人民出版社,1987年,第731页。
⑨ 左拉:《关于家族史小说总体构思的札记》,柳鸣九译,同上书,第734页。

地处在"变动不居"的动态,所谓左拉思想的"决定论"也就自然被这种"变""动"悬在了空中,摇摆不定。"作者为对抗他那个时代的旧价值观和新经验之间的冲突而摇摆不定,这种内心纠结的状况通常导致至关重要的主题矛盾。……正是这种非常矛盾的态度,而不是一味信从决定论的确定性,成为这一时期自然主义小说虚构力量的来源。"①在左拉的论述中,这种摇摆最终达成了一种充满张力的对衡;在这样一种摇摆—对衡的状态中,个人与社会—环境的关系便绝非简单地仅是后者"决定"前者的关系,而是两者之间的相互作用和影响。"生理学家有朝一日总会给我们解释思想和激情的机理;我们将会知道人这架独立的机器是怎样运转的,它怎样思考,怎样爱,又如何从理智转向热情乃至疯狂。但是这些现象,这些器官如何在内部环境的影响下起作用的机理的事实,不是孤立地在外部的真空中产生的。人不是孤立的,他是社会的动物,总处于特定的环境中;这社会环境就不断地改变着人的生存。对我们小说家来说,我们最重要的使命就在于研究社会对个人、个人对社会的相互作用。"②"我们依靠生理学,但又从生理学家手中把孤立的人拿过来,继续向前推进,科学地研究人在社会中如何行动的问题。"③

事实上,左拉对"环境"的强调直接来自于巴尔扎克和泰纳,其理论与创作上的创新主要体现为对人之生理学—遗传学—生物学因素的重视,以及由此所带来的对单纯强调外部环境的矫正。

第二节 "机械主义决定论"抑或"有机主义生成论"?

认定左拉及自然主义文学在观念上陷入"决定论"的人,往往在其归纳出的"决定论"前冠以"机械主义"或"机械论"的哲学定性。针对左拉的理论表述,人们固然可以从中找出很多"机械主义"或"机械论"倾向的"证言",但相反方向的"证言"也是可以很容易找到的。那么,左拉的观念体

---

① Donald Pizer, "Introduction", in *The Theory and Practice of American Literary Naturalism: Selected Essays and Reviews*, Carbondale and Edwardsville: Southern Illinois University Press, 1993, p. 6.

② Emile Zola, "The Experimental Novel", in *Documents of Modern Literary Realism*, ed., George J. Becker, Princeton, New Jersey: Princeton University Press, 1963, p. 173.

③ Ibid., p. 174.

系在性质上究竟是"机械主义的决定论"还是"有机主义的生成论"呢？

在对生命的理解上，"机械论"与"有机论"的主要区别在于：前者惯于将生命视为"机器"，后者则常将生命比作"植物"。机器，作为用来完成某种工作的特殊装置，是一个相互关联的各种部件或元素的组合，这一"组合"机械地完成它们预定的操作，"也就是说，在此过程中没有偶然的干预或仅通过自觉或不自觉的行为来维持调控"①。就此而言，"机械论"生命观念及与之相契合的艺术观念，自然便含有只强调"必然性"与"确定性""规则"而否认或轻视"偶然性"及心理（对人来说还有心灵）活动的意味。而在"起源"问题上，"机械论"天然地倾向于"预成论"（Preformation）或"目的论"，并强调"元素"（Element）以聚合的方式"构成"整体。而相比之下，将生命比作"植物"的"有机论"生命观念以及与之相应的艺术观念，则往往更强调"整体性"与"生长性"，在"起源"问题上本能地倾向于"渐成论"（Epigenesis）或"进化论"，并尤为强调天然"生命活力"（Force）的自我"生成"。艾布拉姆斯对此曾做过精彩的分析比较："机器是由不同部件组成的。与此相比，植物的各部分不同之处则在于，它们以最简单的单位（种子——引者注）开始，与它的相邻部分紧密结合，相互交换，相互依存，直到长成较大的、更为复杂的结构——在这整个过程中，这些部分都以一种复杂的、特别内在的方式相互联系，并同植物联成一个整体。"②"有机体的成长是一种没有终结的过程，这就滋养了不完整的允诺、崇高残缺的感觉。……只有'机械的'的统一体的各个部件才能明确地确立和固定。而在有机整体中，我们所发现的是各种有生命的、不确定的和不断变化着的成分的内在联系的复杂体。"③

生物学、生理学等学科在19世纪的重大进展，并没有使"机械论"与"有机论"两种生命观念的相互冲突完全平息。传统的"机械论"者在很大程度上都接受牛顿的宇宙演变法则，相信整个宇宙，包括生物体在内，最终都是上帝智慧的产物。④

19世纪初叶，随着胚胎学说的发展，德国自然哲学家们以泛神论为

---

① 威廉·科尔曼：《19世纪的生物学和人学》，严晴燕译，上海：复旦大学出版社，2000年，第130页。
② M. H. 艾布拉姆斯：《镜与灯：浪漫主义文论及批评传统》，郦稚牛、张照进、童庆生译，北京：北京大学出版社，1989年，第267页。
③ 同上书，第345页。
④ 参见威廉·科尔曼：《19世纪的生物学和人学》，严晴燕译，上海：复旦大学出版社，2000年，第45页。

基础的"有机论"逐渐占据上风;但在19世纪中叶,随着能量守恒定律的发现以及呼吸生理学的最新进展,对生命的"机械主义"解释突然又卷土重来,而左拉推崇的克洛德·贝尔纳正是这股思潮的代表人物之一。在《实验小说论》中,左拉宣称:"实验方法既然能导致对物质生活的认识,它也应当导致对情感和精神生活的认识。从化学而至生理学,再从生理学而至人类学和社会学,这只不过是同一条道路上的不同阶段而已。实验小说则位于这条道路的终点。"[①]左拉这种令人惊诧不已的主张,完全基于贝尔纳的著名论断。看上去,左拉似乎全盘接受了贝尔纳的"机械论"观念,而文中他对贝尔纳反"活力论"论调的亦步亦趋,更进一步强化了人们的这一判断。众所周知,左拉的《实验小说论》是在贝尔纳《实验医学研究导论》的直接影响下完成的。他本人在该文开篇也十足坦率地承认:"这不过是对他的论述进行一番汇编,因为我的一切论述都原封不动地取之于克洛德·贝尔纳,只不过是把'医生'一词换成'小说家',以便阐明我的思想,使之具有科学真理的精确性。"[②]在一个科学在社会与文化生活中占据主导地位、科学主义也由此风靡整个文化领域的时代,为了替自己的文学主张找到理论依据,左拉的这一做法并非完全不可理解;然而,这种借科学之"矛"攻文学之"盾"的简单套用,却将单纯的文学问题复杂化了——迄今依然非常盛行的"自然主义文学坚持'机械主义决定论'"的说法在很大程度上就直接源出于该文。就此而论,美国批评家布洛克(Haskell M. Block)在其《自然主义三巨头》(*Naturalistic Triptych : The Fictive and the Real in Zola, Mann, and Dreiser*, 1970)一书中将《实验小说论》解读为左拉影响最大但同时表述也最为糟糕的自然主义文学理论文献,显然是有道理的。

左拉的自然主义文学理念是否真的堕入了"机械主义的决定论"?

观念的正确与否与这一观念表述得是否得当是两个不同的问题。尽管《实验小说论》因话语移植太过僵硬而影响了其作为理论文献应有的严谨,但如果细读本文,然后再参照左拉在其他自然主义文学理论文献中的相关表述,我们依然有可能获得对"实验小说论"以及整个自然主义文学理念的准确把握。

声称"自然主义文学坚持'机械主义的决定论'"的人,如果不是有意,

---

① Emile Zola, "The Experimental Novel", in *Documents of Modern Literary Realism*, ed., George J. Becker, Princeton, New Jersey: Princeton University Press, 1963, p. 162.

② Ibid.

那也肯定是在无意中忽略了左拉诸多更为倾向于"有机主义"的明确表述。在《实验小说论》中，左拉就曾写道："社会的运转同生命的运转是一样的：社会中同人体中一样存在着一种有机联系，将各个不同的部分或不同的器官彼此连为一体。一个器官坏死了，其他器官也会受到损害，于是便引起一场十分复杂的疾病。"① 在《论小说》一文中，左拉又明确宣称："近代文学中的人物不再是一种抽象心理的体现，而像一株植物一样，是空气和土壤的产物。"② 由此出发，左拉在《戏剧中的自然主义》一文中批评传统的文学"纯然是一种精神的娱乐消遣，一种机智的空谈诡辩，一种遵守某种法则的平衡与对称的艺术"③。而自然主义文学则是反人为平衡、反机械对称的艺术。对评论家夸赞小仲马的剧本《私生子》结构如何均衡、匀称、完美，左拉殊为不满和不屑，他轻蔑地将这样的作品称为"玩具"与"七巧板游戏"。他大声疾呼：小说家只应该满足于展现他从日常生活撷取的图景，在对细节的描绘中确立文本的整体感，从而让读者获得真切的感受，并由此开启他们的反思。④

在生命及与之相应的文学观念上，自然主义文学之前的浪漫主义文学所坚持的乃"有机主义"的思想立场。显然，出于反浪漫主义的激进冲动，加上受当时流行的实证主义和科学主义理念的影响，于是——尤其在《实验小说论》中——便有了左拉很多极端的理论表述。但整体看来，左拉之自然主义文学理论文献在明显地含有不少"机械论"观念的同时，更有体现"有机论"取向的大量表述。前者的表述很铺陈、扎眼，但也因此更加流于表面，成为体现某种策略诉求的虚张声势；后者的表述更为细致内在，因而也许才更能体现左拉观念体系的基本哲学立场。与如上谈论的"生理学决定论"与"社会学决定论"两者之间的关系一样，在左拉的表述中，"机械论"倾向与"有机论"倾向同样是在一种摇摆不定中处于一种充满张力的对衡状态。

如上所述，"有机论"与"机械论"的基本区别便是前者更强调个体生

---

① Emile Zola, "The Experimental Novel", in *Documents of Modern Literary Realism*, ed., George J. Becker, Princeton, New Jersey: Princeton University Press, 1963, p. 179.
② 左拉：《论小说（节选）》，柳鸣九译，柳鸣九编选：《法国自然主义作品选》，天津：天津人民出版社，1987年，第789页。
③ Emile Zola, "Naturalism in the Theatre", in *Documents of Modern Literary Realism*, ed., George J. Becker, Princeton, New Jersey: Princeton University Press, 1963, p. 228.
④ 参见左拉：《论小说》，朱雯等编选：《文学中的自然主义》，上海：上海文艺出版社，1992年，第227页。

命的内在生命活力及其自我生成。这种"自我生成"不仅意味着个体生命不像机器一样完全是由外部力量所创制决定,而且也强调它本身永远处于不断变化的进程之中。这样的生命观念与否定个人生命意志的"决定论"或"宿命论"思想显然不可同日而语。

第三节 "决定论"抑或"宿命论"?

克洛德·贝尔纳曾把自己的世界观概括为"决定论",但他对这种"决定论"的阐释是非常独特的:"决定论不是别的,就是承认随时随地都有规律",但却没有"终极规律"①。而其所谓的"规律",仅是指某种现象存在的近因或条件,即一现象与其他现象的直接联系。在《实验小说论》中反复标榜自己是"决定论者"的左拉,对"决定论"的界定与贝尔纳如出一辙:"所谓'决定论'即决定现象出现与否的近因。"②

左拉认为:"今天,小说家最高的品格就是真实感。"③可面对着纷繁乃至是混乱的生活之流,该如何去达成如此重要的"真实感"呢?他的回答是:要达成"真实感",就必须贯彻"决定论",即务必在创作中揭示现象与现象之间作为"近因""联系"的"规律"。自然主义文学对"环境"因素的高度强调,在这里得到了理论上的说明。

在"现象"与"近因"的意义上,左拉坦承自然主义作家是"决定论者",但他同时又坚决反对称他们为"宿命论者"。"必须说清楚,我们并不是宿命论者,我们是决定论者,二者决不可混为一谈。""宿命论认为我们不能对必然注定的命运施加任何影响,一种现象是必然注定的,与其他条件毫不相干;而决定论认为决定因素仅仅是一种现象的必要条件,这种现象的表现形式也并非注定如此。一旦将探求现象的决定因素作为实验方法的根本原则,那时便不再有什么唯物论和唯灵论,不再分什么无生命物质和有生命物质,所存在的只是一些现象,我们需要确定其条件,即构成这些

---

① 敦尼克等主编:《哲学史》(第三卷下册),何清新译,北京:生活·读书·新知三联书店,1963年,第525页。
② Emile Zola, "The Experimental Novel", in *Documents of Modern Literary Realism*, ed., George J. Becker, Princeton, New Jersey: Princeton University Press, 1963, p.163.
③ 左拉:《论小说(节选)》,柳鸣九译,柳鸣九选编:《法国自然主义作品选》,天津:天津人民出版社,1987年,第778页。

现象直接原因的环境。"①

左拉反复强调：自然主义作家把现象之直接的或决定性的原因称之为"决定"因素，而绝不承认任何神秘的东西。世界上只有现象和作为现象存在条件的现象，而既然人可以认识这些直接导出"现象"的、作为"决定因素"的"近因"，并通过改变这些"近因"而控制现象，哪里还有什么"宿命论"可言？

真正的"决定论"往往都与某种观念被推向极端所形成的绝对独断有关。就此而言，自然主义文学的思想立场也许恰恰并非"决定论"而是"反决定论"。因为，自然主义作家反对一切对人和自然的成见，反对一切既定观念体系。左拉曾明确指出：自然主义并不是一个推翻了旧体系之后自己开始执掌话语霸权的新的权威体系，它反对一切体系，包括反对它自身。

左拉在实验小说中反复强调："我一再说过，自然主义并不是一个流派，比如说，他并不像浪漫主义那样体现为一个人的天才和一群人的狂热行为。"②而于斯曼也大声疾呼："不，我们不是宗派主义者。我们相信无论作家还是画家都应去表现他们自己的时代，我们是渴望现代生活的艺术家……我们的小说不支持任何论点，而且在大多数情况下，它们甚至连结论也没有。"③

与人们加诸自然主义文学头上的那种"决定论"的涵义完全不同，左拉在其自然主义文学理论文献中对"决定论"的释义直接源自贝尔纳。而贝尔纳学说的形成，其"近因""联系"则是孔德的实证主义哲学。事实上，在19世纪中叶的法国知识界，贝尔纳本人堪称孔德之后实证主义最重要的代表人物。众所周知，实证主义哲学反对一切形式的形而上学，拒绝对所有"绝对本质"的探究而孜孜于现象学层面的"近因""规律"的求证。经由对"绝对本质"的悬置，不断自我标榜"理性"的实证主义哲学家事实上已经在唯理主义的坚硬逻辑大厦上打开了一个隐蔽的豁口，现象学意义上的"相对论"正是由此得以释出。这种"相对论"往前推进一步，就是20世纪西方哲学中大行其道的"相对主义"。"相对主义"开启了"不确定性

---

① Emile Zola, "The Experimental Novel", in *Documents of Modern Literary Realism*, ed., George J. Becker, Princeton, New Jersey: Princeton University Press, 1963, p. 179.
② Ibid., p. 189.
③ 于依思芒斯：《试论自然主义的定义》，朱雯等编选：《文学中的自然主义》，上海：上海文艺出版社，1992年，第324页。

原理","不确定性原理"被推演到极致便是存在主义哲学所宣称的那种"世界荒诞"。而正是经由这种"世界荒诞",萨特等存在主义思想家才庄严地宣告了人的"自由":"荒诞"彻底解放了人的"自由"。"人",在20世纪很多非理性主义思想家和文学家那里正是因此才被重新定义:人的本质不再是"理性",而是"自由";"自由"首先是个人的"选择自由",人经由个人的自由选择确定其自我的"本质"。

作为自然主义文学的领袖,左拉与德莱塞等很多自然主义作家一样,都不是擅长在书斋里玩弄形而上学概念的作家。他们来自底层社会,且大多数都没有接受系统的高等教育,促使他们成才的教育是由社会以其本身的冷峻与严酷完成的。与现实生活而非与理念系统的更为密切的联系、对世界和社会现实而非对哲学形而上学的更为切身的省察、对人生苦难而非对纸上伤悲的更为强烈的体验与关注,这一切始终是他们文学创作的源头和动力。来自平民社会而非贵族社会的身份、近生活而远观念的知识背景,是左拉为代表的自然主义作家与此前浪漫主义作家的重要区别。

可以想象,对将世界看作是诸多"物理的力"相互冲突的战场或将社会与生命视为各种元素纠结所形成的"化学现象"这样的比喻,左拉这样的平民作家应该是很容易接受的。经由"化学反应"之亲和力或者"物理作用"之机械力这样一些朴素比喻的过渡,惯于"形象思维"的文学家对世界形成一种粗犷的"机械论"观念的轮廓或印象,这在科学与技术愈来愈主导西方社会—文化的时代氛围中实在是再自然不过的事情。进化论强调无情的生存竞争,而这种竞争也正是左拉们早年在贫寒与奋斗中体会最深的生存真相。就此而言,左拉这样一些没有受过严密的逻辑训练但却饱受严酷的生存历练的平民作家之接受达尔文、贝尔纳、斯宾塞的学说,就主要不是出于逻辑的思辨,而更是因为情感的体验;不仅是由于时代文化思潮单方面的冲击,而更有着这些作家个人对此种观念基于本能的亲和倾向。

对作为艺术家的作家来说,特定的世界观念或人生理念的确有助于他们建立起某种审视生活现实与生命存在的视角,但这种视角永远不会取代他们对生活与生命的审视与省察。哲学家和科学家从生活现实中提炼出了某种假想性的理论观念,他们的工作基于现实生活,终于理论假设。而文学家的工作却总是在哲学家和科学家终结的地方开始,并由此出发奔向他们最可信赖的生活。无论在什么情况下,他们总是坚信生活本身永远都是比任何既有的哲学或科学理论都要神秘深奥若干倍的存在，即生活总是大于所有的道德礼法和意识形态准则，而现实也总是大于所有哲学的抽象与科学的概括。因而，现实生活才是最难以理解、难以捉摸、难以制服的存在。就此而言，文学创作虽然离不开特定观念的引导，但在人类文化构成中文学家却又历来就是一切既有概念或观念的颠覆者。

与此前的作家相比，自然主义作家更加看重现象学意义上作为"相对真相"的生活现实，而规避本质论意义上以"绝对真理"面目出现的各种意识形态。左拉称自然主义作家的全部工作就在于："从自然中取得事实，然后研究这些事实的构成，研究环境与场合的变化对其的影响，永远不脱离自然的法则。"① 对一直在大声疾呼文学家一定要"回到生活"中去、"回到自然"中去、"回到现象"中去的自然主义作家来说，任何观念或观念体系与他们看重信从的生活现实相比，都统统不值一提，因而也就更难想象他们的创作真如很多人所指控的那样是在"机械论"哲学观念或某种科学理论的支配或主导下达成。对这些更为激烈的"观念颠覆者"来说，虽然他们也常常在创作之外大谈哲学或科学，但事实上，由于对艺术的热爱与追求，他们所谈论的哲学或科学理论除了提供给他们奔向生活的出发点，并没有真正让他们从中得到任何可以信靠的东西。因此，左拉才反复声称："自然主义小说家注重观察与实验，他们的一切著作都产生于怀疑，他们在怀疑中站在不甚为人所知的真理面前，站在还没有被解释过的现象面前。"② 事实表明：自然主义作家是一些比他们的所有文学前辈都更坚定、更本色的不可知论者和更彻底、更激烈的怀疑主义者。实在很难想象，一个不可知论者和怀疑主义者，如何可能同时成为一个"决定论者"或"机械论者"。

左拉在随笔、书信以及诸多论战文字中所表述的"机械论"或带有"机械论倾向"的哲学思想是幼稚粗糙的，这与他在文学文本中对人和社会具体细致的描写所体现出来的厚重意蕴绝对不可同日而语。纵观整个自然主义的文学创作可以发现，由于太过信从当代科学进展所确认的那些生理学或心理学或社会学的"规律"，个别作家对人的描写有时的确存在某种简单化的倾向，但仅拿这些失败的个别作家或个别作品对宏大的自然

---

① Emile Zola, "The Experimental Novel", in *Documents of Modern Literary Realism*, ed., George J. Becker, Princeton, New Jersey: Princeton University Press, 1963, p.167.

② Ibid., p.169.

主义文学思潮在哲学上做出"决定论"或"机械论"的判词,这显然未免太过独断。总体说来,在真正代表着自然主义文学艺术成就的作家创作中,人们可以看到,对各种抽象理念的拒斥,对观念主导型叙事模式的反叛,对生活现象的重视,对人生本相的索求,这一切都使得体现为"偶然性"的"机缘"因素在自然主义文学文本中绽放迭出。突出"偶然性"的"机缘"必然就削弱了"必然性"的"逻辑",而"必然性逻辑"的失落不正是颠覆了建立在其基础之上的那种真正的"决定论"思想吗?自然主义作家笔下的人物,并不是他们常常挂在嘴边的"决定论"所派定的"物理现象"或"化学现象"或"生理现象",而是充满着冲动又带有狐疑、充满着热望又常怀恐惧、充满着激情又总在进行着理性算计的时刻都充满矛盾的鲜活个体。显然,一旦进入文学创作的领地,"票友"式哲学家之观念眼镜立刻便被摘下放在了一边;诚挚的艺术家那悲悯、敏锐、睿智的心灵目光,丝毫也没有被始终只是呈现为某种粗犷轮廓的哲学观念所搅乱,更没有被遮蔽或扭曲。

"一直以来,而且似乎包括将来,人们总希望将自然主义与绝对决定论联系起来,从而导出其所谓悲观主义的内核——要成为自然主义,小说家就必须坚持这个内核,否则它就是非自然主义者,或因混乱而不彻底的自然主义者。"[1]与职业哲学家的观点相比,自然主义作家的诸多表述,显然不值得作为严谨的哲学体系来看待,但这并不意味着他们的理论言说就真的一钱不值。尽管缺乏严谨与周延,尽管不时自相矛盾,但他们的看法毕竟来自于时代,与当时的文化思潮息息相关。今天,面对自然主义这样一份尘封在诸多误解与轻薄之中的文学遗产,要正本清源,便必须将左拉们煞有介事的哲学话语言说与其实实在在的文学创作实践区分开来,仔细辨识并准确阐发他们理论表述中的真意。

---

[1] Donald Pizer, "Introduction", in *The Theory and Practice of American Literary Naturalism: Selected Essays and Reviews*, Carbondale and Edwardsville: Southern Illinois University Press, 1993, p. 9.

主要参考文献

一、英文参考文献

Adorno, Theodre, *Negative Dialectics*, tran., E. Ashton, London: Routledge and Kegan Paul, 1973.

Ahnebrink, Lars, *The Beginnings of Naturalism in American Fiction*, Cambridge, Mass.: Harvard University Press, 1964.

Auerbach, Erich, *Mimesis: The Representation of Reality in Western Literature*, tran., Willard R. Trask, Princeton, New Jersey: Princeton University Press, 1953.

Baguley, David, *Naturalist Fiction: The Entropic Vision*, Cambridge: Cambridge University Press, 1990.

Barthes, Roland, *Writing Degree Zero*, tran., Annette Lavers and Colin Smith, New York: Hill and Wang, 1968.

Becker, George J., ed., *Documents of Modern Literary Realism*, Princeton, New Jersey: Princeton University Press, 1963.

Bell, David F., *Models of Power: Politics and Economics in Zola's Rougon-Macquart*, Lincoln and London: University of Nebraska Press, 1988.

Berthoff, Warner, *The Ferment of Realism: American Literature, 1884—1919*, Cambridge: Cambridge University Press, 1965.

Block, Haskell M., *Naturalistic Triptych: The Fictive and Real in Zola, Mann, and Dreiser*, New York: Random House, 1970.

Bloom, Harold, ed., *American Naturalism*. New York: Chelsea House Publishers, 2004.

Boot, Winthrop H., *German Criticism of Zola, 1875—1893*, New York: Columbia University Press, 1931.

Boumelha, Penny, *Thomas Hardy and Women: Sexual Ideology and Narrative Form*, New Jersey, Sussex: The Harvester Press, 1982.

Bürger, Peter, *The Decline of Modernism*, University Park: The Pennsylvania State University Press, 1992.

Bürger, Peter, *The Theory of the Avant-garde*, Manchester: Manchester University Press, 1984.

Carter, A. E., *The Idea of Decadence in French Literature: 1830—1900*, Toronto: University of Toronto Press, 1958.

Casagrande, Peter J., *Hardy's Influence on the Modern Novel*, London: Palgrave Macmillan, 1987.

Cave, Richard Allen, *A Study of the Novels of George Moore*, Gerrards Cross, Bucks: Colin Smythe Ltd., 1978.

Chai, Leon, *Aestheticism: The Religion of Art in Post-Romantic Literature*, Columbia: Columbia University Press, 1990.

Chapple, J. A. V., *Science and Literature in the Nineteenth Century*, London: Macmillan Publishers Ltd., 1986.

Charvet, P. E., *A Literary History of France: 1870—1940*, London: Ernest Benn Limited, 1967.

Chiari, Joseph, *The Aesthetics of Modernism*, London: Vision Press, 1970.

Chisholm, Roderick M., ed., *Realism and the Background of Phenomenology*, Illinois: The Free Press of Glencoe, 1960.

Chitnis, Bernice, *Reflection on Nana*, London, New York: Routledge, 1991.

Colum, Mary M., *From These Roots: The Ideas That Have Made Modern Literature*, New York: Columbia University Press, 1937.

Conder, John J., *Naturalism in American Fiction: The Classic Phase*, Lexington, Kentucky: The University Press of Kentucky, 1984.

Conlon, John J., *Walter Pater and the French Tradition*, London and Toronto: Associated University Press, 1982.

Engler, Winfried, *The French Novel: From 1800 to the Present*, tran., Alexander Gode, New York: Frederick Ungar Publishing Co., 1970.

Flaubert, Gustave, *The Letters of Gustave Flaubert 1857—1880*, selected, edited, and trarslated by Francis Steegmuller, Cambridge, Mass.: The Belknap Press of Harvard University Press, 1982.

Flaubert, Gustave, *The Letters of Gustave Flaubert 1830—1857*, selected, edited, and translated by Francis Steegmuller, Cambridge, Mass.: The Belknap Press of Harvard University Press, 1980.

Fletcher, Ian, *Decadence and the 1890s*, London: Edward Arnold Ltd., 1979.

Gair, Christopher, *Complicity and Resistance in Jack London's Novels: From Naturalism to Nature*, Lewiston, Queenston, Lampeter: The Edwin Mellen Press,

1997.

Gaunt, William, *The Aesthetic Adventure*, London: Jonathan Cape, 1945.

Gegol, Miriam, *Theodore Dreiser: Beyond Naturalism*, New York, London: New York University Press, 1995.

Geismar, Maxwell David, *Rebels and Ancestors: The American Novel, 1890—1915*, London: W. H. Allen, 1954.

Gordon, John, *Physiology and the Literary Imagination: Romantic to Modern*, Gainesville: University Press of Florida, 2003.

Graham, Kenneth, *English Criticism of the Novel: 1865—1900*, Oxford: Clarendon Press, 1965.

Grana, Cesar, *Bohemian versus Bourgeois*, New York, London: Basic Books Inc., Publishers, 1964.

Greenslade, William P., *Degeneration, Culture and the Novel: 1880—1940*, Cambridge: Cambridge University Press, 1994.

Hakutani, Yoshinobu, Lewis Fried, *American Literary Naturalism: A Reassessment*, Heidelberg: Carl Winter-Universitätsverlag, 1975.

Harvey, W. J., *Character and the Novel*, London: Chatto & Windus, 1965.

Hemmings, F. W. J., *Baudelaire the Damned: A Biography*, London: Hamish Hamilton Ltd., 1982.

Hemmings, F. W. J., *The Life and Times of Emile Zola*, London: Elek Books Ltd., 1977.

Henderson, John A., *The First Avant-garde: 1887—1894*, London: George G. Harrap & Co. Ltd., 1971.

Henkin, Leo J., *Darwinism in the English Novel: 1860—1910*, New York: Russell & Russell. Inc., 1963.

Hough, Graham, *Image and Experience: Studies in a Literary Revolution*, Westport: Greenwood Press, Inc., 1960.

Iser, Wolfgang, *Walter Pater: The Aesthetic Moment*, tran., David Henry Wilson, Cambridge and New York: Cambridge University Press, 1987.

Johnson, R. V., *Aestheticism*, London: Methuen & Co Ltd., 1969.

Joyce, Simon, *Modernism and Naturalism in British and Irish Fiction: 1880—1930*, Cambridge: Cambridge University Press, 2015.

Kaplan, Harold, *Power and Order: Henry Adams and the Naturalist Tradition in American Fiction*, Chicago and London: The University of Chicago Press, 1981.

Kazin, Alfred, Charles Shapiro, eds., *The Stature of Theodore Dreiser*, Bloomington: Indiana University Press, 1969.

Lehan, Richard, *A Dangerous Crossing: French Literary Existentialism and the Modern*

American Novel, Carbondale and Edwardsville: Southern Illinois University Press, 1973.

Lethbridge, Robert, *Zola and the Craft of Fiction*, Leicester: Leicester University Press, 1990.

Levenson, Michael, *Modernism and the Fate of Individuality: Character and Novelistic Form from Conrad to Woolf*, Cambridge: Cambridge University Press, 1991.

Levine, George, *Darwin and the Novelists: Patterns of Science in Victorian Fiction*, Cambridge, Massachusetts: Harvard University Press, 1988.

Levine, George, ed., *One Culture: Essays in Science and Literature*, Madison, Wisconsin: The University of Wisconsin Press, 1987.

Lodge, David, *The Novelist at the Crossroads, and Other Essays on Fiction and Criticism*, London: Routledge & Kegan Paul, 1971.

Madsen, Borge Gedso, *Strindberg's Naturalistic Theatre: It's Relation to French Naturalism*, Copenhagen: Muksgaard, 1962.

Martin, Ronald E., *American Literature and the Universe of Force*, Durham, North Carolina: Duke University Press, 1981.

Masur, Gerhard, *Prophets of Yesterday: Studies in European Culture 1890—1914*, London: A. Wheaton & Co. Ltd., 1963.

Michaels, Walter Benn, *The Gold Standard and the Logic of Naturalism: American Literature at the Turn of the Century*, Berkeley, Los Angeles & London: University of California Press, 1987.

Mitchell, Lee Clark, *Determined Fictions: American Literary Naturalism*, New York: Columbia University Press, 1989.

Morton, Peter, *The Vital Science: Biology and the Literary Imagination 1860—1900*, London: George Allen & Unwin Ltd., 1984.

Mosse, George L., *The Culture of Western Europe: The Nineteenth and Twentieth Centuries*, London: John Murray Ltd., 1961.

Nagel, James, *Stephen Crane and Literary Impressionism*, The Pennsylvania State University Press, 1981.

Nelson, Brian, ed., *Naturalism in the European Novel*, New York: Berg Publishers, 1992.

Nelson, Brian, *Zola and the Bourgeoisie: A Study of Themes and Techniques in "Les Rougon-Macquart"*, Totawa, New Jersey: Barnes and Noble Books, 1983.

Norris, Margot, *Beasts of the Modern Imagination: Darwin, Nietzsche, Kafka, Ernst and Lawrence*, Baltimore: The Johns Hopkins University Press, 1985.

Papke, Mary E., ed., *Twisted from Ordinary: Essays on American Literary Naturalism*, Knoxville: The University of Tennessee Press, 2003.

Pater, Walter, *Greek Studies: A Series of Essays*, London: Macmillan and Co. Ltd., 1928.

Pater, Walter, *Plato and Platonism*, London: Macmillan and Co. Ltd., 1928.

Pater, Walter, *The Renaissance: Studies in Art and Poetry*, London: Macmillan and Co. Ltd., 1917.

Perosa, Sergio, *American Theories of the Novel: 1793—1903*, New York: New York University Press, 1983.

Persons, Stow, ed., *Evolutionary Thought in America*, New Haven: Yale University Press, 1950.

Pizer, Donald, *Realism and Naturalism in Nineteenth-Century American Literature*, Carbondale and Edwardsville: Southern Illinois University Press, 1984.

Pizer, Donald, *The Theory and Practice of American Literary Naturalism: Selected Essays and Reviews*, Carbondale and Edwardsville: Southern Illinois University Press, 1993.

Pizer, Donald, *Twentieth-Century American Literary Naturalism: An Interpretation*, Carbondale and Edwardsville: Southern Illinois University Press, 1982.

Ridge, George Ross, *The Hero in French Decadent Literature*, Athens: University of Georgia Press, 1961.

Saurat, Denis, *Modern French Literature: 1870—1940*, Port Washington, N. Y.: Kennikat Press, 1947.

Schor, Naomi, *Zola's Crowds*, Baltimore, Maryland: The Johns Hopkins University Press, 1978.

Simon, Walter Michael, *European Positivism in the Nineteenth Century: An Essay in Intellectual History*, Ithica: Cornell University Press, 1963.

Sinfield, Alan, *The Wilde Century: Effeminacy, Oscar Wilde, and the Queer Moment*, New York: Columbia University Press, 1994.

Stromberg, Roland N., ed., *Realism, Naturalism, and Symbolism: Modes of Thought and Expression in Europe, 1848—1914*, London: Palgrave Macmillan, 1968.

Sundquist, Eric J., ed., *American Realism: New Essays*, Baltimore: The Johns Hopkins University Press, 1982.

Tanner, Tony, *Adultery in the Novel: Contract and Transgression*, Baltimore: The Johns Hopkins University Press, 1979.

Thorlby, Anthony, *The Romantic Movement*, London: Longmans Green & Co. Ltd., 1966.

Tratner, Michael, *Modernism and Mass Politics: Joyce, Woolf, Eliot, Yeats*, Stanford, California: Stanford University Press, 1995.

Travers, Martin, *An Introduction to Modern European Literature: From Romanticism to*

Postmodernism, New York: St. Martin's Press, 1998.

Trilling, Lionel, *Freud and the Crisis of Our Culture*, Boston: The Beacon Press, 1955.

Turnell, Martin, *The Art of French Fiction*, London: Hamish Hamilton, 1959.

Walcutt, Charles Child, *American Literary Naturalism, A Divided Stream*, Minneapolis: University of Minnesota Press, 1956.

Walcutt, Charles Child, ed., *Seven Novelists in American Naturalist Tradition*, Minneapolis: University of Minnesota Press, 1963.

Weightman, John, *The Concept of the Avant-garde: Explorations in Modernism*, London: Alcove Press, 1973.

Weir, David, *Decadence and the Making of Modernism*, Amherst: University of Massachusetts Press, 1995.

Westbrook, Perry D., *Free Will and Determinism in American Literature*, Madison, New Jersey: Fairleigh Dickinson University Press, 1979.

Whitehead, Alfred N., *Symbolism: Its Meaning and Effect*, Cambridge: Cambridge University Press, 1928.

Wilde, Oscar, *The Artist as Critic: Critical Writings of Oscar Wilde*, ed., Richard Ellmann, London: W. H. Allen, 1970.

Wilde, Oscar, *The Works of Oscar Wilde*, New York: Walter J. Black Co., 1927.

Willey, Basil, *Nineteenth-century Studies: Coleridge to Matthew Arnold*, In Association with Chatto & Windus: Penguin Books, 1949.

Williams, Raymond, *Culture and Society: 1780—1950*, New York: Columbia University Press, 1958.

二、中文参考文献

A. J. 格雷马斯：《论意义——符号学论文集》（上、下册），吴泓缈、冯学俊译，天津：百花文艺出版社，2005年。

E. H. 冈布里奇：《艺术与幻觉》，卢晓华等译，北京：工人出版社，1988年。

E. H. 贡布里奇：《艺术与科学》，杨思梁、范景中、严善錞译，杭州：浙江摄影出版社，1998年。

H. G. 布洛克：《美学新解》，滕守尧译，沈阳：辽宁人民出版社，1987年。

H. R. 姚斯、R. C. 霍拉勃：《接受美学与接受理论》，金元浦、周宁译，沈阳：辽宁人民出版社，1987年。

H. 赖欣巴哈：《科学哲学的兴起》，伯尼译，北京：商务印书馆，1983年。

J. M. 布洛克曼：《结构主义：莫斯科－布拉格－巴黎》，李幼蒸译，北京：中国人民大学出版社，2003年。

M. H. 艾布拉姆斯：《镜与灯：浪漫主义文论及批评传统》，郦稚牛、张照进、童庆生译，北京:北京大学出版社,1989年。
P. 蒂利希:《存在的勇气》,成穷、王作虹译,贵阳:贵州人民出版社,1998年。
R. 马格欧纳:《文艺现象学》,王岳川、兰菲译,北京:文化艺术出版社,1992年。
阿多诺:《美学理论》,王柯平译,成都:四川人民出版社,1998年。
阿兰·谢里登:《求真意志》,尚志英、许林译,上海:上海人民出版社,1997年。
阿伦·布洛克:《西方人文主义传统》,董乐山译,北京:生活·读书·新知三联书店,1997年。
埃德蒙德·胡塞尔:《欧洲科学危机和超验现象学》,张庆熊译,上海:上海译文出版,1988年。
埃德蒙德·胡塞尔:《现象学的方法》,倪梁康译,上海:上海译文出版社,1994年。
埃德蒙德·胡塞尔:《现象学的观念》,倪梁康译,上海:上海译文出版社,1986年。
埃里希·奥尔巴赫:《摹仿论:西方文学中所描绘的现实》,吴麟绶、周新建、高艳婷译,天津:百花文艺出版社,2002年。
艾玛纽埃尔·勒维纳斯:《上帝·死亡和时间》,余中先译,北京:生活·读书·新知三联书店,1997年。
昂惹勒·克勒默-马里埃蒂:《实证主义》,管震湖译,北京:商务印书馆,2001年。
奥古斯特·孔德:《论实证精神》,黄建华译,北京:商务印书馆,1996年。
柏拉图:《柏拉图文艺对话集》,朱光潜译,合肥:安徽教育出版社,2007年。
柏拉图:《理想国》,郭斌和、张竹明译,北京:商务印书馆,1986年。
保罗·萨特:《萨特文学论文集》,施康强等译,合肥:安徽文艺出版社,1998年。
北京大学哲学系美学教研室编:《西方美学家论美和美感》,北京:商务印书馆,1980年。
贝尼季托·克罗齐:《美学的历史》,王天清译,北京:中国社会科学出版社,1984年。
彼得·比格尔:《先锋派理论》,高建平译,北京:商务印书馆,2002年。
彼得·福克纳:《现代主义》,付礼军译,北京:昆仑出版社,1989年。
波德莱尔:《波德莱尔美学论文选》,郭宏安译,北京:人民文学出版社,1987年。
波德莱尔:《波德莱尔诗全集》,胡小跃编,杭州:浙江文艺出版社,1996年。
勃兰兑斯:《19世纪文学主流》(第五分册),李宗杰译,北京:人民文学出版社,1982年。
曹顺庆:《中外比较文论史:上古时期》,济南:山东教育出版社,1998年。
曹顺庆等:《比较文学学科理论研究》,成都:巴蜀书社,2001年。
陈鼓应:《悲剧哲学家尼采》,北京:生活·读书·新知三联书店,1987年。
茨维坦·托多罗夫编选:《俄苏形式主义文论选》,蔡鸿滨译,北京:中国社会科学出版社,1989年。
崔道怡等编:《"冰山"理论:对话与潜对话》(下册),北京:工人出版社,1987年。
大卫·贝斯特:《艺术·情感·理性》,季惠斌等译,北京:工人出版社,1988年。
戴维·洛奇编:《二十世纪文学评论》(上册),葛林等译,上海:上海译文出版社,1987年。
丹纳:《艺术哲学》,傅雷译,北京:人民文学出版社,1963年。
丹尼尔·贝尔:《资本主义文化矛盾》,赵一凡、蒲隆、任晓晋译,北京:生活·读书·新知三联书店,1989年。
杜威:《艺术即经验》,高建平译,北京:商务印书馆,2005年。
恩斯特·卡西尔:《人论》,甘阳译,上海:上海译文出版社,1985年。
弗雷德里克·J.霍夫曼:《弗洛伊德主义与文学思想》,王宁等译,北京:生活·读书·新知三联书店,1987年。
弗里德里希·A.哈耶克:《科学的反革命——理性滥用之研究》,冯克利译,南京:译林出版社,2003年。
弗里德里希·席勒:《审美教育书简》,冯至、范大灿译,北京:北京大学出版社,1985年。
弗洛伊德:《精神分析引论》,高觉敷译,北京:商务印书馆,1984年。
弗洛伊德:《梦的解析》,赖其万、符传孝译,北京:作家出版社,1986年。
格奥尔格·西美尔:《生命直观》,刁承俊译,北京:生活·读书·新知三联书店,2003年。
圭多·德·拉吉罗:《欧洲自由主义史》,杨军译,长春:吉林人民出版社,2001年。
郭宏安、章国锋、王逢振:《二十世纪西方文论研究》,北京:中国社会科学出版社,1997年。
汉斯-格奥尔格·伽达默尔:《真理与方法》(上、下卷),洪汉鼎译,上海:上海译文出版社,2004年。
赫伯特·马尔库塞:《爱欲与文明》,黄勇、薛民译,上海:上海译文出版社,1987年。
赫伯特·马尔库塞:《审美之维》,李小兵译,北京:生活·读书·新知三联书店,1989年。
黄晋凯、张秉真、杨恒达主编:《象征主义·意象派》,北京:中国人民大学出版社,1989年。
吉尔·德勒兹:《尼采与哲学》,周颖、刘玉宇译,北京:社会科学文献出版社,2001年。
吉列斯比:《欧洲小说的演化》,胡家峦、冯国忠译,北京:生活·读书·新知三联书店,1987年。
蒋承勇:《西方文学"人"的母题研究》,北京:人民出版社,2005年。
蒋承勇等:《欧美自然主义文学的现代阐释》,上海:复旦大学出版社,2002年。
杰克·斯佩克特:《艺术与精神分析》,高建平等译,北京:文化艺术出版社,1990年。
今道友信等:《存在主义美学》,崔相录、王生平译,沈阳:辽宁人民出版社,1987年。
靳希平、吴增定:《十九世纪德国非主流哲学:现象学史前史札记》,北京:北京大学出版社,2004年。
卡尔·洛维特:《从黑格尔到尼采》,李秋零译,北京:生活·读书·新知三联书店,2006年。
卡尔迪纳·普里勃:《他们研究了人》,孙恺祥译,北京:生活·读书·新知三联书店,1991年。
康德:《判断力批判》,邓晓芒译,北京:人民出版社,2002年。
克罗齐:《美学原理·美学纲要》,朱光潜、韩邦凯、罗芃译,北京:外国文学出版社,1983年。
拉曼·塞尔登编:《文学批评理论——从柏拉图到现在》,刘象愚、陈永国等译,北京:北京大学出版社,2000年。
雷纳·韦勒克:《近代文学批评史》(共八卷),杨自伍译(第一卷与杨岂深合译),上海:上海译文出版社,1987—2006年。

李斯托威尔:《近代美学史评述》,蒋孔阳译,上海:上海译文出版社,1980年。

利里安·R.弗斯特、利里安·N.斯克爱英:《自然主义》,任庆平译,北京:昆仑出版社,1989年。

刘小枫:《现代性社会理论绪论》,上海:上海三联书店,1998年。

刘小枫、倪为国选编:《尼采在西方——解读尼采》,上海:上海三联书店,2002年。

柳鸣九编选:《法国自然主义作品选》,天津:天津人民出版社,1987年。

柳鸣九主编:《意识流》,北京:中国社会科学出版社,1989年。

柳鸣九主编:《自然主义》,北京:中国社会科学出版社,1988年。

龙文佩、庄海骅编:《德莱塞评论集》,上海:上海译文出版社,1989年。

吕迪格尔·萨弗朗斯基:《恶或者自由的戏剧》,卫茂平译,昆明:云南人民出版社,2001年。

吕同六主编:《20世纪世界小说理论经典》(上),北京:华夏出版社,1995年。

罗宾·柯林伍德:《自然的观念》,吴国盛、柯映红译,北京:华夏出版社,1999年。

罗伯特·莱顿:《艺术人类学》,靳大成等译,北京:文化艺术出版社,1992年。

罗德·W.霍尔顿、文森特·F.霍普尔:《欧洲文学的背景》,王光林译,重庆:重庆出版社,1991年。

罗钢:《叙事学导论》,昆明:云南人民出版社,1994年。

罗杰·加洛蒂:《论无边的现实主义》,吴岳添译,天津:百花文艺出版社,1998年。

罗兰·巴特:《符号学美学》,董学文、王葵译,沈阳:辽宁人民出版社,1987年。

罗兰·斯特龙伯格:《西方现代思想史》,刘北成、赵国新译,北京:中央编译出版社,2005年。

罗素:《西方哲学史》,何兆武、李约瑟(上卷)、马元德(下卷)译,北京:商务印书馆,1963、1976年。

马·布雷德伯里、詹·麦克法兰编:《现代主义》,胡家峦等译,上海:上海外语教育出版社,1992年。

马丁·海德格尔:《林中路》(修订本),孙周兴译,上海:上海译文出版社,2004年。

马赫:《感觉的分析》,洪谦等译,北京:商务印书馆,1975年。

马克斯·韦伯:《新教伦理与资本主义精神》,黄晓京、彭强译,成都:四川人民出版社,1986年。

马里奥·维尔多内:《理性的疯狂:未来主义》,黄文捷译,成都:四川人民出版社,2000年。

马泰·卡林内斯库:《现代性的五副面孔:现代主义、先锋派、颓废、媚俗艺术、后现代主义》,顾爱彬、李瑞华译,北京:商务印书馆,2002年。

马文·哈里斯:《文化·人·自然——普通人类学导引》,顾建光、高云霞译,杭州:浙江人民出版社,1992年。

梅·弗里德曼:《意识流,文学手法研究》,申丽平等译,上海:华东师范大学出版社,1992年。

米·杜夫海纳:《审美经验现象学》,韩树站译,北京:文化艺术出版社,1992年。
米歇尔·福柯:《知识考古学》,谢强、马月译,北京:生活·读书·新知三联书店,1998年。
莫泊桑:《漂亮朋友》,王振孙译,上海;上海译文出版社,1993年。
莫里斯·梅洛-庞蒂:《知觉现象学》,姜志辉译,北京:商务印书馆,2001年。
尼采:《悲剧的诞生:尼采美学文选》,周国平译,北京:生活·读书·新知三联书店,1986年。
尼采:《查拉斯图拉如是说》,尹溟译,北京:文化艺术出版社,1987年。
尼采:《反基督》,陈君华译,石家庄:河北教育出版社,2003年。
倪梁康:《现象学及其效应——胡塞尔与当代德国哲学》,北京:生活·读书·新知三联书店,1994年。
佩特:《文艺复兴:艺术与诗的研究》,张岩冰译,桂林:广西师范大学出版社,2002年。
皮埃尔·布鲁奈尔等:《19世纪法国文学史》,郑克鲁等译,上海:上海人民出版社,1997年。
乔纳森·卡勒:《结构主义诗学》,盛宁译,北京:中国社会科学出版社,1991年。
让·贝西埃等主编:《诗学史》(上、下册),史忠义译,天津:百花文艺出版社,2002年。
让-伊夫·塔迪埃:《普鲁斯特和小说》,桂裕芳、王森译,上海:上海译文出版社,1992年。
盛宁:《二十世纪美国文论》,北京:北京大学出版社,1982年。
什克洛夫斯基等:《俄国形式主义文论选》,方珊等译,北京:生活·读书·新知三联书店,1989年。
叔本华:《作为意志和表象的世界》,石冲白译。北京:商务印书馆,1982年。
苏珊·朗格:《情感与形式》,刘大基、傅志强、周发祥译,北京:中国社会科学出版社,1986年。
谭立德编选:《法国作家·批评家论左拉》,合肥:安徽文艺出版社,1994年。
特里·伊格尔顿:《文学理论导读》,吴新发译,台北:书林出版有限公司,1993年。
特里·伊格尔顿:《现象学,阐释学,接受理论——当代西方文艺理论》,王逢振译,南京:江苏教育出版社,2006年。
托马斯·L.汉金斯:《科学与启蒙运动》,任定成、张爱珍译,上海:复旦大学出版社,2000年。
托马斯·库恩:《科学革命的结构》,金吾伦、胡新和译,北京:北京大学出版社,2003年。
瓦尔特·本雅明:《本雅明文选》,陈永国、马海良编,北京,中国社会科学出版社1999年。
瓦尔特·比梅尔:《当代艺术的哲学分析》,孙周兴、李媛译,北京:商务印书馆,1999年。
威廉·冈特:《美的历险》,肖聿、凌君译,北京:中国文联出版公司,1987年。
威廉·科尔曼:《19世纪的生物学和人学》,严晴燕译,上海:复旦大学出版社,2000年。
韦恩·布斯:《小说修辞学》,华明、胡晓苏、周宪译,北京:北京联合出版公司,2017年。
韦勒克、沃伦:《文学理论》,刘象愚等译,北京:生活·读书·新知三联书店,1984年。
雅克·马利坦:《艺术与诗中的创造性直觉》,刘有元、罗选民等译,北京:生活·读书·新知三联书店,1991年。

亚理斯多德、贺拉斯:《诗学·诗艺》,罗念生、杨周翰译,北京:人民文学出版社,1962年。
叶庭芳编:《论卡夫卡》,北京:中国社会科学出版社,1988年。
伊安·巴伯:《当科学遇到宗教》,苏贤贵译,北京:生活·读书·新知三联书店,2004年。
伊恩·P. 瓦特:《小说的兴起》,高原、董红钧译,北京:生活·读书·新知三联书店,1992年。
以赛亚·伯林:《现实感》,潘荣荣、林茂译,南京:译林出版社,2004年。
尤尔根·哈贝马斯:《认识与兴趣》,郭官义、李黎译,上海:学林出版社,1999年。
张黎编选:《布莱希特研究》,北京:中国社会科学出版社,1984年。
赵澧、徐京安主编:《唯美主义》,北京:中国人民大学出版社,1988年。
中国社会科学院外国文学研究所外国文学研究资料丛刊编辑委员会编:《欧美古典作家论现实主义和浪漫主义》,北京:中国社会科学出版社,1980年。
周小仪:《唯美主义与消费文化》,北京:北京大学出版社,2002年。
朱光潜:《西方美学史》(上、下卷),北京:人民文学出版社,1963、1964年。
朱立元、张德兴等:《西方美学通史》(第六卷),上海:上海文艺出版社,1999年。
朱立元主编:《当代西方文艺理论》,上海:华东师范大学出版社,1997年。
朱立元主编:《法兰克福学派美学思想论稿》,上海:复旦大学出版社,1997年。
朱雯等编选:《文学中的自然主义》,上海:上海文艺出版社,1992年。
左拉:《金钱》,朱静译,广州:花城出版社,1998年。
左拉:《萌芽》,黎柯译,北京:人民文学出版社,1982年。
左拉:《娜娜》,郑永慧译,北京:人民文学出版社,2008年。
左拉:《小酒店》,王了一译,北京:人民文学出版社,1958年。
左拉:《左拉文学书简》,吴岳添译,合肥:安徽文艺出版社,1995年。

主要人名、术语名、作品名中外文对照表

A

《阿克瑟尔的城堡》(Axel's Castle)
《埃伯利街谈话录》(Conversations in Ebury Street)
《爱洛伊丝和阿贝拉》(Heloise and Abelard)
《爱情的一页》(Une Page d'amour)
《安娜·卡列尼娜》(Anna Karenina)
《奥吉·马奇历险记》(The Adventure of Augie March)
阿多诺,西奥多(Adorno,Theodor)
阿尔托,安托南(Artaud,Antonin)
阿拉贡,路易(Aragon,Louis)
艾布拉姆斯,迈耶·霍华德(Abrams,Meyer Howard)
艾略特,托马斯·斯特尔那斯(Eliot,Thomas Stearns)
奥尔巴赫,埃里希(Auerbach,Erich)
奥古斯丁,圣·奥勒留(Augustinus,Saint Aurelius)
奥尼尔,尤金(O'Neill,Eugene)

B

《巴黎》(Paris)
《巴黎圣母院》(Notre-Dame de Paris)
《白牙》(White Fang)
《百老汇杂志》(Broadway Magazine)
《百年孤独》(One Hundred Years of Solitude)

《班奈特先生与勃朗太太》("Mr. Bennett And Mrs. Brown")

《包法利夫人》(Madame Bovary)

《悲惨世界》(Les Misérables)

《悲翡达夫人》(Doña Perfecta)

《北方来的人》(A Man from the North)

《崩溃的偶像》(Crumbling Idols)

《壁垒》(The Bulwark)

《变形记》(Die Verwandlung)

《不愉快的戏剧》(Plays Unpleasant)

《布利克斯》(Blix)

《布林加斯的女人》(La de Bringas)

《布瓦尔与佩库歇》(Bouvard et Pécuchet)

巴比塞,亨利(Barbusse, Henri)

巴尔扎克,奥诺雷·德(Balzac, Honoré de)

巴特,罗兰(Barthes, Roland)

鲍德里亚,让(Baudrillard, Jean)

鲍曼,齐格蒙(Bauman, Zygmunt)

鲍桑葵,伯纳德(Bosanquet, Bernard)

贝尔纳,克洛德(Bernard, Claude)

贝克特,撒缪尔(Beckett, Samuel)

贝内特,阿诺德(Bennett, Arnold)

贝赞特,华尔特(Besant, Walter)

本质主义(Essentialism)

毕沙罗,卡米耶(Pissaro, Camille)

表现主义(Expressionism)

波德莱尔,夏尔·皮埃尔(Baudelaire, Charles Pierre)

勃兰兑斯,格奥尔格(Brandes, Georg)

柏格森,亨利(Bergson, Henri)

柏拉图(Plato)

布莱希特,贝托尔特(Brecht, Bertolt)

布勒东,安德烈(Breton, André)

布瓦洛,尼古拉(Boileau-Despréaux, Nicolas)

C

《草原上的人》(Prairie Folks)

《茶花女》(Les Danicheff)

《沉钟》(Die Versunrene Glocke)

《成功》(Success)

《城堡》(Das Schloss)

《丑角的妻子》(A Mummer's Wife)

《创造不朽者》(The Making of an Immortal)

《春日》(Spring Days)

《纯粹偶然》(A Mere Accident)

蔡斯,理查德(Chase,Richard)

超现实主义(Surrealism)

D

《达洛维太太》(Mrs. Dalloway)

《大革命时期的法国社会史》(Histoire de la société française pendant la Révolution)

《大路》(Main-Travelled Roads)

《大西洋月刊》(The Atlantic Monthly)

《戴蕾斯·拉甘》(Thérèse Raquin)

《到大马士革去》(To Damascus)

《到灯塔去》(To the Lighthouse)

《德伯家的苔丝》(Tess of the d'Urbervilles)

《德梅特里奥·皮亚涅利》(Demetrio Pianelli)

《德切尔家库利的玫瑰》(Rose of Dutcher's Coolly)

《等待戈多》(En attendant Godot)

《狄更斯研究》(Charles Dickens: A Critical Study)

《地洞》(Der Bau)

《动物园的故事》(The Zoo Story)

《独身者》(Celibates)

达·芬奇,列奥纳多(da Vinci, Leonardo)

达达主义(Dadaism)

达尔文,查尔斯·罗伯特(Darwin,Charles Robert)

大仲马(Dumas père,Alexandre)

戴克,克拉伦斯(Decker,Clarence)

德加,埃德加(Edgar,Degas)

德莱塞,西奥多(Dreiser,Theodore)

德里达,雅克(Derrida,Jacques)

狄德罗,德尼(Diderot,Denis)

狄更斯,查尔斯(Dickens,Charles)

笛福,丹尼尔(Defoe,Daniel)

笛卡儿,勒内(Descartes,René)

蒂里希,保罗·约翰内斯(Tillich,Paul Johannes)

都德,阿尔封斯(Daudet,Alphonse)

杜威,约翰(Dewey,John)

F

《凡陀弗与兽性》(Vandover and the Brute)

《费洛曼娜修女》(Sœur Philomène)

《芬尼根守灵夜》(Finnegans Wake)

《愤怒的葡萄》(The Grapes of Wrath)

《弗洛里安·盖尔》(Florian Geyer)

《父亲》(The Father)

《复活》(Resurrection)

法兰克福学派(Frankfurt School)

法里娜,塞尔瓦托(Salvatore,Farina)

反讽(Irony)

反英雄(Anti-hero)

弗莱维勒,让(Fréville,Jean)

弗兰克,约瑟夫(Frank,Joseph)

弗里斯,雅各布·弗里德里希(Fries,Jakob Friedrich)

弗洛伊德,西格蒙德(Freud,Sigmund)

弗瑞森,威廉(Frierson,William)

符号性语言(Symbolic Language)

福楼拜,居斯塔夫(Flaubert,Gustave)

福斯特,爱德华·摩根(Forster,Edward Morgan)

G

《格拉米格纳的情人》("L'amante di Gramigna")

《给妮侬的故事》(Contes à Ninon)

《共和报》(Republic)

《孤独的人》(Einsame Menschen)

《古诗集》(Poèmes antiques)

《鬼魂奏鸣曲》(The Ghost Sonata)

冈布里奇,恩斯特·汉斯·约瑟夫(Gombrich,Ernst Hans Josef)

高尔基,马克西姆(Gorky,Maxim)

戈蒂耶,泰奥菲尔(Gautier,Théophile)

戈斯,埃德蒙(Gosse,Edmund)

格雷戈里夫人(Lady Gregory)

龚古尔,埃德蒙·德(Goncourt,Edmond de)

龚古尔,茹尔·德(Goncourt,Jules de)

龚古尔兄弟(Goncourt Brothers)

贡斯当,邦雅曼(Constant,Benjamin)

H

《海狼》(*The Sea-Wolf*)

《和平节》(*Das Friedensfest*)

《荷马史诗》(*Homer's Epics*)

《亨利·赖克劳夫特的札记》(*The Private Papers of Henry Ryecroft*)

《红色的英勇勋章》(*The Red Badge of Courage*)

《红与黑》(*Le Rouge et le Noir*)

《后现代性及其缺憾》(*Postmodernity and its Discontents*)

《还乡》(*The Return of the Native*)

《环球民主报》(*Globe-Democrat*)

《幻灭》(*Lost Illusions*)

《荒原》(*The Waste Land*)

哈代,托马斯(Hardy,Thomas)

海德格尔,马丁(Heidegger,Martin)

海明威,欧内斯特·米勒尔(Hemingway,Ernest Miller)

豪,欧文(Howe,Irving)

贺拉斯(Flaccus,Quintus Horatius)

黑格尔,格奥尔格·威廉·弗里德里希(Hegel,Georg Wilhelm Friedrich)

华莱士,卢(Wallace,Lew)

华兹华斯,威廉(Wordsworth,William)

怀特,萨拉(White,Sara)

怀特海,阿尔弗雷德·诺尔司(Whitehead,Alfred North)

环境决定论(Environmental Determinism)

唤起性语言(Evocative Language)

霍尔茨,阿尔诺(Holz,Arno)

霍夫,格雷厄姆(Hough,Graham)

霍普特曼,盖哈特(Hauptmann,Gerhart)

霍桑, 纳撒尼尔 (Hawthorne, Nathaniel)

J

《姬雅琴塔》(Giacinta)
《家常事》(Pot-Bouille)
《嘉莉妹妹》(Sister Carrie)
《艰难时世》(Hard Times)
《简·爱》(Jane Eyre)
《街头女郎玛吉》(Maggie)
《杰米妮·拉赛朵》(Germinie Lacerteux)
《金钱》(L'Argent)
《金泉》(La Fontana de Oro)
《金融家》(The Financier)
《禁脔》(Lo Prohibido)
《镜与灯:浪漫主义文化及批评传统》(The Mirror and the Lamp: Romantic Theory and the Critical Tradition)
《巨人》(The Titan)
伽利雷, 伽利略 (Galilei, Galileo)
机械主义决定论 (Mechanistic Determinism)
吉辛, 乔治 (Gissing, George)
加尔多斯, 贝尼托·佩雷斯 (Galdós, Benito Pérez)
加兰, 哈姆林 (Garland, Hamlin Hannibal)
加缪, 阿尔贝 (Camus, Albert)
渐成论 (Epigenesis)
居约, 伊弗 (Guyot, Yves)

K

《卡门》(Carmen)
《卡斯特桥市长》(The Mayor of Casterbridge)
《科学革命的结构》(The Structure of Scientific Revolutions)
《科学与近代世界》(Science and the Modern World)
《克莱汉格》(Clayhanger)
《空喜一场》(Vain Fortune)
《快讯报》(Dispatch)
卡夫卡, 弗朗茨 (Kafka, Franz)

卡津,阿尔弗雷德(Kazin,Alfred)

卡里特,埃德加(Carritt,Edgar)

卡普安纳,路易吉(Capuana,Luigi)

康德,伊曼努尔(Kant,Immanuel)

康拉德,米夏埃尔·格奥尔格(Conrad,Michel Georg)

克尔凯郭尔,索伦(Kierkegaard,Søren)

克莱恩,斯蒂芬(Crane,Stephen)

克雷策尔,马克斯(Kretzer,Max)

克罗齐,贝奈戴托(Croce,Benedetto)

客观真实(Objective Reality)

孔德,奥古斯特(Comte,Auguste)

库恩,托马斯·塞缪尔(Kuhn,Thomas Samuel)

库申,维克多(Cousin,Victor)

L

《拉·福丝丹》(La Faustin)

《兰贝斯的丽莎》(Liza of Lambeth)

《滥用职权》(A Spoil of Office)

《狼之子》("The Son of the Wolf")

《老妇人的故事》(The Old Wives' Tale)

《老两口》(These Twain)

《勒内·莫普兰》(Renée Mauperin)

《李尔王》(King Lear)

《利物浦水星报》(Liverpool Mercury)

《两个同志》(Die Beiden Genossen)

《卢尔德》(Lourdes)

《卢贡-马卡尔家族》(Les Rougon-Macquart)

《卢贡大人》(Son Excellence Eugène Rougon)

《路易十五的情妇》(Les Maîtresses de Louis XV)

《绿荫下》(Under the Greenwood Tree)

《轮廓》(Delineator)

《罗密欧与朱丽叶》(Romeo and Juliet)

《裸者与死者》(The Naked and the Dead)

《洛卡维迪纳庄园的侯爵》(Il marchese di Roccaverdina)

拉法格,保罗(Lafargue,Pual)

拉马克,让·巴蒂斯特(Lamarck,Jean-Baptiste)

莱尔,查尔斯(Lyell,Charles)

莱文,哈里(Levin,Harry)

莱辛,戈特霍尔德·埃夫莱姆(Lessing,Gotthold Ephraim)

兰色姆,约翰(Ransom,John)

浪漫主义(Romanticism)

劳伦斯,戴维·赫伯特(Lawrence,David Herbert)

乐观主义进步观念(Optimistic Progressivism)

雷诺阿,皮埃尔·奥古斯特(Renoir,Pierre-Auguste)

李勒,勒贡特·德(Lisle,Leconte de)

利比,劳拉·让(Libbey,Laura Jean)

刘易斯,辛克莱(Lewis,Sinclair)

卢卡契,乔治(Lukács,Georg)

伦敦,杰克(London,Jack)

罗斯金,约翰(Ruskin,John)

洛夫乔伊,阿瑟·昂肯(Lovejoy,Arthur Oncken)

M

《马丁·伊登》(Martin Eden)

《马拉沃利亚一家》(I Malavoglia)

《玛德兰·费拉》(Madeleine Férat)

《玛丽·安托瓦内特传》(Histoire de Marie Antoinette)

《迈克·弗莱契》(Mike Fletcher)

《麦克提格》(McTeague)

《麦思林戏剧》(A Drama in Muslin)

《曼索朋友》(El Amigo Manso)

《毛猿》(The Hairy Ape)

《每日环球报》(Daily Globe)

《每日新闻》(Daily News)

《美国的悲剧》(An American Tragedy)

《美好的日子》(Happy Days)

《美学纲要》(Aesthetic)

《萌芽》(Germinal)

《梦的解析》(Die Traumdeutung)

《梦之戏剧》(A Dream Play)

《米夏埃尔·克拉默》(Michael Kramer)

《民众》(Demos)

《名利场》(Vanity Fair)
《摹仿论:西方文学中所描绘的现实》(Mimesis: The Representation of Reality in Western Literature)
马尔基,埃米利奥·德(Marchi, Emilio de)
马尔沙克,玛格丽特(Marschalk, Margarete)
马赫,恩斯特(Mach, Ernst)
马拉美,斯特凡(Mallarmé, Stéphane)
马奈,爱德华(Manet, Édouard)
毛姆,威廉·萨默塞特(Maugham, William Somerset)
梅林,弗兰茨(Mehring, Franz)
梅特林克,莫里斯(Maeterlinck, Maurice)
蒙太奇(Montage)
摩尔,乔治(Moore, George)
莫泊桑,居伊·德(Maupassant, Guy de)
莫奈,克劳德(Monet, Claude)
穆勒,约翰·斯图亚特(Mill, John Stuart)

N

《娜嘉》(Nadja)
《娜娜》(Nana)
《女仆的儿子》(The Son of a Servant)
尼采,弗里德里希(Nietzsche, Friedrich)
牛顿,艾萨克(Newton, Isaac)
诺里斯,弗兰克(Norris, Frank)

P

《帕斯卡医生》(Le Docteur Pascal)
《判断力批判》(Critique of the Power of Judgment)
《漂亮朋友》(Bel-Ami)
《普拉桑之征服》(La Conquête de Plassans)
《普罗梅斯登洛斯》(Promethidenlos)
庞德,埃兹拉(Pound, Ezra)
培根,弗朗西斯(Bacon, Francis)
佩特,瓦尔特(Pater, Walter)
皮泽尔,唐纳德(Pizer, Donald)

坡,埃德加·爱伦(Poe,Edgar Allan)

Q

《骑马下海的人》(Riders to the Sea)
《乔治的母亲》(George's Mother)
《青鸟》(The Blue Bird)
《情感教育》(L'Éducation Sentimentale)
《情欲之花》(Flowers of Passion)
《琼斯皇》(The Emperor Jones)
《群鼠》(Die Ratten)
《群众与人》(Masse Mensch)
乔伊斯,詹姆斯(Joyce,James)

R

《热爱生命》(Love of Life)
《人格的疾病》(Les Maladies de la personnalité)
《人间喜剧》(La comédie humaine)
《人类的由来》(The Descent of Man)
《人类早期历史之研究》(Researches into the Early History of Mankind and the Development of Civilization)
《人兽》(La Bête Humaine)
《人性的枷锁》(Of Human Bondage)
《日出之前》(Vor Sonnenaufgang)
瑞恰兹,艾弗·阿姆斯特朗(Richards,Ivot Armstrong)

S

《萨朗波》(Salammmbô)
《三故事》(Trois Contes)
《三名城》(Les Trois Villes)
《森特诺博士》(El Doctor Centeno)
《尚戛诺兄弟》(Les Frères Zemganno)
《少女爱丽莎》(La Fille Elisa)
《社会》(Die Gesellschajt)
《深渊》(The Pit)

《审判》(Der Prozess)
《生活》(Life)
《圣安东的诱惑》(La Tentation de Saint Antoine)
《实验小说论》("Le Roman Expérimentale")
《史密斯杂志》(Smith's Magazine)
《世界报》(The World)
《双城记》(A Tale of Two Cities)
《私生子》(Le Fils naturel)
《斯多葛》(The Stoic)
萨克雷,威廉·梅克比斯(Thackeray,William Makepeace)
萨洛特,纳塔丽(Sarraute,Nathalie)
萨特,让-保罗(Sartre,Jean-Paul)
桑塔亚那,乔治(Santayana,George)
莎士比亚,威廉(Shakespeare,William)
社会学决定论(Social Determinism)
生理学决定论(Physiologic Determinism)
生物学决定论(Biological Determinism)
圣伯夫(Sainte-Beuve, Charles A.)
什克洛夫斯基,维克多(Shklovsky,Viktor)
实证主义(Positivism)
叔本华,亚瑟(Schoppenhauer,Arthur)
司各特,沃尔特(Scott,Walter)
斯宾塞,赫伯特(Spencer,Herbert)
斯坦贝克,约翰(Steinbeck,John)
斯特林堡,奥古斯特(Strindberg,August)
斯特龙伯格,罗兰(Stromberg,Roland N.)
苏格拉底(Socrates)

T

《泰晤士报》(The Times)
《泰晤士报文学增刊》(Times Literary Supplement)
《堂·杰苏阿尔多师傅》(Mastro-don Gesualdo)
《特丽萨妹妹》(Sister Theresa)
《梯姆坡师傅》(Meister Timpe)
《天才》(The Genius)
《天方夜谭》(The Arabian Nights)

《田野生活》(Vita dei Campi)
《痛苦》(Tormento)
《土地》(La Terre)
泰勒,爱德华(Tylor,Edward)
泰纳,伊波利特·阿道夫(Taine,Hippolyte Adolphe)
托尔斯泰,列夫·尼古拉耶维奇(Tolstoy,Lev Nikolayevich)
托勒,恩斯特(Toller,Ernst)
陀思妥耶夫斯基,费奥多尔·米哈伊洛维奇(Dostoevsky,Fyodor Mikhailovich)

W

《玩偶之家》(A Doll's House)
《唯美主义:后浪漫主义文学的艺术宗教》(Aestheticism: The Religion of Art in Post-Romantic Literature)
《未开垦的土地》(The Untilled Field)
《我的旧日时光》(Memories of My Dead Life)
《无名的裘德》(Jude the Obscure)
《五镇的安娜》(Anna of the Five Towns)
《物种起源》(The Origin of Species)
瓦莱里,保罗(Valery,Paul)
王尔德,奥斯卡(Wilde,Oscar)
韦勒克,雷纳(Wellek,René)
为艺术而艺术(Art for Art's Sake)
维尔加,乔万尼(Verga,Giovanni)
维柯,乔万尼·巴蒂斯塔(Vico,Giovanni Battista)
维姆萨特,威廉·K.(Wimsatt,William K.)
未来主义(Futurism)
魏尔伦,保罗(Verlaine,Paul)
沃德,玛丽(Ward,Mary)
吴尔夫,弗吉尼亚(Woolf,Virginia)

X

《希尔达·莱斯韦斯》(Hilda Lessways)
《戏剧中的自然主义》("Le Naturalisme au théâtre")
《夏尔·特马懿》(Charles Demailly)
《现代绘画》(Modern Painting)

《现代恋人》(A Modern Lover)
《现代小说中的空间形式》("Spatial Form in Modern Literature, An Essay in Three Parts")
《橡皮》(The Erasers)
《小酒店》(L'Assommoir)
《小说的艺术》(The Art of Fiction)
《谢丽》(Chérie)
《新寒士街》(New Grub Street)
《新之衰败》(Decline of the New)
《喧哗与骚动》(The Sound and the Fury)
席勒,约翰·克里斯托弗·弗里德里希(Schiller, Johann Christoph Friedrich)
现实主义(Realism)
象征主义(Symbolism)
萧伯纳(Shaw, George Bernard)
小仲马,亚历山大(Dumas fils, Alexandre)
写真主义者(Veritist)
谢埃,莱昂(Chai, Leon)
辛格,约翰·米林顿(Synge, John Millington)
休姆,托马斯·厄内斯特(Hulme, Thomas Ernest)
漩涡派(Vorticism)

Y

《羊脂球》(Boule de Suif)
《野性的呼唤》(The Call of the Wild)
《一个故事讲述者的假期》(A Story-Teller's Holiday)
《一个男人的女人》(A Man's Woman)
《一个青年的自白》(Confessions of a Young Man)
《一生》(Une Vie)
《伊芙琳·伊尼丝》(Evelyn Innes)
《伊丝特·沃特斯》(Ester Waters)
《艺术的本质和规律》(Die Kunst ihr Wesen und ihre Gesetze)
《艺术即经验》(Art as Experience)
《艺术与幻觉》(Art and Illusion)
《意象和经验》(Image and Experience: Studies in a Literary Revolution)
《意义的意义》(The Meaning of Meaning: A Study of the Influence of Language upon Thought and of the Science of Symbolism)
《意志的疾病》(Les Maladies de la volonté)

《英国的文艺复兴》(The English Renaissance of Art)
《勇士》(El Audaz)
《尤利西斯》(Ulysses)
《欲望三部曲》(Trilogy of Desire)
《原始文化》(Primitive Culture)
《远离尘嚣》(Far from the Madding Crowd)
雅斯贝尔斯,卡尔·西奥多(Jaspers,Karl Theodor)
亚里士多德(Aristotle)
叶芝,威廉·巴特勒(Yeats,William Butler)
易卜生,亨利克(Ibsen,Henrik)
意象主义(Imagism)
印象主义(Impressionism)
尤涅斯库,欧仁(Ionesco,Eugène)
预成论(Preformation)

Z

《在社会主义风暴中》(Im Sturmwind des Sozialismus)
《债主》(Creditors)
《詹森·爱德华兹》(Jason Edwards)
《战争与和平》(War and Peace)
《章鱼》(The Octopus)
《珍妮姑娘》(Jenni Gerhardt)
《芝加哥论坛报》(Chicago Tribune)
《织工》(Die Weber)
《致敬与告别》(Hail and Farewell)
《朱莉小姐》(Miss Julie)
《追忆似水年华》(A la Recherche du Temps Perdu)
《资本主义文化矛盾》(The Cultural Contradictions of Capitalism)
《罪与罚》(Crime and Punishment)
《作为理论家的左拉》("Zola als Theoretiker")詹姆斯,亨利（James,Henry）
真实感(The Sense of the Real)
自由舞台(Freie Bühne)
左拉,埃米尔(Zola，Emile)